암시

암 시

한사오궁 장편소설　문현선 옮김

책과이음

머리말

스쳐가는 눈길 한 번, 모자 하나, 오래된 기차역, 물건을 사라고 부르짖는 외마디 고함……. 이런 것들이 내 기억 속에 박물관을 짓고 진정한 삶을 이뤄낸다. 나는 줄곧 이 삶 속에 흩어진 사소하고 구체적인 이미지를 해석하고자 애썼다. 엉킨 실타래처럼 어지러운 존재를 설명하고, 사전 속 낱말처럼 정의내리고 싶은 것이다.

이런 사소하고 구체적인 이미지는 언제나 사람들의 말 너머에 존재하는 삶의 은밀한 정보다. 그것들은 대개 사람들이 알아채지 못하는 사이에 감추어진 원인을 드러내지만, 내게는 이런 존재를 다룰 사전이 없다. 사건 또는 사물, 자연적인 현상, 대중문화가 만들어낸 이미지 따위를 포함하는 이 모든 것은 거의 어디에나 존재하며, 순서도 없이 어지럽게 뒤죽박죽 얽혀 영원히 내 논리적 해독 능력 너머에 있을 것만 같다. 대부분의 사람처럼 나도 오랫동안 언어를 통해 사고해왔기 때문에 그 속박에 익숙해졌고, 이미 비非언어 정보에 대한 감각이 떨어진 상태다. 말의 너머에서, 나는 설사 한 마리 개나 서너 살 먹은 어린아이와 비교해도 아무런 지적 우위를 점하지 못한다.

그러나 나는 아직 언어의 속박을 채 벗어나지 못했으면서도, 한 번쯤 말 너머에 존재하는 의식의 어두운 골목에 들어가 보고픈 충동을 아무래도 억누를 수 없었다. 그런 나 자신과 대결하면서 언어로써 언어에 도전하고, 언어로써 언어가 은폐하고 있는 삶의 참모습을 드러내야만 하는 것이다.《마교 사전》을 쓴 뒤에 나는 이런 말을 한 적이 있다. "사람은 오직 언어 안에서만 살아갈 수 있다." 이 명제는 비트겐슈타인이나 하이데거의 언술을 어느 정도 모방한 것이었다. 사실 나는 이 말을 입 밖에 내기 무섭게 스스로 의심하게 되었다. 그리하여 그때부터 또 한 권의 책을 써서 이 말을 뒤집어보겠다고 생각하기 시작했다. 언어 따위가 일찍이 다다른 적 없는 곳에도 삶이 존재할 수 있는지, 또 그와 같은 진짜 삶은 어떤 모습으로 존재하는지 알아보고 싶었다.

《마교 사전》은 어휘에 관한 책이었다. 나는 어휘가 삶에서 지니는 의미를 분석해야 했고, 그렇게 쓰다 보니 소설이 되었다. 그러나 지금 이 책은 구체적인 이미지에 관한 책이어서 사소한 이미지들의 의미 요소를 찾아 모은 뒤에야 해석 틀을 만들 수 있다. 그렇게 써나가는 가운데 어떤 이론에 관한 가설이 나올 수 있을 것이다. 비록 나 자신은 이론을 만드는 데 뜻이 없고, 단지 그 체험의 단편을 모아서 글로 엮고 싶을 따름이지만. 이 책의 첫 부분에서 나는 은밀한 정보의 일상적인 여러 사례를 늘어놓았다. 배경이나 표정, 겉모습, 옷, 의식 등의 사물은 어떻게 우리에게 말을 걸어오는가. 나는 독자들과 더불어 이 구체적인 이미지 기호들이 우리 삶에서 어떤 지위를 차지하고 어떤 역할을 하는지 함께 관찰하고 싶었다. 그것이 우리의 기억, 감각, 감정, 성격 운명에 어떻게 개입하는지, 그리고 사회적인 지위와 작용, 즉 교육, 정치, 경제, 폭력, 도시화나 문화적 전통에 개입하는 방식 따위도 살펴볼 수 있을 것이다. 마지막은 이 모든 과정에서 절대 빠뜨릴 수 없으며 가장 완성하기 어려웠던 부분이다. 나는 처음으로 돌아가 언어와 구체적인 이미지가 어떻게 서로를 생성하고 성장시키는지, 또 어떻게 서로를 제어하는지 알아볼 것이다. 이를 통해 우리는 현대의 지적 위기를 이해하게 될 것이다.

내 생각에 지적 위기는 인류가 맞닥뜨린 가장 근본적인 위기 가운데 하나다. 전쟁, 빈곤, 소외, 복수, 패권주의 등은 이런 위기의 표면적 증상에 불과하다. 이 같은 재난은 완전히 뿌리 뽑히지 않는 종류일지도 모른다. 그러나 적어도 이 재난이 사람들의 심리적 사고 활동 속에서 통제 불능 상태로 번져 위협적인 사태로 확산되는 비극은 막아야 할 것이다.

그리고 나는 이 위기를 극복하는 방법이 어떤 문화적 스타일에 대한 파괴 활동에서 우연히 발견될 수 있으리라 본다. 예를 들어, 구체적인 이미지 감각을 문화예술의 소재로 삼고 회화, 음악, 소설, 시가 및 텔레비전 드라마 등의 창작물로 생산해 구미에 맞는 기호 식품처럼 자연스레 우리 안에 받아들임으로써. 이는 또한 이데올로기적 위기를 다스리는 방식이 될 수도 있다. 개개의 의식적 질병은 특정한 문화적 스타일의 지배 아래 형성되기 때문이다. 그러므로 이제껏 우리가 여러 이미지에 잠겨 휩쓸려왔다면, 이제는 이들 기호를 모두 토해내서 현미경 아래 두고 자세히 조사할 필요가 있다. 분석은 그다지 산뜻한 방식이 되지 못하리라. 다만 이전에 그 소리나 이미지 따위를 소비적인 여가의 일부로 여기는 데 익숙한 나머지 이 문제를 하찮게 다루었다면, 이제는 교실과 연구실로 끌어들여 정식 교과목으로 삼고 그에 대해 치밀한 사고와 논쟁을 이끌어가려고 한다. 그러나 예부터 지적 권력을 소유한 정식 교과의 추상적 개념 체계로 이들 현상을 파악하려는 시도는 그 옛날 귀족들이 몰두했던 사냥이나 축국蹴鞠 따위의 공놀이, 진흙 장난, 귀뚜라미 싸움에 비견할 만한 지적 유희가 되어왔다. 때때로 우리에게는 문화 스타일의 전환이 필요하다. 예를 들면, 문학으로 이론을 서술하고 이론으로 문학을 써 내려가는 것이다. 마치 날라리 학생이 방과 후 종이 친 뒤에 수업에 들어오고, 수업 종이 울리면 교실에서 나가는 것처럼.

나는 이런 문화 스타일의 파괴 활동에 대해 여러분에게 잠시 양해를 구하고자 한다.

한사오궁

차례

1부

은밀한 정보

말의 너머에서

인간은 언어적 동물이지만 사실 인간의 정보 교류와 인지적 반응은 말이라는 틀 밖에서 정지하거나 소멸한 적이 없다.

갓난아이는 말을 하지 못하지만 즐거움이나 짜증 같은 감정을 느끼는 게 분명하다. 우리는 아이가 먹고 싶어 울 때와 싸고 싶어 울 때의 울음소리를 가려낼 수 있다. 입에서 손가락을 뺀 뒤 어딘가를 가리킬 때, 부모는 보통 아이가 젖병을 원하는지 아니면 곰돌이를 원하는지 헷갈리는 일이 없다.

귀머거리나 벙어리는 듣고 말하는 능력이 없지만 학교에 다니며 글을 배우지 않더라도 이성적인 사고나 감성적인 반응에서 뒤처지지 않는다. 그들은 노동이나 오락, 교우 관계, 나아가 정치에 이르는 복잡다단한 인간 사회의 모든 일에서 남보다 뛰어난 능력을 발휘할 수 있다. 그들의 반짝이는 눈동자는 때때로 다른 사람들의 마음을 깜짝 놀라게 한다. 그들의 눈동자는 보통 사람들의 눈동자보다 더 예리하게 모든 것을 꿰뚫어 보는 것만 같다.

장애가 없는 성인일지라도 언제나 말을 필요로 하는 것은 아니다. 북유럽이나 그리스에서 생활했던 사람들은 대개 침묵을 잘 견딘다. 북미 인디언들은 침묵을 누리는 방법을 그보다 더 잘 안다. 친한 친구를 만나면 가끔 말이 필요 없다고 느낄 때가 있다. 길게 얘기할 필요 없이 담배를 피우거나 술을 마시거나 고기를 먹으면 된다. 또는 창밖의 눈보라를 듣거나 눈앞에 놓인 화롯불을 보거나. 몇 시간 동안 함께 있어도 몇 마디 말을 하지 않는다. 그럴 때 고요는 소란을 이긴다. 사실 이야말로 두 사람 사이의 깊은 우정에서 볼 수 있는 보다 분명하고 완벽하게 아름다운 표현 방식이다.

북송 시기 성리학자 정호는 이런 말을 했다. "벗과 말을 나누며 서로 배우는 것은 서로 바라보기만 해도 좋은 것만 못하다."(《이정유서二程遺書》 3권) 프랑스 사상가 푸코도 이런 말을 했다. "우리 문화는 불행히도 아주

많은 것을 포기했다. 침묵 또한 그 가운데 하나다."《권력과 지식: 미셸 푸코와의 대담》)

많은 경우, 침묵은 언어를 신중하게 사용하도록 만들 뿐 아니라 철저히 배제한다. 갑작스레 교통사고를 당했을 때 느끼는 극심한 공포, 남녀가 서로 사랑에 빠졌을 때 느끼는 극도의 흥분, 거리에서 불공평한 일을 맞닥뜨렸을 때 느끼는 격렬한 분노, 마침내 돌파구를 발견했을 때 느끼는 엄청난 희열은 사람들이 곧잘 말하는 것처럼 머릿속을 '텅 빈 백지장'처럼 만든다. 그러나 이때 사람은 사실 바보가 되는 것이 아니다. 만약 그 순간 머릿속에 여전히 명사, 동사, 복잡한 문장 또는 격언이나 경구 같은 게 떠올라 어떤 행동을 할 수 있다면, 그 사람이야말로 진짜 바보 중의 바보일 것이다.

옛사람들은 말의 공백 가운데 나타나는 의식적 반응을 '직관' 또는 '잠재의식'이나 '무의식'이라 일컬었다. 우선 이 명명법을 받아들이도록 하자. 비록 우리가 결국 여기서 언어 숭배의 오랜 편견을 재발견하게 될지라도. 여기서 '무'의식은 사실 '유'의식이고 '잠재'의식은 '표현'의식이다. 이 모두가 단지 언어를 초월하고 언어를 무용지물로 만드는 또 다른 의식적 양식일 따름이다. 그것을 '무'와 '잠재'로 규정하는 것은 사실 적절하지 않다. 그림, 사진, 소조, 무용, 음악 및 무성영화 등은 이 새로운 의식적 양식을 빌려 일찍이 문화 형성에 크게 이바지했다. 마찬가지로 오늘날의 로큰롤, 패션, 애니메이션, 게임, 행위예술 등은 이미지와 음원을 더 먼 곳까지 전송하는 각종 테크놀로지 기능에 순응해 더더욱 새로운 문화적 흐름을 촉진하며, 다시금 일찍이 문자가 지배하던 영역으로부터 그것들을 되살려내고 있다. 어디에 '무'가 있으며, 어디에 '잠재'가 있단 말인가?

책을 읽고 글을 아는 능력은 중요하지만, 지적 활동 전반을 다루기에는 한참이나 부족하다. 인류는 줄곧 책 속의 언어를 문자라 일컬으며, 문자 사용을 지적 능력이 하등한 생물과 자신을 구별하는 중요한 기준으로 삼았다. 그뿐만 아니라 인류는 이를 통해 경험의 축적과 특별한 지식 체계를 이룩했다. 아마도 이런 이해에 바탕을 두고 '문명文明' '문화文化' '문아文雅' '문치文治'와 같이 '문文'이라는 글자를 앞세우는 주요 개념이 탄생했을 것이다. 이에 따라 '문인文人'과 '문사文士'도 물론 문명의 대명사가 되었다. 이처럼 풀을 먹고 고기를 먹은 뒤 다시 '글월文'을 먹게 된 인간 존재는 학교 문턱을 넘나들며 안경을 쓰거나 양장본 책을 옆구리에 낀 채 학력과 학위로 우월한 신분을 증명한다. 말하자면 권력의 상층계급에 떳떳하게 들어서기 위한 증거로 삼는 것이다. 그러나 말의 틀 밖에 속하는 인간의 지적 활동은 충분한 훈련뿐 아니라 정밀한 검증을 거치지도 않았다. 과연 그들의 아이큐는 문맹인 사람들보다 언제나 높은 걸까? 그들의 세계 인식은 저학력자보다 반드시 정통한가? 나는 예전에 이 부족한 통찰에 대해 충분히 놀라운 각성 기회가 있었다.

《회남자》에 이런 말이 있다. "창힐(새와 짐승의 발자국을 본떠 글자를 만들었다는 중국 고대의 전설적인 인물 – 옮긴이)이 글자를 만들자 하늘은 좁쌀 비를 내리고 귀신은 밤새 목 놓아 울었다." 옛사람들은 하늘에서 좁쌀 비가 내린 것이 인간 세상에 글자가 나타났음을 축하하는 것이라고 여겼다. 나는 사실 그 또한 일종의 경고일 수 있으며 도리어 연민이나 구원에 가까울 것이라 생각한다. 문자처럼 불길한 존재로 인해 앞으로 펼쳐질 어지러운 세상 그리고 그 덕분에 거짓과 속임수가 판치는 날이 머지않았음을 암시한 것이다.

그런 이유가 아니라면, 고요한 한밤중에 뭇 귀신이 왜 한없이 목 놓아 울었겠는가?

배경

불꽃 또한 일종의 언어다. 내가 맨 처음 이 사실을 알아차린 것은 스무남은 해 전의 일이다. 나는 당 지부의 서기(당의 각 지부에서 일상적인 사무를 총괄하는 책임자 – 옮긴이)를 찾아가 내 취업추천서에 서명하고 도장을 찍어달라고 부탁할 참이었다. 그때 나는 아직 도시로 돌아가지 못한 마지막 지식청년知識青年('지청知青'이라고도 부른다. 문화대혁명 시기에 도시에서 농촌으로 내려가 노동에 종사했던 고등교육을 받은 젊은 지식인 – 옮긴이)으로 텅 빈 목조 건물을 지키고 있었다. 밤길은 차디찬 겨울 달빛과 성긴 별빛 아래 마을의 개 짖는 소리만 이따금 들려줄 따름이었다. 나는 그 거대한 고요에 짓눌려 거의 미칠 지경이었지만, 어금니를 악문 채 미끄러지는 걸음을 다잡으며 쌓인 눈 사이로 보이는 작은 길을 걸어 서기네 집으로 갔다. 전혀 예상치 못했던 일은 늘상 저승사자처럼 음울한 표정이던 서기가 의외로 다정하게 날 맞아주었다는 사실이었다. 그는 나를 끌어당겨 아궁이 옆에서 몸을 녹이게 하고 생강차 한 대접을 건네주었다. 그의 아내는 수건 한 장을 들고 다가와 어깨에 쌓인 눈을 떨어주었다. 그들 가족 몇 사람과 따뜻하게 화덕 앞에 끼어 앉아 매캐한 숯 냄새, 지푸라기 태우는 냄새, 생강차 냄새와 함께 젖은 양말 냄새를 맡았을 때, 나는 목적을 이룰 수 있을 거라는 예감이 들었다.

사실이 그랬다. 서기는 내게 땔감이 아직 남아 있느냐는 인정미 넘치는 말로 대화를 시작했다. 그는 땔감 얘기를 한 뒤 곧 순순히 나를 추천하는 데 동의했으며, 내 의심스러운 가정환경에 대해서는 전혀 언급하지 않았다. 어쩌면 밭에서 콩의 싹을 짓밟았던 내 파괴적 행위에 대해서도 거의 잊은 듯했다. 나는 마음이 울컥하니 뜨거워져 볼썽사납게 눈자위를 붉히고 말았다.

서기가 계급투쟁에 대한 스스로의 다짐을 어긴 것은 절대 아니었다고 생각한다. 그는 여전히 그전에 내게 품었던 경계심을 풀지 않은 채였다. 그러나 경계심은 공공의 집회 장소에서나 활개를 치지 집 안에서는 거의 활약하지 않는다. 불빛, 기름등잔, 여자, 생강차, 이웃, 땔감 등은 가족적인 분위기를 이루며 사람들을 한 가족과 같은 친밀감 속에 몰아넣고, 모든 손님을 따스하게 빛나는 황금빛 온정으로 물들이는 듯했다. (그런 배경 때문에) 서기는 하릴없이 주름진 얼굴에 미소를 짓고 내게 차를 가져다주었으며, 그의 아내 또한 내 어깨에 내려앉은 눈을 털어주지 않을 수 없었던 것이다. 이런 배경에서는 자연스럽게 "좋아"라는 말이 나오기 마련이다.

그는 내 추천서에 서명을 하고 다음 날 지부의 회계(모든 생산 단위에서 경제활동 기록과 관리를 맡은 직책. 우리나라의 총무에 해당 – 옮긴이)를 찾아가 도장을 받으라고 말했다.

사람의 감정은 언제나 특정한 배경에서만 일어난다는 사실을 나는 아주 나중에서야 비로소 깨닫게 되었다. 예를 들어, 집에서 생겨나는 감정은 사무실에서는 일어나지 않는다. 세상 경험이 어느 정도 깊은 사람들은 대개 말을 하는 장소와 배경이 아주 중요하다는 사실을 몸으로 안다. 침실에서는 농밀한 사랑의 대화를 나누는 것이 쉽다. 대자연 속에서는 쉽게 운명을 입에 담게 되고, 극장에서는 우아하고 고상한 취향을 나눌 수 있다. 엄격한 규격의 좌석과 이야기하는 사람들 사이의 멀찍한 거리 때문에, 접견실에서는 공적인 일을 처리하는 원칙에서 크게 벗어나지 않는, 이해하기 어려운 말이 오가게 된다. 배경은 이처럼 암암리에 화제를 규정하고 유도한다. 고위 관리가 집으로 청탁하러 온 부하 직원을 문 앞에서 막아서며 "내일 사무실에서 이야기하세"라고 했다면 이미 거절을 표시한 것이나 다름이 없다. 적어도 다음 날 그 부하 직원에게는 좋은 일보다 나쁜 일이 많을 것이다. 마찬가지 이치로 많은 중국인은 마무르기 어려운 사업 미팅이나 공무를 식당이나 술집에서 진행하려고 한다. 중국인이 특별히 먹고 마시는 것을 좋아하기 때문이 아니다. 빈곤과 결별한 뒤로 '먹고 마시기'는 이미 대부분의 사업가나 관료들에게 무거운 부담이며 아주 피곤한 일이 되었다. 지방간이나 고혈압, 심근 경색 같은 병에 걸리지 않았더라도 접대는 대개 한숨이 절로 나올 만큼 골치 아픈 일이다. 마치 붉은 글씨로 된 부적을 볼 때처럼 넌더리가 나는 것이다. 그래도 그들은 마음을 다잡고 피곤이 가득한 얼굴을 한 채 식당으로 달려간다. 이야기를 나눌 상대가 원하는 것이야말로 그런 배경과 분위기이기 때문이다. 거기서는 사무실 탁자가 만들어내는 거리가 존재하지 않는다. 사람들은 식탁 앞에서 서로 어깨와 팔꿈치를 맞댄다. 거기에는 잔뜩 쌓인 서류가 없다. 다만 술잔과 요리를 담은 접시가 잔뜩 놓여 있을 따름이다. 상사의 발자국 소리도 없기 때문에 넥타이를 느슨하게 풀고 옷자락을 풀어 헤칠 수 있다. 거기서 사람들은 마치 집 안에 있는 듯 편안함을 느끼고, 대접하는 사람이나 대접받는 사람이나 일시적이나마 아주 쉽게 '한 동아리' 같은 관계를 형성한다. 식당이나 술집과 같은 공간에서 공적인 업무는 마치 집안일처럼 간주되고 모든 관계는 혈연에 가까워진다. 부탁하는 쪽이 단지 싱거운 차 몇 잔을 대접하거나 간단한 샐러드를 몇 입 대접하더라도 사무실에 앉아 있는 것보다 열 배는 말을 꺼내기가 쉽다.

"상대가 와주기만 해도 일이 반은 이루어진 것이다." 자리를 마련한 쪽은 이렇게 말하곤 한다. 그들은 언어의 능력에 한계가 있다는 사실을 알고 있다. 그래서 식당이나 술집 같은 배경이 가진 말없이 대화에 참여하는 능력을 필요로 한다. 그곳의 색조나 분위기, 음향 등의 힘을 빌려 상대방을 설득하려는 것이다.

향수 냄새, 넥타이 매는 법, 수사법 따위에 비교적 서툰 중국인은 이 점에서 특별한 세심함을 보인다.

고향

고향도 일종의 배경이다. 단지 범위가 훨씬 크고 의미가 훨씬 풍부할 따름이다. 나는 앞에서 지부서기에 대해 언급했다. 그는 몇 년 뒤 현(중국의 행정 단위로 우리나라의 군에 해당 – 옮긴이)위원회 서기가 되었는데, 지나친 일처리 탓에 무지막지하다는 평가를 받았다. 한번은 시에서 환경미화와 위생을 검사하기로 했는데, 막 흙탕물을 씻어낸 거리에 누군가 침을 뱉었다. 서기는 위반한 사람을 붙잡아 혀로 바닥을 핥도록 지시했고, 누가 부탁을 해도 전혀 봐주지 않았다. 한번은 도로에 커다란 구멍이 팬 것을 보자 손에 들었던 찻잔의 찻물을 그대로 교통국장 얼굴에 끼얹기도 했다. 그는 상대방이 만신창이가 될 만큼 욕을 퍼붓고 난 뒤, 직접 도로 수리 현장에 가서 흙을 지고 나르라고 호통 쳤다. 어깨가 벗겨져 피가 나기 전에는 자신을 볼 생각도 말라면서. 이 염라대왕 서기가 길을 나설 때는 언제나 경찰차가 앞장서서 사이렌을 삐뽀삐뽀 울리는 바람에 온 시내의 개와 닭조차 정신없이 날뛰었다. 성 소재지에서 지역 회의라도 열리면 아래서부터 위까지 모든 공무원이 빠짐없이 큰길로 나가 경축 행사를 벌이곤 했다. 모두가 잔뜩 주눅 든 표정으로 그의 안색을 살피며 기침 소리만 나도 놀라 오줌을 지릴 지경이었다.

바로 그런 까닭에 그가 뇌물 2백여 만 위안을 수수했다는 사실이 드러나자 온 현에서 폭죽 터지는 소리가 울려 퍼지며 너 나 할 것 없이 희희낙락 달려가 고발했던 것이다.

사람들이 이상하다고 생각하는 이유가 거기 있다. 서기의 고향 사람들은 처음부터 그 일의 전말을 의심했다. 그뿐만 아니라 그들은 마을 토박이 쓰만이 탐욕 때문에 법을 위반한 더러운 도둑이라는 사실을 아예 믿지 않았다. 재판이 시작되자 동네 사람 몇십 명이 자진해서 청원서를 제출하고 법원 정문 앞에 꿇어앉아 하늘과 땅에 부르짖으며 서기의 결백을 주장했다. 그들은 또 나를 포함한 지인에게 사람을 보내 법조계로 통할 방법을 찾았다. 그런 식으로 법원에서 서기의 선처를 구할 수 있다고 생각했던 것이다. 우메이쯔는 내게 누룽지 두 양푼을 억지로 떠안기며 쓰만이 세상에서 가장 정직하고 성실한 사람이라고 말했다. 그는 고향집에 돌아올 때마다 어머니를 찾는 효자인 데다 소 끌고 밭 가는 사람을 보면 밭 가는 것을 도와주고, 벼 베는 사람을 보면 가서 벼 베기를 도와주는, 보기 드물게 착한 사람이라고 했다. 서기가 서른 살 때 한번은 이런 일도 있었다. 설을 쇠느라 집집마다 정신없이 바쁠 때 마침 마을의 소 한 마리가 보이지 않았다. 그는 혼자서 밤이 되도록 온 산을 샅샅이 다 뒤졌고, 마침내 고슴도치처럼 온몸에 가시를 찔린 채 피투성이 몸으로 소도둑을 잡아 나타났다. 그런 사람이 어떻게 나쁜 짓을 할 수 있겠는가? 우메이쯔는 또 이런 말도 했다. 쓰만은 부유하고 신분 높은 사람이 되었지만 옛정을 저버리지 않았다. 고향에 올 때마다 옛 친구를 찾아 마을에 있는 낡은 학교의 무너진 토방에 가서 함께 한 이불을 덮고 땅콩 한 주먹을 씹으며 날이 밝도록 술잔을 기울인다. 이런 사람을 감옥에 가둔다는 건 간사한 무리의 모함이 아니고 뭔가?

사람은 모두 복잡한 품성을 지니고 있으니 이런 일도 별로 놀랍지 않다. 우메이쯔가 내게 한 말은 아마도 거짓이 아닐 것이다. 나는 다만 이 탐욕스러운 관리의 선량함과 순박함이 어째서 고향에만 존재하고 전근지에는 따라오지 않았을까 궁금할 따름이다. 아마도 고향에는 그의 어린 시절과 소년 시절이 있고, 그 어린아이와 소년을 규정하는 어떤 배경이 존재하기 때문일 것이다. 특히 어떤 문지방, 어떤 오래된 나무, 어떤 어르신의 얼굴, 한 줄기 밥 짓는 냄새가 그의 어떤 감각을, 억눌린 어떤 감정을 일깨우기 때문일 것이다. 그래서 그는 정해진 무대 위의 배경 아래서 정해진 대사를 던지고 정해진 동작을 해 보인다. 예를 들어, 산 위에 올라가 소를 찾거나 작은 토방에서 술을 마시는 일. 시인들은 이런 이치를 분명히 깨닫고 있다. 그들은 사물을 묘사하면서 배경에 대해 쓴다. 사물을 보고 뭔가를 느끼듯 독자가 그 배경을 읽고 뭔가 느끼게 하려는 의도에서다. 여러 가지 배경과 사물을 잇달아 적어가는 가운데 깊이 잠들어 있던 진실한 감정이 깨어난다. 종교인도 이런 이치를 잘 알고 있다. 예배당을 건축할 때는 숙연함, 위엄, 고요함을 염두에 두고 텅 비거나 높이 치솟아 있는 공간감을 중시한다. 신도들이 먼저 이런 분위기에 놀라고 감화되기를 기대하기 때문이다. 문 안에 들어서자마자 저도 모르게 속된 태도와 마음을 떨치고 스스로 선한 의지를 새롭게 벼리도록. 이런 의미에서 시와 종교는 인간 정신의 고향이 된다. 시와 종교는 언제나 사람들을 어린아이의 마음, 갓난아기의 순수함으로 되돌린다. 마치 거금의 뇌물수수로 사형을 선고받은 범죄자가 무형의 시나 종교와도 같은 고향의 푸른 산수 속에서는 그 자신의 영혼을 되찾을 수 있었던 것과 마찬가지다.

원예에 심취했던 어떤 프랑스 노부인이 내게 이런 말을 한 적이 있다. "자연에 가까이 가는 것은 곧 하느님께 가까이 가는 것이죠."

색

중국 속담 가운데 이런 말이 있다. "알 수는 있지만 말로 전할 수는 없다."

우리 삶에 관한 많은 정보는 이미 말의 경계 너머에서 흘러넘치고 있다. 우리는 이런 정보를 '이미지'라고 부른다.

이 개념은 앞으로 이 책에서 자주 사용될 것이다.

분명 여기서 '이미지'는 시각적인 형상을 지닌다. 그러나 사람의 청각, 미각, 후각, 촉각 등 다른 감각이 경험하는 사물과 사건의 형상에도 작용해 '구상具象'이라는 단어로 귀납된다. 나는 전에 이런 말을 한 적이 있다.

"구상은 생활의 원형적 이미지를 포괄하며 문화의 매개적 이미지, 곧 문화 매체가 전달하는 인공적 이미지 또한 포괄한다. 예를 들어, 풍경화가 풍경에 대한 모방이듯, 전쟁 영화는 전쟁에 대한 표현이다."

'이미지'는 '글'이나 '말'과 구별된다. 언어와 문자 외에 구체적으로 느낄 수 있는 모든 사물 양태의 가시적 표현을 또 하나의 기호로 인식하는 것은 불교에서 이른바 '색'의 개념에 매우 가깝다. 1934년에

상해불교서국에서 출간한《실용불교학사전》에서는 그 뜻을 이렇게 풀이하고 있다. "색은 의미를 드러내 보이는 것이다. 눈, 귀, 코, 혀, 몸의 다섯 가지 감각기관은 자기의 몸에 속하므로 내색內色이라 하고, 빛, 소리, 냄새, 맛, 촉감의 다섯 가지 감각은 몸의 경계 밖에 있으므로 외색外色이라 한다." 불교에서는 색진色塵, 색상色相, 색법色法, 색계色界 등(색진: 인간의 인식으로 도달할 수 있는 여섯 가지 경지 가운데 하나, 색상: 감각되는 모든 형태, 색법은 색이나 형체를 갖고 있는 현상 세계의 총칭, 색계: 삼계의 하나로 욕계欲界와 무색계無色界의 중간 세계 – 옮긴이)을 이야기하는데, 이것들은 모두 '이미지'의 확장으로 간주될 수 있다.

유식불교唯識佛教(우주의 궁극적 실체는 오직 마음뿐으로 외계의 대상은 단지 마음이 투사된 결과라고 주장하는 불교 사상 – 옮긴이)는 동양의 전통 철학 가운데 비교적 체계적인 인식론을 지니고 있다. '모든 법칙이 오직 앎에서 나온다'라고 주장하는 이 학설은 먼저 '안식眼識' '이식耳識' '비식鼻識' '설식舌識' '신식身識'을 내세운다(안식: 눈으로 보아서 아는 것, 이식: 귀로 들어서 아는 것, 비식: 코로 냄새 맡아서 아는 것, 설식은 혀로 맛을 보아 아는 것, 신식: 몸으로 경험해서 아는 것 – 옮긴이). 또한 이것들이 모두 '마음으로 아는 것心識'의 기초가 된다고 여긴다. 사람과 사물의 현상 사이에 직접적인 연관이 있다고 간주하는 것이다.(타이쉬,《유식학개론》)

불교에서는 종종 연꽃이나 거울을 빌려 직관에 의한 정서적 소통을 상징하며, 벽을 마주하고 수련하는 면벽이나 죽비로 어깨를 두드리며 고함을 치는 방할과 같은 행위로 구도와 각성을 상징한다. 이는 곧 문자를 떠난 정보 전달을 강조하는 것이다. 극단적인 경우에는 심지어 '불립문자不立文字' '언어도단言語道斷' 등을 내세우면서 '색色'으로 '심心'을 대비시키는 동시에 '색'에 '변괴變壞' '변애變碍' 그리고 '질애質碍' 등(불립문자: 도는 글로써 세우지 않음, 언어도단: 말을 통해서는 도를 전할 수 없음, 변괴: 무상하게 변하고 사그라짐, 변애: '變'은 물질이 시간적으로 덧없다는 점, '碍'는 공간적으로 한정됨을 의미, 질애: 일정한 공간을 점령해 다른 존재와 서로 용납하지 않음 - 옮긴이)의 두 번째 의미를 부여했다.(《실용불교학사전》) 그래서 일단 인식론이 인생론으로 변했을 때, 불교도들은 '색'이야말로 사람의 귀와 눈을 어지럽히고 마음을 이지러지게 하는 속세의 먼지라 부르며 깨달음을 방해하는 가장 큰 장애라 여겼다. 정토를 구하는 스님들의 세계에서는 '색이 곧 공이요, 공 또한 색이다'고 하여, 속세의 모든 것이 헛된 환상으로 본질이 아니며 부스러기와 같이 아무 의미가 없으니 바른 구도자라면 이것을 거부하고 초월해야 한다고 본다. 이처럼 그들은 인식론에서 색의 대문에 가까워지지만 또한 이 커다란 대문 앞에서 인생론에 대해 다급히 두 눈을 감아버린다. 감성적인 현상 세계 앞에서 나아가지도 물러서지도 못하는 어려운 처지에 놓이는 것이다.

불교가 동쪽으로 전해진 결과 '색'의 의미는 점점 더 어이없이 나쁜 뜻으로 쓰여 이 풍진세상의 평범한 사람들과 풀려야 풀 수 없는 인연으로 묶이고 말았다. 비록 대지혜의 본질적 의미에 언제나 부합하지는 않지만, 불교가 중국에 전해지고 발전해온 현실적인 궤적의 결과, 일부는 유가나 도가의 추상적 사유와 서로 호응해 거의 하나의 조류를 이루었다. 그 영향으로 사람들은 '색'을 보기만 해도 놀라고 '색'을 듣기만 해도 피하는 지경에 이르렀다. 정서적 생활이 '소리와 빛깔에 잠겨 헤어나지 못한다'든가 '사물을 즐겨 노는 것은 뜻을 다치게 한다'라고 하는 군자가 입에 담을 수도 없는 타락으로 통하게 된 것이다. 게다가 '감각을 즐기는 이好色漢'는 일상적인 의미에서 심지어 '불량배流氓'의 또 다른 이름으로 불렸다. 그 안에 숨겨진 도덕적 경멸이라는 의미 구조에서 '색'은 애매하기 짝이 없고 아무도 깊이 탐구하려 들지 않는 황무지가 되었다. 이처럼 중국 전통 지식인이 모두 언어를 매우 존중해왔다는 사실은 어렵지 않게 알 수 있다. 예를 들어, '글월文'을 가리키는 글자는 자전, 사전, 어법이나 수사법에서 절대로 빠지지 않는다. 그에 대한 각종 연구 또한 양적으로나

질적으로 상당한 수준에 이르렀다. 이와는 달리, '감각의 사전色典'이라든가 '이미지 사전象典'은 아직 세상에서 본 적이 없다. 우리 삶에서 넘쳐나는 이 수많은 소리와 빛의 의미나 기원 그리고 운영 규칙에 대해서는 아직 어떤 사람도 체계적으로 기록하거나 정리한 적이 없는 것이다.

이탈리아의 철학자인 크로체는 이에 대해 늘 마음속 깊이 걱정하며 이렇게 말했다. "이성적 인식에 대해 세계에는 아주 오래된 과학이 존재하며, 아무런 이의도 없이 모든 사람이 그것을 인정한다. 그 이름은 논리학이다. 그러나 직관적 인식에 대한 과학은 힘들여 주장하더라도 풀어야 할 어려움만 늘어갈 뿐, 극소수 사람들 외에는 인정해주지도 않는다." (《표현학과 일반언어학으로서의 미학》) 이처럼 크로체는 균형을 잃은 상황이 우리 삶에서 소중한 의미를 숨기고 묻어버릴뿐더러 생활 속의 언어 전달을 방해하고 결국 이성적 인식을 어지럽히는 근원이 된다는 사실을 지적하고 있다.

눈동자

고대 중국의 사상가 맹자는 사람의 눈을 특별히 중시했다.

"사람의 마음에 품은 것을 알고자 하면 눈동자보다 더 나은 것이 없다. 눈동자는 그 안의 나쁜 것을 가리지 못하기 때문이다. 마음이 바르면 눈동자가 맑고, 마음이 바르지 않으면 눈동자가 흐리다." 이것은 《맹자》에 실린 말로서 눈동자가 영혼의 창이라는 뜻이다.

그래서 맹자는 사람들과 사귀는 중에도 자주 눈으로 말을 대신하곤 했다. 《순자》 〈대략〉편에는 이런 말이 있다. "맹자가 제나라 선왕을 만나러 갔는데, 알현을 할 때에 오직 눈동자로 상대방을 뚫어지게 바라볼 뿐 말은 한마디도 하지 않았다. 이렇게 세 번이나 하니 왕궁 안의 사람들이 모두 이상하게 여겼다. 맹자는 나중에 다른 이에게 이렇게 해명했다. '나는 먼저 그 삿된 마음을 친 것이오.'" 입을 열어 말을 하기 전에 먼저 거침없고 곧은 눈빛으로 왕의 마음을 깨끗하게 씻은 것이다.

맹자는 눈빛의 맑고 탁함으로 속내의 선과 악을 들여다볼 수 있다고 여겼다. 위선자는 그가 짐짓 어떤 척을 할 때 자신의 눈빛이 혹시 그것을 드러내지 않을지 걱정한다. 눈빛이 한 번 반짝였다가 어두워지는 것만으로 그의 마음속 계략이 남김없이 드러날 수 있기 때문이다. 닭이나 개를 훔치는 도적, 동서로 몸을 감추는 간첩, 그리고 거짓 감정을 진짜처럼 꾸며내는 스타 연기자들은 전혀 모르는 낯선 사람 앞에서도 선글라스를 써서 자신의 눈을 가리곤 한다. 아마도 눈빛을 제어할 만한 자신이 없기 때문이리라. 그들에게는 이처럼 자신의 눈을 가리는 어떤 기제가 꼭 필요하다.

한번은 친구인 라오무가 내 앞에서 선글라스를 썼다. 그는 그렇게 해야 할 건강상의 이유가 없었다. 반드시 태양광을 가려야 할 까닭이 전혀 없었던 것이다. 아무래도 그는 똑바로 바라보는 내 시선을 차단하거나 피하고 싶었던 모양이다. 그래서 나는 마음에 먹구름이 낀 것 같은 혼란과 비애를 맛보았다. 나는 알 수 없는 어떤 일이 그 선글라스 너머에서 이미 일어났다는 사실을 깨달았다. 과연 한 달 뒤 또 다른 친구 다촨이 내게 이런 말을 했다. "우리가 함께 백철통을 가공해서 모은 돈의 절반을 라오무 그놈이 혼자 챙기고, 우리 누나를 꾀어서 식량 배급표와 기차표까지 가져갔다니까. 울화통이 치밀어서, 원. 잡기만 하면 흠씬 두들겨 패주고 말겠어."

선글라스가 내게 준 첫인상은 바로 그런 것이었다.

얼굴

나는 입을 열고 말하기 전에 먼저 상대방 얼굴을 똑바로 바라보는 버릇이 있다. 얼굴은 가장 개성 있는 신체 부위다. 그래서 각종 신분증에도 무릎이나 손바닥이 아니라 얼굴을 붙이게 되어 있다. 물론 얼굴이 지문보다 더 명확한 차이를 보이지는 않는다. 그러나 얼굴은 지문보다 훨씬 더 많은 감정을 드러낸다. 그리고 확언할 수는 없지만 아마 더 많은 문화와 역사를 드리울 것이다. 그래서 얼굴은 언제나 내 기억 속에서 중심 위치를 차지한다. 우울한 눈빛, 기쁨이 흐르는 미간, 오만해 보이는 콧날, 강마른 뺨, 지혜가 넘치는 이마, 중후해 보이는 턱, 수천만 마디의 말을 담고 있는 듯한 입술 따위가 언제나 저도 모르게 문득 가슴속 깊이 파고들어 나를 아찔하게 만들곤 한다. 조용한 옆얼굴, 깜짝 놀라서 얼빠진 듯 돌아보는 고갯짓, 단체 사진 한구석에 숨어 말없이 바라보는 눈빛조차, 아무도 주의를 기울이지 않는 순간 우리에게 꿈에서도 잊지 못할 깊은 인상을 남기는 것이다. 그런 당신은, 지금 어디에 있는가?

기억 속의 어떤 얼굴들이 나타났다 사라지곤 하는 게 우리네 삶이다. '얼굴을 본다'는 것은 우리 삶이 하나, 또 하나 시작된다는 뜻이다. 제16대 미국 대통령이었던 링컨은 이렇게 말했다. "마흔이 넘으면 사람은 자기 얼굴에 책임을 져야 한다." 링컨은 삶의 경험이 사람의 얼굴에 깊이 새겨진다는 사실을 알았다. 사람의 마음이 조금씩 몸에 새겨진다는 인생의 진리를 발견한 것이다. 러시아 작가 체호프가 소년 시절 찍은 사진과 어른이 된 뒤 찍은 사진을 비교해보자. 또 소년 간디와 인도의 지도자로 자라난 성인 간디의 사진을 비교해보자. 우리는 거기서 지혜와 이상이 어떻게 얼굴에서 자라나고 있는지 똑똑히 볼 수 있다. 그야말로 삶에서 찾을 수 있는 아름다움의 극치다. 얼굴은 소년 쪽이 훨씬 더 예쁘지만, 어른이 된 뒤에야 비로소 얼굴에서 참된 아름다움을 찾아볼 수 있다. 삶의 경험은 줄곧 조금씩 한 사람의 얼굴을 만들어간다. 《세설신어》에는 다음과 같은 유명한 전설이 실려 있다.

위나라 왕 조조가 흉노(기원전 5세기부터 기원후 5세기까지 중앙아시아와 현재의 몽골 지역에서 활동하던 유목민족 – 옮긴이)의 특사를 접견했다. 조조는 자신의 용모가 그다지 영웅답지 않다 여기고 사신들이

업신여길까 봐 최씨 성을 가진 사람을 데려다 위나라 왕처럼 꾸몄다. 그리고 자신은 칼을 들고 용상 앞에 서서 호위무사인 척 시치미를 뗐다. 접견이 끝난 뒤 아랫사람들이 명을 받들고 사신들을 찾아가 왕의 인상에 대해 물었더니 뜻밖에도 이런 대답이 나왔다. "왕은 분명 고상한 품위가 넘치더군요. 하지만 용상 앞에서 칼을 들고 있던 사람이 차라리 더 영웅 같았소."

그런 까닭에 자기 얼굴에 다른 사람의 이력을 옮겨 오기란 정말이지 쉬운 일이 아니다. 남의 삶을 연기하는 배우라는 직업이 어렵고도 희귀한 까닭이 여기 있다. 글만 읽어본 선비가 제왕의 포부를 드러낸다든가, 물정 모르는 순진한 소녀가 온갖 풍상을 겪은 창기를 연기하는 일은 틀림없이 쉽지 않을 것이다. 보통 사람들은 이렇게 말한다. "자주 웃는 사람은 반드시 눈가와 입가에 잔주름이 있고, 시름이 많은 사람은 눈썹 앞머리에 주름이 진다. 입에 발린 소리를 잘하는 사람은 입술이 얄팍하지만, 공부하기 좋아하고 생각이 깊은 사람은 눈빛이 깊다. 마음이 안정되지 않고 성질이 급하면 얼굴 근육이 자주 긴장되거나 엉클어지는 반면, 정서적으로 안정되고 여유가 있으면 얼굴에 긴장이 풀어지고 부드러운 표정이 지어진다." 그러니 어떻게 가릴 수 있겠는가? 우리는 자연스럽게 얼굴을 보고 사람을 판단하게 된다. 예를 들어, '마음이 느긋하면 살이 찐다'라는 경험으로 '살찐' 사람은 반드시 '마음이 넓다'고 여긴다. 사실 '살찌다'라는 현상 속에는 보다 많은 원인이 존재한다. 설사 나중에는 하나의 방향으로 진행된다 할지라도 거슬러 올라가면 더 많은 조건과 연관된다. 나는 어릴 때 부부의 생김새가 서로 닮아간다는 사실을 발견했다. 몇몇 친구의 부모님은 서로 상당히 비슷해서 마치 남매 사이로 보였다. 나는 나중에 친아들이 아닌 양자와 양부모도 닮는다는 사실을 발견했다. 스승과 제자도 닮아가며, 간신과 폭군도 서로 닮아간다. 이런 상황을 비교하는 가운데 비로소 나는 그들의 얼굴이 닮아 보이는 것은 우선 그들의 표정이 닮았기 때문이라는 사실을 깨달았다. 표정은 서로 쉽게 옮아가며, 또 쉽게 따라간다. 아침저녁으로 함께 지내는 사람들은 거울을 바라보듯 서로를 바라보기 때문에, 무의식적으로 서로를 동일시하면서 저도 모르게 상대방의 웃는 얼굴을 복제한다. 어느 정도 시간이 지나면서 그들의 얼굴에는 서로 닮은 주름이 생기고 특정한 근육이 상대적으로 발달한다. 따라서 얼굴의 윤곽이나 곡선이 닮아간다는 것은 물론 상상하지 못할 일이 아니다.

시야를 더욱 넓힌다면 심지어 어떤 시대가 엇비슷하게 닮은 얼굴을 대량생산한다는 사실도 발견할 수 있다. 내 빛바랜 사진 속의 여자애들은 당시 대부분의 지식청년이 그렇듯 검게 그을리고 건장하며 소박한 모습이다. 눈빛은 맑지만 순진한 나머지 약간 바보스러워 보인다. 내 딸아이의 사진을 들여다보면 또래의 요즘 여자애들이 있다. 뽀얗고 야들야들하며 날씬하고 세련되어 보인다. 활달하고 명랑한 그 아이들의 눈빛은 살아 있지만 짐짓 꾸민 듯한 어리광도 엿보인다. 우리는 얼굴이라는 것이 성장하고 번식한다는 사실을 알 수 있다. 표정이 옮겨져 우리 몸의 경계를 규정한다. 이런 성장과 번식은 사실 더욱 광범위하게 진행된다. 군대, 정당, 동아리, 직업 동맹, 사회연대, 종교단체는 모두 각각의 '비즈니스 페이스'를 지닌다. 어떤 직업의 얼굴이나 정당의 얼굴, 나아가 사회의 얼굴이 각기 존재하는 것이다.

이런 의미에서 얼굴은 개인에게 속할 뿐 아니라 사회에 속하며, 인간의 문화 기호 체계에서 중요한 일부가 된다.

관상

1990년에 나와 내 친구는 잡지를 편집하면서 작은 실험을 했다. 증명사진을 40여 장 붙여놓고 독자에게 그 가운데서 열 명의 범죄자를 고르도록 한 뒤 다음 호에 정답을 발표했다. 결과는 예상 밖이었다. 실험에 참여한 독자들은 번번이 이 어지러운 얼굴의 바다에서 허우적댔으며 정답을 맞히는 확률은 5분의 1이 채 되지 않았다. 얼마나 신중하게 사진을 고르든, 결국 순진해 보이거나 험악해 보이는 얼굴에 속아 넘어갔다. 사람들은 하나같이 정답을 의심했고 모든 관상학적 지식을 저주했다. 이는 얼굴과 성격 또는 운명의 관계라는 게 모호하기 짝이 없어 두려울 지경이라는 사실을 다시금 증명한다. 관상학은 의학적 지식과 사회학적 이론이 제멋대로 뒤섞여 만들어졌다. 그러나 일단 만들어지고 난 뒤 인간 세상의 모든 일에 관여하려는 야심을 지니고 쉽게 숙명론의 삿된 길로 흘렀다. 말하자면 "모든 삶의 노력을 말살하는 기호의 폭력"(난판위,《얼굴의 의식 형태》)이 된 것이다.

중국 전통극에 등장하는 가면은 일종의 관상학에 바탕을 둔다. 공들여 만든 얼굴 표본을 재료 삼아 그린 가면은 관객들이 '얼굴만 봐도 마음을 알 수 있도록' 도와준다. 붉은 얼굴은 충성과 용맹을 상징하고, 흰 얼굴은 거짓을 일삼는 간사함을 상징한다. 검은 얼굴은 강직하고 열성적인 성품을, 흰 분을 삼각으로 칠한 코는 교활하고 비열한 인간성을 의미하는 식이다. 중국 소설 또한 이런 가면에 영향을 받았다. 예를 들어, 내가 읽은 몇몇 작품에서 작가들은 언제나 성품이 부드러운 인격자에게 두꺼운 입술을 부여했다. 두꺼운 입술이 운동 부족에 따른 지방질 축적으로 간주되는 모양이다. 이런 사람은 반드시 침묵하는 버릇을 지닌 것으로 여겨지곤 했다. 올곧고 의지가 굳은 사람은 모양새도 나무토막처럼 뻣뻣해야 한다고 여겨지고, 그런 생김새가 약속을 잘 지키고 미더운 사람만의 특징으로 결정된다. 이런 문화 환경에서 관상은 극단적인 지식으로 나아갈 수밖에 없다. 노루 머리에 쥐 눈, 뾰족한 입술에 원숭이 턱, 처진 눈, 빗자루로 쓸어낸 듯 성긴 눈썹, 매 눈, 딸기코 등은 모두 한데 몰아 악당으로 취급한다. 봉황 눈매에 용의 눈동자, 하관이 넓은 얼굴에 커다란 귀, 누에 눈썹, 붉은 입술, 네모난 얼굴형, 곧은 콧날은 모두 이상적인 인격자인 군자君子의 상이다. 여기에 '겹친 눈동자'를 더하면 명군明君이나 성왕聖王으로 본다. 관상가는 사람의 운명과 그의 행위나 태도가 모두 이목구비에 드러난다고 보고 사람의 얼굴에 집중해서 이 모두를 판단한다.

그러나 이런 이론은 이제까지 한 번도 정설로 받아들여진 적이 없으며, 체계적인 학술 연구의 일반적인 동의를 얻은 적도 없다. 어떤 사람들은 한편으로 이 논리를 수긍하면서도 의심해서 끝끝내 소맷자락을 휘두르며 떨치려고 한다. '믿으면서도 믿지 못하는 기묘한 결합'의 딜레마에 빠지는 것이다. 고대 중국의 전설적인 순 임금은 정말로 '겹친 눈동자'를 가지고 있었을까? 그런 모습은 과연 아름답다고 할 수 있는 걸까? 많은 사람이 이에 대해 회의적이다. 2천여 년 전 중국 고대 사상가 순자는 〈생김새가 아니다〉라는 제목의 유명한 글을 썼다.

"생김새는 비록 추하더라도 마음가짐을 잘 다스리면 군자의 지위에 못할 바가 아니다. 생김새가 잘났더라도 마음가짐이 추하면 소인보다 나을 게 없다." "사람의 얼굴을 보고 판단한다는 것은 옛사람들에게는 없었던 일이다. 배운 사람이라면 그렇게 말할 수 없다."

얼굴을 읽어내려는 노력이 이처럼 되풀이해 좌절을 겪었다는 사실은 우리가 마주하는 수많은 얼굴을 하얀 도화지처럼 빈 상태로 되돌리는 걸까? 우리가 '첫눈에 반했다'라고 하거나 '어디서 본 것 같다'라고 하는 것은 모두 허튼소리이거나 부질없는 미신인 걸까? 사정은 그렇게까지 단순하지 않다. 얼굴은 변하지 않고 멈춰 있는 것이 아니다. 그래서 몇 개의 표준으로 재단할 수 없다. 얼굴은 생리적인 유전의 영향을 받을뿐더러 심리적인 영향을 받아 재구성되기도 한다. 그래서 모름지기 사람을 보고 판단하는 일觀相은 단순한 얼굴 생김이 아니라 감정이나 심리적 표현으로서의 표정, 나아가 한 개인의 모든 신체적 언어body language를 포함해야 한다. 《마의상법》 한 권으로 관상에 관한 모든 정보를 헐값에 살 수는 없지만, 그 지식이 한 무리의 승객 가운데서 용의자와 탈옥수를 한눈에 가려내는 형사들의 풍부한 직업적 경험을 방해하지는 않는다. 체포 과정에 대한 수많은 보도가 이 사실을 증명한다. 어떤 표정이나 분위기의 특징, 행동이나 버릇, 복장의 사소한 차이만으로도 형사들은 자기가 찾는 상대가 거기 있다는 사실을 알아챈다. 문외한은 전혀 이해할 수도, 눈치챌 수도 없는 이 감별 능력은 특수한 경험과 기술 그리고 광범위하게 수집된 정보를 바탕으로 축적된다. 때때로 이처럼 '한눈에 알아보는' 능력의 수준은 거의 실천형 '관상학'이라 일컬을 만하다.

원래 관상가에게는 나름의 기술이 있다. 다만 모르는 게 없는 듯 말하는 과장법이 강호江湖에 떠도는 관상학을 허점투성이로 만들 따름이다. 형사는 관상가가 아니다. 그들은 한 사람의 외형적 특징에 근거해 범죄자나 용의자를 판단하지만, 세상이 놀랄 만한 성공률을 보인다고 할지라도 단지 그뿐이다. 제멋대로 보편 인지를 초월하는 특권을 휘두르지는 않는다. 범죄는 범죄일 뿐이며, 그 순간의 범죄일 뿐이다. 그로 인해서 그 사람의 성품이 온화한지 아니면 성급한지 단정할 수는 없다. 그 사람의 운명이 기구했는지 순조로웠는지, 지식이 풍부한지 부족한지, 결혼 생활이 원만했는지 엉망이었는지, 부모가 아직 건재한지 아니면 일찍 죽었는지 결정지을 수 없다. 심지어 그가 또 다른 생활이나 환경에서 선량한 시민이 될 수 있을지 없을지조차 판단하기 어렵다. 마치 우리가 잡지에 실린 수십 장의 사진을 보며 저지른 실수와 마찬가지다. 선량한 시민조차 특정 조건에서는 죄를 저지를 가능성이 전혀 없지는 않다. 팔 할이 넘는 사람들이 거기서 그릇된 선택을 했다는 것은 그 답이 영영 그릇되었거나 절대적으로 그릇됨을 의미하지는 않는다.

범죄 문제를 차지하고라도, 사람이란 매우 복잡한 존재다. 좋은 시민이 반드시 좋은 동료인 것은 아니며, 좋은 동료가 반드시 좋은 연인인 것도 아니다. 좋은 연인이 반드시 좋은 아들인 것은 아니며, 좋은 아들이라고 해서 좋은 아버지가 되는 것은 아니다……. 다행히 형사들에게는 이 모든 것을 처리할 의무가 없고, 또한 대개는 우리 삶에 자리한 이 망망한 미지의 바다를 다 헤아릴 생각도 없다. 그들은 다만 제한적인 직업적 범위 내에서 이 측량법을 사용할 따름이다. 이것이야말로 형사들의 성공 비결이다. 지식의 전제는 승인된 범주에서만 유효하다. 우리는 경계 저쪽에서는 그 지식을 거의 믿을 수 없다는 사실을 인정해야 한다.

인식의 경계를 무시하고 제멋대로 뛰어넘거나 독단하는 사람만이 수십 장의 사진 앞에서 버둥대기를 포기하지 않는다. 관상학을 옹호해 얼굴이 우리에게 모든 것을 말해준다고 믿기 때문일 수도 있고, 아니면 관상학에 반대해 얼굴이 우리에게 알려주는 것은 아무것도 없다고 여기기 때문일 수도 있다. 그들은 포기하지 않고 끊임없이 버둥대지만, 사실 그들에게는 진실을 보는 정확한 눈이 없다. 풍부한 의미를 감춘 채 이 세상에 존재하는 저 수많은 얼굴이 그들 눈앞에서는 아무런 의미 없는 빈 화면이거나 제멋대로 지어낸 환상이기 때문이다.

비웃음

한동안 가오 군이 곧잘 나를 찾아와 수다를 떨었는데, 이야기를 나누다 보면 우리 둘 다 잘 아는 어떤 사람에게 화제가 미치곤 했다. 가오 군은 온갖 희한한 소식을 다 달고 다니는 사람이었다. 어느 잡지사 편집장은 간도 크게 작가에게 선물을 요구한다더라, 어떤 친구가 빈 카메라를 들고 다른 사람에게 온갖 포즈를 잡게 한 뒤에 필름에 빛이 들어가 사진을 망쳤다고 거짓말했다더라, 어떤 박사가 자료를 얻기 위해 정신병 환자를 강간했다더라, 그 환자도 박사네 집의 누군가를 욕보여야 마땅한 게 아니겠느냐 따위의 이야기 말이다. 그는 세상의 거의 모든 소식을 전했지만, 매번 이야기의 최초 발신자는 자신이 아니라고 강조했다. 원래 그 말을 한 사람은 따로 있고 자기는 단지 들었을 뿐이다, 들은 말일 뿐이다, 라고.

그 말은 가오 군이 소문의 진실성을 보장할 수 없다는 의미였다. 그뿐이 아니다. 그는 말을 전해 듣고 경악하거나 분개하는 나를 진정시키며 내 주장을 반박하기도 했다. 예를 들자면 이런 식이다. “편집장은 아랫사람들하고 친구처럼 지내면 안 되는 건가? 친구 사이에 그 정도 선물은 주고받을 수 있지.” “필름에 빛이 들어가는 걸 어쩌겠나? 늘 있는 일이잖아. 그 사람이 빈 카메라를 들고 있었다지만, 사실을 누가 알겠어?” “박사쯤 되는 사람이 정신병 환자와 사랑에 빠졌다는 건 오히려 숭고한 일 아닌가? 난 오히려 신문에서 특종으로 삼고 표창할 일이라고 본다네.” ……한참이 지난 뒤에야 비로소 나는 중재와 반박이 그의 몸에 밴 버릇이라는 사실을 깨달았다. 그렇게 해서 그는 싱거운 유언비어를 단번에 쓸어냈던 것이다.

만약 그가 한 말을 따로 전해두었더라면, 더 나아가 녹음기에 저장하고 사실을 확인했더라면, 헛소문 해소에 대한 가오 군의 노력과 신실한 친구로서의 의리는 당사자들의 심심한 감사를 받았을 것이다. 그러나 그 반박은 절대 단순한 반박이 아니었다. 오히려 부추김이라 해야 옳다. 말을 하면서 얼굴에 희미한 미소를 띠고 나를 피해 멀리 시선을 던졌기 때문이다. 어떤 때는 혀를 내밀며 귀신 얼굴을 하기도 했다. 마치 스스로 자기가 하는 말이 전혀 믿어지지 않는다는 듯. 그의 강변은 적어도 내 비판 정신을 자극해 이 황당무계하고 후안무치한 거짓말을 사람들에게 공개하도록 고무했다. 그래서 그는 모든 친구들의 명예를 지키는 책임을 걸머지는 동시에 나를 기쁘게 했다. 나는 기쁜 나머지 동지와 손을 잡고 적을 향해 응징의 칼날을 겨누었다. 우리는 식당에서 또 맥주 두 병을 주문했다.

눈앞에서 바로 증명되는 것처럼 그의 희미한 비웃음은 정확하게 쓰일 곳을 알고 있었다. 이렇게 그는 언제나 두 마리 새를 모두 잡았다.

언어와 정신의 완벽한 분업으로 한편으로는 누군가의 죄를 고발하고 다른 한편으로는 그 죄를 용서했다. 정의를 위해 싸우면서도 그에 뒤따르는 위험은 피할 수 있었다. 그는 자기의 말이 빗나가서 다른 누군가에게 해를 입히는 일을 걱정할 필요가 없었다. 훗날 그는 예상대로 광범위하고도 돈독한 교우 관계를 형성하고, 성공적으로 책임자의 자리에 올랐으며, 가장 신임받는 젊은 관리가 되었다. 아마도 내 삽우揷友(농촌으로 내려가 집단농장에서 삽대揷隊를 함께 경험한 지식청년을 가리킴 – 옮긴이) 가운데 가장 잘나가는 인물일 것이다. 다섯 살 난 그의 딸아이가 정부 기구의 로비에서 "가오 주임님!"이라고 기쁜 듯이 외치는 소리를 듣고 난 정말이지 소스라치게 놀랐다.

증거

지난 세기 중반, 1960년대에 중국에서는 문화대혁명(마오쩌둥의 주도로 일어난 대규모 사회운동. '파괴하고 새롭게 건설하자'라는 구호 아래 기존 문화를 청산하려 했다 – 옮긴이)이 있었다. 보기 드문 문자 검열의 시기였다. 정치적 숙청, 사상 비판 등은 대개 당시 사람들이 쓴 글에 기인했다. 많은 사람이 하룻밤 사이에 반역자, 스파이, 매국노, 반혁명주의, 자본가, 우익, 516분자(문화대혁명 중 반혁명 주동으로 분류된 지식인 – 옮긴이)가 되었다. 그 빌미가 된 것은 보통 말 한마디 또는 편지 한 장이었다. 말 한마디가 근거였고, 문자는 지울 수 없는 증거였다. 이것이 사회의 공통 인식이었다. 당시 가장 공명정대한 판단 원칙은 다음과 같았다. "부질없는 상상과 추론을 피하기 위해서는 판결 시의 증거를 확보하고 지켜내는 일이 중요하다."

문자 이외의 증거도 있었다. 예를 들어, 저 사람이 말을 할 때 웃었는가? 말을 할 때 어떻게 웃었는가? …… 이런 종류의 몸짓 언어는 시간에 따라 변하는 것이라 증거를 조사하기 어렵다. 이런 사람들은 나중에 얼렁뚱땅 풀려나곤 했다. 그래서 그때는 '문자의 감옥' 시대였지만, 적어도 '표정의 감옥'은 출현하지 않았다.

가오 군은 아버지의 서랍 속에서 이 중대 자료를 발견했다. 그는 아버지가 1930년대에 국민당이었다고 고백했음을 알았다. 아버지는 "국민당 지도자 장제스를 보호한다" "영원히 한 사람의 지도자, 하나의 주의, 하나의 정당에 충성을 바친다"라고 하는 등 입에 담지 못할 반동적인 글까지 썼다. 가오 군은 크게 놀라 서랍 앞에서 목을 놓아 엉엉 울었다. 수년간 '붉은' 교육을 받았던 그의 눈앞에서 아버지는 순식간에 군모를 삐딱하게 쓰고 시가를 입에 문 채 혁명 동지들을 군대 앞마당에 모아놓고 가혹한 형벌을 내리는 살인자의 모습으로 변했다. 그와 동시에 어머니는 번쩍이는 패물을 몸에 달고 뽀얀 분과 붉은 연지로 떡칠한 채 마작 테이블 앞에 앉아 빽빽거리며 일꾼들을 닦달하는 유한부인으로 그려졌다. 그는 부모가 이런 진실을 그토록 오랫동안 숨겨왔을 줄은 꿈에도 몰랐다. 추잡한 과거를 전혀 드러내지 않고, 혁명 대열에 숨어들어 가증하게도 마오 주석의 저작을 소리 내어 읽으며, 아이들에게 낡은 옷을 입힌 뒤 시골에 내려가 농촌 노동에 참여하도록 할 줄이야! 그는 눈물을 훔치고 하늘이 무너지는 큰 소리가 날 정도로 문짝을 열어젖힌 뒤 허공을 향해 고함쳤다. "내가 당신들의 반역을 고발하겠어!"

아버지가 가오 군에게 나다니지 못하도록 애써 만류하던 때의 일이었다. 가오 군은 나중에 또 다른 사실을 알게 되었다. 그때 아버지는 소속 단위의 혁명 조직이 그에 대한 처리를 준비하고 있다는 사실을 이미 알고 있었다. 아버지는 떠듬떠듬 말을 잇지 못했다. 진심으로 아들에게 진실을 밝히고 싶었지만, 어떻게 입을 열어야 할지 알지 못했던 것이다. 며칠 뒤, 아버지는 건물에서 뛰어내려 자살했다.

문화대혁명이 갈무리된 1979년에야 비로소 가오 군의 아버지는 명예를 회복했다. 심사를 맡았던 담당 직원 한 사람이 가오 군에게 이렇게 말했다. "국민당에는 분명 악당도 많고 부패한 자도 많았지만, 자네 아버님한테서는 어떤 오점도 발견하지 못했네."

그의 아버지는 학교를 졸업하고 곧바로 국민당에 가담했고, 입당 후에는 항일 계몽, 난민 구제, 공공 도로 보수 등 수많은 혁명 동지들이 애쓰던 일에 열정적으로 몰두했다. 관련 자료를 조사한 결과 당시 몇몇 지역에서 국민당은 배부른 돼지와 한통속이 아니었다. 다수의 청년 학생들은 화주를 마시고 시가를 피웠으며 전쟁이 두려워 국외로 떠났다. 그들은 국민당이 되고자 하지 않았거나, 학교를 점거해 들어오는 국민당원에게 배척당했다.

가오 군 아버지의 이야기는 어떤 당파든 여러 종류의 사람들과 그 삶을 포함한다는 점을 우리에게 알려준다. 나는 흰 종이 위에 쓰인 검은 글씨가 역사 속에서 오래도록 보존된다는 사실을 깨달았다. 그러나 그 역사 속에서 마찬가지로 진실했던 표정, 행동, 배경, 분위기 등은 흔적도 없이 사라져 후세 사람들은 전혀 알지 못한다. 이 모든 것은 언제나 더욱 강렬하고 완전하게 구체적이고 특수한 담론의 환경을 표현해내기 때문에, 흰 종이 위의 검은 글씨보다 훨씬 더 풍부하고 진실에 가까운 의미를 전달한다. 어떤 당의 당증을 가졌다는 사실이나, 뭔가를 옹호하는 한마디 말을 그것을 둘러싼 구체적인 환경으로부터 떼어놓는다면, 그 증거가 대체 뭘 설명할 수 있는가? 예를 들어, 단지 문서로 된 증거만 놓고 이야기한다면 대부분의 중국인은 다음과 같은 사실에 기겁할 것이다. "존경하는 차이위안페이 선생께서 일찍이 반대세력에 대한 독재 당국의 강력 진압을 지지한 글을 썼다." "존경하는 위여우런 선생께서는 일찍이 치가 떨리도록 사람을 위협하는 조폭에게 생일 카드를 적어 보냈다." "존경하는 저우쭤런 선생께서는 매국노 정권에 참여했을 뿐 아니라 몇몇 일본 침략자들에게 존경과 애정을 표하는 글을 남겼다." "심지어 존경하옵는 저우언라이 총리께서도 일찍이 문화대혁명 중에 억울하게 누명을 쓴 류사오치,

덩샤오핑, 펑더화이 등 옛 전우들을 향해 붉은 먹물을 휘둘러 비판했다." 흰 종이 위에 남은 검은 글씨는 사실이다. 그러나 진실은 확인하기 힘들다. 이 모든 것이 진심으로부터 나온 것인가? 어쩔 수 없이 시대를 따랐는가? 비겁한 아부였는가? 그렇지 않으면 작은 일을 참고 큰일을 도모하려던 책임감의 소치인가? 그런 말이 대체 어떤 표정 속에서 나왔는지 누가 알겠는가?

글은 본디 무서운 것이다. 오래도록 보존될 수 있기 때문에 더욱더 무섭다. 그것은 증거로 사실을 캐내는 방식에 의해 파묻힌 역사를 발굴해내기도 하고 왜곡하기도 한다. 그 뒤에 언젠가 가오 군은 친척을 찾아 타이완에서 대륙으로 온 손님을 대접하게 되었다. 그는 아버지가 국민당에서 활동하던 시기의 동료였다. 아마도 식사를 하면서 술을 몇 잔 마셨기 때문일 것이다. 그 노인이 느닷없이 엉뚱한 얘기를 꺼냈다. 가오 군의 아버지가 실은 사람들에게 따돌림을 당했다는 것이다. 학교 친구들 사이에서는 '방귀쟁이'라는 우스운 별명으로 불렸다고 했다. "밥을 먹을 때는 늘 친구들에게 밥을 담아 오라고 하고 기다렸고, 반대로 친구들의 밥을 담아준 적은 한 번도 없었지. 그뿐인가? 예쁜 여자를 보면 눈을 떼지 못했다네. 아가씨의 손을 잡아 쥐고서는 만지작거리며 놓을 줄 몰랐지. 꽤 경박한 사람이었어……." 가오 군은 물론 노인이 많이 취했고 또 나이가 들어 주책이 없다고 생각했다. 더군다나 국민당 반동 주제에 대륙의 혁명 간부를 그런 말로 농락하다니. 글로 증거가 남은 것도 아닌데 노망난 노인네의 미친 헛소리를 어찌 믿을 수 있겠는가? …… 어쨌거나 그는 늙은이를 한 방에 쓰러뜨리고 싶은 욕망을 가까스로 눌러 참아야 했다.

암묵적 동의

한 손님이 집으로 찾아와 함께 담소를 나누었다. 아마도 우리는 제법 말이 통했다고 할 수 있을 것이다. 거의 모든 관점에서 이견이 없었다. 그는 사례를 들어가며 내 의견을 보충했고, 나는 그의 주장에 자세한 분석을 더하고 논의를 확장했다. 우리는 아이들과 축구에 관해서도 이야기를 나눴고 날씨와 요즘 유행하는 우스갯소리에 관해서도 이야기했다. 화제의 범위나 심도 면에서 다양하고도 흥미로운 대화였음을 확신한다. 마지막으로 그는 모자를 벗으며 예의 바르게 작별을 고했고, 안사람과 우리 집 강아지에게도 상냥하게 손을 흔들어 보였다.

이상한 것은 이 대화가 나를 전혀 즐겁게 하지 못했으며 그 손님에 대해 어떤 호감도 불러오지 못했다는 점이다. 나는 도무지 어찌 된 일인지 알 수 없었다. 그가 뭔가 잘못 말했던가? 아니다. 그가 뭔가 잘못한 일이 있는가? 그것도 아니다. 그러면 내 우울하고 답답한 마음은 대체 무엇 때문이란 말인가? 뭔가 다른 뜻이 있는 듯한 깍듯함 때문이었나? 어딘지 과장된 미소 때문인가? 이야기를 듣는 동안 사람을 살피는 듯 흘끗 돌아가던 눈동자 때문일까? 눈빛에서 언뜻 비치던 사람을 비웃는 듯한 미소 때문이었나? 브랜드 표식이 새겨진 와이셔츠와 방금 염색하고 나온 것처럼 새카만 머리칼 탓인가? ……

대화 외에도 우리는 분명 대량의 정보를 몰래 주고받았다. 표정과 표정 사이의 충돌, 자세와 자세 사이의 대결, 매무새와 매무새 사이의 투쟁, 시선과 시선 사이의 박투, 말투와 말의 호흡 사이에서 서로 물고 늘어지는 고요. 이 모든 것이 침묵 속에서 한바탕 얽히고설켜 싸우는 바람에 내 마음은 만신창이로 지쳐 쓰러졌고, 서로가 미소를 지으며 갈무리했던 원만한 대화로도 회복되지 못할 지경에 이른 것이다. 우리가 미처 유념하지 못했던 헤어스타일 하나가 처음부터 무료하고 난처한 오늘의 만남을 결정짓고 있었던 셈이다.

대화는 사람들과 교제하는 중요한 수단이지만, 사실 어설프고 부차적인 수단이며 마지못해 쓰는, 그야말로 하나의 수단일 따름이다. 바꾸어 말하면, 사람과 사람이 언어를 통해서 소통해야 할 때, 그것도 넘치는 언어를 통해서 소통해야 할 때는 언제나 어려움이 산 넘어 산일 때다. 성숙한 관계는 언어를 필요로 하지 않는다. 대화를 필요로 하지 않고 판단을 필요로 하지 않는, 이른바 '암묵적 동의'에 가깝다. '암묵'이라는 것은 언어의 포기를 의미한다. 말이 없는 소소한 행동 속에 숨겨진 것들을 체감할 때 사람들은 마음과 마음으로 통한다. 여기서 더 분명하게 밝혀 말한다는 것은 대개 우스꽝스러운 덤일 뿐이다. 이런 상황에서 억지로 말을 한다면 대개는 하려는 말과 다른 내용이 되고 만다. 술 취한 늙은이의 뜻이 사실 술에 있지 않은 것처럼 진짜 속내는 말 밖에 있다. 그래서 우리는 어째서 비로소 가장 절묘한 외교라는 것이 언제나 외교라는 틀 밖에서, 담판 테이블이나 협정문서 밖에서 이루어지는지 이해할 수 있다. 왜 선수의 작업은 언제나 작업처럼 보이지 않으며, 단 한마디의 작업 멘트도 없이 이루어지는가? 더욱이 이처럼 고명한 작업은 상대방이 질릴 정도로 사랑이라는 말을 남발하지 않는다. 오직 거리에서 사람을 억지로 끌어당기는 삼류 논다니들이나 그렇게 드러내놓고 사랑을 구한다. 예를 들어, 보통 이런 질문은 아무나 하지 않는다. "오빠, 우리 섹스할래?"

여자가 무의식적으로 남자를 향해 눈을 커다랗게 떠 보인다거나, 무의식적으로 남자가 놓고 간 모자를 들어 올린다거나, 아니면 무의식적으로 남자의 접시에서 마늘을 집어 든다거나……. 하는 말은 적을지 몰라도 그때 주고받은 정보는 적지 않으며, 이미 하고픈 말을 다한 것이나 다름이 없다. 셋을 세면서 둘을 세지 않거나, 일곱 다음에 여덟을 세지 않아도 그 뜻은 이미 서로에게 분명하다. 그들이 비록 보통 관계라고 이야기해도, 두 사람의 친밀도에 대해서는 우리 모두 상상할 수 있다. 반대로 그들이 부부나 연인 같은 특별한 관계라고 공개하거나 어떤 작품 속에서 부부나 연인으로 정해지더라도 그런 관계 속에 앞서 말한 암묵적 동의의 일면이 발견되지 않는다면 상황은 달라진다. 엄밀한 논리와 납득할 만큼 분명한 설명을 끌어와서 각각의 일을 처리하더라도 그들의 관계에 대해서 의심할 수밖에 없다. 외설적인 소재를 다루는 수많은 텔레비전 드라마 속의 남녀는 달콤한 사랑의 말을 입에 달며, 심지어 늘 어루만지고 껴안고 침대에서 아래위로 구른다. 하지만 그들이 주는 느낌이 언제나 어설픈 연기에 불과하며 물이 흘러 강을 이루고 물과 젖이 섞여 하나 되는 애정을 발견할 수 없는 것은 그런 까닭이다. 전문 용어로 말하자면, 이런 외설 배우들의 눈에는 '연기'가 없으며 얼굴에도 '연기'가 없고 손놀림이나 발놀림에도 '연기'가 보이지 않는다. 머리끝부터 발끝까지 온몸 어느 한 군데서도 그런 느낌이 나지 않는다. 제아무리 대사를 잘 쓰고 동작 연출을 잘하더라도 대사를 외는 기계이거나 고난이도 동작을 소화하는 동작 기계로밖에 보이지 않는다. 그들은 진정한 애정을 연기할 수 없을뿐더러, 진정한 분노나 우울, 진정한 환희를 연기하지도 못한다.

한마디로 관중에게서 암묵적 동의를 이끌어내지 못했으며, 시청자에게 전적으로 받아들여지지 않은 것이다. 이런 감정의 결핍이 일어나는 근원을 두고 중국 속담은 '연이 닿지 않는다'라거나 '기질이 서로 맞지 않는다'라고 말한다. 어떤 사람이 자기가 마땅히 좋아할 만한 소설을 좋아할 수 없을 때, 좋아하지 않을 이유가 없는 도시가 좋아지지 않을 때, 까닭 없이 어떤 시대가 싫어질 때 하는 말이다. 이런 관점에서 18세기와 19세기는 운이 좋았다. 그때는 아직 풍부한 문학예술이 존재했고 감각에 작용하는 수많은 상세한 지침이 남아 사람들의 핏속에 흐르고 있었기 때문이다. 파리나 페테르부르크의 사람들은 발자크 또는 톨스토이의 도시에 대해 일찍부터 서로 알고 있어서 낯선 거리나 술집에 대해서조차 가릴 것 없는 '암묵적 동의'가 존재했다. 가로등 하나, 갑자기 내리는 서늘한 비, 제과점의 뚱뚱한 주인아줌마는 이미 오랫동안 알고 지낸 사이처럼 기억 속에 아로새겨져 있었다. 그러나 20세기, 특히나 20세기 말의 우리에게는 그런 운이 없다. 아마도 이 시대에는 사물과 사건의 변화가 너무 빨라서 사람들의 감각에 머무르거나 깊게 가라앉아 소화될 만한 시간이 부족한

탓일 것이다. 공업화 시스템 아래서는 물질을 대량생산하는 탓에 개성이 부족해 감각을 흥분시키는 목적을 이루기 힘들다. 사정은 이런 것일 수 있다. 이 시대에는 기술과 경제가 발달했지만 불행히도 문학예술은 오히려 쇠퇴해 쓸데없는 소란에 휩쓸린 나머지 진정으로 사람의 마음을 움직이는 일이 드물어졌다. 거성의 면모를 잃은 문학가들은 시대와 사람들 사이에서 소통하기 위해 몸부림친다. 높은 빌딩은 전원을, 가로등은 밝은 달빛을, 전화는 먹과 붓을, 비행기는 파발마를, 슈퍼마켓은 장터를, 전자매체는 거리에 떠도는 소문을 대신한다. 이 모든 것이 효율적인 합리성이라고 말할 수 있겠지만, 정서적으로는 충분한 공감대를 형성하지도 못하고, 완전한 지배력을 행사하지도 못한다. 대부분 사람들의 말초적인 감각만 낯설게 하고 자극할 따름이다. 바꾸어 말하면, 사람들은 이성적으로는 너무 앞서고 감성적으로는 너무 뒤처져 있다. 많은 사람이 옛것을 그리워하는 이유, 20세기 초기나 중기에 그랬던 것보다 훨씬 더 옛것을 그리워하는 이유가 여기 있다.

우리 어머니가 이렇게 말씀하셨다. "내가 젊었을 때는 천으로 만든 단추에 깃이 기울어진 옷은 입지 않았단다. 그런데 요즘 젊은 사람들이 그런 옷을 다 입는구나. 당나라 때 옷 같은 게 다시 유행할 줄은 꿈에도 몰랐구나."

나도 과거를 감각하는 사람이다. 내 감각은 당나라 때의 시, 한나라 때의 조각, 진나라 때의 전각篆刻 같은 데 머물러 있다. 솔직히 말하자면, 제아무리 노력해봐도 내가 겪고 있는 이 시대는 언제나 낯설기만 하다. 덧붙이자면 아무래도 호감이 생기지 않는 것이다. 컴퓨터, 비행기, 에어컨, 감마나이프, 유엔 안보리 상임이사국에 이르기까지, 비록 과거에 비해 훨씬 풍요롭고 자유롭더라도, 내게 이 시대는 받아들일 수는 있을지언정 좋아할 수는 없는 시대다. 어떤 힘이 내가 가져 마땅할 호감을 느끼게 하거나 그러지 못하게 만드는 건지 모르겠다. 어쩌면 나는 스스로 도저히 받아들일 수 없는 시대를 향해 걸어가기를 바라는지도 모른다. 청동기 시대 머나먼 변방의 역참에서, 패한 전쟁터에서 물러난 뒤, 늙은 말의 잔등에 앉아 바다처럼 푸른 산과 지는 놀처럼 붉은 피를 바라볼 수 있기를.

성조

'좋아'라는 말을 높은 성조와 낮은 성조로 말하는 것만으로 완전히 다른 감정을 전달할 수 있다. 사실 그 둘은 완전히 다른 의미를 지닌다. 똑같은 글자라고 해도 분노나 위협처럼, '좋아'와는 전혀 거리가 먼 뜻을 전달할 수 있는 것이다. 다만 성조를 살짝 바꾸거나 길이를 다소 조정하기만 해도 그렇다. 두 글자 사이에 0.01초 또는 0.001초의 사이를 두어 말소리를 늘이거나 줄이기만 해도.

일상생활에서 말 잘하는 사람들은 언제나 성조에 특별히 예민하다. '말뜻을 헤아리고 안색을 살피는' 능력은 '말소리를 가려듣는' 능력을 포함한다. 말을 잘하는 사람들은 문자 기호로는 성조나 말하는 태도를 정확히 기록할 방법이 전혀 없다는 사실을 잘 알고 있다. 설사 어떤 어조를 나타내는 말을 표시할 수 있다 하더라도 그것만으론 충분치 않다. 그들은 절대 문자를 맹신하지 않으며, 역사 기록도 쉽게 믿지 않는다. 적어도 일부 학자들처럼 그렇게 역사가 문헌으로 기록된 역사만을 의미한다고 단언하지 않는다.

그들은 기록된 글줄 사이에 늘 더 중요한 정보가 은밀히 숨겨져 있으며, 문자 기호라는 것이 본디 너무 소략하다는 것을 잘 안다. 만약 그들이 문헌을 중시한다면, 그것은 문헌이 상상의 근거가 되어 그 속에서 사람을 읽고 그 사람의 성조를 읽어낼 수 있기 때문이다. 샤오옌은 당시 선거에 참가하지 않겠다고 아버지와 약속하면서 전화에 대고 '좋아'라고 그다지 내키지 않는 기운 없는 소리로 대답했다. 샤오옌의 아버지는 전혀 마음을 놓을 수 없었다. 나중에 샤오옌은 아버지의 걱정대로 약속을 어겼다. 어쩌면 스스로 자기를 추천한 후보의 말투가 마음에 들지 않았기 때문일 것이다. "제가 만약 민주주의를 배반한다면 남자도 아닙니다!" 사실 그 말은 너무 귀에 거슬렸다. '남자'라는 두 글자가 천금보다 더 무겁다는 것은 무슨 뜻인가? 도대체 남자가 뭐라고? 민주주의를 배반하는 것이 남자는 아니라면 여자라는 것인가? 샤오옌은 교실을 뛰쳐나갔다. 친구들이 도시락을 두드리며 식당으로 향할 때, 그녀의 아버지가 걱정하던 일은 이미 일어나고 있었다. 위대한 강령이 그 순간 기세 좋게 담장에 나붙었다. 그러나 샤오옌이 다 붙이기도 전에 몇몇 남학생이 빗자루로 깨끗이 그 강령을 쓸어냈고 심지어 그녀의 얼굴에 풀까지 튀겼다. 샤오옌이 '표를 분산'시키고 '민주를 파괴'한다는 이유에서였다. 그날 오후 한 남자 대학원생이 광범위한 민의를 대표한다고 자청하며 멋대로 그녀를 경선에서 밀어냈다. 그는 먼저 샤오옌의 방향이 원칙적으로 틀리지는 않았지만 이론적인 수준이 너무 저급해 민주파의 체면을 손상했다고 주장했다. 샤오옌은 승복할 수 없으며 단 한 표를 받더라도 역사에 길이 남을 거라고 말했다. "나는 당신들이 부당하게 정의를 억압하는 것을 보고만 있지 않아!"

나중에 샤오옌은 계속해서 어려움에 부딪혔노라고 말했다. 지도부에서는 골칫거리를 만들고 싶어 하지 않았고, 민주파의 남학생들은 그녀를 방해하고자 손을 썼다. 더러운 물로 자보를 온통 더럽히면서 며칠 전만 해도 쌍꺼풀이 있느니 없느니 따위의 저속한 취미를 지녔던 여자가 갑자기 민주를 외치는 것만 봐도 동기가 불순하다고 말했다. 샤오옌이 언제나 함부로 다른 사람의 슬리퍼를 신고, 다른 사람의 물통을 쓴다고 비난했다. 그들은 심지어 샤오옌이 자기 지갑에서 돈을 꺼내는 것조차 아까워하는 구두쇠라고 욕했다. 게다가 샤오옌의 남자친구가 최근에 도서관에서 책을 훔치려다 심판을 받았다는 점을 들어 우리가 어떻게 범법 행위를 하는 자에게 인민의 권력을 쥐여줄 수 있겠느냐고 공격했다.

대자보에 샤오옌이 성적으로 문란한 나머지 낙태를 수도 없이 했으며 사생아까지 있다고 쓰지 않은 것만 해도 다행일 지경이었다.

저녁에 있었던 연설회장에서 학생들은 샤오옌에게 공개적인 답변을 요구했다. 샤오옌이 마이크 앞으로 다가서자 단상 아래서는 한바탕 야유하는 휘파람 소리가 울렸다. 온갖 괴상망측한 질문이 다 나왔지만 진지한 질문은 하나도 없었다. 최초로 노벨상을 받은 여자는 누구인가? 세계 최초의 여성 대통령은 누구인가? 중국의 어떤 성省(중국의 행정 단위로 우리나라의 도에 해당하며 관청 소재지를 성회省會라 한다—옮긴이)에 여류 작가가 가장 많은가? 여성의 평균적인 뇌 용량은 얼마인가? …… 마치 학생 대표를 뽑으러 나온 것이 아니라 샤오옌의 백과 지식을 시험하러 나온 것 같았다. 게다가 그런 백과 지식만이 여성과 관련이 있고 과학이나 민주주의는 전혀 관련이 없는 것처럼 굴었다. 그들에게 여성의 얼굴은 마치 '여자'라고 하는 특정 이미지 안에서만 상상되는 듯했다. 준비한 답변은 하나도 소용이 없었다. 들러붙은 입술과 얼어붙은 혀는 샤오옌의 '무지'와 '불학무식'한 이미지를 적나라하게 폭로할 따름이었다. 샤오옌은 화가 난 나머지 물건을 부수며 결국은 타락한 여자처럼 제멋대로 지껄이기 시작했다. 누군가 이렇게 물었다. "당신은 사실 경선을 하러 나온 게 아니지? 여기서 남자라도 하나 물려고 나온 거 아니야?" 샤오옌은 분을 이기지 못하며 말했다. "미안하지만 여러분이 내 남자를 보면 질투가 나서 죽을지도 모르겠네요. 그 사람은 적어도 당신들보다 키가 20센티미터는 더 크니까!" 그다음부터는 더 말할 수도 없이 엉망이었다. 또 다른 사람이 이렇게 물었다. "'세상에 가장 독한 것이 여자의 마음'이라는 말에 대해서는 어떻게 생각합니까?" 샤오옌은 마침내 이렇게 내뱉었다. "니미럴!"

이때 가장 뜨거운 박수를 받았지만, 박수소리에 화가 난 샤오옌은 울었고 쉬지 않고 기침까지 해댔다. 단상 아래서는 누군가 이렇게 소리쳤다. "담배는 피우지 맙시다!" 그 한마디 외침에 그녀는 울컥해서 더더욱

목 놓아 울기 시작했다. 나중에는 보는 사람이 민망할 정도로 울었다. 샤오옌은 나중에 이런 말까지 했다. "그때는 억지로 상냥한 척했지. 원치 않는데도 남학생들과 악수를 하고, 원치 않으면서 남학생들과 춤도 추고. 어쨌거나 특수한 시기였으니까. 한 표라도 더 얻기 위해 필사적이었어." 그러다 보니 생각지도 않게 몇몇 여학생에게 '남의 남자를 손대지 말라'는 경고까지 전해 들었다. 샤오옌이 여권에 관해 내놓은 주장은 대부분의 여학생에게도 의심의 대상이었다. 한번은 여학우만의 모임에서조차 소수 학생이 난동을 부렸다. 몇몇 여학생은 큰 소리로 웃으며 책상을 두드렸고 "하이힐 만세!" 또는 "미니스커트 만세!"라며 고함을 지르고 자신의 여성미를 한껏 과시했다. 그렇게 해서 그들은 창밖에 있는 남학생들의 열렬한 환호와 갈채를 받았다. 사실 샤오옌의 의도는 완전히 곡해되었다. 샤오옌은 하이힐이나 미니스커트를 반대한 적이 없었다. 다만 교수나 관리에게 섹스어필하는 데 반대하고 여성의 성을 상업적인 목적으로 거래하는 데 반대했을 뿐이다. 그러나 샤오옌은 수많은 여학우에게 수도원의 사감 선생님으로 매도되었고, 어떤 변명으로도 그런 오해를 풀 수 없었다. 샤오옌을 가장 슬프게 했던 일은 여학우들이 전혀 그녀를 지지하지 않을뿐더러 "너희 남자들은 다 나빠!"라고 저주를 하면서도 코 먹은 소리로 앵앵거리며 결국 그들에게 더 큰 힘을 실어준다는 사실이었다. 그뿐만 아니라 그들은 "여학우들이여, 단결하여 끝까지 싸우자!"라고 소리 높일 때도 일부러 우스개로 만드는 경향이 있었다. 다른 사람들의 비웃음을 샀을 뿐 아니라 스스로를 우습게 여긴 것이다. 엄숙한 투쟁은 점차 유치한 놀이가 되었다. 샤오옌은 일이 갈수록 이상해진다는 사실을 깨달았다. 비록 여학생들 사이에서 수많은 위로와 동정의 말을 들었지만, 도리어 그 안에서 조롱과 반대의 어조를 느껴야 했다.

무쇠 아가씨

몇 년 전 타이핑쉬를 지나다가 예전에 많은 학우들과 함께 이곳에 하방下放(당원이나 공무원의 관료화를 방지하기 위해 일정 기간 농촌이나 공장에 보내 실제 노동에 종사하게 하는 것. '하방운동'이라고도 하며 1957년 정풍 때 시작되어 문화대혁명 시기에도 시행됨 – 옮긴이)되어 노동하던 일이 생각났다. 당시에는 여학우들도 여기서 소를 치거나 돼지를 먹이고 꼴을 베고 모내기를 했다. 팔뚝과 무릎은 물론 온몸이 진흙투성이였던 모습이 아직도 생생하다.

1960년대의 일이었다. 그때 여학생들은 모두 어떻게 자신을 꾸며야 하는지 잘 알지 못했다. 앞다투어 자기 피부를 새카맣게 그을리고 어깨를 넓히려 했으며 좀 더 건장해 보이도록 낡아빠진 남자들의 솜저고리를 입었다. 여학생들은 마치 무쇠를 쌓아 만든 탑처럼 굳건했다. 사정도 모르는 시골 농부들은 낡은 솜저고리가 '지청'에게 공통적으로 배급된 제복이라고 여기고 이렇게 물었다. "이 제복은 어째 이리 꼴사나운고? 그냥 줘도 나는 싫겠구먼. 인민정부가 자네들 지청은 이렇게 꾸미라고 하던가?"

여학생들은 모두 낡은 솜저고리를 입었다. 머리맡에는 소설과 철학책이 놓여 있었지만, 하나같이 농부보다 더 농부처럼 보이기 위해 애썼다. 똥통에 뛰어들어 똥물을 퍼 올렸고 진흙탕에 뛰어들어 곡식을 베었으며 병든 돼지 새끼를 품 안의 보배처럼 안고 쓰다듬었다. 농부들이 하기 싫어하는 더러운 일이나 힘든 일이라면 앞다투며 빼앗아 했다. 그들에겐 더러움과 힘겨움에 대한 사명감이 있었다. 하지만 일단 도시로 돌아오면 닭과 물고기를 잡고 찹쌀을 진 채 집집마다 돌던 일과 온몸에 진흙과 똥물 냄새를 풍기던 기억을 말하면서도 미친 듯이 영화와 책, 레코드를 찾아 다녔다. 광장이나 기념비 앞에서는 러시아의 어떤 시가를 읊어대면서 모두가 최고 권위자인 것처럼 학자들도 함부로 건드리지 못하는 어려운 문제를 놓고 논쟁에 논쟁을 거듭했다. 여학생들은 정해진 신분이 없는 사람들이었고, 여러 신분을 동시에 지니고 있었다. 그래서 언제나 풍부한 환상과 초조함으로 들떠 있었다. 도시와 농촌 사이에서 떠도는 특수한 집단이었으며, 낡은 솜저고리 덕분에 당시 자동차, 기차, 배 등 어느 곳에서나 눈에 띄었다.

그때 노란 머리는 아름다운 것으로 여겨지지 않았다. 그것은 제국주의와 수정주의의 머리색이었을 따름이다. 흰 피부도 아름다운 것이 아니었다. 그것은 자본 계급과 봉건 지주 계급의 피부색이었다. 그들은 남녀 모두 피부에 '증백제'를 사용한다고 간주되었다. 미국의 흑인 가수 마이클 잭슨도 피부색을 희게 만들고자 이런 약품을 썼다고 했다. 당시 여학우들은 그와 같은 정보를 염두에 두었던 것이다. 그런 아름다움은 '추악한 아름다움'이라 불렸으며, 영화 속에서 삐딱한 군모를 쓰고 등장하는 미국의 여자 스파이나 반동 자본가의 첩에게나 어울렸다. 아이들이 그런 '불여우'나 '나쁜 여자'를 모방하는 것은 저속하다고 여겼다. 당시 영화 속에서 가장 환영받는 긍정적인 여성은 대개 이목구비가 단정하고 수수하게 생긴, 인상이 또렷하지 않은 생김새였다. 너무 눈에 띄지 않고 자극적이지도 않은 그 모습에는 아이들이 따라 할 만한 구석이 없도록 만들려는 연출자의 고뇌가 담겨 있었다. 혁명이 점차 고조됨에 따라 여성의 아름다움은 더욱 정형화되었다. 짧은 머리, 둥근 얼굴, 넓은 어깨, 굵은 허리, 검은 피부, 큰 목소리. 많은 경우 그들의 손에는 장총과 무쇠 호미가 들려 있었다. 당시 수많은 매체를 장식했던 돌격대 '무쇠 아가씨'들처럼.

샤오옌과 꽤 많은 여학우들에게서도 이처럼 물씬한 무쇠 냄새가 났다. 그것은 분명 노동의 아름다움이라 할 만했다. 짧은 머리는 일하기에 훨씬 편했고, 둥근 얼굴은 건강함을 상징했다. 넓은 어깨와 굵은 허리는 무거운 짐도 들 수 있는 능력을, 검은 피부는 오랫동안 밖에서 생활했음을 의미했다. 큰 목소리는 소로 밭을 갈거나 수레를 몰거나 일하는 사람들을 부르기 위해 꼭 필요했다. 솜을 두둑이 넣은 두터운 남자 옷은 남녀평등의 원칙을 구현했다. …… 이런 아름다움은 그 시대에 중요했던 여러 사건을 설명한다. 린저우시에 만든 인공 하천 훙치취, 산기슭 황무지를 개간해 만든 농지 대채전, 난징 창장대교, 다칭 유전, 위성 발사, 핵무기 폭발 시험, 수백 개의 소형 화학비료 아이템……. 그때 중국은 국제통화기금의 원조를 받거나, 오늘날의 몇몇 빈민국가처럼 걸핏하면 포탄을 날리며 돈을 내놓으라고 국제사회를 위협하지도 못했다. 그러나 인간은 어쨌거나 단순한 기계가 아니며, 어떤 힘으로도 욕망과 감정을 사라지게 할 수 없다. 인간은 필요한 노동 외에 마땅한 생활을 영위해야 한다. 혁명 당국이 모든 홍보 수단을 독단적으로 사용했던 오대삼조五大三粗(커다란 두 손과 두 발, 큰 머리의 다섯 가지 큰 것과 굵은 종아리, 굵은 허리, 굵은 목의 세 가지 굵은 것. 남자다움의 표지를 가리키는 말로 시대마다 다소 다른 해석이 존재한다. 여기서는 문화대혁명을 전후한 시기의 표준적인 청년상을 의미 – 옮긴이) 시기에는 사회 전체가 일종의 심각한 미학적 위기에 빠져 있었다. 그러다 나중에는 결국 중대한 정치적 위기의 근본 원인이 되었다. 이단은 자연스럽게 나타나는 법이다. 미켈란젤로, 다빈치 등 예술가들의 인체 데생 화보집이 지칭 집단 안에서 몰래 나돌았다. 옛날 연극에나 등장할 법한 아가씨나 계집종의 꽃같이 곱게 단장한 얼굴은 여전히 관중에게 그리움의 대상이었다. 거리에 보기 드문 외국인 여기자가 나타나기만 하면 사람들은 등을 드러낸 짧은 셔츠와 미니스커트에 놀라 얼이 빠질 지경이었다. 곧 "양키 여자가 윗옷을 벗었네, 바지를 안 입었네" 하는 과장 섞인 소문과 함께 온 거리에 사람들이 몰려나왔다. 육체의 아름다움에 대한 이 모든 갈증이 당대의 모호한 정치에서 민심을 이반하도록 추동하고 강화한 힘이었다.

육체의 아름다움은 사실 그리 특별한 게 아니다. 이목구비가 반듯하고, 눈빛은 맑고 밝으며, 얼굴에는 발그레한 윤기가 흐른다. 또는 손과 발, 팔과 다리가 모두 균형을 이루는 데다 탄력이 넘친다. 사실 이 모두가 건강한 신체의 당연한 반증일 뿐이다. 풍만한 가슴은 여성이 아이에게 젖을 먹일 수 있을 정도로 충분히 성숙했음을 상징한다. 가느다란 허리와 오동통하게 살이 오른 팔은 생육에 필요한 것이다. 긴 머리칼이나 매끄러운 피부, 붉은 입술과 긴 다리는 여성의 체격이 완성되는 청춘 시기를 상징한다. 그러고 보면 현대적인 화장술이라는 것도 별게 아니고, 누군가를 위한 과장법에 불과하다. 샴푸, 크림, 립밤, 거들, 하이힐 그리고 미니스커트, 심지어 바스트나 힙의 패드에 이르는 모든 것은 이런 청춘 여성의 특징을 극단화함으로써 이성의 사랑을 촉발한다. 이것을 '청춘의 아름다움'이라 부를 수 있을 것이다. 청춘의 아름다움은 노동의 아름다움과 마찬가지로 생명의 표현이며 생명이 존재하기 위해 필수적인 요소다. 유물주의 미학의 관점에서 보더라도, 아름다움이 '노동'과 '공리'에서 비롯된다는 러시아 철학자 플레하노프의 개념(《주소 없는 편지》)에 따르더라도 그렇다. 프롤레타리아가 프티 프롤레타리아, 그것도 건강한 프티 프롤레타리아를 필요로 한다면, 아이를 낳고 키우는 것 또한 위대한 노동이며 청춘의 아름다움 또한 위대한 노동의 필요조건이다. 유물주의 심미안을 경제학이나 의학적 관점으로 바꾸어 보더라도 남자도 여자도 아닌 채 다 낡은 솜저고리 속에 영원히 숨는 것은 아무 가치도 없는 일이다.

청춘은 개인의 욕망을 흡수하고 구현한다. 노동은 타인과 집단에 대한 의무를 수행하고 구현한다. 급진적인 혁명 의식 아래서 개인과 욕망의 합법성은 인정되지 않는다. 그래서 혁명 선동가의 지식계보 안에는 '인성'과 '형식주의'의 합법적 지위가 존재하지 않았다. 아름다움을 치장하는 것은 반동적 의식 상태로 치부되었으며, 인간이 들여다볼 수 없는 금단의 영역이었다. 이 과정의 자연스러운 결과 가운데 하나는 혁명 선동 중에 애정의 공백이 출현했다는 점이다. 현대 혁명 전형극의 영웅 인물은 하나같이 남편이 없거나 아내가 없다. 이처럼 연극이나 영화의 보편적인 '독신 현상'에 대해 사람들은 전혀 의심하지 않았다. 혹은 누군가 조심스럽게 그런 의문을 제기했다 하더라도 만족할 만한 답을 얻지는 못했을 것이다. 설사 작품 속의 무쇠 아가씨, 무쇠 아주머니, 무쇠 이모에게 억지로 '배우자'나 '애 아버지'를 붙여주었다 하더라도 무성적인 혁명 동지들의 형상에서 연인다움을 찾아보기는 어려웠다. 마치 장기와 바둑을 함께 두거나 왼발과 왼발을 겹쳐놓은 것처럼 짝을 이루지 못하고, 어떻게 해도 뭔가가 이상하고 어색했다. 이처럼 서로 들어맞지 않는 상황에서 애정은 다만 직무와 책임을 다하는 근무 태도에 가까웠고 가정은 공공을 위하고 법을 수호하기 위해 맡은 직분에 가까웠다. 연인이나 가족이 되는 사람들은 서로 '동지의 최근 업무'나 '전국적인 상황 호전'에 관해 이야기 나누는 것이 고작이었다. 내 친구 다터우가 막 극단에 배속되었을 때, 친척 한 사람이 무던히도 그에게 여자를 소개시켜주려 했다. 상대는 지역 간부의 자리에 오른 노처녀였다. 다터우는 의외로 매우 마음이 동하는 듯 달려가 선을 보기로 했다. 생각지도 않게 상대방은 상당한 미인이었다. 여자는 만나자마자 활달하게 그와 악수를 하며 이렇게 말했다. "난 이번에 회의 참석차 북경에 온 겁니다. 그런데 생각지 못한 세 가지 일이 생기네요. 우선 이 회의에 이렇게 중요한 의미가 있을지 몰랐고, 둘째로 내가 중앙정부에서 이토록 중시될 줄 몰랐고, 셋째로……." 다터우는 아마도 생각지 못한 네 번째 일이었을 것이다. 연애가 이런 식으로 시작되다니. 다터우는 너무 놀란 나머지 핑계를 대고 친척집으로 내뺐다.

문화 제거는 정치적 금욕주의로 이어졌으며, 광범위한 정치적 반발을 불러일으켰다. 즉 혁명의 기계적 인간 신분에 대해 누구도 마음으로부터 받아들일 수 없었던 것이다. 그때 다터우는 몰래 내게 이렇게 말했다. "모두들 바지 속은 아직 흔들리고 있으니까." 이 말은 사실 훨씬 더 많은 것을 의미한다. 당시에는 모든 거울, 빨간 댕기, 머리 미는 칼, 화장품, 사진관, 예쁜 옷, 마음과 눈을 즐겁게 하는 신체의 곡선 등이 모두 잠재적으로 정치적 반대자가 될 가능성이 있었다. 그러나 이런 사항은 줄곧 정부 당국에 의해 무시되었다.

뼈만 있는 미인

나는 텔레비전에 나오는 패션쇼를 거의 보지 않는다. 우연히 한 번 봤을 때 스크린 속 미녀들은 나를 소스라치게 만들었다. 혁명의 무성화無性化 시대가 지나가기 무섭게 또 다른 무성화 시대가 이토록 빨리 찾아올 줄은 미처 생각지 못했다.

유명한 슈퍼 모델들이 T자형 무대 위에 서 있었다. 장작개비처럼 깡마른 데다 표정도 없고 안색은 창백했으며 여자도 남자도 아닌 듯 보였다. 그런데도 그들은 현대적인 여성미의 상징으로 숭배된다. 장작개비처럼 깡말랐다는 것은 노동과 생육을 위해 생리적으로 불편하다는 의미다. 표정이 전혀 없다는 것은 그들이 공동체 생활을 하기에 적합하지 않다는 것이며, 검푸른 입술과 다크서클은 더 이상 몸이 이기지 못할 정도로 지쳐 있다는 뜻이다. 그것은 독신자, 마약중독자, 정신병자 또는 고대 무당의 얼굴에 가깝다. 체중이나 가슴, 허리, 엉덩이의 둘레 사이즈를 보면 이미 생리적 극한에 이른 게 분명하다. 아사 직전에 겨우 살아나 숨만 붙어 있는 가운데 몸부림치는 사람처럼 바람만 불어도 날아갈 것 같고 한숨만 불어도 쓰러질 것 같다. 마치 언제라도 분장실이나 무대에 오르는 순간에 스스로를 희생할 준비가 되어 있는 사람처럼 필사적으로 보인다.

깡말랐다는 것은 이 시대 아름다움의 절대 원칙이며, '뼈만 있는 미인骨感美人'이라는 새로운 유행어를 만들어냈다. 영국의 한 평론가는 이렇게 말했다. "음식물을 과도하게 섭취하는 서구에서 비만은 심각한 문제이고, 따라서 날씬한 몸매가 곧 건강과 아름다움의 동의어가 되었다. 그러나 개발도상국(예를 들어 인도)에서는 풍만한 여성이 더 사랑받고 약간 뚱뚱한 남성이 더 남성적이라고 인식된다."(《포커스》, 1999년 제6호) 고대 귀족 계층에 속한 남자들도 사실 그리 편안한 삶을 즐기지 못했으리라는 점은 어렵지 않게 상상할 수 있다. 잦은 전쟁, 질병, 가뭄과 같은 자연재해 등으로 인해 그들의 체중에는 분명한 한계가 있었을 것이다. 그래서 고대 그리스의 미신美神 아프로디테나 중국의 양귀비처럼 포동포동한 언니들이 사랑받았다. 심지어 로마인은 여성의 목에 둥그렇게 늘어진 살을 '비너스 링'이라고 불렀다. 그런 까닭에 다빈치의 모나리자는 비로소 수많은 사람을 한눈에 매혹시키는 초절정 미인으로 보였던 것이다. 우리는 자동차, 비행기, 엘리베이터와 로봇이 오늘날 남성의 피하지방을 증가시키고 있다는 사실을 알고 있다. 맥주, 초콜릿, 패스트푸드와 파티는 현대 남성의 허리둘레를 날로 두껍게 만든다. 고도로 발달한 문명 세계의 의례와 편안함은 남성의 몸을 희고 깨끗하며 섬세한 여성의 몸으로 바꿔놓고 있다. 그래서 권력, 자본, 신문, 텔레비전, 특가 입장권을 손에 넣고 난 뒤에는 T자형 무대 위에 마르고, 깡마르고, 또 말라비틀어진 모델을 세워 뚱보가 넘쳐나는 보통 남자의 세계에서 균형을 맞추려는 것이다. 그렇게 함으로써 설사 성적인 표지를 잃게 되더라도, 흡사 고대의 무당 같은 모습이 되더라도 개의치 않는다. 이때 깡말랐다는 것은 심지어 상층 계급에 속할 자격(운동할 수 있는 여유가 있다)이나 지식(운동영양학)이 있다는 표지가 된다.

남자는 헬스클럽이나 미용 클리닉에서 목표를 이루려 분투하며, 여자 모델도 틀림없이 그럴 것이다. 그들은 T자형 무대 위에서 '마름'에 대한 그들의 상상을 구현한다. 설사 그것이 조금 지나친 과장에 이를지라도.

2002년 제6호 《리더스 다이제스트》는 이렇게 경고했다. "비만은 매년 30만 명의 미국인을 죽이고 있다." 그러나 식품 영양은 아직 모든 남자들을 비만의 공포에 떨도록 만들지 못했다. 그래서 유럽과 아메리카의 T자형 무대라는 일부 사회 상류층의 특정한 장소를 제외하면, 비만은 빈민국 빈민에게 그다지 보편적인 현상이 아니다. 그곳 사람들의 인체 미학은 아직 극단적인 '마름'을 추구하지 않는다. 이는 고대 중국에서 여인들에게 행해졌던 전족(여자의 발을 극단적으로 작게 만들기 위해 헝겊

등으로 싸매는 중국의 풍습–옮긴이)이 다만 사회 상류층의 유행에 그친 것과 마찬가지다. 간추려 말한다면 일부 상류사회 모방자를 제외하고 노동자 대부분은 실용적 관점에서나 미학적 관점에서 여전히 여성의 타고난 아름다움을 추구한다. 이런 이유로 이 세계의 취향은 분열된다. 취향과 부의 분배는 희소성의 원칙과 연관된다. 빈민국의 미학적 취향은 일반적으로 자연적인 섭리에 가깝고 상대적으로 평범하기 때문에 지속적으로 믿을 만하다. 적어도 사람들이 자기 몸을 학대하지는 않는다. 이런 자기 학대는 일찍이 뒤뚱 걸음을 만든 작은 발로 나타난 적이 있다. 오늘날에는 T자형 무대 위에 숨이 넘어갈 듯 서 있는 슈퍼 모델이 그것을 대신한다. 이상에 가까워질수록 생명의 정상적인 모습에서는 점점 멀어질 뿐이다.

노인

나는 샤오옌에게 내가 겪은 놀라운 경험을 말해주었다. 파리의 어떤 작은 박물관에서 나는 친구를 기다리고 있었다. 로비 양쪽의 높은 벽에는 각각 일렬로 노인들의 사진이 걸려 있었는데 나는 그 뜻을 알 수가 없었다. 프랑스어로 적힌 글자의 뜻을 이해하지 못했기 때문이다. 사진을 훑어보다가 나는 깜짝 놀라고 말았다. 벽에서 내 어머니와 같이, 머리칼은 이미 성글어지고 메말랐으며 관자놀이가 움푹 꺼진 얼굴에 주름이 가득한 노부인을 발견해서다. 그녀는 마침 베란다에 나와 뒤를 돌아보고 있었다. 찬바람에 식은 콧물을 훔치면서 내가 돌아오기만 기다리고 있다가 마침내 "왜 이렇게 얇게 입고 다니니?"라며 나를 꾸짖는다.

그녀는 물론 내 어머니가 아니었으며, 이름도 모르는 프랑스인이었다. 그저 놀라울 정도로 내 어머니와 닮았을 따름이다. 그러나 그토록 닮았다면 그녀 또한 일찍이 매일 베란다에 나와 콧물을 훔치며 아들이 돌아오기를 기다렸을 것이다. 게다가 아들이 추운 날씨에 얇게 입고 다니지나 않을까 부질없이 걱정했을 것이다.

어떤 중국 노부인 한 명이 종족의 흔적을 지워내고 이 순간 프랑스 박물관 사진 속에 나타났다는 사실은 정말 까무러치게 놀라운 일이다. 양쪽 벽에 걸린 사진을 하나씩 들여다보면서 나는 얼굴에서 종족이 구별되지 않는다는 사실을 발견했다. 그들은 중국인이라고 할 수도 있고 인도인, 슬라브인, 브라질인, 한국인이라고 해도 의심할 여지 없이 자연스럽게 받아들여질 만했다. 아마도 노인은 노인일 따름인지도 모른다. 전 세계 노인은 모두 공통의 한계에 직면해 종족을 분별할 수 없는 노인만의 태도를 지닌다. 마치 아이가 그저 아이이듯. 아이는 모두 맨발로 아무 데나 뛰어다닌다. 그래서 지구 위의 어디를 가든지 모두 커다란 눈동자와 동그란 얼굴을 하고 침을 질질 흘리거나 손가락을 빼물고 곧 울거나 멍하니 있거나 한다. 그다지 큰 종족적 차이가 없다. 처음에는 비교적 뚜렷해 보였던 피부색이나 머리칼 색은 갈수록 모호해진다.

종족 특색이 드러나는 것은 훨씬 나중의 일이고, 성별 특색이 드러나는 것은 더욱 나중의 일이다. 문화, 종교, 정치나 경제제도 등등의 문제는 더더욱 나중의 일이다. 종족 간 생리적 특징의 차이는 한 사람이 성년이 되어서야 비로소 완전한 형태를 띤다. 그때에 이르러서야 프랑스 여인과 중국 여인은 비로소 형태나 태도가 분명히 구별되어 사람들의 눈에 다르게 비치는 것이다. 이로써 종족, 성별, 문화, 종교, 정치나 경제제도 등은 콧잔등이나 턱, 어깨나 뺨에 뚜렷하게 새겨진다. 이것은 대개 청장년기의 특징에 해당한다. 음악으로 치자면 전개부나 변주부에 해당하며 전주부나 후주부가 아니다. 정해진 시간에 나타났다가 사라지며, 삶의 어느 순간 밀물처럼 밀려왔다가 썰물처럼 빠져나간다. 특정 시기는 동일한 생명의 형태를 각각 다르게 발화하고, 또 다른 시기에는 서로 다른 생명을 융화한다. 얼굴은 서로 구별된 뒤에 다시 하나로 뭉뚱그려져 마치 어떤 틀에서 나온 것처럼 통일된 규격과 특징으로 귀납된다.

노인과 아이. 하느님과 가장 가까운 그들은 진정으로 평등한 생명체다.

방식

나는 어머니께 그다지 많은 돈을 드리지 않는다. 차디찬 종잇조각도 물론 어머니를 기쁘게 할 수 있지만, 그 정도는 아주 제한적이기 때문이다. 몇 차례 시도를 통해 나는 돈을 구체적인 물건, 예를 들어 직물, 스웨터, 구두와 양말, 생선, 닭, 과일, 대추, 고구마나 거울 같은 일용품으로 바꾸는 문제에 주목했다. 지폐를 더 많은 부피, 무게, 색, 냄새, 소리를 지닌 실물로 바꾸어 어머니의 감각을 만족시킨다면 틀림없이 그녀를 더 기쁘게 할 수 있을 것이다. 비록 실물이 예전에 어머니에게 준 돈의 가치보다 훨씬 저렴하다고 하더라도, 실물이 어머니를 훨씬 바쁘게 만들고 수고롭게 하더라도 말이다.

어머니는 사실 그런 수고로움을 좋아한다. 생선이 펄떡거리고, 닭이 푸드덕대며 우짖고, 대추알이 이 병에서 저 병으로 굴러다니고, 고구마는 이 바구니에서 저 바구니로 옮겨진다. 이보다 더 사람들을 즐겁게 하는 일이 또 있을까?

사람은 살기 위해 어떤 감각, 어떤 분위기를 필요로 하며 대부분의 경우 추상적인 가치에 개의치 않는다. 나는 하이난성의 소규모 작업 단위를 관리하면서 이런 방식을 운용했다. 아무리 많은 시간과 정력이 들더라도 언제나 일부 예산을 실물과 바꿔서 사용한 것이다. 그래서 작업 단위에 속한 사람들은 늘 손발을 바삐 놀렸고 하루 종일 웃으며 떠들썩하게 일했으며 모두들 활기차게 작업에 임했다.

관리에서 중요한 점 하나는 사람과 사람의 감각에 대한 관리다. 감각이 제대로 작용하느냐 아니냐, 이른바 '기분'이 좋으냐 아니냐의 문제는 종종 상식을 초월하는 효과나 손해를 불러일으킬 수 있다. 안타깝게도 어떤 관리자들은 자주 이런 사실을 까맣게 잊곤 한다. 은퇴한 노인들을 위한 사회보장제도가 실행된 이후, 어떤 지역 관리부에서 친족의 사망 사실을 숨기고 연금을 수령해서 큰 손해가 났다. 제도를 보완하기 위해 이제 모든 연금 수령자들은 매년 '살아 있음'에 대한 증거를 파출소에 제출하고 해당 부서는 다시 사회보장국에 보고해 연금 근거로 삼아야 한다. 효율성과 정확성 측면에서 말하자면 이는 그리 큰 잘못이 아니며 사실 이것 말곤 달리 특별한 방법이 없다. 그러나 이 규정은 틀림없이 연금 수령자들을 분노하게 만들 것이다. 생각해보라. 머리가 온통 새하얀 노인과 노부인이 비척거리며 파출소를 찾아가 솜털이 보송보송한 어린 경찰에게 사진을 보여주며 자신이 '살아 있음'을 증명해야 한다니! 그들이 내일이나 모레까지 살아 있으리라는 건 어떻게 증명한단 말인가! 만약 체력이 떨어지거나 중병이 들어 파출소까지 찾아올 수 없다면 젖비린내 나는 어린 경찰은 곧 대리인들과 결판도 나지 않는 실랑이를 벌일 것이다. 오랜 기간 '암'이나 '관상 동맥' '중풍' 등 보기 흉한 단어가 이름 옆자리를 차지하고, 심지어 때로는 살아 있다는 사실의 진정성조차 의심받을 것이다. 아예 그들이 일찌감치 방이나 침상에서 사라졌거나 무덤의 흙이 됐으리라고 확신할 수도 있다. 샤오옌의 아버지는 이런 증명 방식을 결단코 거부한다고 했다. 차라리 연금을 안 받을지언정 그런 구차한 짓은 안 하겠다는 것이다.

사회보장국 사람들은 샤오옌의 아버지를 존중하기 때문에 집으로 찾아가 그를 설득했다. 그는 손바닥으로 가슴을 치며 크게 소리 질렀다. "이 늙은이는 여기서 평생을 살았다. 또 무슨 증명이 필요하지?"

사회보장국에서 나온 사람이 쓴웃음을 지으며 중얼댔다. "당신은 살아 있지만, 다른 사람은 모르잖아요."

샤오옌의 아버지는 화가 나서 찾아온 사람들을 지팡이로 후려치며 문밖으로 내쫓다가 그만 혈압이 확 올라 땅바닥에 쓰러졌고 이틀 뒤에 정말로 눈을 감고 말았다.

흡연

지식청년 가운데 샤오옌을 비롯한 많은 여학생은 모두 담배를 피워본 경험이 있다. 그때 흡연은 거의 일종의 성인식 같은 의미였다. 남학생은 하나같이 담배를 피웠고 여학우들도 그에 지기 싫어서 때때로 억지로 몇 모금씩이라도 빨면서 얼굴에 고통스러운 성숙의 흔적을 남겼다. 지식청년은 사실 담배를 살 돈이 없었다. 아무리 싸더라도 한 갑에 팔 자오角나 하는 징지표經濟牌 담배(중국산 저가 담배, 현재는 생산 중단되었다–옮긴이)를 살 수는 없었기 때문에 농부들에게 말린 담뱃잎을 얻은 뒤 돌돌 말아 침상 다리 밑에 밀어 넣고 눌러서 충분히 단단해지면 잘게 썰었다. 가늘고 풍성하면서 부드러운 담뱃잎을 만들어내려면 약간의 기술이 필요했다. 가늘게 채 썬 담뱃잎을 폐지로 가늘고 단단하게 싸서 잘 빨리는 수제 담배를 만드는 것도 기술이었다.

공기 중에 코를 찌르는 자극적인 냄새가 떠돈다. 남자들이 뿌연 연기를 뿜어내며 여자들이나 아이들로부터 스스로를 구분하느라 그들만의 화제와 일에 몰두하는 것이다. 담배를 빌리거나 돌려주거나 품평하거나 만드는 일. 한가할 때 이런 일을 하지 않는다면 또 무슨 일을 하겠는가? 타이핑쉬의 한 젊은 농부가 선을 보러 갔다. 여자는 특별히 까탈을 부리지는 않았지만 땅바닥에 담배꽁초가 하나도 없다는 사실을 아주 불만스러워했다. "담배도 안 피우고 술도 안 마신다니. 살아 있는 동안 쌀알이나 몇 톨 집어 먹고 만다면 참새나 다를 게 뭐가 있어요?"

놀랍게도 여자는 청혼을 거절했다.

흡연은 서로 다른 환경에서 당연히 서로 다른 의미를 지닌다. 예를 들어, 당시 농민은 대개 흡연을 했고, 빈농을 배우자는 정치적 태도를 표현하기 위해 지식청년은 앞다투어 니코틴과 담뱃진을 가까이했다. 마치 1960년대 미국 히피 청년들 사이에 유행하던 마리화나 흡입과 매우 닮아 있었다. 마리화나는 하층민의 삶과 밀접했고, 빈민 하류 계층에는 특히 중독자가 더 많았기 때문이다. 중산층 소년소녀들은 여기에 근거해서 계급과 신분의 전환을 시도하며 주류사회의 부당함에 대한 자신의 견해를 나타냈다. 이런 상황에서 중국 지식청년의 흡연과 미국 히피의 마리화나 흡입은 생리적 필요와는 전혀 상관없는 일이었다. 단지 빈민 정신을 구현하기 위한 영광스러운 면류관이었다.

군복

머리와 몸은 진흙투성이인 데다 입가가 온통 피범벅이 된 라오무가 우리 집 대문을 박차고 뛰어 들어왔을 때 나는 놀라서 기절할 지경이었다. 무슨 일이 일어났는지 물었지만 라오무는 아무 말도 하지 않았다. 다만 세수를 하다가 더 이상 참지 못하고 큰 소리로 목 놓아 울기 시작했을 뿐이다.

나중에야 비로소 나는 라오무가 그날 학교에서 얻어맞은 사실을 알게 되었다. 학교를 발칵 뒤집어놓은 홍위병 제1세대는 혁명 간부나 혁명 군인의 자녀였다. 그들은 교실에 '아버지가 영웅이면 아들은 호걸' '아버지가 반동이면 아들은 건달'이라는 표어를 붙여놓고 라오무라는 반동 가정의 자녀에 대항하는 무산계급 독재를 선포했다. 교실 정문은 호걸만 사용할 수 있었고, 건달은 칙령에 따라 창문으로 드나들어야 했다. 라오무는 감히 칙령을 거역할 수 없었다. 창문으로 뛰어내리라면 뛰어내렸고 담을 넘으라면 담을 넘었기에 온몸이 뿌연 먼지로 뒤덮여 늘 상갓집 개꼴이었다. 그러나 홍위병은 이에 그치지 않고 라오무가 여전히 군복 상의를 걸쳤다는 사실을 알아보고 적대시했다.

군복은 그때 그 시절 가장 고귀한 복장이었다. 나는 남쪽 지방에서 생활했는데 남쪽으로 내려온 군인들은 모든 정권의 주류였다. 군복은 질서와 권위를 상징했고 군의 명령은 대부분 기관의 업무 방향을 결정했다. 군모나 군복, 군화, 요대, 군장, 당시 군대에서 유행하던 북쪽 지방의 군대식 말투 "-네다" 등이 어째서 그토록 당시 청소년들을 흥분하게 만들었는지 알고도 남을 일이다. 샤오옌은 내게 이런 말을 한 적도 있다. 당시 한 남학생이 그녀를 쫓아다녔다. 그가 샤오옌에게 준 선물을 상상이나 할 수 있겠는가? 놀랍게도 그것은 반짝반짝 윤이 나도록 잘 닦인 탄피 한 상자였다. 권총, 장총, 기관단총, 기관총, 고속기관총 등 각종 무기에서 쏟아진 탄피가 상자 가득 정리된 것을 본 샤오옌은 너무 놀라 할 말을 잃었다.

초기 홍위병은 대개 군복을 제복으로 삼았다. 이는 그들 가정의 권력 배경을 보여줄 뿐 아니라, 그 자신이 사회적으로 우월한 지위임을 보장했다. 군복 가운데 가장 대표적으로 손꼽히는 것은 짙은 색 니트로, '장군복'이라 불렸다. 극소수 고관 자제만 입을 수 있었고, 당연히 다른 동급생에게 부러움의 대상이었다. 라오무는 이런 상황에서 고심 끝에 모든 방법을 동원해 군복 한 벌을 찾아 입었던 것이다. 라오무가 입은 군복은 마른풀 같은 누런색이었고 주머니가 네 개 달린 모습으로 보아 상급 군관에게 배급되는, 어디에나 잘 어울리는 옷이었다. 퇴역 군인의 것으로 보이지도 않았고 젖비린내 나는 신참처럼 보이지도 않았다. 거기에 갈색 탄띠까지 겸해 꽤 노련한 군인처럼 멋들어지게 보였다. 그 옷은 라오무 아버지의 상하이산 시계와 바꾼 것이라고 했다. 당시 시계와 군복을 바꿔준 사람은 오관五官을 한데 모았다 펴기를 몇 번이나 하면서 제 몸의 살을 긁어내기라도 하듯 살고 싶지 않다는 괴로운 표정을 지었다. 라오무는 한숨을 내쉬고 결국 시계를 풀어서 내려놓았다.

라오무는 이 누런 껍질을 뒤집어쓰고 마치 공작이 날개를 펴듯 두 손을 바지 주머니에 꽂은 채 하루 종일 중학교 2학년 교실 앞을 오락가락하며 〈당신은 나의 장미〉 같은 노래를 흥얼댔다. 사촌 동생은 그 뒤를 따라 두어 번쯤 오락가락하다 전혀 흥이 나지 않자 "대체 이게 무슨 놀이야? 왔다 갔다 아무 재미도 없잖아. '기름판 치기'나 '비석 깨뜨리기'(당시 가장 손쉬운 어린애 놀이였다)만도 못하네"라고 말했다. 그러나 라오무는 들은 척도 하지 않았다.

라오무는 샤오옌을 기다리는 중이었다. 정확하게 말하자면, 다른 사람들이 모두 '샤오옌'이라고 부르는 여학생을 기다리는 중이었다. 라오무는 샤오옌에 대해 그리 잘 알지 못했다. 아는 것이라고는 단지 깜빡깜빡하는 커다란 눈동자를 지녔다는 점, 학교 체조반의 쇠똥 가운데 하나여서 수많은 수컷 파리의 주목을 받고 있다는 점, 이 교실에 드나들며 가끔 학교에 와서 대자보를 본다는 점 정도였다.

생각지 못했던 것은 자신이 홍위병 무리에 낄 수 없고 그래서 홍위병의 복장을 모방할 권리도 없다는 사실이었다. 일개 자본가의 아들이 누런 껍질을 뒤집어쓰다니! 정말이지 사람들 사이에 낀 돼지 한 마리나 살 속에 파고든 가시처럼 누구도 참기 어려운 일이었다. 홍위병 몇 명이 이 사실을 발견하고 그에게 당장 군복을 벗으라고 명령했다.

"나는 이미 우리 집안과 인연을 끊었어……."

라오무는 겁에 질린 채 기어들어가는 목소리로 애원했다.

"누가 그걸 믿는데?"

"나는 집에 아버지의 대자보를 붙였는걸……."

"입에 발린 소리만 하는 엉터리 혁명이겠지?"

"난 더 이상 집에서 돈을 받아 쓰지 않아. 아침에 우유도 안 먹는다고……."

"그런데 어째서 그렇게 뚱뚱한 거지? 홍군이 2만 5천 리 대장정을 하고 8년 동안 항전과 삼대 전투를 치른 것이 너 따위 개새끼들 때문인 것 같아?"

"내일부터 아침을 먹지 않을게. 그럼 되겠어? 점심도 안 먹을 거야……."

"그래도 안 돼. 말해봐! 이 군복은 어디서 훔친 거지? 이 개새끼가 대낮에 겁도 없이 국가의 군용품을 훔쳐?"

"이건 바꾼 거야. 내 시계를 주고 바꾼 거라고!"

"시계가 있다고? 좋아! 네놈의 그 더러운 집안에서 가져온 물건을 아직 인민 정부에 반환하지 않았단 말이야?"

……

라오무는 죽을힘을 다해 옷자락을 붙잡고 끝끝내 벗지 않으려 했다. 더구나 중학교 2학년 교실 앞에서는 절대로 벗을 수 없었다. 결국 라오무는 주먹질과 발길질 세례를 받으며 뭐라고 하는지 알 수 없는 비명을 질러댔다. 목격자들은 그것이 전혀 사람의 목소리를 닮지 않았으며 소나 말이 질러대는 괴성 같았다고 했다.

라오무에게는 조끼 한 장만 달랑 남았다. 털을 다 뽑힌 어린 공작새끼 같았다. 날은 조금 추웠고 라오무는 누구도 만날 낯이 없었다. 눈앞이 아득한 나머지 죽을 생각까지 하면서 비칠거리며 학교 뒤 철둑길까지 걸어갔다. 기차가 칙칙폭폭 우렁찬 소리를 내며 지나가자 모래와 자갈, 먼지가 사방으로 흩날렸다. 라오무는 그저 딱 한 번만 눈을 감으면 모든 것이 깨끗하게 끝나리라는 사실을 알았다. 설사 군용품을 훔쳤다 한들 무슨 상관이랴. 라오무는 사람의 살과 뼈가 무쇠와 맞부딪히는 그 순간의 장면을 떠올렸다. 머리통 하나가 박살 나고 남은 몸은 짓눌려 납작한 고기빈대떡이 될 것이다. 발과 다리는 완전히 비틀어지고 창자는 바퀴에 매달려 몇십 미터쯤 끌려가겠지. 핏방울은 저 빈 하늘에 붉은 포물선을 그리며 떨어질 것이다……. 이상하게도 그는 이런 상상이 전혀 두렵지 않았다. 오히려 일말의 쾌감마저 느껴졌다. '피라미 같은 놈들이! 네놈들은 어디가 그렇게 잘나서 사람을 패냐? 네놈들이 감히 죽을 수 있어? 못 하겠지? 머저리 같은 네놈들과는 달리 이 어르신께서는 오늘 제대로 죽어서 네놈들에게 본때를 보여주겠다! 무서워 죽겠지, 안 그래? 아무리 잘난 척해봤자 네놈들은 피라미 새끼야. 이 어르신이 네놈들에게 보여주마! 내가 죽어서 모두에게 보여줄 테다. 공안국과 온 학교가 다 알도록 해주겠어. 내가 죽어서 네놈들에게 절대로 벗을 수 없는 죄명을 씌워주겠단 말이다! 네놈들이 사람을 죽여놓고도 잘 살 수 있을 줄 알아? 네놈들이 내 옷을 훔친 뒤 엉덩이를 툭툭 털고 달아나려고 해? 어림도 없다! 머저리 같은 너희 놈들은 평생 사람을 죽였다는 오명을 쓰고 살아야 해! 앞으로 이 어르신을 떠올릴 때마다 머리칼이 쭈뼛 서도록 놀라게 해주겠다!'

생각하면 할수록 그는 신이 났고, 성공적인 복수에 대한 희망으로 의기양양해졌다. 라오무는 찬웃음을 지으며 찬찬히 복수의 계획을 세워나갔다. 배 터지게 먹고 나서 죽는다든지, 보다 많은 목격자에게 그 죽음을 지켜보게 하겠다든지, 매일 밤 단 고구마 냄새가 나는 주름진 손으로 자신을 토닥여 잠재우던 외할머니에게 작별 인사를 한다든지 하는 일들을. 라오무는 마지막으로 외할머니를 한 번만 보고 가기로, 하다못해 창밖에서 훔쳐보기라도 하기로 마음먹었다. 라오무는 어쩐지 어르신에게 죄를 짓는 기분이 들었다. 외할머니에게 돈을 많이 벌어다주겠다고 한 약속은 지킬 수 없을 터였다. 지금은 하늘도 땅도 놀랄 큰일을 계획하고 있으므로 그까짓 작은 일을 돌아볼 겨를이 없었다. 그러나 작별 인사조차 하지 않고 가는 건 정말 아니었다.

날이 어두워질 무렵, 라오무는 자기 집 창문 앞까지 걸어갔다. 외할머니가 침상 머리맡에 앉아 양말을 깁고 있었는데 아무리 해도 실이 꿰지지 않았다. 자기가 다시는 외할머니 대신 바늘에 실을 꿰어줄 수 없다는 데 생각이 미치자, 또 외할머니의 시력이 점점 나빠지고 있다는 데 생각이 미치자, 갑자기 뭐라 말할 수 없는 쓰라림이 가슴속에서 솟구치며 아무리 이를 악물어도 더 이상 참을 수가 없었다. 라오무는 결국 엉엉 큰 소리를 내며 울기 시작했고 밖으로 오줌을 싸러 나왔던 외사촌 아우에게 발각되고 말았다. 그때 나는 마침 라오무의 집에서 그의 부모님께 군복 사건에 대해 말씀드리던 중이었는데, 그때 밖에서 라오무의 외사촌이 깜짝 놀라 질러대는 소리를 들었다.

그 뒤 몇십 년이 지나 라오무는 그의 아버지보다 더 대단한 자본가가 되었다. 전 세계의 가장 번화한 도시들을 누비며 가장 비싼 브랜드 의상을 입을 수 있는 그는 여전히 짙은 색 니트 군복을 자주 입는다. 나는 라오무의 이 특수한 기호가 아주 오래전의 그 슬픈 사건으로부터 시작된 것인지 아닌지 잘 모르겠다. 사실 군복이나 군복을 흉내 낸 당시의 옷가지들은 이미 취급할 가치도 없는 물건이 되었고, 보잘것없는 길모퉁이 상점에서나 찾아볼 수 있을 지경이다. 말도 못하게 싼 가격이 붙어 있지만, 그래도 돌아보는 사람이 거의 없기 때문이다. 도시로 올라온 가난한 농민 말고 누가 이런 우스꽝스러운 옷을 입겠는가? 이런 허름한 가게 앞에서 일찍이 친숙했던 그 누런 껍질로 온몸을 감싼 노동자를 볼 때마다 나는 아찔함을 느낀다. 나 또한 일찍이 그런 옷차림을 했다. 그렇다면 내 일부, 내 과거의 수많은 날은 지금 눈앞의 저 낯선 사람과 함께 가버리고, 내 얼굴은 이미 바뀌어버린 다른 사람의 어깨 위에 올라와 있는 게 아닐까? 내 팔다리는 다른 사람의 몸에 붙어버리고, 내 오래전 뒷모습만이 길가의 어떤 집 처마 밑에서 깊이 잠들어버린 게 아닐까? 그들은 나를 모른다. 그들은 얼음 서리 같은 차가움을 맞받으며 어깨를 부대끼고 함께 앞으로 나가서 돌아오지 않는다. 그들은 언제나 그렇듯 나를 놀라게 한다. 그들은 이미 나와 절교한 나 자신이며, 내가 감히 돌이키지 못하며, 돌이킬 수도 없는 청춘이다.

나는 상점에서 중산복中山服, 작업복, 캐주얼, 트레이닝복 등 각종 제복이 팔려나가는 광경을 본다. 그 옷들은 또한 어느 누군가의 청춘이 되지 않겠는가? 그들 또한 나중에는 그 청춘을 되돌릴 수 없을 것이다. 나는 그때부터 옷에도 영혼이 있다는 사실을 깨달았다. 상점에서 파는 것은 상품일 뿐 아니라 흘러넘치는 감정이다. 옷은 모두 자신만의 감정을 숨긴 채 쇼윈도에 진열된다.

유행

나는 어머니가 재단한 지식청년다운 새 옷을 싫어했다. 나는 일찍이 새로 받은 옷과 그 반질반질하고 선명한 색깔을 증오했다. 나는 참지 못하고 옷을 쥐어뜯어 주름지게 만들고 탄가루와 오물을 덕지덕지 묻히며 그 위에 한두 자락 누더기를 덧대지 못해 안달복달했다. 옷이 오래되고 낡아 보이면 비로소 밖에 입고 나갔으며, 그제야 농촌 사람들 사이에서 마음이 놓였다. 시골 소학교에서 현대 과목 교사로 있을 때, 한번은 입은 옷이 깨끗해서 너무나 부끄러웠던 기억이 있다. 나는 마치 부르주아라도 된 것 같아 학교에서 집으로 바로 돌아갈 수 없었다. 길가에는 사람들이 진흙범벅이 된 채 바쁘게 벼를 베는 중이었다. 나는 날이 어두워질 때까지 기다려서야 비로소 도둑처럼 살금살금 집으로 돌아갔다.

하층 빈민처럼 겉모습을 꾸미는 것이 그 시절 유행이었다. 그러나 그것은 외려 역사적인 흐름을 거스르는 행위다. 역사상 패션 변화의 동력은 대개 '상류 모방'이다. 귀족적인 취향을 따르지 노동자의 취향을 따르지는 않는 것이다. 영국의 동물학자 모리스가 그 사실을 증명했다. 18세기의 영국 신사는 사냥할 때 앞쪽이 짧고 뒤쪽은 긴 연미복을 입곤 했다. 19세기 중엽에 이르러 이런 사냥용 의복은 약간의 손질을 거쳐 최고로 유행하는 일상복이 되었다. 재킷, 미니스커트, 청바지 등 상류 계급이 사격, 낚시, 골프, 폴로, 스키, 테니스 등 레저 활동을 할 때 입는 일반적인 양복은 점차 사회 전반에 유행하기 시작했다.(《인간 동물원》) 나중에 사람들은 재킷을 입는다고 해서 스스로를 폴로 선수로 여기지는 않게 되었다. 미니스커트를 입는다고 해서 모두가 테니스 선수는 아니듯 말이다. 청바지를 입었다고 해서 모두가 시골 목장에서 휴가를 보내는 부자는 아닌 것이다. 복장에 대한 취향은 언제나 전 시대 또는 다른 사람들의 여가로부터 비롯했다. 그리고 그 느긋함과 여유로움의 표지야말로 귀족적 특징이라 할 수 있다. 이런 과정 가운데서 원래는 가축을 치거나 곡식의 씨를 뿌리거나 물고기를 잡는 노동자의 복장(예를 들어 청바지) 또한 부자의 여가 생활 속에 등장해 운 좋게도 주가를 올리고 이름을 날리며 결국 패션의 유행의 거대한 흐름에 동참해 노동자들이 닿을 수 없는 곳으로 가버린다.

미국의 경제학자 베블런은《유한계급론》이라는 책에서 여성의 복장 디자인의 목적이 종종 여성미를 구현하는 데 있지 않으며, "여성의 행동을 불편하게 하고 장애가 있는 것처럼 보이게 하는 데 있다"라고 썼다. 하이힐이나 땅에 끌리는 맥시스커트, 지나치게 몸에 붙거나 허리를 단단히 조여 매는 옷은 모두 유한계급의 취향을 반영하며, 노동의 수고로움과 영원히 함께할 수 없다. 이는 중국 전통 귀족이 자기 형상화를 위해 세웠던 은밀한 원칙과 맞닿는다. 넓은 소매가 달린 마고자, 좁은 옷섶과 폭 넓은 치마, 나아가 손톱을 기다랗게 기르는 풍습이나 발을 자그맣게 동여매는 풍습에 이르기까지, 가만히 앉아 있기에는 적합하지만 움직이기에는 적합하지 않은 유행이다. 한가로운 사람에게는 적합하지만 바쁜 사람에게는 적합하지 않다. 척 봐도 육체노동을 할 필요가 없이 체면치레나 하는 사람들의 차림새다. 실제로는 그런 자격이 없거나 남의 물건이나 탐내는 건달이라 해도 최소한 겉모습만큼은 체면을 세우고 싶기 때문에 이런 복장이 유행한다. 남에게 그런 착각을 일으킴으로써 자기를 높이려 하는 셈이다.

오늘날에는 전 세계의 사람이 모두 유한계급처럼 보인다. 타이핑쉬를 다시 방문했을 때, 나는 걷기 편하도록 납작한 누런 운동화를 신었다. 그 모습을 본 마을 사람들은 모두 경악을 금치 못했다. 이런 구식 신발은 그곳에서 이미 자취를 감춘 지 오래였다. 이런 신발이 더 이상 걸맞지 않은 걸까? 타이핑쉬 사람들은 대부분 아직도 길을 걸어 다니고 산을 오르거나 지하에 내려가기도 한다. 유유자적하게 여가를 즐길 만한 곳은 전혀 없다. 그러나 이곳의 젊은 간부, 젊은 상인, 젊은 실업자는 대부분 양복에 가죽 슬리퍼를 신고 있어서 마치 텔레비전에서 걸어 나온 현대인,

일본이나 한국, 동남아 등지에서 온 화교 상인처럼 보인다. 아주 유심히 관찰한 뒤에야 비로소 그들의 머릿결이 아직도 다소 거칠며, 귀 뒤나 목 뒤는 먼지투성이여서 화교와 완전히 같지는 않다는 사실을 알아볼 수 있었다. 이곳 여자애들은 대개 하이힐을 신거나 바닥이 두꺼워서 마치 벽돌처럼 보이는 고무 스펀지 슬리퍼를 신었다. 아마도 일본에서 전해진 유행인 듯싶다. 뒤가 없고 굽이 높은 슬리퍼를 신으면 얼음 위를 걷는 것처럼 미끄러질세라 조심스러운 나머지 뒤뚱 걸음을 걷게 된다. 걸음마다 발이 불편하니 텃밭까지 푹신한 카펫이 깔리지 않은 것을 원망하고, 또 부뚜막이나 재래식 변소까지 편안하게 모셔줄 자동차나 엘리베이터가 없다고 한탄할 따름이다. 이쯤에서 나는 시골은 먼저 복장에서부터 현대화되고 있다는 사실을 알게 되었다. 복장이나 건축처럼 한눈에 알아볼 수 있는 것들은 모두 현대화되었다. 그러나 쉽게 볼 수 없는 서랍 속이나 모기장 뒤, 뒷방이나 헛간 등은 아직도 예전 그대로다. 거기, 그들이 사는 곳은 예나 다름없이 가난하다. 그들은 가난하고 고단한 생활 속에 필요한 그 모든 똥통, 지게, 호미, 새끼줄이나 반쯤 쓰다 남은 사료 따위를 여전히 집 안의 어두운 구석에 감춰두고 있다.

현대식 옷을 입은 그들은 내 뒤떨어지고 낡은 행동 방식을 접하고 매우 곤혹스러워했다. 내가 거기 쌀로 지은 밥을 먹고 싶다고 했을 때 어떤 사람은 거의 경악했다. "그런 쌀을 어떻게 목으로 넘깁니까? 스무 근이나 샀는데, 전 아무래도 못 먹겠더구만요!" 우리 집 강아지가 쌀밥을 먹는다는 얘기를 듣고도 몇몇 사람들은 거의 경악했다. 그들은 다른 집 족보 있는 서양 애완견들은 달걀에 흰 설탕을 섞어 먹거나 고기를 먹여도 겨우 삼킨다고 하면서, 쌀밥 따위를 먹이는 일은 가뜩이나 말이 안 된다고 했다. 이런 때 그들의 부모가 어떤 곡식을 먹고 어떻게 돼지를 키웠으며 어떻게 기름을 짰고 어떻게 차를 우렸는지, 어떻게 나무를 해서 그들에게 지금 그 옷을 입힐 수 있었는지 얻어 듣고자 한다면 아무런 수확도 거두지 못할 것이다. 설사 어느 정도 알고 있다 할지라도 전혀 모르는 척 시치미를 뗄 것이고, 오늘날의 유행과는 동떨어진 그따위 낡아빠진 이야기는 차라리 모르기를 바랄 것이기 때문이다.

《예기》에 이런 말이 있다. "군자는 모름지기 옷을 입고자 하면 군자다운 용모로써 나타내고, 태도를 갖추고자 하면 군자다운 말씨로써 나타내며, 말을 갖추고자 하면 군자의 덕으로써 나타낸다……." 유행에 따르는 복장이 때로는 용모容와 말씨辭에 신경을 쓰게 만들고, 때로는 심지어 사람의 인격德에 주의를 기울이게 만드는 것은 사실이다. 농촌의 요즘 세대가 마치 젊은 화교 상인들처럼 자신을 꾸미고 있을 때, 나는 그들과 함께 몇백 무畝(사방 여섯 척尺 넓이를 보步라 하고 100보를 무라 한다-옮긴이)나 되는 산골의 동백나무 숲이 왜 황폐해졌는지 상의하려 했다. 하지만 그것은 아마도 어려운 일인 듯했다. 나는 하릴없이 그들의 요청대로 도시의 가라오케, 거액 대출과 소비, 연쇄살인사건이나 증권 브로커의 막대한 수입에 관한 이야기를 들려주었다. 그들은 그 이야기를 듣고 두 눈을 동그랗게 뜬 채 감탄을 금치 못했다. 그 말은 곧 유행에 대해 이런저런 이야기를 떠들다가 내가 꺼낸 화두를 스스로 수습할 수 없게 되었다는 뜻이다.

누드

라오무는 아주 어렸을 때 여탕을 훔쳐본 일이 있다. 작은 구멍이 난 벽돌로 쌓은 담 이쪽은 초등학교 공작실이고 저쪽은 공중목욕탕이었다. 아주 오랫동안 이 사실을 아는 사람이 없어서 그는 혼자 그것을 만끽했다. 라오무는 여자도 사람이며 사실 별 볼 일 없다고 말했다. 흰 다리라면 그럭저럭 볼만하지만, 등과 팔은 그저 그렇고 가장 볼품없는 건 엉덩이라고. 사람들이 모두 축 늘어진 살덩어리를 하나씩 달고 있는 모습이 어찌나 바보스러운지, 아둔하기 짝이 없다고 했다. 아무짝에도 쓸모없이 부끄러운 줄도 모르고 퍼질러 앉아 있는 모양새에 컴컴하고 축축한 뒷길까지 지니고 있으니, 생각할 때마다 저도 모르게 구역질이 날 것 같았다고 했다. 삼각형의 골을 이루고 있는 거웃은 그를 놀라게도 했고 어린 마음에 혐오감을 일으키기도 했다. 그것 또한 몸에 있는 털의 일종이지만, 눈썹처럼 말끔하고 영리하게 생기지도 않았고, 머리칼처럼 열정적이거나 자유분방하지도 않으며, 더럽고 흉물스러운 게 전혀 여자의 몸에 어울리지 않았다.

라오무는 나중에 이렇게 말했다. "서양 사람은 원죄를 말하는데 거웃이라는 그 보기 흉한 놈이 원래 우리 몸에 있으니 그 말이 맞기는 맞아." 라오무는 또한 외국 화가들이 누드화를 그릴 때 아예 거웃을 그리지 않거나 어떤 모델은 거웃을 밀어버리기도 하는데, 이는 사람들이 모두 그 시커먼 덩어리에 실망하고 지독한 혐오감을 느끼기 때문이라고 했다.

라오무의 훔쳐보기 역사는 아주 빨리 끝났다. 역시 사람은 옷을 입고 있을 때가 보기 좋다고 생각했기 때문이다. 라오무는 수영복이나 치마를 입은 모습이 아름답다고 생각했다. 적어도 그렇게 함으로써 그의 정신을 안전하게 보호할 수 있었기 때문이다. 라오무는 어떤 여자 교장 선생님을 좋아했다. 그녀는 맵시가 아주 좋은 화장의 고수였는데, 그녀도 몸을 돌리자 마찬가지로 추악한 거웃을 몸에 달고 있었다. 라오무가 마음으로부터 흠모하던, 세상에서 가장 아름다운 음악 선생님도 삼각팬티를 벗어던지자 축 늘어진 살덩어리가 달린 담임 선생님과 마찬가지로 아둔하게 부푼 커다란 엉덩이를 지니고 있었다. 라오무는 하늘이 아득해지고 눈앞이 캄캄해지는 것을 느끼고 속옷 하나만 벗으면 온 세상이 어지럽게 한 덩어리가 된다는 사실을 뼈저리게 느끼며 절망에 빠졌다. 그는 오로지 문명의 진보를 위해 노력하던 사람이었지만, 눈앞의 광경은 진보에 대한 바람을 포기하게 만들었다.

내가 라오무를 알게 된 것은 1968년 하방되기 전이었다. 그는 매일 아침 일찍부터 온몸의 비곗살을 흔들며 공원에서 마라톤을 했다. 그러면서 엉덩이 살을 조금이라도 더 빼려면 조금이라도 더 뛰어야 한다고 말했다. 나는 그 피나는 노력이 무엇 때문인지 알고 있다.

색깔

문화대혁명이 끝난 뒤 어떤 글에서 한 문예이론가가 서로 다른 계급은 서로 다른 미의식을 지닌다는 명제에 의문을 제기한 적이 있다. 그는 아름다움이란 객관적이고 형식적이며, 상대적으로 독립적이기 때문에 계급적 성향에 따라 변화되지 않는다고 주장했다. 글은 그가 일찍이 중화인민공화국의 국기 디자인을 심사했던 일까지 이어졌다. 그때 국기를 붉은색으로 결정했던 것은 단지 붉은색이 보기 좋은 색이었기 때문이다. 그런 까닭에 공산당 대표의 동의를 얻었을 뿐 아니라 심사위원 가운데 자본가 계급 대표에게도 지지를 받을 수 있었다. 또 다섯 개의 별을 붉은 깃발 한가운데에 두느냐, 아니면 한쪽 귀퉁이에 두느냐의 문제도 어떤 정치적인 의미에 구애받지 않고 순수하게 형식적인 고려에 따라 결정했다고 했다. 그럼에도 불구하고 각 대표들은 마치 약속이라도 한 듯이 한쪽 귀퉁이에 별을 두는 쪽으로 의견을 모았다. 이런 사실은 계급을 초월한 미학적인 규칙이 일으키는 작용을 확인시켜준다. 그는 나중에 이 깨달음을 마오쩌둥에게 전했고, 그의 의견은 마오 주석의 동의와 호응을 얻었다. 마오쩌둥은 심지어 "사람의 입맛은 매한가지다"라는 오래된 속담을 빌려 인류가 공통의 미적 감각을 지니고 있다고 단언했다.

두 사람의 대화는 꽤 오랜 시간 비밀에 부쳐졌고 사람들에게 알려지지 않았다. 당시 그 사실이 공개되면 '계급성'에 기초하는 의식 양태를 뒤흔들고 정부의 문화 이론 체계를 위협할 수 있기 때문이었다. 마오쩌둥 사후 몇 년이 지나 1970년대 말에 문화대혁명이 끝난 뒤에야 그는 비로소 한 편의 회고문에서 이 역사적 사실을 토로했다.

정통 또는 이단에 속하는 지난 동시대의 수많은 사람과 마찬가지로 이 두 사람의 사적인 대화는 일종의 보편적이고도 절대적인 해석을 모색한다. 보편적인 '계급성'에 대한 해석이 아니면 보편적인 '인성'에 대한 해석이다. 사실 이 세상의 모든 사람은 '계급' 또는 어떤 유형의 '사람'으로 나뉠 수 있다. 또 다른 각도에서 관찰하면 남자와 여자, 노인과 아이, 기독교도와 이슬람교도, 산사람과 바닷사람, 책을 좋아하는 사람과 그러지 않는 사람, 고혈압 환자와 고혈압 증세가 없는 사람 등등 이루 다 헤아릴 수도 없다. 한 유형과 다른 유형 사이에는 차이점이 존재하며, 한 유형 안에 속한 사람들에게는 공통점이 존재한다. 각 유형의 속성이 사람들을 조직화해 구체적인 역사의 과정, 사회 구조 및 생활의 전반적인 상황을 만들어낸다. 그 결과 그들의 미의식과 취향은 다양한 변화를 일으키고 서로 다른 차원에서 무한히 조합된다. 이 모든 사실을 과연 '계급성'과 '인류'라는 두 개의 커다란 척도로 재단할 수 있을까? 다섯 개의 별을 깃발 한 귀퉁이에 몰아넣는 디자인에 심사위원들이 만장일치를 보았다지만, 그 디자인이 손가락을 빨고 다니는 어린아이는 만족시키지 못할 수도 있다. 심사위원들은 국기를 붉은색으로 정하는 데도 만장일치했지만, 이런 선택이 유대교도나 이슬람교도에게는 마뜩하지 않을 수 있다. 그러나 이런 불만족은 '인성'을 잃어버렸기 때문이 아니며, '계급성'을 잃어버렸기 때문도 아니다.

아름다움은 객관적인 것인가 아니면 주관적인 것인가. "공통의 기호가 존재하는가" 아니면 "공통의 기호란 존재하지 않는가". 이런 문제는 완전히 다른 방법론에 의한 비교에 달려 있다. 나아가 누가 비교를 원하느냐, 또는 과연 비교할 수 있느냐에 달려 있다. 설사 가장 보편적인 품격의 색채, 가장 초연하고 추상적이며 순수하고 물질적인 색채나 상대적인 형식 가운데서 가장 기본적이고 가장 철저한 형식이라고 해도 일단 어떤 비교에 들어가면 특수한 의미와 기능을 드러내 보이게 된다.

예를 들어, 붉은색으로는 혁명의 붉은 깃발을 만들어 '무산계급의 색깔'이 될 수 있다.(붉은색 1) 또한 그것은 고위층 관료의 붉은 기와 저택, 교장 선생님의 붉은 두루마기, 재벌 집안의 붉은 기둥이나 아름다운 여인의 붉은 입술을 가리키며 정열과 화려함을 의미할 수 있다. 이는 서로 다른 여러 사회에서 공통적으로 받아들여지는 의미다.(붉은색 2) 그러나 이 색깔이 신호등에 나타나면 긴장과 위험을 나타낸다.(붉은색 3) 병원에서 이 색은 금지의 부호가 되어 격동과 흥분을 의미하며 환자에게 정서적이고 심리적인 위협을 경고한다.(붉은색 4)

병원의 전체적인 색조가 보통 옅은 쪽빛이나 옅은 녹색인 것은 그런 까닭이다. 바로 그 병원에서 붉은색 속에 깊이 감추어진 또 다른 의미가 서서히 떠오른다. 아마도 우리 조상들이 불이나 피를 맞닥뜨렸을 때의 경험, 불로 음식을 익혀 먹거나 짐승을 쫓아내고, 전장에서 피가 강처럼 흐르던 원시적인 기억의 퇴적이리라. 그런 게 아무런 내용도 의미도 없을 수는 없다. 그런 기억이 환자에게 본능적인 불안을 불러일으킨다. 이 사실은 사람이 계급이나 민족, 종교를 초월할 수 있을지언정 '생리적 현상'을 초월할 수는 없다는 사실을 증명한다. 그리하여 우리는 '환자/건강한 사람'이라는 새로운 분류의 척도를 세울 수 있다. 유추적 사유에 따라 녹색, 남색, 황색, 백색, 흑색 등 여러 색깔 또한 내용이나 의미가 있다는 점을 확인할 수 있다. 그것들은 아마도 앞선 세대의 인류가 숲이나 초원을 맞닥뜨렸을 때의 경험, 또는 바다나 하늘을 보았을 때의 경험, 잘 익은 곡식이나 대지를 마주할 때의 경험, 얼음이나 구름을 보았을 때의 경험, 어두운 밤과 강철을 보았을 때의 경험…… 등으로부터 나왔을 것이다. 경험은 사람들이 삶에서 누리는 행복이나 즐거움, 갑작스러운 재난이나 불행을 포함하지 않을 수 없고, 서서히 일종의 심리적 동기로 자리 잡는다. 여타 역사적이거나 사회적인 경험의 끝없는 경계 안에서, 문화적인 구조의 형성과 해체가 반복되는 복잡한 과정 속에서, 그것들은 이미 색깔 속으로 깊숙이 드리워진다. 만약 특별한 상황에 처하지 않는다면, 예를 들어 병원처럼 특정한 장소를 찾지 못한다면 그 내용과 의미는 다시는 깨어나지 않는다.

의미는 곧 깊이 드리워진 과거다. 그것은 언제나 색깔(붉은색 N) 속에 다중적으로 숨어 있으며 구체적인 상황에서 소환된다.

충자무

1967년 가을부터 군사 관리가 보편화되었고, 1970년대 초까지 그런 상황이 이어졌다. 가장 혼란스러웠던 2년은 드디어 종말을 고했다. 도시 지역의 비밀 군사주둔지와 바리케이드가 아직 완전히 철거되지 않았고, 거리는 여전히 희미한 탄약 냄새에 잠긴 채 간간히 총소리를 울렸다. 아이들은 손에 깨진 쇳조각이나 탄피 따위를 가지고 놀았지만, 광둥식 억양 표준어를 쓰는 육군 제47군은 마침내 C시에 입성했다. 전등에 불이 들어왔고, 버스가 다시 다니기 시작했다. 거리의 작은 점포도 하나둘씩 문을 열고 영업을 시작했다. 홍위병 지원자들은 거리에서 교통질서를 담당하거나 기차역과 정거장에서 화물을 운송하기 시작했다. 학생들은 명령을 받들고 학교로 돌아가 교내 혁명을 주도했다. 사람들은 기본적인 사회 질서 회복을 크게 반기며, 광장이나 거리, 운동장에서, 심지어 농촌의 타작마당에서 노래 부르고 춤추며 기뻐 날뛰었다. '충자무忠字舞'는 시국이 호전된 것을 축하하는 심경의 표현이었으며, 다른 한편으로는 혁명과 혁명의 위대한 지도자 마오쩌둥에 대한 충성 서약이기도 했다. 전 국민이 그토록 미친 듯 열에 들떠 춤을 춘다는 건 오늘날의 상식으로는 참 이해하기 힘들 것이다.

나는 그때 상황에 대해 몇 가지 인상적인 기억을 지니고 있다.

첫째, 당시의 춤곡은 대개 유행하던 혁명가였다. 예를 들면, 〈큰 바다의 항해를 타수의 손에 맡기고〉 〈초원 위의 홍위병이 마오 주석을 뵙는다〉 〈산속의 민중이 새 노래를 부른다〉 등. 노래 가사는 대개 주석에 대한 개인적 숭배와 사회 현실의 미화를 종용하는 구체적인 교훈을 담았다. 말하자면 정치적인 철의 장막 아래 이루어지는 일종의 노예화 교육이었던 셈이다. 사람들은 다 함께 줄을 맞추어 주먹을 휘두르고 심장을 도려내며 손가락으로 나쁜 사람을 가리켜 그를 구석에 몰아넣고 발로 차는 동작을 했다. 그런 모습은 행위 속에 감추어진 우매함과 폭력성을 눈에 띄게 드러냈다.

둘째, 이런 활동은 대부분 사람들에게 열렬한 환영을 받았다. 당시에는 모든 사람이 문화적으로 매우 엄격하게 통제되었기 때문이다. 디스코도 없었고 차차차도 없었다. 파리 패션쇼와 월드컵도 없었다. 젊음의 활기를 흘려보내거나 풀어놓을 공간이 절대적으로 부족했다. 충자무는 그들에게 얻기 힘든 기회였다. 그들이 이런 활동에 빠져들면서, 가사의 의미는 점점 그다지 중요하지 않게 되었다. 마치 맛있는 빵에 어떤 표식을 다느냐는 문제가 그다지 중요하지 않듯 말이다. 눈에 띄게 화려한 복장, 가슴을 뒤흔드는 선율, 기예를 배운다는 호기심, 새로 사귀는 친구, 경쟁에서 이기는 기쁨, 마음을 설레게 하는 이성의 아름다운 육체는 청춘 남녀의 맥박을 뛰놀게 하고 그들의 두 뺨을 물들이며 뜨거운 피를 들끓게 했다. 어떤 의미에서 충자무는 그 시대의 디스코이자 차차차였다. 이 거국적인 육체적 광란은 몇몇 보수 도덕론자의 의심을 사기에 충분했다.

셋째, 충자무는 살그머니 온갖 이단적인 문화예술을 소환했다. 충자무는 혁명문예로서 모든 부패한 '봉건주의'적이고 '자본주의'적 문화예술을 몰아내기 위해 사용되었고, 분명 당시의 모든 춤을 물리치고 독보적인 지위를 차지했다. 그러나 다른 한편으로 관련 프로그램에 대한 끊임없는 혁신이 요구되었다. 또한 되풀이되는 공연과 경쟁적인 비평 때문에, 사회 최하위층에 놓인 수많은 문화예술인은 정치적인 압력을 피하기 어려웠음에도 비공식적으로 중용되거나 심지어 존경과 인기를 한 몸에 받았다. 그들이 지닌 발레나 상여 소리 및 각 민족의 전통 무용에 대한 지식은 대대적인 호응을 얻었고, 혁명의 명분 아래 하나둘 흡수되고 통합되었다. 내가 아는 두 여성 지식청년은 모두 지주 집안 출신이었으나 노래와 춤에 재능이 있어 공장 노동자나 농민의 자녀보다 훨씬 앞서 '나랏밥'을 먹으며 공립 공연단에 들어갔다. 같은 원리에 따라, 보다 많은 혁명 음악가를 육성하기 위해 슈만이나 차이콥스키의 G장조 협주곡 연습은 청년들 사이에서 거의 공개적으로 이루어졌다. 혁명 문화예술사업의 조속한 성과가 필요했던 정치선전원들은 복잡한 심정으로 이런 상황을 묵인할 수밖에 없었다. 내가 삽대했던 인민공사의 지식청년들 사이에서도 여남은 대의 바이올린이 등장했다. 밭두렁이나 벌판, 변소, 목욕탕, 그리고 방공호에서도 어디서나 때때로 높고 애절한 음악 소리가 울려 퍼졌다.

나는 바로 그때 서양 음악이라는 것을 처음 접했다. 바이올린에서 울려 퍼지는 혁명가에는 서구적인 세레나데의 분위기가 섞여 있었다. 그리고 바로 그때 시골로 내려가기 전 나와 라오무, 다터우 등은 학교 담 너머 저쪽에 있는 성립省立 사회과학원 도서관을 몰래 털었다. 천장에 구멍을 뚫자 예상대로 1미터가 넘는 높은 책의 바다가 건물 안에 가득한 게 보였다. 우리는 부드러운 책의 바다로 뛰어들어 중학생의 눈으로 이 임시 도서관의 책 더미 속을 제멋대로 헤집었다. 화려한 형용사가 있는 건 무엇이든 좋았고, 사랑 이야기나 경찰, 도둑에 대한 이야기면 뭐든 챙겼다. 마지막에는 책의 바다에 한바탕 오줌을 싸갈기기도 했다. 우리는 온갖 책을 커다란 자루 두 개에 쓸어 담았다. 그 가운데는 고전 명작도 있었고, 청춘을 위한 격언과 위생 안전 지침 따위도 있었다. 물론 우리는 악보라는 악보는 모두 챙겼다. 당시의 수많은 청년에게 이단과 정통은 그다지 큰 차이가 없었다. 듣기 좋은 이단과 정통이 있고, 듣기 싫은 이단과 정통이 있다는 차이만 있을 따름이었다. 이른바 정치적 제한이라는 것이 있었고, 또 정치적 제한에 대한 대응이 있었지만 단지 문자적 구별에 불과했다. 그것들은 충자무가 감각을 즐겁게 해준다는 사실과 그다지 관련이 없었다. 당 지부의 서기 쓰만이 민병을 이끌고 온 데를 돌아다니며 조사할 때, 그들은 가사집을 보며 두 눈을 크게 뜨고 가사를 살필 뿐, 슈만의 연습곡 따위는 알아보지도 못했다. 《외국 민요 200곡》 따위의 책에 대해서는 "인민의 독초는 모두 비판받아야 마땅하다"라고 쓰고 진한 느낌표까지 꾹꾹 눌러 적었지만 결국은 자리에 내려놓고 가버렸다. 오히려 그들은 내 일기에 쓰인 한 문장에 주목하며 진저리를 쳤다. "나는 늘어선 군인의 발자국을 따라 러시아의 대지를 밟는다." 이것은 별생각 없이 적은 낙서로, 행진하는 군대를 다소 질투하는 심정으로 찬양한 글이었다. 쓰만 서기는 공부를 한 사람이어서 러시아가 소련이라는 것을 알고 있었다. 소련은 곧 수정주의 노선을 의미했으므로 그는 책상을 치며 나를 크게 욕했다.

"이런 거짓말쟁이 같으니! 똑바로 다 불지 못해?"

"모두 다 솔직히 털어놓았습니다."

"결국 내가 끝장을 내줘야 한단 말이냐? 스스로 무덤을 파는 놈이군!"

"제가 말할 수 있는 건 다 털어놓았습니다. 정말로 다른 뜻은 없어요."

"이 '리에'라는 군인은 어떤 놈이야?"

그는 사흘 동안 고민한 끝에 심증을 굳히고 나를 추궁했지만, 나는 그가 무엇을 말하는지 도무지 알 수 없었다.

"함께 국경을 넘어서 소련으로 가려고? 그렇게 날 속일 수 있을 줄 알아?"

나는 더더욱 그가 하는 말을 알아들을 수 없었다.

서기는 일기장을 눈앞에 내던지며 문장을 짚어 보인 뒤 내가 어떻게 발뺌할지 지켜보았다. 그제야 비로소 나는 그가 '늘어선 군인列兵'을 '리에씨 성을 가진 군인'으로 읽었다는 사실을 깨달았다. 나는 울지도 웃지도 못한 채 리에라는 군인은 사실 아무도 아니라고 설명했지만, 그는 한참이나 내 말을 듣고도 반신반의할 따름이었다. 결국 서기는 나를 돼지우리에 처넣고 사료의 발효가 잘됐는지 확인하라고 지시한 뒤 사라져버렸다.

러시아 가곡

러시아 가곡은 동서양 음악에서 발견되는 고귀함을 지니고 있지만 심히 가라앉는 느낌이며 인도와 중앙아시아의 음악은 대개 감상적이다. 중국 서북부의 음악은 비극적인 애수로 가득하지만 그 슬픔을 이겨내고 앞으로 나아갈 수 있는 힘 또한 지니고 있다. 이런 가곡은 초원이나 설원에 속하며 유목민의 모닥불 가에서 울린다. 궁전에서 부르거나 저자에서 부르기에는 적합하지 않으며, 재즈 음악처럼 술집에서 주흥을 돋우기에 적합한 음악은 더더욱 아니다. 오히려 대지와 밤에 가장 가까운 가곡이다.

여명이나 황혼에, 노을빛과 불빛이 서로 가까운 때에 어떤 소리가 보일 듯 말 듯 물결친다. 이때 사람들은 이불 속에서 목을 내밀고 침상 앞 기왓장 틈으로 날아와 쌓이는 티끌 같은 눈의 부스러기들을 알아보게 된다. 눈보라는 창틈으로 들이치고, 창을 덮은 얇은 비닐은 미친 듯 휘몰아치는 바람에 끊임없이 부르르 떤다. 그 너머로 보이는 바깥세상은 오로지 눈부신 순백이어서 하늘과 땅이 분간되지 않는다. 따뜻한 이부자리가 아쉬운 이 순간, 어디서 시작됐는지 알 수 없는 소리가 하나둘 밀려오기 시작한다. 그러면 작은 개울물은 점차 넓은 곳으로 흐르기 시작해서 마침내 거대한 강물로 굽이쳐 세차게 흘러내린다. 모든 작업장에서 약속이나 한 듯 웅장한 합창이 울려 퍼지는 것이다. 〈트로이카〉 〈길〉 〈중앙아시아의 초원에서〉와 같은 노래들. 이때는 다른 어떤 노래도 부를 수 없다.

모든 노래에는 가장 잘 불릴 수 있는 장소와 시간이 있다. 러시아 가곡은 바람과 눈보라 속에 서 있던 지식청년의 노래였으며, 나아가 그 세대에 속한 사람들의 영원한 청각적 표지였다. 노래를 듣기만 해도 절로 그 소리 속에 잠든 막을 수 없는 감상이 흘러나온다. 노래하는 사람의 마음속에 쌓인 눈과 대지, 진흙덩이, 불빛, 피곤함, 거친 쌀로 지은 밥을 쥔 손과 풀과 나무의 숨결이 느껴지는 것이다. 언젠가 내가 기차에서 사람을 잘못 알아본 일이 있다. 어이, 어이, 큰 소리로 인사하며 손을 맞잡아 굳은 악수를 하고 난 뒤에야 비로소 상대방의 얼굴이 낯설다는 사실을 깨달았다. 상대방 역시 어이, 어이, 하던 가운데 정신이 들었는지, 눈빛 속에는 기억을 찾아 헤매다 상황을 인식하고 어리둥절한 기색이 아른댔다. 우리 두 사람은 서로 이러지도 저러지도 못한 채 선뜻 이 황당한 사태를 인정할 수도 없었다. 그래서 있는 말 없는 말을 두서없이 보태며 되는 대로 인사를 나눈 뒤 이 난처함을 헤쳐나가기로 마음먹었다. 다행히도 우리는 기차에서 만났고 때마침 맞은편 열차 칸에서 누군가 〈볼가강의 뱃노래〉라는 노래를 부르기 시작해 가까스로 화제를 찾을 수 있었다.

나는 마음을 가라앉히고 쉽게 들통이 날 만한 이름 따위를 피해서 러시아 민요로 화제를 옮겼다. 삽대에서 돌아온 지 벌써 이렇게 오랜 세월이 지났다는 둥, 아침에 침대에서 일어날 때마다 온몸이 쑤시고 아파오던 일이 새삼스럽다는 둥, 한밤중 구보하다가 졸면서 걷던 일이나 꿩을 잡다가 소스라치게 놀라던 일 같은……. 물론 그때 시골에서 겪은 갖가지 지긋지긋한 고생이나 지금에 와서야 느끼는 그리움에 대해서도 이야기했다. 머지않아 나는 나 자신이 지나치게 조심스러웠음을 깨달았다. 상대방은 놀랍게도 내 말에 줄곧 맞장구쳐주었다. 얘기를 나눌수록 우리는 서로 가까워졌고, 아무 말이나 갖다 붙여도 앞뒤가 들어맞았으며, 어색한 데라고는 하나도 없을 지경이었다. 그가 돼지우리에서 씨돼지를 잡아 사정없이 물어뜯던 일을 말할 때에는 거의 우리가 타이핑쉬 인민공사人民公社에서 함께 일하며 동고동락했던 지식청년이었다고, 내가 무슨 낯선 사람을 착각해서 잘못 알아본 게 아니라고 굳게 믿을 정도였다. 멱따는 소리로 울며불며 버둥대던 그 씨돼지는 내 기억에도 선연했기 때문이다.

우리는 큰 소리로 하하, 몸도 마음도 가뿐하게 웃었다. 서로 긴가민가하면서도 이렇게 오랫동안 이토록 마음이 통하는 얘기를 나눌 수 있다니. 상대방과 헤어지고 나서도 나는 정말 내가 사람을 잘못 보기는 한 건가 한참이나 의심했다. 상대방이 어디 사는 누군지조차 알지 못하면서 말이다.

그는 잘 아는 낯선 사람이었다. 다만 '아무개'라고 이름을 떠올려 부를 수 없을 따름이다. 그 또한 내 이름이 '아무개'인지 아닌지 긴가민가하겠지.

붉은 태양

몇 년 전 〈붉은 태양〉이라는 음악 CD 시리즈가 중국 대륙에서 갑자기 유행해 노래방이나 택시, 또는 지긋한 나이대의 사람들이 모이는 장소마다 울려 퍼졌다. 거기에는 대개 문화대혁명 시기의 노래가 수록되어 있어서 당시의 충자무를 떠올리게 했다. 지식인은 이에 대해 매우 민감하게 반응했다. 어떤 좌익 인사들은 이 현상을 다음과 같이 해석했다. "인민 대중은 날로 심해지는 빈부 격차에 깊이 절망하고, 자본주의의 글로벌화에 거센 불만을 품고 있다. 그래서 마오쩌둥이나 혁명의 시대를 그리는 노래를 부르는 것이다." 일부 우익 인사는 신문지상을 통해 깊은 우려를 표하며 분노를 감추지 않았다. 그들은 이를 '좌익' 사상에 대한 왜곡된 회고주의로 간주하고 극단적 좌경 세력의 개혁개방 전복 시도의 위험 신호라며 경계했다. 몇몇 서구 관찰자와 기자는 심지어 이렇게 단언하기도 했다. "이것은 팔구정치대란(1989년에 일어난 대규모 정치적 시위, 이른바 '톈안먼 사건'–옮긴이) 이후 공산주의 이데올로기를 강화하려는 중국 당국의 정치적 음모다."

사실 이것은 모두 일부 책상물림의 반응이며 오직 가사만 한 번 흘끗 쳐다보고 현상을 파악하려는 헛된 시도일 따름이다. 머릿속이 온통 먹물로 가득 차 있으니 그런 잔재주에만 능한 것도 당연하다. 같은 방식으로 그들은 역사적 문헌 속에서 역사를 찾고 정치적 문헌 속에서 정치를 찾으며 도덕적 문헌 속에서 도덕을 찾는다. 그러니 그들의 시선이 줄곧 문자적 수사를 벗어나지 못하는 것이다. 사실, 내가 아는 많은 사람들은 노래를 부를 때 가사 따위는 그다지 마음에 새기지 않는다. 라오무 또한 그 가운데 한 사람이다. 라오무는 일찍이 홍콩으로 이주해 부동산을 운영하는 사장님이 되었고, 늘 풍수쟁이나 직업적인 바람잡이들, 또는 부도지사의 사위들과 어울려 나이트클럽에 놀러 다니곤 했다. 그들은 룸에서 아가씨들을 한 떼나 불러들여서 이리저리 고르고, 나가요 언니들 앞에서 온갖 진상을 떨며, 손끝 하나로 마담을 불러대며 극진한 대접을 받는다. 라오무가 한 병에 천 위안도 넘는, XO 마크가 붙은 양주를 따놓고 부르는 십팔번은 러시아 민요인 〈트로이카〉, 미국의 〈올드 맨 리버〉 그리고 〈붉은 태양〉 시리즈 안에 들어가는 바로 그 혁명가다. 〈혁명가는 영원한 청년〉이라든가 〈철도병 전사의 의지를 사방에 떨치며〉 같은 곡 말이다.

아가씨들은 이런 노래들은 부를 줄도 모르고 그런 게 무슨 뜻인 줄도 모른다. 그래서 라오무에게 요즘 유행하는 홍콩이나 타이완 음악 CD를 추천하다가 언젠가 된서리를 맞은 적도 있다. 라오무는 찻잔을 발로 차 뒤엎고 수표를 상대방 얼굴에 내던지며 불호령을 냈다. "부르라면 부르는 거야! 열 번이든 백 번이든 내가 질릴 때까지 〈큰 바다의 항해를 타수의 손에 맡기고〉를 부르란 말이다!"

라오무는 혁명의 시대를 그리워하는 것일까? 그는 입만 열면 열일곱에 시골 마을로 삽대를 갔던 일을 두고 이를 부득부득 간다. 라오무가 정부 당국의 이데올로기 강화 정치에 항복한 걸까? 그는 품 안에 몇 개 국가의 여권을 지니고 다니며, 부동산 사기가 들통나면 언제라도 외국으로 떠버릴 준비를 하고 있다. 그렇다면 라오무는 대체 어떤 사람인 걸까? 옛날 혁명 가요에 대한 그의 기호는 어디서 왔을까? 〈붉은 태양〉에 관심을 갖는 지식인은 노래를 부르며 흥분하고 만족한 나머지 뜨거운 눈물까지 쏟아내는 그의 모습을 어떻게 해석할 수 있을까?

나는 라오무의 오랜 친구로서 그런 노래가 그의 청춘 시대를 떠올리게 한다는 사실을 알고 있다. 비록 누추하고 고생스러웠지만 다시는 되돌릴 수 없는 청춘. 그의 순진함이나 첫사랑, 어머니나 형제들, 그가 처음 드러내 보였던 재능과 처음 겪었던 시련 그리고 시골에서 댐 공사를 하던 중에 잃었던 한쪽 눈까지, 모든 것이 이 붉은 노래들과 긴밀한 연관을 맺고 있어 따로 떼어놓을 수 없다. 사람이 어떤 감정적 유산을 필요로 하듯이 라오무는 이 노래를 필요로 한다. 몸과 마음이 피로하고 지칠 때 노래와 함께 어스름의 불빛 아래 가져가 깨끗하게 먼지를 떨고 부드럽게 어루만져주어야 하기 때문이다. 그러면 노래는 탄식 어린 음성과 함께 한 줄기 눈물을 흐르게 할 것이다. 이 유물 속에 어떤 정치적 낙인이 아로새겨져 있는지는 중요하지 않다. 심지어 라오무는 일찍이 내게 이렇게 말한 적도 있었다. "나는 열세 살 때 생애 최초의 '포르노'를 모범극(문화대혁명 시기의 주도적인 예술양식으로 혁명적인 내용을 중국 전통극 양식에 접목한 것 – 옮긴이) 〈붉은 낭자군〉의 스틸 사진 속에서 발견했어." 그때 라오무는 충동을 억제할 방법이 없어서 몇 번이나 바지 단추를 풀고 포스터에 그려진 붉은 혁명 여전사의 얼굴을 보며 몰래 자위했다. 그 순간 그에게 포스터가 혁명 선전용이었다는 사실은 아무 의미도 없었다.

내가 보기에 애꾸눈 라오무와 같은 사람들이야말로 1990년대 이후 〈붉은 태양〉 CD의 최대 소비자다. 그들은 아마 자기들이 왜 그토록 좌익 지식인을 오랫동안 기쁘게 하고, 우익 지식인을 아프고 슬프게 하는지 도저히 알 수 없을 것이다.

푸르트벵글러

《톈야天涯》 잡지를 편집할 때 어떤 글을 발표한 적이 있다. 1948년 시카고 오케스트라가 당시 가장 위대한 지휘자 가운데 한 사람인 푸르트벵글러를 초청한 일에 대해 적은 글이다. 오케스트라가 푸르트벵글러에게 지휘를 맡겼다는 소식은 매우 빨리 퍼져나갔다. 여론은 들끓었고 이 사실에 반대하는 전단에는 이탈리아 출신의 또 다른 위대한 지휘자 토스카니니의 다음과 같은 말이 실렸다. "나치를 위해 연주했던 사람은 베토벤을 연주할 자격이 없다."(단스렌, 《베토벤을 연주할 권리》)

푸르트벵글러는 이 때문에 결국 시카고행을 포기했고, 베토벤을 연주할 권리는 오랫동안 논쟁적인 화두가 되었다.

나치 독일에 협력했던 음악가가 물론 그 하나만은 아니다. 위대한 스승격인 리하르트 스트라우스라든지 나중에 세계적으로 명성을 얻은 카라얀도 마찬가지로 역사적 오점을 남겼다. 그들은 일찍이 나치의 음악 총감독이었거나 지역 당국의 음악 감독이었다. 심지어 베토벤의 9번 교향곡으로 히틀러의 생일을 축하하기도 했다. 나치 독일에 피해를 입은 사람이나 인간의 생명을 아끼는 사람이라면 그들의 정치적 나약함을 꾸짖을 권리가 있다. 마치 중국의 우국지사들이 일찍이 '연극하는 사람들의 의식 없음'을 크게 꾸짖었던 것과 같은 현상이다.

"상나라 땅의 여자, 나라 잃은 슬픔은 알지 못하면서 강 건너 뒤뜰의 꽃이 지는 것만 설워 노래하네."(두목杜牧) 문화예술에 몸담은 사람들 가운데 나라 일을 알지 못하고, 절개와 지조를 지키지 않은 사람이 차지하는 비율은 다른 직업군에 비해 많지도 않고 적지도 않다. 그러나 그들의 사회적 지명도가 비교적 높기 때문에 더 쉽게 사람들의 주목을 끈다. 문화대혁명 시리즈 음악 CD 〈붉은 태양〉이 1990년대부터 다시 유행했다. 그러나 본래의 정치적인 의미는 거의 사라지고 문화예술 상품으로서의 가치가 그 핵심이었다. 문자적인 내용은 부차적인 문제가 되었다. 문자만으로 구성된 작품과 달리 음악에서는 의미가 직접적이지도 긴밀하지도 않다. 문화예술은 여러 가지 표현 방식을 종합해서 이루어지기 때문에 다양성과 다의성을 지닌다. 그것은 나라 안의 일인 동시에 나라 밖의 일이며 잠깐 사이에 예술인다운 몽상 속으로 끌려들어가 정치적 색채를 잃고 만다.

이런 의미에서 푸르트벵글러 등은 정말이지 비극적인 오류를 저지른 것이다. 그러나 나치를 위해 연주할 때 흘렸던 그들의 빛나는 눈물이 반드시 히틀러를 위해 흘린 것이라고는 단정할 수 없다. 눈물 속에는 우리가 알 수 없는 모든 것이 담겨 있으며, 우리가 미처 통찰할 수 없었던 마음의 떨림과 어두운 기억이 수많은 수수께끼와 함께 숨겨져 있다.

소리와 색의 의미는 명징하게 해석하기 어렵다. 문화예술을 하는 사람들은 대개 글을 잘 쓰지 못한다. 문자로 표현하는 데 어려움을 느끼기 때문에 신문의 평론이나 우리의 분석 안으로 들어오기도 힘든 것이다.

시골 연극

한번은 시골에서 연극을 보다가 깜짝 놀란 적이 있다. 타작마당에 판자 몇 장을 세워서 무대를 만들었는데 무대 위 조명은 희미한 가스등 하나뿐이었다. 거기에 목이 긴 기름등잔 두서너 개를 새끼줄로 연결해 간이 무대 천장에 걸었기 때문에 시커먼 연기가 뭉게뭉게 피어올랐다. 무대 위에는 배우 두 사람이 있었는데 희미해서 잘 알아볼 수도 없었다. 그 가운데 한 사람이 무슨 종이우산 같은 것을 마구 돌리면서 다른 사람과 어깨를 나란히 하고 다리를 높이 들어 올리며 한참을 뛰었다. 마치 산을 타고 강을 건너는 듯한 모양새였다. 어찌나 열심히 달리는지 발밑에서 엉성하게 엮은 무대 바닥이 삐걱삐걱 울며 요동쳤다. 우산은 점점 더 빨리 돌았고, 무대 아래서는 잘한다는 외침이 잇달았다. 나는 나중에야 비로소 이 마을에서 공연 중인 작품이 마적단을 소탕하는 모범극 〈지략으로

웨이후산을 빼앗다〉임을 알았다. 원래 그 연극 속에 혁명 전사들이 우산 돌리는 장면이 있었던 것 같지는 않다. 아마도 그 배우의 우산 돌리기 실력이 너무나 뛰어나 어르신들께 그 재주를 꼭 보여주어야 했던 모양이다. 그래서 극 중의 혁명군은 별수 없이 우산을 돌리며 마적단을 소탕하러 갔던 것이다.

농촌의 극단은 필요한 배경이나 소도구를 돈까지 들여가며 살 수 없다. 모든 것이 엉성하고 간소하다. 도롱이를 천막 대신 쓰고, 새끼줄로 허리띠를 대신하며, 볕을 가리는 거적에 누런 흙탕물과 검댕으로 멀리 보이는 풍경을 그려놓는다. 또한 극본이 없어서 연극 내용을 아는 초등학교 선생님이 대강의 줄거리를 알려준다고 했다. 그렇게 해서 글을 모르는 배우라도 줄거리를 기억하고 자기 나름대로 말을 엮어서 연기를 하는 것이다. 내키는 대로 연기를 하다 보면 곧 흥이 나서 할 수 있는 모든 기예를 펼쳐 보이게 된다. 이것을 '교자희喬仔戲'라고 부르는데, 한나라 때 문헌에 실려 있는 '교자喬仔'와 같은지는 잘 모르겠다.

무대 아래는 사람들이 빽빽하게 들어차 있지만, 정말로 뱅글뱅글 돌아가는 우산을 보고 있는 사람은 그리 많지 않았다. 어린아이들은 사람들 사이로 끊임없이 드나들면서 쫓고 쫓기느라 소리를 지르거나 거꾸러져 빽빽대고 큰 소리로 울어댔다. 젊은이들도 바쁘기는 마찬가지였다. 그들은 시시때때로 손전등 불빛으로 그리 멀지 않은 곳에 앉아 있는 소녀들의 무리를 비추곤 했다. 누군가의 얼굴이나 엉덩이를. 그러면 소녀들 사이에서는 "빌어먹을 놈! 너네 엄마한테나 그렇게 해!"라는 따위의 욕설이 즐거운 웃음소리와 함께 터져 나왔다. 욕을 얻어먹은 젊은이들도 즐겁기는 매한가지였다. 중년의 아주머니들은 삼삼오오 떼를 지어 며느리가 아이를 낳은 이야기라든가, 집에서 치는 암탉이 달걀을 낳았다든가 하는 집안일을 속닥였다. 아니면 아이에게 젖을 물리거나 오줌을 누이거나 했다. 여기에 비하면 나이 드신 아저씨들만이 그나마 사뭇 점잖게 앉아서 오롯하니 연극의 내용과 대사에 깊은 관심을 보였다. 저 빼어난 우산 돌리기 재주는 그들에게 비로소 제법 칭찬을 얻어 들었다. 그들은 나처럼 이런 상황에 더 이상 놀라지 않았다. 이미 무대의 협소함과 혼잡함에 익숙해져 있기 때문이다. 예를 들어, 북을 치는 고수와 후친胡琴(경극 등의 반주에 자주 사용되는 대표적인 중국 현악기. 두 줄 악기이기 때문에 얼후二胡라 불리기도 한다 – 옮긴이) 연주자는 한쪽 구석에 앉는다고 앉아도 거의 무대 한가운데까지 자리를 차지해 배우들과 뒤섞이곤 했다. 가령 무대에서 전투가 벌어지는 도중에 누군가 갑자기 시체들의 산을 넘어 무대 앞을 지나기도 했는데, 그는 새로운 등장인물도 아니고 안내하는 말을 전하려는 사회자도 아니다. 그저 지역 간부의 명령에 따라 꺼져가는 등잔에 기름을 부으러 나온 심부름꾼인 것이다. 그는 기름을 붓고 나서는 난데없이 휘파람을 불며 크게 고함을 쳤는데, 아이들이 함부로 무대에 기어오르지 못하도록 으름장을 놓기 위해서였다.

나는 그런 모습까지도 공연의 일부라고 생각할 뻔했다.

연극의 내용은 물론 거의 알아볼 수 없었다. 아마 그 자리에 앉은 대부분의 관객이 건성으로 연극을 보았을 것이다. 어쩌면 아예 연극의 내용 따위는 관심도 없었다. 그들은 연극을 보러 온 것이 아니라, 연극을 본다는 핑계로 토속적인 축제의 자리를 만든 것이다. 이처럼 시끌벅적한 사회적 모임을 통해 굶주린 문화적 감각을 만족시키고자. 이 산골 오지의 고요한 나날 속에서 이처럼 많은 사람의 얼굴을 보고 이처럼 많은 사람의 소리를 들으며 이처럼 많은 사람의 기운을 느낀다는 것이 이미 즐거움이었다. 하물며 무대 위는 저렇듯 활기차고, 우산은 나는 듯이 돌아가고 있지 않은가? 배우가 총을 쏠 때 날아가는 폭죽의 커다란 울림과 화약 냄새가 있고, 도롱이를 걸친 재주꾼이 공중제비를 돌며, 온갖 희귀하고 신기한 무대 의상이 눈앞에 펼쳐진다. 어떤 지역 간부가 불만스러운 듯 내게 말했다. "작년에 극단에서 빨간 의상 여섯 벌을 마련한다기에 벼를 두 단이나 내줬는데 어째서 입고 나오지 않았는지 모르겠소. 이 왕 곰보 놈이 대체 무슨 짓을 한 건지!"

모범극은 물론 이데올로기적인 양식이다. 그런 이데올로기적 양식은 이런 관객에게 어떤 영향을 줄까? 영향을 준다면 얼마나 대단한 영향을 주는 걸까? 같은 이유로 이런 질문을 던질 수 있다. 모범극은 전근대적인 문예 양식을 타도한다는 기치 아래 선전했다. 그런데 과연 그 이전에 이곳에서 공연되었던 연극들은 이들 관객에게 어떤 영향을 주었을까? 과연 얼마만 한 영향을 주었을까? 이렇게 워더글덕더글한 공연장에서 도대체 어떤 이데올로기 양식이 받아들여지지 않을 것이며, 또 어떤 이데올로기 양식이 자연스레 해체되지 않을 것인가?

가리개

타이핑쉬에는 커다란 대저택이 한 채 있었다. 벌써 한참이나 비바람에 시달려 부서진 담장만 남고 주인은 어디로 갔는지도 알 수 없어서 그 터에 시골 학교를 세웠다. 대저택의 대문 밖에는 이끼가 얼룩진 장방형 담장이 정원으로 들어가는 문을 막고 서 있었다. 이른바 '조벽照壁'(옛 건축물에서 건물 안쪽이 바로 보이지 않도록 문 앞에 세우는 벽 – 옮긴이)이라는 것이다. 고대 중국의 사상가 순자가 이런 말을 한 적 있다. "천자는 밖으로 둘러치고, 제후는 안으로 둘러치는 것이 예이다."(《순자》〈성상〉편) 제왕이 머무는 곳은 조벽을 밖에 두고 대부가 머무는 곳은 조벽을 안에다 둔다는 뜻으로, 매우 중시되는 원칙이다.

사실 조벽은 보안을 위해 치는 것은 아니다. 다만 문밖의 시선을 가려 대중에게 공개되는 것을 막기 위해 필요할 따름이다. 비교해서 말하건대, 여기 사는 가난한 하층민 집으로 말할 것 같으면 집 안이든 집 밖이든 무슨 조벽 같은 게 있지도 않다. 커다란 대문은 하늘을 향해 열려 있고 맛없는 차와 찬 없는 거친 밥에 이르기까지, 집안사람들이 사방의 벽이 될 뿐 딱히 가리고 말고 할 것이 없기 때문이다. 가린다는 것도 가릴 만한 자격이 되어야 하는 것이고, 본다는 것도 볼 만한 권리가 있어야 하는 것인가 보다. 부유한 사람이나 고위 관직자라야 남보다 더 많은 가시적 영역을 소유한다. 그래야 비로소 남이 자기 집 안을 보지 못하게 하는 것이다. 그러나 자기 자신은 문만 나서면 다른 사람의 집 안을 낱낱이 살피고, 닿지 않는 곳이 없는 시선의 막강함을 실컷 누린다.

현대사회의 반사 유리는 이런 고대 조벽의 업그레이드 버전이라고 할 수 있다. 폴리스 라인이나 선팅 카, 전용 엘리베이터, CCTV, 보안 서류 등도 조벽의 연장선 위에 있으며 볼 권리의 차등성을 여실히 드러낸다. 지위가 높은 사람은 대개 단독으로 사무실을 사용하며 아무나 마음대로 들여다볼 수 없기 때문에 더욱 신비하고 위엄 있어 보인다. 신분이 낮은 사람은 일반적으로 커다란 사무실에서 온갖 잡동사니와 함께 생활한다. 사람들 사이를 두른 파티션도 아주 낮기 때문에 CCTV 아래서 감출 수 있는 게 거의 없다. 상급자가 한 번 둘러보기만 해도 한눈에 파악된다. 지배는 무엇보다 이런 시선 속에서 이루어진다.

유명한 스포츠 선수나 인기 스타의 경우, 사람의 눈길을 끌기 쉽다는 직업적인 특징에도 불구하고 오늘날 대중이 모이는 장소에 자주 모습을 보이지 않는다. 아주 큰일이 있거나 큰 대가를 치르지 않으면 그 귀한 얼굴을 볼 생각은 아예 하지도 말아야 한다. 다만 아직 그다지 명성이 높지 않은 사람이나 스스로 유명하지 않다고 주제 파악하는 무명 인물들은 서로 앞을 다투며 얼굴을 들이민다. 이런 사람들은 아무 데나 기회 있을 때마다 나타나며, 심지어 볼썽사나울 지경으로 윙크를 날리거나 누구에게나 키스를 보내며 알몸을 드러내는 것조차 마다하지 않는다. 여기서 있는 힘을 다해 사람들의 시선을 피하는 것과 사람들의 시선을 얻기 위해 안간힘을 쓰는 것이 이미 존귀함과 비천함을 가르는 표지가 되었음을 알 수 있다.

시선 속에는 권력이 숨어 있으며, '보는 것'은 처벌의 한 가지 방식이 될 수 있다. 어떤 건달이 길거리에서 여자의 옷을 실오라기 하나 남기지 않고 벗겼다고 하자. 설사 건달이 여자의 살이나 뼈에 직접적인 위해를 가하지 않았어도 숱한 시선 아래 몸을 드러내게 한 것은 장독이 오를 만큼 몽둥이찜질한 것보다 심한 범죄다. 감옥에는 방마다 감시용 창문이 있다. 이것은 24시간 내내 감시할 수 있는 형법 집행자의 권력을 의미한다. 특급 호텔에 필적할 만큼 호화로운 감방이라고 해도 이런 감시용 창문이 있는 한 수감자의 자유와 존엄은 완전히 무시되는 것과 마찬가지다.

넓은 의미에서 공공의 화제 또한 대중에게는 일종의 '보는 것'이다. 그래서 본다는 행위의 금지는 종종 이 세상에서 가장 귀중한 것을 지향한다. 예를 들어, '성性'이라고 하면 개개인의 삶에서 가장 '가려진' 부분이다. 또 고위급 정치는 사회적인 삶에서 가장 '가려진' 부분이라고 할 수 있다. 많은 작가와 기자는 이런 이치를 깊이 깨닫고 이 두 가지 초점에 맞춰 심혈을 기울여 붓을 놀린다. 끊임없이 반복되어 식상하고, 또 졸작이 판을 치기는 하지만, 이런 주제는 언제나 쇠도 녹일 만큼 뜨거운 매력을 지닌다. 이는 가리개가 외려 폭로에 대한 추구를 자극할 수 있다는 훌륭한 증거다. '뚜껑은 열라고 있는 것'이니 말이다. 가리개는 폭로의 또 다른 형식이다. 주목받기 위해 동원되는 것보다 더 영속적이고 강력한 동력을 지닌다. 폴리스 라인, 선팅 카, 전용 엘리베이터, CCTV, 보안 서류 등은 사람들의 눈에 점점 더 자주 띄며 더욱더 일반 대중의 정치적 상상력을 자극한다. 베이징에 가본 사람은 모두 알 것이다. 시내를 돌아다니는 택시 기사들은 마치 국무총리나 장관들의 비서라도 되는 양 오전에 정부 회의가 있으면 오후에는 대부분 그 내용을 알고 있다. 심지어는 정부 당국의 회의가 오후에 있을 예정인데, 오전부터 회의 결과를 알기도 한다. 나라의 중요한 일이 모두 그들의 일상으로 자리매김한 것이다. 이와 같은 훔쳐보기는 철의 장막으로 가려진 시대에 더욱 많고, 정부의 업무가 공개됨에 따라 점점 줄어든다.

한번은 식사를 하다가 기인 한 분을 만났는데 평범한 교통경찰이었다. 그는 내 친구인 가오 군이 허베이성의 부성장副省長에 대해 얘기하는 것을 듣더니 곧 이름을 잘못 기억하고 있다고 정정해주었다. 가오 군은 승복하지 않고 경찰과 실랑이를 벌였다. 경찰은 술기운을 빌려 허베이성 전체 성급 관료의 이름을 모두 댐으로써 가오 군을 아연실색하게 만들었다. 하지만 그것은 시작에 불과했다. 경찰은 또 단숨에 중앙 부서 관료의 이름을 일일이 늘어놓았다. 그뿐만 아니라, 그들의 경력과 배우자, 자녀 수와 같은 정보도 줄줄 읊었다. 예를 들어, 어떤 장관의 사위가 어떤 부대에서 복무했고 언제 전속됐는지, 또는 어떤 서기 댁 도령이 어떤 시장 댁 따님과 혼례를 올렸는지, 그들이 언제 짝을 지어 외국으로 나갔는지 등에 대해서 말이다. 경찰이 예상하지 못했던 일은 우연히도 그의 적수가 되었던 가오 군 또한 꺼져가는 기름등잔처럼 깜빡깜빡하는 건망증 환자가 아니었다는 점이다. 놀랍게도 가오 군은 경찰과 경쟁하기 시작했고 더 많은 고위층 관료의 프로필을 주워섬겼다. 한쪽에서 총리의 아들은 아무개라고 말하면, 다른 한쪽에서는 성장의 며느리는 누구더라고 받아치는 식이었다. 한쪽에서 어떤 부대장이 무슨 병에 걸렸다고 하면, 다른 쪽에서는 부대장이 무슨 약을 먹으며 몸조리하는 중인지 말하는 수준인 것이다.

도道가 한 길丈만큼 자라면 삿된 마음도 그만큼 자란다는 말이 있다. 그들의 조사 연구와 생계 문제는 아무런 관계가 없으며, 개인의 기호에 따르는 여가활동에 불과하다. 그저 밥상머리에서 벌어지는 소소한 즐거움일 따름이다.

계혈주

타이핑쉬 농민에게는 지켜야 할 수많은 의식이 있다. 뭔가를 받아들이고 나서는 대나무 한 마디를 쪼갠다. 이로써 맹세를 하는 것이다. 또 고양이가 누군가의 문 앞에서 죽어 있으면 그건 절교를 의미한다. 두 사람이 함께 계혈주鷄血酒를 마신다는 것은 형제나 자매가 된다는 뜻이다. 이런 행동 규범은 막 시골로 내려온 지식청년들의 눈에 어리석은 일로 비쳤다.

애꾸눈 라오무가 아직 혁명 지식청년이었을 무렵, 그는 샤오옌과 더불어 누가 더 열심히 혁명을 수행하는지 겨루고 있었다. 라오무는 가난한 농민과 한마음 한뜻이 되려는 일념으로 한 농가에 가서 장례 일을 도왔다. 고인 앞에 머리를 조아려 절을 하고, 주검을 씻겨 염하고, 마지막에는 관을 메고 산에 올라가 매장하는 일까지 마다하지 않았다. 그 집 장손의 이름은 우메이쯔였는데, 살갗이 워낙에 검어서 우리는 그를 '콩고인'이라고 놀렸다. 우메이쯔는 라오무의 수고에 감격했으며, 강을 헤엄쳐 건널 수 있는 그의 수영 실력에 반해서 의형제를 맺고자 했다. 라오무는 물론 선뜻 수락했다. 다만 계혈주만은 받아들이지 않았다. 술 한 잔이면 족하다고 하면서 무짠지와 함께 밥을 먹었다.

라오무는 상대방의 낯빛이 어떻게 변했는지 자세히 살피지 않았다. 다음 날 라오무는 콩고인이 자신을 아예 모르는 척한다는 사실을 깨달았다. 우메이쯔는 원래 라오무에게 조총을 빌려주기로 했지만, 막상 빌리러 가자 자기가 쓰는 중이라고 거절했다. 게다가 태도는 얼음장같이 쌀쌀맞아서 마치 낯선 사람 같았다. 나중에야 라오무는 계혈주를 마신다는 게 콩고인에게 있으나 마나 한 소소한 일이 아니라는 사실을 알게 되었다. 그건 도덕적 신용과 명예 그리고 정치적 품격에 관한 중대사였던 것이다. 의형제를 맺기로 하면서 계혈주를 마시지 않는 것은 의심할 나위 없이 입에 발린 소리로 사람을 속이는 일이었다. 콩고인은 냉랭한 말투로 라오무에게 선언했다. "나를 형제라고 부르지 마시오. 우리 같은 무지렁이들은 높으신 양반들과 함께 살 수 없으니까. 그냥 예전처럼 우메이쯔라고 부르는 게 좋겠소."

라오무는 다급해져서 다른 사람에게 부탁해 화해를 청했다.

라오무는 계혈주를 마셨을 뿐 아니라 하늘과 땅에 절을 하며 지난 일은 몰라서 저지른 잘못이라고 우메이쯔에게 양해를 구했다.

그래도 우메이쯔는 마음을 풀기가 썩 내키지 않은 모양이었다. "도시 사람들은 계혈주를 아니 마시고 뭘 마신단 말여? 우물물이나 차만 마시고 산다든가? 번데기 앞에서 주름 잡고 있구먼!"

계혈주라는 놈은 참으로 신기한 효력이 있었다. 우메이쯔는 만족스러워하며 술잔을 내려놓았고, 코를 찌르는 피비린내와 술기운에 힘입어 더할 나위 없는 충정을 드러냈다. "형제 사이에는 거짓이 없는 벱이고, 마누라 앞에서는 참말을 안 하는 벱이지." 우메이쯔는 라오무의 어깨를 두드리며 호언장담했다. 그때부터 그의 집은 곧 라오무의 집이 되었다. 그의 자식들은 라오무에게 욕을 얻어먹고 매를 맞아도 쌌다. 심지어 그의 아내까지 라오무가 '이래저래' 할 수 있었다. 라오무가 그녀를 싫어하지만 않는다면 말이다. 물론, 우메이쯔의 친구는 라오무의 친구였고, 라오무의 원수는 그의 원수였다. 내 형제에게 원수진 놈이 있는가? 그러면서 그는 곧 두 눈을 부릅뜨고 자기 형제를 바라보며, 돼지 멱따는 칼로 탁자를 내리쳤다. 마치 저 대문을 나서기만 하면 손을 써서 피를 보고 말겠다는 듯이. 우메이쯔는 입 밖에 낸 말은 반드시 행동으로 옮기는 사람이었다. 3년 뒤 라오무는 어떤 투기사업에 말려들어 경제사범으로 현의 공안국에 잡혀 들어갔다. 지식청년들은 제각기 살길을 찾느라 흩어져 돌아보지도 않았지만, 우메이쯔만큼은 형제를 잊지 않고 돼지 한 마리를 팔아 마련한 돈을 라오무에게 보냈다.

도시로 돌아온 뒤로 나는 라오무가 우메이쯔나 콩고인에 대해 얘기하는 것을 듣지 못했다. 언젠가 한번 내가 그 이름을 말했을 때도 그는 기억하지 못했다. 우메이쯔? 인민공사의 홍보 위원 말이야? 그는 어리벙벙한 얼굴이었다. 내가 일러주고 난 뒤에야 비로소 가물가물 계혈주에 관한 기억이 떠오르는 모양이었다. 그는 결국 당시 닭을 잡을 때의 소란과 뚝뚝 듣는 시뻘건 핏자국, 코를 찌르는 독주 냄새 그리고 향을 사르고 무릎을 꿇어 절하던 일련의 의식, 목조 건물 안에서 멧돼지 기름등잔이 번득이던 시골의 밤풍경을 기억해냈다.

의식

갓난애는 말을 배우기 전에 이미 판단할 수 있고 사물의 이미지를 기억할 수도 있다. 그렇게 해서 나름의 조건반사가 형성된다. 예를 들어, 아기는 점점 젖병이나 알록달록한 풍선이 좋은 물건이라는 사실을 알게 된다.

아이들이 학교에 들어가서 글자를 배우기 시작할 때, 경험 많은 교사는 언제나 괘도나 모형, 공연, 게임 그리고 현지 견학 등을 통해 학습을 도모한다. 추상적인 문자가 구체적인 사물의 이미지와 특별한 연상 관계를 맺는다는 사실을 알기 때문이다. 그래서 비교적 쉽게 아이들이 무언가 기억하는 일을 도울 수 있다.

그림을 보고 글자를 알고, 그림을 보고 뜻을 안다. 이처럼 아이들의 학습 방식에 적용되는 규율 또한 인간의 각종 의식에 내재하는 법칙이다. 사람은 혼인신고서만으로는 혼인을 증명할 수 없다. 그 한 장으로 모든 법률적 수속이 완성될지라도 여전히 시끌벅적한 결혼식을 진행함으로써 사람들의 감각을 자극하려 한다. 이로써 결혼식은 하나의 인상적인 사건이 되고, 비로소 사람들의 마음속에 자리 잡는 것이다. 의식은 이미지 창조 활동이다. 사람들은 언어를 통한 교류만으로 부족함을 느낄 때 구체적인 이미지 기호로 의미를 명확히 하거나 해석을 시도한다. 기나긴 삶의 실천인 역사 속에서 사람들은 구름을 뚫을 듯이 높은 예배당을 짓고 풍부하고 다채로운 성상과 벽화, 심금을 울리는 우아한 성가곡과 종소리, 위엄 있고 정결해 보이는 복식과 인테리어, 그리고 손을 씻거나 기도를 올리는 등의 번잡한 예의범절을 통해 성경 속의 종교를 살아 숨 쉬는 종교로, 사람들의 상상과 감정 속에 자리 잡은 종교로 만들었다. 마찬가지로 사람들은 깃발 바꿔 걸기, 양복 입기, 변발 자르기 등의 외형적인 변혁을 통해 혁명을 표현하는 일을 혁명을 실행하는 것과 동일하다고 여긴다. 어떤 사람은 위풍당당한 열병식과 집회, 하늘과 땅을 울리는 우렁찬 예포와 북소리, 엄숙하고 고요한 광장과 기념비 그리고 절대 없어서는 안 될 국기와 국가, 엠블럼 등이 개념으로 존재하는 나라를 살아 숨 쉬는 나라로 만들고 개개인의 상상과 감정 속에 깃들게 한다고 주장한다. 역사학자는 보편적으로 1789년 프랑스대혁명 때 처음 국기를 채용한 것이 근대적인 민족국가 형성의 표지이자 근대적인 국가주의와 민족주의의 표지였다고 인식한다. 우리는 당시의 프랑스 시민을 손가락을 깨물고 있는 어린아이로 간주할 수도 있고, 유년기의 심리적 특징을 지닌 인류로 간주할 수도 있다. 국기, 국가 및 국가적 상징에 대한 그들의 창조는 '나라'와 '민족'을 알고자 하는 수요에 부응하는 것으로 인식된다.

이런 각도에서 우리는 비로소 갖가지 자해형 관습을 이해할 수 있다. 문신, 혈서, 할복 같은 의식은 자해와 고통의 형식을 빌려 감각적 기억을 강화함으로써 모종의 중대한 의미를 해석하고 전달한다. 이런 의식은 때때로 어떤 중요한 순간, 예를 들면 입교 순간이나 사제 관계를 맺는 순간, 성인이 되는 순간을 이용하기도 한다. 우리는 또한 이런 각도에서야 비로소 종교를 더 깊이 이해할 수 있다. 종교적인 의례에서 자주 보이는 약한 수준의 자해 행위, 예를 들어 삭발이나 목욕재계, 금식 그리고 성지 순례 등도 마찬가지다. 힌두교도와 이슬람교도는 중요한 절기마다 금식을 수행한다. 이는 중국 사람들이 명절에 마음껏 먹고 마시는 것과 선명한 대조를 이룬다. 이와 같은 의도적인 굶주림은 물론 명절의 의미를 더욱 뜻깊게 하기 위한 것이다.

전통적으로 중국인은 부모에게서 몸을 받았으므로 반드시 조심스럽게 아껴야 한다고 생각했으며 이를 스스로의 사회적인 태도에 대한 근거로 삼았다. 따라서 신체적 자해를 배제했고 종교 또한 배척할 수 있었다. 중국은 예의를 중시하는 전통이 깊은 나라다. 따라서 이미지를 보고 뜻을 헤아리는 데 익숙한 나라이며, 이미지 기호 활용에 능숙한 나라라고 할 수도 있다. 이 나라에서 "종교는 정치화되었으며, 정치는 윤리화되었으며, 윤리는 예술화되었다".(첸무,《중국 문화사 도론》) 그뿐만 아니라 이미지는 예의범절로서 정착했다.《의례》《주례》《예기》 등에는 사람이 어떻게 서고 앉으며 수레를 타고, 어떻게 옷을 입고 관모를 쓰며, 어떻게 밥을 먹고 술을 마시며, 어떻게 제사를 드리고 혼례를 올리는지, 어떻게 노인을 공경하고 아이를 보살피며, 어떻게 어진 사람을 존중하고, 점을 보며, 손님을 대접하고, 신세 진 데 보답하며, 어떻게 임금을 대하고 청소를 하며 음악을 연주하는지 등에 관한 모든 것이 일일이 격식으로 정해져 있다. 모든 사회적 관계가 일정하게 상응하는 형태의 의식으로 외재화한 것이다. 예를 들어, 자녀는 매일 밤 부모를 위해 이부자리를 펴고 머리맡에 베개를 편히 놓아드린다. 아침에는 반드시 부모님께 인사를 드리고 간밤의 잠자리가 편안하셨는지 묻는다. 또한 앞에 두 분이 앉아 있거나 서 있다면 절대로 끼어들어 앞에 서거나 그 사이로 지나쳐 갈 수 없다. 또한 젊은 사람은 어르신이 주시는 것은 무엇이든 받아들여야 한다. 나이 든 쪽이 감사를 표했다면 나이 어린 쪽은 다시 감사를 표해서는 안 된다. 신분을 넘어서는 행위는 무례함으로 받아들여질 수 있기 때문이다. 당시 수많은 지식인이 '예의 다스림'이나 '예의 가르침'을 중시했다. 사람을 기막히게 할 만큼 번잡한 형식적인 예의범절을 빌려 정치적인 관리 체제와 윤리적 교화를 실현한 것이다.

그때는 글자를 아는 사람이 아주 적었으리라고 상상할 수 있다. 종이나 인쇄술을 발명하기 전이었기 때문에, 문자는 대나무 조각이나 비단에 쓸 수밖에 없었다. 대나무는 무겁고 비단은 비싸서 사람들 사이에 전해지기가 매우 힘들었다. 당시에는 근대 국가에서처럼 규정된 표준어도 없었고, 나라 안에 사투리가 매우 많아 언어 소통이 불편했다. 상고 시기 서적에는 틀린 글자나 잘못 끼워 넣은 글자, 서체가 다른 글자가 많았을 뿐 아니라 판본까지 엉망으로 뒤엉켜 순서대로 읽기 힘들었다. 한 종류의 책에도 갖가지 사투리가 모습을 드러냈다. 문자 숭배는 그런 상황에서 필요한 기술 조건의 결핍을 의미했다. 그래서 당시 '문명'은 문자가 아닌 다른 방식으로 더 많이 표현되었고, '글월文'이라는 한자의 본래 의미에 보다 가까웠다. 문신이나 도안 등을 의미하는 이 글자는 오늘날 '무늬紋'라는 글자로 대체되었고 인위적인 미화 수단과 효과를 가리킨다. 이 글자는 수많은 이미지 창조 활동을 통해 비로소 실현된다.

'쓰임用'과 상대적인 의미로 파악할 때, 이 글자는 넓은 의미에서의 형식을 가리킨다. '야만野'의 의미와 대비될 때, 이 글자는 넓은 의미의 문화적 격식을 가리킨다.《좌전》에는 다음과 같은 공자 말씀이 기록되어 있다. "말을 하는 데 꾸밈이 없으면, 전하여도 멀리 가지 않는다." 장타이옌은 일찍이 이 말을 해석하면서 여기서 '꾸밈文'이라는 글자는 단순한 수사와 윤색을 의미하는 게 아니라 의례를 행하는 데 도움이 되는 조언을 의미한다고 했다.(《국고논형》) 장타이옌 선생의 설명은 내 추측을 명백히 지지하고 있다. 당시 '글월 문文'이라는 글자는 곧 '무늬 문紋'의 뜻이었으며, 이미지를 중심으로 의미를 밝히는 의식을 구현했을 것이다.

《의례》에는 다음과 같은 기록이 보인다. "음악이라는 것은 이미지를 완성하는 존재다." "미풍양속을 퍼뜨리는 데에는 음악만 한 것이 없다." 《주례》에는 또 다음과 같은 말이 있다. "무릇 나라의 기틀을 세우고자 하면, 음란한 소리, 지나친 소리, 불길한 소리, 느린 소리를 삼가야 한다." 음악에 대한 이런 중시는 아마 고대 중국인이 지녔던 가장 중요한 정치적 특색일 것이다. 우리에게 고대의 녹음 자료가 없기 때문에 당시의 '음악'이 과연 어떤 것이었는지 분석할 방법은 없지만, 출토된 유물을 통해 당시의 '예'가 지니고 있던 다른 면모 정도는 충분히 살펴볼 수 있다. 예를 들어,

수많은 역사가가 중시해 마지않았던 기물과 복식 말이다. 우리는 허난성 은허, 산시성 병마용갱, 쓰촨성 삼성퇴, 창사성 마왕퇴 등에서 출토된 문물의 풍부함과 화려함에 놀라움을 금치 못한다. 문자와 언어 사용이 막대한 한계에 맞닥뜨렸을 때 각종 기물과 복식이 그 시절의 신문이나 잡지 같은 읽을거리, 광고나 교재 등의 역할을 수행했다는 사실을 쉽게 이해할 수 있다.《맹자》에 이런 말씀이 있다. "예의를 보면 그 정치를 알 수 있고, 음악을 들으면 그 덕을 알 수 있다." 이런 의미에서 우리는 옛사람이 일상생활에 사용하는 도구와 사물에 어째서 그토록 세심한 주의를 기울였으며, 어째서 그토록 오래도록 고심하며 힘을 다했는지 이해할 수 있다. 그 구체적인 표현은 청동기와 석기, 은기와 옥기, 목기의 정교한 칠과 의식적인 도안에 남아 있다. 이처럼 정교한 기물들은 인간의 감정과 심리에 막대한 영향을 끼친다. 모든 복식과 거마, 겉모습, 행동거지, 건축 및 그 밖에 실재하는 여러 이미지가 정치적이고 도덕적인 기능을 도맡았다. 당시에 이미 '이미지 정치紋治'의 표현이 완숙했음에 다름 아니다.

그리고 이때 이런 기물과 복식(사물 이미지)과 의례(사건 이미지)가 국가와 지니는 긴밀한 관계로 인해 사람들은 중요한 용어를 발명하게 되었다. 바로 '영향'이라는 말이다. '그림자影'라는 글자는 눈으로 감각되는 이미지를 뜻하며, '울림響'이라는 글자는 귀로 감각되는 이미지를 뜻한다. 이 두 글자는 함께 비非언어의 위대한 감화력을 상징적으로 드러내 보인다. '영향'이라는 단어는 옛사람이 감성과 이성의 교체를 통해 얻었던 인상적인 경험을 표현한다. '가르침教'이라는 글자에 다시 '되다化'라는 글자를 더하고, '꾸밈文'이라는 글자에 '가르침化'이라는 글자를 더하는 것은, 모두가 '영향'의 굴레 안에서 순환하고 있음을 확인시켜준다. 수없이 많은 소리와 빛깔 이미지를 사람들의 감각에 쏟아부으면서 귀와 눈으로 그에 동화되도록 하는 목표는 언어의 가르침으로는 도달할 수 없다.

묵자

《묵자》는 여러 사람이 함께 저술한 책이다. 이 책의 주요 작가인 묵자는 아마도 오랫동안 하방해서 노동한 사람일 것이다. 먹빛으로 검게 그을린 얼굴이 사람들에게 인상적으로 기억되었기 때문에 '묵자'라는 괴상한 별명으로 불린 것으로 보인다. 첸무 선생은 이 이름을 해석할 때, 일찍이 묵자가 묵형(얼굴에 먹물로 문신을 새기는 신체형 – 옮긴이)을 받아 얼굴에 문신을 새기고 칠을 한 죄수였을 거라고 추측했다. 물론 이 또한 매우 그럴듯한 가정이기는 하다. 그러나 죄수가 학파를 개창한 스승이 되는 과정에 관한 실질적 증거는 어디서도 구할 수 없다. 게다가 먹빛 얼굴은 묵형을 받은 죄수의 전유물이 아니다. 뜨거운 태양이 떠 있는 동안 한데서 육체노동을 해본 사람이라면, 그가 떠올릴 '먹빛墨' 얼굴의 '사내子'에 대한 이미지는 너무도 분명하다. 만약 첸무 선생도 몇 년 동안 지식청년으로 생활했더라면 틀림없이 다른 각도에서 이 문제를 고려했을 것이다.

글 속에서 묵자는 도기 만들기나 수레 만들기, 담쌓기 따위의 생산 활동을 자주 예로 든다. 실제 시공자나 기술자로서의 면모가 책의 곳곳에서 두드러지는데, 이는 검게 그을린 낯빛과 매우 잘 어울린다. 공자나 맹자와 같은 당시의 '화이트칼라' 중산계급의 사회적 배경과는 크게 차이가 있는 것이다. 묵자가 행한 모든 일은 사실 수천 년이 지난 오늘까지 우리에게 몸으로 전해지고 있다. 일찍이 가마터의 물레를 돌리며 진흙 덩어리가 내 몸에 묻었던 것처럼. 묵자는 자신의 글에서 지금도 시골 농부들이 '운균運鈞'이라 부르는 일종의 물레에 대해 여러 번 썼다. 나는 물레를 돌려보고 난 지 몇 년 뒤에도 "물레 옆을 밤낮 지키며"라는 묵자의 글을 읽을 때마다 오래전의 흙탕물 냄새를 맡고 시골 마을의 사투리 억양을 들을 수 있었다.

묵자와 추종자들은 아마 우리들 지식청년과 마찬가지로 몸차림에 전혀 신경 쓰지 못할 만큼 정신없이 일했을 것이다. 거친 천으로 만든 옷을 새끼줄로 질끈 동여맨 채, 배에 비곗살이 붙기는커녕 종아리에 솜털이 남아나지 않을 정도로. 게다가 머리부터 발끝까지 상처투성이였으리라. 그들이 늘 산에 올라 나무를 하거나 밭에서 벼를 베는 사람이 아니었다면, 어떻게 그토록 검게 그을린 얼굴이 되었을 것인가?

이 검게 그을린 얼굴의 사내들은 땀 냄새가 진동하는 곳을 드나들며 군사와 공학에 관한 수많은 책을 써냈다. 그럼으로써 역학, 광학, 기하학의 지식을 점차 종합했다. 그뿐만 아니라 명분과 실리, 차별성과 동질성, 질감과 색채 등에 대한 논리적 분석에서도 뛰어난 성과를 보임으로써 훗날 명가名家(제자백가의 하나로 이름과 실체의 일치와 불일치를 주로 논하는 학파, 현대의 언어철학에 가깝다 – 옮긴이)의 원류가 되니 동시대 사람이 전혀 미치지 못한 바이며 실로 독특한 일가를 이루었다 하겠다. 더욱이 묵자는 전형적인 혁명가로서 "관직에 있는 자가 늘 귀한 것이 아니며, 서민이라고 해서 언제나 천한 것은 아니다"라는 말로 차별적인 계급 제도에 반대하며, 계급 제도를 대표하는 주나라의 예악을 극렬히 비판하고 공격했다. '예악'은 문명의 주된 메커니즘 가운데 하나다. 묵자는 '예악의 부정非樂'을 주장했다. '장례'는 문명을 전파하는 중요한 계기 가운데 하나다. 묵자는 또한 '간소한 장례節葬'를 주장했다. 그는 '예악'과 '장례'가 사람의 마음을 아프게 하는 사치이며 낭비일 뿐이라고 생각했다. "아낄 수 있으면 아껴야 한다"라는 어느 정도 촌스러운 그들의 주장은 반대파에게 '허드레꾼들의 도리'라고 비난받는 것을 피하기 힘들었다. 다른 나라의 역사를 읽어보면, 세상의 모든 '허드레꾼'은 하나라는 사실을 알 수 있을 것이다. 수천 년 뒤 프랑스대혁명에서는 '상퀼로트'가 출현했으며, 범선을 타고 가장 먼저 북미 대륙에 도착한 백인 이주민 또한 하층민으로서 마찬가지로 "노동은 예술보다 우월하다"라는 주장을 펼쳤다. 음악이나 조각 따위의 사치품을 사무치게 원망했던 그들은 아마도 중국 밖의 '검게 그을린 사내'들이라 할 것이다.

허드레꾼은 하늘로부터 부여받은 인간적 양심에 밝았지만, 나라를 다스리는 이치나 방법에는 서툴렀다. 묵자는 경제적인 계산에만 밝았을 뿐 주나라의 예악이 전적으로 사치를 위한 것이 아니라는 사실은 알지 못한 것 같다. 예악은 대개 무언 속에 이루어진 당시의 정치, 법률, 윤리 등 문명의 중요한 기호를 결집하고 반영한다. 묵자보다 조금 후대의 순자는 이런 말을 했다. "절약하는 것은 물론 중요하다. 그러나 예약이 없으면 '높고 낮음의 구별이 없어지며', 높고 낮음의 구별이 없어지면 가장 기본적인 관리 수단이 사라지는 셈이다. 천하가 어찌 어지럽지 않겠는가? 어찌 천하를 다스릴 수 있겠는가?" 순자가 보기에 묵자의 이른바 '비악'은 장차 천하를 어지럽게 하고, 묵자의 이른바 '절약'은 천하를 가난하게 하는 것으로, 실용만 알고 문명의 교화는 알지 못하는 어수룩한 개념이었다. 순자는 사람들이 예의란 곧 권위이며 권위가 있고 나서야 상벌이 명확해진다는 사실을 알기 바랐다. 비록 예의를 차리느라 드는 약간의 돈이 아깝기는 하지만, 예의를 없애면서 생기는 혼란은 무지막지하므로 더 큰 낭비를 의미하게 된다고 여겼던 것이다.(《순자》〈부국〉편) 순자는 사치하게 포장된 당시의 모든 의식에 가장 타당한 정치적 해석을 제시했으며, "종을 두드리고, 북을 치며, 피리를 불고, 거문고와 비파를 타는" 등 상징적 창조활동의 교화 기능을 훌륭하게 설명해냈다.

역사적 거리를 무시하고 보건대, 평등이 나라를 그르치고 수고롭게 노동하는 것이 나라의 불행임을 강조했던 순자의 주장은 엘리트 현실주의 또는 귀족적 현실주의로서 상당히 관료주의적 색채를 띤다. 이에 비하면 묵자의 이른바 허드레꾼의 이상이 더욱 마음을 편안하고 훈훈하게 하는 게 사실이다. 그러나 순자는 묵자에 비해 상징으로 뜻을 전하는 비결을 보다 분명히 파악했다. 상징에서 의미에 이르는 "의례-권위-상벌-국가 통치"의 구체적 변환 과정에 대한 분석은 정치가다운 지혜에 좀 더 가깝다.

묵가墨家와 유가儒家의 분쟁은 곧 종식되었다. 묵가는 중국 지식계의 주류에 두 번 다시 편입될 수 없었고, 역사 속에서 사라진 뒤 수천 년 동안 침묵했다. 묵자의 인품과 재능은 절대 동시대인에 비해 처지지 않았으며, 실패 또한 평민이라는 그의 입장에서 비롯된 것이 아니다. 우리는 이렇게 말할 수 있을 것이다. 묵자는 통치에서는 실패했어도 저항에서는 실패하지 않았다고. 그래서 수천 년 동안 모든 혁명은 어느 정도 묵자의 유령을 부활시켰으며, 예악에 대한 그의 의혹과 증오를 부활시켰다. 혁명은 궁전을 불사르고 사당을 훼손하는 일련의 사건을 이끌며 역사 속에서 정기적으로 중국을 뒤흔들었다. "옛것을 부수고 새것을 세우자"라는 반역의 기치는 언제나 상류사회의 화려함과 사치함을 겨누었고, 이런 사회적 대수술 속에서 갖가지 귀족적 기호는 거듭 숙청당하고 제거되었다. 혁명가들은 심지어 다시금 장딴지에 잔털이라고는 하나도 남아나지 않고 새끼줄 하나로 허리를 질끈 동여맨 거친 베옷 같은 소박한 이미지를 되살리려 했다. 그리하여 '맨발의 서기'나 '맨발의 의사' '맨발의 교사'는 현대 중국에서도 다시금 혁명의 이상적 모델로 제시되었다. 온몸을 국방색으로 휘감은 홍군 관료뿐 아니라 동시대의 노동자, 농민과 지식인의 모습이 그랬다. 마오쩌둥은 수건 하나로 얼굴과 발을 닦았고, 잠옷 한 벌을 백 번도 넘게 기워 입었다. 실용과는 거리가 먼 심미적 표준은 반동으로 몰리거나 적어도 무시당했다. 중난하이中南海에 꽃이 아닌 채소를 심으라고 여러 차례 지시한 것도 같은 맥락에서다. 묵자의 유풍은 이처럼 근대의 이상주의 추구에서도 차례로 그 모습을 드러냈다.

그러나 묵자는 소리와 이미지 기호에 대한 무감각과 몰이해 탓에 실패했다. '영향'의 도리와 '영향'의 방법에 대해 전혀 알지 못했기 때문에, 계급제 문명을 깊이 있게 비판할 수도 없었고 대안을 제시할 수도 없었다. 단지 일반론적 견지에서 저돌적인 비난을 되풀이할 뿐이었다. 묵자는 뛰어난 기술자였기 때문에 그릇이나 수레를 만들고 집을 짓는 등의 일을 했다. 그러나 문명의 이미지를 만드는 데는 그다지 뛰어난 편이 아니었다.

생활의 형식미를 창조하는 데는 재능이 없었거나, 아니면 아예 관심이 없었다. "살면서는 노래를 부르지 않고, 죽어서는 갖춘 옷을 입지 않는" 삶이란 틀림없이 팍팍하고 고단했을 테고, 많은 사람이 오래도록 따르기 힘든 이상이었을 것이다. 묵자는 이미지의 기호에 관한 한 근시안이었고, 중국 정치사상 맨 처음으로 고립을 자청한 사람이었다. 어떤 사람은 묵자의 평등주의, 금욕주의 및 실용주의가 하나라 때의 빈곤한 원시 공산 부락 체제에 어울리며, 생산력이 점차 발달한 주나라의 봉건 국가 체제에서는 오히려 자원과 재화의 집중적인 운용을 방해하고 사회 계층의 분화와 통치 권위 확립을 저해했다고 말한다. 더욱이 그것은 민중의 마음속에 깃들어 있는 실현 불가능하지만 영원히 포기하기 힘든 귀족 지향의 꿈을 무너뜨리고자 했다. 그 꿈은 바로 문명이 발전하고 배양된 또 다른 주요 원인 가운데 하나다.

그래서 순자의 말처럼 그의 이상은 "천하의 마음을 거스르는" 잘못을 저지르고 한순간 밝게 빛나다 수그러지는 불꽃이 되었다. 그 이상은 대중에게 가장 쉽게 받아들여졌지만, 또한 가장 쉽게 버림받았다.

훗날 수많은 혁명가의 비극적 운명이 모두 그러하듯이.

세대 차이

사람의 기본적인 품성에 대해 말할 것 같으면, 나는 성별이나 민족이 어떤 '격차'를 지닌다고 믿지 않는 것과 같은 이유에서 무슨 '세대 차이' 같은 말은 전혀 믿지 않는다. 개개인의 차이는 분명 집단 간의 격차보다 훨씬 크기 때문이다.

현대적인 혁명가에게서 묵자의 이미지와 사상을 발견하게 되는 것과 마찬가지로, 우리는 현대의 향락주의자에게서 양자楊子의 이미지와 사상을 발견할 수도 있다. 선진先秦 시기의 양자가 정말로 《열자》에 묘사된 것과 같은 모습이라면, 그 이기주의 이론의 체계는 그 사상의 계승자들보다 훨씬 완전하고, 치밀하며, 논리적이다. 안타깝게도 양자의 후예 가운데는 그를 제대로 이해하는 사람이 드물었다. 생각해보자. 그 옛날의 양자와 오늘날의 양자 사이에 도대체 얼마나 많은 세대 격차가 존재하는가! 그 옛날의 묵자와 오늘날의 묵자 사이에는 또 무슨 세대 격차가 존재하는가! 수천 년 사이에도 뭐 그리 대단한 '격차'가 존재하지 않건만, 왜 바로 어깨를 맞댄 세대 사이에는 그런 '격차'가 존재하는 것일까?

'세대 차이'는 일종의 외재적인 형태로서 우리에게 착각을 불러일으키곤 한다. 나는 몇몇 젊은이와 만나고 있다. 그들도 사람이고 코가 하나에 눈이 둘이다. 배가 고프면 밥을 먹고 피곤하면 잠을 잔다. 별다를 게 없다. 그들은 머리를 빡빡 밀었거나 아니면 덥수룩하니 어깨까지 늘어뜨리고 다닌다. 빨갛거나 파란 물을 들이기도 했다. 시커멓게 번들대는 가죽 재킷을 입고 선글라스를 끼고 팔뚝에 문신을 새긴 채 부릉대는 오토바이를 타고 시끌벅적하게 떼를 지어 거리를 쏘다닌다. 생김새만 보면 그야말로 불량한 건달패다. 하지만 사실 그들은 사리에 밝으며 선량한 마음이나 의리에 있어서도 빠지지 않는다. 말을 해보면 수줍은 구석도 있고 순진하기까지 하다. 아주 평범한 여자애한테 차이더라도 마찬가지로 미련을 버리지 못하고 눈물 콧물을 다 흘린다. 그러니 무슨 살인이니 방화니 경찰서 폭파 따위는 아예 할 수 있을 리 없다. 틀림없이 아이스크림이나 빨면서 건들거리는 몸짓으로 아르바이트를 하러 갈 것이다. 그저 불량스럽게 보일 뿐이다.

그들은 때때로 누구보다 깔끔한 차림새로 공원에서 휴지 줍는 일을 한다. 자전거를 타고 칭하이 초원의 티베트 영양을 보호하기 위한 모금운동에 나서기도 한다. 기분이 좋으면 바에서 코카콜라를 마시다가 올림픽 자원봉사를 하러 갈 수도 있으리라……. 그들은 순결한 천사의 무리처럼 나면서부터 전 인류의 생명을 가슴에 품고, 올림픽과 티베트 영양의 생명에 관심을 가지며, 갑부가 아무리 꼬여도 눈 한 번 깜빡이지 않는다. 그런 그들을 보면 나처럼 그럭저럭 살아온 속물은 부끄러워 죽고 싶을 따름이다. 하지만 조금 지나다 보면 그들의 이런 '사랑'은 먼 곳에 있는 것들에 대한 사랑이며 가까운 거리 범위 내에서 늘 유효한 것은 아니라는 점을 알게 된다. 예를 들어, 부모님이 주는 돈이 적으면 컴퓨터를 업그레이드할 수 없으므로 난리를 쳐댄다. 친구들 가운데 누군가가 돈이 없어서 파티에 참석할 수 없거나, 아르바이트를 하다가 떨어져서 뼈가 부러지거나 하면 그들은 "정말 재수 옴 붙었군!" 한마디를 날릴 뿐 티베트 영양처럼 보호하려 들지는 않는다.

내 느낌은 이렇다. 그들은 사람들이 상상하는 것처럼 그렇게 나쁘지도 않고 또 그렇게 좋지도 않다. 사실 그들의 위 세대나 아래 세대도 마찬가지일 것이다. 혈액형과 DNA도 비슷하고, 호흡기나 소화기 계통도 비슷하며, 음식과 성에 대한 욕구도 비슷하다. 훨씬 더 장기적인 안목으로 관찰한다면, 어깨를 맞대고 있는 그들 연장자나 연소자들은 같은 세대로 보일 수도 있을 것이다. 서로 달라 보이는 것은 약간의 외형적 차이에 불과하다.

《논어》에 실린 공자 말씀이 생각난다. "타고난 성질은 서로 가까우나, 문화적 관습이 서로 멀리 있는 것이다." 나는 일찍이 이 문장을 "similar in nature and diverse in culture"로 압운을 살려 번역해본 일이 있다. 나는 이 말이 공시적인 비교뿐 아니라, 통시적인 비교에서도 마찬가지로 타당하다고 생각한다. 서로 다른 민족끼리의 비교뿐 아니라 서로 다른 연배 사이의 비교에도 적용될 수 있는 것이다. '관습'이란 문화적으로 형성된 생활양식이다. 예를 들자면, 옷을 입었을 때 겉으로 보이는 차이는 각 세대 사이의 타고난 본래 '성질'이 서로 다르기 때문이 아니다. "안으로 품고 있는 것은 밖으로 드러나기 마련이다"라거나 "밖으로 드러난 것에는 안에 감추어진 뜻이 있다"라는 옛말이 늘 옳지는 않다. 새로운 세대가 아무리 새롭고 다른 모습을 보이더라도 대부분 외견상의 차이에 지나지 않는다.

그것이 내면적인 본질의 타락을 의미하는 것은 아니다. 그러니 우리는 어떤 연장자나 연소자에 대해서도 밤잠을 못 이루고 걱정할 필요가 없다.

생명

한 사람이 살아가는 데 필요한 기본 조건으로는 공기 외에도 식량, 식수, 의복, 약품, 인도주의자 및 구호기구 등을 꼽을 수 있다. 하지만 아마도 식량만큼 중요하거나 그보다 더 중요한 것을 떠올리는 사람은 거의 없을 것이다.

사실 사람은 엿새 내지 이레 정도는 굶주림을 참을 수 있다. 특별한 섭생 방법에 따르면, 예를 들어 요가 수련자 등은 심지어 한 달이 넘는 기간까지도 금식할 수 있다. 그러나 사람은 감각의 공허함을 견딜 수 없을 때가 많다. 온 사방이 흰 눈이고 밤낮의 구별조차 없는 남극이나 북극 설원에 있으면, 마치 감옥의 독방에 갇힌 듯 눈앞이 온통 캄캄해지고 날이 가는 줄 모르게 된다. 이처럼 공간과 시간을 감각할 수 없는 곳, 아무것도 볼 수 없고 들을 수 없는 곳에서는 풍부한 지식이나 엄밀한 논리조차 아무런 도움이 되지 못한다. 신경은 착란을 일으키고 정신은 붕괴된다. 만약 정상적인 상태를 끝까지 유지할 수 있다면 그야말로 기적이다. 한때 남극 탐험대원이었던 누군가가 내게 그렇게 말해주었다. 라오무 또한 일찍이 기억이 여전히 생생하다는 듯 몸을 떨면서 내게 이런 말을 한 적이 있다. "내 약혼녀가 홍콩으로 이민 가고 난 뒤에 난 갈 수가 없어서 밀항을 할까 생각했지. 며칠 동안 먹을 식량과 식수를 챙기고 홍콩 가는 화물선에 실릴 상자 안에 숨어 있었어. 도와주기로 한 사람이 뚜껑에 못을 다시 박아줘서 국경 검사를 피할 수 있었지. 상자 안에는 당시 중국에서 아프리카 국가로 원조를 보내는 대형 기계 설비가 들어 있었는데, 머리 쪽 휘어진 모서리에 사람 하나가 숨을 공간이 있었거든. 딱 독방 크기였어." 라오무가 예상치 못했던 것은 당시 중국의 교통이 어지러워 철로가 정상 운행될 수 없었다는 사실이다. 상품 상자 위에 표시된 납기 기한 따위는 아무래도 상관없었다. 한 번 역에서 정차하면 한 달에서 몇 달까지도 꼼짝 못 하기 일쑤였다. 밀항자가 실려 있는 화물 상자가 만약 그 선적물의 맨 밑에 들어 있다면? 머리 위와 사방이 산처럼 육중한 화물 상자로 막혀 있게 된다. 그 안은 온통 철강으로 둘러싸인 암흑 공간이 되는 것이다. 먹을 것과 마실 것이 모두 떨어진 뒤에도 달아나겠다는 꿈조차 꾸지 못한다. 미친 듯이 울부짖고 소리 질러도 들을 사람 하나 없다.

라오무는 상자 안에 며칠 동안 숨어 있었다. 아마 닷새에서 여드레 정도였을 것이다. 너무 컴컴해서 시간이 얼마나 흘렀는지 알 수 없었기 때문이다. 라오무는 오랫동안 밖에 아무런 기척이 없다는 사실을 깨달았다. 손을 뻗어 만질 수 있는 것이라고는 엉성하게 만들어진 상자의 판자와 기둥, 새끼줄에 묶인 기계의 평평한 부분, 물통과 정체를 알 수 없는 끈적한 무언가뿐이었다. 그게 자기 똥이라는 것을 알았을 때는 이미 바지에 온통 떡이 진 다음이었다. 손을 뻗었지만 다섯 손가락조차 보이지 않았고 오로지 빨라지는 호흡 소리만 들을 수 있을 따름이었다. 소리가 얼마나 똑똑하게 들렸던지 한참을 듣다 보니 머릿속이 윙윙 울리기 시작했고, 쿨렁쿨렁 온몸의 혈관으로 피 돌아가는 소리가 폭죽 터지는 것처럼 들렸다……. 라오무는 마침내 온몸의 힘을 짜내 미친 듯 소리치기 시작했다. "사람 살려!"

눈앞이 아찔해지며 하얀 불빛이 새어들었다. 한참이 지나서야 상자 뚜껑이 열린 걸 알았다. 짐을 옮기던 일꾼 몇 명이 그를 내려다보던 그곳은 광저우에서 아직 2백여 킬로미터나 떨어져 있었다. 정말이지 참을 수 없는 지경이었기 때문에 거기서 나온 것이 천만다행이었다고 그는 말했다. 몸을 숨기고 있던 화물 상자가 길가에 있었던 덕분에 상자 틈으로 전해진 고함 소리가 용케 사람들의 귀에 들렸던 것이다. 짐을 옮기던 일꾼들은 어떤 화물은 홍콩으로 옮겨진 뒤에도 며칠씩이나 꼼짝없이 쌓인 채 놓여 있을 거라는 말을 해주었다. 얼마 전에도 홍콩 쪽에서 작업하는 사람들이 상자를 열었을 때 썩어가는 악취와 함께 사람 뼈가 발견되었다는 말과 함께.

라오무의 밀항 경험은 1970년대 동유럽 국가의 집단농장을 쉽게 이해하게 해주었다. 그리고 그보다 얼마 전 미국이 아프간 '기지'의 직원들을 관타나모 기지 안에 감금했을 때의 일에 대해서도 좀 더 잘 이해할 수 있었다. 어떤 국제인권조직에서는 일찍이 미국이 이 문제에 책임을 져야 한다고 통렬히 비판했다. 그런 곳에서 가장 위협적이고 효과적인 형벌은 고문이나 체벌이 아니라 인체에 직접 해를 끼치지 않는 몇 가지 문명의 이기를 사용하는 것이다. 검은 안대, 실리콘 귀마개, 두꺼운 마스크와 장갑 따위. 보지 못하고, 듣지 못하고, 냄새 맡지 못하고, 아무것에도 접촉하지 못하도록 하는 것, 바깥세상의 감각을 차단하는 것이 목적이다. 고문이나 체벌, 위협, 나아가 굶주림 같은 수단이 사람을 조종하는 데 부족하다면, 사람의 감각을 박탈하는 것은 그들의 입을 열게 만드는 보다 효과적인 수단이다. "사람 살려!"라는 고함 소리를 포함해서.

감옥에서 이런 방식을 경험하는 형벌 집행자나 피집행자는 생명의 존재에 대해 보통 사람보다 훨씬 더 많은 것을 이해할 것이다. 새 울음소리라든지, 숲의 그림자라든지, 웃는 얼굴 따위에 대해서. 그것들은 모든 살아남은 존재의 희망을 상징한다.

2부

일상의 구체적 이미지

공간

몇 번쯤 비행기를 타다가 항공 추첨 이벤트를 지켜보게 되었다. 이벤트에 당첨된 승객은 다음번 여행에 쓸 무료 항공권을 얻는다. 이것은 말할 나위 없이 흥분되는 일이다. 사회자 아가씨가 직업적이면서도 약간 흥분한 말투로 당첨된 좌석 번호를 크게 외칠 때, 무성한 수풀처럼 일어선 사람들은 일제히 누군가의 얼굴을 훑어 내린 뒤 박수를 치고 환호의 휘파람을 분다. 이때 참으로 흥미로운 점은 애석해하는 사람이 상당히 많으며, 그 가운데서도 애통함이 가장 심한 사람은 십중팔구 당첨된 자리의 바로 옆에 앉아 있던 사람이라는 점이다. 내 친구 하나가 바로 그랬다. 친구는 어깨를 스치고 지나가버린 행운에 대해 애석해 마지않았다. “바로 내 옆이었다니까. 겨우 이만큼 차이였는데 말이야…….”

겨우 ‘이만큼’ 차이가 아니었다면, 행운이 그로부터 백 미터쯤 더 떨어져 있었다면 결과는 달랐을까?

왜 당첨자와 앉은 자리가 멀면 멀수록 마음이 더 편해지는 걸까? 거리는 사람의 감정을 결정하며, 또한 미련의 정도를 가늠하기 때문이다. 어떤 외국 작가가 쓴 혼외정사 이야기를 본 적 있다. 그 글에서 외지로 여행을 떠난 여주인공은 애인과의 밀회를 원한다. 남편이 먼 곳에 떨어져 있었기 때문에 비로소 은밀한 즐거움을 맛보려는 생각과 용기가 난 것이다. 여기에도 물론 이상한 점이 있다. 남편이 두 집 건너에 있든, 두 블록 거리에 있든, 2백 킬로미터 떨어진 곳에 있든, 사실 그 자리에 없을 뿐이다. 자리에 없는 사람은 왜 거리가 멀다는 이유로 우리 마음에 변화를 일으켜 도덕적이거나 감정적인 책임을 느끼게 하지 못하는가?

공간은 사물이 존재하는 형식이다. 일단 사물이 서로 다른 공간에 있으면 전혀 다른 존재가 되는 것 같다. 두 사람이 이야기를 나눌 때의 거리와 위치가 참으로 무시할 수 없다는 사실을 우리는 상식적으로 안다. 거리가 너무 가까워서 ‘무릎이 맞닿고 서로 발을 누르는’ 정도라거나 ‘귀

옆의 살짝이 서로 스치는' 사이라면, 무역이나 외교적 담판은 불가능하다. 자리가 아래위로 나뉘고 피고인이 판사를 올려다보는 정도로 차이가 분명하다면, 아마도 그 사이에서 오가는 말은 공적이고 엄정한 심사에 가깝지, 따뜻한 정을 나누기는 어려울 것이다. 수많은 회의장과 접견실의 좌석 배치가 모두 이런 정치 기하학을 바탕으로 설계된다. 반대로 병원이나 우체국, 항공사 등의 서비스센터에서는 안내 데스크 높이를 낮추고 영업 창구의 가로대나 유리 따위를 제거하는 게 최근의 추세다. 이런 공간 변화에는 물론 깊은 뜻이 감추어져 있다. 편안한 분위기와 친밀한 관계는 평등하고 자유로우며 열려 있는 기하학적 형식 속에서만 체감되어 서서히 사람의 마음속에 스며들기 때문이다.

영국의 생물학자 데즈먼드 모리스는《털 없는 원숭이》라는 책에서 다음과 같이 말했다. "사회 충돌의 가장 심층적인 원인은 생존 공간의 협소함으로 귀결되며, 이익의 투쟁과 사상적 대립이란 결국 이런 충돌의 부차적 현상이거나 핑곗거리에 불과하다." 모리스를 비롯한 수많은 동료 연구자는 반복적인 관찰과 실험을 거듭한 끝에 "자연환경 속의 동물에게는 동족을 대량 학살하는 습성이 없다"는 사실을 발견했다. 원숭이 간의 살상, 사자끼리의 위협, 새들 사이의 격투, 가시고기들의 싸움은 "보통 가장 밀집된 동물 우리 속에서 일어난다". 따라서 밀집이야말로 적의와 폭력의 최대 원인이다. 모리스는 이렇게 말한다. 인류는 기껏해야 "다른 옷을 입고 있는 털 없는 원숭이"일 뿐이라고. 인류사회, 특히 인류의 도시 사회는 지나치게 밀집된 '초부족super-tribe'이다. 이처럼 거대한 부족 단위에서 인구는 이미 적절한 생물학적 표준을 완전히 넘어선 지 오래이며, 그 때문에 결국 필연적으로 전쟁, 폭동 등 대규모의 살해 양식이 등장하는 것을 거의 피할 수 없다. 노예제, 감금, 거세, 유산, 독신 등의 현상 또한 인구 압박 해소를 위한 효과적 수단으로 등장한다. 비록 이런 방법이 이미 충분히 잔혹하며, 이성과 지혜의 통제를 벗어난 듯 보일지라도.

모리스의 충고는 사람들에게 쉽사리 받아들여지지 않는다. 지구상에는 더더욱 밀집된 도시가 출현하고 있으며, 적의와 폭력이 극렬하게 증가하는 고도로 위험한 지역일수록 사람들이 앞다투어 몰려가는 경향이 있다. 사람들은 초부족이 모여 사는 부락에 몸을 던지며 창조 기회나 통치 지위를 갈구하고, 집단의 협력과 독립의 자유를 꿈꾼다. 그들 가운데는 성공한 사람이 매우 많다. 지적해둬야 할 것은, 많은 경우 성공이란 느낌에 불과하며, 공간을 비교한 뒤에 얻어지는 심리적 환각이라는 것이다. 나는 언제나 도시 사람들이 자기가 살고 있는 곳에 대해 자랑하며 떠드는 모습을 보곤 한다. 수없이 많은 도시의 유명한 고층 빌딩과 박물관, 대형 극장, 콘서트홀과 유명인사에 대해서 말이다. 사실 그들은 쉴 새 없이 바쁘게 생활하므로 그런 시설을 돌아볼 겨를이 거의 없으며, 평생 동안 무슨 유명인사를 볼 기회조차 없다. 시골에 사는 사람과 별다를 바 없는 것이다. 그러나 그런 것들이 단지 가까운 곳에 있거나, 또는 저 높은 담장 너머에 있거나, 또는 길 건너편에 있다는 사실만으로도 그들은 보란 듯 자랑스러워하고 안심한다. 이런 심리 상태는 꿈을 좇아 외국에 나가는 사람에게서도 발견할 수 있다. 그들에게는 좋은 물건을 가까이하거나 소유할 만한 방법이 없다. 심지어 국내에서 생활하는 수준보다 더 떨어지는 삶을 산다. 그러나 맨해튼에서 가깝거나 루브르에 가까이 산다는 것만으로도 스스로 위안이 되며 마음이 놓이는 것이다.

생각해보면, 도시라는 것이 반드시 좋은 물건을 조금이라도 더 내 곁에 가까이 두는 유일한 방식은 아니다. 더 나아가 소유라는 것, 좋은 물건을 소유한다는 것이 그 물건을 내게 더 가까이 두는 방법도 아니다. 만약 그것이 매일 조금씩 사용하는 일상적인 소비 품목이 아니라면 말이다. 어떤 여성들은 액세서리 가게에서 차고 다니지도 않을 물건을 열광적으로 사들인다. 기껏해야 나중에 집에 두고 볼 요량이면서 말이다. 어떤 남성들은 골동품 가게를 헤집고 다니며 집에서 실제로 쓰지도 않을 물건을 사들인다.

기껏해야 골동품으로 집 안을 장식하기 위해서 말이다. 그저 장소를 바꾸는 것뿐, 그뿐이다. 사람들이 다 고개를 절레절레 흔드는 수전노라 해도, 하루에 겨우 세 끼를 먹고 밤에 잘 때는 방 하나만 쓴다. 산더미처럼 쌓아놓은 재산은 실제로는 전혀 쓸모가 없다. 집문서와 보석, 통장 따위를 때때로 꺼내 와서 주판알을 튕기며 감상하고 스스로 위안을 삼는 것 말고는 달리 쓸 데가 없는 것이다. 사실 그들은 완전히 다른 장소에 있을 수도 있다. 거리로 나가서 세상을 바라보고 모든 재물의 소유권이 자기에게 있다고 생각하면서 계산하고 감상하면 된다. 어차피 쓰지 않거나 다 쓰지 못할 물건은 거리에 있거나 내 집에 있거나 별다른 차이가 없기 때문이다.

오늘날에는 사진이나 텔레비전, 박물관, 교통수단 등이 굉장히 편리해졌다. 금괴나 은괴 따위를 포함하는 어떤 물건도 바로 눈앞에서 볼 수 있다. 그러니 굳이 그 물건을 내 집에 들여놓을 필요도, 그래야 비로소 즐거움이 있다고 생각할 필요도 없다. 적어도 해와 달을 집 안에 들여놓고 보려는 사람은 없지 않은가? 그러나 인간이란 아무래도 돼먹지 못한 존재라서, 아무리 세대가 바뀌어도 집 안과 집 밖이라는 이 기괴한 공간감 때문에 괴로워한다. 그래서 전쟁과 당파 싸움, 탐욕과 음모 따위를 일으키며, 눈물을 훔치거나 입씨름을 벌이고 마음 아파하며, 금융위기 따위의 문제로 골머리를 썩인다. 이런 일은 대개 기하학적 각도에서 출발한다. 우리는 이렇게 말할 수도 있다. 정신은 언제나 물질적인 공간 상태에 반응한다. 역사는 어쩌면 재물과 부의 위치 이동 업무에 종사하는 이삿짐센터 같은 것이다. 늘 뭔가를 이리저리 옮기며 비싼 대금을 받아간다.

기억

당신은 그때를 기억한다. 문 앞의 수면 위로 커다란 새 한 마리가 스쳐 지날 때마다 한 줄씩 그어져 흩어지던 푸른 안개. 아슴아슴한 달빛 깊은 곳에서 노곤한 다듬이질 소리가 들리고, 하모니카 소리가 바람을 여러 갈래로 흩어놓으며 둑방 아래 온기가 채 가시지 않은 논과 연못으로 날아내리던 일을. 그러나 당신은 하모니카를 불던 지식청년의 이름이 무엇이었는지, 당신이 일찍이 그에게 무슨 말을 했는지는 기억하지 못할 것이다.

당신은 아침에 일어났을 때 창밖으로 보이던 얼음과 눈의 세상을 기억한다. 차갑게 식은 이부자리의 두꺼운 솜옷을 개키다가 안뜰의 돼지를 발견하고 소리치던 일과 막 식사 준비를 마친 웃자란 키의 어린애가 식칼을 빼든 채 돼지를 잡기 위해 뛰어오던 일을 기억할 것이다. 아이가 돼지 꼬리를 재빨리 거머쥐고 그 커다란 놈을 순식간에 내동댕이친다. 그 애가 뭘 하는 건지 제대로 보기도 전에, 돼지 목에서는 뜨거운 피가 뿜어져 나와 곁에 있던 잡초 무성한 화분을 새빨갛게 물들인다. 당신은 이 모든 것을 기억한다. 그러나 당신이 그날 왜 밖의 숙소를 빌려서 잤는지, 돼지 잡던 떠꺼머리가 누구네 집 아이인지, 어쩌면 그렇게도 돼지 멱따는 재주가 뛰어났는지는 도통 기억하지 못한다.

당신은 아마도 누군가의 가슴을 쓸어내리게 했던 그 하늘가의 먹구름을 기억할 것이다. 마치 먹물 한 대야를 뒤집어쓴 것 같은 하늘이지만 구름은 가장자리에 붉은 놀이 구불구불한 금테를 두르고 있었다. 먹구름은 두 겹, 세 겹, 강철 같은 은회색의 높은 구름과 짙은 먹물 같은 낮은 구름이 뚜렷하게 층을 이루며 한없이 드넓은 공간을 사이에 끼고 있었다. 길 잃은 산지니 한 마리가 날개를 퍼덕이고 있었다. 어디로 가야 이 어두운 밤의 포위망을 벗어날지, 어디로 가야 자신의 절망을 벗어날 수 있는지 모르는 양. 당신은 평생 그런 광경을 본 적이 없었다. 앞으로도 다시는 그런 광경을 볼 수 없을 것이다. 당신은 그때 온몸이 덜덜 떨리던 것을 기억한다. 그러나 그날 당신이 왜 외출을 했는지, 어디서 소나기 직전의 먹구름을 보았는지, 함께 길을 걷던 사람이 누구였는지, 그가 도대체 어떤 감상을 늘어놓았는지 기억하지 못한다.

그런 일을, 당신은 모두 잊었다.

당신의 기억 속에는 아직 많은 것이 남아 있지만, 전후의 인과관계는 사실 거의 흔적도 없이 사라졌다. 마치 박물관 벽에 남겨진 그림이 아직 선명한 데 반해 그림을 설명하는 글은 대부분 사라져버린 것처럼. 그림은 언제나 글자보다 기억되기 쉬운 걸까? 만약 붓으로 종이에 붙잡아두지 않는다면, 말의 보존 기간이란 그림보다 한참이나 짧은 게 아닐까? 일찌감치 빛이 바랜 채 모두 증발해버리는 게 아닐까? 2년 전의 일이다. 중국 지식청년 운동 30주년을 기념하고자, 어떤 잡지에서 내게 글 한 편을 청탁했다. 당시 우리가 겪었던 일을 적어달라는 내용이었다. 열몇 차례나 재촉 전화를 받자 정말이지 너무 미안한 마음이 들었고, 일종의 부채감마저 느꼈다. 그러나 나는 매번 원고지를 펴놓고도 도통 써 내려갈 수 없었다. 내 기억력은 그처럼 형편없이 변해버린 것이다. 머릿속에서는 설명하는 글조차 없이 부서진 이미지만 떠다닐 뿐이었다. 나는 이야기를 다시 이어가보려 애썼지만, 조각난 이야기의 부스러기를 아무래도 다시 엮어낼 도리가 없었다.

사실 나는 그때 친구들이 무슨 말을 했는지, 어떤 글을 썼는지, 무엇 때문에 기뻐했고 화를 냈는지, 왜 현성(현의 중심지. 우리나라의 군청소재지에 해당한다 – 옮긴이)까지 달려나가 더 많은 친구를 사귀려고 했는지, 왜 하나같이 머리를 빡빡 밀었으며, 한때는 왜 또 다 함께 목공일에 미쳐 있었는지, 그리고 라오무와 다촨은 왜 그리 크게 다투고 자리를 뒤엎었는지…… 잊었다. 다만 기억나는 것은 희미한 인상뿐이다. 지식청년들은 몇 권의 금서를 감춰두고 있었다. 마치 대단한 학자라도 나선 양 모두들 작은 등잔불을 비춰가며 밤늦게까지 책을 읽었다. 그런 뒤에는 하나같이 비장한 얼굴을 하고 작은 탁자에 둘러앉아 아주아주 중대한 일을 토론하곤 했다. 부주석 등 국가 최고위원을 품평하거나, 몇백 년 또는 몇천 년 동안 역사를 좌우한 법칙에 대해 따지면서. 어디선가 주워들은 별것도 아닌 말에 얼굴을 붉히고 귀뿌리를 시뻘겋게 물들이며 입씨름했다. 사실 결과적으로 아무 쓸모도 없을뿐더러 며칠 지나지 않아 까맣게 잊힐 이야기였는데도. 한 여자 지식청년은 심지어 무엇을 토론해야 하는지 전혀 모르면서 이름을 제멋대로 바꿔 부르며 허튼소리를 지껄였다. 그러나 우리는 모름지기 토론해야 했으며, 그것도 엄숙하게 토론해야만 했다. '혁명'이라든가 '국가' '철학'과 같이 무거운 낱말을 입에 올리면서 싸구려 돼지기름과 짠지 냄새를 지워야 했다. 아마도 어떤 영화에선가 영웅들이 그렇게 하는 모습을 보았음에 틀림없다.

우리는 또한 빈곤함 속에서도 호기로운 행동을 일삼았다. 예를 들어, 농가에서는 파리가 노리던 찬밥을 한입에 밀어 넣었고, 단벌 솜저고리를 벗어주는 일도 마다하지 않았다. 가진 돈을 모두 털어 찍어낸 교재로 야학에서 농민에게 글자를 가르치기도 했다. 야학이 세워지자 농부들은 호기심에 부풀어 등불을 들고 찾아와 글자를 익혔다. 그러나 그들의 사상은 형편없이 뒤떨어져 있었기에 〈인터내셔널가〉를 부르면서도 발가락을 꺼덕거렸고, 마르크스를 공부하면서 참을 수 없는 방귀 냄새를 끊임없이 풍기기도 했다. 파리 코뮌에 좋은 씨돼지랑 모판이 있당가? 그래도 가을걷이 때는 세를 내겄지? 그러믄 그 사람들도 팔자 좋은 건달 노릇은 글렀구먼? 그람 뭐 하러 배우라고 한댜? …… 이 산골 마을 사람의 우매함이란 정말이지 구제불능이었다. 그러나 청년 계몽가들은 인내심이 강하고 무척이나 자신감에 넘쳤다. 청년들은 그들의 귀를 잡아당겨서라도 베르사유로 진군하는 길을 보여주고, 그들의 엉덩이를 걷어차서라도 모기에 물어뜯기며 대문에 붙일 대련對聯을 쓰는 것보다 쿠바와 베트남이 더 중요하다는 사실을 알려주고 싶었다. 쿠바와 베트남을 잃고 나면 우리 모두 끝장이라는 사실을 그들도 알아야 한다고 생각했다. 아마도 어떤 소설에선가 영웅들이 그렇게 하는 것을 읽었음에 틀림없다.

마침내 나는 친구들의 갖가지 영웅적 행위를 기억해냈다. 예를 들어,

먼 곳으로부터 찾아온 동지의 손을 오래도록 굳게 맞잡고 악수하는 따위의, 말로는 결코 다할 수 없는 우정의 몸짓이라든지, 추운 겨울날 냉수로 멱을 감으며 내일의 어려운 사명을 위해 몸과 마음을 다지는 혁명가다운 면모 같은 것. 쑹산의 지식청년은 누가 보초를 서고 누가 밥을 할 건지를 놓고 실랑이를 벌이곤 했다. 누구든 보초 서는 사람을 보면 암호를 대야 했다. 한쪽이 오른손을 들고 낮은 목소리로 "파시스트를 타도하자"라고 하면, 다른 한쪽은 오른손을 들고 역시 낮은 목소리로 "자유는 인민의 것"이라고 답한다. 당시 어떤 외국 영화에서 레지스탕스들이 접선 지점에서 만날 때 그렇게 했기 때문이다. 그것이 알바니아 영화인지 루마니아 영화인지, 나는 이제 기억하지 못한다. 영화 제목 따위는 더군다나 기억할 리 없다. 이 암호는 나중에 광시와 광둥에서도 유행했다. 애꾸눈 라오무가 여성 동지들의 피를 팔아 모은 돈을 들고 거기에 가서 더 많은 동지에게 전파했기 때문이다. 결사적으로 반대하는 사람이 없었더라면, 라오무는 아마 거기서 당이라도 하나 조직했을 것이다. 늘 소란을 피우며 사람들 머리를 썩둑썩둑 잘라내는 그런 당을. 그들의 접선은 "파시스트 타도"와 "인민의 자유"를 통해 이루어졌지만, 보통은 한 가지 암호가 더 있었다. 그들의 손에 들려 있던 소련 소설《구석》이나《하얀 배》가 그것이다.

삶은 때때로 일종의 모방으로, 기억 속의 무엇인가를 모방하는 것에서 시작된다. 젊은 날 이런 기억은 영화나 소설, 음악, 그림이나 조각, 박물관, 그리고 거기서 본 어떤 영웅들의 문화 매개적 이미지로부터 온다. 그 기억은 선봉에 서서 목숨을 걸고 적을 베던 용감한 로마 군대로부터 온 것일 수도, 옌안에서 황무지를 개간하며 농사짓던 나이 든 아주머니가 보내준 한 움큼의 곡식이나, 봉화대 앞 군마 곁에서 남루한 차림으로 아코디언을 켜던 병사나 돈강 강변에서 기다리던 그림 같은 새벽빛에서 비롯되었을 수도 있다. 유럽과 소련-러시아, 중국의 문예작품이 그런 매개적 이미지의 주요 원천이었다. 이 매개적 이미지는 민주주의적이거나 사회주의적이거나 민족주의적이거나 무정부적일 수 있으며, 심지어는 봉건 황제를 보좌하는 전기傳奇적인 영웅들로부터 떨어져 나온 것이다. 이 이미지들은 온갖 사회적 주장과 역사적 사건에서 걸러져 나와 젊은 날 삶의 근간을 이룬다. 그들은 무의식적으로 앞 세대 사람들의 의식과 관념을 복제하고, 그다지 주의를 기울이지도 않은 채 곧 이런 의식이나 관념을 잊어버린다. 다만 그 가운데 그토록 사람의 마음을 설레게 했던 사소하지만 흥미진진한 관례, 예를 들어 비밀 접선 시의 암호나 동작 따위를 재현할 따름이다.

기억은 모방의 전범이 되지만, 모방은 기억을 공고하게 만들고 부활시킨다. 모방은 구체적인 이미지의 번식이라고 할 수 있다. 기억은 한 꺼풀씩 되풀이되면서 아주 먼 시간과 공간 속으로 뻗어나간다. 상대적으로 언어는 기억하기 힘든 기괴한 소리의 파동이며, 문자는 기억하기 힘든 복잡한 선의 조합이다. 언어와 문자의 기억은 전문적인 학습과 훈련을 필요로 한다. 두뇌의 입장에서 보자면 비교적 생소하고 어려운 업무다. 그래서 특별한 학습과 훈련을 거치지 않은 사람은 아무래도 거기에 마음을 쏟지 못하고 좋은 성적도 거두지 못한다. 어린아이는 어른의 행동과 태도를 쉽게 흉내 내지만, 어른의 입에서 나오는 말과 붓끝에서 나오는 글을 흉내 내기는 쉽지 않다. 특히 그 안에 실린 어떤 이치를 전한다면 아무래도 얼토당토않은 소리가 되기 십상이다. 어른이라고 해도 사실 별다를 게 없다. 문예작품을 접하면서 그들은 어떤 고대 영웅의 행위를 본받으려 한다. 예를 들어, 관운장이 뼈를 도려내는 치료를 받으면서도 의연히 바둑을 둔 일이나 칼 한 자루만 들고 자신을 죽이려는 적들과 맞선 일 따위. 또한 그들의 말을 되풀이하기도 한다. 부모에 효도하고 나라에 충성하는 이치는 자세히 말하지 않아도 누구나 다 알고 있다. 바로 그 때문에 말은, 제아무리 중요한 것이라 해도 머지않아 사람들의 기억에서 대부분 사라지고 몇 줄 남지 않는다. 일찍이 우리를 감동시킨 나머지 잠 못 들게 했던 사상이나 벼르고 벼른 끝에 꺼냈던 예리한 논변조차 같은 운명을 따른다. 물론 사람들의 머릿속 기억에 남은 영웅 의식이나 심리도 아주 빠른 시간 내에 흐릿해진다. 후대 사람이 영웅을 모방한다면, 그것은 영웅적인 태도나 행위를 모방하는 데 그칠 뿐이다.

옛말에 "형태를 얻으면 말은 잊게 된다"라고 했다.(왕필王弼) 말이 쉽게 잊힌다는 것은 예로부터 잘 알려진 사실인가 보다. 이는 단순히 글을 짓는 문장가의 논리가 아니라, 옛사람이 인간의 지능과 심리를 관찰한 뒤 얻은 최종 결론이다.

애정

지식청년들이 머무는 집은 거의 원시 공산 부락처럼 되어갔다. 양식과 기름은 모두 공유되었고, 돼지기름이나 절인 고기도 모두 함께 나눴다. 원두막에서 햇볕에 널어 말리는 옷조차 손에 잡히는 대로 돌려 입곤 했다. 다환의 윗옷은 언제나 내 몸에 걸쳐 있었고, 내 양말은 라오무의 발에 신겨 있기 일쑤였다. 지식청년의 어머니들이 이 촌구석에 내려와 보았다면, 자식들이 몸에 걸친 낯설고 두서없는 '만국장萬國裝'을 보고 놀라 자빠졌을 것이다.

이 공산 제도는 아마 1년쯤 뒤에 거의 해체되었을 것이다. 밖으로부터의 압력 때문은 아니었고, 내부의 사유재산이 늘어났기 때문도 아니었다. 어머니들의 잔소리는 '쇠귀에 경 읽기'로 무시되었다. 그 공산 제도가 해체될 당시에도 우리는 여전히 모두 다 가난했으며 나눠 갖기 위해 투쟁해야 할 금은보화도 전혀 없었다. 내 생각에, 공산 제도의 해체는 사실 그저 단순한 원인인 '애정' 때문이었다.

애정이라는 속세의 티끌이 존재하지 않았을 때, 동지들은 모두 도덕적으로 비교적 순결했으며 공유제라는 중요한 기초를 잘 지켜나갔다. 어느 정도 시간이 흐르자, 소녀들은 모두 소년들에게 착취당하는 듯 보였다.

그러나 착취를 당하고 있다는 사실에도 아랑곳없이 빨래와 밥 짓기 등 온갖 집안일을 도맡아 했다. 매일 밭에 나가 일을 마치고 돌아오면 날은 벌써 어두워지고 모깃소리는 점점 커졌다. 소녀들은 소년들이 책을 읽거나 물장구치러 가는 소리, 그들이 소련의 정치가 부하린이나 슈베르트에 대해 큰 소리로 떠드는 것을 귀 기울여 들으며 검은 땀방울을 흘리고 땔감을 때며 밥을 짓고 돼지와 닭을 먹였다. 밥과 반찬 냄새가 구수하게 피어나면, 깨끗한 옷으로 갈아입은 사내들이 비로소 부들부채를 부치며 식탁 주변에 모여 앉아 밥이나 반찬 맛을 품평하곤 했다. 그래서 소녀들은 부하린이나 슈베르트에 대해 그다지 잘 알지 못했고, 언제나 잘난 사내들의 웃음거리가 되곤 했다. 한번은 샤오옌이 뭔가 크게 웃음거리가 될 만한 일을 하자 다촨이 그녀의 머리칼은 길지만 아는 건 그 반도 안 된다고 놀렸다. 샤오옌은 거기에 말대꾸하다가 오히려 다촨에게 한 소리만 더 들었다. 샤오옌은 결국 문을 박차고 뛰어나갔고, 너무 울어서 두 눈이 붉은 복숭아처럼 퉁퉁 부었다.

소녀들은 도저히 참을 수 없게 되면 때때로 분통을 터뜨리며 반항했다. 이런 반항은 언제나 집단적인 성향을 띠어서 마치 일을 바로잡고자 전 세계 여성이 단결한 것만 같았다. 소녀들은 선전포고도 하지 않고 곧바로 전쟁을 개시해 슬그머니 파업에 나섰다. 달이 가지 끝에 걸릴 때 개구리가 사방에서 울 듯 배 속에서 우렛소리가 나면, 그제야 잘난 사내들은 뭔가 일이 잘못됐다는 사실을 눈치챘다. 부엌에는 아무런 인기척도 없고, 여학생들의 방문은 굳게 닫혀 있는 것이다. 소녀들은 차갑게 식은 냄비를 에워싸고 맴돌며 한참을 서로 멀뚱히 바라본 끝에 여성 혁명의 현실을 받아들이고 하릴없이 야채와 쌀을 씻으러 갔다. 그러나 소년들의 망할 버르장머리는 끝끝내 고쳐지지 않았다. 달걀을 보자마자 깨 먹지 않나, 절인 고기를 온통 썰어대질 않나, 지긋지긋한 고구마채는 한쪽 구석에 내팽개치고, 뒤집개로 돼지기름을 딱딱 소리가 날 때까지 벅벅 긁어

써버리는 통에 전에 없던 구수한 냄새가 동네방네 퍼졌다. 소녀들은 이렇게 다급한 상황에 맞서 다시금 한마음 한뜻으로 적개심을 불태웠다.

"내일은 기름 없이 음식을 볶을 생각이야?"

"매 끼니 고구마채를 섞어 써야 하는 걸 몰라?"

"부끄럽지도 않니? 여기 있는 이파리나 채소 줄기도 다 먹는 거라구!"

소녀들은 앞다투어 와서는 채반이며 뒤집개를 빼앗아갔으며, 소년들은 주방에서 쫓겨나 분을 이기지 못하고 문이 부서져라 두드릴 따름이었다. 그때 소녀들은 흡사 완전히 하나로 결합한 유기체 같았다. 영욕의 순간을 같이했고, 하나의 이익을 추구했으며, 언제나 '우리'라는 단어를 썼고 절대 '나'라는 말을 쓰지 않았다. 심지어 먹느냐 마느냐의 문제까지 함께할 정도였다. 소녀들은 주방에서 어처구니없는 낭비를 저지른 부끄러운 소년들에 대항해 먹지 않는 것으로 분노를 표시했다. 소녀들은 한때 이처럼 한 덩어리로 머리 하나에 여러 몸이 달린 집체적 인간이었다. 그러나 소녀들의 단결은 사실 너무도 연약했고, 특히나 사랑 앞에 여지없이 무너져 내렸다. 사건의 진상은 바로 그날 밝혀졌다. 라오무가 나무칼을 찾다가 이옌징의 침대 밑에서 흰 설탕 반병을 발견했던 것이다. 집단 내의 엄격한 공산주의적 규율에 따르면 먹을 것을 몰래 숨겨놓는 간 큰 사람은 반드시 돼지 똥물 한 바가지를 뒤집어쓰는 징벌을 받아야 했다. 소년들은 완전히 흥분해 미친 듯이 웃어대며 재빨리 손발을 놀려 법 집행에 나섰다. 소년들은 이옌징을 돼지우리까지 질질 끌고 가면서 안경을 잡아당겨 내동댕이쳤다.

"죄 없는 사람을 괴롭히지 마!"

샤오칭이 똥바가지를 빼앗으며 말했다.

"너는 이놈이 무고하다고 생각하냐?"

"저놈이 규칙을 깬 죄는 천벌을 받아 마땅해!"

"저놈은 계급투쟁의 새로운 적이야! 우리 주변에 놓인 시한폭탄이나 마찬가지란 말이야!"

우리는 샤오칭에게 동참을 종용하며 걸레로 이옌징의 입을 틀어막았다.

"기껏해야 설탕 약간일 뿐이잖아? 쟤가 뭘 가지고 사람을 사귀겠어?"

샤오칭의 얼굴이 새까맣게 타들어가고 있었다. 그리고 뚱보 라오무의 뾰족한 코끝을 거의 깎아내릴 지경으로 손가락질을 했다.

"넌 뭐기에 담배 피우고 술을 마시지? 네 담배는 빼돌린 물건이 아니고, 쟤 설탕만 빼돌린 물건이라는 거야? 여기 있는 사람 중에 반동이 아닌 사람이 있는 줄 알아?"

그것은 단순한 동정이 아니었다. 그 말 속에는 뭔가 다른 뜻이 깃들어 있어서 우리는 모두 멍해졌다. 일은 거기서 끝나지 않았다. 이옌징도 갑자기 호기를 부리며 몸부림치기 시작했다. 이옌징은 자기 몸을 붙잡은 여러 손을 떨치고 일어나더니 라오무의 손에서 설탕 병을 빼앗아 땅바닥에 내동댕이쳐 산산조각 냈다.

"꺼져라, 이놈들아! 가서 다 처먹어라! 다 먹고 창자가 문드러져서 피똥이나 싸라!"

그러더니 샤오칭의 손을 끌고 사라져버렸다.

모두들 문득 이옌징과 샤오칭의 행적이 의심스러웠다는 사실을 깨달았다. 생각해보면, 이 한 쌍의 개 같은 연놈들은 요즘 들어 늘 함께 속닥대며 대수와 기하를 같이 공부한다고 나댔을 뿐 아니라 텃밭을 다닐 때나 강변에 나갈 때도 함께였다. 샤오칭이 짜고 있던 붉은 스웨터는 일찌감치 이옌징이 걸치고 있었고, 이옌징의 보온병이 언제나 샤오칭의 침대 맡에 놓여 있곤 했다. 그래, 좋아, 흰 설탕이 있었다면 몰래 또 어떤 산해진미는 안 받았겠냐? 아마 사람들 눈을 피해 잔치판이라도 벌였겠지!

소년들은 마치 그제야 꿈에서 깬 듯 화를 내고 욕하며 이 한 쌍의 남녀가 뿜어내는 머리 어지러운 사랑의 향기를 쓸어내느라 바빴다.

물론 그들은 틀렸다. 이옌징과 샤오칭은 사실 그들 가운데 어느 누구보다도 더 이기적이었던 게 아니다. 오랜 세월이 지난 뒤에야 그들은 비로소 그 사실을 깨달았다. 당시만 하더라도 샤오칭은 나무를 해도 누구보다 더 많이 했고, 빨래를 해도 누구보다 더 많이 했다. 잘난 사내들이 도시로 나갈 경비를 모을 때도 전혀 주저하지 않고 병원으로 달려가 피를 팔았다. 그러나 나무를 하고 빨래를 하고 피를 파는 일이 한 가지 일이었다면, 흰 설탕은 또 다른 일이었다. 흰 설탕은 애정의 상징이었다. 한 번의 눈길, 한 번의 어루만짐, 아플 때 건네주는 약 한 사발, 생일날 서로 주고받는 손수건 한 장처럼 박탈하거나 대체할 수 없는 것이었다. 애정은 반드시 상응하는 물질화된 형식을 지니고 있다. 그것은 말 외에도 더 많은 이미지, 소리, 냄새와 접촉과 같은 형식을 필요로 한다. 그래야 비로소 애정의 진실한 존재를 확인할 수 있다. 내 친구 한 사람이 최근 이런 말을 했다. 그의 아내가 매주 주말과 특별한 날마다 꽃다발을 선물로 달라고 조른다는 것이다. 생화 꽃다발은 다른 사람이 없다는 증거다. 비록 완전히 신뢰할 만한 증거는 아닐지라도. 내 또 다른 친구는 이렇게 말했다. 그의 아내는 하이난 사람인데, 매일같이 그의 애정을 시험하려 든다는 것이다. 심지어는 매번 질리지도 않고 "당신 정말 나를 사랑하긴 하는 거야?" 하고 묻는단다. 게다가 그가 사투리로 애칭을 삼는 것도 결코 용납하지 않는다고 했다. 그게 마치 우스꽝스러운 지명처럼 들린다는 것이다. 그런 우스꽝스러운 언사 속 어디에 사랑이 있겠는가? 그의 아내가 설사 사투리를 알아듣는다고 하더라도 그녀가 기대하는 대답은 그게 아니다. 순수한 표준어여야만 비로소 말의 뜻에 무게가 있고 신비감이 있다. 그녀는 오직 특정한 표현 형식만 필요로 하는 것이다.

애정은 오로지 그런 형식 속에서 비로소 생동한다.

사랑에 빠진 사람들은 거의 모두 형식주의자다. 여성은 특히 그렇다. 이옌징과 샤오칭은 곧 흰 설탕 외에 중요한 형식을 찾아냈다. 두 사람만의 주방이었다. 그들은 자기들만의 냄비를 사 와서 아궁이를 따로 쌓았고, 기름과 소금을 따로 챙겨서 날을 보냈다. 머리를 맞대고 밥을 짓고, 얼굴을 맞대고 밥을 먹었다. 네가 끓인 국은 내가 먹고, 내가 만든 반찬은 네가 먹는 나날. 그리고 뜨거운 김이 모락모락 나는, 그들만의 세계에 속한 작은 병과 작은 접시가 있었다. 그것은 신혼 예행연습이었으며, 한 걸음 나아가 사랑을 위한 보금자리였다. 이렇게, 애정 또는 애정의 형식은 원래의 생활과 서로 크게 충돌해 곧바로 원시 공동체 사회에 깊은 상처를 남겼고, 동지들을 어찌할 바 모르게 만들었다. 모두들 표면적으로는 여전히 친한 편이었다. 그러나 애정은 행복이다. 행복한 사람은 종종 이기적인 사람이고, 그들은 사랑을 중시할 뿐 우정을 등한시하는 우정의 개다. 그들은 신의를 저버리고 주판알을 튕기며 남몰래 수작을 부린다. 성별 연맹이 무너진 것은 말할 것도 없고, 지식청년 공동체가 속절없이 무너지는 것조차 막을 수 없었다. 설사 작은 냄비나 아궁이 따위가 도덕적인 타락을 의미하진 않을지라도, 이옌징과 샤오칭이 여전히 여러모로 다른 사람보다 더 절제하는 사람들일지라도, 나아가 아궁이를 따로 내서 밥 짓는 일이 전혀 부끄러운 게 아니고 오히려 더더욱 다른 사람들의 즐거움에 도움이 된다 할지라도, 모두에게 드러나는 떳떳한 우정이나 한 부엌을 쓰며 나눠 먹는 밥과는 전혀 다른 어떤 것이었다. 반년쯤 지났을까, 다촨과 라오무가 한바탕 뒤끝 나쁜 싸움을 벌인 뒤에 공동체는 완전히 와해했다. 모두들 남슬라브 체제에 대한 의견 차이가 그들을 완전히 갈라서게 했다고 생각했다. 사실 그것은 완전한 자기기만이었다. 그 일이 있기 전에 이미 공동체에서는 개인적인 쑥덕거림이 많아져 공동 토론을 대체했다. 딴 주머니를 차는 일이 많아져 공동의 재무를 대체했으며, 개별적으로 서로를 봐주는 일도 많아져 공동의 우정을 대체했다. 공동체는 일찌감치 한갓 껍데기가 되었으며, 결국 크고 작은 4개의 부엌이 등장했다. 낭만적이고 유쾌했던, 소련 청년 공산당원의 노래가 울려 퍼지던 시절은 그 길로 떠나가서 다시는 돌아오지 않았다.

중심인물의 분열은 흔들대며 무너질 것 같은 흙담에 던진 마지막 한 줌의 진흙덩이, 각자 제 갈 길로 흩어져 날아간 새들을 위한 황당한 핑계거리에 불과했다.

나는 혼자서 주방으로 걸어 들어가 사랑이 남기고 간 식어버린 국과 남은 밥풀, 그리고 빈 그릇과 깨진 유리잔의 흔적을 내려다보았다. 그리고 이제 이곳을 떠나야 할 때라고 생각했다.

여자

나는 여자란 모름지기 천차만별이라고 생각한다. 절대 하나의 표준으로 재단되지 않으며, 공통적인 특징이라는 건 늘 지나치게 과장되거나 근거 없는 남자의 편견에 불과하다. 여자가 그렇다고 말을 하느니, 차라리 남자가 여자에게 그러기를 바란다고 말하는 게 옳다. 그러나 이것은 성별 특징에 따른 확률적 비교가 불가능하다는 의미는 아니다. 예를 들어, 옥스퍼드대학교의 과학자들이 측정한 바에 따르면 74퍼센트의 여성이 한 달에 1회 이상 눈물을 흘리며, 이것은 남성의 36퍼센트와 비교해서 두 배 이상 되는 수치다.(《리더스 다이제스트》, 2002년 러시아판) 74퍼센트는 100퍼센트가 아니다. 그러나 사람들에게 대략적인 인상을 주기엔 충분하다. 여자가 좀 더 감성적이고 감정적으로 예민하며 감수성이 풍부하다. 이런 특징을 만든 원인에 대해서는 아마도 책 한 권을 쓸 수 있을 테지만, 여기서는 생략하겠다. 흥미 있는 독자라면 이에 대한 필자의 글을 참조할 수 있다. 확률로 말하자면, 여성의 옷차림은 보온을 위한 것만은 아니다. 상황이 허락한다면 언제나 눈이 즐거운 색채와 선을 몸에 더 많이 걸치고자 하는데, 이는 복장의 형식이 내용보다 훨씬 더 중요하다는 사실을 증명한다. 여자들이 무엇인가를 먹는 것은 배를 채우기 위해서만이 아니다. 상황이 허락한다면 여자들은 간식에 더 많은 흥미를 갖는데, 이는 씹는 과정을 목적보다 더 중시함을 증명한다. 여자들은 대개 상점가를 돌아다니는 것을 좋아하는데, 언제나 물건을 사기 위해서만은 아니다. 물건을 산다고 하는 속물적인 일에 무슨 의미가 있을까? 쇼핑은 단지 상점가를 돌아다니기 위한 핑계에 불과하다. 생선을 먹는다는 핑계로 낚시를 하듯, 운동한다는 핑계로 공을 차듯, 나라의 질서를 바로잡고 국방을 튼튼히 한다는 핑계로 군벌 간의 권력 다툼을 미화하듯. 사실 어떤 물건이든 원하는 대로 손에 넣을 수 있다 하더라도, 많은 여성은 여전히 직접 상점을 돌아다니며 하나둘씩 물건을 사들이는 은밀한 기쁨에 열광할 것이다. 각양각색의 물건이 눈앞에 가득 펼쳐진 가운데 빛을 발하고 또 끊임없이 변화하는 모습. 갖가지 상품은 삶의 모든 가능성을 암시하고, 행복의 다양한 방향을 제시한다. 그것이 상점가가 여자들을 매혹하는 판타지 세계가 되도록 만든다.

이때 남자는 어디에 있는가? 아마도 대부분 상점가 부근 '남성 휴게실'에 앉아서 지루한 듯 스포츠 신문을 뒤적일 것이다. 아니면 답답한 나머지 담배를 피우고 있거나.

내 주변의 여자 가운데 샤오옌은 가장 여자답지 않은 사람이다. 상점가를 돌아다니는 데는 전혀 흥미가 없고 화장도 전혀 하지 않았다. 시골에서는 물고기를 낚거나 뱀을 때려잡았고 밭을 갈거나 트랙터를 몰고 다녔다. 그리고 나중에 외국으로 유학을 가서는 인도사라거나 산스크리트어 따위를 배우기도 한, 남자보다 간 큰 여자였다. 예쁜 찻잔이 있어도 언제나 커다란 사발에 차를 따라 마시며 그렇게 해야 속이 시원하다고 했다. 커다란 침상에서 잠을 자도 꼭 대각선으로 누워서 베개며 이불을 걷어차버리기 때문에 같은 침대를 쓰는 친구는 바닥으로 떨어지거나 놀라서 달아나기 일쑤였다. 그러나 이런 사람이라고 해도, 이처럼 짧은 머리에 남자처럼 입고 남자 사이에서 평생을 지낸 사람이라도 샤오옌은 남자가 아니다. 한번은 샤오옌이 남편과 함께 이발을 하러 갔다. 샤오옌은 남편의 머리카락을 깎아주는 아가씨가 너무 못생긴 것을 보고 마음이 상해서 얼굴이 예쁜 다른 아가씨로 바꿔달라고 했다. 남편은 그게 우스워서 이렇게 물었다. "그러다가 내가 그 아가씨를 마음에 들어하기라도 하면 어쩌려고?" 샤오옌은 잠깐 생각하더니 그래도 끝까지 자신의 심미안을 지키겠다고 우겼다. "당신이 딴마음을 품는 한이 있어도 그런 꼴은 못 보겠어. 저렇게 못생긴 사람이 당신 머리에 손을 대다니!"

유미주의적 시각이 이 정도로 극단에 이르는 것은 여성이 아니면 불가능할 듯하다. 프랑스 작가 시몬 드 보부아르가 이렇게 말한 바 있다. "사랑은 여성 최고의 직업이다."(《제2의 성》) 사실 감정은 모름지기 여성의 혈관 속에 충만하게 축적되어 있어 언제든 용솟음쳐 나오는 것이다. 중국 속담에 "세상에서 가장 악독한 것이 여인의 마음"이라는 말이 있다. 복수와 미움의 감정에 사로잡혀 수단과 방법을 가리지 않는 행동이나 그에 따른 무서운 결과를 가리키는 말이다. 그러나 기쁨과 사랑의 감정에 의해 촉발되는 절제되지 않은 말과 돌이키지 못할 행동 또한 여성에게 자주 나타난다. 일례로 폴란드계 독일 혁명가 로자 룩셈부르크는 이렇게 단언했다. "이 세상 어느 곳의 시가지 참호에서 투쟁하는 최후의 혁명가가 있다면, 그 사람은 틀림없이 여성일 것이다." 그렇게 본다면 "세상에서 가장 신실한 것이 여인의 마음"이라거나 "세상에서 가장 선한 것이 여인의 마음"이라는 말도 마찬가지로 성립한다.

나는 이옌징이 경찰을 때려서 다치게 하고 교도소에 들어간 뒤 그를 만나러 간 적이 있다. 소장과 아는 사이였기 때문에, 그는 곧 내가 감방 안을 둘러볼 수 있도록 해주었다. 여성 수감자는 모두 북쪽에 갇혀 있었는데, 어떤 사람은 브래지어만 걸치고 또 어떤 사람은 아예 윗옷을 벗은 채 더위를 식히고 있었다. 우리가 나타나서 감시창으로 들여다보는 것을 알고도 전혀 숨거나 도망치지 않았다. 소장은 그 여자들이 대부분 살인범인 데다 감정을 못 이긴 우발적 범죄라 수단이 악랄하다고 말했다. 대개 정부가 아니면 남편을 죽인 죄고 사기나 부패 등의 지능형 범죄는 오히려 적은 편이라고 했다. 그 말은 내게 깊은 인상을 남겼다. 나는 저도 모르게 《논어》의 구절을 떠올렸다. "여자와 소인은 기르기 어렵다." 사실 남성 우월주의적인 해석만 아니라면, 이 말 자체에는 그다지 큰 폄하의 뜻이 담긴 것이 아니다. 그저 여성은 일반 백성과 마찬가지로 구상적인 이미지와 정서에 기반을 둔 사유를 하며, 홍수나 폭염처럼 매우 쉽게 이성의 논리를 뚫고 감정적 호소에 따른다는 사실을 가리킨다. '기른다'는 말은 여기서 '봉양한다'는 게 아니라 '수양'하거나 '양성'한다는 뜻이다.

애꾸눈

라오무는 저수지를 보수하면서 돌을 폭파할 때 상처를 입어 애꾸눈이 되었다. 그리고 그 때문에 현정부에서 주는 표창을 받고 부상 탓에 도시로 돌아갈 권리도 얻었다. 라오무의 외눈에는 어떤 시련의 기운이 서려 있었을 뿐 아니라 어쩐지 만만찮게 보이는 점이 있어서 동안인 그의 얼굴에 일종의 남자다움을 부여했다.

애꾸눈에는 수술이 남긴 흉터가 남아 있어서 손에 말채찍까지 들고 있으면 사람들은 곧 어떤 전쟁 서사시 속의 영웅을 연상하게 된다. 외눈은 로맨틱한 소녀에게는 곧 영웅의 훈장과 같았다. 그런 까닭에 뚱보 라오무는 키도 이상적인 기준에 미치지 못했으며 양 볼에 살도 지나치게 많았지만 어디를 가든 놀라울 정도로 흠모의 대상이 되었다. 여자들은 틀림없이 머릿속에서 그의 애꾸눈에 수술로 난 흉터를 더한 뒤 손에는 말채찍을 들려주었을 것이다. 어떤 예쁘장한 광둥 아가씨는 그를 보자마자 완전히 넋이 나가 광둥에서 후난까지 뒤를 따라왔다. 그녀는 집에 들어서자 곧 다짜고짜 마당을 쓸고 그릇과 솥을 씻고 탁자를 훔치는 등 마치 어찌 됐든 라오무의 여자인 양 굴었고, 결국 그의 아내가 되고 말았다. 그녀의 이름은 아평으로 홍콩에서 태어나 홍콩에 살 권리가 있었다. 이게 라오무가 예전에 그녀를 탐탁지 않아 하며 거절했던 이유였다. 라오무는 나중에 홍콩에 가서 사업을 하면서 이 신기한 인연의 덕을 톡톡히 보게 될 줄은 미처 알지 못했다.

이 광둥 여인에게도 일찍이 꽤 많은 구애자가 있었다. 그 가운데 한 사람은 5년 동안이나 펜팔을 한 역사를 지니고 있었다. 그는 재능이 넘치는 청년 시인이었으며 또한 아평의 사촌 오빠와 친구 사이였다. 재미있는 사실은 펜팔을 한 지 5년 만에 서로 만났을 때 여자 쪽이 너무 실망했다는 점이다.

"하느님 맙소사! 그 사람은 너무 예쁘게 생겼어!"

"예쁜 것도 마음에 안 드냐?"

사촌 오빠는 아무래도 이해가 되지 않았다.

"얼굴에 흠 하나 없다는 게 말이 돼?"

"무슨 뜻이야? 네 말은 하나도 못 알아듣겠다!"

"이렇게 말하면 되겠어? 저 사람처럼 매끈한 얼굴은 나한테는 모성애밖에 불러일으키지 않는다고!"

사촌 오빠는 눈만 껌뻑이며 정말이지 여자 마음은 알다가도 모를 일이라고 생각했다.

참회

나는 홍위병이었다. 그래서 중국 언론의 홍위병 성토에 주의를 기울이며, 위 세대나 아래 세대가 퍼붓는 양면 공격식 분노에 대해서도 관심을 갖는다. 당신들은 왜 참회하지 않는가? 당신들은 왜 기독교도처럼 숭고한 참회 의식을 갖지 않는가? 당신들은 왜 차마 말할 수 없는 과거를 털어놓지 않는가? 당신들은 왜 독일 수상이 유대인 앞에 무릎 꿇고 사죄하듯 용서를 빌지 않는가? 당신들이 그렇게 하는데도 중국이 현대화를 실현할 수 있겠는가? …… 모두가 참회를 강요하는 이때, 나는 외려 참회할 필요가 없는 일에 대해 말하려 한다. 예를 들어, 내가 썼던 두 장의 대자보에 대해. 그건 내가 학생 시절 선생님에 대해 썼던 유일한 벽보였다.

첫 번째 벽보는 초등학교의 어떤 선생님을 공격하기 위해 쓴 것이었다. 이 여자 선생님은 키가 작고 뚱뚱했는데, 언제나 학생의 머리를 쓰다듬거나 옷깃을 매만져주곤 했다. 국어를 강의했는데 실력은 나쁘지 않았고, 강의를 하면서 자기 남편을 비판하는 것도 잊지 않았다. 선생님의 남편은 형기를 마치고 출감한 우파였다. 아마도 바로 그런 이유에서 그녀는 제 꼬리를 자르고 달아나는 사람이 되었고, 담임을 맡자마자 나처럼 출신 성분이 흑색이나 회색 가정인 학생 간부를 퇴출시키고 혁명 가정의 자녀에게 전권을 주었을 것이다. 특히나 참을 수 없었던 것은 산수 성적이 가장 엉망인 새 반장이었다. 당위원회 서기인 멋진 아버지를 두었기에 담임 선생님의 사랑을 독차지했던 '붉은' 공주마마였다. 시험 때는 말도 안 되는 이유로 가산점을 받았고, 단체 노동을 할 때는 이유도 없이 빠지고 놀았으며, 언제든 밖에 나가 농활을 할 때면 담임 선생님이 특별히 챙겨준 사과와 절인 고기를 먹었다. 가난한 하급이나 중급 농민의 배추나 무는 아예 곁들이지도 않았다. 인간 세상의 부귀영화를 다 누리며 공부나 운동 실력이 뛰어난 학생을 모두 압도했으니 우리 남학생 몇몇의 분노는 심장에서 치솟아 간과 쓸개로 넘쳐날 지경이었다. 우리는 서로 단결해 강단에 오줌을 싸갈기고 화장실에 낙서를 했다. 그리고 문화대혁명이라는 기회를 맞이하자 곧 학교 선생님을 겨냥해 대자보를 썼다. 당시 우리는 중학생이었다. 우리는 한 사람의 여자 교사가 감당하기 어려운 정치적 공포를 이해하지 못했고, 그녀의 불공평한 행동 아래 놓인 어찌할 수 없는 이유를 헤아릴 수 없었다. 우리는 성인이 된 이후에야 비로소 이 진실의 또 다른 측면을 생각해볼 수 있었다. 두 번째 벽보는 중학교 선생을 공격하기 위해 쓴 것이다. 이 남자 선생님은 마르고 키가 컸으며 금테 안경을 썼다.

소문에 따르면, 외국에서 공부를 했고 중국에 거주하는 미군을 위해 통역도 했다고 한다. 그래서인지 그때까지도 지프차에 누워 있다가 나온 것 같은 수상한 냄새가 났고, 아무 때나 손가락을 튕기곤 했다. 마치 성매매를 하는 일본인이나 당구 게임에서 이긴 필리핀 사람처럼. 그날은 영어 수업을 하는 날이었다. 내 앞자리에 앉아 있던 친구 녀석이 어쩐지 안절부절못하더니 이 미군 통역관에게 딱 걸리고 말았다. 그는 친구의 교재가 어디선가 구해온 옛날 연습장이라는 사실을 발견하고는 화가 나서 친구를 일으켜 세운 뒤 왜 책이 없는지 물었다. 친구는 한참 동안 우물쭈물하다 학비가 없었노라고 말했다. 미군 통역관은 경박하게도 코웃음을 치곤 연습장을 책상에 내팽개치며 말했다. "루핑, 너는 공부를 할 만한 자질이 없는 놈이구나!" 이 말에 내 앞자리에 있던 친구는 부끄러운 나머지 고개를 숙였다. 어찌나 깊이 숙였던지 이마가 거의 책상에 닿을 지경이었다. 나는 이 사건을 가장 가까운 곳에서 지켜본 목격자였다. 나는 선생님의 눈동자에 어리던 서늘한 한기가 뼛속까지 침투하는 것을 느꼈고, 루핑이 한 시간 내내 차마 고개를 들지 못하는 모습도 지켜보았다. 또한 바지 자락이 높이 말려 올라가 드러난 루핑의 두 다리도, 양말을 신지 않아 붉게 부어터진 발이 빨간색의 커다란 여자 신발 속에 썰렁하게 놓여 있는 것도 보았다. 이 노동자의 아들은 그 후 며칠 동안 학교에 오지 않았고, 반 친구들이 모은 학비를 전해 받고 한바탕 울고 나서야 비로소 눈물 콧물을 흘리며 교실로 돌아왔다. 이것은 물론 내가 나중에 대자보에 미군의 사냥개를 철저하게 비판하는 데 쓸 좋은 자료가 되었다.

이 두 장의 대자보에 관한 기억을 되돌려보건대, 나는 물론 그들에게 사과하고 앞뒤 가리지 않았던 당시의 철없는 열정과 사건의 전말을 세세히 살피지 못했던 부주의함을 깨끗이 청산해야만 할 것이다. 예를 들어, 그들이 불공평하거나 인정이 없던 것은 사실이지만, 사람이란 누구나 결점이 있는 법이고 결점이 있다는 것이 언제나 무슨 '자본주의의 선봉'이거나 '혁명

대오의 기생충'이라는 증거는 아니기 때문이다. 이런 죄목은 의심할 나위 없이 웃기는 발상이며, 게다가 다른 사람을 해치는 정치적인 으름장에 불과하다. 그러나 나는 참회하지 않겠다. 나는 내가 왜 참회해야만 하는지 알 수가 없다. 이것은 나 또한 그런 시대의 비극을 이끈 일부분이었다는 사실을 인정하고 반성하는 것과는 또 다른 일이다. 나는 참회할 수 없다. 누군가 아버지가 관직에 있다는 이유만으로 특권을 누린다는 사실은 결코 받아들일 수 없기 때문이다. 나는 참회할 수 없다. 누군가 가난하다는 이유만으로 멸시받는 일은 결코 받아들일 수 없기 때문이다. 나는 이런 모든 일에 대해 반대를 표시할 권리를 가지고 있다. 과거에도, 현재나 미래에도, 반대를 표할 권리가 있다.

일개 중학생이 더 나은 반대의 방법을 찾을 수 없었다고 한다면, 그는 이런 식으로 미안한 마음을 표시할 수밖에 없는 것이다.

참회는 일종의 도덕적 개념이며, 그 행위를 추구하는 동기를 지니고 있다. 정당한 저항이 사람들에게 후회할 만한, 심지어 두려워할 만한 결과를 이끌어냈다면, 물론 곧 반성하고 상황을 정정해야 할 것이다. 그러나 참회는 이것과 아무 관련이 없다. 의사가 수술에서 실수를 했다면 기술적인 검토는 할 수 있겠지만 참회할 필요까진 없다. 군인이 나라를 지키기 위해 적을 죽였다면 고인에 대해 동정은 할 수 있겠지만 참회할 필요까진 없다. 악의를 지니고 있었을 때라야 비로소 참회가 가능하다. 악의에 따른 표현이었다면 그것이 선행이든 악행이든, 선한 결과를 이끌었든 악한 결과를 이끌었든, 설사 그로 인해 명예를 드높이고 모든 곳에서 선한 행위와 결과를 남겼더라도 참회해야 한다. 바로 그런 이유에서, 나는 일종의 도덕적 유행에 따라 거짓부렁의 비린내가 풀풀 나는 '진심'을 이용해 이구동성으로 홍위병을 비난하는 이 세상의 유행에 한마디도 덧붙일 생각이 없다. 특권과 반특권의 관계를 전도하고, 멸시와 반멸시의 관계를 전도하는 것이야말로 큰 죄악이다. 그것이야말로 참회할 가치가 있는 일이다. 그것은 심지어 그 두 선생님에게 더 크나큰 모욕을 줄지 모른다. 그들은 내가 그들에게 사과하는 마음을 갖고 있지만 참회할 필요는 없다는 사실을, 그들이 나의 참회를 종용하지 않음으로써 보다 큰 존중과 존경을 얻을 수 있다는 사실을 잘 알 것이다.

나는 물론 내게도 참회할 만한 일이 있다는 사실을 알고 있으며, 이 책의 뒷부분에서 그에 관해 쓸 것이다. 나는 또한 적지 않은 홍위병의 손이 붉은 피로 물들어 있다는 사실도 잘 알고 있다. 나는 라오무가 어떻게 홍위병들에게 얻어맞았는지, 가오 군의 집안이 어떻게 홍위병에게 수색당했는지도 알고 있다. 또한 홍위병의 시대에 한 우파 여자 선생님이 어떻게 봉두난발을 하고 온몸에 덕지덕지 풀을 바른 채 마오 주석의 초상 앞에서 〈서위밍 등의 투항을 촉구하는 글〉을 암송했는지 알고 있다. 제대로 외우지 못하면 또 다른 남성 반혁명분자와 함께 서로의 빰을 때려야만 했다. 그들을 에워싸고 소리를 지르며 가죽 허리띠를 휘두르는 홍위병의 위협 속에서. 나는 그 광경을 생각하면 아직도 마음이 오그라든다. 어떤 분노나 공포도 담겨 있지 않은 그녀의 눈, 바닥이 없는 한없이 깊은 구멍 같은 그 눈, 눈동자는 없고 눈동자의 화석만이 남아 있는 그 눈은 살아 있는 시체보다 더 사람의 마음을 놀랬다. 그녀는 틀림없이 죽음을 생각했을 것이다. 남은 생을 구원해줄 한 방의 총성이나 한 가닥 동아줄을 생각했음에 틀림없다. 문제는 그녀에게 그런 좋은 기회가 돌아오지 않았다는 것이다. 그녀는 죽을 수도, 그렇다고 살아갈 수도 없었다. 그래서 잠시 정신을 놓으면 시선은 문득 막막한 황무지처럼 굳은 채 그녀가 다음의 일 초라는 시간 속으로 들어가는 것을 가로막았다. 그것이 내가 인간 세상에서 본 가장 비참하고 무력한 광경이었다. 그녀는 결국 죽고 말았다. 학교 교정 뒤로 흐르는 류양허에 몸을 던져 죽었다. 사람들은 이 모든 것이 1학년 1반의 어린 중학생 놈들이 저지른 폭행 탓이라는 사실을 알고 있었다. 그들은 마땅히 이에 대한 책임을 지고 심판을 받아야 했다.

사람들은 또한 알고 있었다. 당시의 국가기관은 이런 심판 과정을 완전히 배제하고 있었으므로, 그 대가는 마땅히 국가기관이 치러야 했다. 다행인 것은 그런 녀석은 학생들 가운데서도 극소수였다는 사실이다. 당시 1세대와 2세대 홍위병은 이미 운동에서 손을 뗀 상태였고, 학교 안에서 조직된 신생 주류 홍위병은 온건파에 속했다. 그 가운데 적지 않은 인물이 일찍이 조기 홍위병에게 모종의 박해를 받았던, 이른바 '흑칠류黑七類'(지주, 부농, 반혁명, 불량분자, 우파, 자본가, 조폭 등 출신이 나쁜 일곱 가지 유형을 가리키는 말 – 옮긴이) 가정의 자녀였다. 온건파는 폭력에 반대했다. 홍위병 대연합위원회는 '문화적인 투쟁을 지지하고, 무력적인 투쟁에 반대한다'는 지령을 내렸고, 불법적으로 감금한 모든 선생님을 석방했다. 당시 이 위원회는 학교를 주도했다. 군인 선전대는 아직 오지 않았고, 노동자 선전대가 오기에는 가뜩이나 이전의 일이었다.

이것이 내가 보고 들은, 사실이다.

물론, 이것은 사실의 전부가 아니다. 물론, 머리를 반쯤 밀렸던 그 여자 선생님 외에도 핍박받은 더 많은 사람, 즉 더 많은 관리나 상인, 지식인이 있을 것이다. 나는 틀림없이 그보다 훨씬 더 많은 홍위병들의 잔혹함을 목도했다. 존경받아 마땅한 노 작가가 간부학교에서 노역을 담당했을 때, 길가에서 수군대던 지식청년들은 그를 향해 '이리 새끼' 따위의 욕을 내뱉으며 쾌재를 불렀다.(양장, 《간교육기干校六記》) 양장은 틀림없이 자신의 원한에 대한 충분한 근거를 지니고 있을 것이다. 그 지식청년들이 손에 단 한 방울의 피조차 묻히지 않았다 하더라도 그녀가 거기서 재판도 없이 죄를 추궁당한 것은 사실이다. 비록 그들이 지금은 지칠 대로 지치고 힘이 다해 배고픔과 추위에 떨고 있다 하더라도, 그녀와 그녀의 동료처럼 그렇게 국가로부터 큰 보수를 받고 있지 않다 하더라도, 원래 그녀는 더 큰 동정을 받아야 마땅할 것이다. 사실 나는 양장의 단순함과 경솔함에 많이 놀라고 있기는 하지만, 그녀 스스로 원한의 명백한 근거를 지니고 있다는 사실만은 굳게 믿는다. 문화대혁명은 그처럼 복잡한 구조와 과정을 거쳤다. 사람들은 서로 다른 삶의 경험에 근거해, 서로 다른 기억 속 삶의 실상을 말하고 있으니, 서로 다른 자신만의 이치를 논하는 것도 당연하다. 이것은 전혀 이상한 일이 아니다. 하나의 역사적 사건이 도대체 무엇인지 논하자면, 갖가지 관점의 상호 교류와 상호 보완 및 상쇄를 거쳐야 한다. 그렇게 해서 최대한 진실에 가까워질 수 있다. 문제는 문화대혁명 종결 이후 정부 문서, 주류 언론, 인기 소설부터 학교 수업에 이르기까지, 현재 홍위병에 대한 거의 모든 기록이 모두 양장과 같은 사람들의 마음속에 있는 '실상'을 확정하고 강화해왔다는 점이다. 그리고 그것들은 내가 몸소 겪은 또 다른 삶의 '실상'을 제거하고 은폐한다.

이 같은 문자적 독단 아래서는 누구든 당시 말하지 못했던 괴로움을 털어놓는 것 외에 진정한 사회 모순에 대해 이야기하려는 것만으로도 홍위병을 변호한다는 누명을 쓰게 된다. 누구든 당시의 불공정과 멸시가 불러일으킨 반동은 단지 반동의 일부분이었다는 사실, 급진적인 행위의 동기 가운데서도 합리적인 면과 불합리한 면을 구별해야 한다는 사실을 말하는 사람은 곧 홍위병을 위해 변론하는 자, 죄악으로 뒤덮인 역사를 비호하는 자, 부끄러운 줄도 모르고 '참회하지 않는' 자가 된다. 공공의 여론은 이미 너무 많은 이론과 논리, 수사법으로 무장하고 이런 이단을 공격할 준비가 되어 있다. 우리 세대는 누구나 입을 여는 일에 겁을 내고, 공언된 수사법에 따라 기억을 재단하는 지경에 이르렀다. 잘못 입을 놀린 어떤 사람들의 이야기는 철저히 은폐되고 삭제됨으로써 사상의 안전을 추구한다. 이는 문화대혁명의 문자적 전제專制 아래 누구나 선량한 자본가와 지주를 기억하고 언급하는 일에 겁을 내고, 또는 '자본주의 추종자'에게 존경하거나 존중할 만한 미덕이 있다는 사실을 인정할 수 없었던 것과 전혀 다를 바 없다. 설사 그런 개인적 인상이 진실하고, 또한 다른 사람이 지니고 있는 또 다른 인상을 삭제하려 들지 않아도, 여전히 혁명의 커다란 금기이며 공공의 여론에 따라 용인되지 않는 것이다. 당시 문예작품의 공식화 및 천편일률적 목소리는 이렇게 시작되었다.

기억 속에서 어떤 실상은 합법적인 반면, 어떤 실상은 비합법으로 남아 있다. 또한 어떤 이야기는 말할 수 있는 것이 되고, 다른 이야기는 말할 수 없는 것이 된다. 몇몇 사람에 관해 이야기할 때, 문자는 사실을 깨끗이 씻어낸 뒤에 신성불가침의 도덕적 책임을 양산한다. 이는 문화대혁명 중에도 일어난 일이며, 문화대혁명에 대한 비판 속에서도 일어나는 일이다. 급진적이거나 심지어 황당무계할 수도 있는 사조가 사회의 기초와 대중의 참여를 획득한 심층 요인이나, 사회적 구조 및 문화적 계보의 종합적 병폐와 원인 등을 포괄하는 역사적 사건의 복잡성과 풍부함은 이처럼 단순한 탈색과 정화 과정을 거쳐 사라져버린다. 문화대혁명은 단순히 악인과 선인의 투쟁 속에서 발생했던 우연한 도덕적 비극으로 이해될 뿐이다.

문화대혁명이 현대 중국에 가져온 재난은 우리 세대 모두 깊이 반성해야 할 역사다. 재미있는 것은 이 사건이 오히려 오늘날 지식인의 새로운 금역이 되고 있다는 사실이다. 우리가 할 수 있는 일은 '비판'하고 '참회'하라고 외치는 사람의 뒤를 따라 확인 작업을 하는 것 외에는 거의 없는 듯 보인다. 마땅히 참회해야 하거나 참회할 필요가 없는 지난 일을 감추고, 다시는 스스로 회의할 필요가 없거나 마땅히 스스로 회의해야 할 고백을 끄집어내는 일. 마찬가지로 나치와 파시스트가 현대 유럽에 가져온 커다란 상처는 오늘날의 유럽인에게 가장 깊이 반성해야 할 역사다. 그리고 그 역시 오늘날 유럽 지식인에게 새로운 금역이 되어 있다. 사람들이 할 수 있는 것은 마찬가지로 확인 작업뿐이다. 아우슈비츠에 헌화하거나 나치 훈장을 받은 매판 상인을 기소하거나 오스트리아 정권을 잡은 극우파를 향해 격렬한 외교적 항의와 정치 봉쇄를 행하는 정도의 일. 이렇게 하는 것은 전혀 잘못되었다고 할 수 없다. 그러나 잘못이 아닌 행위가 또 다른 잘못이 아닌 행위를 제한할 수 있다는 사실을 사람들은 의심하지 않을 수 없다. 밥을 먹는 것 자체는 잘못이 아니지만, 밥을 먹는 것으로 물 마시는 행위를 제한한다면 틀림없이 다른 뜻이 있는 것이다. 해답을 기다리는 수많은 역사의 수수께끼, 예를 들어 당시 독일뿐 아니라 영국이나 프랑스, 러시아 등에서 동시 출현했던 유대인 배척 풍조, 독일과 서방 각국에 동시 출현했던 자유 시장 위기 및 파시즘에 대한 환상과 추종 등. 이들은 '나치의 죄악'이라는 책임을 두려워하고 이 정치적 악명으로부터 벗어나고자 모든 흔적을 지우고 있다. 이런 일을 자기 사람에게 저지르는 바보짓을 원하는 사람은 거의 없을 것이다.

나는 중국 지식인이 '참회'의 유행을 불러일으키는 것과 유럽 지식인이 극우파와 파시스트에 반대해 시위하는 광경을 보면서 사람을 위안하는 거절과 반발을 목도한다. 그러나 또한 어떤 새로운 사상적 전제가 새로운 사상의 극단적 권력으로 서서히 형성되는 것을, 또한 그것이 '정치적 교정'이라는 명분 아래 점점 가속되어 돌이킬 수 없게 되는 것을 본다.

친구

1960년대 후반에는 녹색 고무바닥에 흰 천으로 만들어진 상하이산 후이리표回力牌 운동화가 유행했다. 시골에서는 거의 보기 힘들기 때문에 그것이 어떤 시골 지식청년의 발에 신겨졌을 때는 거의 조폭 사회의 암호 같은 의미를 지녔다. 낯선 사람끼리 상대의 발만 보고도 서로 소개할 필요도 없이 회심의 미소를 짓는 것이다. 마치 21세기 초 중국의 어떤 신세대가 사람을 만날 때 먼저 상대방이 일본 작가인 무라카미 하루키를 읽었는지 물어보고 인스턴트커피를 먹는지 막 갈아 내린 원두커피를 먹는지 묻는 것과 마찬가지다. 만약 아니라는 대답을 듣는다면 그들은 곧 고개를 돌리고 떠나버린다. 나와 같은 족속이 아니라면 말을 길게 할 필요도 없는 것이다. 두 세대의 접선 방식은 비록 다르지만 원리는 같다.

한번은 나와 다촨이 어딘가로 놀러 갔다가 "반혁명을 공격하라"라는 기치 아래 대대적인 포위망을 펼치며 의심 가는 인물을 색출하는 광경과 맞닥뜨렸다. 마을에서는 시도 때도 없이 메가폰을 단 선전 차량이 거리를 지나거나 가슴에 장총을 맨 민병대가 자전거를 타고 나는 듯이 오갔다. 고도로 발달한 메커니즘 속에서 나와 다촨은 전쟁터 어디쯤에 서 있는지조차 알 수 없었다. 지식청년에게는 어떤 신분 증명도 없었기 때문에 어떤 길모퉁이에서 꼼짝없이 붙잡힌 우리는 곧 마을의 치안 지휘부로 끌려갔다. 그곳은 오래되고 낡아빠진 묘지였다. 냄새를 풀풀 풍기는 지푸라기 속에 100여 명의 범인이 심판을 기다리고 있었다.

우리는 거기서 며칠간 범인 노릇을 톡톡히 했다. 매일 밥을 먹을 때는 민병의 손에 들린 시커먼 총구가 가리키는 대로 줄을 서서 근처에 있는 식당까지 걸어갔고, 자기 돈으로 식사를 해결한 뒤 다 먹고 나서는 벌금을 물고 돌아왔다. 우리는 그리 돈이 많지 않았기에 끼니마다 무와 쌀밥만 먹었다. 이날, 어떤 덩치 좋은 사내가 털이 다 보이도록 가슴을 드러낸 채 부채를 흔들며 다가오더니 우리 식탁에 앉아서 곧바로 도시 이야기를 늘어놓기 시작했다. 그는 과연 지식청년이었고 우리가 동지라는 사실을 제대로 알아챘다. 식탁 아래 놓인 후이리표 운동화 두 켤레를 보고 이 사실을 알아본 것이다. 그는 우리의 이력에 대해 묻더니 곧 우리 대신 분통을 터뜨리며 담배 한 대를 건네주었다. 누가 뭐랄 것도 없이 곁에 서 있던 청년 한 사람이 바로 우리에게 불을 붙여주었다. 그것도 아주 공손히. 그의 손에는 쥘부채가 들려 있었는데 곁에 서 있던 또 한 사람이 서둘러 고추제육볶음과 간장양념족발을 사 와서는 식기 전에 먹으라고 들이밀었다. 그 사람들은 마치 덩치 좋은 사내의 사냥개라도 되는 양 펄쩍하든 소리를 지르며 설쳐댔기 때문에 우리를 끌고 온 민병들조차 감히 앞에서 간섭하지 못했다.

우리는 나중에야 비로소 이 사냥개들을 앞뒤로 몰고 나타난 덩치 좋은 사내가 '장'이라는 성씨이며 강호에서 바오이保義(의리만은 지킨다는 뜻 – 옮긴이)라 불리는 건달임을 알았다.

그는 시골에서 순순히 농사지은 적이 없고 온갖 곳을 떠돌아다녔는데, 무협 이야기를 곧잘 하는 말재주 덕분에, 어떤 지식청년을 만나든 밥 한 끼는 쉽게 얻어먹었다. 담배나 술이 필요하더라도 사람들이 앞다투어 보내주며 완전히 태상왕太上王처럼 모셨다. 그는 또한 한 무리의 제자를 끌고 다니며 무공을 연마한답시고, 돌로 된 자물쇠를 깨뜨리거나 철퇴를 밀거나 모래주머니를 때리거나 대나무 징검다리를 달리게 하는 등 갖은 소란을 다 피웠다. 마을 간부들은 옛 팔로군八路軍이었던 그의 아버지를 두려워해 감히 이 '도련님'에게 죄를 짓지 못하고 그저 바라만 볼 따름이었다.

그는 불공정을 타파하는 뜨거운 심장을 지니고 있었다. 며칠 동안 그는 늘 마을로 들어와 우리를 만나서 함께 밥을 먹고 요리를 더 주문해주었다. 만나면 곧 우리를 이끌고 저자의 사람들을 구경하러 다녔고, 우리를 데리고 거리 이쪽에서 저쪽까지 안내함으로써 마음을 위로하고 신변을 보호해주었다. 우리가 풀려나서 마을을 떠날 때는 차표를 사주었고 작은 병에 꼭꼭 숨겨두었던 녹두만 한 사향까지 선물로 주었다. 그는 맞은 사람이 그걸 먹으면 금방 피가 돌고 응어리가 풀리며 여자친구와 이런저런 짓을 해도 절대 임신이 되지 않는다고 말했다. 그 향기를 맡기만 해도 여자가 임신할 수 없다는 것이다.

그는 이 말을 하면서 얄궂게 웃어 보였다.

우리는 흥분한 나머지 서로 "장래에 성공하면 꼭 다시 만나자" 하고 맹세했다. 얼마 뒤 놀랍게도 다시 만날 기회가 있었다. 성회省會의 시내 한가운데서 우연히 마주친 것이다. 다소 의외였던 것은 그가 나를 아래위로 훑어보며 막막한 표정을 짓다가 한참 만에야 이전의 만남을 기억해냈다는 점이다. 우리는 강가에 앉아서 얘기를 나누다가 그다지 말이 통하지 않는다는 사실을 깨달았다. 우리는 그가 부유한 자제처럼 즉흥적으로 던지는 언사를 참으로 받아들이기 힘들었다. 그는 마침내 잘 알려진 격언으로 말을 맺었다. "하얀 장미와 보랏빛 스톡은 빛깔은 다르지만 마찬가지로 향기로운 법이지." 대체 어디서 이처럼 우아한 언사를 빌려와 사람들이 저마다 다른 뜻을 지니고 있음을 표현했는지 모를 일이다.

그 일이 있고 난 뒤 몇 년이 흘러 비로소 이 아쉬운 재회에 대해 어느 정도 이해하게 될 때까지 나는 다소 실망했던 것 같다. 후이리표 운동화는 도시에서라면 누구나 신고, 이미 작은 시골 마을에서도 더 이상 그다지 희귀하지는 않다. 더 이상 사람들에게 친근감이나 친밀함을 느끼게 하는 특수한 기호가 아니며, 더 이상 사람들에게 타향에서 동향 사람을 만난 듯한 감격, 낯선 환경에서 우연히 맞닥뜨린 동병상련의 감정을 느끼게 하지 않는다. 이 도시에는 갖가지 방식을 통해 도시로 돌아온 지식청년이 쇠털처럼 많다. 일단 시골 마을을 떠나고 나면 그들은 모두 나름의 방식대로 삶을 영위하고, 나름의 장래를 계획한다. 그들에게 지나간 날의 우정을 음미할 만한 심정적인 여유나 시간이 얼마나 있겠는가?

후이리표 운동화의 의미는 특수한 조건 아래서만 확정될 수 있으며, 어디서나 얻을 수 있는 감정의 영원한 특징을 갖추기는 불가능하다. 마치 하나의 낱말이 지니는 의미가 구체적인 언어 조건에서만 확정되는 것과 마찬가지다. 스위스 언어학자 소쉬르 선생은 일찍부터 이 점을 잘 알고 있었던 것 같다. 그래서 나는 세상의 수많은 일이 결코 중복될 수 없으며, 특정한 그 순간 그 지점에서만 빛을 발한다고 생각하게 되었다. 우리 기억 속의 어떤 맛난 음식은 몇 년 뒤 다시 먹게 되면 아무 맛도 나지 않을 수 있다. 우리 기억 속의 어떤 열렬한 키스는 몇 년 뒤 다시 재연하게 되면 이상하거나 심지어 소름 끼칠 수도 있다. 땅 위에 피어난 꽃송이처럼 때가 지난 뒤에 옮겨 심으면 시들고 말라비틀어질 수밖에 없다.

그 후로도 장 형은 여전히 강호에 이름을 날렸다. 그는 폭력상해로 재판을 받았고, 복역 중에도 끊임없이 사건을 일으켰다. 전기공으로 외부에 수리를 나간 기회를 틈타 몇몇 담당 교관의 아내와 부적절한 관계도 맺었다. 나아가 여자들을 임신시키기까지 했으니 그 수법의 신묘함은 정말이지 상상하기 어려울 지경이라 하겠다. 저우 곰보라는 별명을 지닌 한 교관은 평상시에도 사람을 때리기 좋아했는데, 이 일로 두 눈이 벌겋도록 화가 나서 작정하고 그를 두들겨 팼다. 어찌나 심하게 때렸던지 몽둥이가 세 자루나 부러질 정도였다. 또한 무고한 죄명을 추가해서 5년 형기를 15년으로 늘렸다. 장 형은 판결을 받고 나서 사흘 동안 한 마디도 하지 않았다. 그리고 마침내 저우 곰보를 찾아가 작업장 크레인에 반동적인 표어가 나붙었으니 '정부'의 대표가 빨리 가서 봐야 할 것 같다고 말했다. 저우 곰보가 위로 올라갔지만 반동적인 표어 따위는 찾아볼 수 없었다. 의심하는 마음이 들어 막 욕을 하려는 찰나 누군가 뒤에서 사납게 후려쳤기 때문에, 그는 높은 곳을 나는 사람처럼 포물선을 그리며 땅으로 떨어져 내렸다. 룽먼(허난성 뤄양 남쪽에 위치한 석굴 사원 – 옮긴이)의 석상이 무너져 내리는 듯 육중한 소리가 울려 퍼지더니 희끄무레한 뇌수가 사방으로 흩어졌고, 그 자리에 있던 사람들은 놀라서 새된 소리를 내지르며 펄쩍 뛰었다.

장 형이 크레인 위에 나타났다. 그는 껄껄대며 한바탕 웃고는 사람들을 향해 포권抱拳의 예를 취하고 이렇게 말했다. "이놈은 죽어도 싼 놈이오. 오늘 내가 이놈을 끝장낸 것은 여러분을 위해 해악을 없앤 셈이지만, 여러분을 연루시키지 않을 테니 염려하지 마시우." 그는 사다리를 타고 크레인에서 한 발씩 내려왔다. 마치 장군이 마지막으로 사령탑에서 내려오듯이. 그는 솜에다 죽은 사람의 붉은 피를 묻혀서 벽에다 다음과 같이 적었다. "살인을 한 사람은 장비청姜畢成이다." 그런 뒤에 손을 들어 동력개폐기를 움켜쥐었다. 불똥이 사방으로 튀더니 전등이 번쩍이다 어두워졌고, 머지않아 그는 시커먼 숯덩이가 되었다.

신분

어떤 사람이 미국의 공원에서 흑인 강도를 만났다면, 그는 모든 흑인이 잔인하고 난폭하다는 사실에 동의할 것이며, 확실히 열등한 종족이라고 추론할 수도 있을 것이다. 사실 종족 멸시는 이렇게 구축된다. 잔인하고 폭력적이며 나태하거나 도둑질하거나 마약을 하는 등 몇몇 흑인의 현상을 모든 흑인의 공통 특징으로 간주하는 것이다. 여기서 의심스러운 점은 흉악범은 흑인인 동시에 B형일 수도 있는데 왜 피해자들은 모든 B형이 잔혹하고 열등한 존재라고 규정하지는 않는가 하는 점이다. 왜 B형에 대한 멸시는 존재하지 않는가?

영국의 생물학자인 모리스는 바로 이런 의문을 제기했다. 눈으로 확인되는 것처럼 피부색은 겉으로 볼 수 있는 특징이고 가장 쉽게 변별 가능한 표식이다. 그러나 B형 등은 외려 육안을 이용한 직관(대부분의 신비는 여기서 파악된다)으로 알 방법이 없다. 의식 형태를 결정할 때, 사람의 눈은 뇌보다 더 많은 것을 담당한다.

만약 종족차별주의가 일종의 시각 의식 형태라면, 그것은 또한 일종의 청각 의식 형태로도 표현될 것이다. 어떤 광둥 사람이 허난 사람에게 사기를 쳤다면, 피해자는 광둥 사투리 억양을 기억할 수 있을 것이다. 입에서 입으로 옮아가면서 말은 점점 심해지며 곧 모든 광둥 사람은 허난 사람이 사는 곳에서는 의심스럽고 혐오스러운 대상이 될 수 있다. 이 또한 종족 충돌의 전형적인 과정이라 할 수 있다. 당사자는 아마 이런 생각은 하지 않았을 것이다. 그 광둥 사람이 동시에 감기 환자나 기독교도 또는 자동차 운전사였을 가능성을 생각할 사람은 별로 없다. 왜 허난 사람은 질환에 대한 차별이나, 종교 차별 또는 직업 차별의 의식 형태는 드러내지 않는 것일까?

눈으로 확인되는 것처럼 언어는 귀로 들을 수 있는 외형적인 특징이고 가장 쉽게 변별 가능한 표식이다. 그래서 어떤 사람은 최고의 악덕으로 비약한다. 1920년대에 광둥 사람과 후난 사람으로 구성된 북벌군이 허난에서 좌절을 겪고 북진할 힘이 부족해 중도에서 멈출 위기에 처했다. 정치적이거나 군사적인 여러 가지 원인에 의해 '남방 사투리'는 중원 지역 대부분의 일반인에게 이질감과 거리낌의 대상이 되었다. 이것은 역사책에는 그다지 대단하지 않은 한 줄짜리 언급에 불과하지만, 사실 아주 중요한 사적이다. 최근 10년 동안, 언어와 사투리 문제는 타이완에서도 또 한 차례 정치적 제도로 등장했다. '녹색연대(민진당 등)' 진영은 민난어閩南語를 쓰는 원주민 위주인 반면, '청색연대(국민당, 친민당, 신당 등)' 진영은 국어를 쓰는 본토에 원적지를 둔 사람이 비교적 많았다. 그래서 수많은 정치적 각축이 사람을 판단하기 전에 앞서 그들이 쓰는 언어로 구분되곤 했다. 녹색연대를 지지하는 몇몇 택시 기사는 심지어 국어를 쓰는 승객의 탑승을 거부하거나 민난어 방송을 크게 틀어놓고 듣기를 강요하기도 했다. 청색연대에 속한 어떤 교사는 수업 시간에 학생들에게 민난의 '새소리'로 지저귀지 못하게 금지령을 내리기도 했다. 여기서 사투리 정치에 저항하는 것은 뽑은 칼날이나 쏜살, 미친바람과 소나기에 맞서는 것과 같다. 이런 일은 많이 일어난다. 원래 녹색연대였던 국어 사용자나 청색연대에 속했던 민난어 사용자는 아마도 정서적인 반감을 일으킬 것이다. 그래서 국어와 민난어가 하늘을 지고 함께 설 수 없는 원수라는 점은 더더욱 분명해진다.

사람들은 무리로 나뉜다. 종족은 물론 존재한다. 종족 사이에서 차이가 발견되고 나아가 그로 인한 충돌이 생기는 것은 자연스럽다. 특별히 이해하기 어려운 일은 아닌 것이다. 그러나 종족 구분이 피부색에 근거하거나 언어에 근거한다는 것, 나아가 피부색이나 사투리 억양으로 선악시비와 아군, 적군을 나누는 따위의 일은 인류의 의식구조가 여전히 원시적이라는 사실을 시사한다. 수천 년 동안 진화해왔다는데도 결국 다른 짐승과 매한가지 수준인 셈이다.

우리는 옛사람의 후각이 지나치게 민감했던 점을 비하할 수도 있다. 옛사람은 특별히 성능 좋은 개코를 지니고 있던 것 같기도 하다. 나와 같은 종족이 아니면 나와 같은 종족이 아니라는 냄새를 지니고 있었던 것 같기도 하다. '누린내 나는 오랑캐'라든지 '고린내 나는 몽고놈'에게서는 소와 양의 고기 냄새가 나기 때문에, 중원 지역에서 농사를 지으며 사는 종족은 곧 이런 유목 민족을 멸시했다. 각종 '누린내'나 '고린내'가 일으키는 감각에 근거해 대규모 유혈 충돌을 일으키곤 했던 것이다. 그러나 후각은 퇴화했다. 어떤 사람은 이 이상한 냄새가 비누와 향수, 목욕 습관, 통풍 설비에 의해 제거되었다고 말한다. 후각적인 멸시가 시각적이거나 청각적인 멸시로 바뀌었을 뿐이라면, 마찬가지로 그건 후대 사람의 경박함에 기인하는 게 아닐까? 인류는 이미 과학기술을 발달시켰다고 할 수 있다. 사람과 사람 사이의 구별이 혈연과 지연에 따라 이루어질 뿐 아니라 DNA의 차이에 의해, 도덕적인 수양과 문화적인 훈련에 따라, 소유한 자산과 정보의 양…… 등에 따라 더욱 달라진다는 사실을 잘 알고 있다. 그러나 현대인의 신분증, 예를 들어 여권에는 이런 사실이 전혀 기록되지 않는다. 오히려 민족이나 종족, 출생지 등을 확인하기 위해 이민국 관리는 언제나 두 눈을 크게 떠야만 한다. 혈연 숭배와 지연 숭배가 여전히 우리의 시선을 빼앗고 있다. 일종의 편협한 종족주의적 검사 전통(예를 들어, 퇴화하지 않은 원숭이 꼬리를 확인한다든가 하는 따위)이 가장 문명화된 국가에서도 오늘날까지 관례적으로 행해지고 있다. 생리학, 심리학, 민속학, 사회학, 경제학, 문학 및 사학 등의 학문이 사람에 대한 지식을 계속 쌓아가고 있는데도, 이런 지식이 이미 매우 정밀하고 심도 있으며 고급스러운 수준까지 이르렀는데도, 이 모든 연구 결과는 아직 여권에 반영되지 않았다. 이런 상황에서, 이 세계의 외교, 체육, 문화 등 교류 활동은 모두 민족이나 국가 조직에 의존한다. 이상할 게 뭐가 있는가? 민족이나 국가의 기치가 곳곳에서 휘날리는 이 시각, 이 세계에서는 또다시 민족과 민족, 국가와 국가 사이의 충돌이 끊임없이 이어지고 있다. 또다시 피부색과 사투리 억양에 대한 공격이 이어지고 있는 것이다. 또한 이상할 게 뭐가 있단 말인가?

인간의 신분 증명을 위해, 코는 일찍이 머리에 앞서 그 역할을 했고, 지금은 눈과 귀가 여전히 머리에 앞서, 이성의 결과에 앞서 그 역할을 담당한다. 이것은 현대 지식의 마천루 아래 놓인 낡고 오래된 초석이다.

나는 이와 같은 사실을 증명하는 여권을 한참이나 뒤적이고 있다. 1986년 발급받은 내 생애 최초의 여권, 처음으로 외국 여행을 준비하던 시절의 여권이다.

대표 인물

내가 두 번째로 미국에 갔을 때, 샤오옌이 자기 집에 묵으라고 차를 몰아 호텔로 나를 데리러 왔다. 길에서 차가 막혔기 때문에, 샤오옌의 집에 도착했을 때 나는 이미 굶주림을 참을 수 없을 지경이었다. 서둘러 냉장고로 가서 문을 열어 보니 안이 텅 비어 피자 반쪽과 사과 몇 개만 굴러다닐 뿐이었다. 도대체 어떻게 살고 있는 거야? 보통 때 밥도 안 해 먹어? 나는 정말이지 이해할 수가 없었다. 샤오옌은 그렇다고 말했다. 보통은 밥을 해 먹지 않으며, 밥을 해 먹을 수도 없다는 것이다. “그럼 대강 국수나 한 그릇 먹자.” 나는 너그럽고 이해심 많은 태도를 보였다. 그러나 샤오옌은 집에 국수조차 없다며 정말로 미안하다고 말했다. 샤오옌은 나를 끌고 대형마트에 음식을 사러 갔다. 지하 주차장에서 후진을 할 때는 부주의로 자동차가 시멘트 기둥을 스치며 귀에 거슬리는 소리를 냈다. 나는 틀림없이 차마 눈 뜨고 볼 수 없는 흠집이 났을 거라고 생각했다. 샤오옌은 그저 웃어 보였을 뿐, 차에서 내려 확인하려고도 하지 않았다. “괜찮아.

이 차는 거의 범퍼카인걸. 사흘에 두 번 정도는 사람들하고 사귈 기회가 생기니까." 샤오옌은 전혀 개의치 않는 태도였고, 나는 속으로 그녀의 대범함에 감탄하지 않을 수 없었다. 나는 좀 전에 샤오옌이 마중하러 왔을 때 그녀의 차를 처음 보고 깜짝 놀랐던 게 떠올랐다. 이렇게 흠집이 많이 나 있는 차 트렁크라니……. 고철덩어리 같잖아! 이 녀석이 미국에서 실업자가 된 건 아니겠지?

샤오옌은 고철덩어리를 난폭하게 몰아댔고, 그래서 집으로 가는 길 내내 미친 듯이 덮쳐오는 높은 건물과 하이웨이와 맞닥뜨려야 했다. 그러면서 샤오옌은 내게 로스앤젤레스의 지저분한 거리와 이곳 차이나타운의 급속한 발전, 미국 중산층의 할리우드와 월마트, 웨스트코스트, 베스트바이, 푸드라이언 등 일류 대형마트를 모두 구경시켜주었다. 대형마트에 대해 말하자면, 이처럼 공업화되고 인정미라고는 전혀 없으며, 이처럼 세계화를 내세워 각 민족의 문화 전통을 훼손하는 일은 정말이지 용서할 수 없는 죄악이라고 생각한다. 중국 대륙이 미국을 배울 수도 있긴 하지만, 어떻게 이처럼 야만적인 미국의 풍물을 배울 수 있겠는가? 중국이 언제 미국보다 더 미국처럼 변하겠는가? 샤오옌은 인용구를 말할 때면 늘 두 손을 귀 가까이 들어 올린 뒤 양쪽 손가락 두 개를 구부리며 자신이 하고 있는 말 가운데 인용구가 있음을 표시했다. 샤오옌이 이렇게 하면서 몇 번이나 두 손을 완전히 운전대에서 떼었기 때문에, 나는 몇 번이나 통제를 상실한 그녀의 자동차가 노란 화물차를 향해 돌진하는 것을 보고 놀라서 가슴이 터질 것만 같았다.

나는 미국에서 이미 일본 고양이 인형처럼 손을 들어 인용구를 표시하는 제스처를 여러 번 본 적이 있다. 그래서 미국 인문학계의 대표 인물 또는 미국 인문학계의 대표적인 이 여성 학자가 자본주의와 스탈린주의를 한데 묶어서 쓸어버리는 데 앞장설 뿐 아니라, 대개 다음과 같은 특징을 가지고 있음을 깨달았다.

첫째, 음식을 만드는 데는 재주가 없다.

둘째, 자동차가 부딪히거나 부딪혀서 망가지는 따위에는 전혀 관심을 두지 않는다.

셋째, 말할 때 자주 일본 고양이 인형처럼 두 앞발을 들어 귀 옆에 갖다 대고 인용구 표시를 한다.

넷째, 보통은 향수를 뿌리지 않는다. 나는 홍콩에서 샤오옌을 위해 향수를 사 왔는데, 환심을 사기는커녕 헛다리만 짚었다. 샤오옌은 참을 수 없다는 반응을 보였을 뿐 아니라 비웃기까지 했다. "슈트를 입고 향수를 뿌리는 건 비서들이라고!" 샤오옌은 '비서들'이라고 말할 때 특별히 강세를 두었다. 뜻은 분명했다. 바보처럼 굴지 마!

이런 특징에는 분명 어떤 원인이 있겠지만, 분명히 알 수는 없다. 그러나 이런 특징을 바탕으로 그들과 다른 사람들을 구별할 수는 있다. 예를 들어, 진한 화장을 하고 눈에 띄도록 현란하게 꾸민 뒤에 일하러 나가는 하층 임시직 노동자와는 완전히 구별되는 것이다. 또한 짙은 색 옷을 입고 마트 같은 곳에는 전혀 드나들 필요가 없는 상류 계층의 귀부인과도 완전히 구별된다. 미국 사회비평가 퍼셀도 이미《계급》이라는 책에서 이런 계층적 신분을 외형으로 식별하기 위한 기존의 경험을 총괄해 대단히 믿을 만한 지표를 제시했다. 퍼셀은 이 책에서 또한 다음과 같은 견해를 제시했다. 아주 가난한 사람은 유행을 따르지 않는다. 유행을 따를 시간이 없기 때문이다. 아주 부유한 사람도 유행을 따르지 않는다. 그들이 하는 어떤 행동이라도 유행을 창조할 수 있기 때문이다. 그렇다면 유행이란 무엇인가? 유행은 사회의 중간 계층이 지니는 심리적인 초조에서 비롯한 절박함과 혼란함의 문화적 대열이며 문화적 담합체다.

샤오옌은 매우 분개하며 월마트에서 식재료를 사가지고 돌아온 뒤에, 아주 겸손하게도 내게 어떻게 음식을 만드는지, 어떻게 국수를 삶는지 물었다. 나는 그 말을 듣고 내가 뭘 잘못 들은 게 아닌가 생각했다.

일이 어쩌다 이 지경이 되었는지? 샤오옌은 도대체 자신이 누구라고 생각하는 걸까? 기존의 경험을 총괄해 마치 한 번도 중국에서 살아본 적 없는 사람처럼, 타이핑쉬에서 지식청년으로 살아본 적은 더군다나 없는 사람처럼 굴었다. 제기랄, 제 어미 배 속에서 나올 때부터 미국인 교수였던 것처럼, 국수조차 삶을 줄 모른다니? 샤오옌은 또한 중국학자 한 명과 한국학자 한 명을 초대해놓고 더더욱 겸손하게 사람들 앞에서 자기가 요리할 줄 모른다는 사실, 집에 변변한 살림이 갖추어지지 않았다는 사실을 확인시켰다. "주요리라고 해봤자 마트에서 사 온 완제품이거나 반제품이고, 제대로 차린 음식은 별로 없지만 그저 모여서 얘기나 나누자는 뜻으로 초대한 거예요." 샤오옌은 솔직하고 떳떳하게 부끄러움을 드러냈다. 마치 자기가 요리를 할 줄 알고 그래서 집안 살림을 풍부하게 갖춘다면 곧 가짜 교수인 중국 아줌마가 되는 것처럼, 마치 더욱 저급한 사람이 되는 것처럼 말이다. 찬물과 피자 조각으로 연명하는 생활을 오래 하지 않았다면 함께한 사람들이 너무 놀라기라도 할 것처럼, 샤오옌은 그렇게 사람들을 속여야 하는 의무라도 있다는 듯 굴었다. 샤오옌의 부끄러움은 마치 학계 대표 인사 사이에서 손님을 접대할 때 필수불가결한 예의범절처럼 느껴졌다.

손님들은 모두 학계의 대표 인사였다. 모두 옷차림이 소박하고 격식을 차리지 않는 편이었다. 그 가운데 한 여성 학자는 그 자리에서 자신이 가지고 있는 반지에 대해 얘기했다. 남편이 사다주었는데, 줄곧 그것을 껴야 할지 어떨지 알 수 없었다고 한다. 반지를 끼면 자본주의나 공화당과 타협하는 것 같아서 아무래도 마음이 불편했던 것이다. 그들은 이런 일을 아주 심각하게 이야기했다. 마치 그들의 승진 문제나 폴란드 의회, 대학의 종신교수직, 보들레르의 시 작품, 르완다의 군사 독재에 관해 이야기하듯이. 식탁에서는 좌파의 편안한 분위기 또는 편안한 좌파의 분위기가 너울대고 있었다. 언제인지 모르지만, '좌파'를 추구하는 이 학자들은 쭝쯔粽子(찹쌀에 팥이나 돼지고기와 같은 여러 가지 소를 섞어서 대나무 잎 등으로 싸서 쪄낸 단오 절기 음식 – 옮긴이)처럼 생긴 아르헨티나 요리에 관심을 보이기 시작했다. 그들은 서로에게 그 요리를 추천하며 말했다. "맛있는데! 여러분도 맛 좀 보세요." 어떤 사람은 "확실히 맛있네!"라고 말했고, 다른 사람은 "정말 맛있어!"라고 말했다. 이 "맛있다"라는 반응이 너무도 열렬해서 하마터면 나까지도 동조할 뻔했다. 그러나 나는 그 녹색 이파리로 싸인 덜 익은 쌀알인지 콩알인지에 대해 정말이지 아무런 관심도 없었고 심지어 씹어 넘길 수도 없었다. 나는 그들에게 또 다른 추천 요리로 기름에 튀긴 콩고추무볶음을 내놓았다. 며칠 전 한 중국 유학생에게 받고 나서 줄곧 내 여행 가방에 숨겨두었던 비장의 무기였다. 그들은 어디서나 볼 수 있는 이 보통의 중국 요리에 별다른 관심을 보이지 않았지만, 잠깐 사이에 이 요리는 게 눈 감추듯 사라지고 보이지 않았다. 반면에 그들이 "맛있다"고 칭찬해 마지않던 아르헨티나 요리는 수북이 쌓인 채로 전혀 줄어들 기미가 없었다. 사실 그 요리는 알게 모르게 홀대받았던 것이다.

식사를 마친 뒤에도 그들은 여전히 아르헨티나 요리를 칭찬했다. 이것은 좀 이상하다.

분명, 그들의 생리적인 입맛은 여전히 그 이상한 '쫑쯔'를 진심으로 받아들이지 못했다. 그러나 그들은 식탁에서 반드시 이 요리에 대한 찬가를 불러야만 했다. 그렇다면 그들의 찬가는 틀림없이 위장보다는 머리에서 나왔고, 욕망에서 나온 것이 아니라 지식에서 나온 것이다. 지식인이란, 먹을 때도 머리로 먹는다. 마치 반지를 끼는 것을 정치와 연관시키는 것처럼. 아르헨티나 요리는 보기 드문 물건으로 '희소한 것이 귀하다'라는 가치 원칙에 부합하며, '적을수록 더 끌린다'는 상류사회의 심미적 가치에도 부합한다. 그래서 신분이 높은 대표 인사의 기호가 될 가능성이 높으며, 적어도 그들에게 존중받을 수 있는 것이다. 또 다른 가능성 있는 이유는, 이 아시아 출신 학자들의 눈에 아르헨티나는 에스파냐어를 사용하는 지역으로, 고귀한 유럽의 연장이며 주류를 대표한다. 또는 개발도상국으로서 주변부를 은유하기도 한다. 현대의 대표 인사들은 문명의 파급과 다원주의를 자신들의 임무로 삼고 줄곧 주류와 주변 사이에서 애매한 입장을 취하지 않았던가? 그들은 어째서 갑자기 나타난 아르헨티나 문화에 경박하게 휩쓸렸을까? 어째서 말하는 대로 입맛도 따라가는 속도로 무지하게 문화에 대한 호오好惡를 판단하게 된 것일까?

대표 인사가 된다는 것은 과연 쉽지 않은 일이다. 때때로 입이 머리에 복종해야만 하느니.

로큰롤

샤오옌이 중국에 돌아왔을 때, 그녀를 데리고 로큰롤을 들으러 간 적이 있다. 커다란 홀에 들어선 우리는 어떤 노래 가사도 제대로 들을 수 없었고, 어떤 멜로디도 제대로 들을 수 없었다. 머릿속에서 거세게 부딪치는 리듬만 울려대고 한 덩어리로 뒤집히며 폭발하는 새카만 어둠이 존재할 따름이었다. 잡음은 내 후두부와 관자놀이 그리고 뒷목으로 쏟아지며 각각의 혈관 속에 들이부어져 그것들을 한순간에 틀어막고 부풀어 오르게 했다. 나는 아무것도 알지 못했다. 다만 혈관이 흔들리고 잡아 뽑혀서 피부 밖으로 터져 나올 것만 같다는 사실 외에는 아무것도.

나는 홀 밖으로 도망쳤다. 충분히 멀리 도망친 뒤에도 쾅쾅대는 기계음을 들을 수 있었다. 그 소리 하나하나가 내 심장을 직접 때리는 듯했다. 나는 예전에 들었던 추이젠(중국 로큰롤의 아버지 – 옮긴이)을 떠올릴 수 없었다. 그때는 음악을 들으면 그래도 알아듣는 멜로디가 있었다. 나는 또한 그 홀에 있으면서 충돌하는 기계음 사이사이에 가수가 알려주는 노래 제목을 제외하고 노래와 노래 사이에 어떤 구분도 찾아내지 못했다. 그게 내가 들은 유일한 사람 목소리였다. 나는 사람들이 왜 이 뚜렷한 기계음의 충돌을 듣고 이처럼 흥에 취해 반응하는 건지 알 수 없었다. 심지어

머리칼을 어깨까지 늘어뜨린 순진한 소녀들은 손뼉을 치고 눈물을 흘리며 소리를 지르고 휘파람을 불며 꽃다발을 던지고 형광봉을 흔들며 복도와 무대 앞으로 밀려가서는 손에 손을 맞잡고 오른쪽 왼쪽으로 너울댔다. 낯선 사람끼리도 서슴없이 껴안거나 서로의 허리를 어루만졌다.

혈관이 부풀어 오르는 기분을 즐기는 걸까?

아마도 음악적 표준이 변하고 있는 것 같다. 멜로디가 리듬의 위치를 정하고 리듬의 변화가 리듬을 단조롭게 한다. 음악은 음악에 대한 '듣기'를 정의한다. '듣기'와 연관된 일련의 태도(눈물 등), 동작(손 흔들기 등), 기구(형광봉 등), 언어("죽여줘요~!"라든가 "꺅!" 등)는 이미 사람의 의식을 구성하고 콘서트의 실제적인 주체를 구성한다. 이 소란스러운 소비의 주인공인 관객은 마치 돈을 내고 입장하는 연기자와 같다. 전 세계가 이런 주인공을 대량으로 생산하는 중이며, 전자매체를 통해 이처럼 이상할 것도 없는 주인공을 뭉텅이로 길러낸다. 그들은 사실 추이젠이나 어떤 록스타도 원하지 않는다. 그러나 무대 위의 록스타에 대해서는 더더욱 미친 듯 열광하지 않을 수 없다. 이것은 청중이 마땅히 갖추어야 할 '듣기'의 정석이 되었기 때문이다. 그들은 사실 음악을 원하지도 않는다. 제대로 들을 수 있느냐 아니냐는 이미 중요한 문제가 아니며, 혁명적인 로큰롤이냐 선정적인 로큰롤이냐도 이미 문제가 아닌 것이다. 그런 건 이미 핑곗거리나 단순한 배경에 불과하다. 광고를 찍을 때도 광고 음악이 필요하지 않던가? 강제노동자가 돌을 나를 때에도 노동요가 필요하지 않은가? 헤비메탈 로큰롤은 새로운 세대의 노동요, 다시 말해 뒤따르는 사람들이 온몸과 마음을 불태우며 따라잡게 만드는 새로운 세대의 메김 소리다.

그들은 이런 메김 소리에 격렬하게 반응하며 자기만의 스타일을 만들었다. 이미 넘치고도 남을 정도로. 그러나 그들은 도리어 록스타를 만들었다. 록스타들은 원래 또렷한 노랫소리를 가지고 있었다. 그러나 지금의 록스타들은 도리어 제대로 알아들을 수 없는 노래만 부른다.

록스타들은 원래 누구보다 길고 유연하게 노래 부를 줄 알았지만, 지금의 록스타들은 오히려 고함을 치며 단조롭게 같은 소리만 반복할 따름이다. 다른 것들은 모두 다 버려야만 한다. 그들은 이미 청중에게 복종하는 역할을 맡게 되었고, 단순히 노동요의 장단을 치는 사람이 되었을 뿐이다.

어머니

뒤뒤라는 이 어린놈도 로큰롤을 좋아한다니 정말이지 이상한 일이다. 뒤뒤는 라오무의 둘째 아들로 홍콩의 상류사회에서 자랐으며, 좀처럼 공부란 걸 하지 않았다. 결국 제 아비에게 잡혀서 본토로 돌아와 다시 공부를 하게 됐다. 그래서 녀석의 얼굴에는 온통 암울한 그늘이 드리워져 있었다. 뒤뒤의 어머니가 보따리를 싸서 아들을 보려고 한번 찾아간 일이 있었다. 그러나 그때 그녀가 소유한 주식이 폭락했다. 새로 문을 연 제약 회사 공장에서 만든 수천 상자의 신약이 변질되었던 것이다. 그녀는 마치 루쉰의 소설에 나오는 샹린 댁처럼 만나는 사람마다 붙잡고 그녀의 신약에 대해 이야기하며, 약이 사실 아주 좋았다고 말했다. 그러나 외려 아들과는 몇 마디 나누기 어려웠다. 신약에 대한 그녀의 설명은 처음에는 사람들의 관심을 끌었지만 반복된 넋두리의 결과, 모든 사람이 숨을 수 있는 한 멀리 숨도록 만들었다.

그녀는 결국 간암 이야기를 꺼냈다. 처음에는 많은 것을 숨겼다. 아들의 공부를 방해할까 봐 걱정스러웠기 때문이다. 나중에서야 아들에게 사실대로 말하기로 결심했는데, 재앙이 눈앞에 닥쳤다는 사실을 이용해서 아들의 게으르고 경박한 태도를 고쳐보려는 의도임에 틀림없었다. 아들에게 스스로 뭔가를 해결하는 투지를 불태우게 해주고 싶었던 것이다. 그러나 '암'이라는 말을 듣고도 뒤뒤의 표정은 크게 변하지 않았다. 심지어 눈동자를 이리저리 굴리며 코를 후비고 옷깃을 만지작거리더니 곧 만화책을 들여다보며 숨이 넘어가도록 깔깔대며 웃었다.

삽대 시절 라오무의 옛 동지로서, 루 도련님은 이 철딱서니 도령의 본토 후견인이었다. 루 도련님은 이 웃음소리에 열 받아 쓰러질 지경이 되어 참지 못하고 이를 갈며 호통을 쳤다. "네놈이 짐승이냐? 어쩌자고 이 와중에 만화를 본단 말이냐? 네놈은 암도 모르냐? 암이란 말이다, 암!" 철딱서니 도령은 루 도련님의 호통에 놀라 창백해지더니 곧 자기 잘못을 깨닫고 만화책을 서랍 속에 밀어 넣었다. 그러나 이런 죄책감은 몇 분 못 갔다. 평소에 돈을 훔치거나 학교를 빼먹고 백지 시험지를 제출한 뒤의 죄책감이 몇 분 못 가는 것처럼, 그는 아주 빨리 의자에 비스듬히 기댄 채 쌕쌕 잠이 들었다.

루 도련님은 동아를 볶다가 새카맣게 태워먹은 뒤에도 분을 삭이지 못했다.

몇 개월 뒤, 둬둬의 어머니는 본토의 몇몇 큰 병원을 돌아다니며 치료를 받다가 결국 홍콩에서 죽었다. 루 도련님은 둬둬를 홍콩에 데려다주며 임종하도록 했다. 어머니는 이미 한 줌이 될까 말까 하게 깡말라서 침상에 누워 있었다. 머리칼은 다 빠져서 장의사가 가발을 손봐줄 때는 반짝이는 머리통이 드러나기도 했다. 죽기 전에 그녀의 목소리는 이미 잦아들었고, 두 눈은 실명한 상태였다. 눈에서는 진득하게 들러붙는 누런 눈곱이 흘러내려서 곁에 있는 사람이 계속해서 닦아주지 않으면 눈가로 넘치기 일쑤였다. 그러나 이런 지경에 이르러서도 잠시도 쉬지 않고 체력을 단련하며 침상 아래로 내려와 걷기 연습을 하고 주위의 벽과 창틀을 더듬었다. 그녀는 이를 악문 채 모든 것을 걸고 버티면 언젠가는 기적이 나타날 거라고 믿고 있었다. 그녀는 아직 죽을 수 없다고 말했다. 둬둬가 아직 너무 어리기 때문이었다.

도련님은 꽃다발 속에 누워 있는 어머니를 대하면서도 여전히 어떤 슬픔의 징후조차 보이지 않았다. 나무로 깎은 닭처럼 멍하니 서서 살금살금 이 사람 저 사람 훔쳐볼 따름이었다. 한번은 눈을 비비는 것 같았는데, 눈물은 전혀 비치지 않았다. 외려 영안실 밖으로 걸어 나간 뒤에는 마치 수업을 마친 사람처럼 부담을 덜고 집으로 돌아가 더더욱 희희낙락거리며 자기 위안을 찾았다. 냉장고를 열어서 미국산 딸기를 먹는가 하면, 텔레비전을 켜고 만화 영화를 보았으며, 소파에 몸을 깊숙이 묻고 다리를 공중으로 들어 올리기도 했다. 루 도련님이 처음으로 둬둬의 집을 방문했다. 둬둬는 그가 처음으로 홍콩에 왔다는 사실을 알고는 열성이 뻗쳐서 온 데를 데리고 다니며 구경시켜주었다. 또한 어떻게 월 풀 욕조를 사용하는지, 어떻게 전화 문자를 쓰는지, 어떻게 필리핀 가정부를 부르는지, 위스키 잔으로는 어째서 와인을 마시면 안 되는지, 와인 잔으로는 어째서 맥주를 마실 수 없는지…… 따위의 잡다한 일을 주절주절 늘어놓았다. 둬둬가 보기에는 본토에서 온 자신의 의부 루 도련님이 지나치게 촌스럽고 보고 들은 것이 없는 것처럼 여겨진 모양이었다. 잔을 사용하는 에티켓조차 모른다고 여긴 것이다. 둬둬는 며칠이 지나자 의부를 모시고 센트럴과 코즈웨이베이를 관광했고, 물 좋은 나이트클럽을 찾아 한바탕 놀기도 했다.

둬둬의 열성은 루 도련님을 한층 더 화나게 만들었다. 몇 달간의 보모 노릇도 지긋지긋했고, 라오무 아들놈의 불효에도 화가 난 나머지 그 아비의 면전에서 그만 둬둬의 따귀를 갈기고 말았다. "짐승 같은 놈! 네놈은 단 며칠도 못 참느냐? 네놈이 지금 텔레비전 볼 생각이 들어?" 둬둬는 얼굴을 감싸 쥔 채 아버지를 흘긋 쳐다보고는 살그머니 자기 방으로 도망쳤다. 그러나 문 저쪽에서는 여전히 울음소리가 들리지 않았고, 한동안 정적이 이어지다 펄럭펄럭 포스터 넘기는 소리가 들렸는데 전혀 침울한 기색은 없었다. 이 모든 것은 라오무조차 감당하기 힘든 일이 아닐 수 없었다. 루 도련님과 얘기를 나누면서 라오무는 이렇게 말했다. "아무래도 이해할 수가 없어. 아내가 가장 귀여워하고 게다가 가장 기대를 걸었던 놈이 둬둬야. 그런데 저 빌어먹을 놈은 제 어미의 죽음 앞에서도 눈물 한 방울 흘리지 않았어. 정말이지 악귀 같은 놈이야!"

라오무는 이것이 운명이라는 것을, 패륜아가 생긴 것은 인과응보라는 사실을 믿었다. 천지신명이 작심하고 이 늑대나 개와 같은 심성을 지닌 놈을 보내서 자신이 일을 하면서 저질렀던 사기와 간계 그리고 숱하게 피운 바람에 대한 복수를 한다고 생각한 것이다. 이 건달 자식이야말로 스스로 뿌린 죄의 씨앗이니 이 일생에 무슨 희망이 있겠는가? ……

라오무는 마침내 목을 놓아 울었다.

한참이 지난 뒤에 둬둬가 본토로 돌아왔을 때에야 루 도련님은 비로소 둬둬 또한 흘리지 못하는 눈물에 대한 고민을 끌어안고 있으며, 남몰래 어머니를 그리워하고 있다는 사실을 깨달았다. 둬둬는 홍콩에 있는 어떤 여자친구에게 보낸 이메일에 이렇게 썼다. "……나도 정말 다른 사람처럼 내 어머니를 사랑하고 싶어. 나도 어머니의 죽음에 대해 슬픔을 표현하고 싶지만, 아무래도 할 수가 없어. My God! 방법이란 방법은 다 생각해봤지만 도무지 할 수 없는 거야. 난 어떻게 하지?"

루 도련님으로부터 이 이야기를 듣고 나서 나는 마음이 착잡해졌다. 그리고 둬둬야말로 억울하겠거니 생각했다. 나 또한 이 아이를 알고 있다. 특별히 나쁜 애는 아니었다. 집에서 강아지가 병들어 죽었을 때는 슬퍼하며 눈물을 흘렸고, 하루 온종일 밥조차 먹으려 들지 않았다. 전에 집에서 일하던 필리핀 가정부 산티가 떠날 때도 완전히 낙담해 기운을 잃은 채 며칠 동안이나 산티 이모에게 전화를 했고, 심지어는 아버지 돈을 훔쳐서 공중전화로 달려가기도 했다. 그 아이는 냉정한 것도 아니고, 감정이 없는 것도 아니다. 사실 둬둬가 부모에 대해 어떤 감정도 느끼지 못하는 것은 그에게 부모가 없기 때문이다. 아버지는 단지 매달 수표를 끊어주는 지급기, 드레스 룸에 있는 낯선 남자의 넥타이와 탁자 위의 더러운 재떨이로 기억될 따름이다. 그 외에는 어떤 그림자도 없는 텅 빈 개념이며, 이 개념을 '아버지'라 부르는 것이다. 둬둬는 이 사실을 알고 있지만, 사실을 직면하기 어려운 것이다. 어머니는 무엇인가? 언제나 다른 사람을 시켜서 장난감을 잔뜩 사주거나, 간식, 옷 그리고 최신형 컴퓨터를 가져다주는 사람이다. 전화 속의 어머니라는 여자는 때때로 엄한 꾸지람을 하거나 슬픈 넋두리로 기억될 뿐이다.

이것은 물론 부모를 구성하기에는, 부모라고 하기에는 충분하지 않다. 감정은 구체적인 이미지로 길러지고 전달되며, 어떤 그림, 목소리, 분위기 그리고 촉감을 통해 배어 나온다. 사람들이 곧잘 "풍경을 보면 감정이 생긴다"라거나 "사물을 보면서 감정이 떠오른다"라고 하는데, 이로써 일찍부터 감정의 특질을 묘사했음을 알 수 있다. 사람들은 가까운 사람을 기억할 때 곧잘 "목소리와 얼굴이 그대로 그려진다"라고 말한다. 슬픔을 참을 수 없는 것은 자신의 기억 속에서 '목소리'와 '얼굴'이 떠오르기 때문이다. 그 커다란 손의 어루만짐, 바라보는 눈동자, 아이를 업고 병원을 찾던 넓고 따뜻한 등판, 뜨거운 열대야의 밤에 아이를 위해 더위를 식혀주던 부채질, 아이가 한 번 웃는 모습을 보기 위해 온 가족이 야외로 나가 놀던 일 따위. 이것이 부모다. 아이가 잘못을 저질렀을 때 천둥벼락처럼 화를 내고 손찌검을 했더라도 그 또한 아이의 마음속에서 절실한 추억의 근거가 된다. 라오무 부부가 이런 것들을 뒤뒤에게 전혀 줄 수 없었다면, 그들이 폐쇄적인 귀족 학교에 아이를 보내고 자신의 아이를 줄곧 멀리 떼어놓았다면, 아이에게 부모의 모습을 전혀 각인시키지 못했다면, 그들은 아이에게 기억 속의 텅 빈 공백을 두고 눈물을 흘리라고 강요할 수 없다. 또한 아이가 강아지나 필리핀 가정부에게 자기 감정을 전부 쏟는 것을 이상하게 여길 이유도 없다.

아이는 한마음 한뜻으로 슬픔을 느꼈다. 다만 '아버지'나 '어머니'라는 텅 빈 개념에 대해 슬픔을 느낄 수 없었을 뿐이다.

전자 이미지가 지나치게 팽창함으로써 사람들 사이의 친근한 감정을 억누르고 함몰시키는 이 시대에, 뒤뒤는 만화, 광고, 나이트클럽, 텔레비전

등 유희로 가득한 세계를 전전하면서 이미 슬픔의 전제를 박탈당한 것이다.

법률적 문서는 혈연관계를 확인할 수 있을 따름이며, 전화 또는 편지에서 배울 수 있는 것은 가장의 권력과 의무뿐이다. 그런 건 사람의 눈물샘을 자극하기에 부족하며, 콧잔등을 시큰하게 하거나 눈시울을 붉힐 수도 없다. 말할 나위 없이 비싸고 사치스러운 아동용품은 상점에 전시된 다른 수많은 소비재와 전혀 다르지 않다. 그런 건 절대로 '가정'이라는 두 글자를 채워줄 감각을 제공할 수 없으며, 집을 이사시켜버린다고 해도 아이들이 상점에서 엉엉 소리쳐 울게 할 수는 없는 것이다.

얼척 없다

유럽의 모더니즘이 논리 전복을 책무로 삼고 한 손으로 이성의 파편화를 조성하고 있다. 이런 전복은 학교에서 시작해 시장과 거리를 점령했고, '얼척 없이' 커다란 홍콩식 열매를 맺었다.

'얼척 없다'는 말은 광둥어로 '아무 이유가 없다'는 뜻이다. 맨 처음은 홍콩의 시트콤 드라마에서 출발해서 나중에는 세상 무서울 게 없이 상업화된 오락을 널리 가리키게 되었다. 통속화된 최신판 모더니즘인 것이다. 화려한 스크린에 경쟁하듯 내걸리는 최신 삼류 코미디 영화가 주로 이런얼척 없음의 대표주자가 되면서 거듭 최고 흥행기록을 경신했다. 순간적인 즐거움, 빗나간 기쁨, 말도 안 되는 갖다 붙이기, 원하는 대로 질러버리기, 게다가 황당무계한 괴력의 슈퍼맨 등장까지, 영화는 보기만 해도 웃음이 나지만, 웃고 나면 곧 잊어버리게 된다. 기본적으로는 깊이도 중심도 없는 시청각적 패스트푸드인 셈이다. 이런 작품은 대뇌를 휴식 상태로 유지하기 위해 전력을 다하며, 현실을 해석하거나 역사를 해석하려 들지 않는다. 어떤 논리적 사고의 유입도 없고, 어떤 감정도 개입될 수 없다. 먹거나 마시면서 볼 수도 있고 수다를 떨거나 마작을 하면서도 볼 수 있다. 화장실에 다녀온 뒤에 나머지 일부를 볼 수도 있고, 자고 일어나서 일부를 볼 수도 있다. 어디서든 보기 시작할 수 있고, 어디서든 보다가 그만둘 수 있다. 중간중간 빠뜨리거나 순서를 뒤바꾸더라도 전혀 문제되지 않는다. 아무 이유가 없는데, 무슨 근거나 조리가 필요하겠는가?

여기서 신성하거나 세속적인 것의 구분은 모두 우스개가 될 뿐이다, 괴로움과 슬픔, 기쁨과 즐거움 또한 마찬가지로 우스개이며, 성공과 실패, 심각함이나 경박함…… 따위도 모두 우스개에 지나지 않는다. 그 안에서는 오직 하나의 감정, 오로지 진지하지 않기 위한 감정만이 존재한다. 언어가 규정한 정신적 가치 등급은 모두 뒤집어져 사라지고 존재하지 않는다. 결국 마지막에 이르러서는 웃음조차 나오지 않을 정도가 되며, 웃음은 광란으로 변해 광란밖에 남지 않는다. 더 뭘 바라랴? 웃음이란 아마도 유머라든지, 지나친 지식, 이해, 의미 등으로 인한 죄악과 관련될 것이다. 그러나 광란은 철저하게 평준화되고 즉물화된 웃음으로서 단지 순수한 감각의 폭발에 지나지 않는다. 그것은 언어적인 논리와 완전히 결별한다.

나는 라오무의 아들 둬둬가 어떻게 텔레비전을 보는지 주의 깊게 관찰했다. 둬둬는 소파에 드러누워서 전자 게임기를 손에 들고 흔들다 스크린을 얼척 없이 흘긋 돌아보았다. 그때 그 얼굴에는 어떤 표정도 드러나지 않았는데, 마치 스크린 속 남녀의 얼굴에 사실 아무런 슬픔이나 기쁨이 드러나지 않는 것과 마찬가지였다. 그들은 단지 극단적으로 과장된 표정과 동작으로 광란의 발작을 하고 있을 따름이었다. 미쳐 날뛰며 눈썹을 치뜨고 눈알을 굴리며 아래위로 펄쩍펄쩍 뛰어 오르내린다. 미쳐 날뛰며 슬픔과 기쁨이 일으키는 근육 운동을 본뜨고 음향 효과를 낼 따름인 것이다.

"너는…… 하하하하하하!"

이상한 목소리로 말하기 때문에 웃을 수밖에 없다.

"나도…… 하하하하하하!"

귀신 얼굴을 하고 장단을 맞추기 때문에 또 한 번 웃게 된다.

와우! 예!

뒤뒤는 감탄사를 연발했지만 웃지는 않았다. 스크린 속에서는 잇달아 기계로 지어낸 듯 가식적인 웃음소리가 흘러나오며 뒤뒤를 유혹해 억지로 웃게 만드는 것만 같았다. 그 소리는 마치 펑크 난 타이어처럼 피식댔다.

펑크 난 타이어는 웃지 않는 얼굴로, 그래도 뭐가 좋은지 자꾸만 "웃겨, 웃겨"를 연발하고 딸기를 먹으며 게임기를 두드려댔다.

나는 뒤뒤에게 도대체 뭐가 그렇게 웃긴지 물었다.

이 얼척 없는 시청자는 두 눈을 껌뻑이더니 아무 말도 하지 못하고, 또 어떤 대답을 해야 한다는 책임감도 느끼지 못했다. 다만 주먹으로 무릎 근처를 세게 두드리더니 무공 고수의 몸놀림으로 스스로에게 놀란 표정을 짓고 텔레비전 속 배우처럼 그렇게 억지웃음을 유도했다.

친근함

나쁜 학생은 종종 좋은 학생에 비해 스승에게 더 복잡한 감정을 품는다. 일단 학교를 떠나면 나쁜 학생은 좋은 학생보다 더 자주 모교를 찾아 스승과 만난다. 친밀함이란 아주 특수한 것으로, 언제나 가까운 사이에 화목해서 얻어지는 결과는 아니며, 때로는 가까운 사이에 충돌해서 얻어지는 결과에 더욱 가깝다는 사실을 알 수 있다. '가깝다'는 것이야말로 관건이다. 좋은 학생은 성적이 너무 좋기 때문에 스승의 근심을 너무 많이 덜어준다. 학교를 빼먹지도 않고, 보충수업을 받지도 않으며, 꾸지람을 듣지도 않고, 상담을 받지도 않는다. 스승은 그들을 교실 밖으로 쫓아내지도 않고, 가정 방문 따위도 자주 할 필요가 없다. 더욱이 그들은 스승에게 욕을 얻어먹은 끝에 울어본 적도 없고, 맞고 나서 밥을 얻어먹은 적도 없다. 오히려 학생들 가운데 늘 소란을 일으키고 선생님과 '맞는 일이 아니면 서로 알 길도 없고', 맞지 않으면 서로 가까워지거나 친해질 리도 없으며,

끊임없이 잘못을 저지르는 학생이, 그래서 더욱 스승의 관심을 받는다. 엉뚱한 짓을 저지르고 다니기 때문에 오히려 스승의 목소리와 다채로운 표정을 접할 기회를 많이 갖게 되는 것이다. 설사 그 마음이 줄곧 원망과 미움뿐이었다 해도 가끔은 그 외의 어떤 감정이 남아서 기억 속에 더더욱 깊은 인상을 새긴다. 원망과 미움의 감정은 세월이 지남에 따라 희미해지고, 일부는 어른의 관점에서 과거와 화해하기 때문에, 기억 속의 깊은 인상은 아주 따스하고 부드러운 형태로 남게 된다.

또한 나쁜 학생이 반드시 나쁜 사람인 것은 아니며, 대부분은 단지 제자리를 찾지 못하거나 관리하는 질서에 걸맞지 않은 부류일 따름이다. 강의실이나 과제, 학칙 등 현대의 이성적인 성문법에 그다지 적응하지 못한 사람인 것이다. 이런 의미에서 나쁜 학생은 실제적인 것에 더욱 관심을 쏟으며, 구체적인 이미지를 가깝게 여기는 반면 화려한 어휘를 멀리하는 사람이다. 예를 들어, 그들은 살아 있는 쥐 한 마리가 수학적인 측량보다 더 중요하다 여기고, 살아 있는 물고기 한 마리가 어법을 운용하는 문제보다 더 중요하다 여기고, 한 번의 싸움과 복수를 앞으로 받게 될 졸업 증서로 나라에 공을 세우는 것보다 훨씬 더 마음에 담는 사람이다. 그들은 또한 미술, 체육, 노동 등의 '노는' 과목을 더 좋아하며, 주요 과목은 좋아하지 않는다. 그들은 교재에 실려 있는 삽화를 더 좋아하고, 그에 대한 해석과 의미를 좋아하지 않는다. 만약 그들이 그 후 스승에 대해 더 깊은 인정을 느끼게 된다면, 그것은 그들이 본래 예민한 감수성과 기억을 지니고 있기 때문일 것이다. 그들은 원래 더욱 예민하고 깊은 감수성과 기억을 지녔다. 어쩌면 원하는 것을 마음 내키는 대로 저지르는 기질과 법과 질서를 무시하는 대담함이 그들의 감정적인 부분을 유지하게 했을는지 모른다. 적어도 그 덕분에 질서에 의해 억제되는 감정을 조금은 쉽게 보호할 수 있었을 것이다. 나 같은 이른바 좋은 학생은 학교 안의 규칙대로 움직이며 오로지 문자에 의지해서 지혜를 키우고 감각을 봉쇄하며 감정을 메마르게 한다. 물론 말썽꾸러기에 비해 약간의 수학과 어법을 더 배우지만 실재하는 대상을 파악하는 능력은 오히려 떨어진다.

인간의 성숙이란 결국 사회의 규범을 받아들이는 과정이며, 주어진 본분을 깨닫고 주변의 사물과 적당한 거리를 유지하는 과정이다. 이는 곧 문명화된 교육의 목적이다. 포르투갈 작가 페소아는 이렇게 말했다. "영원과는 지나치게 가까워질 필요가 없다. 그래서 고귀한 것이다." 심지어는 이런 말도 했다. "진정한 귀족은 세상의 어떤 물건도 만진 적이 없다."(《불안의 책》) 여기서 "지나치게 가까워질 필요가 없다"라는 원칙은 사람의 감정이 더욱 자주 예의의 형태로, 더욱 자주 이성적인 조처를 통해 드러난다는 사실을 의미한다. 그것은 갖가지 존경의 대상을 쉽사리 가늠하게 하고 어떤 인물에 대해 감탄하도록 만들지만 가까워질 수 없게 한다. 그러나 어찌할 수 없는 사실은, 사회의 규범이 눈물을 거두어가기 때문에 슬픔과 즐거움 같은 감정이 동할 때 사람은 눈물을 흘림으로써 비로소 모든 감정적 보상과 도덕적 책임을 다하게 된다는 점이다. 위대한 사람이나 은인, 친척이나 친구 등의 모든 고인에 대해 슬픔이 참을 수 없이 치솟을 때 말이다. 심장이 없는 소인배나 패륜아가 될 수는 없는 일이니까.

그래서 성숙은 또 하나의 규칙을 의미한다. 가까운 사람을 잃었을 때는 가까운 사람을 위해 친한 척을 잘해야 한다.

나는 마침내 흐느껴 울었다. 눈물의 원인은 내가 더 이상 후련할 정도로 목 놓아 울 수 없게 되었다는 사실을 서서히 깨닫게 했고, 충분히 울 수 없기 때문에 느껴지는 죄책감을 서서히 떠올리게 했다. 나는 이렇게 스승의 장례식에서 코끝이 찡해졌다.

미신

민간의 미신은 대개 감각적 유사성, 특히 시각적 유사성에 의존한다. 중국에서 자주 사용되는 '형상사유'라는 말과 상당히 가깝다. 돼지 족발은 사람의 발에 도움이 되며, 돼지 허파는 사람 허파에 도움이 되고, 돼지 오줌보는 사람의 신장에 도움이 되며, 돼지 뇌는 사람 뇌에 도움이 된다. 인식론적 관점에서, 이처럼 소박한 형상사유는 미신의 기초라고 할 것이다. 머리가 눈을 따름으로써 사람의 몸과 돼지의 몸 사이에 직관적인 연상을 발휘하는 것인데, 반드시 어떤 이치가 그 안에 있다고 할 수는 없지만 그래도 도움이 되면 되었지 해가 될 것은 없다.

상대적으로 고차원적인 미신 또한 마찬가지로 직관에 의존한다. 다만 연상 대상 사이의 거리가 보다 멀고 왜곡되었으며 논리가 그다지 명확하지 않을 따름이다. 예를 들어, 시골에서는 여성이 씨를 뿌려서는 안 된다고 믿는데, 씨 뿌리는 행위가 남성의 사정 행위와 유사하기 때문이다. 까마귀가 흉조를 의미한다고 믿는 것은 까마귀 울음소리가 횡액을 당한 자의 통곡처럼 들리기 때문이다. 시체를 땅에 묻고 웬만하면 태우려 하지 않는 것은 사람의 형상이 온전하게 남아 있으면 그가 잠들었을 뿐 사라진 게 아니라고 생각되기 때문이다. 그저 잠에서 깨어나지 못할 뿐인데 불에 태우면 고통을 느낄 게 아닌가? 어찌 그 자손이 자기 조상에게 그렇게 잔혹한 짓을 저지를 수 있단 말인가?

만약 이런 미신이 인간의 삶을 제한하게 된다면 해악이 될 수 있다. 영국 인류학자 프레이저는 유사의 법칙에 대해 말하면서 이 원리가 주술의 기초 가운데 하나라고 여겼다. 비슷하다고 여기는 것을 동일하다고 간주한다면, 유사성을 느끼고 난 뒤 구체적인 이미지는 혼동을 일으킨다. 프레이저는 또한 이를 통해 종교의 기원을 이야기한다. 예를 들어, 유대교와 기독교의 탄생 이전에 인류는 식물의 생장 주기에 깊은 인상을 받았고, 식물신의 죽음과 부활에 관한 갖가지 전설을 만들어냈다. 이는 훗날 《성경》에서 예수가 '죽었다가 다시 살아난' 이야기의 원형이다.(《황금가지》) 식물에서 예수에 이르기까지, 삶과 죽음에는 식물의 생장 순환을 유사한 것으로 상상하는 과정이 존재한다.

나는 이런 일을 겪은 적이 있다. 타이핑쉬에 신혼 부부 한 쌍이 생겼다. 신랑은 바로 우리가 삽대했던 마을에 살던 우메이쯔의 육촌 동생이었다.

혼례는 아주 성대했다. 여남은 개의 잔칫상이 차려졌고 현에서 영화를 상영하는 문화선전대까지 와서 스크린을 걸고 16밀리 영화를 상영했다. 그 정도면 친척과 마을 사람을 충분히 대접했다고 말할 수 있을 것이다. 예상치 못했던 일은 그때까지 멀쩡하던 영사기가 이날은 영상만 돌아가고 소리는 나지 않았다는 점이다. 스크린에서 속에서 펄쩍펄쩍 뛰는 팔로군과 일본 쪽발이는 모두 괴상한 벙어리로 보였다. 우메이쯔는 나무 위로 기어 올라가 확성기를 검사하다가 발을 잘못 짚어 떨어지는 바람에 보건소로 업혀 갔다. 생산 대장은 농장으로 확성기를 빌리러 뛰어갔지만 사람을 찾을 수 없었다. 영사기를 돌리던 문화선전대 대원은 식은땀을 뻘뻘 흘리며 저녁 내내 안절부절못했다. 그러나 방법이 없었기에 사람들에게 무언극을 틀어줄 수밖에 없었다.

영사기를 돌리던 대원은 너무도 미안한 나머지 혼주의 돈을 받지 않았다.

이 일은 친척과 마을 사람을 깜짝 놀라게 만들었다. 혼례식 날 줄곧 무언극을 봐야 했기 때문에, 신혼부부가 틀림없이 벙어리 자식을 낳을 거라고 생각했던 것이다. 여기서 이들의 직관적 연상 능력에 경의를 표하지 않을 수 없다. 풍부한 상상력과 비약적인 전개에 대해서도 감탄을 금할 수 없다. 단지 영화 상영 실패만으로 미래를 예견하는 그런 능력 말이다. 여론은 걷잡을 수 없을 정도로 퍼져나갔다. 우리가 충분히 예측할 수 있는 것처럼, 이런 소문의 압력 속에서 부부는 늘상 다투기 일쑤였고 반년 뒤에는 결국 이혼하고 말았다.

입소문

다터우는 지식청년 가운데 유명한 게으름뱅이였는데도 영광스러운 모범 노동자로 표창을 받았으니 참으로 불가사의한 일이다. 한번은 다터우가 내 생선 구이를 먹고 내 이불 속으로 기어들어와서는 남몰래 명예를 획득하는 비방을 알려주었다.

"이렇게 된 거야. 잘 기억해둬. 보통 때는 일을 안 해도 돼. 아니면 조금 해도 되고. 한 번 할 때 사람들이 다 놀라게 제대로 해야 해. 논에 들어가면 온몸이 진흙투성이가 되도록 얼굴이랑 머리에도 좀 묻혀주는 게 좋아. 누가 보든 깜짝 놀라도록 말이야. 약간의 화장이 필요한 거지. 그리고 힘든 일은 뺏어서 하는 거야. 다른 사람이 100번 나르면, 너는 150번 나르도록 해. 다른 사람들이 들고 걸으면, 너는 들고 뛰도록 해. 지게 멜대를 두어 번 부러뜨리는 게 가장 좋지. 이를 악물고 끌어대는 거야. 큰 소리를 지르고, 이 사람 저 사람 욕하고, 누가 못 움직이는 것 같으면 가서 발로 한 번 치주도록 해. 대장 노릇을 하는 거야. 모든 사람을 꼼짝 못 하게 해야 해. 기억할 수 있지?"

다터우는 또 이렇게 말했다. "뭔가에 손이 베기라도 하면 그거야말로 하늘이 내린 기회야. 절대로 피를 닦아내지 말고 그냥 흐르게 두고 사람들이 보게 해."

상처에 딱지가 앉으면 떼어내서 언제나 붉은 피가 철철 흐르도록 해야 시각적 효과가 두드러진다. 이런 것들이 모두 사람들에게 강렬한 인상을 남겨 전설을 만든다. 일단 소문이 퍼지면 가까운 곳이나 먼 곳에 있는 사람들이 모두 농촌에 내려온 지식청년 가운데 목숨을 걸고 일하는 장한 청년이 있다고 말하게 된다는 것이다.

"너를 잘 아는 사람들은 그 말에 동의하지 않을 수도 있어. 네가 실제로 얼마나 게으른지, 죽으면 죽었지 힘든 일은 못 참는다는 걸 잘 알고 있으니까. 너는 다른 사람을 돕기는커녕 제 앞가림에 급급한 놈이라는 걸

친구들은 알고 있겠지. 밭에 나가면 숨어서 잠만 자면서 힘든 일이라도 좀 시키려면 가슴을 움켜쥐고 아픈 척을 한다는 사실을. 그래도 상관없어. 지나가는 개가 방귀 뀌는 소리라고 생각해. 그들도 언젠가는 여론에 굴복할 테니까. 여론이라는 건 말이야, 밑도 끝도 없이 퍼져나가는 거야. 그들은 결국 사람들에게 널 칭찬하게 될걸. 네가 표창을 받거나 심지어 특권을 누린다 해도 당연하다고 생각할 거야. 농부들이 하는 말이 있지. '네 업적은 베이징에 보고될 거고, 네 문제는 결국 법정에서 재판을 받을 것이다.' 모든 일은 사람의 입에 달려 있는 거야. 안 그래?"

다터우는 정말이지 똑똑한 놈이었고, 입소문의 비결을 꿰뚫고 있었다. 몇 년 뒤 다터우가 해준 말을 생각해보니, 그는 스승도 없이 독학한 심리학자였던 것 같다. 사람이 전하는 말이라는 것은 정보의 압축이 아니라 '주요 특징'에 대한 묘사라는 사실을 진즉 깨달았던 것이다. 사람은 연관된 모든 것의 정보를 전할 수 없으며, 심지어 이 전부를 획득할 수도 없다. 그래서 어떤 감각이든 결국은 가려서 받아들이며, 정해진 사물의 주요 특징을 선택하게 되는 것이다. 예를 들어, 새빨간 피로 흥건하게 젖은 다리와 부러진 멜대는 인상이 그다지 강렬하지 않고 선명하지도 않으며 특별하지도 신기하지도 않은 대상에 대한 기억을 지운다. 그다지 자극적이지 않은 보통의 일을 모두 생략해버리는 것이다. 이것이야말로 "한 가지 결점이 백 가지 장점을 가린다"거나 "한 가지 장점이 백 가지 결점을 가린다"라는 속담이 가리키는 내용이다.

이런 규율에 기초해서 보건대, 대부분의 인도인은 피리를 불어 코브라를 다루는 능력 따위는 가지고 있지 않을 것이다. 그러나 전해지는 이야기 속에서 인도인은 언제나 이런 모습이다. 이런 환상은 너무도 확고부동해서 사람들은 인도에 가서 코브라가 없다는 사실을 발견하면 다른 나라에 온 것은 아닌가 하고 스스로 의심하게 된다. 대부분의 영국인 또한 지팡이나 턱시도, 실크해트를 갖추고 있지 않다. 그러나 전하는 말에 따르면, 영국 사람은 곧 이런 모습이다. 게다가 중국인의 머릿속에서 이 환상은 오랫동안 변함없었기 때문에, 그들이 영국에 간다면 지팡이가 없다는 사실만으로도 다른 나라에 온 것이라고 스스로 착각하게 된다. 반대로 수많은 외국인의 상상 속에서 중국인은 여자의 작은 발이나 남자의 긴 변발과 연관된다. 또는 수많은 차이나타운에서 볼 수 있는 금원보金元寶, 재신財神의 부적, 팔괘도八卦圖, 실공이 달린 신발, 뼈나 뿔로 만든 여의如意(불교에서 설법할 때 위용을 갖추기 위해 준비하는 도구로, 마고할미의 손 또는 영지를 닮은 운형으로 만든다 – 옮긴이), 양치용 쟁반이나 떨이개 등과 연관된다. 그런 골동품은 전자제품 대리점에는 물론이요, 현대의 타이완이나 홍콩에서도 발붙일 데가 없고, 현대의 중국 대륙에서도 마찬가지로 발붙일 데가 없다. 차이나타운으로 말할 것 같으면, 마치 어떤 도장의 모습이나 사극 장면을 연출하고 있는 것과 같아서, 몇백 년 전 동남아시아의 어촌에서 장사하던 장사꾼의 수필처럼 보인다. 이것은 물론 수많은 외국 관광객이 베이징이나 상하이의 높은 빌딩을 보고 느끼는 당혹감과 불만을 설명해준다. 관광 회사는 어떻게 이런 가짜 중국으로 우리를 골탕 먹이는 것인가?

전하는 말은 오류를 피하기 어렵다. 전하는 말은 대상이 실제적으로 어떤지는 관심이 없고, 다만 그 대상이 어떻게 묘사되었으며 얼마나 흥미롭게 묘사되었는지, 어떻게 듣는 사람의 감각과 기억을 좀 더 잘 이끌어내는지에 관심이 있다. 전하는 말이 언제나 대상의 진실에 책임을 지는 게 아니다. 아주 '객관적으로 사실을 추구하는' 상황에서조차 듣는 사람의 주관적 바람에 영향을 받거나, 듣는 사람의 미학적 혹은 지적 조건이 고려된다. 듣는 이의 호기심이나 신기한 것을 좋아하는 취향, 강렬한 감각적 자극 등에 대한 요구로 인해 종종 사실의 대부분이 버려지고 그 가운데 한 가지만 선택되는 것이다. 이렇듯 입에서 입으로 전해지는 힘이 작용함으로써, 전하는 말은 그 이야기의 모든 부분에서 말을 전하는 사람의 무의식적 가감이 이루어지며, 대상의 주요 특징은 여러 차례의 가감을 거쳐 점차 극단화되며, 중첩적으로 사실을 탈락시키고 과장함으로써 결국 신화를 지향하게 된다. 고도로 농축되고 강화된 전설을 지향하는 것이다. 보름 동안 게으름을 피우느라 세수를 하지 않을 수도 있는 다터우조차 전하는 말에 의해 모범적인 노동자라는 표창을 받고 붉은 띠를 두를 수 있었다. 그러니 어떤 사람이 전설 속에서 날아오르거나 죽지 않는 존재가 되거나, 종이로 장수를 만들고 콩을 뿌려 만든 병사를 이끌거나, 머리에 둥근 광휘를 두르거나 입에서 연꽃을 토해내거나, 바람과 구름을 부리고 산을 옮겨 바다를 메우는 따위의 일을 하는 것도 모두 그만한 이유가 있게 된다.

농촌에서의 일은 글로 기록한 것이 적고 입으로 전하는 것이 많으므로 거의 신화나 전설에 가깝다.

정서화

나는 이 앞에서 이옌징이 투옥된 일을 이야기한 적이 있다. 우리 가운데 누구도 생각지 못한 일이었다. 일의 전말은 이랬다. 그날 수업이 끝난 뒤, 이옌징은 낡은 오토바이에 올라타서 마누라를 태워다주는 길에 처갓집에 환풍기를 설치하려고 준비했다. 쇠파이프도 하나 챙기고 드릴 따위의 공구도 챙겼다. 사거리에서 신호등이 바뀌기를 기다리는데, 모터가 꺼지더니 어떻게 해도 시동이 걸리지 않았다. 덕분에 이옌징의 얼굴은 온통 식은땀 범벅이었다. 등 뒤에서 자동차가 미친 듯이 경적을 울려댔고, 그것도 모자라 머리통을 창밖으로 쑥 내밀고 쌍욕을 해댔다.

"이봐, 이봐! 착한 개새끼는 길을 안 막지! 빌어먹을 놈아! 저쪽으로 비켜라!"

"당신은 어째서 사람을 욕하는 거요?"

이옌징은 근시안경을 끼고 있었기 때문에 그 차가 경찰차라는 것을 알아보지 못했다.

"욕 좀 하면 어쩔 테냐?"

"욕이라는 건 야만적인 행위라고. 어서 사과를 하라고!"

"사는 게 지겨운가?"

몇 사람이 우르르 몰려나왔다. 이옌징은 가슴을 한 방 얻어맞았다. 앞으로 한 걸음 나서면서 렌즈 초점을 맞추자 한 사내가 뭔가를 꺼내 들더니 차갑게 가슴을 겨누는 것이 보였다. 총이었다!

"다, 다, 다, 당신들…… 이 총은…… 나를 쏘겠다고? 이건…… 불법이야……."

이옌징은 벌써 겁에 질린 상태였다.

"누가 널 쏜대?" 상대방은 빽을 갈겼다.

"누가 널 쏜다 그래?"

상대방은 총부리로 길가에 서 있는 구경꾼 가운데 하나를 가리키며 물었다.

"말해봐. 여기서 누가 사람을 치는 것 같아?"

그 사람은 놀라서 더듬대며 손가락으로 이옌징을 가리켰다.

"저 사람이요, 저 사람!"

상대방은 총부리로 또 다른 구경꾼을 가리키며 그에게 물었다.

"말해봐. 여기서 누가 사람을 치나?"

그 사람은 놀란 나머지 사람들 속에 숨으며 턱으로 이옌징을 가리켰다.

"봤겠지? 네놈이 바로 사람을 친 거다. 그것도 경찰을 친다고 위협했지. 그러고도 할 말이 있나?"

상대방은 총구를 이옌징의 머리에 대고 짓누르며 보란 듯이 비웃었다. 이옌징은 너무 화가 난 나머지 두 눈만 동그랗게 뜨고 입을 벌릴 따름이었다. 이옌징의 아내 또한 화가 나서 소리를 질렀지만, 또 다른 사내에게 쥐어박히느라 남편을 도울 방법이 없었다. 그녀는 두 눈을 멀쩡히 뜨고 남편이 사과하지 않으면 못 간다고 윽박지르는 사람들에게 벽 쪽으로 밀려나는 것을 보고 있어야만 했다. 그들의 오토바이 또한 길가로 밀려난 지 오래로, 한 사내의 발길질에 방향등이 깨졌고 타이어 휠은 휘었으며 체인 덮개는 쪼그라들었다. 총을 든 작자는 또 이렇게 말했다.

"오늘은 네놈 사정을 봐주지. 급한 일이 아니었다면 너희 연놈을 파출소에 처넣고 모기밥이라도 되게 하는 건데."

그는 말을 마치고 이옌징의 얼굴에 연기 한 모금을 뿜어댔다. 이옌징이 나중에 전한 말에 따르면, 이 연기 속에는 가래침까지 섞여 있었다.

예상치 못했던 일은 바로 그 순간 일어났다. 일이 일어난 뒤에 이옌징은 이 순간을 전혀 기억하지 못했고, 그의 아내 또한 이 일이 어떻게 일어난 것인지 제대로 설명하지 못했다. 그저 그때 그 총을 든 사내가 까닭 모르게 서서히 작아지면서 마치 무릎을 굽힌 것 같은 기괴한 자세를 취하더니 흰자위를 뒤집으며 우아하게 빙그르르 도는 모습이 보였다. 한 바퀴 조금 넘게 돌던 사내는 마침내 콰당 하는 소리와 함께 바닥에 쓰러졌다. 그러고 나서 이옌징의 아내는 총소리를 들었는데, 그 소리는 탕 탕 탕 탕 연속적으로 울렸다. 거리는 난장판이 됐고, 여자와 아이들의 비명 소리가 여기저기 들렸다. 그녀는 남편의 모습을 볼 수 없었다. 어디로 갔는지도 알 수 없었고, 소란 속에서 찾을 방법도 없었다. 그래서 홀로 난간 하나를 뛰어넘어 길가에 있는 남의 집으로 도망쳤다. 그녀는 나중에야 비로소 남편이 잡혀갔다는 사실을 알았다. 손에 든 쇠파이프로 파출소 경찰을 때려 중상을 입힌 죄였다. 상대방이 빙그르르 몸을 돌릴 때, 뒤통수가 아무래도 눈에 거슬려 저도 모르게 손을 들었던 것이다. 이옌징의 손에는 놀랍게도 쇠파이프가 들려 있었다.

이옌징은 유약한 지식인이었다. 우리가 시골에 내려가 있을 때 중국 최초의 인공위성 발사 소식이 들리자 이옌징은 뒷산으로 달려가 한참을 울었다. 어떤 과학자가 그에 앞서 나라에 공을 세울 기회를 빼앗아갔기 때문이다. 이옌징은 완벽한 책벌레였다. 바보는 바보짓을 하기 마련이다. 어째서 사람이 죽도록 팬단 말인가? 일이 일어난 뒤에 그 자신도 매우 후회했다. 이옌징은 그렇게까지 상처가 클 줄 몰랐다고 말했다. 그저 수박을 쪼갤 때처럼 내리친 것뿐인데, 뇌수가 튈 지경으로 엉망이 된 사람 머리가 하수도에 나뒹굴게 된 것이다. 이옌징은 당시의 자세 따위를 기억해내려고 안간힘을 썼다. 자기가 팔을 휘두르던 각도와 힘을 계산해내면, 마치 정확한 계산을 통해 머리통에 난 구멍과 자신이 아무 관련도 없다는 사실을 증명할 수 있는 것처럼.

유일하게 가능한 해석은 이옌징이 그 순간 완전히 자기 통제를 상실하고 이성을 잃어서 감정적으로 행동했다는 것이다. 감정이란 위험한 물건이어서 종종 주도면밀한 사고와는 전혀 관계가 없다. 또는 한 사람의 성격이나 처세관과도 관계가 없다. 희미한 비웃음, 머리를 겨눈 총구, 한 모금의 연기, 가죽 구두 아래서 덜그럭거리며 부서지는 오토바이, 이런 것들은 모욕과 능멸의 기호를 구성하며 사람의 감정을 순식간에 끓어오르거나 폭발하게 만든다. 바꾸어 말하자면, 감정대로 일을 처리할 때 우리의 대뇌는 종종 자극적인 이미지를 되살리며, 추상적인 개념과 논리의 사슬을 쉽게 끊고 만다. 당사자가 자기 자신의 행위를 전혀 통제할 수 없게 만드는 것이다. 비교해보자면, 당시 갈등을 일으켰던 상대방은 매우 냉정했다. 그들이 이옌징에게 폭력을 휘두르며 미친 듯이 굴었을지라도, 결국 그들은 사람을 때려죽이지도 않았고 대기를 향해 공포탄을 몇 발 날렸을 뿐이다.

그들은 틀림없이 길에서 무고한 사람을 다치게 해서는 안 된다고 생각했을 것이다. 그들의 머릿속에는 사리판단의 기준과 문서화된 법률이 여전히 남아 있었다. 그것은 감정에 의한 행동이 아니었다.

성숙한 문명인 사이에서 '감정적 일처리'는 종종 폄하의 뜻을 띤다. 비일상적인 생활이나 규범에서의 일탈을 의미하는 것이다. 닭싸움이나 개싸움에 칼을 빼들고 사람을 잡거나, 주색잡기로 인해 자제력을 잃거나, 미인의 미소를 한 번 보고자 강산을 저버리거나…… 이 모든 것이 감정적 일처리가 주는 교훈이다. 우리 외할머니나 할머니는 우리가 성인이 된 뒤 바보 같은 짓을 하거나, 손해를 보거나, 나라와 민족에 해가 되는 행동을 하지 않도록 몇 번이나 같은 말을 되풀이했는지 모른다. 여기서 '일반'적이라든가 '규범' 따위는 사람들이 이익에 대해 이성적으로 파악한 것이며, 이로움을 추구하고 해로움을 물리치는 모든 경험의 총화이고, 적어도 득실의 평형점을 가리킨다. 그날의 사건은 이 평형점을 넘어섰다. 마치 뭔가에 홀린 듯 잠깐 참지 못한 것이 큰 화를 불러일으켰다. 그 후환은 사람들에게 그럴 만한 가치가 없다는 사실을 깨우치게 한다. 그런 까닭에 문명사회에서는 이 점과 관련해 일찍부터 공적 계약을 맺고 있었다. 감정적으로 일처리를 해서는 안 된다. 이성이야말로 일을 처리하는 가장 좋은 방법이다.

이것이 바로 현대 '도박 이론'의 출발점이며, 수많은 현대 과학 이론 체계에 내재한 논리다. 이 논리에 따르면 사람은 이익 추구자이며 이익에 대해 이성적으로 인식한다. 모든 행위는 이익과 권한의 평형에서 도출되며, 따라서 예측과 추정이 가능하다. 마치 바둑이나 카드 게임에서 보이는 각종 변화처럼 완전히 법칙에 따르는 것이다. 데카르트나 애덤 스미스 같은 사상가의 손에서 인간은 이처럼 진지하고 성숙하게 사고하는 존재로 그려지며, 이성에서 시작해 이성으로 끝을 갈무리하는 계몽주의적인 모범으로 완성되었다.

도박 이론의 대표적 사례로 '침묵하는 승객'이 있다. 이 케이스의 내용은 다음과 같다. 달리는 자동차에 강도 한 명과 승객 두 명이 타고 있다고 가정해보자. 승객은 자기 이익을 위해 다음과 같이 선택할 가능성이 있다. 첫째, 두 승객이 함께 저항을 선택한다. 일정 정도 손실이 뒤따르기는 하겠지만, 강도를 제압할 수 있으므로 두 사람이 각각 1의 이득을 얻는다. 둘째, 한 사람의 승객이 저항을 선택한다. 강도가 지나치게 흉포하기 때문에 물건은 물론 생명을 잃을 수도 있다. 손해 정도는 -8이다. 그러나 침묵을 선택한 다른 한 사람의 승객은 혼란 중에 이익을 얻을 수도 있다. 예를 들어, 기회를 틈타 도망칠 수도 있기 때문에 이익 지수는 6이다. 셋째, 두 승객이 모두 침묵과 복종을 선택할 경우, 물건을 잃을 수는 있지만 생명을 잃을 위험은 피할 수 있다. 이익 지수는 -2다.

도박 이론은 두 승객이 동시에 저항을 선택하는 것이 물론 가장 좋은 것이라고 추정한다. 그러나 그들 사이에는 강도를 대비하려는 사전 계약이 없었거나 설사 계약했더라도 서로 간의 믿음이 부족해 첫 번째를 선택하지 않을 것이다. 또한 두 번째 방식을 선택함으로써 자신을 희생해 남을 이롭게 할 리도 없다. 따라서 결국 세 번째 방법이 남을 뿐이며, 대부분의 경우 강도의 위협을 받으면 모두들 침묵으로 대응한다. 최선의 방법을 선택하지는 않더라도, 최악의 결과는 피하게 되는 것이다.

만약 사람들이 확실하게 '이익에 따라 이성적으로 행동하는 인간형'이라면 도박 이론은 물론 반박할 여지가 없다. 우리는 수많은 일상적 행위와 역사적 사건에서 그 증거를 확인할 수 있다. 문제는 여기에 있다. 사람은 피와 살로 된 몸을 가지고 있으며, 사람의 심리와 정신적 사고는 바둑이나 카드 게임에만 한정되는 게 아니라는 사실 말이다. 개인이든 집단이든, 인간은 언제 감정적인 폭력에 호소하게 될는지 모른다. 아마도 손에 잡히는 대로 집어 던져 깨부수고 판을 뒤엎어버릴 것이다. 도박 이론에 등장하는 규범적인 공식은 여기에 전혀 존재하지 않는다. 이스라엘 최대 일간지 〈예디오트 아하로노트〉는 2002년 초에 중동의 위기 상황에 대해 여론 조사를 실시한 바 있다. 그 결과는 다음과 같다. 74퍼센트에 이르는 이스라엘 사람들이 정부의 암살 정책에 찬성하며, 이런 방법으로 팔레스타인에 대한 조직적 테러 행위에 대응하는 데 동의했다. 그러나 45퍼센트의 인터뷰 대상자는 이런 대응이 오히려 테러 행위를 조장할 뿐이라고 생각했고, 31퍼센트는 테러에 전혀 도움이 안 된다고 생각했으며, 다만 22퍼센트만이 이런 방식으로 테러를 막을 수 있다고 생각했다. 이것은 이스라엘 사람들 대부분 암살 정책이 장차 자신의 이익을 훼손할 수도 있다는 사실을 몰랐던 게 전혀 아니라는 점을 시사한다. 아주 분명하게도, 그들은 이 순간 대부분 '이익에 따라 이상적으로 행동하는 인간형'이 아니었던 것이다. 그들은 도박 이론의 가설에 부합하지 않는다. 다만 시뻘겋게 눈을 붉히고 거친 숨을 씩씩 몰아쉬며 심사가 뒤틀린 감정적인 사람들이다. 그들의 눈은 이미 시뻘건 피로 물들고, 코에서는 더운 김이 피어오르며, 귀는 통곡 소리로 꽉 막히고, 입안은 짭조름한 눈물로 젖어 있다. 두 발은 부서진 기와와 자갈 속에 뿌리박혀 있다. 구급차의 사이렌 소리와 날아다니는 핏물과 살덩이가 안전한 이익을 도모하는 이성적인 계획을 대체하고 가장 급박하고 중요한 사고의 초점을 장악한다. 그들은 아마 여전히 이익을 추구할 것이다. 다만 분노가 이미 그들의 최대 이익이 되었을 따름이다. 그래서 쇠파이프를 집어 든 이옌징처럼 앞으로 일어날 일 때문에 스스로도 믿을 수 없는 결과를 기꺼이 감수하게 된다.

이옌징은 나중에 노련한 변호사를 고용해 쌍방 과실을 해명함으로써 법정 조정에 성공했다. 이옌징은 형사처분을 면제받았다. 다만 자신이 20여 년 동안 힘써 일한 대가인 18만 위안을 지불했을 뿐이다.

감각관성

어떤 나라의 도시에서는 교통 위반율을 낮추려고 거리에 플라스틱 경찰 모형을 세워놓는다. 마치 중국 농민이 밭둑에 짚으로 허수아비를 세워 참새를 놀래는 것처럼 말이다. 놀랍게도 이 방식은 효과가 있다. 사람들도 그 경찰이 가짜라는 사실을 '알고', 참새도 그 사람이 가짜라는 사실을

'알지만', 두려운 존재의 형상이 시야에 들어왔다는 사실만으로 '허상'은 '진실'을 압도한다. 눈 깜짝할 사이 가짜는 진짜가 되고, 충분한 전율과 공포를 자아낸다. 이것이 바로 심리 지각이 순간적으로 가상 이미지의 조종과 통제를 받는 과정이다. 일종의 시각적 조건 반사인 셈이다.

혁명 기간에는 이런 일도 있었다. 어떤 사람이 실수로 지도자의 석고상을 깨뜨린 뒤에 꿇어앉아 사흘 동안이나 속죄했다. 지도자에 대한 숭배가 석고상으로 옮아간 것이다. 마치 주술사가 종이 인형에 바늘을 잔뜩 꽂거나 짚으로 만든 인형을 태우고 밀가루로 만든 사람 모형을 찌는 따위로 원수에게 악독한 복수를 하는 것처럼. 이런 행위는 종이 인형, 짚 인형, 밀가루 인형 따위와 현실의 원수를 동일시하는데, 여기에는 반드시 내재적 연관과 유사성이 필요하다. 가상 이미지가 실제 대상을 대체함으로써, 눈 깜짝할 사이 가짜는 진짜가 되고, 그것만으로 심리적 만족을 얻을 수 있다. 외형적 유사성에 대한 이처럼 깊고 깊은 매혹은 감각관성感覺慣性의 또 다른 표현이라 해도 크게 틀리지 않다.

몇 년 전, 나는 해외에서 독일 기자 한 사람과 물오른 버들처럼 가녀리고 모기처럼 목소리가 작은 그의 홍콩 출신 부인을 만났다. 두 사람은 모두 쉰이 넘었고, 무척이나 친절하고 다정했다. 인터뷰를 무사히 마치고 나서 우리는 함께 커피를 마시러 갔다. 독일인 기자가 불쑥 이런 말을 꺼냈다.

"괜찮다면 정식 인터뷰와 상관없이 질문을 하나 해도 될까요? 왜 그렇게 자주 웃으시죠?"

나는 질문의 의도를 잘 알 수 없었다. 그는 약간 미안한 듯이 주저하며 깍지를 끼고 있던 열 개의 손가락을 쫙 펴면서 어떻게 설명해야 할지 모르겠다는 손짓을 해 보였고 부인과 독일어로 몇 마디를 수군댔다.

"제 뜻은 이런 겁니다. 저는 당신이 쓴 작품을 몇 개 읽었고, 또 좋아합니다. 그리고 당신이 특별히 침울하거나 괴팍한 데가 있는 사람은 아니라는 사실을 알겠어요(이렇게까지 자세하고 분명하게 통역을 맡아준 부인께 감사를 드린다). 하지만 그 가운데는 분명히 무거운 부분도 있죠. 그래서 실제로 당신을 만나고 나서 조금 의외라는 생각이 들더군요. 웃는 것을 굉장히 좋아하는 분이잖아요. 물론 그건 좋은 일이죠(나는 그 부인이 친절하게도 이 말을 덧붙인 게 아닌가 생각한다). 하지만…… 당신이 조금 덜 자주 웃는 사람이었다면 더 좋았을 것 같아서요. 아마 더 작가다웠을 거예요. 진정한 중국 작가 같았겠죠. 안 그런가요?"

기자는 의미심장한 눈빛으로 지긋이 나를 바라보았다.

나는 그때 내가 어떤 대답을 했는지 기억하지 못한다. 얼핏 기억하기로 당시 내 대답은 어설픈 데다 중언부언이었고 도무지 말이 되지 않았다. 호텔에 돌아와서야 비로소 이치에 닿는 몇 마디를 생각해냈기 때문에, 그 사람이 탄 차를 쫓아가 답을 들려주지 못하는 게 아쉬울 따름이었다. 작가는 왜 웃으면 안 되는가? 중국 작가는 왜 웃을 수 없는가? 이것은 정말이지 이상한 문제다. 나는 물론 하루 종일 침울한 얼굴을 하고 있을 수도 있다. 두 눈에 괴로움과 슬픔, 억울함을 가득 담은 채 온종일 말없이 깊은 생각에 잠길 수도 있다. 그래야 비로소 작가 또는 중국 작가다운가? 그래야 비로소 독자의 존경과 외국인의 사랑을 받을 수 있나? 그런가? 나는 그렇지 않기 때문에 사람들에게 실망을 주고 이상하게 여겨지는 걸까? 사람들은 전시회나 영화, 또는 신문과 잡지에서 이런 사람을 너무 많이 보았다. 전 세계의, 몇천 년에 이르는 피와 눈물의 역사 속에서 수난을 겪은 사람을 너무 많이 보았기 때문에, 그들을 보면서 죽음과 절대적인 권력처럼 사람들을 놀래는 사건을 떠올리기 때문에 내가 웃는 것을 용납하지 못하는 것이다. 내가 웃음으로써 사람들의 문화적 취향이 망가지기 때문이다. 그렇지 않은가?

중국은 내 아버지 세대와 내 청춘 그리고 내 숨결이 녹아 있는 뜨거운 흙이다. 만 걸음 양보해서, 오늘날 중국이 햇살 한 점 없이 어두운 노예 사회라고 해도, 내겐 웃을 권리가 있지 않은가? 유럽에서, 그리스나 로마 시대에 사람은 웃지 않았을까? 설자 현재의 중국이 털도 뽑지 않은 고기를 먹고 짐승의 피까지 마시는 원시 사회거나 백성들이 도탄에 빠진 난세라 해도, 내게는 또한 웃을 권리가 있지 않은가? 독일 사람은 자동차, 텔레비전, 신용카드, 수세식 양변기와 충분한 빵이 없던 시대에는 웃지 않았는가? 솔직히 말하자면, 나는 중국에 있을 때 더 자주 웃었다. 여기에 와서 나는 아직 시차에 적응하지 못했고, 매너를 지키지 않으면 안 되었고, 소리 없이 웃는 서양 사람의 우아함을 배우지 않으면 안 되었다. 이 모든 것이 나를 질식하게 만들고 있다는 것을 당신은 아는가?

웃는 자유를 포함해서, 사람이 진정한 자유를 누리는 것은 매우 힘들다. 문화 매체와 사회 관습은 사람이 어떻게 살아야 하는지 '가르친다'. 그것은 사람에게 각각의 신분에 맞는 표정을 부여한다. 가령 모든 작가는 웃지 않는 편이 좋다든지, 소녀는 신경이 예민하기 때문에 바퀴벌레 한 마리만 봐도 손으로 작은 입을 가리고 팔짝팔짝 뛰며 크게 소리를 지른다든지, 정치가는 자애로운 얼굴을 하고 어떤 공공장소에서든 천둥 번개가 내려치더라도 일그러지지 않는 미소를 지어 보임으로써 정치권력의 왕도를 드러내 보이고, 패도覇道가 아닌 품격을 과시해야 한다든지. 문화 매체와 사회 관습은 또한 갖가지 감정적 상황에 맞는 감정적 표현 방식을 부여한다. 만약 새가 울고 꽃이 피는 아름다운 풍경 속이라면 사랑하는 연인의 감정이 고조되어 반백의 노부인이라도 폴짝거리며 사람을 쫓아다니거나 나무를 빙빙 돌면서 숨바꼭질을 할 수 있다. 물결이 도도하게 밀려오는 바닷가의 절벽 위에서라면 역사의 흥망성쇠와 그 진실의 깊이에 약간의 감정을 느끼고 위대한 사람의 철리哲理에 관해 몇 마디쯤 하고 싶다가도 곧 입을 다물게 될 것이다. 수많은 영화에 나오는 몽타주 기법이 이런 상투적 이미지를 구성하지 않는가, 시각적 전제를 수립하고 공고하게 만들지 않았던가? 사람들은 모두 이런 신분과 감정적 표현의 결합을 이해하고 수행한다. 긴 세월이 흐름에 따라 사람들은 감정적 표현을 정리하는 몇 가지 법칙과 규율, 질서를 만들어냈고, 거기서 벗어나 멋대로 행동하는 것을 용납하지 않으며, 반대의 경우에는 곧 "눈에 차지 않는다"고 여긴다.

S군은 이미 이런 관성에 적응했다. 그는 어떤 장소에서나 체온이 급격히 강하한 것 같은 냉담한 얼굴로 두 눈을 부릅뜨고 마치 상상 속 원수나 처참한 무덤 따위를 노려보듯 응시하는 시선을 보내곤 했다. 게다가 때로는 사람들에게 색다른 옆모습을 보이며 하관이 분명한 아래턱을 드러내곤 했다. 나는 일찍이 S군이 홍콩 잡지에 실었던 촬영에 관한 글을 보고 괜찮다고 생각해서 우리 잡지《톈야》에도 발표하도록 권했다. 독자에게 S군이 나라를 떠난 뒤의 창작 상황을 이해시키고 싶었기 때문이다. S군은 다급하게 안 돼, 안 돼, 절대 안 될 말이라고 거절했다. 나는 S군이 자신의 민감한 신분을 고려해서 우리에게 해를 끼치지 않으려 한다고 생각했다. 우리는 S군에게 나라 안의 사정이 그가 상상하듯 그렇게 무시무시하지는 않다고, 어쨌거나 지금은 문화대혁명 시기와는 다르다고 설명했다.

"당신 같은 색깔을 지닌 사람도 이미 적잖이 얼굴을 드러내고 신문, 잡지에 등장하니 별일 없을 겁니다."

나중에 S군의 친구 한 사람을 만날 때까지, 우리는 그가 왜 끝내 우리의 권유를 받아들이지 않았는지 몰랐다. 그 사람은 이렇게 말했다.

"어째 그리 바보 같아요? 그게 그 사람 밥그릇을 깨는 게 아니고 뭐요? 국내에서 글을 발표할 수 있다면, 그가 정치적 망명을 하고 있을 이유가 없잖소?"

1년 뒤에 S군은 '중국 독립영화계의 대표'라는 신분으로 해외에서 상을 받았다. S군은 수상 소감을 밝히는 자리에서 자신이 조국 땅에서 단 한 번도 작품을 발표한 적이 없다고 말했다. 자신이 일찍이 부주석

자리에 앉기 위해 애썼던 일이나 간부들에게 내부용 영화 초청장을 보냈던 이야기는 결코 발설하지 않았다. S군은 중국 정부를 화나게 했고, 관련 부처에서는 곧 그의 작품에 대한 금지령을 내렸으며, 줄곧 서점에 나와 팔리고 있던 그의 오래된 영화 두 편까지 수거했다. 이때에 이르러, S군은 진정한 독립예술가가 되었다. 정말이지 국내에서 다시는 어떤 발표물의 흔적도 찾아볼 수 없게 된 것이다. S군은 마침내 꿈에도 그리던, 서구인이 동정하고 비호해 마지않는 신분을 획득하고, 바보같이 그의 시도를 방해했던 나 같은 장애물을 멀리 던져버린 것이다. 그는 아마도 정부의 금지 명령에 내심 기뻐했을 것이다. 틀림없이 이 기쁨을 비밀에 부치고 공표하지 않았을 것이다. 이를 통해 신문이나 포스터 등에서 더더욱 심도 있게 다루어지며, 갖가지 저열한 영화 속에서 어둠 속의 빛처럼 반짝이며 감내하기 힘든 고통을 담은 눈동자를 빛낼 것이다. 또한 S군은 굳은 아래턱을 더더욱 힘주어 다물 것이다. 강철같이 냉정한 눈동자로 관객을 응시할 것이다.

S군은 영원히 미소 띤 얼굴을 보이지 않을 것이다. 다만 그 이후 나는 그의 얼굴을 보기만 하면 터져나오는 폭소를 참을 수가 없었다.

세월

시간은 갈수록 빨리 지나간다. 더욱이 최근 십여 년간은 속도가 너무 빨라서 순식간에 머리칼이 세어버린 것처럼 아무것도 제대로 볼 수가 없었다. 다 지나가고도 아무것도 지나가지 않은 것처럼.

돌이켜보면, 가장 인상 깊은 삶의 추억이란 역시 가장 고생했던 일에 대한 기억이다. 아직도 가슴 떨리는 그 기억은 거의 매일, 매시간, 매분 현실로 되살아날 것만 같다. 아마도 바로 이 기억의 상실을 두려워하기 때문에, 나는 계속해서 저도 모르게 고생을 사서 하는 것 같다. 아이들이 심심할 때 자기 손가락을 깨물어 아픔을 느끼듯 말이다. 나는 후난에서 하이난으로 옮겨 가서 군 주둔지의 낡고 단출한 단층집에 입주했다. 심각한 전력 부족 상황에 직면해서 매일 저녁 침침한 촛불을 켠 채 거리의 작은 점포에서 털털거리며 사방으로 연기를 날리는 자가 발전기를 바라보았다. 나는 또 물 부족 상황에도 맞서야 했다. 종종 밥을 지으려고 수도를 틀면 단수되기 일쑤인지라 물통을 들고 사방으로 물을 구하러 다녀야 했다. 목욕을 하려면 물론 해변이나 강변으로 나서야 했다. 이즈음 하이커우는 아직 대도시라고 할 수 없었고, 지방의 소도시나 조금 큰 어촌에 불과했다. 신호등도 부족했고, 하수도 시설도 미비했으며, 온 데가 다 푸른 논밭이거나 황무지였다. 야생 칠면조와 산토끼가 집 안으로 들락거리기도 했다. 게다가 시꺼먼 열대 개미떼가 언제 바글바글하게 담장으로 솟아오를지 모를 일이었다. 개미 떼는 흰 담장을 시커멓게 바꾸어놓았다가 머지않아 갑자기 사라져서는 완전무결한 흰 담장을 다시 사람들 앞에 선보이곤 했다. 마치 담장 밑에서 신비한 검은 파도가 솟구쳐 올랐다가 흔적도 없이 사라지는 것처럼.

우리는 세 가족이 집 한 채를 같이 빌려 썼고 부엌도 공동으로 사용했다. 사실 세 가족만이 아니라 하이난 건설 특구 붐을 타고 찾아온 수많은 외지 손님이 있었다. 친구, 친구의 친구, 친구의 친구의 친구, 거의 매일 돌림노래를 하듯이 밥을 다 먹고 나면 또 하고 먹고 나면 또 하기 일쑤였다. 하루는 전기밥솥에서 아침부터 저녁까지 하루 종일 밥이 끓었다. 밤이 되어 손님이 잘 곳이 필요했기 때문에, 우리는 할 수 없이 탁자나 의자에 의지해 밤을 보내야 했고, 잠든 아이들을 깨워가며 이 침상에서 저 침상으로 옮겨야 했다……. 이제 와서 이 모든 기억을 떠올리자니 내가 그때 얼마나 원망스럽고 고달픈 심정이었는지 생생하다. 그러나 나는 부활한 내 기억력이 더욱 다행스럽다. 말하자면 그것은 추억이 만발한 시절이었다. 생활은 충만했고 견실해서 무엇이든 손으로 만져질 것만 같았다. 반대로 생활 조건이 개선된 이후, 즉 마침내 널찍하고 밝은 주택으로 이사해 깨끗하고 정갈한 서재와 양반다리를 한 채 편히 앉아 텔레비전을 볼 수 있는 소파를 갖고, 식구들이 집 안에서 가뿐한 차림으로 모든 것을 해결하며 더 이상 안팎을 드나들면서 두 다리 고생시킬 필요가 없게 된 뒤로, 날은 갑자기 빨리 가기 시작했고 갈수록 가속이 붙었다. 새해 첫날에 눈 한 번 깜빡하고 나면 다음 새해 첫날이었다. 아이가 중학교에 갔나 싶은데, 눈 한 번 깜빡하고 나면 대학생이었다. 내가 이런 시간을 스쳐 보내기는 했던가? 무엇으로 이런 시간을 경험했다고 말할 것인가? 시간은 왜 갑자기 소파와 식탁과 책장 뒤의 틈 사이로 사라져 그림자조차 보이지 않는가?

사람은 모두 생활의 안정과 편리를 바란다. 그러나 안정과 편리는 시간을 가속화하고 우리의 생명을 단축한다. 우리도 모르는 사이에 우리의 삶을 탈취하는 것이다. 이것은 일종의 진퇴양난이다. 니체가 "당신의 생명을 늘리고 싶은가? 당신을 위험에 처하도록 하라"라고 말했던 것처럼.(《차라투스트라는 이렇게 말했다》) 위험, 즉 광의의 위험은 빈곤과 멸시, 불안정 등 우리의 감각기관을 충분히 열어놓기만 하면 정보의 흡수력이 배가 되어 우리 곁의 어떤 움직임도 허투루 지나치거나 피해갈 수 없다. 게다가 그 모든 것은 결국 기억이 되어 우리의 심장에 낙인을 찍는다. 우리는 이것을 감각의 '긴장 상승 법칙'이라 부른다. 위험은 종종 낯선 환경에서 발생해 때로는 정형화된 생활방식을 깨뜨리며 갖가지 새로운 자극을 준다. 이런 자극은 우리의 하루하루를 그 전날과 다른 것으로 만들고, 한 해 한 해를 그 전해와 다른 것으로 만듦으로써, 반복되는 과정에서 일어나는 점진적인 감각의 마모나 소실을 피하게 해준다. 우리는 이것을 감각의 '반복 체감 법칙'이라 부를 수 있을 것이다. 오직 풍부한 감각의 흔적에 의지해서, 기억 속의 풍부한 구상적 이미지 축적에 의거해서만, 사람들은 삶의 존재를 증명하고 병들어 누워 있는 식물인간과는 다른 살아 있는 존재임을 스스로 확인할 수 있다. 나는 그런 식물인간을 본 적이 있다. 그분은 나와 같은 직장에서 은퇴한 노부인이었는데, 얼굴에 벌겋고 퍼런 멍이 들어 마치 무슨 형벌을 받거나 두들겨 맞은 모양새였다. 몸에 네 종류의 튜브를 꽂고 네 대의 복잡한 기계와 연결되어 직장과 가족이 지불하는 고액의 치료비에 의지해 먹고 마시는 것과 배설, 호흡, 맥박, 체온, 혈압 등 기본적인 생리 작용을 유지했다. 만약 어떤 구별이 있다고 하면, 노부인과 일반적인 사람의 가장 큰 차이는 동시에 네 세트의 의료 기구라는 형구에 묶인 채로도 감각과 지각 능력을 전혀 회복할 수 없다는 점에 있을 것이다.

그러나 안일함 또한 감각과 지각 능력을 갉아먹는다. 사람이 줄곧 추구해 마지않는 행복이 바로 우리를 식물인간으로 만들고 있는 것이다.

안일함은 감각에 최면을 건다. 사람을 며칠 동안이나 흥분시키는 아름다운 영화든 수천 번 되풀이해 보아도 늘 사람을 졸리게 만드는 영화든, 결국 부들부들하고 따뜻한 소파에서 똑같이 사라지며 관객을 병원에 입원하지도 않은 식물인간으로 만든다. 이들에게는 사실 삶이라는 게 없다. 전혀 고통 없이 '하루를 평생처럼' 보내거나 행복하게 '평생을 하루처럼' 보내고 있기 때문이다. 똑같은 나날은 천 일이든 만 일이든 하루나 마찬가지다. 사람들은 기억 속에서 어떤 풍경이나 소리도 거의 찾을 수 없으며, 존재하는 시간의 물적 증거를 확보할 수 없다.

생활은 일종의 각성이다. 전 우주의 기나긴 밤으로부터 깨어나는 완벽한 기회인 것이다. 모든 사람이 이런 기회를 갖는다. 나는 벌써 몇 번이나 졸다가 거의 잠들 뻔했다. 그래서 나는 스스로 깨어 있도록 각성하고 자극을 주어야만 한다. 충분히 보고, 듣고, 냄새 맡고, 맛보고, 만질 수 있도록, 내가 기적을 만났을 때 꿈을 꾸고 있지는 않은지 제 볼을 꼬집어보는 것처럼 말이다. 나는 하이커우시 룽쿤 남로 99호라는 이 커다란 침낭으로 기어들어가 세수를 하고 이를 닦은 뒤 밖으로 걸어 나와 눈부신 감각을 뼛속까지 느끼며 걸어갔다. 나는 해외여행이 그리 대단한 일이 아니라는 걸 안다. 어떤 여행도 낯설지 않으며 위험하지 않다. 텔레비전 속 아름다운 풍경을 확대해놓고 한 번 더 보는 데 불과하다. 칵테일 바나 카페에서 이루어지는 사교 모임 또한 그리 대단한 일이 아니다. 전혀 낯설 것도 위험할 것도 없다. 전화로도 할 수 있는 시시껄렁한 수다를 눈앞에 누군가 두고 가시화한 데 지나지 않는다. 나아가 나는 책을 읽는 것이나 글을 쓰는 것도 그리 대단한 일이 아니라는 사실을 알고 있다. 이런 문자 운동은 내 대뇌 운동을 활발하게 만드는 대신 감각을 황폐하게 만들기 때문이다. 내 눈과 귀, 코와 입과 혀, 피부 등의 감관은 일찌감치 퇴화하고 말았다.

나는 아메이가 부럽다. 아메이는 몸이 작고 날씬한 여성이다. 언제나 미소를 지은 채 사람을 주도면밀하게 보살피며 홍콩의 교수 직위를 지니고 있지만 중국 본토, 인도, 방글라데시, 필리핀, 한국과 페르시아에서 주로 활동한다. 어려움이 생기는 곳이라면 어디나 그녀가 있고, 저항이 있는 곳이라면 어디나 구식 슬리퍼를 신은 맨발의 그녀가 나타난다. 바람과 먼지로 뒤덮인 완벽한 여자 간디 또는 여자 게바라라고 할 수 있다. 아메이는 대학에서 "스스로 말하기에도 얼굴이 붉어질 정도로" 높은 급여를 받고 있다. 아마 한 달에 몇 만 위안쯤 될 것이다. 그러나 그녀는 가난해서 식구들이 집 안에 바글바글한 데다 낡은 책상 곁에는 가장 싼 컵라면이 몇 상자씩 쌓여 있다. 그렇게 절약한 월급은 모두 조직의 활동 경비로 쓰이며, 독재자와 다국적 투기 자본에 항의하는 선전물이 되거나 인도의 시골 학교 교사나 중국 구이저우의 심심산골에 심을 백합 종자로 변한다. 아메이는 학생들을 이끌고 거리로 나가 이 백합을 팔아서 그 돈을 다시 구이저우로 보내곤 한다. 매일 겨우 두세 시간 정도만 자는데, 가끔 교실에서 몸을 돌리고 칠판에 글을 쓰는 한순간 잠이 들기도 한다. 하지만 곧 깨어나서 아무렇지도 않은 듯 글을 쓰기 때문에 아무도 이런 사실을 알아채지 못한다. 한번은 회의 중에 이삼십 분 정도 잠이 들었는데, 다른 사람이 앞의 말을 하는 동안 잠이 들어서 뒷말을 하기 전에 잠에서 깬 뒤 그 사람의 말을 받아서 의견을 교환했다. 그래서 주제에서 벗어나지 않을 수 있었다. 제아무리 힘이 센 장정이라고 해도 아메이를 사흘만 따라다니면 지쳐서 뻗어버리고 만다. 더구나 아메이는 방글라데시에서 차가 전복되거나 필리핀의 산적 소굴에서 도망치는 등 죽음을 무릅쓰는 갖은 위험을 불사하기 때문에 감히 뒤를 따를 수도 없다.

나는 다터우도 부럽다. 다터우는 언제나 유쾌하며 허풍을 떠는 데다 늘 여자 품에서 벗어나지 못했다. 그런 버릇은 결혼을 하고 미국으로 이민 간 뒤에도 전혀 고쳐지지 않았다. 극단에서 미술을 맡았을 때는 여배우 숙소에서 하루 종일 뒹굴었고, 거기서 쫓겨난 뒤에는 전기 드릴로 침실 벽에 구멍을 낸 뒤 자기가 여자들을 훔쳐본 사실을 떠벌리고 다녔다. 여배우들이 옷을 갈아입거나 목욕할 때 훔쳐봤다는 것이다. 이 일은 물론 여배우들을 깜짝 놀라고 분노하게 만들었다. 다터우는 종종 얼굴을 푹 숙인 채 훔쳐봐서 미안하다며 진심으로 사과하곤 했다. 상대방은 창피하고 분한 나머지 하릴없이 잘못을 용서해주기로 결심하다가 그가 허풍을 떨려고 장난친 데 불과하다는 사실을 깨닫고는 그를 찢어 죽이지 못하는 것을 한으로 여겼다. 결국 다터우는 이와 같이 사악한 짓으로 여자의 수치와 분노, 동정, 유쾌함, 어리둥절함, 놀람을 이끌어내며 즐거움을 만끽했고 자기 침상 위에서 재주를 넘으며 한바탕 웃곤 했다. 다터우는 물론 위험한 장난을 한 것이다. 다터우는 서로 다른 상황에서 취하는 갖가지 태도와 다양한 표정에 여인의 사랑스러움이 있다고 생각했다. 여자가 젊거나 늙거나 아름답거나 못생겼거나 상관없이 말이다. 그러나 보통의 남자는 그런 사실을 믿지 않으며, 여자 또한 그렇다. 다터우는 자신이 우연히 실수를 한 것이며 지금도 그 일을 생각하면 토할 것 같다고 말한다. 물론 사람들은 믿지 않는다. 다터우는 자기가 일찍이 어떤 영화 촬영장에서 신세대인 두 여성에게 강간을 당할 뻔하다 가까스로 빠져나왔다고 말한다.

사람들은 이 말을 더더욱 믿지 않는다. 다터우는 결국 어떤 여자 수의사의 남편에게 붙잡혀 담벼락에 매달린 뒤 목에서 피를 볼 뻔했다. 닭 잡던 칼에 목을 찔릴 뻔한 것이다.

만약 오직 감각의 계발이라는 관점에서만 말한다면, 나는 그 밖에도 아주 많은 사람과 그들의 삶이 부럽다. 그 가운데는 감옥이나 재난, 전장에서의 삶도 있으며, 알프스의 산사태 속에서 살아 돌아온 삶이나 태평양의 해일 속에서 구조된 삶도 포함된다. 그러나 고행을 자처하는 수도자의 모험이든 향락을 추구하는 이의 모험이든, 무릇 내가 부러운 삶은 죽음의 언저리에 가장 가까운 곳에 있는 삶이라는 사실을 깨닫는다. 죽음의 언저리에서 살아가며 그 안에 자신을 던져 넣으며 삶의 용기와 함께 죽을 용기까지 필요로 하는 그런 삶 말이다. 삶과 죽음은 이렇게도 가까이 존재한다.

나는 죽음이 두렵다. 사실은 삶 또한 두렵다. 마침내 삶이라는 것이 죽음보다 더 쉬운 게 아니라는 사실을 깨달았기 때문이다. 나는 틀림없이 수많은 핑계를 대며 그런 삶을, 새로운 시작들을 피해 달아나려 할 것이다. 아이에 대한 책임, 부모와 아내에 대한 의무, 그리고 친구에 대한 보상과 직장에서의 공적인 임무, 그리고 살아나가기 위해 필요한 돈……. 모든 것이 아주 타당한 이유가 될 것이다. 나는 심지어 떳떳하고 진지한 태도로 스스로를 설득할 수도 있다. 왜 낯선 위험을 스스로의 목적으로 삼아야 하는가? 왜 어떤 감각을 느끼기 위해 집과 친구를 떠나야 하는가? 그것은 외려 지나치게 이기적인 발상 아닌가?

물론 그 말은 틀리지 않는다. 지금까지 많은 사람이 그렇게 자신을 설득해왔다. 그들은 자신의 작은 행복을 쌓아 지키며 안도의 한숨을 내쉬고, 머릿속에서 삶의 진부한 법칙 외에 다른 것을 찾고자 하지 않았을 것이다. 그리하여 마음 편히 사회적 지위와 직업, 가정의 안정을 추구하며 스스로를 병원에 누워 있는 식물인간처럼 만들고, 자신은 친지와 벗을 대해 책임을 다했노라 주장하며 고통 없는 죽음, 즉 식물인간의 죽음을 맞이하기에 이른다.

사람은 두 가지 죽음 가운데 하나를 선택할 수 있을 뿐인가 보다. 육신의 죽음이냐, 감각의 죽음이냐, "그것이 문제로다".(셰익스피어)

나는 아직 결정을 내리지 못했으니, 좀 더 생각해봐야겠다.

자리

샤오왕은 공부를 그다지 많이 하지 않았다. 그래서인지 보통 때 말하거나 행동하는 데 늘 조심스러운 편이다. 쪽지라도 한 장 쓸라치면 어찌나 긴장하는지 펜 끝을 공중에 두고 몇 번이나 원을 그리며 도무지 내려놓지 못한다. 아마도 글자를 틀리게 쓸까 봐 걱정스러워 공중에서 몇 번쯤 써보고 나서야 종이에 직접 써 내려가는 모양이다. 샤오왕이 망설이는 모습을 볼 때마다 곁에 선 사람 마음이 다 초조해진다. 귀신을 손짓해 부르는 듯 공중에서 흔들리는 손을 잡아당겨 대신 써주거나 틀려도 좋으니 빨리 써버리라고 추궁하고 싶어진다. 곁에 선 사람들이 초조해하면 물론 그는 더욱 긴장하기 때문에 글씨 한 장을 쓰고 나면 언제나 땀으로 흠뻑 젖는다.

샤오왕이 자기 일 외에 가장 흥미를 갖는 일은 신문에서 형사사건을 찾아내, 이 사건에 관한 정보를 사방에 알리며 탐정 임무를 자청하고 법원과 검찰의 업무에 대해 전적이고 충실한 관찰자로서 책임을 다하는 것이다. 그는 입만 벌리면 도둑, 강간, 살인, 방화, 납치 등 피비린내가 풀풀 나는 죄악에 대해 쏟아내며 모든 사람을 가슴 졸이는 뉴스의 중심으로 몰아넣는다. 샤오왕의 머릿속에 얼마나 끔찍한 테러의 세계가 존재할는지 가히 상상이 간다.

샤오왕의 일솜씨가 믿을 만하다는 점과 시골에서 트랙터를 몰았던 경험을 고려해 회사에서는 그에게 운전기사 자리를 주고 사무실 차량을 운행하게 했다. 그러나 이런 사람이기 때문에 운전사가 되고 운전석에 앉자마자 갑자기 몇십 배는 더 성질을 부리게 되었다. 차 앞에서 누군가 얼쩡거리며 지나가면, 샤오왕은 갑자기 창문으로 머리를 불쑥 내밀고 고래고래 소리를 지르기 시작한다. "니미럴, 죽으려고 환장했냐?" 아니면 무시무시하게 경적을 울리며 으름장을 놓기도 한다. "이 어르신이 네놈을 병신으로 만들어주마!" 이런 식으로 살기가 도는 말을 내뱉는 것이다.

물론 이런 일이 그의 성격이 완전히 바뀌었음을 의미하지는 않는다. 또한 샤오왕이 정말로 차에서 내려 폭력을 휘두른다는 사실을 말하는 것도 아니다. 기실 이 자동차의 운전석을 떠나기만 하면, 그는 또다시 소리 하나 내지 않는 조용한 모습으로 돌아간다. 누구에게나 예, 예, 머리를 조아리는 예스맨이 되는 것이다. 자기보다 머리 하나는 더 큰 자기 부인에게도 마찬가지다. 사람을 깜짝 놀라게 만드는 성질 머리는 아마도 영원히 운전석에만 머물러 엔진에 시동을 거는 것과 동시에 점화되는 것 같으니 아무래도 이상한 일이다. 과거 전업 운전사한테나 찾아볼 수 있던 우악스럽고 거친 모습, 귀에 거슬리는 거친 욕설을 포함하는 여러 면면이 진짜 가죽으로 만들어진 운전석 시트에서 그의 몸으로 옮겨져 엉덩이로부터 장기를 지나 손과 입까지 전해지기라도 한 걸까?

역할

환경이 성격을 바꾸는 경우와 관련한 수많은 사례가 존재한다. 가오 군은 예전 쑹산에 있는 대대로 하방되었을 때 우리와 잘 어울려 놀았지만 결국 우리가 사주한 스파이가 되었다. 우리는 집단농장과 대대 양쪽의 지도를 받아 난처한 입장이었는데, 상부에서 도대체 어떻게 처리하려는지 알 수 없어서 가오 군에게 기밀 정보를 알아보라고 시켰다. 가오 군은 평소 인간관계가 좋은 편이었다. 우리와 미리 합의한 대로, 가오 군은 계속해서 입당 신청서와 사상 회보 등을 썼고, 대회가 열리면 두 눈을 동그랗게 뜨고 지식청년의 자유주의를 신랄하게 비판했다. 또 간부들에게 몰래 비누, 콩깍지, 염료 등 당시의 긴요한 물품을 챙겨 보내는 일도 잊지 않았다. 그는 과연 단체의 간부가 되었다. 누가 봐도 정권 내부에 들어가는 것을 쌍수를 들어 반길 만큼 기쁨의 축배를 들어 마땅한 사람이었다.

가오 군은 확실히 우리를 위해 유용한 정보를 빼내 우리가 어떤 상황에든 미리 대처할 수 있도록 도움을 주었다. 예를 들어, 농장에서 다시 반혁명분자에 대한 숙청 작업을 시작할 거라든가, 현 공안국에서 사람을 보내 홍위병 때의 폭력 활동을 조사한다거나, 농장 서기가 부서기의 남녀 관계를 조사하고 있을 뿐 아니라 농장의 공동 식당에서 사흘 내리 씨암퇘지를 먹고 있다거나……. 가오 군은 우리의 높은 기대를 저버리지 않는, 정녕 우리의 003 요원이었다.

시간이 어느 정도 흐르자, 우리를 당혹시키는 사건이 발생하기 시작했다. 우리가 합의한 바에 따르면, 가오 군은 공개적인 장소에서는 우리와 거리를 두기로 했고 우리는 그가 우리를 배반하는 행위를 서슴지 않아도 신경 쓰지 않기로 했다. 그러나 가오 군은 샤오옌이 어머니의 병을 빙자해 가짜 전보를 친 일을 상부에 알리고, 다촨이 병을 핑계 댄 일, 라오무가 죽순을 훔친 일까지 일러바쳤다. 이윽고 쓰만 서기가 지식청년대회에서 탁자를 치며 욕을 해대는 상황이 되자 우리는 더 이상 신경 쓰지 않을 수 없는 지경에 이르렀다. 제아무리 사자가 제 새끼를 벼랑에서 떨어뜨려 키운다고 해도, 제아무리 이 고육계가 우리의 양해를 구한 것이었다고 해도, 그들의 신임을 얻기 위해 그토록 악랄하게 군단 말인가? 나중에 가오 군은 하급 간부가 되었을 때 온갖 행위를 저질렀다. 눈 하나 깜빡하지 않고 "계급투쟁" "사상개조" "백전백승 마오쩌둥 사상" 등을 부르짖거나, 지도자를 위해 담배 한 대를 남기고, 지도자를 위해 생선 한 마리를 빼돌리며, 교육 영화를 상영할 때마다 황 서기 일가를 위해 좋은 자리를 마련하고 나는 듯 의자를 끌어갔다. 그런 모습을 지켜보면서 인간

행위의 참과 거짓을 구분할 수 없다는 사실, 거짓이 때로는 더 진실해 보이기도 한다는 사실에, 나는 뭐라 말할 수 없는 기묘한 감상에 젖어 들었다.

도대체 어찌 된 일인가? 가오 군은 것은 우리의 계책과 격려에 힘입어 아첨꾼이 되었다. 그러나 이처럼 순수하고 완벽한 아첨꾼이 되었다는 사실로 보건대, 그가 진정으로 타고난 아첨꾼인 것과 전혀 다를 바 없지 않은가? 예전에 가오 군은 그런 사람이 아니었다. 비록 쩨쩨하기는 했지만(예를 들어, 공놀이를 하자고 하면 곧 달려가 운동화를 상자에 넣고 열쇠를 잠가서 침상 밑을 텅 비게 한 뒤 다른 사람에게 빌려주지 않았다), 그 역시 간부를 보면 멀리멀리, 자신이 사랑하는 연애 소설 속으로 멀리멀리 달아났으면 달아났지 절대로 아첨꾼은 아니었다.

이 일이 있은 뒤로 나는 역할을 연기하는 위험에 대해 깨달았다. 역할이란 규칙을 수행하는 일이다. 오랜 시간 연기를 하게 되는 상황에서는 배우의 뼈와 피에 그 역할이 스며들어 더 이상 단순한 가면이 아니게 되며 벗으려 해도 벗을 수 없게 된다. 마치 아첨꾼의 비열한 웃음이 가오 군의 입가에 걸려 얼굴 근육을 바꿔놓은 것처럼. 시간이 흐른다고 해서 그 얼굴 근육과 주름을 마음대로 없앨 수 있을까? 지도자 앞에 서기만 하면 작아지는 것은 이미 그의 본능적인 태도가 되었거늘, 허리뼈인들 마음대로 펴질 것인가? 가오 군이 우리에게 던지던 냉랭한 시선은 처음에는 단지 그저 그런 흉내일 뿐이었지만 그 흉내가 몸에 밴 뒤에, 친구로 만나 어깨를 두드리고 가슴속 이야기를 털어놓아야 할 때 마음먹은 대로 뜨거운 눈길을 주고받으며 표정을 조정할 수 있겠는가?

지식청년 모임은 머지않아 흩어졌다. 하지만 난 늘 당시에 도대체 무슨 일이 생긴 건지 이해할 수 없었다. 가오 군은 대체 어떤 사람이었을까? 내 생각에는 그 자신 역시 잘 몰라서 골치가 아팠을 것 같다.

성격

성격 문제는 특히 복잡하다. 선천적인 요소를 차치하고 후천적인 환경에 대해서만 논하더라도 바닥을 알 수 없는 어둠 속을 헤맬 때처럼 보는 것만으로 겁이 난다. 외과의가 저도 모르게 냉정하고 치밀한 성격을 갖게 된다든지, 정부 관료가 자신도 모르는 사이 걸핏하면 눈짓과 손짓으로 사람을 부리게 된다든지, 무대 예술인의 표정이나 성조가 의식하지 못하는 동안에도 과장된다든지 하는 게 그런 사례다. 이런 예는 일일이 헤아릴 수조차 없다. 직업이란 마치 빨간 구두와도 같아서, 그들이 원하거나 원하지 않거나 멈추지 않는 춤을 추게 되기 마련이다. 나는 일찍이 비밀 정보원을 가르친 적이 있다. 서로 다른 조건하에서 서로 다른 글자를 쓰는 사람들이 초등학생처럼 종이 밑에 책받침을 대고 아래 장에 글씨의 흔적을 남기지 않으려고 노력하는 것을 보았는데, 알아보니 원래 정보 관련 업무를 맡아 보던 요원들이었다. 결국 그들은 정보를 유지하기 위해 익혔던 직업적 습관을 고치지 못했던 것이다.

직업은 후천적인 환경의 지극히 일부분에 불과하다. 지역, 민족, 시대 등 거시 환경은 또한 상응하는 집단의 성격을 배양하며 일정한 범위에서 서서히 영향을 끼친다. 프랑스 학자 히폴리트 텐은《예술철학》에서 지리 환경 결정론을 이용해 인간 성격의 차원과 변화를 분석한 바 있다. 우리가 여기서 텐의 핵심 논의가 무엇인지 토론할 필요는 없지만, 그의 언술은 적어도 성격을 이해하는 데 도움을 준다. 어쩌면 자연 조건과 문화적 관습이 인간의 개성을 주조해내는 데 종종 관념이나 입장, 이데올로기보다 더욱 공고한 정신 차원을 형성한다고 말할 수도 있을 것이다. 텐은 이렇게 말했다.

"인간의 외형은 겨우 삼사 년 동안의 생활 습관이나 사상, 감정만을 반영한다. 이는 유행하는 사조에 따르는 것으로 수명이 짧다. 어떤 사람이 미국이나 중국에 머물다 돌아왔다면, 그는 파리라는 도시가 그가 떠날 때와 완전히 다르다고 느낄 것이다. 자신이 이방인인 듯 느껴지고 어디서고 갈피를 잡지 못하는 기분이 들 수 있다. 우스갯소리를 하거나 취미 생활을 하는 방식도 변했고, 클럽과 소극장에서 사용되는 어휘도 같지 않을 것이다. 패션을 추구하는 친구가 중요시하는 것 또한 이전처럼 완벽한 슈트가 아닐 것이며, 눈을 어지럽히는 것은 또 다른 한 무더기의 조끼나 넥타이일지 모른다.

인간의 모든 특징 가운데 이것은 가장 표면적이고 불안정한 특징이다. 다음으로 이보다 조금 더 안정적인 특징은 약 20년 또는 30년이나 40년 정도로 생의 반 정도 되는 시간을 점유한다. 우리는 최근에 이런 특징의 소멸을 목격했다. 알렉상드르 뒤마의 〈안토니우스〉나 빅토르 위고의 희극에 등장하는 청년 주인공처럼 1830년대를 대표하는 인물을 사례로 들 수 있는데, 이들은 아마도 여러분의 아버지나 작은아버지 세대의 기억 속에도 뚜렷하게 떠오르곤 할 것이다. 그들은 매우 감정적이고, 감상적이며 꿈이 많은 인간형으로, 열정에 들끓고 정치에 참여하기를 즐기며 사회에 저항한다. 그들은 인도주의자이자 개혁가로서 아주 쉽게 폐병에 걸리며 정신적으로 언제나 극심한 고통에 시달리고 눈에 띄는 빛깔의 조끼를 입고 헤어스타일 또한 매우 독특하다. …… 그들의 사상과 감정은 그 세대의 일반적인 사상과 감정이었기에 그들의 세대가 사라지고 나서야 그런 사상과 감정이 비로소 사라진 것이다.

이제 나는 세 번째 층위에 이르렀다. 여기는 아주 넓고 탁 트여 있으며 아주 깊은 층이다. 이 층의 특징은 완벽한 역사 시기에 존재할 수 있다는 것이다. 예를 들어, 중세나 르네상스, 고전주의 시대일 수도 있다. 동일한 정신 사조는 백 년에서 몇백 년을 통치한다. 암암리에 마찰과 격렬한 파괴를 견디며, 매번 난도질과 폭파를 겪으면서도 산처럼 우뚝하게 서 있다. …… 르네상스 시기의 상류 계급이 입었던 것은 기사나 허구적 영웅의 복식이었으며, 고전주의 시대에 이르러서야 비로소 진정한 사교계의 복식이 등장해 살롱과 궁정의 수요를 만족시킬 수 있었다. 가발과 롱스타킹, 스커트 형태의 블루머, 편안한 복식은 우아하고도 변화무쌍한 동작에 더욱 잘 어울리게 되었다. 복식의 재료는 금사를 박아 넣거나 레이스 장식이 달린 수놓은 비단이었다. 이런 재료는 아름다울 뿐 아니라 귀족적인 신분을 보장하고 유지하는 기능을 했다. 이런 복식은 끊임없이 계속된 변화를 겪으며 대혁명 시기까지, 공화당원의 상퀼로트와 롱부츠, 실용적이고 클래식한 검은 슈트가 그것을 대체할 때까지 지속되었다. …… 이 시기의 주요한 특징은 유럽에서 지금까지도 프랑스인의 표지로 인식된다. 주도면밀한 매너, 단정한 용모와 세심함, 접대 방식의 고명함과 유려한 말솜씨 등이 그것이다. 베르사유의 접객 방식을 모범으로 삼아 늘 고상한 분위기를 유지하며 어투나 행동거지 모두에서 절대군주 시대의 예의범절을 준수한다. 이런 특징은 한 무더기의 이념, 사상, 감정을 끌어들이거나 영향을 준다. 종교, 정치, 철학, 사랑, 가정 등 모든 곳에 주요 특징의 흔적이 남는다. 그러나 이런 정신 사조의 총체가 구성한 모든 것은 하나의 커다란 전형으로서 인류의 기억 속에 영원히 보존될 것이다. 이것이야말로 인류 발전의 주요한 형태 가운데 하나이기 때문이다."

성격은 때로는 관념을 포괄하며 때로는 포함하지 않는다. 이것은 우리가 적절한 관찰 시점을 찾아야만 한다는 사실을 의미한다. 또한 우리가 '성격'과 '관념'이라는 두 가지 개념에 대해 특별히 의미 규정을 할 필요가 있다는 사실을 가리킨다. 프랑스 국적의 체코 작가 쿤데라는 장편 소설《참을 수 없는 존재의 가벼움》에서 다음과 같은 이야기를 썼다. 1968년, 체코의 대다수 자유주의자는 '2,000인 선언' 개혁 운동을 일으키며 한 장의 포스터를 사용했다. 포스터에 들어간 표어는 다음과 같았다. "당신은 아직도 2,000인 선언에 서명하지 않았는가?" 그림 속에서는 한 사람이 두 눈을 동그랗게 뜨고 관중을 직시하며 엄숙한 표정으로 두 번째 손가락을 들어 그들을 가리키고 있었다. 1년 뒤 소련군이 체코를 점령하자 자유주의자의 숙청에 나선 그들의 적대자들 또한 같은 포스터를 사용했다는 사실은 풍자적 의미를 내포한다. 관중을 똑바로 쳐다보며 준엄하게 손가락질하는 포스터가 온 거리에 잔뜩 붙어 있었다. 표어 또한 엇비슷했다. “당신은 2,000인 선언에 서명했는가?”

여기서 우리는 두 장의 포스터가 서로 다른 정치 관념을 대변하면서도 외려 한 가지 성격적 특징, 즉 모든 정치에 보편적인 일종의 폭력성을 드러내며 우리의 경악을 자아낸다고 말할 수 있다. 이 이야기는 아직 끝나지 않았다. 소설의 주인공이 아들을 만날 때, 아들이 데려온 동료가 그에게 항의 서명에 참가할 것을 종용하는데, 마찬가지로 이 선전 포스터 아래서 사람을 강요하는 위협이 행사된다. 주인공은 주저하던 끝에 새로운 항의 서명을 거절한다. 그는 절대 항의에 반대한 것이 아니었다. 더욱이 이미 당국의 횡포로 일자리를 잃었고, 충분히 박해받았으며, 더 이상 잃을 것도 없는 상태였다. 그러나 그는 일종의 강제, 즉 선전 포스터 속의 시선과 손가락을 더 이상 받아들일 수 없었던 것이다.

쿤데라는 반전제의 관념 속에도 전제적 성격이 포함될 수 있다고 보았다. 그렇다면 그것은 도대체 전제인가, 반전제인가?

성격과 관념이 서로 유리될 때, 성격은 종종 일종의 신체 언어로 표현된다. ‘어떻게 하느냐’로 표현되는 것이지 ‘무엇을 하느냐’가 아니라는 말이다. 또는 ‘어떻게 하느냐’를 통해 ‘무엇을 하느냐’를 은폐한다고 말할 수도 있다. 안타까운 점은 사람들이 모두 쿤데라는 아니기에 이처럼 은폐된 ‘무엇을 하느냐’를 두고도 종종 장님이 되고 만다는 사실이다. 수많은 이론 교과서와 역사 교과서는 우리에게 누가 전제적이고 누가 민주적인지 알려주지만, 그들이 ‘어떻게’ 전제적이거나 민주적인지는 알려주지 않는다. 또 그것들은 우리에게 누가 공화파이고 누가 왕당파인지는 알려주지만, 그들이 ‘어떻게’ 공화파이거나 왕당파인지는 알려주지 않는다. 예를 들어, 어째서 그들이 언제나 가늘고 긴 손가락으로 아무렇게나 사람들을 삿대질하며 몰아세우는지 알 수 없다. 이런 이론가나 역사가의 관점에서 손가락은 삶의 지극히 사소한 부분이며, 대단한 뜻이 없으므로 연구할 가치가 없다. 이것이 바로 그들과 쿤데라의 차이며, 연구와 문학의 차이다.

문학은 언제나 지극히 사소한 부분에 주의를 기울이며, 삶의 자질구레한 구체적 이미지에 유의하기를 좋아한다. 마치 그 자리에 있었던 사람인 양 볼 수 있고, 들을 수 있고, 냄새 맡을 수 있고, 맛볼 수 있으며, 만질 수 있는 모든 것에 관심을 기울인다. 그래서 문학은 사람들이 '무엇을 하고 있는지'에 관심을 기울인다기보다 '어떻게 하고 있는지'에 관심을 기울인다고 말해야 한다. 역시 '어떻게 하느냐' 아래 '무엇을 하느냐'가 숨어 있는 것이다. 문학가의 시선으로 보건대, 러시아의 〈차파예프〉와 미국의 〈패튼 장군〉은 거의 같은 영화나 마찬가지다. 두 편의 영화 속에서 주인공은 모두 장군이며, 서로 대립하는 두 사회의 제도와 정치 관념을 대표한다. 그러나 이런 차이는 거의 무시될 수 있으며, 사실상 거의 대부분 관객에게 무시되는 부분이다. 두 사람의 장군은 모두 용감무쌍해 호기롭고 구속되지 않는 자유로움과 불굴의 의지를 지녔다. 무엇보다 때때로 폭력성과 원하는 바를 추구하는 측면을 드러낸다. 그들이 성격상 지닌 공통점이 관념의 차이에 우선한다는 사실은 문학의 척도 아래 더더욱 본질적인 의의를 지닌다. 우리가 만약 '무엇을 하느냐'라는 그들의 관념을 받아들이지 못한다 해도. 그것은 절대 우리가 그들의 성격을 받아들이지 못함을 의미하지 않는다. 다만 '무엇을 하느냐'가 은폐되었을 따름이다.

오해하지 말아야 할 것은, 문학가 또한 자신의 말과 그 말이 전달하는 관념에 세심한 주의를 기울인다는 점이다. 차이점은 아마도 문학가가 이런 관념의 배경에 더욱 주의를 기울이며, 갖가지 구체적인 이미지에서 느끼는 조건과 과정에 관심을 쏟을 뿐 아니라, 오만 가지 잔소리를 더해서 관념이 삶의 언어적 환경과 완전히 녹아들도록 애쓴다는 점에 있다. 그러나 그들은 몇몇 삼류 이론가나 사학가처럼 그렇게 단순히 여기저기서 인용한 문장을 멋대로 끌어다 쓰는 데 그치거나 삶의 언어적 환경 전체를 관념의 폐기물로 삼지는 않는다. 바로 그 때문에 《레미제라블》(빅토르 위고)에 왕당파의 발언이 등장했다고 해서, 그것을 왕당파 소설로 치부하지 않는 것이다. 《홍루몽》(조설근) 속에 허무주의적인 사상이 엿보인다고 해서 그게 허무주의 소설이 아닌 것과 같다.

우수한 문학작품은 언제나 삶의 풍부함으로써 역사 속에서 인간의 관념이 아닌 인간을 탐구한다. 그들은 살아 약동하는 역사의 혼을 부리며 관념의 표지와 같이 죽은 자의 유골을 다루지 않는다.

관념은 매우 중요하지만 외려 쉽게 변하는 부박한 것이며, 심지어 허구적이기도 하다. 전제군주도 민주적인 학설을 지닐 수 있고 건달도 법학을 배워 생계를 도모할 수 있다. 평범한 백성도 정치적인 압력 아래 충성 맹세를 할 수 있고, 시인 또한 생계유지의 압박으로 상업 광고를 쓸 수 있다. 일단 쓰고 나면, 이런 말은 진심에서 우러나지 않았다고 해도 증서가 될 수 있으며, 다른 사람이 이에 근거하거나 인용해 교과서나 국가 문서, 또는 각종 역사 자료 등에 이용할 수 있다. 만일 그럴 필요가 있다면 말이다. 그러나 누가 그 백지에 쓰인 글자가 가짜라는 사실을 보증할 수 있단 말인가? 이는 자신의 진실한 상황과 내면을 은폐하는 게 아니겠는가? 인간과 세상에 대한 세심한 주의와 통찰력을 잃어버리고 나면, 어떤 역사 문헌은 우리를 더 혼란스럽게 하지 않겠는가? 이런 관념적 해석은 언제나 문제가 된다. 유명한 소련 소설 《강철은 어떻게 단련되었는가》에는 남자 주인공이 친구의 무덤 앞에서 독백하는 장면이 있다. 이 독백은 일찍이 이상주의자가 즐겨 쓰는 격언이었다. "…… 나는 죽을 때, 헛되이 시간을 흘려보낸 것으로 후회하지 않고, 마음의 공허함으로 번뇌하지 않을 것이다. 나는 자랑스럽게 말할 수 있다. 나는 이미 이 삶을 인류를 위한 가장 고상한 사업에 바쳤노라고." 바로 이 독백이 혁명 소설에 출현했기 때문에, 나중에는 많은 사람에게 사회주의로 간주되었으며, 심지어는 스탈린주의의 특허처럼 인식되었다. 혁명의 사조가 수그러들자 이를 비난하고 비판하는 소리가 끊이지 않았다. 그러나 이들 비평가는 아마도 소련 병사들의 호언장담이 미국인 프랭클린의《자서전》에서 인용되었음을 알지 못했을 것이다. 프랭클린은 미국 역사 초기의 정치가이자 작가였으며 자본가였다. 독일의 사상가 베버는《프로테스탄트 윤리와 자본주의 정신》에서 프랭클린의 인생관을 세심하게 분석했다. 베버는 이와 같이 "세속적인 즐거움을 버리고 소명을 위해 신심을 다한다"라는 종교적 교의가 프로테스탄트와 자본주의 정신문화를 대표한다고 지적한 바 있다. 다시 말해, 프랭클린의 인생관은 무슨 사회주의적 관념이 아니라 정통 자본주의 관념인 셈이다.

내가 여기서 말하고자 하는 것은 사실상 그것이 무슨 자본주의 정신도 아니며 모든 구도자가 공히 추구하는 정신적 지향, 곧 일종의 보편적 인류의 집단적 성격을 반영한다는 점이다. 프랭클린 이전에는 이처럼 이상을 위해 자신을 헌신하는 사람이 없었단 말인가? 고상한 소명에 대한 갈구가 없었을까? 왜 우리와 같은 후대의 지식인은 문자벽과 관념벽을 고수하며 이런 격언을 사회주의 또는 자본주의의 전유물로 간주하는 것인가?

만약 소련 군대의 소년군과 미국 정계의 부유한 상인에게서 이런 정신이 중첩적으로 표현되었다면, 이보다 더 많은 사람에게서 이런 중첩이 반복되었다면 무슨 뜻일까. 곧 문학이 더 넓은 시야에서 정치 관념을 초월하는 동시에 더욱 영구적이고 기초가 되는 정치를 이룩한다는 사실을 증명하는 게 아니겠는가?

영리함

나는 다촨보다 더 영리한 사람을 본 적이 없다. 다촨은 바둑의 고수일 뿐 아니라, 탁구의 제왕이며, 서예의 달인이고, 게다가 오랫동안

나의 정신적 스승이기도 했다. 이 일은 그가 과외로 내게 《실천론》과 《공산당선언》을 강의해줄 때부터 시작되었다. 다촨은 당시 고3으로 나보다 몇 년이나 선배였고, 뛰어난 재주와 빼어난 성품으로 학교 안팎에 명성이 자자했다. 다촨은 시험 전에 복습하는 일이 없다고 했다. 허리 보호대와 팔 토시를 차고 체육관에 가서 역기를 들었고, 반바지 한 장만 달랑 걸치고 강에서 수영을 하기도 했다. 검게 그을린 피부는 손톱으로 그으면 흰 자국이 남을 정도였다. 한번은 실컷 놀다가 시험장에 들어가니 시간은 이미 시험지를 걷기 십 분 전이었고, 더욱이 그의 자리에 누가 앉았는지 빈자리도 보이지 않았다. 다촨은 자리에 앉지도 않고 교실 문 앞에 선 채로 시험지를 벽에다 대고 연필을 들어 생각조차 필요 없다는 듯 답안을 쓱쓱 써 내려갔다. 겨우 몇 분 동안 써낸 답안으로 그는 놀랍게도 수학 시험에서 전 학년을 통틀어 최고 성적을 받았다!

만약 다촨의 아버지가 '주자파'(자본주의 노선)로 비판받지 않았다면, 그는 틀림없이 칭화대나 해방군 군사과정학원처럼 손꼽히는 대학에 갔을 것이고, 교관급 장수의 신분으로 성명을 숨긴 채 남모르게 핵폭탄 전문가나 위성 전문가가 되었을 것이다. 일찍이 그가 꿈꾸었던 것처럼 말이다.

다촨의 재능은 쉽게 매몰되지 않았다. 그는 단연 우리 지청호知青戶(하방되어 삽대 중인 마을에서 지식청년들끼리 모여 지내던 합숙소－옮긴이)의 우두머리가 되었고, 나중에는 남방 몇 개 성의 어떤 지하단체에서 알 만한 인물이 되었으며, 마침내 문화대혁명이 끝난 뒤 중국 최초로 만들어진 대학생 그룹의 일원이 되었다. 다촨을 잘 아는 사람들은 그가 아무 장애도 없이 일사천리로 미래의 과학사나 사회 진보의 역사에 거대한 획을 그으리라는 사실을 추호도 의심치 않았다. 그는 틀림없이 그 짙은 눈썹과 큰 눈에 넘치는 영웅의 기운을 담은 초상을 후대에 전하리라! 다촨은 그를 잘 알거나 때로는 전혀 모르는 수많은 사람과 악수를 했고, 어떤 모임에서나 스타로 군림했다. 수학, 화학, 세계 경제, 국제 코민, 컴퓨터 등 다방면을 넘나드는 지식은 다른 사람들에게는 일찍이 들어본 적도 없는 천상의 경전처럼 여겨졌고, 따라서 그들은 다촨을 영원한 진리의 근원으로 생각했다. 그러나 여기서 그의 관점을 묘사한다는 것은 매우 어려운 일이다. 일은 종종 이렇게 전개되었다. 그가 어떤 관점을 가졌느냐를 이야기하기보다는 그의 관점이 당사자에게 완전히 다른 시각을 주장하도록 만들었다고 해야 할 것이다. 다시 말해 다촨은 어떤 관점에 대해서든 본능적인 도전 의식이 있었다. 예를 들어, 누군가 프로이트가 위대하다고 말하면, 다촨은 곧 프로이트의 평범함을 증명하려 했다. 또 다른 사람이 프로이트의 평범함을 주장하면 이번에는 그의 위대함을 증명하려고 애썼다. 소비자 입장에서 시장가격이 높은 것을 원망하면 물가가 높았을 때의 이로움을 논했고, 통화량이 팽창하면 경제 발전에 이롭다는 사실을 주지시켰다. 생산자 입장에서 물가 인상에 찬성하면 또한 물가가 높았을 때의 폐해에 대해 논하며, 인플레이션으로 인한 거품경제는 공동의 이익을 좌절시키는 심각한 신호임을 역설했다. 통화 팽창이 화폐 체계에 영향을 미치는 것은 경제 발전의 최대 위기라고 했던가! 다촨은 언제나 상식에 만족하지 못했고, 언제나 청산유수로 사람들을 설득해 끊임없이 정설을 늘어놓았기에 대적할 자가 없었다. 사람들은 결국 반론하기를 그치고 응, 응, 고개를 끄덕이며 경청할 뿐이었다.

이쯤 되자 나는 비로소 다촨의 영리함 속에 지나친 자만심이 숨어 있다는 사실을 깨달았다. 예전에 바둑을 둘 때는 이겨야만 손을 놓았고, 탁구를 칠 때도 이겨야만 손을 놓았다. 절대로 상대가 우세를 점하도록 두고 내빼지 않았으며, 자신의 역사가 워털루 전투처럼 지나간 과거의 영광으로 남도록 내버려두지 않았다. 지금 다촨은 이런 호승심을 자신의 학문 분야에 늘어놓고 있는 것이다. 그가 대화하는 목적은 새로운 지식을 취하는 데 있지 않으며 다만 승부를 가리는 데 있었다. 승자에게 더욱 중요한 것은 이긴 내용이 아니라 이겼다는 사실인 것이다. 어떤 지식의 한계를 밝히는 것은 중요하지 않으며, 최선의 방법을 택해 다른 사람의 말에 따른다는 것은 더욱이나 면구스러운 것이다. 중요한 것은 성공의 기세를 잡고 껄껄 호탕하게 웃거나, 반격 기회를 잡고 암암리에 회심의 미소를 지을 수 있느냐이다. 자신 있게 객관적인 지표나 실례를 제시할 수 있을 때의 느긋한 여유, 상대를 빈사 상태로 몰아넣고 도망칠 길 없이 완전히 가로막으며 제압할 때 빈틈없이 번득이는 시선, 아무도 들어본 적 없는 어떤 책을 최고의 패로 숨겨두었다가 마지막 순간에 꺼내 사람들을 어찌할 바 모르게 만드는 짜릿한 즐거움이 중요한 것이다. 마지막으로, 영리한 사람은 대승을 거둔 뒤 숭배와 경악의 시선을 단번에 싹쓸이할 때의 은밀한 기쁨을 놓치지 않는다. 그 순간 사람들은 하나둘 항복 깃발을 올리며, 내키지는 않지만 그가 이겼다는 사실을 인정하지 않을 수 없다. 그에게 과일을 깎아 내거나 차를 끓여 대접한다고? 그는 마찬가지로 본체만체할 것이다.

여기서 영리한 사람의 갖은 작태를 눈으로 확인할 수 있지만, 그들이 도대체 얼마나 영리한지 말하기는 쉽지 않다.

다챤은 내가 심려하는 바를 받아들이지 못할 것이다. 나는 오랜 시간 그를 숭배해왔고, 어떤 이유로도 말로는 그를 이기지 못했기 때문이다. 중등 학력밖에 안 되는 나의 지식청년 친구들은 더더욱 말로 그를 당해내지 못한다. 나는 그가 날마다 영리함의 작태 속으로 매몰되어가는 모습을 두 눈 말똥히 뜨고 바라볼 수밖에 없다. 이런 작태로 인해 그가 날마다 더욱 속빈 강정이 되어가며, 결국은 쓸모없는 궤변가가 되고 마는 것을 지켜본다. 다챤은 어떤 말에 대해서나 딴죽 걸기 좋아하는 입씨름꾼이 돼버린 것이다. 만약 누군가 그의 앞에서 "이 나무가 참 높이 자랐다"라고 말할지라도 그는 반박할 말을 찾아내고는 "말도 안 되는 소리! 어디가 높다는 거야? 그냥 크게 자랐을 뿐이라고!" 하며 따질 것이다. 누군가 "저기 개 한 마리가 뛰어온다"라고 말하더라도 그는 또 어떻게든 그 말을 정정하려

들 것이다. "웃기시네! 저 개는 그냥 개가 아니라 불도그잖아!" 다촨은 '나무가 크다'라는 표현이 '나무가 높다'라는 표현에 비해 더 정확하다는 사실을 발견했으며, '불도그'라는 표현이 '개'라는 일반적인 표현보다 더욱 분명하다는 사실을 알았다. 그 앞에서 달리 또 무슨 말을 할 수 있단 말인가?

얌전히 그의 가르침을 받아들이지 않고 또 어쩔 것인가?

다촨의 말은 물론 옳다. 그는 다른 사람에 비해 물론 월등하다. 그래서 다른 사람은 옳은 말을 해도 틀린 것이며, 그것도 완전히 틀렸다고 할 수 있다.

이런 식으로 입씨름을 하는 것은 사실 피곤한 노릇이다. 내가 보기에 이 일의 의의는 친구들이 침묵에 익숙해지고, 그들이 존경과 실망을 거듭해 그를 두려워하거나 질려서 달아나도록 만드는 데 있을 뿐이다. 한번은 다촨이 온갖 머리를 다 짜내어 대출을 받으려 한 적이 있었다. 막 서명을 하려는 참에 또 그놈의 호승심이 머리를 어지럽혀 참지 못하고 은행 부행장의 서법에 대해 한마디를 내뱉고 말았다. 부행장이 자랑스럽게 사무실 벽에 걸어놓은 족자의 글을 걸어놓지 않느니만 못하다고 평가한 것이다. 다촨은 서체가 안정되지 않고 필획조차 고르지 않은데, 안진경顔眞卿이나 전남원錢南園의 해서楷書를 따라 쓴다는 것은 어불성설이라고 비평했다. 다촨은 또한 부행장에게 다른 사람이 부추기는 말을 진실로 여기지 말라고 신신당부했다. 그들은 단지 당신의 도움을 얻으려고 아부한 것이 아니겠습니까? 호호호……. 그는 부행장이 왜 갑자기 안색이 변해 옷자락을 떨치고 가버렸는지, 왜 다시는 돌아오지 않고 비서를 시켜 그를 내보냈는지 알지 못했다.

대출 건은 물론 취소됐다.

다촨은 동업자와도 잘 지내지 못하고, 가는 직장마다 위아래 사람과도 잘 지내지 못했다. 그뿐만 아니라 집안의 친인척과도 잘 지내지 못해 결국 서로 아는 체도 하지 않고 왕래를 끊고 말았다. 그는 결국 스스로 작은 회사를 차렸는데, 직원들이 등불 갈리듯이 갈려 얼마 일하지 못하고 달아나기 일쑤였으며, 마지막에는 회계 겸 운전기사 겸 주방장인 샤오왕 한 사람이 남았을 뿐이다.

샤오왕이 남은 것은 그가 갈 곳이 없었기 때문이며, 회사에서 다촨과 입씨름하지 않는 유일한 사람이기 때문이었을 것이다. 사장인 다촨이 무슨 말을 하든, 샤오왕은 언제나 변함없이 존경심과 충성심 가득한 얼굴을 한 채 결코 변함없는 한마디로 답할 뿐이었다. "그렇군요." 회사 주식이 상장될 게 틀림없다고 해도 그는 이렇게 말할 따름이었다. "그렇군요." 시장의 상황이 좋지 않아 주가가 떨어질 것 같은지 물어도 그는 이렇게 답할 따름이었다. "그렇군요." 계속 주식을 사들여야 할지 물어도 그는 같은 대답을 되풀이할 뿐이었다. "그렇군요." 더 이상 주식을 사들이면 안 되겠는지 물어도 그는 여전히 같은 대답을 했다. "그렇군요."

"앞으로 다시는 '그렇군요'라는 말을 하지 마!" 다촨은 화가 단단히 났다. "너처럼 미련한 돼지는 처음 봤다!"

"그렇군요."

다촨은 화가 나서 거의 돌 지경이었다.

"꺼져!"

샤오왕은 한참을 말없이 있더니 문밖으로 걸어 나가서 남몰래 엉엉 울었다.

샤오왕은 그 뒤에도 변함없이 끝까지 존경과 충성을 다했다. 생의 마지막 순간까지 사장의 어떤 비평도 인내심을 가지고 경청했다. 동짓날 밤에 그들 두 사람은 텅 빈 회사 사무실에서 술을 마시며, 밖에서 울리는 떠들썩한 축포 소리를 듣고 눈물을 흘렸다. 전기료를 납부하지 못했기 때문에, 방에는 촛불 한 자루만 밝혔을 따름이었다. 촛불은 두 사람의 얼굴과 탁자를 겨우 비췄고, 그들의 뒤에는 오직 어둠만이 깔려 담장조차 없이 깊고 끝없는 광야에 내던져진 듯했다. 다촨은 갑자기 마음이 울컥해져 처음으로 몸소 샤오왕에게 술을 따라주었고, 샤오왕은 엉엉 통곡하기 시작했다.

그날 밤 내내 그들은 아무런 말도 하지 않았다.

관념

다촨이 대학 다닐 때는 그를 숭배하는 사람이 구름처럼 많았다. 그 가운데 어린 친구가 한 사람 있었는데, 아무리 구박을 받아도 그 뒤를 따라다녔다. 다촨이 식당에 가면 가서 식판을 씻어오고, 샤워장에 들어가면 물을 길어오고, 다촨이 말하는 것은 무엇이든 두 귀를 쫑긋 세우고 들었으며, 때로는 필기장에 열심히 받아 적기도 했다. 마치 당시의 나처럼 그 친구 역시 엉덩이에 들러붙은 진드기 같았다.

시간이 갈수록 사람들은 그 두 사람이 점점 더 닮아가고 있다는 사실을 발견했다. 다촨이 머리를 밀면 진드기 또한 머리를 밀었고, 다촨이 선글라스를 끼면 진드기 또한 선글라스를 꼈다. 다촨이 군복에 영감님이 신는 천으로 만든 운동화를 신으면 진드기 또한 어디서 군복과 영감님 운동화를 구해왔다. 다촨은 길을 걸을 때 자리를 잡기 위해 팔자걸음을 걸으며 유명한 세 가지 제스처, 즉 다섯 손가락 크게 벌리기, 손바닥으로 오른 허리(간 위치) 짚기, 형장에 선 열사처럼 가슴 활짝 펴기를 했는데, 결국 진드기 녀석도 이것을 모두 배워 갈수록 자연스러워지더니 진짜보다 더 진짜처럼 해내게 되었다. 두 사람은 마치 태어날 때부터 쌍둥이였던 것처럼 닮아갔다. 다만 진드기 녀석이 좀 더 작은 모양새를 갖추었을 뿐이다. 심지어 친구들도 헛갈려서 마지막에는 아예 '다촨'과 '샤오촨'이라고 구별해 부르며 편리를 도모했다.

다촨은 샤오촨의 모방에 대해 어느 정도 진저리를 내지 않을 수 없었다.

"애들이 널 뭐라고 부르는지 아냐?"

샤오촨은 비위를 맞추느라 히죽대며 웃었다.

"넌 늘 그렇게 나만 따라 하냐?"

샤오촨은 그래도 웃었다.

"어째서 선글라스를 낀 거야?"

"친구가 마침 나한테 준 거야. 괜찮지?"

"벗어버려! 나이도 어린 게 무슨 선글라스야?"

"그래. 벗을게! 당장 벗을게!"

샤오촨은 선글라스를 벗었지만, 다촨이 멀리 가기만 하면 어느 결에 다시 쓰고 있었다. 다촨은 이처럼 앞에서는 따르는 듯해도 뒤에 가서 자기 말을 어기는 샤오촨의 행동에 불같이 화를 낸 적이 있었다. 다촨은 샤오촨을 손가락질하고 한바탕 욕하며 절대로 자기 뒤를 따라다니지 못하도록 했다. 친구들은 모두 이 싸움을 흥미진진하게 지켜보았다. 그것은 마치 어넌 사람이 거울을 마주 보며 화를 내고 욕하는 것처럼 보였기 때문이다.

샤오촨은 이때부터 더욱 삼가 멀리서 다촨을 보기만 하면 서둘러 선글라스를 벗고 다촨이 지나가고 난 뒤에야 다시 원래 모습으로 돌아갔다. 마치 다촨이 자신의 모습을 독점하지 못하게 하려고, 학교 안에 또 다른 다촨을 복제해 분신술을 쓰는 것처럼 연출하기로 작정한 사람 같았다. 샤오촨은 틀림없이 사람들의 시선 속에서 또 하나의 다촨을 대하는 특별함을 느끼며 크나큰 기쁨을 맛보았을 것이다. 당연히 그의 모든 관념 또한 다촨과 거의 다르지 않아 마치 확성기인 양 따랐다. 무술 과목 시간에 국수주의의 폐해를 비판한다든지, 제출할 과제에 독자적인 자유정신을 주창한다든지, 더치페이로 식사하는 관례에서 현대의 상도덕이 개인의 인성 해방에 미치는 위대한 의미를 분석한다든지, 엘리트 의식을 극력 옹호하는 등의 일에서 말이다. 비록 샤오촨 자신은 전혀 엘리트 계층이라고 할 수 없는 일개 보모의 아들이었고, 다찬처럼 옌징대학교를 나와 공산당 고위 간부를 지낸 아버지를 두지도, 장군이나 교수, 의사, 외교관을 역임한 친척을 거느리지도 못했지만.

다찬은 큰일을 생각하는 사람이었다. 어떤 일을 하든지 거국적 형세와 의의를 중시했고, '한편'과 '다른 한편'의 이론 체계에 대해 논의할 수 있었다. 자연히 그의 말은 언제나 역사적인 대사건의 기록으로 정리될 만한 가치가 있었기에 샤오촨에게 남다른 영향을 끼쳤다. 샤오촨은 다찬을 따르며 역사적인 대사건의 기록 속에서, 미래의 수억만 사람이 보일 관심과 존경 속에서 살았다. 역사적 책임을 진 채 밥을 먹었고, 역사적 책임을 진 채 샤워를 했으며, 역사적 책임을 진 채 화장실에 가고 열쇠를 잃어버리고 모기를 잡았다. 게다가 학교 시위에 한 차례 참여하기도 했다. 그 일은 뒤에서 다시 말하게 될 것이다. 이 모든 범상치 않은 일 가운데, 샤오촨은 수없이 많은 관념을 가졌지만 진정으로 그 자신에게 속한다고 할 만한 관념은 가져본 적이 없었다. 단지 관념을 민둥산 머리, 선글라스, 군복과 영감님 운동화 같은 사물과 마찬가지로, 다찬처럼 되기 위한 도구로 삼았을 뿐이다. 그리하여 샤오촨은 모든 사람 앞에서 전위적인 관념을 일종의 모방으로, 그가 상대적으로 높이 평가하는 모종의 사회적 신분과 생활 태도로 과시했다. 설사 일개 보모의 아들이 그와 같은 학설을 지녔다는 사실이 사람들에게 기이한 감각을 불러일으켰을지라도.

이는 물론 관념의 기원이 지닌 진실을 더더욱 알 수 없도록 만들었다. 관념은 이성적 사유의 산물인가? 관념은 이익의 산물인가? 앞서간 수많은 선구자들이 긍정하듯, 마르크스주의는 "사회의 존재가 사회의 의식을 결정한다"라는 원칙에 대해 엉덩이가 머리를 인도하며 이익이 관념을 결정하는 것이라고 말한다. "콩 심은 데 콩 나고, 팥 심은 데 팥 난다"라는 말은 어떤 계급에 속하는지가 그 사람의 언행을 결정한다는 마르크스 관점의 우리식 표현이다. 이렇게 말하는 것도 틀리지는 않다.

다만 이렇게 말하기 위해서는 어떤 이상적인 조건과 한 가지 가설을 미리 설정해야 한다. 관념은 이성적 사유 과정에서 생산되고, 모든 사람은 "이익을 추구하는 이성적인 사람"이며, 사회에서 공약된 이익적 준거 아래 언제나 자신의 이익이 어디에 있는지 분명하게 알고 있어야 한다는 것이다.

그러나 샤오촨의 갖가지 관념은 이성과는 전혀 무관했고, 이익과도 무관했다. 어떤 사람들은 샤오촨이 강자를 모방한다는 사실이야말로 그가 모든 이성을 다해 이익을 추구하는 점을 증명한다고 말한다. 설령 그가 현재, 또는 장래의 어느 때에든 그 강자를 이기지 못할지라도. 유사한 상황은 사실 언제나 우리 앞에 나타난다. 남존여비 상황에서는 많은 여성이 여성을 무시한다. 중농주의의 시대에는 많은 상인이 상인을 무시한다. 프롤레타리아가 계급을 주도할 때는 수많은 지주와 자본가조차 진심과 성의를 다해 자괴감을 느끼고 진심으로 과오를 뉘우치며 반성할 수 있다. 내가 지금 앞에 펼쳐 놓은《참회》라는 책에 등장하는 초등학교 교사는 자신이 반혁명 죄목을 쓴 가정 출신이기 때문에 모든 '흑오류黑五類'(문화대혁명 기간에 가장 멸시받았던 다섯 종류의 출신 계급, 즉 지주, 부농, 반혁명분자, 범죄자, 우파를 가리킨다 - 옮긴이) 가정 출신 학생을 더더욱 멸시한다. 계급투쟁이 전면화되고 거칠어지자, 그녀는 공장 노동자나 농민 출신의 어떤 동료보다 더욱 다방면에 열성적으로 참여한다. 아마도 정치적인 압력 탓에 어쩔 수 없이 그렇게 했을 것이다. 그러나 어떤 주동적인 표현은 필요 한계를 완전히 넘어서는 것이었다. 이는 어쩌면 그녀의 내심에서 우러나는 어떤 동기가 있었을지 모른다는 짐작을 가능케 한다. 사회의 주류를 따르면서, 주류의 목소리 속에서 안전함과 영예로움을 누리고 싶었던 것이다. 여기서 그들의 의식 관념을 이익 추구의 이성으로 해명하려는 노력은 거의 불가능해진다. 오이 넝쿨에 호박이 열릴 수 없듯이, 어떤 계급(또는 어떤 집단)은 아무래도 어떤 주장을 펼 수 없는 것이다.

관념은 결코 행동과 같지 않다. 그것은 또한 행동에 대해 언제나 주도권을 행사하지도 않는다. 마찬가지로 현실의 이익에 즉각적으로 어떤 영향을 끼칠 수 있는 것도 아니다. 만약 모든 사람이 말하는 대로 행동하고, 행동하는 바의 효과를 거둔다면, 말하고 행동할 때 그 뒤의 결과를 신중하고 세심하게 생각지 않을 수 없을 것이다. 그때에 사람들은 틀림없이 모든 이성을 총동원해 계획하고 실행하려 들 것이다. 문제는 모두가 다 행동할 수 있는 것은 아니며, 모두가 다 사회를 개조할 기회를 얻지는 않는 데 있다. 더 많은 경우, 관념은 그저 말에 불과하다. 어떤 말을 하든 그로 인해 그 자신의 삶이 더 나아지거나 훨씬 나빠질 리 없는 것이다. 사실이 이러할진대, 무엇을 위해 그와 같이 시대에 뒤떨어진 말을 해야 한단 말인가? 왜 굳이 비루한 천민처럼, 재수 옴 붙은 놈처럼 말해야 한단 말인가? 차라리 저 수많은 대중 앞에서 텔레비전이나 신문, 광고 등 매체에 등장하는 상류 인물처럼 보이는 편이 낫지 않겠는가? 상류층의 분위기를 빌려 말하고 행동하는 편이 듣는 사람과 보는 사람으로부터 훨씬 더 쉽게 이익을 취하는 방법이 아닐까? 그래서 관념은 이익의 제약을 뛰어넘는다. 어쩌면 체면, 동질감, 안정감 등 더욱 광범위한 이익과 더불어 그런 연관이 발생한다고 말할 수도 있으리라. 복장, 가구, 건축 분야에서의 '상층 모방' 현상은 관념이 생산되어 유전되는 과정에서도 마찬가지로 두드러진다. 약자는 자연적으로 언제나 약자의 입장에 서는 것이 아니라, 때로는 그와 상반되게, 어쩌면 더욱 많은 때에 일종의 복잡한 심리 상태를 띤 채 상층을 향하며 강자의 입장과 사회 주류의 입장을 반복하게 된다. 승리자의 위풍당당함, 고막이 터질 듯한 환호, 두 눈이 휘둥그레질 정도의 재물, 첨단 과학기술, 미녀들의 아리따운 자태, 낭만적이고 호사스러운 향락……. 사회 상층에서 가시화된 모든 구체적인 이미지는 장밋빛 꿈을 자아내고, 사람들의 혼돈스럽고 애매한 대뇌 피질 속을 잠식하며, 종종 뜻하지 않게 사고와 언어의 방향을 정하고, 이익을 추구하는 이성의 인력으로부터 그들을 완전히 탈주시키곤 한다.

여기서 관념은 논리의 산물이며 그보다 상상의 산물이라는 사실이 더욱 중요하다. 문자 속에 숨겨진 구체적인 이미지는 사회적인 교제 속에서 자신의 우월한 신분에 대한 몽상적 모험을 부추긴다. 마르크스가 말한 '지배계급의 이데올로기'는 이로 인해 비로소 피지배계급에게 확산될 수 있으며, 마침내 사회 전체의 '지배 이데올로기'로 자리 잡는다.(《공산당선언》) 이탈리아 사상가 그람시가 말한 '정치적 헤게모니'는 이로 인해 비로소 통치자의 손에서 '문화적 헤게모니'로 탈바꿈해(《옥중수고》) 수많은 소수자와 약자가 대중이라는 신분에 대한 몽상 속에서 사유와 저항을 포기하게 만든다. 그들의 운명은 변화하지 않았지만 변화된 것으로 말해지고, 강자의 관념은 종종 놀라울 정도로 정확하게, 손쉽고도 기막히게 닮은 꼴로 모방되며, 그것은 때때로 아주 약간의 차이조차 용납하지 않을 정도로 엄밀하게 진행된다. 소수자와 약자는 대중이라는 이름 아래 자신의 거짓된 신분이 주는 만족감을 더더욱 향유하게 되며, 물론 그들에 대한 강자의 지배는 더욱 강고해진다.

여기 미처 고려되지 않은 또 다른 종류의 몽상이 존재한다. 지배계층이 바뀔지라도 규칙은 변하지 않는 세대 교체가 계속되며, 비록 저항의 형식이 출현하더라도 여전히 현실은 '상층 모방'의 또 다른 유행에 따를 뿐이라는 사실이다.

아마도 재난이 닥쳐서 행동하지 않으면 안 되는 상황에서만, 특히 근본적인 사회 개혁이 성공할 희망이 보일 때만, 신분적 몽상에 대한 언어유희는 비로소 확실히 그칠 것이며, 관념은 비로소 이익을 추구하는 이성적 본질을 회복할 것이다.

나는 다칸이 이 점을 알고 있었는지 어떤지 잘 모른다. 다칸의 회사는 이미 파산했고, 증권은 날아갔으며, 자동차는 팔아 치웠고, 심지어 전화요금조차 내지 못하는 지경에 이르렀다. 그러나 그는 여전히 건물을 임대해 살고 있으며, 밥을 굶지는 않는다. 그래서 여전히 추종자들을 이끌고

'빈부 격차의 심화'라거나 '약육강식' 등의 주장을 토로하며, 모든 만성적 파트타이머와 실업자를 '빌어먹어 마땅한 가난뱅이들'로 매도한다. 비록 그 자신 또한 실업자 신세를 면치 못하고 있을지라도 말이다. 다촨은 늘 가는 거리의 가판대 앞에서 누가 자본주의를 비판하면 곧 그에 대해 변호했고, 누가 미국 대통령을 비난하면 또한 그에 대해 변호했다. 마치 그의 주식이 미국 대통령에게 힘입어서만 어려움을 벗어날 수 있다는 듯, 투기를 일삼는 자본가 그룹이 그로 인해 얻는 폭리는 전혀 개의치 않으면서, 그들이 빈민을 위해 대신 전기세를 납부하는 일에만 관심을 갖는 것처럼 말이다. 그에 따르면 자본가는 탐욕스러운 부패 관리와 손을 잡지 않으며, 자신과 같은 지식인이 민주정치에 참여할 수 있도록 구제하는 일에만 앞장서는 것만 같았다. 다촨은 그들이 설사 수많은 지역에서 경제 위기를 야기한다 해도 여전히 그 자신에게는 가장 큰 기회를 부여하며 전혀 위험하지 않다고 주장했다. 이미 반백이 된 머리와 노안으로 돋보기까지 걸친 눈으로는 겨우 몇 가지 전산 용어를 배우기에도 급급하고, 최근 나온 무슨 IP, Web, 무인 사무 처리기에는 전혀 무지한데도, 그리하여 이 글로벌 자본주의 시대에 시시한 알바 자리를 구할 자격조차 없는데도 말이다.

다촨은 친구들과 거의 왕래를 하지 않는다. 샤오옌이 귀국해서 그를 만나러 갔을 때 식당에서 맞아준 것은 정말이지 그녀의 체면을 크게 봐준 것이었다. 샤오옌은 예전처럼 그와 시사적인 문제를 두고 토론할 수 없다는 것을 잘 알았다. 그러지 않았더라면 한바탕 소동이 벌어졌을 것이다. 부유한 미국인이 빈부 격차와 부의 불평등한 분배를 걱정하고, 가난한 중국인은 빈부 격차를 당연한 것으로 받아들이고 부유한 사람들을 대변하는 논쟁. 이런 논쟁은 참으로 우습기 짝이 없는 개그쇼 같은 것이다. 샤오옌은 물론 상대방의 성격을 잘 알았기 때문에 그의 실제 처지를 캐묻지 않았으며, 어디까지가 진실이고 어디까지가 허장성세인지 굳이 따지지도 않았다. 그녀는 또한 그에게 사업 계획을 제안하지도 않았다.

그것은 마치 남쪽을 목표로 삼고 북쪽으로 달리는 수레와 같다는 것을 잘 알고 있었기 때문이다. 샤오옌은 다촨이 친구들을 만나 이야기를 나누는 기회를 더더욱 거절하게 만들었을 뿐이다. 사실 함께할 화제를 고르는 건 정말이지 조심스러운 일이었다. 생각 끝에 그들은 결국 태극권과 무당검을 논하게 되었다. 다촨은 이 방면의 신예라고 할 수 있었다. 물론 그는 할 말이 많았다. 그뿐만 아니라, 아주 즐겁게 이야기를 늘어놓았다. 다촨은 강 아무개를 뼈도 못 추리게 만들었고,(아마도 그의 이웃일 것이다) 왕 아무개를 완전히 묵사발로 만들었다(역시 그의 이웃일 것이다). 다촨은 천 사범의 동작이 규범에 딱 들어맞지만, 태극권의 정수와 기세를 담고 있지 못하므로(태극권 사범 가운데 한 사람인 듯하다) 논할 만한 가치가 없으며, 자신은 단 한 번도 다섯 손가락 안에 그를 꼽아본 적이 없다고 말했다. 다촨의 두 눈은 반짝였다. 그는 외투를 벗고 안에 입은 중국식 태극권 도복을 드러내고 몇 가지 동작을 기세 좋게 펼쳐 보이며 약간의 절초를 선보였다. 한쪽 다리로 서서 오른발을 걷어차 머리칼을 쓸어 올리는 동작에서는 다리를 곧게 뻗은 채로 오른쪽 귀에 갖다 붙이고는 족히 30초는 서 있었다.

얼핏 보기에는 한 손으로 다리를 잡아 높이 들어 올린 것처럼 보였다. 다촨의 태극권 수련은 매우 놀라운 수준이었고, 샤오옌은 그가 넘어질까 봐 걱정한 나머지 두 손을 내밀어 그를 붙들 뻔했다.

"이게 뭐 대순가……."

다촨은 내심 뿌듯해하며 미소를 지었다.

"요즘은 5층까지 올라갈 때 걷는 법이 없어. 단숨에 달려 올라가지. 숨도 안 차는걸."

"살도 많이 빠졌네."

"벌써 한 30킬로그램은 빠졌지. 정확히 표준적인 몸매라고. 매일 두 시간씩 무공을 연마하고 명상도 두 시간은 하니까 한 끼만 먹어도 충분해.

여기 있는 누구보다 건강한 생활을 하고 있는 셈이지. 다들 인정하지?"

그 자리에 있던 사람들은 모두 그렇다고 말했고, 그 말에 따라 다촨의 주름은 웃음으로 환하게 펴졌다.

샤오옌만이 못 볼 걸 본 듯 자기 눈을 가리며 "안 그래도 매운 고추가 더 매워졌군"이라고 말했을 뿐이다. 밥을 다 먹고 나서 샤오옌은 다촨에게 선물로 받은 족자에 대해 다시 한 번 감사했고, 다촨을 집까지 배웅하며 그와 함께 멀고 먼 길을 걸어갔다. 가로등을 하나하나 지나치면서.

거리

입을 크게 벌리고 숨을 몰아쉬도록 걷고 있을 때, 길 앞쪽에서 뭔가 정확히 형태를 알 수 없는 것이 불쑥 나타나 지평선에서 피어오르는 수증기 속에서 보일 듯 말 듯 하다면, 이런 때는 길을 묻지 않는 게 가장 좋다. 좀 전에 어떤 농부가 아직도 5리를 더 가야 한다고 말했다면, 앞에 있는 또 다른 농부는 아마도 7리는 더 가야 한다고 말할 것이다. 이런 대답은 전혀 기준이 없어서 종종 기운만 빠지게 만든다.

헐레벌떡 달려온 5리 길을 순식간에 7리로 만들다니, 이 타이핑쉬의 길은 걸으면 걸을수록 멀어지기라도 하나? 아니면 고무줄로 만든 길이라 잡아당기면 늘어나기라도 하는 건가? 지식청년들은 일찍이 이 일을 두고 농부들을 이렇게 비웃곤 했다. "지구가 둥글기는 하니까 말이야. 여기 사람들은 지구 반대쪽으로 거리를 재나 봐."

사실 농부들은 전혀 잘못이 없다. 농부들이 틀렸다고 생각하는 지식청년 자신이 틀린 것이다. 생각해보자. 당신이 시골 마을의 정신없는 여름 추수에 동원되었고, 꼬박 한 달이 넘도록 매일같이 별을 보고 집을 나서서 달빛을 밟으며 집으로 돌아왔다고, 그래서 때로는 손발을 씻지도 않고 잠이 든다고 가정해보자는 말이다. 당신은 진흙 범벅이 된 두 발을 침대에 내던지고 모기장이 없어져도 알지 못한다. 그래서 온밤 내내 모기가 당신 피를 배 터지도록 빨아대는 것이다. 한낮의 땡볕 아래서도 벼 베기가 한창이라 겨우 끼니만 때울 뿐이다. 당신은 두 눈을 반짝이며 논두렁으로 기어올라 두 광주리 가득 넘실넘실 막 추수한 곡식을 짊어진 채 타작마당으로 간다. 눈부신 햇살이 길가의 진흙과 돌길을 내리쪼이고 있다. 이것은 보통 길을 가는 사람에게는 단순한 뜨거움일 뿐이지만, 무거운 짐을 진 사람에게는 바늘로 심장을 꿰뚫는 고통에 가깝다. 등에 짊어진 무거운 짐짝이 발바닥을 바닥에 한껏 짓누르면 발바닥에서 느껴지는 뜨거움이 몇 배나 더해지기 때문이다. 자신의 두 발이 길 위에 놓여 있지 않고 아예 커다란 인두 위에 올라간 듯 느껴질 것이다. 어쩌면 발바닥에서 피어오르는 살 타는 냄새를 맡을 수도 있다. 참지 못하고 두 발을 들어 올려 펄쩍 뛰어올라보지만, 그것은 순전한 상상일 뿐 실제로 일어나는 일은 아니다. 짊어진 짐짝의 무게 아래 비틀거리며 거의 거꾸러질 것만 같은 다리는 그 결정을 따르기 위해 필요한 어떤 근육도 지니지 못했기 때문이다.

생각해보자. 그 커다란 인두 위를 걷는 것 말고 다른 도리가 없을 때, 당신은 갑자기 공간이 무한히 연장되는 것을 느낀다. 타작마당으로 향하는 길은 더 이상 1리 반이 아니라 10리, 100리, 1,000리 반을 넘어 평생을 다 걸어도 다 걷지 못할 것처럼 아득해진다. 지평선 위의 열기는 파도처럼 흔들리며 모든 것을 하얗게 태워버린다.

어깨 위에 짐을 짊어지지 않은 사람, 신발을 신고 길을 걷는 사람, 차를 타고 가는 사람은 바로 이 순간 당신의 머릿속에 펼쳐진 이 이글대는 공간의 폭발을 절대로 이해하지 못한다.

도시로 돌아간 당신은 맨발로 걸을 기회가 아주 적을 것이다. 당신의 거리감도 이로 인해 서서히 정상으로 회복되어 국제 표준에 가까워질 것이다. 예를 들어, 헬륨이나 네온의 레이저 진공 측정처럼 말이다. 그러나 그게 과거의 나에게 무슨 의미가 있을까? 언제나 깨끗하고 따뜻한 실험실에 있는 박사가 레이저와 진공 상태를 이용해 정확하게 측정한 거리가 뜨거운 햇볕 아래 맨발로 무거운 짐을 지는 소년에게 대체 무슨 의미란 말인가? A지점에서 B지점까지는 10킬로미터다. 나도 잘 안다. 의심한 적도 없다. 그러나 이것이 그 거리가 시시각각 끊임없이 변화를 일으킨다는 사실을 바꾸지는 못한다. 어떤 노인에게 그 길은 12킬로미터일 수 있고, 어떤 청년에게는 8킬로미터일 수도 있다. 그 길이 초행인 사람에게는 15킬로미터가 되기도 하고, 주민에게는 5킬로미터일 수도 있으며, 짐을 진 사람에게는 18킬로미터가, 차를 탄 사람에게는 3킬로미터가 되기도 한다. 애인과 만나러 달려가는 사람에게는 아득히 먼 길일 것이요, 어머님과 이별하는 사람에게는 발 빠른 말을 타고 달려가는 것처럼 짧을 것이다. 어떤 거리든 결국 사람이 느끼는 바에 따를 따름이다. 게다가 사람은 영원히 레이저가 될 수 없다. 심지어 우리는 이 모든 느낌의 평균을 낼 수도 없다. 다만 특정한 신분, 환경, 정서 그리고 그 밖의 여러 요인에 제한을 받을 따름이다. 거기에는 반드시 발자국, 땀의 흔적 또는 신음과 같은 감정이 배어 나온다. 그렇다면 시골 사람이 길을 물을 때마다 각기 다른 대답을 들려준 것이야말로 더없이 자연스러운 일이 아니겠는가?

거리에 대한 촉각은 고통을 멀게 느끼고 즐거움을 짧게 느낀다. 거리에 대한 시각은 낯선 것을 멀게 느끼고 친숙한 것을 가깝게 느낀다. 거리에 대한 청각은 소리가 많으면 멀게, 소리가 비어 있으면 가깝게 느낀다. 이런 사례는 이미 독일 철학자 하이데거의 주장에 가깝다. "서로의 거리는 명확히 계산된 거리에 따르지 않으며, …… 정해진 위치의 연결 관계에 따른다."(《존재와 시간》) 이 '연결 관계'야말로 농부가 식량을 보내는 거리이며, 광부가 갱도를 팔 때의 거리이고, 사병이 행군할 때의 거리이며, 우리의 삶 속에 실제로 존재하는 바로 그 거리이다.

노동

지식청년들이 머무는 숙소가 바람에 치어서 넘어지자 우메이쯔는 후배 둘과 노인 한 분을 모시고 재건축을 도우러 왔다. 그들은 허리춤에 흙손을 한 자루씩 꽂은 것을 제외하고는 완전히 빈손이어서 언뜻 보기에는 놀러 왔는지 일하러 왔는지 알 수 없을 지경이었다. 그러나 일단 손을 쓰기 시작하자 마술 같은 일이 벌어졌다. 나무는 손에 잡히는 대로 기둥과 서까래가 되고, 벽돌은 손에 잡히는 대로 저울추가 되었다. 고무관에 물을 넣자 곧 수평계가 되었고, 지푸라기 몇 개를 엮은 뒤에 돌멩이를 달아서 늘어뜨리니 수직계가 되었다……. 어떤 물건이라도 무림 고수의 손에서는 살인 무기가 될 수 있듯이, 눈앞에 놓인 어떤 폐기물도 더 이상 폐기물이 아니라 아주 유용한 자재, 그것도 집을 짓기에 가장 적합한 도구로 변화했다. 수리수리마수리, 아브라카다브라. 그들은 그 자리에서 자재를 만들고, 순식간에 쓸모없는 고철을 황금으로 변화시키는 연금술처럼 어디에서나 무한한 자원을 찾아낼 수 있기 때문에 완전히 빈손으로 왔던 것이다.

그들에게는 어떤 분업 체계도 없었고 어떤 말도 하지 않았지만 각자의 자리에서 자신의 일을 했다. 여기서 슥삭슥삭, 저기서 슥삭슥삭, 한쪽에서는 흙손 움직이는 소리만 들리고 다른 한쪽에서는 뿌연 흙먼지가 하염없이 피어올랐다. 외부인이 보기에는 정말이지 정신없는 풍경이었다. 그러나 벽돌이 제자리를 잡자 시멘트가 도착했고, 시멘트를 다 바르고 나자 기둥이 세워졌다. 기둥이 세워지고 나자 언제인지 모르게 서까래가 안개 속에서 모습을 드러냈고, 서까래에 못이 박히는 동시에 초가집은 이미 완공되어 고사 상을 기다렸다. 시간 낭비 따위는 전혀 없었고, 공사가 중단되는 일도 없었다. 그들의 발자국 소리, 벽돌과 목재 두드리는 소리는 마치 하나로 연결된 것만 같았다. 어깨와 등판과 엉덩이의 움직임이 하나가 되어 서로 호응하듯이, 두어 차례 커다란 웃음소리가 들리고 나면 모든 문제가 손쉽게 풀려나갔다. 모든 것이 구슬을 순서대로 꿰어 목걸이를 만들듯, 원칙에 따라 시냇물이 모여 하나의 강물로 흘러가듯이 파죽지세로 엮어졌다. 마치 단숨에 써 내려간 명문장처럼 완벽하고도 아름다웠다. 집을 짓는 일이 순식간에 후다닥 끝났을 때, 심지어 그들은 온몸에 흙먼지 하나 없이 깨끗했다. 공사가 끝난 마당도 거의 아무것도 없이 깨끗했다. 벽돌 하나 시멘트 한 바가지 남지 않을 지경이라 새집을 지을 자재를 따로 배급받은 것만 같았다. 마치 훌륭한 문학작품에 어떤 소재와 어휘 낭비도 존재하지 않는 것처럼.

대나무 토막 두 개가 웅덩이에 버려져 있었는데, 쓸모없이 버려진 그것만이 유일한 오점처럼 보였다. 노인장은 그마저도 버려두지 않고 손에 집어 들더니 순식간에 댓살을 가르고 우리에게 광주리 하나를 짜주었다. 광주리를 짜면서 옛날이야기를 들려주기도 했다. 옆집 개가 어쩌다 멧돼지한테 물려죽었나 하는 이야기였다.

그들 자신은 이런 일이 대체 얼마나 대단한지 알지 못했다. 그들이 집 짓는 무림 고수라는 생각을 한 적도 없고, 시멘트와 목재로 아름다운 문장을 지었다는 사실도 알지 못했으며, 자연스럽게 손을 놀려 대광주리 하나를 짜내면서 이 예술의 정점을 찍었다는 사실은 더더욱 상상조차 하지 않았다. 그들에게 예술은 오직 글을 쓰는 식자에게나 속하는 것이요, 화려하게 치장하고 무대에 오르는 배우나 화가의 몫일 뿐이었다. 사회의 중상류 인사나 예술의 주인이 되는 것이며 논밭을 매는 무지렁이는 언제나 누추하고 가엾은 존재라고 생각해왔다. 그러나 만약 그 예술의 주인이 집을 짓는다고 치면 어찌 되겠는가? 농민들이 집 짓는 과정에 점수를 매긴다면 어찌 되겠는가? 농민들은 그들의 행동거지 하나하나가 다 못마땅할 것이고 모자라 보이고 이상할 것이다. 결국 그들은 한 발자국 걸음을 옮길 때마다 야유를 퍼붓고 틀렸다고 잔소리를 할 것이며 모든 과정이 웃음거리가 되며 낯설고 어지러울 것이다. 게다가 그렇게 억지로 지어진 집은 차마 눈뜨고는 보지 못할 만큼 볼품없을 게 틀림없다.

농민은 이런 일을 언어로 전달하지 않는다. 사회는 농민의 예술을 인정하지 않으며, 생활 속에서 확인할 수 있는 풍부한 미감으로 꾸며진 농민의 언어적 능력을 받아들이지 않는다. 그들은 차 한 잔을 마시고 손뼉을 친 뒤 집으로 돌아갈 뿐이다.

회고

나는 시골 마을에서 열린 지식청년의 귀향 집회에 참가했다. 타이핑쉬 농장의 여덟 개 대대에는 모두 200명쯤 되는 지식청년이 있었는데, 거의 100여 명에 이르는 사람이 모여 공전의 규모를 기록했다. 라오무는 자원봉사자였는데, 혼자서 렌터카와 식사 등의 비용을 다 냈으며, 시골 초등학교에 기부금을 주어 홍콩 상인의 두둑한 배포를 자랑했다. 라오무는 당시로서는 매우 보기 드문 휴대폰을 손에 쥐고 줄곧 이 사람 저 사람을 독촉하며 문지방이 닳도록 드나들며 말했다. "무슨 돈이 어쩌고는 일단 와서 다시 얘기해."

친구들은 모두 늙었다. 얼굴에는 주름이 많이 늘었고, 어두운 그늘이 졌다. 그뿐만 아니라, 무슨 꼬리잡기 놀이처럼 다들 한두 가지 꿍꿍이를 숨기고 있었다. 그들은 사람들 사이에서 감 놔라 배 놔라 시시때때로 참견하며 소리를 지르고 잔소리를 하느라 미친 듯 뛰어다녔다. 덕분에 오랜만에 다시 만난 친구 사이의 담소라는 것이 결국 여기서 딴소리 한마디 저기서 딴소리 한마디 이어지다 끊겼다. 마치 오래된 LP판이 튀듯 처음부터 다시 시작하다가는 좀처럼 끝을 맺지 못했다. 지방정부가 주최하는 환영대회에서 몇몇 여자 지식청년은 무대로 떠밀려 올라가 충자무를 추기도 했다. 〈기쁜 농민들의 타작마당〉이나 〈농민은 모두 해바라기〉 따위의 작품 말이다. 아줌마들은 청춘을 되찾고 소매를 걷어붙인 채 한 동작 한 동작 과거의 기억을 따라 움직였다. 몽골 춤을 추고 다리 벌리기를 하는 양을 보아서는 누구 하나 골다공증이나 좌골신경통을 앓지 않는 듯했다. 다만 나는 듯 추는 춤이 아니라 구르는 듯 추는 춤이라는 점만이

다를 뿐이었다. 세월은 그들의 몸에 지방 덩어리를 남겨놓았고, 그 몸으로 무대 위를 구르는 모습을 보니 나는 어쩐지 저도 모르게 마음이 싸하더니 먹먹해졌다.

낯익은 얼굴들이 숱한 옛일을 떠올리게 했다. 누군가 이렇게 말했다. "다터우가 그때 얼마나 게을렀는지 기억나? 옷 한 벌로 몇 달을 버티곤 했잖아. 그 녀석 아버지가 퇴직하고 아들 얼굴 한 번 보러 왔다가 빨래만 하고 가셨지. 그러다 연못가에서 넘어져 다리까지 부러지셨던 거 알지?" 또 누군가는 이렇게 말했다. "지식청년들은 그때 참 먹성이 좋았어. 밭에 심은 땅콩이랑 고구마까지 몽땅 다 파먹었잖아. 또 야콘을 심어놓고 촌사람들에게는 독이 있다고 속이기도 했지. 다들 깜빡 속았던 거 기억나?" 또 누군가는 이렇게 말했다. "농민 가운데 어떤 사람이 마술을 할 줄 안다면서 천루루랑 함께 담뱃잎 말기 했던 건 기억나? 나중에 천루루 손에 담배 물이 퍼렇게 들어가지고 밤에 귀신 흉내를 내면서 놀래주러 갔었잖아." 애꾸눈 라오무도 고양이를 잡아먹었던 옛일을 기억해냈다. 그가 죽은 고양이를 나무에 걸어놓자, 당 지부서기였던 쓰만이 지식청년은 일본놈보다 더 독하다고 말했더랬다. …… 이런 옛일이 차 안에서 자아낸 웃음소리로 인해 기억은 한결 가벼워졌다.

모두들 웃는 사이에 산속 들판으로 들어섰다. 우리는 여기저기서 사진을 찍고, 여기저기서 자신의 흔적을 찾아냈다. 예를 들어, 자신이 앉았던 바위라든지 손수 심었던 티트리 나무 따위 말이다. 마침내 시골 마을의 간부들과 농민들이 꽹과리와 북을 울리고 한바탕 폭죽을 터뜨리며 우리를 식당으로 맞아들였다. 그들은 여남은 식탁의 고기 안주와 술상으로 우리를 대접했고, 아이를 데려온 사람들은 모두 200위안씩 들어 있는 훙바오(중국에서 설날 등 경사스러운 날에 돈을 넣어 주는 붉은 봉투 – 옮긴이)까지 받았다. 다들 친근하고 반가운 마음이 저도 모르게 넘쳐흘러 라오무에게 대표로 감사 인사를 하라고 부추겼다. 라오무는 팔자걸음으로 기세 좋게 단상 위에 올라가서 역시 장작에 그을린 시골의 절인 고기가 맛있고, 역시 시골 고추 맛이 좋으며, 그저 매일같이 쟁기질만 하지 않으면 더 바랄 게 없노라고 너스레를 떨어 모두를 한바탕 웃게 했다. 라오무는 또한 제법 그럴듯한 인사말로 입을 열었다. 예를 들어, 개혁개방이라든지, 정보화라는 제3의 물결 등에 대해서 말이다. 술기운이 얼근해지자 라오무는 횡설수설하기 시작했다. 이 사람 라오무의 청춘은 이 대지 위에 바쳤다, 청춘을 바친 뒤에는 졸업장도 바쳤고, 졸업장을 바치고 난 뒤에는 한쪽 눈도 바쳤다, 하지만 영웅호걸에게 후회란 없는 법, 빌어먹을 세월은 가사 없는 노래와 같고, 빌어먹게 가난한 하농과 중농이야말로 진정한 대학의 선생님이다, 그들은 시련을 견디는 법을 가르치고, 지혜로운 노인을 공경하는 법을 가르치며, 스스로를 구제하는 법과 꼬치를 꽂아 도박하는 법도 가르쳤다, 그래서 누구든 하농과 중농에 반대하면 그를 곧 쓰러뜨리고, 누구든 지식청년이 산을 오르거나 시골로 내려간 일을 부정하면 그를 곧 쓰러뜨리며, 바닥에 내팽개치고 다리몽둥이를 부러뜨리며 자근자근 밟아주리라……. 라오무의 답사는 갈피를 못 잡고 헤매다가 삼천포로 빠졌지만 열화와 같은 갈채를 받았다.

우리는 지식청년이 불렀던 당시의 노래를 불렀다.

> 들어라, 전투 나팔이 우는 소리를.
> 군장을 갖추고 무기를 들어라.
> 공산 청년단원들아, 모두 모여라.
> 머나먼 장정 길, 너와 나 한마음으로, 나라 지키세.
> 사랑하는 어머니, 건강하세요.
> 당신의 아들에게 작별 인사를 해주세요.
> 사랑하는 어머니, 슬퍼 마세요.
> 우리 가는 길을 부디 축복하소서.

우리 가는 길을 부디 축복하소서…….

눈물이 노랫소리 속에서 반짝였다. 어쩌면 조금은 과장된 눈물이었다.

옛일을 기억한다는 것은 일종의 감정적 과장이며 지나간 슬픔을 쥐어짜는 행위다. 황무지를 개간하던 일은 다시금 눈앞에 펼쳐지지만 그때의 감정은 다시 오지 않는다. 도끼로 장작을 패던 일이 다시금 눈앞에 펼쳐질 수는 있지만 그때의 감정을 다시 느낄 수는 없다. 혹독한 굶주림 또한 술상의 안주거리에 불과한 몇 마디 말이 될 따름이며, 식은땀이 송송 맺히도록 참기 힘들던 허기는 다시 느낄 수 없다. 굶주림은 심지어 전설적이고 처량하며 감동적인 색채를 띠고 눈앞에 펼쳐지지만 다시는 사람의 마음을 갈기갈기 찢어놓고 정신을 어지럽게 하던 고통으로 되살아나지 않는다. 이것이야말로 옛일을 추억하는 회고의 신비다.

회고는 종종 존엄에 대한 뒤늦은 인정이다. 고목 한 그루, 낡은 집 한 채, 한바탕 몰아치는 폭풍우와 굶주림은 기억 속에서 낭만과 호방함을 불러일으키며 회고하는 사람의 가슴 한가득 훈장을 안긴다. 추억할 만한 옛일이 없다면 헛되이 세월을 보내 돌아볼 것이 없는 사람이며, 의심과 열악함으로 얼룩진 역사로만 남는 사람이다. 이를테면 전혀 가치 없는 사람이다. 누가 그런 역할을 맡고 싶겠는가? 오늘날 지식청년의 사회적 지위는 보잘것없다. 퇴직한 사람도 있고 전직한 사람도 있다. 수치스러운 홍위병 경력은 이름만 찬란할 뿐, 나이만 먹은 중학교 학력은 자기 자식에게조차 경멸의 대상이다. 그들은 새 시대의 물결을 타고 밀려온 신조어의 '검은 함선'을 마주하고 놀란 나머지 두 눈이 휘둥그레질 뿐이다. 이런 상황에서 회고란 자아의 가치 확인을 놓치지 않으려는 필요이며, 이를 악물고 체면을 되찾기 위한 기회이며, 있는 소리 없는 소리를 끌어다 대고 허풍을 떨면서 사람의 이목을 모을 수 있는 기회다. 설사 말할 수 있는 것이 온통 그들이 겪어왔던 고난뿐이라 해도 문제는 아니다. 당신은 그런 고난의 추억이라도 있는가? 고난은 그들에게 나이키 운동화와 같은 훈장인 것이다.

고난이라도 있다면, 그들은 더 이상 꿇리지 않는다.

회고는 정신적 가장 무도회다. 어떻게 변장을 했든, 얼마나 짧았든, 아마추어 연기자인 회고자에게 고상한 역할을 연기하게 하고 임시적이나마 윤리적으로 고양시킨다. 나는 친구들이 기부금을 내려고 너도나도 수표를 끊어 도롱이 안에 넣는 것을 보았다. 돈을 모아서 이 시골 마을의 두 이재민에게 주고 일부분은 지금까지 농촌에 남아 있는 옛 친구에게 줄 생각이었다. 그는 벌써 시골 노인처럼 보인다고 했다. 나는 우리가 여기서 자선가 노릇을 하기에 충분치 않다는 것을 안다. 우리 가운데 많은 이가 카드 게임에서 진 빚 때문에 화를 입거나, 감언이설로 옛 친구들을 속여 사기를 치거나, 심지어 라오무처럼 시장경제계를 쥐락펴락하는 커다란 검은손이 되어가고 있다. 그러나 그럼에도 나는 그 기부로 인해 감동을 받았으며, 영원히 그런 감동 속에 머물 수 있기를 희망한다. 우리가 조금 전 〈공산청년단원의 노래〉 〈트로이카〉 〈우리는 큰길을 달려나간다〉 〈우리는 사방팔방에서 여기 모였다〉 〈푸른 도나우강〉 등을 한목소리로 크게 부른 뒤 그저 일시적인 감정적 충동에 흔들렸을 뿐이며, 지금 이 행동으로 무슨 열혈의사가 된 것은 전혀 아니라는 사실을 잘 안다. 우리는 언제라도 인민의 이익과 민족의 존엄을 위해 비분강개해 몸 바치는 영웅이 아니다. 오히려 우리 가운데 대부분은 소시민인 데다가, 때로는 남몰래 국가의 돈을 훔치는 절도범을 부러워하기도 한다. 또한 아이에게 공익의 의무 앞에 몸을 숨길 것을 당부하거나 괴물을 영웅으로 치부하면서 어리석기 짝이 없는 찬탄과 선망의 대상으로 삼기도 한다. 그러나 나는 그럼에도 불구하고 우리가 좀 전에 불렀던 노래로 인해 감동을 받았으며, 영원히 그 감동 안에 머무르기를 희망한다. 나는 내가 무슨 고상함 따위를 논할 자격이 없다는 것을 안다. 게다가 고상한 친구 따위를 곁에 두지도 못했다. 나는 상상 속의 모든 고상한 시대를 놓쳤으며, 상상 속의 모든 고상한 사람들 무리에 끼지 못했다. 그러나 나는 여전히 다만 한 오라기의 고상한 흔적이라도 붙잡을 수 있는 희망을 쉽게 저버리지 못한다. 그것은 내가 수면 위로 떠올라 심호흡하려고 치는 몸부림 같은 것이다. 그래서 우리 모두의 감정적 충동이 내 마음속에 뜻밖의 보람을 불러일으킨 것이다. 나는 예상치 않게 너무도 기뻤고, 이 예상치 않은 기쁨은 하늘에 갑자기 나타난 아홉 개의 태양을 보는 것에 못지않았다. 건달도 때로는 정의를 행하며 가혹한 관리도 때로는 인자한 행동을 하는 법이다. 기생도 때로는 정절과 지조를 지키며 나라를 위해 자기를 희생하고 충성한다. 나는 설사 순식간에 사라지고 말 것이라 해도 영원히 기억될 무엇인가를 원한다. 설사 환상에 불과하다고 해도 흔들리지 않고 믿을 만한 무엇인가를 원한다. 나는 너무 많은 것을 바라지는 않는다. 감히 너무 많은 것을 바랄 수는 없다. 나는 아주 쉽게 만족하는 비렁뱅이다. 어두운 밤하늘에 빛나는 한 조각 별빛이라도 내게는 영원한 태양이며 뜨거운 눈물이 솟아나게 만들 수 있는 존재다.

나는 영원히 나의 친구들에게 큰 빚을 진 셈이다.

당시에 누가 누구를 짝사랑했는지 다 털어놓아볼까, 재혼을 하거나 둘째를 가진 사람은 손들어보라고, 누가 요즘 유행하는 야한 이야기를 하는 거야? 말해봐. …… 화제는 점점 빗나가기 시작했다. 질펀한 음담패설을 늘어놓으며 모두들 배꼽 빠지게 웃었다. 친구들은 내가 사람들의 사각지대에서 여전히 벅차오르는 감동의 끝을 잡고 그들을 향한 찬탄과 선망을 음미하고 있다는 사실을 알지 못했다.

나는 찻주전자를 들어 그들의 찻잔을 그득 채웠다.

시간

험한 밤의 산행. 길은 온통 진흙으로 질척이고, 차가운 비가 흩뿌리는 밤의 산행은 마치 지옥에서 경험하는 죽음과도 같았다. 그러나 시간이 흐름에 따라, 밤의 산행 또한 기억 속에서 가벼워지고 즐거워지며 온갖 감정이 뒤엉킨 채 때로는 일종의 자랑거리가 될 수도 있다. 대체 여기서 무슨 변화가 일어났을까?

빈둥거리며 자리나 채우는 무능력자가 상급 관리로 임용되면 사람들은 경악하고 못마땅해한다. 그러나 그자가 자리에서 밀려나면, 그래서 몇 년 뒤에 사람들의 마음이 가라앉아 느긋해지고 나면, 일단 그자가 책임을 지고 쫓겨난 뒤에 오히려 그 상황에 적응하지 못하고 심지어 그자가 억울한 일을 당했다고 여기는 사람마저 나온다. 이 과정에 대체 무슨 변화가 있었을까?

밤의 산행이라는 변함없는 한 가지 사건이라도 몇 년 전과 몇 년 후의 느낌은 확연히 다르다. 마찬가지로 무능력한 관리라 할지라도 몇 년 전과 몇 년 후의 인상은 전혀 다르다. 시간은 이처럼 놀라운 마술을 지니고 있다. 삶의 구체적인 이미지가 무한히 중첩되고 반복되는 동안, 쓰디쓴 괴로움을 달콤한 즐거움으로 바꾸기도 하고 이상한 일을 정상적인 일로 변화시키기도 한다. 시간은 상처를 다스리고 환상을 반석보다 단단하게 만들 수도 있다. 이런 상황에서 역사란 과연 믿을 수 있는 것일까? 공정하다고 말할 수 있을까? 착한 일을 하면 복을 받고 나쁜 일을 하면 벌을 받으며, 생산과 소비가 균형을 이루는 방식으로 시장가격이 정해진다는 더없이 합리적인 원칙과 역사적으로 증명되는 숱한 부조리는 대체 어떤 관계가 있는가?

우리는 결국 시간 속에 있으며, 모든 것은 시간의 손에 조종당한다. 급히 서두를수록 마음먹은 대로 되지 않는다거나, 느긋하게 진행할 때에야 비로소 일이 순조롭게 완성된다는 말은 만사에 조급하게 구는 것을 삼가라는 뜻을 담고 있다. 쇠뿔도 단김에 뽑아야 한다거나, 밤이 길면 꿈이 많다는 말은 만사는 때맞춰 신속히 행해야 한다는 뜻을 담고 있다. 이런 말은 인간의 삶 속에서 시간이 서로 다른 척도에 따라 규제된다는 사실, 복잡하고 어지러우며 획일적으로 규정되지 않는 인간의 시간적 경험을 묘사한다. 그래서 "시와 때가 무르익었다"라는 주기도문 같은 일상적인 상투어는 중요한 결정을 내릴 때 직관과 사고를 집중하게 만드는 키워드이기도 하다. '시'와 '때'라는 말은 한편으로는 시간을 가리키고, 다른 한편으로는 기회를 가리킨다. 기회가 갖가지 구체적인 조건을 관찰하고 분석하고 장악하고 창조해내는 것이라면, 시간은 종종 도저히 파악할 수 없는 신비한 운명을 짊어지거나, 사람들이 알게 모르게 만들어온 이루 다 헤아릴 수 없는 무한한 인과의 망을 실현하는 것이다.

그러니까 이런 말이다. 특정 시기에는 정의가 짓밟히고 헛소문이 진리처럼 숭상되기도 한다. 성실은 야유를 받고 외면당하며 악습이 유행처럼 번져나갈 수도 있다. 어쩔 수 없다. 선한 마음을 가진 모든 사람은 이런 때 스스로의 나약함과 무능함을 그저 받아들이는 수밖에 없다. 마치 사방이 벽으로 둘러싸인 듯 '때를 만나지 못한' 막막함을 절감할밖에. 그러나 마찬가지로 또 다른 특정 시기에는 나는 새도 떨어뜨릴 것 같던 강력한 권력자가 눈 깜짝할 사이에 스스로 몰락한다든지 모든 사람이 입을 모아 말하는 사기꾼이 감쪽같이 사라지는 일도 있다. 수많은 영웅이 알게 모르게 쓰레기로 전락하기도 하고, 세상에 경종을 울리는 충고의 말이 두터운 역사의 암벽을 뚫고 나와 다시금 사람들을 귀 기울이게 만들기도 한다. 때때로 시간이 빚은 작품은 실로 경이롭다. 이 점을 잘 생각해보면, 역경과 고난에 처한 선한 사람은 사실 의기소침해질 필요가 없다. 선으로 악에 대항함에 전혀 유리한 점이 없다면, 적어도 최후이자 최고의 유리한 조건에 희망을 걸어볼 수 있다. 바로 시간이다. 시간이 지나면 진심을 알게 된다. 시간이 지나면 사람들이 이해해줄 수도 있다. 그들은 그 사실을 알아야만 한다. 중국인이 일본 침략자에게 항거하기 위해서만 '지구전'이 필요한 것이 아니라, 세상의 가치 있는 일이 모두 원론적으로 '지구전'이다. 그런 일은 모두 시간의 축적을 승부수로 삼는다.

이런 측면에서 본다면, 역사는 또한 믿을 만하고 공정하다. 역사에 대한 갖가지 왜곡과 오독이 얼마나 유효하든 언제나 일정한 한계는 존재하는 법이다. 그래서 진실이 완전히 사라지거나 영원히 사라지는 법은 없다. 누군가 능력 이상의 대우를 받거나 지나친 권력을 휘둘러 거짓을 진실로 만든다고 해도 그건 단지 특정한 장소에서의 일시적 사건일 뿐이다. 진실을 왜곡하는 한계를 넘어서는 모든 역사적 허구, 특히 대다수 사람의 정당한 권한과 이익 그리고 목표를 해치는 허구는 종종 시간의 퇴적과 침식을 견뎌내지 못한다. 여기서 우리는 적어도 절반의 낙관주의로 말할 수 있게 된다. 역사는 종종 공정해 보이기도 하고 불공정해 보이기도 한다. 크게 봐서 공정하다고 해서 작은 부분에서까지 공정한 것은 아니다. 길게 봐서 공정하다고 해서 짧은 시간 내에도 공정한 것은 아니다. 집단에 공정하다고 해서 개인에게도 공정한 것은 아니다. 아마도 이야말로 역사의 이중성일 것이다. 어떤 개괄적인 비율도 그저 대체적인 통계만 드러내 보일 뿐 모든 사례의 이중성을 재현할 수 없는 것과 마찬가지 이치다. 그러나 그렇다고 나쁠 게 뭐가 있는가? 또 다른 새 천 년의 문턱에서 우리는 줄기차게 이어져 내려온 전쟁과 혁명, 강제 노동과 건설 그리고 그 뒤에 이어지는 갖은 비평과 비난을 돌아보며 역사의 칼날이 몇 차례나 제때에 인간의 도리를 가르쳤는가 하고 감격해한다. 그러나 다른 한편으로는 역사의 안개가 또 얼마나 많은 사람의 눈을 멀게 했는지에 대해 분개하기도 한다. 불공평한 일을 당한 얼마나 많은 개인의 이야기가 역사의 티끌더미 속에 영원히 파묻히고 말았는가? 얼마나 많은 그리스도, 붓다, 노자, 플라톤, 코페르니쿠스, 아인슈타인, 링컨, 마르크스가 소수자로서 역사의 기록에서 삭제되었는지 우리는 영원히 알지 못한다. 아마도 바로 여기에 역사의 비극이 존재할 것이다. 그리고 동시에 바로 여기에 사람들을 감동시키는 눈부신 역사의 전제가 있다.

우리는 강물처럼 도도히 흘러오는 시간의 무한한 흐름에 맞서,

이 투명한 시간의 흐름이 어떻게 우리의 기억과 상상을 변화시킬지 알지 못하며, 우리를 어떤 경악과 각성으로 이끌지 알지 못한다.

그저 똑딱똑딱 흘러가는 시간의 소리를 들으며, 우리는 기다릴 뿐이다.

3부

사회의 구체적 이미지

가까운 일

중국 각지의 수많은 전통 민가로 걸어 들어가는 것은 마치 혈연관계의 안내도 안으로 걸어 들어가는 것과 흡사하다. 동서 양쪽으로 별채가 있고, 앞뒤로 세 개의 문을 지나 들어가는 동안 아버지와 아들, 형과 아우의 처소가 각기 서열에 따라 분명하게 나뉜다. 그 형태와 분위기 간의 차이는 엄연하며 시누이와 올케, 또는 동서 사이의 지위에 따른 왕래 규칙이 알게 모르게 그 구조 안에 내재해 있다. 여기, 커다란 원탁을 둘러싸고 사람들이 앉으면 중앙의 대청마루로부터 구석구석 시선이 고루 뻗어나간다. 헛기침 한 번에 사방에서 답하는 소리가 여기저기 메아리처럼 울리면, 가족 간의 인정과 효도와 우애 같은 윤리가 자연스럽게 생겨난다.

이런 주택은 더 넓은 촌락으로 쉽게 확산되며 농경을 위한 정착의 역사 속에서 수많은 사례로 증명된다. 가오씨촌, 리씨촌, 왕씨촌 등의 마을은 한번 정착한 이래 십몇 대 또는 몇십 대에 걸쳐 한곳에서 살아온 결과다. 설사 우연히 다른 성씨를 가진 사람들이 외지에서 이주해 오더라도 일단 뿌리를 내리면 떠나가기 힘들다. 제사상의 향불이 끊임없이 올라가는 몇 대가 한집에 함께 사는 풍경도 흔하게 볼 수 있다. 여기 사는 사람들은 대를 이어 분명한 혈연상의 지위를 지니며 상하좌우의 친분 관계망 속에 살아간다. 작은아버지, 큰아버지, 고모, 작은어머니나 큰어머니, 외삼촌, 이모, 친조카와 외종질 등 각종 명칭과 호칭은 복잡하기 이를 데 없어서 유목적 세계관을 가진 몇몇 서양 민족을 어리둥절하게 한다. 영어에서는 친척과 관련된 호칭이 매우 적으며 올케나 시누이는 모두 '법률상의 자매sister in law'일 뿐이다. 매형과 처남 역시 '법률상의 형제brother in law'로 불릴 따름이다. 직계가족 이외에는 이미 모든 관계가 모호해져서 오직 법률에 의해서만 신분이 확인되며 법률상으로는 친척 관계에 있지만 혈연과 생활 면에서는 전혀 남남인 경우도 많다.

가족 체제는 농경민이 정착 생활을 시작하고 나서야 완결되었으며 지속적으로 전승되었다. "부모님이 계시면, 멀리 떠돌지 않는다"라는 말은 타향을 떠도는 이의 슬픔에 젖은 심사를 가리킬 뿐 아니라, 낙엽이 떨어지면 뿌리로 돌아가듯이 고향으로 돌아가고 싶은 본능에 가까운 감정을 의미한다. 이는 조상들이 살던 곳 또는 오랫동안 살았던 곳이 주는 강력한 영향력을 보여준다. 수많은 정서와 행동은 '고향'이라고 하는 농경문화 특유의 이 특별한 중심적 가치를 지향한다. 하이난성 단저우 사람들이 일찍이 내게 이런 말을 해주었다. 그들의 조상이 멀리 떠돈다고 할 때 그 한계는 고향 마을의 산봉우리가 지평선에서 사라지는 곳이었다. 일단 그 산꼭대기가 안 보일 정도가 되면 그들은 발길을 돌렸다. 비교하자면, '말 위의 민족들'은 '고향'이라고 부를 만한 곳을 갖기 어렵다. 물과 풀이 있는 곳을 찾아서 머물고, 시기와 상황에 따라 움직이기 때문에, 끝없이 헤매는 생활에 익숙하다. 설사 비교적 안정된 활동 범위가 있다고 하더라도 아주 넓은 편이어서, 이들이 지닌 '고향'의 개념은 대단히 광범위하고 모호하다. 어떤 순수한 유목민의 예를 들어보자. 그는 종종 어떤 곳에서 어머니 배 속에 있다가, 하염없이 멀리 떨어진 또 다른 어떤 곳에서 태어나고, 더더욱 머나먼 어떤 곳에서 자라난다. 그는 도대체 어디를 고향이라고 불러야 할까? 초원의 오솔길은 지평선의 끝닿은 곳까지 뻗어 있으며, 서글픈 목동의 노래는 흰 구름이 펼쳐진 저 아득한 푸른 하늘 끝으로 울려 퍼진다. 그가 일족과 함께 그리움을 나누려면 도대체 어디로 돌아가야 하는가?

정착민의 세계는 상대적으로 봤을 때 대체로 협소한 세계다. 30무의 땅과 소 한 마리, 마누라와 자식들과 부뚜막이 있고, 친척과 담장을 맞대거나 이웃과 처마를 잇대고 산다. 수풀이나 언덕 하나가 종종 먼 곳으로 향하는 그들의 시선을 가로막고 있다. 그래서 가까운 일을 깊이 걱정하고, 먼 일은 거의 고민하지 않는다. 또는 가까운 일을 먼 일보다 중요하게 생각한다고 할 수도 있다. 혈연의 정에 따라 가까운 일을 다스리고, 법이나 사리는 먼 일을 다스리는 데 겨우 쓰인다. 혈연의 정을 법이나 사리보다 중요하게 여기는 것은 이들의 자연스러운 문화 선택이다. 어떤 사람이 일찍이 공자에게 이런 말을 했다. 그의 고장에 어떤 정직한 아들이 있었는데, 부친이 양을 훔친 걸 알고 관가에 고발했다고. 공자는 아들이 옳지 않다고 여기며 이렇게 말했다. "우리 고향 사람들에게는 또 다른 정직함이 존재한다. 아비는 아들을 위해 허물을 숨기고, 아들은 아비를 위해 허물을 감춘다. 정직이라는 것은 그 안에서 표현되는 것이다." 이것은 《논어》에 실려 있는 이야기로, '법은 혈육의 정을 사라지게 할 수 없다'는 이치를 설명하고 있다. 《맹자》에 실린 또 다른 이야기는 옛사람들이 서로 교제할 때 거리에 특별히 민감했다는 사실을 보다 선명하게 드러낸다. 맹자는 이렇게 말했다. "만약 한집에 사는 사람이 남과 더불어 서로 다투고 있으면, 당장 달려가 그들을 말려야 한다. 그러다가 머리칼이 흐트러지고 옷매무새가 어지러워지더라도 애석해할 필요가 없다. 이웃집 사람이 집 밖에 나와 싸우고 있는데 마찬가지로 머리칼이 흐트러지고 옷매무새가 어지러워지도록 뜯어말린다면 사리를 분간할 줄 모르는 사람이다. 문을 닫아거는 것으로 충분하다 하겠다." 여기서 가까우면 내 몸을 던져서라도 상관해야 하며, 멀면 문을 닫아걸고 피해 가야 한다는 말은, 한 가지 일에 대해서도 두 가지 반응이 가능함을 의미한다. 맹자의 생존 경험이 바로 그런 것이었다. 동정심의 표준은 관계의 멀고 가까움에 따라 조금씩 달라진다. "피는 물보다 진하기 때문"이다.

공자와 맹자는 나중에 모두 정치가와 사회 이론가가 되었다. 그들은 사실 먼 일을 고려할 수밖에 없는 입장이었고, 나라와 천하를 걱정하지 않을 수 없었다. "내 윗사람을 모시듯이 남의 윗사람을 모시고, 내 아랫사람을 거두듯이 남의 아랫사람을 거둔다"라는 말은 이런 사유의 궤적에 따른 것이다. 그들은 '나라'를 '가정'의 확대판으로 여겼으며, '충성'을 '효도'의 확장으로 간주했다. 가까운 데서 먼 데로, 친한 사람에게서 소원한 사람에게로, 안에서 밖으로, 유가적인 예법의 씨줄과 날줄이 엮어졌다. 그러나 그들이 어떤 식으로 도통과 정통을 과시했든, 상술한 두 가지 사례는 중국식 예법 체계가 지닌 혈육의 정이라는 근원과 핵심을 드러낸다. 거기에는 농경 정착 사회라는 문화적 모태의 흔적이 남아 있다. 중국 사람들이 입버릇처럼 말하는 "인정에 부합하고 사리에 부합한다"는 상투어에서 '인정'이 '사리' 앞에 위치하는 것 또한 이런 사실을 입증한다.

가까운 일이 먼 일보다 중요하게 여겨지는 것과 마찬가지로 실용적인 것은 가까운 것을 구하고 공리적인 것은 먼 것을 구하는지라, 자연스럽게 공리적인 것보다 실용적인 것을 구하는 게 중국인의 또 다른 문화 선택이 되었다. 유학자 선배들이 "질서를 어그러뜨리는 것, 무력을 행사하는 것, 괴상한 것, 신성한 것에 대해서는 말하지 않는다"라든가, 또는 "삶에 대해서도 알지 못하는데, 어찌 죽음을 알겠는가"라고 한 것은 귀신의 자취와 인간의 현세를 갈라놓고 생전과 사후를 나누는 관념을 의미한다. 이는 중국 문화의 주류에서 줄곧 종교적인 사고를 배제하도록 만들었다. 유대교나 바라문교, 기독교, 이슬람교 등의 문명과 달리, 중국 지식 계층은 사제 계급을 문화의 주체로 삼지 않고 세속적인 유학자를 문화의 주체로 삼았다. 그들 대부분은 오로지 먹고 입는 것, 집안과 나라를 다스리는 세속적인 사무에만 관심이 있었다. 말하자면 '사람의 정'에서 발전한 '사람의 일'에만 주의를 기울였던 것이다. 한족 거주 지역에 속한 수많은 도사와 승려는 우주 철학의 형이상학을 탐구하는 경향이 있었지만, 이론적으로 지나치게 멀리 나아가 추상화되는 일은 없었다. 이는 사회 전체 분위기에 영향을 받았기 때문인데, 이런 논의가 결국 실천적인 문제로 귀납되었던 것이다. 도가의 지식인은 대부분 단약, 풍수, 관상, 기공 등의 방법론에 치중했고, 불가의 사원은 불자들이 아들 낳기를 바라고, 재물을 구하며, 장수를 빌고, 무사평안을 비는 장소, 즉 신성에 이익을 구하고 인간과 신 사이의 교역을 돕는 연결 지점이 되었다. 1620년, 영국의 철학자 프랜시스 베이컨은 다음과 같은 글을 썼다. "인쇄술과 화약 그리고 자석이라는 세 가지 발명품은 우선 문학 분야에서, 다음으로는 전쟁 분야에서, 그 뒤에는 항해 분야에서 온 세계 수많은 사물의 면모와 상태를 변화시켰으며, 무수한 변화를 불러일으켰다. 어떤 제국이나 파벌, 천체조차 이 발명이 인류에게 끼친 것보다 더 큰 영향을 주지는 못했다. 그것은 인류를 추동케 한 커다란 동력이었다." 베이컨이 지적한 세 가지 위대한 발명은 모두 중국에서 기원했다. 그러나 중국의 기술은 대부분 과학으로 이어지지 않았고, 실용은 공리를 추구하지 않았다. 이런 결여는 그리스 철학자들이 헤라클레이토스와 데모크리토스로부터 아리스토텔레스에 이르기까지 줄곧 '공리화'의 지식 전통을 따른 것과 비교된다. 이런 전통은 유럽 종교의 초석이 되어 정신적인 이치를 추구하는 동시에 과학의 기초로서 물질의 이치를 추구하게 이끌었다. 중국에서 부족한 것은 '진리'를 '선'보다 우월하다고 여기고 이를 추구하는 문화 전통이다. 이런 결여는 근대의 도구적 이성이 발육하는 데 필요한 동력을 잃게 만들었으며, 수학, 물리학, 화학, 생물학, 항해학, 지리학, 천문학 등 여러 방면에서 뒤처지고 마는 결과를 낳았다.

이것은 현대 중국인이 지닌 아쉬움 가운데 하나지만, 다만 이런 아쉬움이 유생에게도 필요했다고는 말할 수 없다. 아들과 손자가 대를 이어 한 울타리 안에 살면서 태어나고 자라고 늙어가는 정착 민족에게, 머나먼 고장을 떠돌며 온 세상을 집으로 삼고 초원과 고원 그리고 해안선까지 떠도는 민족이 가진 것은 필요가 없었다. 그들에게 세상의 모든 일에 간여할 의무가 어디 있었겠는가? 우주의 극한을 추구하는 게 대체 무슨 의미가 있었겠는가? 그때 아편전쟁의 불길은 아직 그들을 불안에 떨게 만들지 않았다.

중국인은 현실감을 철저하게 느끼는 데 익숙해져 있었다.

현실이라고 하는 것은, 가까운 곳에서 감각되는 사물과 사건의 이미지이지 추상적인 이념이 아니다. 중국인은 '사정'에 밝고 '정황'이나 '정세'를 파악하는 데 매진했으며 '인정에 따라 모든 일을 처리하는 것'을 중요하게 여겼다. '정'이라고 하는 것은 가깝게 감각되는 것들의 이치이며, 구체적인 이치이고, 살아 움직이며 증거로서 따질 수 있는 이치이지 보편성을 추구하는 추상적인 논리가 아니다. 그래서 중국의 지식인이 '작은 다리를 건너 물이 흐르는 인가人家'에 관심을 빼앗기고 있을 때, 유럽인은 줄곧 말 잔등에 앉아 불안하게 떠돌며 갈등을 겪었다. 또한 끊임없이 대지를 휩쓸고 다니는 과정에서 추상적인 논리로 먼 곳을 제어하는 능력을 터득했고, 하늘에서 인간에 이르기까지 일률적이고 보편적인 이치를 추구하게 되었다. 이를 통해, 그들은 보다 더 넓은 초원, 즉 지구의 대양을 찾아 나서기에 이른다. 그것은 또 다른 기나긴 이야기의 실마리가 된다.

글과 도

12세기에 흉노의 대제국이 유라시아 대륙을 석권하기 이전에, 흉노인은 이미 직조, 주조, 수레 건조에 관한 지식을 지니고 있었지만, 문자와 글을 쓰는 법은 알지 못했다(스타브리아노스, 《글로벌 히스토리》). 비교해보자면, 중국은 비록 가까운 일을 먼 일보다 중요하게 여기는 정착민의 세계였지만, 아주 일찍이 문자가 발달한 나라 가운데 하나였다. 3천여 개의 문자가 기원전 전국시대에 이미 정형화되었으며, 이로써 고대 중국인은 인간과 사물의 '정情'에 관한 논의를 발전시켰다. 진시황은 중국을 통일하고 같은 문자를 쓰게 했다. 표의문자인 한자가 수많은 방언 지역에서 널리 쓰일 수 있게 만든 것이다. 하나로 통일된 거대한 기호의 네트워크가 건설되었으며, 이후 건설되는 새로운 왕조에 중요한 정보기술 조건을 완비해주었다.

흉노의 세계를 구성하고 있던 돌궐과 몽골족뿐 아니라, 유럽에서도 이처럼 안정되고 통일된 문자 조건이 완비된 지역은 없었다. 그들의 문자는 표음의 방향으로 나아가고 있었다. 문자는 어음에 따라 변화했으며, 어쩌면 너무 쉽게 변했을 것이다. 새로운 것을 뒤쫓아 가는 데는 분명히 유리한 점이 있었지만, 옛것을 유지하고 오래 지키는 데는 그다지 이롭지 않았다. 예를 들어, 유럽의 르네상스는 아주 많은 부분에서 외국어의 힘을 빌릴 수밖에 없었다. 그런 까닭에 그들은 무슬림 번역본 속에서 잃어버린 그리스를 되찾은 뒤에야 새롭게 조명할 수 있었던 것이다. 유럽인은 대부분 이미 오래전부터 그리스 고전에 대해 아는 것이 없었다. 또 다른 문제가 잇따랐다. 일단 로마제국이 무너지고 나자 라틴어 또한 그에 따라 사분오열했고, 새로운 세대의 문자가 방언을 사용하는 영역의 사방에서 샘솟아 발전하고 변화했다. 그런 언어는 다시 하나로 융합될 수 없었다. 문자가 단절된 뒤 체제와 생활 또한 그에 따라 변화했기 때문이다. 문자는 거대 어족 내에서 비록 서로 친연 관계에 있었지만 서로 통용할 수 없었으며, 나아가 당시 유럽 통일을 가로막는 장애가 되기도 했다.

문자가 중국의 제지 기술 발명을 촉진했을까, 제지술이 문자의 발전을 추동했을까? 이 문제에 대한 대답은 쉽게 확정할 수 없다. 그러나 어쨌거나 후한의 환관이던 채륜이 105년에 개선한 제지법은 거의 결정적인 의의를 지닌다. 문자의 광범위한 운용을 가능하게 하고, 문자가 다시는 왕실과 귀족만의 전유물이 되지 않도록 했으며, 또한 그들이 다시는 숨을 헐떡이며 이리 뛰고 저리 뛸 일이 없도록 만들었다. 생각해보자. 당시의 신료였던 동방삭이 한무제에게 상소를 올리면서 사용한 죽간은 두 사람이 힘을 합쳐야 겨우 들어 올릴 수 있었다! 다시 생각해보자. 제지술이 12세기에 아랍인을 통해 유럽으로 전해지기 전에, 그곳에서 문자는 종종 둔중한 양피지에 기록되었다. 일부 철학 저작이나 성경 필사본은 몇 대의 수레에 이르는 수많은 양피를 사용했기 때문에 노비들이 이고 지고 날라야 했다. 이처럼 고귀한 문자라는 것은 사회 대부분을 차지하는 하층민에게는 얼마나 신기하고 아득히 먼 존재였겠는가!

'제후 채씨의 종이蔡侯紙'가 대변하는 집단적인 발명 과정은 이 세계에 최초의 정보혁명을 불러일으켰고, 중국의 이성적 인식도 비약적으로 발전했다. 문학적인 분위기가 무르익고, 문학적인 유행이 크게 일었다. 시골에까지 학교가 널리 퍼져 수만 명에 이르는 지식인이 생겼으며 강력한 '사족士族' 계층을 형성했다. 이들은 무사와 귀족을 대신해서 새로운 사회적 강자가 되었다. 이와 연관된 또 다른 연쇄 반응은 정부가 공인한 '태학박사太學博士'의 출현이다. 이는 지식인에게 정권으로 향하는 길을 열어주었다. 추천 중심의 찰거제察擧制를 완전히 대체하지는 못했으나 문인 정치의 사회적 경향을 확립하고 과거제의 싹을 틔웠으며, 지식의 새로운 영역을 하나씩 개척했다. 의학(장중경), 천문학(장형), 문자학(허신), 자연철학(왕충), 사학(사마천, 반고) 및 도가의 각종 방술이 밤하늘을 수놓는 찬란한 별처럼 무수히 빛났고, 중국 사람의 마음속에 그려진 세계의 모습을 완전히 바꿔놓았다. 문학조차 진리와 실질을 추구하는 일로 바뀌었다. 사마상여와 양웅의 한부漢賦는 소재가 광범위해 "사물에 대해 쓰고 형상을 묘사하는 데 심혈을 기울여 그 빽빽함이 마치 조각한 그림과 같았다". 그들은 산천초목의 갖은 형태에 대해 쓰면서 모든 묘사 기법을 동원했는데, 지리학, 생물학 및 여타 학문 분야에 강한 흥미를 보여 그 작품 하나하나가 마치 백과전서라도 되는 듯했다.

한자적 사유 체계가 성년기에 이르면서 격물치지의 왕성한 학문적 요구는 한자의 추상화 정도를 상당히 높은 수준으로 끌어올렸다. 예서隸書는 이 시대의 요구에 발맞춰 생성되었으며 날로 유행해 '금문今文' 경학의 발판을 다졌다. 예서는 네모반듯한 규격에 맞춰 쓴 필획이 단순한 서체로서 갑골문과 전서篆書의 원시적인 형태에서 벗어나 있었다. 각종 이론 또한 정치적 경험과 도덕적 경험의 단편적인 감상에 불과한 상태를 벗어나 다시는 구상 중심의 초기 양식을 드러내지 않고 이론화된 논리 사변의 광대한 공정을 향해 나아갔다. 이것이 경학이다. 동중서로 대표되는 경학가들은 중국식 논리 사변 체계를 발전시켰고 유가, 묵가, 도가, 법가 등 각 학파가 집성한 학술적인 이상과 지식상의 포부를 한데 엮어냄으로써 이를 표현했다. 수십만 자에서 수백만 자에 이르는 대규모 이론적 저술이 완성되었던 것이다. 이는 중국의 정치적 통일 이후 첫 번째 문화적 대융합이었다. 그리고 그것은 단지 시작에 불과했다.

한 왕조에서 비롯된 융합 과정은 십여 세기 동안 줄곧 지속되었다고 말할 수 있다. 송대의 성리학에 이르러 마침내 '문치紋治'에서 '문치文治'로 옮아가는 중국적 전형轉形이 완성되었으며, 상징 이미지가 문화를 주도하던 방식에서 벗어나 문자 기호가 문화를 주도하는 획기적인 전환이 이루어졌다. 또 이 시기에는 활자 인쇄술이 발명되어 문자의 생산이 양적인 측면에서 다시 한 번 폭발적으로 증가했다.

흥미로운 사실은, 송대는 모든 중국적 이미지가 어지럽게 난무하던 시기로서 상징 이미지가 유래 없이 왕성하고 풍부하게 맹활약한 시기이기도 했다는 것이다. 농경 사회의 생산이 풍족해지고 상업은 번영했다. 도자, 견직, 조각, 건축 등 구체적인 산물의 창조적인 생산은 이미 기존 한계치를 돌파했다. 서화, 연극, 음악 등 예술 방면 또한 급속하게 발전해 대중적인 오락으로 자리 잡았다. 맹원로는《동경몽화록》에서 당시 수도였던 개봉의 번영을 다음과 같이 묘사했다.

> 주택가 골목이 동서남북으로 연이어 있어 그 끝을 알 수 없었다. 어디에나 문이 여닫히고 있었는데, 찻집이거나 술집이거나 …… 야시는 자정 무렵에야 겨우 문을 닫았고, 해뜨기 전에 벌써 다시 개장하는 편이었다. 가장 붐비는 곳은 아예 밤새도록 문이 닫히지 않기도 했다. …… 유흥가에서는 언제나 새로운 음악과 미인의 웃음소리가 끊이지 않았으며, 찻집과 술집에서도 악기를 연주하는 등 공연이 자

주 열렸다. …… 천하의 모든 진귀한 것이 저자에 모여 거래되었으며, 세상의 모든 먹을거리가 식당 주방에 다 있었다. …… 신기한 재주가 사람의 귀와 눈을 놀래니, 그 사치함이 참으로 사람의 안목을 넓히고 정신을 새롭게 했다.

이처럼 사치하고 퇴폐적인 생활은 정말이지 사람들을 놀라게 했다. 당시에는 '송사宋詞'가 '당시唐詩'를 대체해 한동안 유행했는데, 이는 문학이 이미 그 이전보다 훨씬 여성적이고 감각적인 성향을 띠게 되었음을 의미한다. 대부분의 유행은 기생을 가르치는 교방과 기원에서 시작되었는데, 이는 또한 문인 지식인과 예술적 재능이 뛰어난 창기 사이의 광범위한 교류를 증명하는 동시에 음악의 보편화 정도를 알려준다. 여기 중요한 차이가 존재한다. 이 시기에 '음악'은 이미 선진 시기의 '예악'과는 다른 의미가 되었다는 점이다. 선진 시기에 예악은 종묘와 궁정 깊은 곳에 감추어져 있었다. 종, 경, 금, 슬 같은 악기는 모두 대형의 고정화된 형태로 존재했다. 송대의 음악은 저잣거리에 널리 퍼졌고, 비파 및 자주 쓰이는 세 가지 현악기는 모두 소형화되어 휴대가 간편해졌다.(첸무,《중국문화사 도론》) 악기의 역사적인 변천은 '악樂'이라는 것이 이미 통치 집단의 지배력에서 벗어나기 시작했다는 사실을 증명한다. 그것은 더 이상 순자가 주장했던바 "존귀한 신분과 비천한 신분을 나누고" "상과 벌을 베풀며" "폭력과 피비린내와 광포함을 금지하는" 교화 도구로서 기능하지 않았다. 오히려 이와 상반되게, 사회 기층까지 깊이 파고들어 세속화되었다. 심지어 사람들은 취향에 따라 관능적인 곡조와 선정적인 가사에 완전히 중독되어 있었다. 이는 곧 성리학자였던 주돈이가 경고했던 바다. 음악의 기능은 이미 "마음을 가라앉히는" 데 있지 않고 "욕망을 조장하는" 데 있었다.(《통서》〈악상〉)

어떤 사람들이 보기에 이런 변화는 예교에 대한 거대한

위협이었으며, '예禮'와 더불어 첨예한 대립을 불러일으켰다. 그 옛날, 잡역부들이 주장하던 '비악非樂'적 입장이 일찍이 묵가에 대한 유가의 크나큰 우려였듯, 이제 그것과 별다를 바 없는 새로운 풍속이 서서히 유가의 엄숙한 표면 위로 떠오르기 시작했다. 역사의 무게중심은 거의 제자리로 돌아오는 법이다. 다만 원래 그대로의 자리로 돌아가지 않을 뿐.

문화의 갱신은 시나브로 다가온다. 송대의 성리학자들은 하나둘 '문예를 낮추어보기' 시작했다. 유구한 전통을 자랑하는 고귀한 시가 작품조차 음악과의 친연 관계로 인해 세속적인 분위기에 물드는 걸 피할 수 없다는 사실은 그들을 안절부절못하게 만들었다. 정이는 시가 작품이 '광대 나부랭이'의 '한가한 말장난'에 불과하게 되었음을 비판했고, 주희는 아예 "결코 시를 짓지 않겠다"라고 맹세하기도 했다. 그들 눈에는 시를 짓는 것조차 "사물을 노리개 삼느라 큰 뜻을 잃으며" "감각을 그르침"으로써 인륜과 도덕을 망치는 허튼짓거리였다. 문자 이외의 감각기관 활동, 물질세계의 온갖 형상과 색채는 너무 쉽게 인간의 의지와 심리를 미혹하고, 너무 쉽게 유가의 정통과 도통에서 멀어지게 만든다. 설사 그것이 선 이론적이고, 선 문자적이며, 선 언어적인 직관 및 은유로 쓰일 수 있다고 하더라도. "천리를 존중하고 인간의 욕망을 없애려"는 위대한 목표를 실현하기 위해, 그들은 '문자'를 중시하고 '이미지'를 홀대할 수밖에 없었다. 이미 '이미지'에 대한 통제력을 상실했다면 더더욱 문자를 이용해 인식의 바리케이드를 세우고 인간의 육체 안에 깃든 위험한 감각적 충동을 깨끗이 씻어낸 뒤, 인간 욕구의 공백 상태와 금역을 설치하는 편이 낫다고 판단했기 때문이다. 이 지식인들은 제지술과 인쇄술이라는 두 가지 위대한 기술을 장악한 사람들이었다. 문자는 그들이 소유한 가장 뛰어난 메리트이자 마스터키였다. 그래서 그들에 의해 유일하게 가치 있는 기호로서 숭상되었던 것이다. 이로써 "글을 알고 예를 지키는" 것은 고아한 선비들의 둘도 없는 규범이 되었다. "글을 알고"

"글을 쓴다"는 것이 곧 군자가 평생 힘써야 할 사명이었다. 그들은 1만 권의 경서를 옆구리에 끼고 위대하고도 고난으로 가득한 '문치'의 길로 나아갔으며, 중국식 문자 중심주의자, 중국식 로고스 중심주의logocentrism자가 되었다.

"글이라는 것은 마땅히 도를 전해야 한다"라는 주돈이의 주장이 마침 이 시기에 부각된 까닭은 이런 관점에서 더욱 잘 이해할 수 있다. 이제 도덕을 숭배할 뿐 아니라, 문자도 숭배하게 된 것이다.

오랑캐

중국의 몇몇 소수민족은 일찍이 '오랑캐'라고 불린 바 있다. 사실 인종이나 혈연 면에서 그들이 특수했다기보다, 다만 제지술이나 인쇄술의 수준이 중원의 문명에 미치지 못했을 따름이다. 장타이옌의 말에 따르면, 중화 민족과 오랑캐의 구분은 "문화의 고하에 따라 나뉜다". "중국은 오랑캐로 퇴화할 수 있고, 오랑캐도 중국으로 나아갈 수 있다. 오로지 예교의 기준에 따르며, 친하거나 소원함에 따라 나눈 것이 아니다."(《중화민국해》)

오랑캐도 중화 민족이 될 수 있다. 오吳, 초楚, 민閩, 월越은 원래 모두 전형적인 '오랑캐'였지만, 나중에는 중화 정통의 예교 국가 가운데서도 수위를 차지하게 되었다. 이백은 신장에서 태어났고, 백거이는 회족 출신이라고 전해지며, 원호문은 금나라 사람임에 의심할 여지가 없다. 그들 모두가 오랑캐로서의 배경을 지니고 있지만, 또한 중화 문명의 걸출한 대표 인물이다. 반대로 중화가 오랑캐가 될 수도 있다. 창장강 남쪽 지역 '싼먀오三苗'의 일부는 상고 시기 황허 중상류 지역에서 재난을 피해 남쪽으로 옮겨 갔던 약소 부족이었으며 원래는 문명의 주류 밖으로 밀려난 적이 없는 이들이었다. 그들은 다만 산악 지역에 칩거한 뒤 상대적으로 제지술과 인쇄술이라는 두 가지 정보기술의 급행열차에 올라타지 못했을 뿐이다. 그래서 언어가 있으면서도 문자가 없거나(요족의 경우) 문자 체계가 비교적 간출하여(묘족의 경우) 정보 전달을 할 때 이미지의 도움을 받아야 한다. 예를 들어, 무용으로 역사를 기록하거나 노래로 지식을 전하거나 토템으로 신앙을 나타내거나 각종 기괴한 무속적 의식으로 권위를 내세우고 사회를 조직하는 것이다. 윈난 나시족의 둥바東巴 문자는 반은 문자이며 반은 이미지에 가까운 원시적인 기호로서, 줄곧 한어의 발전과 궤를 달리해 독립적으로 진화했다.

그들은 때때로 모닥불을 둘러싸고 며칠 동안이나 밤낮으로 춤을 추면서 감정적인 해소를 만끽하고 생존 경험을 총결하여 표현했다. 그럼으로써 새로운 세대를 대상으로 체계적인 교육을 했다. 예를 들어, 묘족의 명절인 츠구짱吃鼓藏 축제에서 추는 북춤은 〈하늘과 땅이 열리는 노래〉에서 〈큰물에 하늘이 잠기는 노래〉까지, 다시 〈산을 넘고 강을 건너는 노래〉까지 전부 13부에 이르는 서사시가와 서사무용으로 이루어져 있다. 묘족의 역사가 노래와 춤 속에 모두 실려 있을 뿐 아니라, 지리적, 역사적, 윤리학적 지식의 전수 또한 불빛과 북과 방울 소리 속에서 이루어졌다. 그들은 '문자'가 비교적 늦게 발달한 부족이거나 취약한 지역에 자리 잡고 있었지만, 상대적으로 '이미지'의 측면에서 고도로 발달했다는 사실을 쉽게 알 수 있다. 중원의 한인은 그들이 춤과 노래에 재능이 있으며 화려한 옷맵시를 지닌 데 대해 늘 호기심을 가졌다. 그리고 한인은 천성적으로 근면하며, 소수민족은 천성적으로 활발하다고 생각했다. 사실 중국 서북부의 투르크와 몽골 등 광활한 초원을 삶의 터전으로 삼고 있는 민족을 제외하고, 중국 서남부의 '싼먀오'나 '바이웨百越' 등은 대부분 배산임수 지형에 의지해서 살고 있다. 그들은 험한 골짜기가 길을 끊고, 깊은 물이 앞을 막아버린 좁은 공간에 갇혀 살아간다. 예를 들어, 구이저우 묘족은 '땅이라고는 평방 석 자가 안 되는' 지역에서 살기 때문에 전혀 활발하게 움직일 조건이 안 된다. 그들이 춤과 노래를 더 많이 연습하고, 염색이나 리듬, 신체 동작 등에서 더욱 예민할 뿐 아니라 재능이 뛰어난 것은 아마도 문자라는 도구를 충분히 사용할 수 없기 때문일 것이다.

상대적으로 한인은 일찍부터 문자화된 두뇌를 갖췄기 때문에, 이미 귀중한 이미지 상징을 다수 잃어버렸다. 팔과 허벅다리를 이용해 존중과 심려를 나타내는 능력이나 나뭇잎과 나무 북으로 그리움과 울분을 나타내는 능력, 허리띠나 목걸이, 머릿수건과 수를 놓은 여러 문양으로 우정과 사랑 그리고 장엄함을 표현하는 능력까지도 말이다. 한족의 무용과 음악, 시가, 미술 창작은 종종 소수민족이라 불리는 이들에게서 풍부한 영양과 원동력을 얻었다. 이는 연구자들 사이에 전혀 이견이 없는 사실이다. 한족의 복장은 소수의 귀족들이 싱터우行頭(중국 전통극의 복식 및 분장, 도구 등을 통칭하는 말. 옷매무새와 차림새 일체를 풍자적으로 가리킬 때 쓰기도 한다 – 옮긴이) 를 중시했던 것을 제외하고, 민간의 복식으로 말하면 소수민족에 비해 상대적으로 매우 투박하거나 초라하다. 비록 집단의 복식이 때때로 오랑캐 땅의 남자들에 의해 모방되었지만, 감정적으로 보다 섬세하고 예민한 오랑캐 여성들에게는 그렇게 쉽게 받아들여지지 않았다. 묘족, 동족, 요족 등의 땅에서 '남자는 항복할지라도 여자는 항복하지 않는' 복식 문화 현상이 자주 보이는 것은 이런 이유에서 비롯했을 가능성이 있다. 한족의 연애와 구혼은 대부분 글로 쓰이거나 입으로 말해졌으며, 때로는 납폐와 육례의 과정을 통해 완전해졌다. 《귀신 쫓는 춤의 역사》를 쓴 동족 학자 린허 선생이 일찍이 내게 이런 말을 한 적이 있다. "이것은 정말이지 영문을 모를 일입니다." 그는 또한 한족 지역의 도시로 가서 일을 하게 된 동족은 여러 가지로 낯선 상황에 익숙해지지 않은 나머지 결국 하나둘 동족의 산지로 돌아간다고 말했다. 차라리 옥수수를 심어 연명하며 산속에서 생활할지언정 도시에서 나라의 배급 식량을 먹으려 하지 않는다며. 나는 그 가운데 이런 원인을 빼놓을 수 없다고 생각한다. 그런 사람들은 틀림없이 말하지 못할 답답함을 느꼈거나, 한족이 거칠고 투박한 데다 취향이 별로인 민족이라고 생각했을 것이다. 다시 말해, 복식이라는 측면에서 벙어리 같고, 몸의 관점에서는 귀머거리 같다고 여겼을지 모른다.

이는 마치 오스트리아, 독일 등의 중유럽 민족 사이에서 모차르트, 베토벤, 멘델스존, 바그너, 바흐 등의 음악 거장이 태어난 뒤에 중국인, 특히 문화 전통에 대해 대대적인 파괴를 일삼은 현대 중국인은 반음과 화음조차 알지 못하는 음악의 문외한임에 틀림없다고 여겨진 것과 마찬가지다. 중국인이란 모두 고래고래 소리만 지르는 목청 큰 사람들로, 좋은 일이든 나쁜 일이든 오로지 '소란 떨기'밖에 모른다는 게 그들의 생각이었다. 프랑스나 네덜란드 등 서유럽의 민족은 마네, 세잔, 모네, 고갱, 마티스, 피카소 등 미술의 거장이 탄생한 이후 중국인, 특히 문화 전통에 대해 대대적인 파괴를 일삼은 현대 중국인은 수십 종에 이르는 잿빛을 한 가지 회색으로 간주하고, 수십 종에 이르는 검정을 한 가지 검정으로 간주하는 색맹임에 틀림없다고 생각했다. 그도 그럴 것이 입고 있는 옷마저도 오로지 빨간색 아니면 국방색뿐이었으니 말이다.

아주 긴 시간 동안 중국의 한족은 유럽인, 인도인, 일본인 등 다른 민족을 '오랑캐'로 간주하고 국경 안의 '오랑캐'와 서로 뒤섞어 지칭했다. 이런 감각에 있어서 이미 다른 정도로 장애를 지니고 있는 한족에게는, 또 다른 청각 또는 시각 능력을 상상하거나 그처럼 섬세한 감각 속의 문화적 인식을 상상한다는 게 전혀 쉽지 않은 일이다.

시골말

나는 타이핑쉬의 언어에 대해 다음과 같은 인상이 있다.

수식어가 많다. 사람들은 단순하게 '검다'라고 말하지 않고 꼭 '먹물같이 검다'라고 하며, 단순히 '희다'라고 말하지 않고 꼭 '눈처럼 희다'라고 한다. 단순히 '무겁다'라고 하지 않고 꼭 '은덩어리처럼 무겁다'라고 하며, 단순히 '가볍다'라고 하지 않고 꼭 '푼사처럼 가볍다'라고 한다. 단순히 '뚱뚱하다'라고 하지 않고 꼭 '첩첩이 쌓인 것처럼 뚱뚱하다'라고 하며, 단순히 '말랐다'라고 하지 않고 꼭 '칼로 발라낸 것처럼 말랐다'라고 한다. 단순히 '바르다'라고 하지 않고 꼭 '붓끝처럼 바르다'라고 하며, 단순히 '굽었다'라고 하지 않고 꼭 '밀랍처럼 굽었다'라고 한다. 그들은 '검다' '희다' '무겁다' '가볍다' '뚱뚱하다' '말랐다' '바르다' '굽었다'와 같은 형용사가 지나치게 추상적이어서 사람들이 쉽게 알아듣지 못한다고 생각하는 듯하다. 반드시 그에 어울리는 구체적인 이미지와 짝을 지어 꾸며주어야만 비로소 어느 정도 전달이 된다고 여기는 것이다.

추상적인 어휘는 가능한 한 줄인다. 일반적으로, 그들은 '농민'이라 말하지 않고 '발에 진흙을 묻히는 놈'이라고 말한다. '가을 절기'라고 하지 않고, '타작할 때'라고 말한다. '여남은 명의 손님이 왔다'라고 하지 않고 '식탁 두 개만큼 손님이 왔다'라고 말한다. '일을 비밀로 한다'라고 하지 않고 '말을 배 속에 넣고 삭인다'라고 한다. '사람이 촌스럽기 이를 데 없다'라고 하지 않고 '방귀에서도 고구마 냄새가 난다'라고 한다. 만약 인색한 것을 묘사하고 싶으면 '모기가 지나가도 털 하나를 뽑는다'라고 한다. 게으른 것을 꾸짖고 싶으면 '향 세 자루 켜고 방귀는 아홉 번 뀐다. 보살님이 뭐라 안 하셔도 민망하지 않은가?'라고 말하는 등이다. 그들은 아마도 추상적 개념이 선명한 인상을 남길 수 없다고 여기는 듯하다. 적어도 정보를 전하기에는 너무 부족하기 때문에, 결단코 말하는 방식을 바꾸지 않으면 안 된다고 여기는 것이다.

서술할 때는 아주 세밀한 부분까지 묘사한다. 나는 그들이 일이 급할 때나 화가 머리끝까지 치밀었을 때, 어려운 말을 사용해야 하거나 농민대회에서 보고해야 할 때, 반드시 간명하게 정리해서 말해야 할 그 어떤 때라도 관련된 장소나 복식, 감정, 형태, 분위기 등 세부적인 특징을 절대로 잊지 않고 묘사하는 것을 보았다. 그들은 그런 내용이 지나치게 수다스럽다거나 주제를 흐린다고 생각지 않는다. 예를 들어,

감옥에 갇히면 '감옥에 갇혔다'고 하지 않고 '감옥에 갇혀서 콩밥을 한 줌 먹는다'라고 한다. 관리가 되면 '관리가 되었다'고 말하지 않고 '관리가 되어 가죽 의자에 앉았다'라고 말한다. 나는 어떤 남자가 너무 화가 나서 자기 아내에게 이렇게 욕하는 것을 보았다. "내가 당신한테 따귀를 날려서 그림처럼 벽에다 딱 붙여버리겠어!" 이 말을 들었을 때 나는 아무래도 너무 웃긴다고 생각했지만, 말을 하는 사람의 얼굴이 시커멓게 죽어서 입술을 깨물며 이를 득득 가는 것을 보고 전혀 농담이 아님을 깨달았다. 나는 그렇게 맞는 사람의 구체적인 형상을 과장해서 묘사하는 것이 말할 때 마땅히 지켜야 하는 규칙이라 어쩔 수 없이 그렇게 말하는 것뿐이라고 생각한다.

간접적인 이미지화의 수단을 빌려 쓴다. 어떤 헐후어歇後語(앞 구절의 말로 뒤 구절의 의미를 짐작케 하는 일종의 관용어. 뒤 구절은 언제나 생략한다-옮긴이)는 대부분 비유적 사용이거나 강조로서 말의 뜻과 어떤 관계도 없다. 다만 동음이의어의 구체적인 이미지를 빌려 쓰면서 소리와 색을 더하는 데 불과하다. 예를 들어, '동짓달의 무-마음이 얼어붙었다' '무르팍에 편자 박기-주제에서 한참 벗어났다' '창문에 대고 나발 불기-밖에서 좀 유명하다' 같은 것이다. 이런 언어는 동음이의어의 관계를 전제로 한다. 그 생각을 하지 않으면, 듣는 사람은 머리만 긁을 뿐 알아들을 수 없다. 차라리 '의미'를 잃어버릴지언정 결코 '형상'을 포기할 수는 없는 보편화된 언어적 태도가 이렇게 표현된다.

덤으로 붙여 쓰는 말이 많다. 시골의 민요 가운데는 온갖 뜻도 없는 '아' '라' '웨이' '레이' '이즈' '야레이' 등의 어휘가 따라붙는다. 아마도 뜻만 있고 글자는 없을 때부터 입에서 나오는 대로 읊조린 것이 그대로 남은 듯하다. 어린애의 옹알이 같은 것으로, 문자와 논리적 배아기에 형성된 말이다. 한대漢代의 시가에서 자주 쓰이는 '혜兮' 같은 글자처럼, 한대 이전의 시가 문학 속에는 이런 허사가 다수 존재한다. 아마도 초기 한어에서 말할 수 없는 정서나 심리를 나타내기 위해 잠시 사용되었던 부정형의 기호일지 모른다.

또 다른 특징도 있을 것이다.

소수민족은 '오랑캐夷'를, 사회 하층의 빈민은 '촌野'이라는 말을 붙여 부른다. 모두 문화적 통치와는 동떨어진 영역, 문자를 보기 힘든 곳이라는 의미를 지닌다. 제지술과 인쇄술 확산에서 배제된 곳이라는 뜻이기도 하다. 그래서 언어의 추상화 정도가 비교적 낮고, 언어 가운데 남겨진 구체적인 이미지가 풍부하게 남아 있는 영역이다. 또는 사람들이 언어의 구체적인 이미지화를 추구하거나 거기에 크게 의존한다. 이는 당연한 인과관계로, 그리 이상할 게 없다. 만약 우리가 문자 발달의 지도를 그려보거나, 정통 및 도통의 확산에 관한 지도를 그린다면, 이 두 장의 지도가 거의 대부분 일치한다는 사실을 알게 된다. 이는 물론 "글이란 마땅히 도를 전해야 한다"라는 주장을 인정했음을, 나아가 '오랑캐'와 '촌'이 태생적으로 예교와 문치에 대립하는 경향이 있음을 증명한다.

독특한 구어의 세계 안에 살고 있기 때문에, 촌사람들은 생활의 실제적인 이미지에 가까우며 문자의 제한과는 거리가 멀고, 원래의 실질과 실재하는 것들의 자연스러움을 추구한다. 우아하게 훈련하거나 잘 배양한 상식에 익숙하거나, 임금과 신하 간의 차례를 의식하거나, 농민을 중시하고 상인을 가볍게 여기거나, 남녀의 유별함을 지켜서 서로 엄격한 기율을 지키는 따위는 일단 위에서 아래로 내려가고 도시에서 시골로 확산되면서 불가피하게 흐트러지고 느슨해진다. 나는 일찍이 시골 여인 몇 명이 한 젊은이를 쫓아 온 산을 뛰어다니다가 장난삼아 그의 바지를 홀딱 벗기는 것을 보았다. 그리고 한 무리의 농민이 어떤 당 간부를 쫓아 온 산을 뛰어다니다가 화가 난 나머지 그를 붙잡아 꽁꽁 묶어버리는 것도 보았다. 이처럼 법도 없고 천륜도 없는 것 같은 광폭한 행위는 도시의 지식인을 질겁하게 만들었다. 그들은 20세기 초부터 전통적인 예교에 반발하며 자신들의 자유와 용기를 과시해왔지만, 내용적인 측면에서 살펴보면 사실 시골의 농민들이 훨씬 더 많이, 그리고 훨씬 더 일찍부터 이런 일을 해왔다고 할 수 있다.

비속어

배운 사람은 대부분 욕을 못 한다. 얼굴을 온통 붉히며 더듬거려봤자 말뜻을 제대로 전할 수도 감정을 속 시원히 드러내지도 못한다. 아무리 해도 사회 하층의 비루한 사람들에 미치지 못하는 것이다. 그들은 머릿속에 추상적인 관념이나 논리가 상대적으로 적기 때문에, 오히려 사람을 욕하는 기술의 정수를 보여줄 수 있다. 감정을 담아 욕하며, 구체적인 형상을 제시하며 욕한다. 그래서 듣는 사람의 머릿속에 그런 소리와 형태가 바로 떠올라 맹렬하고도 치명적인 감정적인 상처를 불러일으킨다.

어떤 사람에게 그저 재수 없으라고 말하거나, 염색체 문제가 생기거나 백혈구가 감소되라고 하거나, 인품이 부족하고 마음이 비뚤어져 사회 풍속을 어지럽히는 범죄자가 되라고 저주하는 것은, 그다지 악독하지 않다고 할 수는 없지만 사람을 욕하는 말이라고 보기는 어렵다. 적어도 제대로 멋지게 욕하는 것이라고는 볼 수 없다. 되레 비웃음을 사기에 딱 좋다. "네놈이 머리끝까지 종기가 나고 발바닥에는 고름이 잡혀서 이레 밤낮을 앓다가 죽어도 내 분이 다 안 풀리겠다!" 이 정도는 되어야 욕을 했다고 할 수 있다. "넌 나중에 똥구멍도 없는 새끼나 낳아라!" 욕이라는 것은 이렇게 하는 것이다. 항문이 없는 아이라니, 그 얼마나 기괴하고 소름 끼치는 일인가! 이런 이미지가 머릿속에 떠오르면 도저히 잊을 수 없다. 주변 사람들의 상상력은 하늘로 날아가며 그 상황에 웃음을 터뜨릴 수밖에 없지만, 욕을 들은 사람은 틀림없이 화가 나 두 눈이 뒤집힐 지경이 된다.

나는 시골에서 촌사람들이 욕하는 것을 들으며 일반적으로 그 악의의 정도는 언제나 구체적인 이미지화의 정도에 비례한다는 사실을 깨달았다. 예를 들어, "니가 내 새끼다"라는 것은 아주 일반적인 악의를 전달한다. 일단 악의의 정도가 증가하면 추상적인 부자 관계에 대한 서술은 완전히 구체적인 묘사로 전환된다. "내가 니 에미를 끼니마다 씹한다!" "내가 니 에미를 씹할 때마다 완전히 보내버린다!" 악의의 강도가 높아지면, 촌사람들은 바짓가랑이 사이를 문지르며 욕하는 방식을 택한다. 욕설을 한마디 뱉을 때마다 다리 한쪽을 걷어붙이고 자기 바지 앞섶을 한 번씩 문질러댄다. 두말할 나위도 없이 욕이 되는 동작, 장소, 소리 등의 세부 사항에 부족함이 있다고 느껴 신체 언어를 사용함으로써 사람들에게 더 강렬하고 직관적인 연상을 불러일으키려는 것이다.

비속어와 과학적 이성의 사용 방식은 이처럼 서로 상반된다. 일단 욕설이 시작되면 보통 바지 속으로 기어들어가는 법이다. 이는 사람의 동물적인 본성이 끊이지 않음을, 특히 감정과 심리의 영역에서는 원시인과 현대인을 가릴 것 없이 모두 사물에 가까운 것, 신체에 가까운 것을 취해 표현하는 방식이 수천 년 동안 전혀 변하지 않았다는 사실을 알려준다. 말쑥한 차림새의 현대인 또한 너무 기쁘거나 화가 날 때는 '니미럴!'처럼 더할 나위 없이 비속한 말을 내뱉을 수 있다. 그러지 않으면 기쁘거나 화가 나는 기분을 제대로 다 표현할 수 없다. 그렇게 하지 않고서는 감정적이고 심리적인 내압을 이겨낼 도리가 없는 것이다.

그 옛날 타이핑쉬에 욕하는 것으로 이름이 높은 간싼 어르신이 있었는데, 이분의 욕하는 기술은 정말이지 타의 추종을 불허했다고 한다. 나중에는 욕하는 것을 아예 나름의 장기이자 직업으로 삼아서 누군가 원수진 일이 있으면, 특히 다른 마을 사람들과 원수진 일이 있으면 곧 돼지 입술과 술 두 병을 들고 어르신을 찾아가서 화를 풀어주십사 부탁했다. 그러면 간싼 어르신은 나무 막대 하나를 골라 들고 아무렇게나 되는 대로 욕을 하며 하늘과 땅을 쿡쿡 쑤셔본다. 나무 막대는 욕질을 돕는 도구로서 법정에서 쓰는 판사봉과 비슷하다. 간싼 어르신은 욕을 시작할 때 욕을 부탁하러 온 사람의 모자를 쓰거나 그의 머릿수건을 받아 쓴다. 자신이 다른 사람을 대신해 일하러 왔음을, 욕의 책임이 자신에게 있지 않다는 사실을 분명히 해두는 것이다. 한번 욕을 시작하면 네 시간은 기본이다. 그동안 어르신의 욕설에는 단 하나의 중복 어휘도 섞이지 않으며 지나치게 저급한 어휘도 포함되지 않는다. 사리에 맞고 상식에 맞는 것이 마치 살아 있는 용과 호랑이가 서로 겨루는 듯하며 풍부한 성량으로 인해 한마디도 빠짐없이 사람의 마음에 차곡차곡 쌓인다. 반문을 하기도 하고, 단도직입적으로 주장하기도 하며, 논리로 설득하다가 풍자로 빠지기도 한다. 대구와 운율도 적절하며 장단이 살아 있어 때로는 노래처럼 들리기도 한다. 뼛속에 구더기가 자랄 것이라는 말부터 혀 밑에 부스럼이 돋을 것이라는 말까지, 회칼로 살을 다 발라낸다는 말부터 철삿줄로 목을 꿰어버린다는 말까지, 어르신의 욕은 단 한 번도 늦춰지지 않고 멈추지 않는다. 조상은 벼락을 맞아 죽고 자손은 말에 밟혀 죽을 것이며 벼를 심으면 벼가 말라 죽고 돼지를 키우면 돼지가 돌림병에 들 거라고 욕한다. 때로는 누구도 상상조차 하지 못할 기발하고 황당한 욕도 생각해낸다. 네놈 집에서 젖을 먹고 자라난 놈 등짝에는 눈알이 수백 개씩 자라서 맑은 날마다 너를 보고 눈을 깜빡일 것이니 두고 보아라! 네 발바닥에 오늘부터 머리칼이 자라나 매일 두 길씩 자랄 것이다! 이런 식이다. 머릿속에 떠오른 그 기괴한 화면이라니! 아마 모더니즘 화가들조차 머리를 감싸 쥐고 부끄러워 몸 둘 바를 모를 것이다!

간싼 어르신의 저주와 욕설이 너무 지독한 나머지 욕을 먹은 집안의 사람과 가축이 모조리 화를 당하는 것은 물론이고 그 집 주변의 풀과 나무마저 말라 죽고, 모기떼, 파리떼조차 얼씬 못하며 돌덩어리가 다 터져 금이 갔다고 한다.

왕년에 주변 마을이 전부 마적의 해를 입었지만 타이핑쉬만큼은 평안무사했던 것도 도적들이 이 마을 간싼 어르신의 악랄함을 알고 감히 모험을 무릅쓰지 않았기 때문이라고 한다.

문화대혁명 시기에 위에서 간부들이 농민들을 괴롭히는 일이 있으면, 타이핑쉬 사람들은 몰래 고개를 돌리고 이를 갈며 투덜댔다고 한다. "간싼 어르신이 지금 계시면 얼마나 좋을꼬."

글자 알아맞히기

시골 사람은 도시에서 내려온 배운 사람을 보면 겸손하게도 글자를 물어보기를 즐겼다. 예를 들어, '아홉 구九' 자 아래 '나라 국國' 자를 더하면 무슨 잡니까, 하고 묻는 것이다. 우리들 가운데 누구도 그 글자를 알지 못하면, 글자를 물어본 사람은 득의양양해져서 이야기한다. "도시에서 온 양반들이 우째 이런 글자도 모른다요? 이게 바로 우리 집안의 성씨고마."

사실 그들은 글자를 물어보려고 한 것이 아니라 어려운 글자나 새로 만든 글자를 들고 와서 외지 사람들을 골탕 먹이는 것이다. 샤오옌은 여러 번 골탕을 먹었다. 한번은 어떤 노인이 지극히 평범한 '열 십拾' 자를 가지고 말문을 열었는데, 필획을 거꾸로 물어보면서 헛갈리게 만들고 오리무중 헤매게 했다. 아래는 '입 구口' 자가 이래 있고, 위에는 '한 일一' 자로 쭉 그었든가? 그려. 거기 '사람 인人'도 있었구마는. 그 옆에 '손 수手'가 있었든가, 없었든가…… 긴가민가 혀. 이것이 뭔 자여? 샤오옌은 식은땀을 흘리면서 겨우 '합칠 합合' 자까지 만들고 나서 이렇게 말했다. '합合' 자 옆에 '수' 자가 붙었다면 손으로 떠받들었다는 뜻이니까 '받들 봉捧' 자가 아닐까요? 노인은 적을 끌어들이는 데 성공했다고 여기고 안색도 변하지 않은 채 이렇게 말했다. "그려. 그게 맞는가벼. 우리 집 셋째 가시내가 어제 글자를 쓴다고 쓰든디, 그르케 쓰더마는. '다섯五' '여섯六' '일곱七' '여덟八' '아홉九' 허고 바로 '봉' 자를 썼구먼! 역시 도시에서 온 선생님이라 학식이 뛰어나시구려!" 샤오옌은 그제야 자신이 속았다는 사실을 알고 분해서 울음을 터뜨릴 뻔했다.

지식청년들은 농민들이 밑도 끝도 없이 글자를 물어보는 데 극심한 공포를 느끼고 있었다. 그들이 왜 그토록 음험한 방법으로 사람을 괴롭히면서 즐거워하고 그런 일에 지치지도 않는지 알 수가 없었다. 사실 시골에서 글자는 매우 보기 드문 탓에 비로소 진귀하고 신비해졌다. 그것은 모두가 있는 힘을 다해 쟁취하고 소유해야 하는 대상이었다. 게다가 글자 알아맞히기는 글깨나 아는 사람들에 대한 일종의 복수극이기도 했다. 글자를 아는 계층에 속하는 사람들에게 오랫동안 품어왔던 원한을 글자로 갚아줌으로써 풀어보려 한 것이다. 독으로 독을 제압하듯이 글자로 글자를 제압하는 방식은 시골 사람들에게 심리적인 보상과 안정감을 가져다주었다. 다행히도 부근에는 이런 이치를 깊이 깨닫고 있던 후 선생님이 계셔서 지식청년들에게 한 가지 대처법을 일러주셨다. "누가 글자 알아맞히기를 하려 들거든, 옥편을 꺼내다가 탁자에 놓고 흔들어 보이며 이렇게 말하면 돼. '직접 찾아보세요. 옥편에 없는 글자는 글자도 아니에요. 그건 돼지 씹 같은 거지! 인민의 정부에서 아예 인정하지 않는 거라고요!'" 이 수법은 정말이지 효과가 있었다. 적어도 유효한 자기 방어 기술이었다. 이 대처법 덕분에 샤오옌과 다른 지식청년들은 다시는 글자 알아맞히기에 시달리지 않았다.

팔고문

언젠가 나는 어떤 농민이 결혼할 때 대련을 써준 적이 있었다. 공사 당위원회의 양 비서가 그것을 맘에 두고 칭찬했다. 저 어린 녀석이 글씨를 꽤 잘 쓰더군. 공사에서 자료 기록을 정리하게 해. 그때는 마침 전국에서 대대적으로 마오쩌둥 사상을 배우는 열풍이 분 시기였고, 각급 관리들은 모두 굉장히 많은 공문 자료를 제출해야 했다. 경험에 대한 결산, 전형적인 강연, 뉴스 보도물, 조사 상황 보고서 등을 포함하는 다수의 문서 작성이 그들의 골머리를 앓게 했다. 나 또한 그 기회를 틈타 뜨거운 햇볕에 타고

찬비에 흠뻑 젖는 궂은일을 피할 수 있었다.

자료를 정리하는 일은 점점 자료를 만드는 일로 변해갔다. 게다가 자료를 잘 쓰는 것으로 유명해진 나머지 현까지 끌려가 자료를 쓰느라 때로는 초대소(공공기관에서 운영하는 숙소–옮긴이)에서 먹고 마시며 날을 보내기도 했다. 사실 내가 쓴 자료는 모두 짜깁기에 불과했다. 먼저 대량의 표본 자료, 즉 결산, 규범 및 계획, 보도, 강연 등 서로 다른 종류의 모범적인 글을 구해놓고, 종류별로 구분해 정리한 뒤 몰래 숨겨놓고 필요할 때마다 꺼내 썼다. 어떤 때는 아예 요술 방망이처럼 최고의 문장을 베껴 쓴 뒤에 머리를 바꾸거나 다리를 바꾸거나 팔이나 엉덩이를 바꾸는 식으로 이리저리 고쳐서 글 한 편을 짓기도 했다. 내 경험으로 미루어 좋은 관리처럼 글을 쓰는 데 가장 중요한 두 가지 원칙은 다음과 같다. 첫째, 같은 일을 서로 다른 일처럼 쓰는 것이다. 예를 들어, 재작년에도 목화를 심고, 작년에도 목화를 심고, 올해 또 목화를 심었는데, 쓸 말이 뭐가 있을까? 그렇게 단정하면 안 된다. 자료를 정리하고 쓰는 사람은 서로 같아 보이는 목화 속에서 다른 부분을 찾아내야 한다. 그래서 재작년의 목화가 '치수 농지 정돈 사업'의 결과였다면, 작년의 목화는 '노는 땅과 공자를 비판하는 작업'의 일환이어야 한다. 또 금년의 목화는 '농업학 기반 사업'의 계획에 따른 결과로 한다. 언제나 최근의 정치적 유행에 따르는 것이 좋다. 또 다른 원칙은 서로 다른 일을 같은 일처럼 쓰는 것이다. 예를 들어, 어떤 서기 부인이 재작년에는 농민이었다가, 작년에는 갑자기 공장 노동자가 되었고, 또 올해는 다시 변신해 간부가 되었다면, 이것은 한 가지 일이 될 수 없지 않은가? 그렇게 단정하면 안 된다. 자료를 정리하고 쓰는 사람은 서로 다른 지위 사이에서 공통분모를 찾아야 한다. 농민이었을 때는 "어려움 속에서 단련한다"라고 쓰고, 공장 노동자였을 때는 "국가 건설을 지원한다"라고 쓰고, 간부가 되었을 때는 "혁명의 중임을 담당한다"라고 쓰는 것이다. 지위가 어떻게 변화하든 한 조각 붉은 마음만은 처음부터 끝까지 변함이 없으며 언제나 공산주의 사상의 경계 안에 머물고 있다는 사실을 강조해야 한다.

그 서기 부인은 지금은 더 이상 간부 노릇을 하지 않을 것이다. 아마도 사장님이 되어 돈을 먼지처럼 흩뿌리며 금은보화로 온몸을 휘감았으리라. 나는 지금도 누군가 그 부인을 위해 흘러넘치는 어휘를 고르고 있을 거라는 상상을 한다. 아마 지금도 누군가 그녀의 뛰어난 업적을 기록하고 있지 않을까? 사장님이 되는 것은 개혁개방 정책에 앞장서는 일이 아니겠는가? 해방 사상으로 용감하게 미래를 개척하는 것이 아니겠는가? 누구보다 먼저 경제적인 안정의 휘황한 빛 속으로 뛰어 들어가는 모범을 보인 것 아니겠는가?

사실 문자는 진흙 덩어리와 같아서 마음 가는 대로 어떤 모양으로든 만들 수 있다. 이것이 바로 문자의 마법이고, 문자와 현실의 불일치를 조성하는 원인이며, '강자의 말이 이치가 되는' 논리다. 비어 있거나 모호하거나 너무 무미건조하거나 틀에 박히면 안 된다. 원고지를 펴놓고 먹물을 잘 갈아둔 뒤에, 글은 언제나 최근 당 중앙에서 내려온 중요한 회의의 '정신 기조'로부터 시작한다. 소제목은 대구를 이루는 구절을 생각해낸다. 예를 들어, "글자마다 파악하고" "진실하게 쓰며" "작은 것도 중시한다"라고 쓴다. 글의 맨 끝에는 반드시 "중하층 빈민과 농민이 몸소 체험한 바와 같이" 등의 구절을 넣어 민의를 반영하는 것처럼 꾸미거나 "붉은 깃발이 나부끼는 전장에서 전진의 북소리를 울리며" "기쁨의 노래 가득한 길을 환한 웃음으로 내딛는다"와 같은 노래가사를 지어 붙임으로써 작자의 득의함과 완성의 기쁨이 깃든 유종의 미를 거둔다. 이런 글에는 '진실한 의미'가 존재하지 않으며 '상징 이미지' 또한 존재하지 않는다. 남아 있는 것은 오직 언어의 공식화와 개념화뿐이다. 문자에 대해 약간의 감각이라도 지닌 사람이라면 누구나 공동화空洞化된 문자 안에 얼마나 많은 거짓이 섞여 있는지 판단할 수 있을 것이다.

항일전쟁이 승리로 끝났을 때 마오쩌둥은 날로 거대해지는 혁명당과 특이한 언어적 관습을 지닌 광대한 대륙의 농민, 그리고 거대한 조직을 통제하는 과정에서 문자의 전수라는 것이 갈수록 중요한 기능을 발휘하는 상황과 맞닥뜨렸다. 그는 일찍이 당팔고黨八股(청대의 과거 시험에서 중요하게 다루어졌던 팔고문처럼 틀에 박힌 형식에 맞춰 작성된 공산당 관련 글 – 옮긴이) 문제를 특히 중요하게 간주했으며, 문풍文風을 당내 기율 정비의 세 가지 커다란 주제 가운데 하나로 삼았다. 이는 언어 문제가 정치적 수준까지 중시되었음을 의미한다. 이것은 마오쩌둥이 그의 후배 제자보다 명백하게 뛰어난 점이다. 그는 중국이라는 문자 대국을 통치하기 위해 필요한 각오를 지니고 있었다. 아쉬운 점은 마오쩌둥이 집권한 뒤에 이런 공문서에 대한 철저한 통제가 어려움에 처했다는 사실이다. 그것은 당팔고를 효과적으로 제거하지 못했으며, 되레 당팔고가 더욱 극심하게 유행하는 원인이 되었다. 당팔고는 1950년대 후반부터 지금까지 중국 최대의 정보 공해를 불러일으켰다. "두 무의 땅에 한 마리 소" "아래 위층에 전등 전화 나눠 쓰기"와 같은 생동감 넘치는 구체적 구호는 점차 '계급투쟁'이나 '노선투쟁' 같은 대량의 추상적 개념으로 대체되어 혁명의 목표로부터 민중을 단절시키고 그들을 점점 혼란하게 만들었다. 수많은 영화에 등장하는 간부급 지도자들이 거의 대부분 언어의 반면교사인지라, 관객이 스크린에 나온 그들의 모습을 보기만 해도 초조한 나머지 실의에 빠져 재난당한 몰골이 되곤 했다. 몇몇 경찰 영화조차 예외는 아니었다. 영웅적인 경찰이 죽을 고비에서 목숨을 건져 비바람을 무릅쓰고 가족과 이별하며 지혜와 용기로 맞서 싸우는 장면을 보면서 즐거워하다가도, 공안국장이나 시위원회 서기가 등장하면 갑자기 얼음물을 끼얹은 듯 분위기가 싸늘해졌다. 경찰의 말에는 생동감이 넘쳤고, 관객의 말에도 생동감이 넘쳤으며, 범죄자의 말조차 생동감이 넘쳤지만, 제아무리 뛰어난 지도자라 할지라도 입만 열면 쓸데없는 일장 연설이니 어찌 그러지 않겠는가? "있는 힘과 능력을 다해 한시라도 빨리 이 사건을 해결합시다!" 그 말을 굳이 할 필요가 있는가? "우리는 당과 조직에 의지하고, 인민 대중에 의지하며, 마오 주석의 혁명 노선에 철저히 따라 교활한 적들의 흉계에 절대로 넘어가지 말아야 합니다!" 이런 말을 굳이 나와서 알려줄 필요가 있는가? "샤오장 동지, 부디 몸조심하시오. 당신의 몸은 혁명의 뿌리이자 밑천이오!" 이런 대사가 사람들이 큰 소리로 깔깔대고 웃을 만한 가치가 있는가 말이다.

이처럼 변죽조차 울리지 못하는 부질없는 덕담이나 호언장담은 언제 어디서나 한 아름씩 끌어다 댈 수 있는데, 우두머리라는 사람들은 어째서 높은 곳에서 땅 아래까지 내려와 이 사람 어깨를 두드리고 저 사람 손을 잡아가며 이런 쓸데없는 헛소리를 늘어놓는 것일까? 그러고도 어떻게 늘상 회의실의 가장 눈에 띄는 자리에 앉아 미천한 민중이 뛰는 가슴으로 보내는 존경을 아무렇지 않게 받는 것인가?

이런 미국 노래가 있다고 가정해보자. "공화당이여! 우리를 전진하게 하는 힘, 우리의 위대한 어머니여! 너는 선진화된 생산력과 생산력의 진전을 의미한다. 너는 미국의 이익과 자본주의 발전의 위대한 이상으로 우리를 이끌어간다! 다우 지수에서 나스닥 시스템에 이르기까지, 너는 한 걸음 한 걸음 경제 건설을 향해 나아간다. 코소보에서 아프가니스탄에 이르는 정벌의 도정에서, 너는 백인종을 위해 위기를 안전으로 바꿔놓았다. 아! 공화당이여! 공화당이여! 너의 기본 원칙과 전략은 우리에게 길을 열어주는 밝은 등불이다……." 누가 이런 노래를 들으면서 그것이 미국 공화당에 유리하며 전혀 피해를 주지 않을 것이라 믿겠는가? 누가 이런 가사를 들으면서 어떤 사람이 고의로 미국 공화당을 함정에 빠뜨리고, 독약을 퍼뜨리며 마음속에 칼을 품고 수작질을 한 게 아니라고 생각하겠는가? 그 수없이 많은 혁명 선전가들은 이런 가정을 전혀 하지 않았다. 이처럼 단순한 방식으로도 자신들의 당팔고 문장을 반성하지 않았던 것이다. 완전히 폐쇄된 환경에 놓인 까닭에, 그들이 당을 아끼는 일이라고 생각한 것이 사실 당을 해치는 일이라는 점을 전혀 알지 못했다. 그들은 이런 습관을 너무도 당연하게 여기고 심리적 안정을 얻었으며 일반 민중이 하나둘 당의 대척점에 서버리는 현실을 전혀 애석해하지 않았다. 샤오옌의 반동적인 입장이라는 것도 거의 이런 당팔고의 기풍 때문에 두드러졌다고 할 수 있다. 샤오옌은 당시 대대의 소학교에서 야학 교사 소임을 맡아 막 영어를 독학하기 시작했기 때문에 영국과 미국의 방송을 몰래 들었다. 한번은 방송에서 초대된 게스트들이 건강법에 관해 말하는 것을 들었다. 프로그램이 끝난 뒤 사회자가 다시 한 번 게스트의 신분을 소개할 때 샤오옌은 그만 깜짝 놀라 펄쩍 뛰고 말았다. 닉슨! 미국 대통령? 좀 전의 그 약간 낮고 굵은 목소리가 틀림없이 미국 대통령이었던 것이다. 하지만 어떻게 그럴 수 있는가? 대통령이 어떻게 농담을 하고, 유행가를 부르며, 피아노를 치고, 게다가 어떻게 자기 어린 시절 이야기를 들려줄 수 있는가? 어떻게 소학교 선생님과 소방대원, 대학생, 가정주부와 한자리에 섞여 '안녕'이라고 방정맞은 인사를 나눌 수 있는가? 대통령은 혁명극에 등장하는 악당인 지우산, 줘산댜오, 난바톈 같지 않았다. 그러나 궈젠광, 샤오젠보, 커샹 같은 지도자 동지 같지도 않았다. 세상에 이런 대통령도 있단 말인가? …… 샤오옌은 벼락이라도 맞은 사람처럼 눈을 동그랗게 뜨고 입을 벌린 채, 한참 동안이나 넋 나간 채로 정신을 차리지 못했다. 그 이후로 그녀는 약에 취한 바퀴벌레처럼 우리에게 이리저리 묻고 다녔다. "내 사상은 갈수록 반동이 되어가는 것 같아. 내가 어떻게 해야 한다고 생각해?"

샤오옌은 당시 중앙정부에서 발행하는 신문을 읽으며 자신을 혹독하게 밀어붙이곤 했다. 그러나 읽으면 읽을수록, 자세히 들여다보면 볼수록, 더욱더 미국에 대한 우호감은 커져갔다. 결국 그녀는 몇 년 뒤에 그 나라로 아주 가버리고 말았다.

장면들

많은 친구가 내게 말했다. 문화대혁명의 신념이 붕괴된 것은 린뱌오를 사망케 한 그 불행한 비행기 사고가 일어났던 1971년 가을이었다고. 그 말은 물론 믿을 만하다. 나 역시 시골에서 이 소식을 들었을 때 얼마나 깜짝 놀랐는지 모른다. 무장한 민병대가 황급히 집결해서 작업장 도처에 포진했기 때문에 우리는 이미 뭔가 큰일이 일어나고 있다는 사실을 짐작했다. 신문에서 린뱌오와 관련된 사진과 기사가 갑자기 사라졌기 때문에, 우리는 그 일이 뭔지 짐작하면서도 감히 이 뜨거운 감자를 입 밖으로 토해낼 수 없었다. 나는 친구 한 놈을 끌고 며칠 밤 동안이나 산 넘고 고개 넘어 인민공사까지 가서 소식을 알아보았다. 사실 새로운 소식이라고는 없었고 그저 길가의 개 짖는 소리뿐이었다. 그래도 나는 달빛 쏟아지는 밤길을 온 데 헤집고 다닐 수밖에 없었다. 그렇게 함으로써 비로소 알 수 없는 불안과 흥분을 떨쳐버릴 수 있었기 때문이다. 대대의 당 지부서기인 쓰만은 초조해서 숨이 넘어갈 지경이었다. 그는 언제나 입만 열면 마오 총사령관의 만수무강을 빌고, 린 부총사령관의 건강을 기원했으며, '세 가지 충성, 네 가지 무한'(문화대혁명 초기의 정치적 구호로 마오쩌둥에 대한, 마오쩌둥의 사상에 대한, 마오쩌둥의 프롤레타리아 혁명 노선에 대한 무한한 숭배, 무한한 열정, 무한한 신앙, 무한한 충성을 가리킨다–옮긴이)이라는 린뱌오 버전의 정치적 구호에 무한한 충성을 바쳤기 때문이다. 하루아침에 린 부총사령관이 '그놈'이 되어버리자, 쓰만은 자신의 입술과 혀가 다 얼어붙기라도 한 듯 한마디 말도 할 수가 없었다. 입만 열면 반동이 될 테니까. 쓰만은 인민대회가 열리기 전이면 언제나 자기 뺨을 두어 번 무섭게 갈기면서 자기 주둥이가 화를 불러일으킬까 봐 전전긍긍했다.

의심이 싹트는 가을이었고, 신화가 흔들리기 시작한 가을이었다. 그러나 이 사건 이전에도 중국인은 이미 수많은 주요 인사가 하루아침에 무너지는 모습을 너무 많이 보아왔다. 펑더화이, 류사오치, 덩샤오핑, 천보다 등, 거기에 린뱌오까지 그렇게 되고 보니 여기에 보다 더 중요한 사람의 문제를 얹는다 해도 그저 잠시 놀라고 말 뿐 오래가지 않았다. 삶은 여전히 예전과 같았다. 어두운 사회의 면면에 대해서도 의심의 물결이 일기는 했지만, 눈앞의 현실은 여전히 엄격한 통제 아래 있었다.

이런 의미에서 내가 가장 관심을 기울인 사건은 아마도 린뱌오의 도피가 아니라 텔레비전의 조용한 출현이었을 것이다.

텔레비전은 이미 1958년에 전설이 되었다. 전통극 공연의 일부를 녹화해서 방송할 수 있었다고 하는데, 너무 진귀해서 높으신 어르신 댁에서나 가끔 보고 새롭다고 여길 따름이었지, 일반인과는 당연히 아무 상관이 없었다. 1970년대에 이르러 사정이 크게 변해, 중국 중앙 텔레비전 방송국CCTV과 연관된 전국의 주요 전자 통신망이 점차 완비되었다. 국산 흑백텔레비전 수상기가 대량생산되었으며, 1973년 가을에는 드디어 타이핑쉬에도 첫 번째 흑백텔레비전이 등장했다. '마오쩌둥 사상을 선전하기 위해' 행정 기관이 인민공사에 배급한 것이었다. 나는 그 텔레비전이 시골 청년들에게 상당한 호기심을 불러일으켰던 것으로 기억한다. 매일 해가 진 뒤에 평평한 곳으로 그 물건을 들어다놓으면 사람들이 구름떼같이 몰려들어 둥그렇게 둘러앉아서 화면을 보기 시작했다. 그래서 모든 프로그램은 복잡한 성분의 땀과 냄새로 얼룩졌다. 비록 주파수가 잘 맞지 않아서 자주 눈발이 날리는 것 같은 화면이 연출됐지만, 이 '서양 영화 그림 상자'는 여전히 매일 저녁 두 마리 살진 백조가 등장하고 '안녕'이라는 두 글자가 나올 때까지 우리 모두의 볼거리가 되었다.

그때 텔레비전 프로그램은 무척 적었다. 중앙 텔레비전 방송국은 하루 중 다섯 시간도 방송을 송출하지 못했고, 그나마 농약 살포법이나 효율적인 모내기 방법에 대한 교육 과정을 포함했다. 그럼에도 불구하고,

어떤 농민은 텔레비전 수상기 속의 남녀 출연진이 너무 고달플 것이라고 생각했다. 저 사람들은 매일같이 여기 뛰어나와 떠들고 노래하면서도 전혀 먹거나 마시지 않고 또 온데간데없이 사라지니 정말이지 하늘에서 온 신선이라도 되는감! 또 다른 청년 농민은 참지 못하고 앞으로 가서 기계를 쓰다듬었다. 마침 텔레비전에서는 프로그램이 바뀌는 음악이 큰 소리로 흘러나오고 있었다. 그는 깜짝 놀라서 손을 움츠리며 두 눈을 동그랗게 떴다. 신기하네! 서양 영화 그림 상자도 간지럼을 타는 겨!

텔레비전은 분명 혁명적인 선전 도구였다. 사설과 훈시, 중앙정부의 목소리가 담긴 뉴스를 모두 대체했다. 그러나 문자 숭배의 전통 아래서 텔레비전은 종종 문자를 관리하는 데만 관심을 쏟았다. 소리와 이미지는 의미의 다중성과 기만성으로 인해 분별하기 어려우며, 엄격한 제한을 둘 방법도 없다. 그래서 해석의 여지는 상대적으로 늘어난다. 자주 '문자'와 '이미지' 사이에 간극이 생기고 때로는 서로 어긋나기 때문에, 실질적으로는 정보 통제력 상실로 이어질 수 있다. 예를 들어, 서구 공장 노동자의 파업에 관한 다큐멘터리가 방송되면, 서구 자본제도에 대한 내레이션은 기억에서 쉽게 잊히는 반면, 스크린 속의 공장 노동자가 신은 구두나 손목에 찬 시계, 트럭 그리고 휴대전화는 오히려 눈에서 지워지지 않고 수많은 사람을 놀라게 했다. 손목에 시계를 차고 있으면서 대체 무슨 파업을 한다는 거지? 우리의 사회주의가 비할 데 없이 우월하다면 왜 우리는 누구나 손목시계를 찰 수 없는가? 또 예를 들어, 중국의 국제연합 복귀를 알리는 다큐멘터리가 방송되면, 위대한 신중국의 친구들이 이 세상 어디에나 있다는 내레이션은 간단히 지나가버리는 반면, 스크린에 비친 뉴욕 맨해튼의 마천루는 사람들의 시선을 온통 빼앗았다. 사람들이 어떤 집에 사는지, 어떤 차를 타는지, 어떤 옷을 입는지 그리고 여자들이 어떤 헤어스타일을 하고 있는지……. 이런 것들이 마찬가지로 사람들을 깜짝 놀라게 만들었다. 내레이션이 얼마나 강력하게 중국의 국제연합 복귀와 위대한 승리를 증명하려 들든, 그런 노력은 사람들이 번화한 뉴욕을 눈앞에 두고 은연중에 일으키는 의혹을 막을 수 없었다. 미국에서는 어째서 생활고에 시달리는 사람의 모습을 찾아볼 수 없는가? 그들은 계급을 '해방'한 적도 없는데, 어떻게 우유를 마시고 달콤한 케이크를 먹는가? 그러면서도 어떻게 매일 쇠똥을 치우거나 연못 바닥을 긁는 일을 하지 않는가?

1970년대 말에 이르면 이런 현상에 대한 분석은 이미 시청자들 자신의 개별적 감상이 아니라 비교적 공개적인 여론으로 드러나기 시작했다. 당시 나는 이미 도시로 돌아와 있었고, 화면이 작은 흑백텔레비전도 가지고 있었다. 그래서 매일 저녁 몇몇 이웃을 집으로 불러다 텔레비전을 보면서 담배를 피우거나 차를 마시고 수다를 떨곤 했다. 그렇게 해야만 했다. 이때 중국은 이미 대부분의 서구 국가와 외교 관계를 수립했고, 조심스럽게 문화 교류를 시도하는 중이었다. 문자적인 차원에서 문제가 없고 수입 가격이 아주 높지 않은 적은 수의 외국 영화 작품이 중국으로 유입되었으며, 이는 텔레비전 이외에 밖을 내다볼 수 있는 또 다른 창구 역할을 했다. 영화. 최초의 영화에는 일본 작품이 많았다. 〈망향〉 〈추포〉 〈생사련〉 〈아, 야맥령〉 〈사기그릇〉 같은 영화 말이다. 또한 미국 영화 〈역마차〉나 멕시코 영화 〈차가운 심장〉, 거기에 유고슬라비아와 루마니아 같은 '우방 국가'의 영화 작품이 그 자리를 채웠다. 지금 나는 이 영화 제목을 늘어놓으면서도 대부분의 사람은 이미 영화의 대사나 줄거리, 주제 따위를 거의 기억하지 못하리라 확신한다. 하지만 대부분의 사람은 그 가운데 어떤 장면, 혹은 삽입된 테마 음악의 멜로디를 기억하고 있을 것이다. 그 짧은 기억이 당시 그들이 느꼈던 가장 강렬한 흥분과 깊은 인상을 대변한다. 일본이나 미국의 고속도로, 거대한 여객기, 칵테일 바의 분위기와 서비스, 컴퓨터 업무 환경, 남녀의 뜨거운 키스, 최신 패션, 욕실 인테리어, 잔디 깎는 기계, 디스코 댄스, 어깨를 으쓱하는 유럽식 제스처

같은 것이 사람들의 눈에 신선하게 보이지 않았을 리 없다. 이런 장면이 바로 시청자들의 오감을 자극하는 최초의 감각이었다. 중국 사람이 서구 국가를 과학기술 발전과 경제적인 우위라는 이미지와 동일시한 것은 대부분 이런 흑백 스크린을 통해서다. 문자의 금지망을 뚫고 나오는 잡다한 사물 이미지를 통해 그런 사고는 시작되었다.

이런 이미지는 심지어 최고의 즉석 광고가 되기도 했다. 영화 〈추포〉의 주제가 "라아라……"는 전국적으로 유행했고, 말을 타고 나는 듯 달리던 다카쿠라 켄과 마유미는 중국의 남녀노소가 모두 아는 최고의 스크린 스타가 되었다. 그리고 일제 오토바이, 텔레비전, 카세트 녹음기, 자동차, 세탁기, 전자 오르간은 모두 친근감과 호소력을 지닐 수 있었다. 많은 청년이 다카쿠라 켄과 마유미처럼 한세상을 풍미하고 싶어 했고, 그들의 시선은 자연스레 일제 상품으로 쏠렸다. 이런 관심은 눈에 띄는 주류를 형성했고, 순식간에 문화대혁명 이후 최초의 수입 상품 구매 열풍을 조성했다.

이런 상황에서 매체의 문자적 강조는 사실상 텅 빈 메아리에 불과했다. 그 소리는 사람들의 귓바퀴만 맴돌았을 뿐 고막 안까지 들어가지도 못했다. 수많은 영화와 텔레비전 프로그램 속에서 이런 전복이 이루어졌다. 관방 매체는 서구화와 자유화에 대한 비판을 멈추지 않고 몇 편의 글과 문예작품을 금지하며 문자에만 목을 매고 있었지만, 알지 못하는 사이 이미지와 음향 효과는 이미 다카쿠라 켄과 마유미라는 더욱 어려운 문제를 양산하고 있었다. 그 폭발적인 추동력은 문자와는 비교할 수도 없었다. 이것은 새로운 문제였지만, 어떤 사람들은 아예 문제로 여기지도 않았다. 하지만 이해할 수 없기 때문에 비로소 새로운 문제라고 이를 만했다. 대중의 정치적 태도와 윤리적 판단 기준은 급속한 변화를 일으켰다. 1980년대 초 문예계는 중국 역사상 초유의 거대한 사고 다발 지역이었다. 1981년, 1983년, 1987년에 몇 차례나 정치적 긴장이 유발되었다. 문예계 인사와 텔레비전 및 영화 관계자의 밀접한 직업적 관련을 떠올린다면 이런 긴장은 어렵지 않게 이해할 수 있다. 그때 문예계와 일반 대중이 지닌 유일한 차이점, 나아가 뉴스 언론, 이론 및 교육계 인사 사이에 존재했던 유일한 차이점이 있다면, 창작이라는 명분 아래 '내부 참조용 작품'을 열람할 권리를 누렸다는 점이었다. 그건 내부 참조용이라는 명목으로 자료관에 소장되었던 영화 또는 외국 대사관에서 빌려온 궈루편過路片(공식적으로 상영할 수 없어 내부에서 돌려보는 자료–옮긴이)이었다. 당시 인기를 끌었던 미국 영화 〈지옥의 묵시록〉 〈디어 헌터〉 〈크레이머 대 크레이머〉 〈미드나이트 카우보이〉 등이 여기 속한다. 이런 영화는 거의 모든 문예계 회의에서 가장 중요한 프로그램이거나 가장 인기 있는 초대 프로그램으로 서로 앞다투어 달려가서 보았던 작품이었기 때문에, 입장권은 언제나 승진 가도를 닦기 위한 최고의 선물이거나 암시장의 최고 상품이 되었다. 다른 요소가 그 가운데 있었다는 점은 말하지 않아도 그리 어렵지 않게 상상할 수 있을 것이다. 서구화와 자유화의 사조는 바로 이 '내부 참조용 작품'의 이미지와 음향 효과를 통해 사람들에게 널리 펴져나갔다. 그 명백한 증거로 1990년대 후반에 '내부 참조용 작품'은 사회 전체에 점차 개방되었고, 문예계에 일었던 미증유의 정치적 열기는 썰물 빠지듯 급속히 쇠퇴했다. 사회적인 조류에 대한 문예계의 발언도 급격히 줄어들었을 뿐 아니라 빛이 바랬다. 더욱 급진적인 서구화와 자유화는 영화와 텔레비전을 즐겨 보는 일반 대중 사이에서 일어났다. 뉴스 보도, 오락 연예, 광고, IT, 증권 등 다양한 업계에서 새로운 직업군이 사리 때 밀물처럼 덮쳐왔다. 문예계의 급진적 원로들은 이미 보수화되어 진정한 시장과 자유 앞에서 덜덜 떨면서 그런 조류에 저항하거나 부응하는 방식으로 세월의 변화를 실감할 따름이었다.

가라오케

일본의 가라오케가 홍콩을 거쳐서 중국 대륙까지 입수되었다. 이는 우리에게 '글자'와 '이미지'의 분리를 관찰할 기회를 제공하는 또 하나의 전형적인 사례다.

중국의 혁명 가곡 〈피로 물든 영웅의 모습〉을 배울 수 있는 노래가사의 배경 영상에는 수영복을 입은 미녀의 다채로운 섹시 포즈가 등장한다. 물에서 나오는 미녀, 다리를 하늘까지 들어 올리는 미녀의 이미지 위로 나라를 위해 목숨 바치는 영웅적인 용사에 대한 가사가 떠오른다. 또 다른 혁명 가곡 〈봄날 이야기〉는 지도자 덩샤오핑의 개혁개방 의지를 그린 노래지만, 그 배경 영상에서는 밀짚모자를 쓴 맨발의 섬마을 처녀가 반투명 비키니가 드러날 때까지 선율에 맞춰 옷을 한 장씩 벗고 있어서, 보고 있노라면 마치 여탕에 잘못 들어온 것 같은 난처한 심정이 되곤 했다. 제작자는 그 상황에서도 정치적인 요청에 부응하는 일을 잊지 않았다. 섬마을 소녀는 옷을 벗는 와중에도 허리께에서 계속 휴대전화를 흔들어 보이며 손가락 끝으로 신용카드를 집어 올리기까지 한다. 휴대전화와 신용카드는 당시 가장 명확한 부의 상징으로서 새로운 사회 풍조에 부흥하는 사물이었다. 뮤직 비디오는 섬마을 주민들까지도 이 아름다운 시대의 진보에 발맞추어 부국강병을 향해 전진하는 역사와 어깨를 나란히 한다는 점을 명시하고 있다. 중국은 이들까지 포함해 사회주의의 현대화를 실현하고 있는 것이다.

여기에 대고 무슨 말을 할 수 있겠는가? 휴대전화와 신용카드가 잘못되었다고 하겠는가? 섬마을 소녀가 아름다운 몸매를 드러낸다고 해서 무엇이 잘못되었는가? 당시의 심사 표준에 따르면, 그 뮤직 비디오들은 완전히 합법적이었다. 심지어 정통적이고 혁명적인 것이기도 했다. 게다가 그 이미지는 '색정'적이라고 하기는 어려웠고 '음란'하다고 하기는 더욱 어려웠다. 사람들이 보기에 다소 기괴하고 황당하기는 했지만, 뭔가 좀 그렇다는 생각이 들기는 해도, 기괴하거나 황당한 게 죄는 아니고, 뭔가 좀 그렇다 함은 더더욱 죄가 아니었다. 21세기에 들어 관리부서가 사치스러운 장면 연출에 대한 처리 지침을 작성하기 전까지, 중국 대륙에는 도시와 농촌을 막론하고 상당히 긴 시간 동안 이런 가라오케가 넘쳐났다. 이런 대중적인 인기에 부응하고 이를 이용하기 위해 몇몇 공적인 선전 기관과 청년 활동 기구는 혁명과 관련된 각종 가라오케 서적과 음반을 출판하고 유통을 진작했다. 신구新舊 혁명 가곡으로 가라오케 시장을 점령하고 화려한 폭죽 소리 속에서 이 노래를 군대, 학교, 공장 및 농촌에 널리 보급해 지도층의 열정적인 호소에 부응하도록 하기 위함이었다. 이처럼 정부의 적극적인 지원을 받은 광범위한 상품 보급은 서구의 어떤 국가에서도 찾아보기 힘든 놀라운 사례다.

재미있는 것은 이런 상품이 사람들의 전통적인 의식 속에 담긴 가사와 화면의 관계를 재조직한다는 점이다. 예를 들어, '혁명'은 더 이상 전쟁의 화염과 연관되지 않으며 도시의 마천루와 연결된다. '인민'은 더 이상 연로한 부모님과 연관되지 않고 쿨한 청춘 남녀와 연결된다. '조국'은 더 이상 높은 산과 큰 강의 이미지로 다가오지 않고 빌라와 별장으로 각인된다. '이상'은 더 이상 허허벌판 위로 타오르는 모닥불이 아니라 '보잉기'와 '비즈니스 클래스' 등 하늘을 나는 거대한 여객기 이미지와 연관된다. 그런 것이다. 나는 러시아 민요 〈트로이카〉도 가라오케에서 본 적이 있다. 가난한 농부와 늙은 말의 비극적인 이야기는 홍콩 출신처럼 차려입은 젊은 아가씨가 놀이공원에서 미친 듯 뛰놀며 웃는 배경 위로 떠돌았다. 트로이카는 이제 광풍을 일으키며 하늘에서 낙하하는 롤러코스터가 된 것이다!

모든 상품이 다 이렇다고 말할 수는 없다. 나아가 이런 이미지가 더 이상 금욕적인 냉혹함에 매이지 않으며, 지나치게 딱딱한 사고방식과 구태의연한 상상력을 뛰어넘었다는 사실을 인정하지 않을 수 없다. 그러나 나는 여전히 떨쳐지지 않는 의혹에 시달린다. 스크린이 금전과 미색으로 가득 차 있는 동안, 사회적 등급의 최상위에 놓인 이미지가 그렇게 한데 모여 있는 동안, 수많은 혁명 가곡의 가사는 이미 공동화된 게 아닐까? 중국이라는 이 개발도상국, 그것도 종교적 전통이 희박한 개발도상국에서 한계를 지니기 때문에 더욱 진귀한 도덕적 자원은 이미 손쓸 수 없을 정도로 고갈되어버린 게 아닐까?

대부분의 사람은 그렇지 않다고 생각한다. 어떤 관료들은 이런 상품이 여전히 '사회주의'와 '공산주의', '애국심'과 '우국충정', '중화의 얼을 드높인다'라거나 '일편단심 각자의 열과 성을 다하여'와 같은 표어에 속한다고 여기고 일단 안심한다. 혁명 의식이 최선의 발전 상황에 도달하지 못하더라도 기본을 지킨다면 인준하는 것이다. 심지어 격려하기도 한다. 서구의 관찰자 대다수를 포함하는 몇몇 이단 세력은 이런 표어에 주목한다. 그래서 중국이 비록 시장경제의 개혁개방 정책을 실행한다 하더라도 여전히 위험하며, 이런 노래가 혁명 의식의 구태의연함을 증명하는 확고부동한 증거라고 주장한다. 대중을 세뇌하는 적화 선전은 그칠 줄 모르니 반드시 이들의 도발에 대비해야 한다고 강변한다. 이런 두 가지 관점은 완전히 서로 대립되지만, 가라오케를 판단하는 방식에서는 오히려 같은 궤적을 밟고 있다. 그들의 감각기관은 문자만 여과하고 소리나 빛깔 따위에는 주의를 기울이지 않는다. 그들은 문자 기계로서 문자에 대한 문자만의 특별한 투쟁을 진행한다. 문자 이외의 모든 것은 거의 중시하지 않는다. 부유한 재벌 특유의 표정, 권세가들의 거드름, 제멋대로 하는 오만방자함, 거짓으로 사랑을 속삭이는 눈매, 자기 연민에 빠졌거나 미쳐 날뛰는 사람의 뒷모습, 남자의 즐거움을 위해 제공되는 섹시한 신음과 몸의 움직임 따위는 의식의 형태와 거의 아무런 연관도 없다고 여긴다. 설사 어떤 연관이 있다 해도 확신할 방법이 없어서 그저 귀동냥을 하거나 어림짐작할 뿐이기 때문이다. 이런 가라오케가 불빛 희미한 공간으로 사람들을 몰아넣고 소리와 빛깔이 제약된 공간에서 강렬한 소리와 빛깔에 압도되는 것이 그따위 가사보다 훨씬 더 중요한 일 아닌가? 사람들은 이 점에 대해 잘 알지 못한다.

상당히 긴 시간 속에서 가라오케는 사회적 교제를 증진하는 우월한 방식으로 자리 잡았다. 술을 한잔하고 나면 곧 노래방에 가는 것이 일련의 과정으로 양식화되었다. 라오무는 이런 일에 대해 물론 알 만큼 알고 있었다. 그는 밤마다 노래방에서 살다시피 했고, 가라오케의 천씨네 여자들을 꾀기도 했다. 어머니를 꾄 뒤에는 딸에게도 손을 댔고, 딸을 꾄 뒤에는 딸의 사촌 자매에게도 손을 댔는데, 모두 갓 성인이 된 학생이었다. 사실이 밝혀진 뒤에는 맞아 죽을까 무서워서 천씨네 집안에 6만 위안을 갖다 바치고 요리조리 빠져나갔다. 그 뒤로 머리를 파마하고 선글라스를 쓴 채 매일 옷을 갈아입으면서 보름 동안이나 집에도 돌아가지 않았다.

그런데도 천 마담이 보낸 장정 네 사람에게 붙잡혀서 버스 종점의 차고에 갇히고 말았다. 선글라스는 물론 바닥에 떨어져 산산조각 났다. 자기 마누라와 맞대면했을 때 라오무는 겁을 먹은 나머지 목소리까지 덜덜 떨었다.

라오무는 결국 어느 정도 진정하고 좋은 말로 풀려고 했다. 기왕지사 사내대장부가 저지른 짓이니 당연히 응분의 대가를 치르겠다, 오늘 당신들이 어떻게 나를 때리든 내가 다 맞겠다, 만약 내가 피하거나 숨으면 나는 사람이 아니라 돼지 좆만도 못한 짐승이다, 뭐 그런 말이었다.

"주둥이는 그래도 살았네? 얻어터지고도 계속 그 주둥이 놀리나 보자."

"그 대신 조, 조건이 있소. 우, 우선, 여, 여자는 내보냅시다."

라오무는 부인을 가리켰다.

부인은 겁을 먹은 데다 화도 나서, 낯짝도 두껍다고 그를 욕하며 사내들보다 먼저 그를 치려고 했다. 그러나 벌은 대신 받을 수는 없는 법!

그녀는 결국 차고 밖으로 질질 끌려 나갔다. 차고 안에서 신음과 구타음, 무거운 물건이 부딪혀 부서지는 소리가 들려오자 그녀는 마음이 다급해져 소리쳤다. “맞아 죽겠어. 맞아 죽겠어요. 사람이 죽겠다고요…….” 한 사내가 그녀의 입술을 틀어막자 그녀는 몸부림 끝에 겨우 빠져나와 다시 차고로 뛰어 들어갔다. 사건은 기본적으로 일단락되었다. 깨진 벽돌과 부러진 나무 방망이가 바닥에 나뒹굴고 있었다. 라오무는 봉두난발이었고 머리칼에는 벽돌 부스러기가 묻어 있었다. 얼굴 한쪽은 피투성이였고 입가에는 피거품이 묻어 있었으며 이빨 하나가 대롱거리고 있었다. 하나밖에 안 남은 눈동자가 깜빡이고 있는 걸로 봐서는 아직 죽은 목숨은 아니었다. 라오무는 머리를 두 어깨 사이로 될 수 있는 한 집어넣고 등을 한껏 움츠려 벽을 떠받치고 있었다. 두 팔은 양쪽 겨드랑이 사이에 꽉 낀 채 꼼짝도 하지 않았는데, 매 맞기 가장 좋은 자세를 유지하기 위해서인 듯 보였다. 그런 채로 한동안 죽은 듯이 미동도 하지 않았다. 언뜻 보기에는 잠든 것 같았다.

“그래도 밸은 있구나!” 우두머리 격으로 보이는 사내가 가면서 한마디를 던졌다. “오늘 어금니 두 개는 남겨두고 간다. 그래도 가라오케에서 노래는 불러야지.”

라오무는 그때까지도 깨어나지 않았다.

광고

공영방송에 출연한 경험은 친구들 사이에서 라오무의 체면을 세워주었다고 할 수 있다. 전국적으로 가장 유명한 가수들이 총출동한 빈민 장학생 기금 마련 행사였다. 라오무는 홍콩 회사 가운데서는 유일하게 찬조했을 뿐 아니라 가장 큰 액수의 금일봉을 전달했기 때문에 사회자가 특별히 무대로 오르게 한 뒤 몇 마디 인사말을 나누었다. 자선 콘서트 도중에 라오무가 구이저우에서 활동한 모습을 담은 장면이 삽입되기도 했다. 형편이 열악한 산악 지구 초등학교에 책과 문구를 전달하고, 가난한 두 어린이를 양팔에 끌어안고 어루만지는 모습이었다. 라오무의 얼굴에 눈물이 비 오듯 내리며 남은 하나의 눈동자에 열정이 끓어오르는 모습을 화면에서 마주하자니 나 역시 그를 다시 보게 되었다.

나는 이 장면을 라오무가 그보다 얼마 전에 당했던 사건과 연결해서 생각하기 어려웠다. 당시만 해도 스크린은 마치 성지 같았다. 우러러보아야 하는 전당처럼 평범함을 넘어서는 어떤 감각적 지위를 지니고 있어서, 스크린에 등장하는 사람은 일상생활에서 만나는 사람과는 다르다는 느낌을 지우기 힘들었다. 즉 이런 것이다. 같은 꽃이라도 텃밭에 피어 있을 때와 무덤가에 꽂혀 있을 때는 그 의미가 전혀 같다고 볼 수 없다. 같은 선물이라도 남자가 여자한테 우비를 선물하는 것과 속옷을 선물하는 것은 의미가 전혀 같다고 볼 수 없다. 상대방의 뺨을 갈기는 것과 팔을 두드리는 것 모두 때리는 것이지만 상해를 입는 정도가 전혀 다르다. 지방의 작은 도시에서 시위가 벌어지는 것과 수도 베이징의 톈안먼 광장에서 시위가 벌어지는 것에 대한 감각과 감정의 비중은 전연 다르다. 무덤, 속옷, 얼굴, 톈안먼은 특별히 민감한 지리적 위치를 지닌다. 그런 장소는 사람의 심리 속에 자리 잡고 살짝 건드리기만 해도 줄줄이 풍부한 연상을 불러일으킨다. 라오무는 아마 이런 이치를 깨달았을 것이다. 그래서 돈을 아끼지 않고 명성을 쌓기 바랐고, 일상의 생활에서 빠져나와 텔레비전 속으로 걸어 들어갔다. 그것은 일반적인 방송이 아니라 국가의 공영방송이었다. 보통 시간대가 아니라 황금 시간대, 그것도 휘황찬란한 별이 반짝이는 가운데, 국내외의 정부 요인, 사회 명사와 이름만 대면 알 만한 스타가 출연하는 바로 그 장소 말이다. 라오무가 정확히 꿰뚫어본 것은 바로 이 점이었다. 그는 여유로우면서도 느긋한 미소를 지으며 거기 서 있었다.

나는 물론 라오무를 정부 요인으로 여기지도 않고 사회 명사나 스타라고 생각하지도 않는다. 그러나 다음에 그를 다시 보았을 때 나는 이전과 같은 관점을 온전히 유지할 수 없었다. 마치 내가 오랫동안 스크린에 집중했던 시선이 서서히 그 자신에게로 옮겨진 것만 같았다. 그가 마치 대단한 업적을 이룬 것처럼 보였던 것이다. 나는 그전에 들었던 라오무에 대한 나쁜 소문, 유흥가에서의 스캔들 따위는 거의 잊어버리고 있었다. 심지어 라오무가 담배 한 개비를 빼물었을 때는 나도 모르게 라이터를 켜고 그의 앞으로 한달음에 달려가 불을 붙여주기까지 했다.

그런 뒤에야 나는 비로소 저도 모르게 한 행동을 후회했다.

그래 봐야 라오무는 간사한 장사꾼에 불과하지 않은가? 어디서든 치마 두른 여자만 보면 발광이 나서 달려가는 돼지 같은 놈이 아닌가? 나는 그의 사람됨에 크게 실망했으니, 한달음에 달려가 담뱃불을 붙여주는 일 따위를 해서는 안 되었다. 아니, 아예 그를 초대해서 한 끼 밥을 함께 먹을 필요도 없었다. 그래서 내가 담뱃불을 붙여주었을 때 그의 입가에 떠올랐던 기고만장한 미소 따위는 보지 않아도 좋았을 것이다. 나는 텔레비전의 황금 시간대가 내 머릿속을 어지럽게 만들었다는 사실을 깨달았다. 라오무는 몇백만 위안이 넘는 돈을 흙먼지처럼 뿌리며 내 머릿속을 어지럽혔다. 나는 당하고 만 것이다.

광고는 돈의 위력을 대변한다. 기막힌 이미지를 빚어내 감각과 이성을 홀리고 마비시키며 우리를 조종하고 개조한다. 광고는 물론 지극히 정상적인 표현 방식이다. 그러나 종종 적지 않은 거짓 환상을 만들어내기도 한다. 그리고 그 이미지로 열악한 상품이나 저열한 인간을 포장해 우리의 눈과 마음을 속이고 그로부터 일어나는 혐오에 대한 심리적 할인을 유도한다.

텔레비전 연속극

1990년대 초반에 유행했던 수많은 텔레비전 연속극은 줄거리가 있는 뮤직 비디오라고 할 수 있다. 애국과 혁명의 무대 위에서 돈과 미녀들이 한바탕 노래하고 춤을 추는 내용이었다.

학생운동

1981년 대학가에 일어난 학생운동의 발단은 매우 단순했다. 젊은 건달 몇이 K대학 캠퍼스 여자 기숙사 구역에서 소란을 일으키며 여학생 한 명에게 상해를 입혔다. 학생들은 분노에 가득 차서 학교 당국에 범인을 잡아달라고 요구했고, 학교 측은 이에 응해 경찰 쪽에 범인 검거를 요청했다. 학생과 학교 측은 쌍방 간에 어떤 갈등도 없는 듯 보였다. 그러나 학생들은 담장 수리를 지연시킨 학교 측의 책임과 외부인의 불법 교내 점거에 무방비한 점 등을 들며 관료주의 문제의 심각성을 지적했다. 나아가 학생회가 이 사건을 청원하는 과정에서 사실상 축소를 기도했으므로 학생의 이익을 대변한다고 볼 수 없다고 질책하며, 제구실을 못 하는 가짜 학생회는 반드시 재선거를 통해 교체해야 한다고 주장했다. 관료주의에서 나아가 민주와 자유를 부르짖는 대규모 사건으로 발전한 것이다.

학교 측은 대수롭지 않게 여겼다. 사소한 형사사건이 점점 걷잡을 수 없는 방향으로 확대될 거라고는 예상하지도 못했다. 학생회 주석은 농촌 출신으로, 여름에 식수 부족으로 고생할 때 손수 물을 길어다 학생들의 물병을 채워준 사람이었다. 가뭄을 이겨내고 솔선수범한 인물이기는 하지만, 그다지 예민한 사람은 아니었다. 그는 학우들에게 교실로 돌아가 수업을 듣고 본업에 충실해달라고 호소했고, 행정 사무실 앞에서 간부들의 업무를 방해하지 말라고 촉구했다. 이런 태도는 학생의 안전에 전혀 관심이 없는 것처럼 간주되었으며, 수많은 학생의 분노를 일으키기에 충분했다. 그 자리에서 누군가 다음과 같은 구호를 외쳤다. 프락치를 색출하고 어용 학생회를 타도하자!

분노한 군중 앞에서 학생회는 어떻게 처신할지 판단하지 못하고 우왕좌왕했으며 학교 당국은 구태의연한 태도로 일관했다. 거듭되는 당원

교수 학생 회의에서 해당 부서는 무정부주의와 자유주의 사조를 공격했다. 그 뒤에 이루어진 상부의 조사 결과, 관료들의 융통성 없는 태도와 단순한 사고가 부각된 것은 피할 수 없는 일이었다. 그들은 1980년대에 대해 마찬가지로 둔감했다. 학생들이 덩리쥔을 부르고 디스코를 추며 서구 각국의 영화 및 텔레비전을 본 뒤, 나아가 사르트르, 니체, 프로이트 등을 뒤적이고 난 뒤에도 공손히 남의 말을 듣는 걸 영광으로 삼을 것이라 믿었다. 그들은 부모가 하는 말조차 듣기 싫어했다. 어찌 정부와 해당 부서 관리의 말을 순순히 듣겠는가? 학생회는 사실 이 점을 어느 정도 알고 있었기에 일찍이 좀 더 친근한 학생회상을 확립하고자 했다. 예를 들어, 학생회는 무도회와 개혁 좌담회 개최를 한두 차례 추진했다. 그러나 학교 측의 엄숙주의를 넘어서지 못하고 자칫 '자유주의'의 애먼 누명을 쓸 위기에 몰렸다. 그런 만큼 그들의 마음속에는 말하지 못할 억울함이 있었을 것이다.

학생회 주석은 진퇴양난의 급박한 상황에서 빠져나갈 방법을 강구하기 위해 사력을 다했다. 그러나 그는 상당히 순종적인 사람이어서 상부의 결정을 반박하지 못하고 당황하여 진땀을 흘리면서 학생과 학교 사이에서 동분서주했다. 그는 주변에서 일어나는 야유와 인신공격, 휘파람 소리, 반박하는 외침 사이에서 말을 더듬을 따름이었다.

다환은 바로 이런 순간에 태산처럼 우뚝 솟아났다. 그는 학생들의 소동이 이런 식으로 나아가서는 안 된다고 생각했다. 아이들이 하는 짓이 우스워 보였다. 또 소동이 점차 커지는 것을 보고 왠지 모르지만 이 일을 막아야 한다고 여겼다. 어린 학생은 그의 지도를 따르지 않으면 안 되는 것이다. 역사상 새로운 한 장이 열리는 순간이 그렇게 무능한 무리의 손에 짓밟혀서는 안 되는 것이다. 다환은 멀뚱히 두 눈을 뜬 채 그 역사적인 창조의 영광을 다른 사람이 훔쳐가도록 둘 수 없었다. 그의 오랜 친구, 삽대 시절의 옛 친구인 우리들 몇몇이 이 소식을 들었을 때, 이미 그는 흔적도 없이 자취를 감춘 뒤였다. 지도자들과 담판을 지으러 갔다는 말도 있었고, 학생운동의 주동자들과 회의를 했다는 말도 있었으며, 다른 대학에서 강연을 하고 있다는 말도 있었다. 소문은 가지가지였지만 다촨을 실제로 본 사람은 아무도 없었다.

단식은 그 뒤에 일어났다. 그것이 다촨의 아이디어였고 군중에 대한 그의 통제력 상실이 부른 결과라는 점은 알 길이 없었다. 어쨌거나 단식은 특수한 감각을 일깨운다. 언어 투쟁이 신체 훼손을 추동하는 자기 학대로 청원 형식의 질적 변화를 일으키는 것이다. 성위원회 정문 앞에서의 단식은 거의 역사적인 모든 단식 사건의 비장한 정서를 계승하며, 과거의 무수한 열혈 지사의 감동적인 희생을 환기했다. 젊은 남녀가 위원회 정문 앞 대로와 인도가 꽉 찰 정도로 드러누워 있었다. 그들은 완전무장한 전사의 발 아래, 남루한 빛깔의 각종 기치 아래, 창백한 얼굴로, 피곤에 지친 몸을 눕히고, 깊고 굳은 시선만 빛내며 드러누워 있었다. 머리에 표어가 적힌 천을 질끈 동여맨 그들은 때때로 두 손가락을 들어 필승의 브이 자를 그려 보이기도 했다. 설탕물이나 과일 주스 한 병이 사람들 사이로 전해지면서 감정의 교류를 촉진하는 가장 좋은 기회와 형식이 갖추어졌다. 누구도 마시지 않고 혹은 누구도 더 마시려고 하지 않으면서 생명의 기회를 다른 사람에게 돌리는 동안 영웅적인 자질의 표현은 훌륭한 도덕적 수단이 되며 가장 뛰어난 대사가 되는 것이다. 저녁의 장막이 서서히 드리울 때, 그들은 어쩌면 도나우 강변의 골짜기에 누워 저녁 안개를 바라보며 코카서스산맥을 베고 밤하늘의 별을 대하는 중이라고 느낄지 모른다. 아침 안개가 서서히 깔릴 때, 그들은 어쩌면 거리의 참호나 군영 또는 일찍이 발발했던 영광스러운 5 · 4운동이나 4 · 5운동 중의 톈안먼 광장에 누워 있는 거라고 느낄 수도 있다. 그래서 인류 역사상 핍박받은 모든 선구자와 마찬가지로 그들 또한 피할 수 없는 굶주림과 배고픔에 맞서 싸워야 한다고, 그들의 투쟁이 바로 세계의 광영을 앞당기는 위대한 행위라고 확신하게 된다. 단식 투쟁이 장기화됨에 따라, 몇몇 사람의 신체에 위험 징후가 나타나고 산소 호흡기와 주사기, 혈압계 등의 의료기구, 심지어 구급차까지 등장한다. 이런 상황에서 사람들은 공포에 질리고, 슬픔과 분노에 떨게 된다.

슬픔과 분노는 시인을 탄생시킨다. 그래서 그들이 쓴 시는 보통 낭송을 위한 시이며, 노래가사에 더욱 가깝다. 투쟁 의지를 고무하고 희생을 불사하도록 만드는 노래 말이다. 노랫소리는 깊은 감동을 불러일으키며 주변을 에워싼 사람들조차 감동시킨다. 숭고한 대공연의 클라이맥스가 드디어 시작되고 주위를 에워싼 사람들은 저도 모르게 그 소리 높은 구호와 노랫가락에 호응하게 된다. 그들은 주머니를 열고 돈을 꺼내며, 음식과 음료수를 나르며, 담뱃갑을 열어 담배 개비를 남녀 학우에게 가뭄 때의 단비처럼 돌리기 시작한다. 학생들을 에워싼 시민들의 이런 행위는 비록 지나치게 세속적이고 사소해서 그다지 중요해 보이지 않지만 그래도 여러 학우들의 열렬한 갈채와 감사를 받을 것이다.

이런 장면은 매우 강한 흡인력이 있다. 성위원회 정부 기구 바로 옆에는 둥팡 호텔이 있었는데, 마침 어떤 영화 촬영 팀이 거기 투숙하는 중이었다. 프랑스식 베레모에 영국식 체크무늬 양복을 입은 노감독이 손에 시가를 쥔 채 밖을 한 번 내다보더니 젊은 사람을 몇 명 끌고 밖으로 나와 모금함에 돈을 밀어 넣었다. 이 일은 순식간에 수많은 신문의 주요 뉴스로 기록되었다. 게다가 원래는 100위안이었던 모금액이 순식간에 1만 위안으로 부풀려졌으며 감독 또한 훨씬 더 명성이 자자한 인물로 바뀌었다. 장군인 다환의 삼촌이 베이징에서 전화를 한 번 하자, 그 일은 또한 '중앙정부에서 걸려온 전화'로 알려졌다. 결국 내용도 불확실한 전화는 '혁명 학생들을 지지하기 위한 중앙정부의 특별 지령'으로 와전되었다. 작은 소식은 모두 크게 부풀려졌다. 이 모든 사실은 들끓는 감정 속에서 부풀려진 것이지만, 또 한편으로 다시 들끓는 감정을 부추기고 불타오르게 만들었다. 설사 그런 소문이 나중에 거짓으로 밝혀진다 할지라도 전혀 상관이 없었다. 민주를 위한 거짓은 거짓이 아니라 잘못 말해진 진리일 따름이기 때문이다. 민주를 위한 폭력은 폭력이 아니라 다만 지나친 미덕이듯. 민주가 반대하는 전제 또한 이와 같은 논리를 따른다.

나는 원래 그 일을 방관하는 입장이었지만, 결국 노랫소리와 박수소리에 마음이 흔들리고 말았다. 내가 잘 알지도 못하는 어린 학생이 내 품 안에 안겨 목 놓아 울면서 어려움을 호소할 때, 나는 그저 뜨거운 눈물이 고였다가 넘쳐흐르는 것을 묵묵히 느낄 수밖에 다른 도리가 없었다. 낯선 사람의 어깨너머로 저 멀리 하늘을 우러러보면서 시간이 사라지는 정적을 맛보았다. 그것은 정말이지 기묘한 감정적 동화를 읽는 경험이었고, 사상이 감정에 의해 추동됨을 보여주는 전형적인 사례였다. 나는 많은 사람이 이와 같은 과정을 경험하면서 사건에 끼어들었다고 확신한다. 민주의 미학 형식 앞에서 저도 모르는 충동에 몸을 맡기는 것이다. 이는 적어도 여러 원인 가운데 하나다. 이치대로 말하자면, 경찰에서는 이미 범인을 검거했고, 학교 담장 수리와 점유지 회수 등의 공정이 최근 급진전되고 있으므로, 학생들의 요구는 충분히 수용되었다고 할 수 있었다. 관료들의 융통성 없는 태도와 단순한 사고방식은 단시간에 해결할 수 있는 문제가 아니고, 사회 전체의 구조적 개선이 선행되어야 하므로 학생들이 지나치게 엄격하고 급진적으로 요구해도 소용없었다. 이것이 바로 K대학교 측이 강력하게 주장하는 바였다. 그래서 그들은 학생운동이 어째서 갈수록 거세어지는지, 어째서 광범위한 조직과 체계를 지닌 관리부서가 다촨처럼 젖내 나는 어린 학생을 확실히 제압하지 못하는지 알 수 없었다. 또한 그들은 정치적 통제에서 형식적 문제가 중요하다는 사실, 자신들이 미학적 충격에 완전히 취약하다는 사실을 알지 못했다. 대회 개최, 서류, 지시 등은 모두 문자로 이루어져 있었다. 문자의 중첩과 누적에 의해, 논리와 개념의 강제에 의존했던 것이다. 게다가 관리직 간부는 대부분 촌스러운 중산복과 검은 모자를 걸친 채 청나라 조정에서나 자주 볼 수 있던 팔자걸음을 걸었다. 시각적으로나 청각적으로나, 그들은 청년들의 마음을 사로잡을 수 없었다. 이와 비교하면, 시청각과 공감각의 시대에, 이국적인 문화가 물밀 듯이 몰려오는 시대에, 반대파는 형식적으로 비교할 수 없으리만큼 확실한 우세를 점하고 있었다. 강연과 집회, 시위와 낭송, 만화, 뜨거운 눈물, 다채로운 깃발, 무도회, 양복, 모금운동, 청바지, 서라운드 스피커, 손 키스, 긴 생머리, 브이 자 그리기, BBC 방송, 머리에 동여맨 표어, 인간 사다리 타고 올라가기 등 사람의 눈을 어지럽히는 온갖 것들. 쌍방이 충돌했을 때 한쪽은 공문을 띄웠고 다른 한쪽은 시를 쓰고 노래를 불렀다. 한쪽은 일이었고 다른 한쪽은 광란의 카니발이었다. 한쪽은 끓여서 식힌 맹물이었고, 다른 한쪽은 입에서 살살 녹는 만찬이었다. 강약의 차이는 이렇듯 심했다.

청소년은 가장 놀기 좋아하는 연령이고, 또한 형식에 가장 민감한 연령이다. 한번은 K대학 학생 기숙사 앞의 스탠드 구장에서 집회가 열렸는데, 누군가 전기를 끊어서 갑자기 구장 안이 온통 암흑천지로 변하고 말았다. 소문에 따르면 총장의 비서가 한 일이라고 했다. 차단기를 내린 사람은 그래도 학생들이 해산하지 않으리라는 점을 전혀 예측하지 못했을 것이다. 더욱이 그들은 하나둘 촛불을 켜거나 장작을 모아서 모닥불을 지피거나 라이터를 켰다. 손전등을 켠 사람도 있었다. 순식간에 등불이 바다를 이루고 반짝반짝 빛났다. 밤하늘의 별이 모두 여기 모여 빛나는 듯 따뜻하고 낭만적인 정경이 눈앞에 펼쳐졌다. 사람들은 그 이미지에 도취되었다. 반딧불의 무도회라도 그보다 아름답지 못할 정도였다. 어느 깊은 밤, 학교 부근 상점에서는 양초와 성냥이 불티나게 팔렸고, 건전지도 바닥이 났다. 다음 날 아침, 스탠드 구장 곳곳에는 타고 남은 숯과 종이의 잿더미가 수북한 언덕을 이루고 있었다.

스탠드 구장 전기 차단 시도는 물론 서툴고 엉뚱한 자살골이었다.

어떤 이유에서건 이 일은 학생들에게 전제적이고 폭력적인 인상을 주었다. 더욱이 이 일은 집회의 열기에 불을 댕겼다. 학생운동은 빛을 발하기 시작했으며, 다촨과 그의 동지들은 반짝이는 촛불의 물결 속에서 한층 더 숭고한 지위를 획득하게 되었다.

아쉬운 것은 다촨이 쥐고 있던 형식 미학의 패가 무궁무진하지는 않았다는 점이다. 학생운동의 규모가 점차 확산됨에 따라 조직 내부에서 일어나는 혼란은 큰 골칫거리가 되었다. 그들은 지도부의 지휘 체계를 강화하지 않을 수 없었고, 민주 미학을 끝까지 관철할 수 없었다. 다촨은 정치적인 회의를 이끌고 여러 문서를 만들어내기 시작했다. 게다가 간부의 등급과 관리 규정까지 설정해야 했다. 서서히 다음 단계의 '성내 학생 연합'과 '성내 개혁 연합 대회'의 수순을 밟지 않을 수 없었다. 그들이 하는 일은 사실 행정 부서가 하는 일과 별다른 차이가 없었다. 지금까지 유래를 찾아보기 어려울 정도로 태도가 온화하고 또 그 수단이 고명하다는 점을 제외하고는 모두 같았다. 나와 이옌징, 샤오옌 등 옛 친구들이 다촨을 만나기 위해 찾아갔을 때, 우리는 문밖에서 체육과의 건장한 '보디가드'들에게 붙잡혔고, 다촨의 남녀 '비서'들에게 끊임없이 심문을 당해야 했다. 우리의 코는 상대방에게서 풍겨오는 오렌지 주스와 위산 냄새 그리고 현장의 땀 냄새와 먼지 냄새에 끊임없이 시달려야 했다. 아주 긴 보고 과정을 거친 뒤에야 비로소 우리는 도장이 찍힌 통행증을 발급받을 수 있었고 살벌한 '인의 장막'을 거쳐서 어둑한 작은 실내로 안내되었다. 우리는 거기서 다촨을 만나러 온 미국 기자와 수많은 노동자 대표와 함께 알현 시간을 기다려야 했다. 나는 그때의 면담 과정에 대해서는 쓰지 않을 생각이다. 또한 이 학생운동과 관련한 수많은 사건에 대해서도 더 이상 기술하지 않을 것이다. 나는 그저 내가 그 방 안에 들어섰을 때 느낀 일말의 놀라움에 대해 말해보려 한다. 다촨은 매우 바빴고 또한 골치 아픈 문제로 머리를 싸매고 있었다. 손을 허리에 댄 채 몇몇 학생을 향해 몇 가지 지시를 내렸고, 그들에게 그가 말한 내용을 재빨리 받아쓰게 하고 있었다. "노동자들은 어디 있는 거야? 어째서 아직도 파업이 시작되지 않은 거지? 베이싼구의 농민들과 계속해서 연락을 취해!" 다촨은 뒷짐을 진 채 오락가락하며 무엇 때문인지 굉장히 화가 나서 탁자를 두드렸고 곧 머리를 빡빡 민 남학생들에게 고함을 쳐댔다. "네놈들이 한 짓은 폭동이야. 불법일뿐더러 산적들이나 하는 짓이라고! 당장 네놈들을 축출해버리겠어. 꺼져! 꺼지란 말이야!" 다촨은 또한 어떤 선생님처럼 보이는 사람에게 말했다. "1분 드리겠소. 1분 안에 제대로 설명하지 못하면, 당신이 부장직에 어울리지 않는다는 뜻이오. 그렇다면 바로 부장직에서 물러나주셔야 하오."

다촨은 마치 군대의 총사령관처럼 보였다. 그가 우리에게 '중앙정부에서 걸려온 전화'와 관련해 반드시 비밀을 엄수할 것을 다짐받았을 때, 우리에게 '물어보지 말아야 할 일은 절대 묻지 말 것'을 당부했을 때, 사실 그는 집권 경력이 풍부한 정부의 최고 수장처럼 보이기도 했다. 그가 마음속으로부터 타도하기를 열망하는 바로 그 정부 관료 말이다.

분명하게도, 이 상황에서 다촨이 반대하던 형식은 바로 그가 복원하고 있는 바로 그 형식이 되었다. 사건의 대단원이 그리 멀지 않다는 뜻이었다. 형식적 우세라는 것은 결국 한계를 지니며, 승패를 가르는 요소를 완전히 충족할 수 없다. 시끌벅적한 학생운동의 표면 아래에는 처음부터 참여자 내부의 여러 문제점이 감추어져 있었다. 예를 들어, 그들에게는 명확한 목표 의식이 없었다. 있었다 해도 바뀌거나 분열되었으며, 심지어 내부적 갈등과 소모적 분쟁까지 존재했다. 수업을 더 많이 하기 위해 투쟁해야 하는가, 아니면 더 적게 하기 위해 투쟁해야 하는가? 학생회를 개선할 것인가, 아니면 아예 폐지할 것인가? 혁명의 민주화를 회복할 것인가, 아니면 헌정의 민주화를 추진할 것인가? 이 정부에 참여할 것인가, 아니면 이 정부를 전복할 것인가? 새로운 이기주의를 제창할 것인가,

아니면 관료들의 이기주의를 질책할 것인가? …… 이런 오합지졸 상황은 물론 민주주의를 심각하게 제한하며, 민주주의의 창창한 앞길을 암담하게 만든다. 상당히 거리가 있는, 서로 다른 요구를 지닌 학생과 시민은 그저 형식적 회고(중국 혁명의 민주주의에 대한) 또는 모방(서구 혁명의 민주주의에 대한)을 공유하고 감각적인 노래와 만찬이 함께하는 대규모 카니발을 한 차례 즐겼을 뿐이다.

일단 사람들이 그런 향유에 질리기 시작하고 더 이상 새로운 프로그램이 출현하지 않으면, 사건은 두 가지 방향으로 나아갈 수밖에 다른 방법이 없다. 하나는 새로운 형식으로 대체하는 것이다. 예를 들어, 기차를 탈취하거나 총기와 탄약을 확보하는 식이다. 이런 의견은 다칸의 분노와 반대에 부딪혔다. 그런 까닭에 학생들은 어쩔 수 없이 오래된 형식으로 돌아갈 수밖에 없었다. 거리와 광장을 떠나 캠퍼스로, 교재와 학교 식당과 운동장 등 이미 꽉 짜인 평범한 일상 속으로, 평범하지만 보다 편안하고 느슨한 생활 속으로 말이다.

대부분의 참여자는 후자를 선택하고 매우 빨리 적응했다. 광란과 낭만을 충분히 경험한 그들은 곧 세속적인 일상으로 돌아갔다. 그들은 다시금 자신의 성적과 학위, 다가올 졸업 준비에 열중했다. 심지어 암암리에 자신과 관료들 사이의 인간관계를 고려하는 사람들도 있었다. 그들은 학생운동의 지도자들이 당할 후환에는 그다지 관심이 없었다. 기꺼이 식판을 두드리며 학교 식당의 음식 맛을 비판할 수도 있고, 지도자들의 무능과 의지박약에 대해 떠들 수도 있었겠지만, 이런 방식으로 아무 소득도 없는 학생운동에서 벗어나는 데 더욱 합리적인 이유를 제시할 수 있었다. 더 많은 실질적인 수혜를 원한다면, 얼마 전까지 반정부적인 활동에 목숨을 걸고 뛰어들었던 것처럼, 이후로는 국가를 위한 충성을 증명하고 윗사람에게 아부하는 데 심혈을 기울여야 했다. 간부들이 있는 행정 사무실을 뻔질나게 드나들고, 콧물을 훔치며 학우들의 부덕을 학교 측에 고발할 수도 있었다. 사실 그들의 매정한 행위는 심지어 학교 당국의 예상을 한참 넘어서는 수준이었다. 그들은 사람들 앞에서 두각을 나타낼 또 다른 기회를 맞이하여, 마침내 그들이 한 달 이상 지도자로 인정했던 사람을 고발하기 시작했다. 그들은 다촨을 야심가이자 광인으로 묘사했고, 그가 권유나 비판을 전혀 받아들이지 않았으며 높은 곳에서 고고한 척 사람들을 부렸다고 비난했다. 그들은 그가 길을 걸을 때면 양산을 받치게 하고, 담배를 피울 때면 불을 붙이게 했으며, 어디를 가든지 그를 대신해서 가방을 들게 했다고 미주알고주알 일러바쳤다. 사실 이런 고발이 아니었더라면 학교 측은 도둑이 제 발 저려서라도 정부 당국에 조사를 요청하지 못했을 것이다. 또한 이런 고발이 아니었더라면 다촨의 수많은 약점이 모두 발각되지는 않았을 것이고, 그의 당적과 학위가 모두 날아가고 이력이 망가지는 지경에 이르지는 않았을 것이다.

다촨이 병원에 입원했을 때 그를 방문한 학우는 그리 많지 않았다. 오히려 간부 같은 사람들이 그를 감시하기 위해 병원을 더 자주 찾았다. 나는 말없이 침대 머리에 앉아 그가 흥분한 나머지 큰 소리로 고함을 지르는 모습을 지켜보았다. "내가 대체 어디서 뭘 잘못한 거야? 모두들 어째서 순식간에 예수를 판 유다가 된 거냐고! 양심과 정의는 개가 다 물어갔나? 좋아! 두고 보자! 5년, 10년, 15년이 걸리더라도……. 언젠가는 반드시 오늘 내가 당한 이 쓰라린 배신과 치욕을 겪게 해줄 테니까! 무서운 대가를 치르게 될 거야!"

나는 아무 말도 하지 않고 다촨을 일으켜 앉힌 뒤에 그가 먹어야 할 크고 작은 알약을 챙겨서 건네주었다.

인터내셔널가

1960년대 미국의 신좌파는 지금 거의 모두 노인이 되었다. 당시의 일을 돌이켜보면서 그들은 틀림없이 자기네가 기호를 잘못 사용하고 있었다는 사실을 깨달았을 것이다. 마치 남자가 여자 모자를 쓰고 결혼식에서 장송곡을 트는 것처럼 말이다. 그때 캘리포니아의 청년 학자들은 '버클리 공화국'의 깃발을 드높이 휘날리며 스프라울 광장에 성채를 쌓았다. 곡식을 심을 사람은 곡식을 심고, 핫케이크를 구울 사람은 핫케이크를 구우며, 한마음으로 천국과도 같은 현대식 자유민 부락을 건설하고자 했다. 컬럼비아대학교의 '민주사회 쟁취를 위한 대학생 연합'은 학교 건물을 점거하고 총장의 시가를 피우고 셰리주를 몽땅 비웠으며, 나무 몽둥이와 창, 화염병으로 무장한 채 그들의 다섯 개 '해방구'를 사수했다. 순식간에 캠퍼스는 화염이 난무하는 전쟁터가 되고 말았다. 그들은 제국주의 미국과 인연을 끊기로 맹세했지만, 대부분의 사람에게는 그것을 대체할 방안이 없었다. 원하지 않는 것이 무엇인지 알고 있었지만, 자신들이 진정으로 원하는 것이 무엇인지는 알지 못했다. 그래서 불만과 절망의 감정에 빠져들었고, 기호의 자원과 적절한 기호 사용의 결핍을 피하기 어려웠다. 이렇게 해서 그들은 평등한 인권과 교육 상품화에 대한 반대 등을 부르짖었지만, 대오는 서서히 분열되었고 목표로부터 멀어지기 시작했다. 어떤 사람들은 마르크스의 머리를 들고 마리화나와 코카인에 열광했으며, 어떤 사람은 마오쩌둥의 붉은 수첩을 두 손으로 떠받든 채 콘돔을 흩뿌리며 온몸에 실오라기 하나 걸치지 않고 수업에 들어갔다. 또 어떤 사람들은 마르쿠제의 '절대 자유' 이론에 대해 토론하다가 흥분한 나머지 밖으로 뛰쳐나가 돌멩이를 집어 던져 건물 유리창을 박살 내기도 했다. 백만장자 집안의 귀공녀들도 옷의 소매를 갈기갈기 찢고 머리칼을 흩뜨려 지저분하게 만들면서 로큰롤에 취한 폭도나 건달 같은 태도를 취하곤 했다. 다만 시대의 조류에서 밀려나지 않기 위해서였다.

그들 가운데에는 붉은 히피 전사도 있었고, 마약과 성해방을 부르짖는 혁명군도 있었다. 그로 인해 자본주의 미국은 사회주의 진영과 벌이는 냉전에 정면으로 대치하는 한편, 후방에서 개인주의 습격 또는 개인주의의 총구에서 발사되는 이상주의의 불꽃에 시달려야 했다.

이 모두가 기호의 기괴한 결합으로 말미암았다. 기호는 생기발랄하고 애매모호하며 혼란한 사상의 파편적 이미지를 그러모아 그 당시 대부분의 사람이 지니고 있었던 반半독립적 정신을 보여준다. 흥미로운 것은 다음과 같은 사실이다. 1960년대의 미국 신좌파는 1980년대의 중국 신우파를 마치 아는 사이처럼 친근하게 느낄 것이다. 사상 및 감정의 시대적 분위기는 물론 다르다. 마르크스, 마오쩌둥 그리고 베트남과 쿠바는 모두 미국 캠퍼스에서처럼 그렇게 폭발적인 인기를 끌지 않았다. 정반대로 미국이라는 체제가 오늘날 중국의 수많은 중국 청년들의 머리 위에서 찬란한 샹들리에처럼 빛을 발하고 있다. 그들은 온 마음을 다해 중국에서 가장 철저하게 현대화와 서구화를 진행하려고 하며, 모든 유토피아에 대한 꿈을 버리고 오직 미국이라는 이 마지막 유토피아를 향해 달려가고 있다. 그들은 그토록 간절히 언론의 자유와 시장경제를 선전하며, 누구보다 열렬하게 전제와 부패를 비난한다. 그러나 마찬가지로 사상적인 혼란을 겪고 있으며 미학 기호의 결핍과 남용에 갇혀 고통받는다. 예를 들어, 집회를 하고 시위를 진행할 때마다 〈인터내셔널가〉를 부른다. 그들은 자신의 모든 감정을 실어서 열렬히 노래하며, 북받치는 감정에 휩싸여 뜨거운 눈물을 흘리기도 한다. 그 노래에 미국의 체제와는 전혀 다른 지향점이 있다는 사실을 모르는 걸까? 이 순수하게 좌익적인 노래가 거의 공산당 당가에 가깝다는 사실을 모르는 걸까? 1972년, 그들이 그토록 싫어하는 마오쩌둥이 그 노래를 전당과 전 인민, 전군의 홍색 찬양가로 선언했다는 사실을 모르는가?

미국의 신좌파와 마찬가지로 중국의 신우파 또한 같은 열정과 파괴력을 지닌 채 분열되고 목표로부터 멀어졌다. 어떤 사람은 연인의 허리에 손을 얹은 채 시위 대열에 끼어들어서 시위를 하는 게 아니라 마치 쇼핑을 하는 것처럼 보인다. 어떤 사람은 아이스크림을 빨면서 단식

투쟁 중인 광장에 나와 있어서 시위를 하는 게 아니라 마치 소풍을 나온 것처럼 보인다. 어떤 사람은 입으로는 개인의 자유와 자아의 독립을 외치면서도 옆 사람과 함께 큰 소리를 구호를 외치고 있어서 마치 같은 걸음, 한목소리가 자아 독립의 표지인 것처럼 보인다. 대부분의 사람은 분노에 찬 채 고위직 관리들의 퇴임을 주장하면서도 바로 그 관리들이 자신을 바라보고 인정해주기를 바라며 그들과 함께 사진 찍히기를 바란다. 마치 관리들의 시선과 인정, 그리고 그들과 함께 찍은 사진이 더없이 중요하다는 듯, 반드시 그들이 퇴임하기 전에 그 일을 완성해야 한다는 듯 군다. 그들은 수업을 듣거나 춤을 추거나 식당 출입을 하는 학우들에게 극심한 분노를 느끼며 그들이 부끄럽게도 민주로부터 도피한다고 여긴다. 물론 그들은 민주라는 것이 수업을 듣고 춤을 추고 식당 출입을 할 수 있게 만들어준다고 주장했다. 그러나 이 모든 아름다운 일은 마치 미리 앞당겨 행해져서는 안 되는 것처럼 보인다. 이론적으로 그들은 개인 지상주의이기 때문에 집단행동을 거부해야 한다. 이익 지상주의이기 때문에 윤리적 숭고함을 따지지 말아야 한다. 그러나 우리 눈앞의 그들은 여전히 집단행동과 윤리적 숭고함에 매여 있으며, 집단적이고 숭고한 민주의 위업을 위해 싸운다. 그래서 혁명의 미학적 유산은 거절되는 동시에 환영받는다. 손에 손을 잡고, 어깨를 나란히 맞대고 있을 때, 〈맛 좋은 술과 커피〉나 〈내 님은 어느 날 오시려나〉(두 곡 모두 덩리쥔의 노래로서 개혁개방을 상징한다 – 옮긴이)를 부를 수는 없는 것인가? 색소폰으로 재즈를 불거나 디스코를 연주할 수는 없는 것인가? 아무 소리 없이 침묵할 수는 없는가? 그들은 상황에 맞는 노래 한 곡도 쉽게 구하지 못해서 아무런 고민 없이 좌파의 노래를 부른다. 나팔바지와 청바지의 금빛 감성 위에 "인터내셔널 깃발 아래 전진, 또 전진!"의 희미한 베일을 덧씌우는 것이다.

〈인터내셔널가〉는 이렇게 20세기 말의 좌파와 우파의 비장함으로 연결된다. 이것이 융합과 조화의 결과냐, 아니면 자기 분열과 모호한 기회주의냐가 문제일 따름이다.

지도자

당시 타이핑쉬에서는 집집마다 지도자의 초상을 배당받아 값을 치르고 걸어야 했다. 우메이쯔도 대장네 집으로 초상을 배당받으러 갔고 탁자 위에 산더미처럼 쌓여 있는 크고 작은 초상 가운데 하나를 골라야 했다. 그는 그중에서도 작은 초상 하나를 골라 들고는 민망해하면서 이렇게 말했다. "집이 가난해서요. 씨돼지를 사러 가도 항상 제일 작은 놈을 고르지요. 오늘도 저는 작은 것으로 만족할랍니다. 죄송해요!" 우메이쯔가 늘 한 푼이라도 아끼기 위해 최선을 다하는 사람이기는 했다. 그렇다 해도 씨돼지와 지도자의 초상을 비교하다니! 그 반동적 발언은 사람들의 비난을 받기에 충분했다. 즉각 그를 잡아들여 투쟁대회를 열라는 대대 당 지부서기의 체포 명령이 떨어졌다. 다행히도 우메이쯔는 빈농 출신이어서 감옥에 갇히는 엄벌까지는 받지 않았다.

1980년대 이후, 개인에 대한 숭배는 더 이상 유행이 아니었다. 혁명 지도자의 초상은 대개 철거되었다. 그러나 수많은 농가 대청의 대련 사이에는 아직도 초상이 걸렸던 자리가 선명하게 남아 있다. 텅 빈 사각형의 흰 벽이 고집스럽고 막연하게 빈자리를 지키고 있는 것이다. 우메이쯔는 완전히 흥분해서 내게 하소연을 해댔다. "자네가 좀 봐! 프롤레타리아 독재는 대상이 없어. 당의 지도자는 형상이 없는데, 그래도 네 가지가 유지된다네! 공기를 유지한다는 거야? 그 말을 누가 믿겠어?" 그의 말은 계급의 적들이 모두 사라지고, 벽의 초상화도 사라졌기 때문에, 혁명을 지속할 방법이 없다는 뜻이었다.

우메이쯔는 절대 아무렇게나 숭배하는 그런 사람이 아니었다. 그는 마오 주석의 이모작 볍씨도 숭배한 적이 없고, 마오 주석의 남녀평등 사상과 집단 배식을 숭배한 적도 없었다. 그러나 대청 벽이 덩그렇게 비어 있는 것은 그와는 또 다른 일이었다. 우메이쯔에게는 지도자가 필요했다. 그것이 어떤 모습을 하고 있든. 오리 떼가 선두를 따라가듯 양 떼가 우두머리 양을 따라가듯, 일종의 생물학적 본능이었다. 사실 우메이쯔의 망연자실함은 절대 다수 인민의 망연자실함이었다. 민주적 관념이 광범위하게 전파된 시대에 이르러서는 설사 그 표상이 하나의 통치 권력에 집중된 비개인주의적인 구사회의 산물로 여겨질지라도, 사람들은 구체적인 형상으로 자신들의 통치권을 대표하기를 바란다. 그리고 이런 형상이 신문이나 텔레비전, 나아가 자기네 집 벽 위에 나타나기를 희망한다. 이 모든 동물적인 시각 습관은 개인숭배가 약화한다고 해서 근절되지 않는 것이다.

물론 이런 본능은 독재와 미신을 조성하기 쉽기 때문에, 역사상 수많은 지도자에게 번뇌와 고민을 떠안겼다. 그들이 자신의 위치에서 얼마나 바쁘든, 얼마나 재미없는 삶을 살든, 얼마나 위험하고 얼마나 많은 압박과 공격에 맞닥뜨리든, 그들은 거기서 벗어날 수 없다. 셀 수 없이 많은 무형의 힘을 동원해 자신의 위치를 공고히 강화하는 것은 그 때문이다. 그들은 지고하고 무상한 권위와 권력을 지니고 있는 반면에, 개인적 삶의 소소한 즐거움을 잃는다. 예를 들어, 행동의 자유를 잃는다. 중국 명나라 때 어떤 황제가 사랑하는 애비愛妃와 함께 달콤한 사랑을 속삭이고 있을 때, 그의 용상 주변에는 환관들이 빙 둘러서서 모두 한목소리로 그를 제지하며 옥체를 보존할 것을 주장했다. 사적인 비밀도 존재하지 않는다. 미국 대통령 클린턴이 혼외정사에서 몇 번의 사정을 했는지가 전국적인 미디어 뉴스의 헤드라인을 장식했고 국회에서도 상세히 다루어졌다. 그들에게는 사생활이라는 게 거의 없다. 어떤 사적 행동도 도덕적으로 판단되고, 어떤 도덕적 행동도 정치적으로 해석될 수 있으며, 종종 심각하고 파급력이 큰 정치적 충돌을 야기할 수 있다. 이런 상황에서 지도자는 사람의 외양을 띤 기호가 된다. 개인이 집단 정치에 제시해야 하는 위험한 담보라 할 수 있다.

지도자에 대한 개인숭배(신격화) 또는 인신공격(악마화)은 모두 완전히 정상적인 대중 심리 및 습관을 겨냥한 것이어서, 구체적인 목표가 추상적인 목표를 대체하지 않을 수 없고, 개인의 형상이 사조 및 제도를 대체하지 않을 수 없으며, 정치는 세부적인 절차로 대체되기 마련이다. 상상하기 쉬우며 실제적으로 손에 잡히는 형태가 되는 것이다.

다촨은 개인적인 숭배를 가장 증오했다. 미처 예상하지 못했던 것은 그가 일단 학생운동의 지도자가 되자마자 대중이 도덕적 가치 판단의 현미경을 꺼내 들고 그의 모공까지 들여다보며 까다로운 심사를 시작했다는 점이었다. 불과 5분 동안의 숭배 열기가 사라진 뒤의 반탄 작용이었다. 다촨이 조직 안의 급진적인 일파를 제압하자 공격적인 언사가 뒤를 이었다. 다촨의 입에서 나는 우유 냄새조차 죄의 증거가 되었다. 다른 사람에게는 단식을 하라면서 혼자서 질펀하게 먹고 마시다니 그야말로 부패한 특권의 증거가 아닌가? 다촨이 어떤 여학우와 한마디라도 말을 길게 나누면, 그 사소한 일조차 다른 사람 손에서는 정치적인 약점이 되었다. 벌써부터 '봉건 군주'들이 일삼는 '삼천 궁녀'의 꿈을 추진하려는 것이냐? 그보다 더 많은 스캔들이 학내 대자보로 나붙기 시작했다. 한번은 남의 돈을 빌려다가 갚지 않았다든가, 몇몇 건달이 캠퍼스에서 폭행을 일삼는 것을 보고도 덤비지 않고 몰래 달아났다는 내용이었다. 모든 사건이 정치적 적대자의 손에서 왜곡된 채 묘사되었다. 대자보 아래쪽에는 눈길을 끄는 표어까지 쓰여 있었다. "정의와 용기를 보고도 달아나는 가짜 성인은 개한테나 줘버리자!"

결국 학생운동이 잦아들기 시작했을 때, 학교 측의 조사와 숙청 작업이 시작되었다. 대부분은 다촨이 하지 않은 일이었다. 예를 들어, 차 두 대를 전복시킨 일(그건 너무도 비이성적인 행동이었다)이라든가, 과일 상점 세 곳을 턴 일(어떤 빌어먹을 놈이 한 짓인지 모르겠다)이라든가, 단식 현장의 쓰레기통에서 콘돔이 발견된 일(하늘만이 무슨 일인지 알겠지) 등…….

모든 혐의는 다촨에게 돌아갔으며, 그에게 해명과 변명을 요구했다. 그들 대부분에게 학생운동은 민주나 자유와는 관련이 없으며 그들이 일으킨 소동이 정당한 이유를 지녔느냐의 문제는 중요하지 않았다. 그들은 오직 다촨이 단식 현장에서 콘돔을 사용했는지 여부에만 관심이 있었다.

다촨은 너무 화가 난 나머지 피를 토할 뻔했고, 다수의 우둔함과 불공정을 뼛속 깊이 느꼈다. 어째서 우유를 마시면 안 되는가? 어째서 여학우와 이야기를 나누어서는 안 되는가? 다촨은 자신이 자기 밑에서 일했던 그 누구보다 바빴으며, 그 누구보다 힘들었고, 그 누구보다 많은 책임을 졌다고 생각했다. 마치 총사령관이나 국가 원수가 한 나라의 군대 전체와 국민을 통솔할 때 그런 것처럼. 우유를 마신들 어떠하며 또 밤마다 진수성찬을 늘어놓는 만찬을 연들 어떠한가? 콘돔을 쓰지 않았으면 또 어떻고, 콘돔을 쓰면서 자기 주변의 미녀들과 즐거운 한때를 보낸들 또 어떠한가? 나아가 지도자가 무슨 성인도 아니고, 민주라는 것이 무슨 금욕적인 성자들의 모토도 아닌데, 그런 것들이 다 무슨 소용이란 말인가? 그런 사실 정도는 우리 모두가 알고 있지 않은가? 설사 다촨의 개인적인 인격에 쓸 만한 구석이 없다 할지라도 그가 위대하거나 현명한 인물이 될 자격이 없다는 뜻은 아니며, 더욱이 청사에 이름을 길이 남길 민주 투사의 구원의 별이 되지 말라는 법은 없지 않은가? …… 이처럼 민주를 자처하거나 그에 반하는 감정적 비분강개함 속에서, 다촨이 그 뒤로 학생운동의 지도자 역할을 수행하는 일은 참으로 쉽지 않았고 머지않아 끝이 났다. 이것은 이해하기 어려운 일이 아니다. 어떤 회사 사장님이 다촨의 집안과 교분이 있었는데 그의 재능을 높이 사서 자기네 지사에 책임자로 와달라고 부탁했다. 다촨은 다시금 위풍당당하고 기세등등하게 호화로운 사무실에서 군림하게 되었다. 빌딩 안에는 엘리베이터가 네 대나 있었는데, 그중 한 대에 그가 타면 비서들은 곧 양팔을 벌리며 문 앞을 가로막고 큰 소리로 다른 사람들이 타지 못하게 막았다. 이미 거기에 탄

사원들도 놀라서 풀숲의 뱀과 쥐새끼가 도망치듯 엘리베이터에서 내려 도망치곤 했다. 그들은 감히 사장님의 평정을 해치거나 그의 시간을 방해할 수 없었다. 그러지 않으면 비서들이 곧 그의 가슴 앞에 달린 사원증을 보고 그들의 일자리를 날려버릴 수도 있기 때문이었다. 다촨은 이 모든 일에 대해 명확한 태도를 취하지 않고, 그저 보지 못한 척할 따름이었다.

안타깝게도 본사에서는 석 달 만에 그의 직무를 해제했다. 모든 중간급 간부가 그의 안하무인과 인격적인 무시에 분개하여 단체 서명운동을 벌였기 때문이다.

단결

다촨은 시골 마을에 있을 때 라오무와 종종 입씨름을 했다. 때로는 물리적인 폭력이 개입되기도 했다. 도시로 돌아온 뒤에는 서로 다른 길을 찾아갔고 두 번 다시 왕래하는 일이 없었다. 이 때문에 가장 속을 태운 것은 우다슝이었다. 그는 우리 중학교의 햇병아리 선생이었는데, 역사를 가르쳤고 구기 종목을 좋아했다. 학생들과 함께 시골에 내려가기 전 한동안 주어진 자유로운 시간에 자주 함께 놀러 다녔고 나중까지도 그 관계를 유지했다. 우다슝은 지식청년이 된 적은 없었지만 어느 누구보다도 더 지식청년으로서의 의무를 다했다. 집 안에는 늘 미투리, 도롱이, 나무하는 칼, 붉은 완장 등 역사적인 유물을 걸어두었고, 지식청년들을 찍은 각양각색의 빛바랜 사진을 소장하고 있었으며, 지식청년의 애창곡을 모두 부를 줄 알았다.

지식청년들은 도시로 돌아온 이후 각자 먹고살 길을 찾아 떠났다. 우다슝은 무슨 날이 될 때마다 우리를 자기 집에 초대했다. 우리는 그의 집에서 먹고 마시고 수다를 떨거나 노래를 불렀을 뿐 아니라, 그의 사회에 따라 국내외 정세를 토론하곤 했다. 그는 때때로 이야기에 끼어들었다. 희미한 미소를 띤 채 누군가가 이야기를 계속하도록 부추겼고, 역시 미소를 띤 채 또 다른 누군가가 그 이야기를 반박하도록 부추기며 다대다의 싸움이 이어지도록 노력했다. 토론이 격렬해져서 말을 그쳐야 할 때가 되면 또 즉시 끼어들어 상황을 조절하고 우호적인 분위기를 되살리려고 애썼다. 그는 각각의 장점과 잠재적인 장점에 대한 결론을 내렸는데, 무슨 주의와 무슨 유파를 추종하거나 철학적 대가들의 권위를 강조하지는 않았다. 발언자 모두를 영명하고 위대하게 평가했고 개인이 감당하기 어려운 애정과 경의를 표했다. 마치 손님들이 자기 집에 와서 무슨 말을 하는지 전혀 개의치 않는 것 같았다. 그저 그의 집에서는 반드시 무엇인가를 토론해야 했고, 의견을 밝히거나 반박해야 했으며, 서로의 의견을 주고받으며 경쟁해야만 했다. 철학적인 견해의 충돌 속에 유머와 농담이 섞여 들어가고, 시나 노래 또는 영화 대사 같은 것들이 화룡점정으로 얹히면서, 모두가 세상에 대한 관심을 보이는 것으로 가슴을 넓혔다. 이것은 좋은 일이었다. 만약 손님들이 모두 함께 〈인터내셔널가〉를 부를 수 있다면, 손님들이 드나들 때 누군가 손을 들고 낮은 목소리로 "파시스트를 타도하라"라든지 그에 응답해 "자유는 인민의 것"이라는 암호를 댈 수 있다면. 이 낡은 수법이 그를 더할 나위 없이 즐겁고 흥겹게 만드는 것이다.

우다슝은 술을 좋아하지 않았고, 담배도 좋아하지 않았다. 트럼프나 마작 따위의 노름은 더더욱 좋아하지 않았다. 그가 유일하게 좋아하는 것은 사람을 모으는 일, 정확하게 말하자면 사람을 모으는 일을 돕는 것이었다. 그는 사람이 모이는 분위기 속에서야 비로소 활기를 느꼈고, 세상 모든 혁명 지사들을 단결시키는 걸 자신의 소임으로 알았다. 그래서 사람들 사이의 단결을 유지하기 위해 최선을 다했고 고집스럽게 노력했다. 바로 그런 까닭에, 우다슝은 친구들 사이의 어떤 갈등도 갈등으로 여기지 않았다. 그는 다촨과 라오무가 같은 길을 가지 않을 까닭이 없으며, 다시 한 번 하나의 참호 속에서 단결해 친밀한 전우가 되지 못할 리 없다고 굳게 믿었다. 우다슝은 다촨을 찾아가서 이야기했다. 말 한마디를 꺼내자마자 다환은 우레처럼 소리치며 화를 냈지만, 우다슝은 여전히 미소를 지으며 화를 내지 않았고 참을성 있게 여러 가지 이치를 들어 설명했다. 심지어는 혹독한 자아비판을 하면서 전우들의 단결을 위해 자신이 소임을 다하지 못했노라 뼈아프게 고백했다. 그는 라오무를 찾아가서도 이야기했다. 라오무는 화를 내지는 않았지만, 우다슝에게 '단결에 미친 자라'라는 별명을 지어주었다. '자라'는 '거북이'에 대구를 이루는 것으로 사투리에서는 여성의 생식기관을 의미했다. 우다슝은 이런 큰 욕을 듣고도 화를 내지 않았으며, 계속해서 끈기 있게 상대방을 설득했다. 그는 상대방보다 몇 살 더 많다는 점을 내세우며 맥주잔을 테이블에 내리쳐 박살 내며 소리쳤다. "니미럴, 내 말 잘 들어라. 이 어르신은 오늘 네놈 앞에서 단결에 미친 자라가 되었다. 만약에 네가 내 말을 들어주지 않겠다면 다시는 날 볼 생각도 말아라!"

우다슝은 결국 다환과 라오무의 사이를 처음처럼 돈독하게 만들지 못했다. 그뿐만 아니라 그의 단결 전선에도 위기가 속출했다. 휴일마다 이뤄지던 지식청년 살롱 활동은 점차 뜸해졌고 사람들의 발길도 끊어졌다. 그가 그 모임을 위해 미리부터 얼마나 광고를 해대든 대부분은 밥을 먹으면서 국내외 정세를 논하는 일에 흥미가 없었다. 사흘에 두 번씩이나 다 같이 모이다니, 병 아니야? 게다가 어떤 사람들은 생활 자체가 순탄치 않아서 보통 때에도 아는 사람을 피해 다니기 일쑤였다. 미쳤다고 호랑이 소굴에 저절로 발을 디밀고 얼굴을 비추겠는가? 공교롭게도 우다슝은 좌절하지 않고 더욱 자기 책임이 막중하다고 느꼈는지 집집마다 방문해 모임을 청했다. 찾아오는 이유는 가지각색이었다. 새로 나온 책을 주러 오거나 새로 나온 노래 테이프를 주러 오기도 했고, 신작 영화 입장권 두 장을 들고 오기도 했다. 아니면 아예 마침 지나가는 길에 들렀다고 말하기도 했다. 그러나 이 모든 것이 일종의 포석이었다. 단결을 유지하기 위한 포석 작업이었던 셈이다. 우다슝은 친구들의 우수한 자질과 인품을 늘 칭찬했고, 무슨 소식이든 들으면 곧 전하러 다녔다. 그럼으로써 지식청년들이 서로에게 존경과 그리움을 품게 만들 생각이었다. 상대방과 떨어져 홀로 살아가는 게 미안하고 부끄럽고 불안해지도록 말이다. 우다슝은 때때로 사악한 수단을 쓰기도 했다. 예를 들어, 온갖 미사여구를 동원해 말을 전하는 것이다. 누구누구가 너에 대해 이런저런 말을 하더라. 누구누구가 너더러 이러쿵저러쿵하던데, 그런 사실은 없겠지? 이런 식이다. 이런 행위는 당사자를 화나게 한 뒤에 오해를 풀고 싶은 조급한 마음을 불러일으키고, 사실상 자기 삶에서 그다지 중요하지 않은 사람을 다시 돌아보게 하거나 중요하지 않은 일을 다시 고려하게 만드는 데 목적이 있었다. 말하자면, 실제로는 이미 해체된 혁명 대가족에게 다시 관심을 갖게 하려는 것이었다. 이런 수법은 사실 꽤 효과가 있었다. 비록 그게 지나쳐서 원래는 아주 잘 지내고 있던 친구들 사이를 완전히 갈라놓기도 했지만.

간디

예술은 의미가 풍부한 형식의 창조라고 할 수 있다. 예술은 많이 얻을 수 없는 것이다. 그래서 역사적으로 모방이 많고 옛것을 계승하며 수많은 시대의 유행이 오고 가지만 예술의 시대는 되레 만나기 어렵다.

인도 사람인 간디는 탁월한 혁명 예술을 구현했다. 그는 종종 문자와 이념을 초월해 직관적인 상상력을 발휘했다. 게다가 대중의 직관적 상상력을 추동해 행동의 시각, 청각 및 감각적 효과를 조성했으며, 풍부한 전파력을 지닌 분위기를 창조하고 운용해 혁명에 이성뿐만 아니라 감성적으로 강력한 원동력을 끌어들일 수 있었다. 이런 목적을 달성하기 위해 그는 청년 변호사의 양복과 가죽 구두를 벗고 민머리와 맨발, 몸을 휘감는 거의 헐벗은 의상을 선택했고, 이런 공식적인 이미지를 끝까지 유지했다. 이것은 의심할 나위 없이 강력한 신호로서 중산계급의 인도 국민회의가 가장 광범위한 하층 빈민과 가까워지고, 인민에 뿌리내리며 그들을 해방시키는 사명의 가치를 올리도록 고무했다. 일찍이 서양식 식사법에 알게 모르게 익숙해졌고 농사에 대해서는 아는 것이 거의 없는 국민회의 사람들, 스펜서와 다윈에 대해 이야기하기를 즐기지만 자기 나라 인력거꾼이나 농민에 대해서는 전혀 이해하지 못하는 민족주의 엘리트 영웅들에게, 이런 복장 변환은 일종의 정치 전략적 혁명이었다.

간디는 무명 짜기와 소금 만들기라는 두 가지 유명한 솔선수범으로 식민 당국을 꼼짝 못 하게 만들었다. 무명 짜기는 영국산 방직품 수입을 막기 위한 것이었고, 소금 만들기는 영국의 소금 전매에 저항하기 위한 행위였다. 모두 민족의 이익을 보호하려는 행위의 일환이었다. 그러나 당시에 더욱 중요한 민족적 이익은 이 두 가지와 한참 거리가 있었다. 국산 천 생산과 사제염 생산은 식민 당국에 그다지 치명적인 공격이 되지 않았다. 닭털이나 마늘 껍질만도 못하고 전혀 본질과 상관없는 단편적인 조각에 불과했다. 그러나 사람들은 서서히 간디가 취한 이 두 가지 행동의 진정한 효과를 깨달았다. 무엇보다 행동과 사건은 사상을 전달하는 가장 훌륭한 매체였다. 무명 짜기와 소금 만들기는 광범위한 참여를 유도할 수 있었다. 쉽게 시범을 보이고 쉽게 따라 할 수 있었으며, 쉽게 커다란 반향을 일으키며 대규모 배경과 분위기를 유도했다. 게다가 그리 대단한 밑천이 드는 것도 아니었다. 돈뿐만 아니라 체력, 시간, 그리고 용기까지도 말이다. 그다음으로 이 두 가지 운동은 매우 훌륭한 외면적 이미지를 갖추고 있었다. 평화, 노동, 검소, 인내와 겸양, 이런 것들은 쉽게 사람들의 공감을 얻으며 회자되었고 귀감이 되었다. 칼을 들고 총을 휘두르는 것처럼 사람들에게 공포와 당혹감을 주지도 않았으며, 통치자에게 무력 진압의 도덕적 혹은 미학적 근거도 제공하지 않았다. 말하자면 백조 깃털의 융단 폭격이라고 할 만했다. 적의 가장 취약한 지점에서 혁명이 시작된 것이다.

당국이 진압을 겁내게 되면 식민 법령 체계는 중대한 결함을 드러낸다.

간디는 가장 약하고 가난하고 신심이 강한 국가 출신이다. 계율과 금기를 잘 지키고, 자비와 희생을 체현하며, 전쟁에 익숙하지 않은 나라 출신이다. 간디는 자신의 국가 정서에 가장 부합하는 투쟁 방식을 찾았다. 이익과 정의의 측면에서, 나아가 감성적인 미학에서 강대한 식민 정부를 무너뜨릴 방식을 찾은 것이다. 간디는 영국 의회에 출석해 선처를 호소할 때도 반라의 원시적 의상을 입고 기도하는 성도처럼 허리를 굽혔다. 그 이미지는 "도덕의 관을 쓰고 인의의 신을 신은"(왕충) 성인군자의 광휘를 지닌 우상으로서 영국 민중에게 대대적인 환영을 받았다. 의회에서 입을 열기도 전에 그는 피를 보지 않는 칼로 제국 의회의 심장을 찔러 하릴없이 항복하게 만든 것이다.

간디는 혁명의 아름다움을 창조했다. 이런 아름다움은 어색한 교태로 만들어진 것도 아니고 일부러 꾸민 모습을 드러내는 것도 아니다. 그 아름다움은 살아 있는 생명의 자연스러움에서 나오며, 투쟁을 실천하는 흐름이 못을 이룬 것으로서 예술가의 수단 따위를 전혀 필요로 하지 않는다. 이런 아름다움이 없었더라면, 예를 들어 맨발과 민머리의 간디가 아니라 양복을 입고 가죽 구두를 신은 간디가 있었더라면, 그것이 더없이 정상적이라 하더라도 혁명은 훨씬 더 암담하고, 각박하고, 피곤하고, 말만 많고, 게다가 자본이 훨씬 더 많이 드는 쪽으로 변했을 것이다. 이런 아름다움이 있었기에 혁명은 시적인 정감과 상상력을 지닌 채 마법의 펜을 놀리듯이, 긴 소매를 휘두르는 아름다운 춤처럼, 작은 몸짓으로 큰 효과를 거두며 강력한 응집력과 정복력을 지니고 좌우의 모든 잠재력을 이끌 수 있었다.

1789년, 프랑스대혁명이 일어나자 민중은 일제히 들고일어나 바스티유 감옥으로 향했다. 사실 이 공격의 실질적 의의는 거의 없는 것이나 마찬가지였다. 텅 빈 감옥에는 겨우 일고여덟 명의 죄수가 있었을 뿐이었다. 그 가운데 두 사람은 정신병자였고, 네 사람은 사기꾼에 불과했으며, 또 한 사람은 변태 청년으로 부모가 통제할 능력이 없었기 때문에 감옥에 자진해서 갇힌 참이었다. 1917년, 러시아에서 혁명이 일어났을 때, 볼셰비키 군대가 페테르부르크를 점령했지만, 그들이 점령한 기차역, 은행, 다리, 정부 건물에서는 어떤 전투도 발생하지 않았다. 거의 아무도 없는 곳에 쳐들어간 것이나 마찬가지였다. 겨울 궁전에 불을 놓았다고 해도 다치거나 죽은 사람은 겨우 여섯 명에 불과했다. 러시아 순항함 오로라호가 대포를 쏘았다 하더라도 군사 행동이라고 하기는 어려웠다. 목표를 맞히지도 못했을 뿐 아니라 아예 목표 설정이 되어 있지도 않았기 때문에 몇 발의 예포에 불과했다. 그러나 바스티유 감옥 점령은 프랑스대혁명의 상징이며, 오로라호가 겨울 궁전을 향해 발포한 것은 러시아혁명의 상징이다. 실질적인 효과가 지극히 떨어지는 이 제한적인 두 차례의 공격이 없었다면, 광대한 민중이 일으킨 이 두 차례의 즉흥적 연출이 없었다면, 역사는 어떻게 되었을까?

역사적 사건 사이의 거리를 붙여놓고 볼 때, 이런 상징적 사건이 없었더라면 혁명은 거의 서로 구별할 수 없어질 뿐 아니라 기억하기도 어려워지고 만다. 혁명의 격정이 자신을 의탁할 사물을 잃어버리고 마는 것이다. 마치 시가 "사물을 가리키며 다른 뜻을 부치는" 은유와 비유를 잃어버리면 시의 의경意境까지도 잃고 마는 것과 마찬가지다.

상징에는 실질적인 이익과 가치가 없다. 그러나 거대한 정신적 역량을 축적하거나 해방할 수 있다. 혁명의 상징물은 화룡점정의 공을 지닌다. 소리와 빛깔이 있는 구체적인 행동이 혁명의 형상과 이미지를 만들며 가시화하고, 역사의 창조력으로 민중의 이상과 격정을 한데 모아 폭발시킨다. 이런 순간에는 삶 자체가 예술이 된다.

텔레비전 정치

상징은 현대 정치에서 광범위하게 활용되고 있다. 수많은 정치인이 역사적으로 성공적인 상징에서 깨우침을 얻는다. 어떤 사람들은 특히 개인의 복장에 관심을 기울인다. 팔레스타인 지도자 아라파트는 언제나 화이트-블랙 컬러의 체크무늬 두건을 머리에 둘렀다. 쿠바 지도자 카스트로는 언제나 재킷식 군복을 입었고, 미국 대통령 클린턴은 늘 몸에 트레이닝복을 걸친 채 오솔길을 걷고 있는 인상을 남겼는데, 이는 대학 미식축구 팀 선수를 연상시켰다. 이와 반대로 러시아 총리 체르노미르딘은 청바지에 여행용 구두 차림으로 나타나 자신이 자유롭고 소탈한 스타일임을 강조했지만, 어줍게 따라 하느니 아니함만 못한 느낌이어서 평론가들에게 자주 트집을 잡히곤 했다. 그런 차림으로 공식석상에 나서면 젊은 사람은 그를 우습게 여기고 나이 든 사람은 그 모습이 보기 흉하다고 생각했다.

그 밖에도 아주 많은 사람이 행동의 감각적 효과에 주의를 기울이곤 한다. 그들은 더 이상 간디의 무명 짜기와 소금 만들기를 모방하지 않으며, 게바라처럼 혈혈단신으로 세상을 떠돌아다니지도 않고 만델라처럼 철창에서 인생을 보내는 일을 감수하지도 않는다. 그러나 가능하다면 러시아 대통령 푸틴처럼 전투기를 몰거나 직접 레슬링을 즐기고자 한다. 사람들이 유행하는 영화나 드라마 속의 일본 스타 다카쿠라 켄이나 영국 영화 〈007〉의 제임스 본드같이 쿨한 이미지를 떠올릴 수 있도록 말이다. 이런 이미지를 가진 사람은 대중에게 즐거움을 선사하고 사랑받는다. 많은 사람은 인류가 이미 '텔레비전 정치'의 시대에 들어섰다고 단정한다. 정치의 주도권은 분명 서서히 정당에서 매체로 옮아가고 있다. 정치인의 카메라 워크는 선거에 막대한 영향을 끼친다. 조금 시대에 뒤처진 인물인 미국 부통령 고어는 이런 말을 한 적이 있다. "30초짜리 텔레비전 광고와 발달된 여론 조사는 이제 놀라운 속도와 정확성으로 정치를 조정하고 있다." 또 이런 말도 했다. "2주의 시간이면 선거인단의 관점을 조종할 수도 있다." 셀프 이미지 조작 기술은 "가장 뛰어난 정치가들이 진정한 일거리를 이끌어내는 데 사용된다".(《환경 위기하의 국가정치》) 정치인들은 자주 공개석상에서 이재민을 보살피고, 어린아이에게 입을 맞추며, 노약자와 장애인을 위문하고, 아내와 아이들을 사랑하는 자상한 모습을 보이거나 체력 단련에 열중하고, 거리를 산책하거나 일반 사병과 한자리에 앉아 식사한다. 이런 갖가지 연출이 가장 기본적인 정치적 이미지를 구성한다. 이 모두가 전부 거짓은 아니다. 그러나 더없이 성실한 정치인이라도 현대 문명의 이미지 메이킹이 자신에게 제시하는 규칙을 다 받아들일 수는 없다. 전자매체가 극도로 발달한 시대에 정치는 텔레비전 프로그램의 일부가 된다. 보이는 것이 이야기되는 것보다 훨씬 중요하며, 이야기되는 것이 받아들여지는 것보다 훨씬 중요하다. 어떤 사람이 제아무리 가슴속에 막대한 경륜과 웅대한 포부를 품고 있다 하더라도, 텔레비전에 '꺼리'와 '쇼'를 제공할 수 없다면, 내재한 자질을 구체적인 외부 현상으로 유효하게 발휘하지 못한다면, 더욱이 대중의 기호와 풍습에 부합하는 형상을 만들어내지 못한다면, 백전백패 물러날 수밖에 없다. 1996년, 옐친이 러시아 대통령을 연임했을 때 지지율은 50퍼센트를 넘지 못했다. 2001년, 고이즈미 준이치로가 일본 수상에 취임했을 때, 자민당 내에서는 그리 큰 지지를 얻지 못했다. 그러나 그들은 매체에 오르내리는 이미지를 재창조함으로써 매우 빠른 속도로 두각을 나타낼 수 있었고 결국 정적에게 승리를 거두었다.

이런 상황에서 타이베이시 지도자 마잉주는 한겨울에 짧은 운동복 차림으로 붉은 띠를 두른 채 사람들이 잔뜩 둘러서서 지켜보고 있는 도로를 뛰면서 뱅뱅 돌았다. 시민들에게 자신의 건강과 젊은 에너지를 과시하려는 것이었는데, 정말이지 원숭이 놀음이나 마찬가지였다. 우습기도 하고 딱하기도 했다. 출중한 재능을 갖춘 젊은 인재가 참 고생이 많다, 라는 느낌이랄까. 민주제도 아래 대중의 호응을 얻으려는 행위는 전제제도 아래에서 군왕의 총애를 얻기 위해 애쓰는 것과 별다를 게 없으며 모두 잔혹한 형벌에 가깝다.

중국 신문 〈난팡저우모南方週末〉에 실린 어떤 글의 제목은 다음과 같다. '우리는 지독하게 쇼를 해야 한다!' 이 같은 절치부심은 마침 아득히 멀고 높은 곳에 있는 시장화의 시대에 사람들의 마음을 자극하는 이미지를 창조하는 일이 얼마나 어려운지 증명한다. 시장은 평범하고, 개인의 이익을 극대화하는 것이 시장의 변함없는 규칙이다. 이 때문에 이익과 욕구는 지조와 절개를 지키는 것보다 중요하고, 이해타산의 속셈이 비분강개하는 마음에 앞선다. 아름다움의 창조는 이미 심리적 자원과 현실적 조건을 결여한 지 오래다. 이런 때에 정치인은 모두 어느 정도는 때를 만나지 못한 비운을 실감한다. 이미지 메이킹을 위해 일군의 컨설턴트를 고용해서라도, 또는 선거 비용의 10퍼센트를 이들에게 제공해서라도, 이를 악물고 사람들에게 강렬한 인상을 줄 수 있는 포장을 마련해야 한다. 여자처럼 다소곳한 음색의 부드러움이든 가슴에 털을 붙여서라도 꾸며내야 할 강인함이든, 매체에서 환영받는 공직자의 형상이 모두 같을 거라고 생각하지만 그렇지 않다. 쇼를 연출하는 사람이 또 무엇을 해야 할까? 세상을 뒤흔들었던 9 · 11 테러 이후, 미국의 부시 대통령은 국회에서 시적 정서를 풍부하게 담은 일장 연설을 했다. 비상하게 탁월한 웅변력과 선동성은 열렬한 갈채를 이끌어냈다. 하지만 그는 그 뒤에 모스크와 무슬림을 찾아가서 십자군전쟁과 관련한 실언을 사과하고 양해를 구했다. 이는 그의 막후에 정치 기구를 아우르는 주도면밀한 신중함이 자리하고 있었음을 분명히 드러낸다. 안타까운 사실은 이 모두가 아마도 너무 늦은 감이 있었고, 이미지 손실을 만회하기에 부족했다는 점이다. 사건이 발생했을 때, 그는 몇 차례나 워싱턴으로 돌아가겠다고 말했지만 계속해서 시기를 늦추고 숨어 있었다. 이런 행동이 사람들의 기억 속에 너무 뚜렷한 인상을 남겼다. 부시가 공군기지의 좁은 방공호로 뛰어들었을 때 그의 두 눈은 풀려 있었고 행동거지는 침착함을 잃었다. 이런 모습은 미국 시민의 긴장과 공포를 한층 배가했으며 방공호로 뛰어들지도 못하는 사람들을 속수무책으로 절망하게 만들었다. 그는 당시 왜 루이지애나와 네브래스카까지 가지 않으면 안 되었는가? 왜 직접 비행기를 타고 뉴욕이나 워싱턴으로 갈 수 없었는가? 왜 방공호에서 나와 직접 펜타곤이나 세계무역센터로 가서 성명을 발표하지 않았던가? 왜 뭉게뭉게 화염이 피어오르는 빌딩 앞에 모여선 미국 시민 앞에 나서서 진정과 단결을 호소하고 재난을 극복할 용기를 북돋워주지 못했는가? 이후 미국 경제가 쇼크와 마비 상태를 겪고 있을 때, 왜 직접 민간항공사로 달려가 텅 빈 항공기를 채워주지 못했는가? 왜 다른 텅 빈 거리와 건물로 달려가 자신의 공포를 극복하지 못했는가? 예를 들어, 보통 시민의 신분으로 쇼핑을 하러 갈 수도 있지 않았을까? 카페테리아에 가서 커피를 마실 수도, 상점에서 카트를 밀면서 물건을 살 수도 있지 않았을까? …… 어쩌면 그저 밖으로 걸어 나가기만 해도 됐을 것이다. 그것이 국회에서 멋들어진 연설을 백 번 하는 것보다 훨씬 중요했다.

9·11 이후 미국은 광범위한 공감과 관심을 얻었다. 안전과 경제에 대한 신념만 부족했을 따름이다. 공항, 슈퍼마켓, 은행 등에서는 아무래도 안심할 수 없었다. 경제학자들이 '신용경제'를 명명한 이 시대에, 미국 대중의 신념은 곳곳에 출몰하는 군함과 전투기에 매달려 있는 것이 아니라, 정신적 태양을 가린 구름을 걷어내고 살아가는 일상적 삶 속에 존재하고 있었다. 안타까운 사실은 대통령 각하께서 이런 방면에 아무런 소질이 없었다는 점이다. 이는 물론 완전히 그의 개인적인 자질에서 기인했다고 할 수 없으며, 외려 일종의 조직 체제와 이데올로기의 제약을 받았기 때문이다. 예를 들어, 금전과 기술을 숭배하는 시대에, 정치 기구에서는 일반적으로 하이테크놀로지 군함과 전투기가 사람들에게 더 많은 신념을 가져다줄 거라고 여기기 때문이다.

이런 논리는 9·11 이후에도 전혀 변하지 않았다.

역사가 제공하는 기회는 결코 많지 않다. 부시는 폐허를 배경으로 비분강개한 연설을 함으로써 정격적이고 독자적인 미학을 구축할 수 있는 기회를 잃었다. 동시에 자신의 눈으로 각 민족과 각 교파에 속하는 모든 사람의 내면에서 삶의 격정을 꽃피우는 미학을 구축할 기회도 잃었다. 이는 단지 부시 개인의 잘못만은 아니다.

포장

'포장'은 1990년대 이래로 유행한 말이다. 미디어와 정보의 시대에 발맞추어 대부분의 상업기구, 사회단체, 국제조직, 국가, 교회, 예술가와 학자까지도 모두 그들의 외형적인 스타일에 관심을 쏟지 않을 수 없게 되었다. 포장의 시선은 이미 의상, 형태, 도구 및 어떤 사회적 행위에까지 보편화되었고, 체육이나 학술적인 비영리 행사와 에이즈 환자나 환경을 보호하는 단체의 자선활동까지 포함하게 되었다. 이 같은 대규모 전방위 포장은 예산을 납입해야 하는 일종의 합리적인 투자임이 분명하다. 최대 시장 이익의 분담금으로 예기된 결과를 얻는 것이다.

이스라엘은 어떤 미국 고문의 건의를 받아들여 줄곧 금발의 미녀를 외교 대변인으로 삼았다. 금발 여성이 구미 사회에 강력한 이미지 공세를 행사할 수 있다고 믿었기 때문이다.(라 아젠시아 EFE 통신, 2002년 6월 1일자) 벨기에 수상은 일찍이 이런 포장 집단을 조직하고 완전히 새로운 이미지를 창조하고자 시도한 바 있다. 새로운 표지와 새로운 색상을 사용함으로써 공무원의 부패와 아동 성추행, 다이옥신 식품 오염 등의 스캔들로부터 정부를 구제하려고 노력했던 것이다. 이 집단의 브레인 가운데 한 사람인 광고 전문가가 이렇게 말했다. "벨기에는 크지 않지만 우리는 그것을 컴퓨터 산업의 'Virgin'(회사 이름)으로 만들고자 합니다. 어디를 가더라도 보게 될 겁니다!" 에스토니아 역시 이 문제를 고심하고 있었다. 그들은 더 이상 '구소련'으로 불리거나 심지어는 '가톨릭' 국가로 불리고 싫어 하지 않는다. 에스토니아의 외교부장은 차라리 '예비 유로' 국가로 불리거나, '북유럽' 국가로 불리거나, '그린' 국가로 불리는 편이 낫다고 전했다. 그들은 깨끗하고 온화한 이미지를 연상시키거나 문명의 주류임을 환기시킴으로서 국제적인 투자 자본을 끌어들이고 싶어 한다.(《포린 어페어스》 2001년 9 · 10월호)

이와 비교하면 중국의 홍보 기관은 확실히 근본적인 결함이 있다. 1999년 미국이 주유고슬라비아 중국 대사관 근처에 미사일 공격을 했을 때, 나는 마침 미국에 있었고 다터우와 그의 친구 스티븐을 만나서 함께 텔레비전 앞에서 일본어 프로그램이 끝나기를 기다리고 있었다. 그 뒤에 이어지는 중국어 프로그램을 볼 생각이었다. 그 프로그램은 정말이지 우리를 당황해서 어쩔 줄 모르게 만들었다. 스티븐은 중국을 동정했고 미사일 공격에 대한 미국 메이저 언론의 언사에 분개하며 불만을 표시했다. 그래서 특별히 중국 텔레비전 방송을 보기 위해 달려왔다. 그러나 스크린에 시선을 붙박고 아무리 기다려도 사망자에 대한 상황 보도는 없었다. 그저 십여 명의 당정 기관 인사들과 인민단체 인사들이 직급별로 줄을 서서 성명을 발표할 따름이었다. "어떻게 이럴 수가! 어떻게 이럴 수가!" 스티븐은 좌불안석으로 이리저리 오가더니 마침내 컵을 들었다 놓았다 하면서 말했다. "세 사람이 죽었어. 이건 정말 큰일이라고! 그 가운데는 신혼부부도 있잖아! 이보다 더 큰 토픽이 어디 있어? 신혼부부야. 허니문 중이었다고. 그런 게 CNN으로 나오면 텔레비전 앞에 앉은 할머니들까지 눈물 콧물 안 흘리는 게 이상한 거라고. 중국 텔레비전 방송국은 왜 이렇게 멍청해?" 스티븐은 머리를 벅벅 긁으며 말했다. "저렇게 많은 기관과 관료가 하는 말이라는 게 다 똑같다니. 시청자가 지겨울 거라는 생각도 안 하나? 사람들이 텔레비전 채널을 바꿀 거라는 생각도 안 해? 말을 하고 싶으면 방송부터 내보내고 말을 하든지!" 다터우도 마음이 조조해진 나머지 텔레비전 스크린 속에서 말하는 사람을 손가락질하며 소리 지르기 시작했다. "젠장! 좀 짧게 하면 안 되나?"

스티븐은 방송에 종사하는 사람인만큼 화면이나 음성, 방송의 감정 조작 등에 대해 잘 이해하고 있었고, 그의 비평은 물론 사리에 맞았다. 나는 뉴스에서 기관 사람들이 줄지어 이야기하는 게 마찬가지로 좀 아니라는 생각을 했지만, 그와는 달리 또 다른 걱정이 앞섰다. 중국의 텔레비전이 더 많은 뉴스에 민감하고, 더 많은 기교에 능란해진다면, 만약 중국 텔레비전이 CNN이 되거나 그보다 더 CNN 같아진다면 상황은 어떻게 될까? 틀림없이 선전 효과는 훨씬 커질 것이다. 전 세계 할머니 시청자들의 눈물 콧물을 다 짜낼 수도 있을는지 모른다. 그러나 죽은 사람도 일단 이렇게 뉴스를 타면, 그래서 뉴스 시장의 상품이 되고 나면, 죽은 사람의 친지들까지 줄줄이 언론에 포위된다. 수없이 많은 렌즈에 포위된 채 주목당하면서 반복적으로 자기들의 슬픔과 상처를 드러내고, 반복적으로 사적인 감정을 토해내며, 정신적 외상에서 가까스로 회복한 처참한 몰골을 사람들에게 안겨주며 그들의 탄식을 이끌어내야 한다. 이것은 그들에게 너무 잔인한 행위가 아닌가? 만약 그들이 이런 상처를 전시하는 데 익숙해지고 나아가 이를 즐기게 된다면, 슬픔과 아픔의 감정은 결국 조작과 잇속에 물들고 마는 게 아닌가? 이런 조작과 잇속이 시청자를 향한 최루탄이 된다면, 이는 진정한 홍보 효과와는 되레 아무 인연이 없어지는 게 아닐까?

이 문제는 정말 해결하기 힘들다.

아름다움은 일종의 감동이며, 의미가 있는 외형이다. 특히 사회적인 영역에서 아름다움은 언제나 권모술수나 이욕과 등지며 반反기술적 정의나 공감과 연관된다. 아름다움은 절대로 거래 수단이 될 수 없으며, 정치 선전과 상업적 홍보를 위해 임의로 재단할 수 없다. 설사 선전 기관들이 눈부신 위치에서 대중을 현혹하더라도 아름다움은 더더욱 침묵을 고수할 것이며, 그리하여 그것은 사람들이 부주의하게 맞닥뜨리는 재난이거나 조용히 마음을 파고드는 한 줄기 영혼의 전율이 된다. 역사 속의 모든 것은 아주 무거운 아름다움을 지닌다. 이 아름다움은 압박받고 수탈당한 인민에게서 멀어진 적이 없으며, 눈부신 위치에서 요란하게 떠들어대는 다수가 소유할 수 없는 것이다. 이로 인해 아름다움은 침묵의 자리에, 주변의 자리에 위치한다. 이와 반대로 권력, 금전, 기술 등 매우 강력한 선전 기구로서 기능하는 모든 것은 갖가지 요란한 포장을 만들어낼 수 있지만, 되레 아름다움을 근거 없이 변질시키곤 한다. 그 성공적 창조는 대부분의 경우 약물을 통한 회춘처럼 얼핏 보기에는 젊음을 머무르게 하는 듯하지만 실상은 얕은 표면에 집착할 뿐이다. 얼굴 근육에 의해 지지되지 않으며 결국 자연적인 근육까지 훼손하고 만다. 사람들은 대부분 감각적인 대량생산 상품에 대해 자발적으로 느끼는 자연스러운 심리적 동참을 상실하고, 한 발짝씩 감동으로부터 멀어지며 심지어 밀려나는 감각을 느끼기도 한다. 진부한 나머지 눈에 들어오지 않거나 보자마자 곧 미심쩍어지는 것이다.

행위예술

총명함으로 보나 일찍이 예술에 대해 품었던 간절한 마음으로 보나, 다터우는 아름다움이 무엇인지 모를 리 없을 것만 같았다. 다터우는 일찍이 타이핑쉬의 작은 토방에서 고구마채를 씹으며 아코디언으로 〈위대한 다터우 카프리치오〉를 켜고 난 뒤 이렇게 선언한 바 있다. "이 어르신이 3년 동안 전 성省을 정복하고, 3년 동안 전국을 정복하고, 3년 동안 전 세계를 정복할 것이다! 너희들은 기다리고 있다가 축전이나 날려봐!" 큰소리 뻥뻥치는 그의 기세는 언제나 나를 탄복해 마지않게 만들었다. 다터우가 나중에 서툰 포장업자가 되었다는 사실은 완전히 내 예상 밖의 일이었다. 그때 그는 아직 외국으로 나가기 전이었고, 극단에서 배경이나 그리고 있는 일을 달가워하지 않았으며, 오직 한마음 한뜻으로 화단에서 두각을 나타내고자 했다. 무슨 생각을 했는지 몇몇 친구에게 도움을 구한 뒤 교외의 창고 한 칸을 빌리고는 갖가지 모양의 문짝 수십 개를 만들었으며, 구슬땀을 줄줄 흘리며 베이징까지 그것들을 운반해서 '문'이라는 이름으로 개인 화전을 열었다. 개인 화전은 쇠털처럼 흔했다. 같은 전시관에만 다섯 개의 전시가 있었는데, 모두가 아방가르드였고, 모두가 감각파였고, 모두가 추상이었기 때문에 각각을 구별할 방법도 없었다. 전시관에 들어선 관람객은 대부분 다른 사람의 전시를 찾아가곤 했다. 푸른 눈에 금발을 한 어떤 서양 기자는 전시관에 들어서자 짚으로 만든 배와 돌로 만든 벽돌이 있는 다른 전시에 더욱 관심을 보였다. 다터우는 처음에는 초조함을 억누르며 잘 버티는 듯했지만, 결국 굵은 땀방울을 흘리기 시작했다. 그는 사람들 사이를 이리저리 헤집고 다니는 중에 상황이 지극히 위험하다는 사실을 깨달았고 뭔가 다급한 조치가 필요하다고 생각했다. 급기야 먹물을 찾아다가 신속하게 중국식 팔괘도를 그린 뒤 실오라기 하나 걸치지 않고 홀딱 벗은 채 중요한 부분만 가리고 팔괘 중심에 가부좌를 틀고 앉았다. 다터우는 눈을 감고 명상 자세로 앉아서 입으로 웅얼웅얼 뭔가를 읊었으며 엉덩이 쪽으로는 좀 전에 찾아온 노끈 자투리를 내려놓았는데 그게 무슨 의미인지는 알 수 없었다. 그는 나중에 의기양양해하며 자화자찬했다. 그때 그 수법은 정말 절묘했지. 정말이지 제대로 해냈어. 순식간에 '와아' 하고 대부분의 관람객이 내 전시회 쪽으로 몰려왔으니 말이야. 생각해봐. 행위예술이라고. 최신 유행이었지? 멋진 쇼였잖아? 팔괘도도 있고, 나체도 있고, 노끈 자투리의 철학도 있고, 사르트르나 하이데뭐라든가 하는 것들 말이야. 너도 아는 사람들이잖아? 다터우는 두 눈을 동그랗게 뜨고 내게 물었다. 그는 내가 꿀 먹은 벙어리가 된 것을 보고 말했다. 어쨌든 하이데뭐라든가가 온 건지 간 건지 그래. 생각해봐. 중국 것이든 외국 것이든 다 있었잖아. 전통과 현대를 나타내는 자질구레한 것이 다 있었다고. 그런데도 인상 깊지 않았어? '핫'하고 '쇼킹'하지 않았느냔 말이야!

다터우는 침대 위에서 재주를 넘고 담배꽁초를 멋대로 공중에 날린 뒤 신이 나서 당시의 폭발적인 효과에 대해 떠들어대기 시작했다. 서양 기자들이 하나둘씩 달려들어 사진을 찍고 어떤 사람은 인터뷰 시간을 예약했다. 다만 인터뷰할 때 다터우는 기자의 질문에 그다지 완벽하게 대답하지 못했다. 생명의 존재라든지 중화 문화 중흥 따위의 허튼소리를 대강 얼버무렸을 뿐이다.

나는 당시의 사진을 본 적이 있다. 다터우는 아주 말랐고, 빡빡 민 대머리였으며, 맨발이었고, 반라의 몸을 드러낸 채였다. 고요히 앉은 모습이 마치 수행이 높은 스님처럼 보였다. 그저 그렇게 보였을 뿐이다. 왜냐하면 그는 사실 고행하는 수도승이 아니었으니까. 좀 더 사실을 말하자면 그는 오히려 싸움을 좋아하는 거리의 건달에 가까웠다. 그는 있는 힘껏 자신을 수행 높은 스님으로 포장했으며, 이런 몸부림은 거의 자신이 수행 높은 스님이 되고 싶었지만 그럴 능력이 없었음을 인정하는 꼴이나 다름없었다. 자신이 고행을 존경하지만 실천할 의지가 없었음을 인정하고, 또한 자신이 최종적으로 그러길 포기했음도 인정하는 것이었다. 그는 이 시대의 수많은 포장 전문가들처럼 미에 대해 미련을 가질 뿐 아니라 동시에 배반하기도 하는 양가적인 내면을 체현하고 있었다.

그 뒤에 다터우는 그림 한 장으로 미국에서 열리는 어떤 화전에 입선했다가 나중에 그게 모방작임이 밝혀져 곤욕을 치렀다. 사실 예측하기 어려운 일도 아니었다. 그는 나중에 거의 그림 그리는 일을 포기하고, 다만 중국과 미국을 오가며 골동품과 가구 판매 및 단체 관광 따위의 일을 하면서 돈을 벌었다. 포장 전문가가 달리 할 수 있는 일이 또 뭐가 있겠는가? 나는 다터우 덕분에 '행위예술'이라는 것을 알게 되었다. 게다가 나는 줄곧 얼굴에 미소를 띠고 명랑하고 쾌활한 사람인 척하면서 예술은 일상 행위의 연장으로 사람들을 도취시키고 각성시킬 수 있어야 한다고 믿어왔다. 다만 예술을 세상에 대대적으로 공개할 뿐 아니라 인류의 행위에 대해서도 어떤 치유와 모범을 제시할 수 있어야 한다고 말이다. 그러나 나는 또한 매우 빨리 다터우에게서 행위예술의 위험성을 발견했다. 시장의 이익 원칙 아래서는, 전부는 아니더라도 대부분의 수많은 행위예술가가 상업화의 물결에 휘말리고, 재능 있는 인재는 잔돈푼이나 긁어모으기 위한 잔수작에 골몰하게 된다는 것이다.

나는 가장 위대한 행위예술은 보는 사람이 없는 곳에서 생겨나는 게 틀림없다고 생각한다. 예를 들면 황야나 쪽방, 심지어 한밤중의 뒷간 같은 곳에서 말이다. 작가인 스테성에 대해 말해보자. 그의 행위예술을 누가 구경하고 평론하며 연구하고 심지어 상까지 주겠는가? 스테성은 휠체어 위에 높이 앉아서 온몸이 뒤틀린 채 몇십 년을 보냈다. 지금 그는 매일 세 번이나 자신의 피를 완전히 씻어낸다. 매일같이 세 번씩 자기 몸에서 빠져나간 피가 소용돌이를 만들며 흘러가는 모습을 지켜보는 것이다. 우리는 의학 용어로 그것을 '투석'이라 부른다.

책

다터우는 시골에 내려오기 전에 도서관을 턴 적이 있었다. 이 경험 때문에 그는 나중에 예술의 대가로서 목구멍에 힘을 줄 때도 이 오래된 기술을 반복적으로 연출했다. 문화대혁명이 막 마무리되었을 때, 성 도서관 내 대부분의 장서는 아직 성 정치협의회의 옛 강당에 봉인된 채 정리와 운반을 기다리는 중이었다. 다터우는 관련 상황을 수소문하기 위해 몇 번이나 자전거를 타고 달려갔으며, 범죄를 감행하기 위한 만반의 준비를 갖추었다. 리어카는 물론이요, 부대 자루 몇 개와 여차하면 휘두를 쇠망치까지 포함되어 있었다. 다터우는 싸울 때면 언제나 쇠망치를 사용했다. 중학교 때부터 그가 소매를 걷어붙이고 민머리를 들이밀며 앞으로 나서면 무서워하지 않는 사람이 없었다.

다터우의 작업은 아주 순조롭게 진행되었다. 부대 자루에는 프랑스와 이탈리아 화집이 들어갔다. 한 부대씩 문 앞까지 끌어다놓고 리어카에 실은 뒤 출발할 때까지 아무도 주목하지 않았고 그를 귀찮게 하는 사람은 더더욱 없었다. 그대로 문을 나서서 언덕을 만났는데 리어카를 끄는 데 힘이 너무 많이 들었다. 문을 지키던 영감이 리어카를 밀어주며 말했다. "일요일인 데도 일을 하다니 정말이지 젊은 동지가 참하구만!"

만약 다터우의 장난이 지나치지 않았다면, 그래서 극단의 어떤 여배우를 놀리지 않았다면, 그 여배우가 이 책들이 얼마나 가치 있는 물건인지 알지 못했다면, 그는 절대로 실패하지 않았을 것이다. 문제는 그 여배우 동지가 단장에게 달려가 하소연하면서 책에 관한 일까지 모두 고해바쳤다는 점이었다. 그녀는 그럼으로써 다터우가 자신의 연애편지를 훔쳐본 일을 복수했다. 경적이 요란하게 울리며 군대가 시내로 몰려들었고, 다터우는 쇠고랑을 찬 채 닭장차에 올랐다. 경찰이 말했다. 이것들이 단순한 책이라고 생각하면 곤란하다. 모두 국가가 외화를 사용해 수입한 책으로 인민폐 200만 위안이 훨씬 넘는 가치를 지니고 있어! 거의 은행 하나를 턴 것이나 마찬가지라고! 그 소리에 다터우 자신까지도 놀라서 펄쩍 뛰었고, 단장과 다른 사람들까지도 놀라서 펄쩍 뛰었다. 형법에 관해 제법 알고 있는 사람들은 이번에 다터우가 저 문턱을 넘어 나가면 다시 저 문턱을 넘어 들어오기 어려울 거라고 예상했다. 연세가 있는 다터우의 부모님이 견딜 수나 있을지 걱정스러운 상황이었다.

석 달 뒤 법정의 재판 결과는 사람들의 예상을 완전히 뒤엎었다. 다터우는 단지 징역 1년에 집행유예 1년을 선고받았다. 다터우 자신도 결과를 미심쩍어하며 두 눈을 동그랗게 뜨고 물었다. "저를 속이시는 겁니까? 그냥 이걸로 끝이에요?" 다터우는 줄곧 멍하니 서 있다가 자신을 구류했던 사람들에게 인사도 없이 자리를 떴다. 그는 자신이 자유롭게 집으로 돌아가도 된다는 사실을 반신반의했다. 버스에 오른 뒤에도 버스 좌석이며 바닥이며 운전사가 모두 사실이 아닌 듯 느껴졌다. 200만 위안이라고 하지 않았던가? "1만 위안에 1년 징역"이라고 하지 않았던가? 이미 감옥에서 입을 옷까지 준비한 참이었는데 어째서 갑자기 거리로 내던져졌을까?

한참이 지나서야 다터우는 비로소 그의 범죄가 가벼운 처벌로 그친 이유를 알게 되었다. 다름 아니라 훔친 물건이 책이었기 때문이다. 책이라는 건, 보통 사람들 눈에는 그다지 가치가 없는 데다 돈도 안 된다. 책 안에 있는 지식이나 양심 같은 것은 모두가 좋은 인상뿐이다. 책은 금은보화도 아니고, 무기나 탄약도 아니고, 무슨 마약이나 담배도 아닌 데다 전기 제품처럼 누구한테 자랑할 것도 아니며, 철강이나 구리선도 아닌 것이다. 그래서 중국에는 이런 말이 있다. "책을 훔치는 사람은 도둑이 아니다." 법관도 사람인지라 법률과 인간적인 감정 사이에서 갈등하다가 특별한 이유 없이 쏠리는 쪽으로 후자를 택했을 것이다. 그 판결은 인정을 고려한 것이지만 법에 엄밀히 부합하지는 않았다.

이야기는 여기서 그치지 않는다. 악수를 하고 헤어질 때 어떤 나이 든 법관은 다터우에게 친절하게도 이런 말을 해주었다. "자네가 비록 죄를 짓기는 했지만, 그래도 학문을 사랑하는 좋은 젊은이일세. 자네 아이도 자네를 꼭 닮으면 좋겠구먼." 사실 다터우가 학문을 사랑하는 젊은이라고 하기는 힘들다. 책을 훔치겠다는 생각은 일시적인 충동이었을 따름이다. 그처럼 똑똑한 사람이 또 뭘 배울 필요가 있겠는가? 고명한 스님이자 천재인 그가 또 뭘 더 배울 필요가 있겠는가? 다터우는 나중에 이렇게 말했다. "반은 장난이고 반은 진심이었어." 이 시대의 대부분 사람들처럼 신속하게 변화하는 사회에서 끊임없이 몰려드는 휘황한 삶의 유혹은 그를 더할 나위 없이 바쁘게 만들었으며 독서의 적막함을 참을 수 없게 만들었다. 그러나 이 시대는 또한 책이 많은 시대이기도 했다. 인쇄기가 고속으로 나는 듯 돌아갔고 도서 시장은 갈수록 거대해져만 갔다. 지식을 갈구하는 사람들이 필요로 하는 책만이 아니었다. 신분이 높은 상류 인사는 커다란 저택과 커다란 서재와 커다란 서가를 가지고 있었기 때문에 더더욱 많은 책을 필요로 했으며, 특히 전집으로 된 유명한 고전 작품을 원했다. 비록 한 달에 책 세 쪽도 읽기 어렵고, 심지어는 아무리 정신을 바짝 차려도 짤막한 서문조차 다 읽지 못한 채 머리를 긁적이더라도 말이다. 그러나 그들은 다터우가 만난 법관과 마찬가지로, 훨씬 더 많은 사람이 그런 것과 마찬가지로, 책이 지닌 좋은 인상에 대해 아주 잘 알고 있었기 때문에 책을 수용하는 면적을 점점 더 늘릴 수밖에 없었다. 그들은 심지어 컴퓨터가 책을 거의 대체하리라는 사실도 알고 있었고 그것이 더 새로운 유행이라는 사실도 알고 있었다. 그러나 어쨌거나 컴퓨터의 인상은 고상하고 우아하며, 심오하고 영원하며, 청신하고 정결하며, 유서 깊고 깊이 있는 책의 인상에는 한참이나 미치지 못한다. 벼락부자가 오랜 귀족 가문보다 돈이 많을 수는 있지만, 귀족은 역시 귀족인 것이다. 소형 권총이 패검보다 훨씬 실용적이지만, 패검은 역시 패검인 것이다. 귀족은 벽에다 패검을 걸어놓지 절대 소형 권총을 걸어두지 않는다. 그들은 최대한 책의 이미지를 활용하고 싶어 한다. 이 당당하지만 쓸데없는 물건으로 자신의 배경을 채워서 자신의 인생에 어떤 지식인 가문으로서의 색채를 드리우려 하는 것이다.

뒤에 이런 배경을 둠으로써 그들은 커다란 문화 신분증을 갖고 도덕 소개장을 소지하게 된다. 어떤 곳에서는 전문적으로 속이 빈 양장본 서적을 생산한다고 들었다. 전문적으로 호화 저택의 서가를 채우기 위한 이 염가의 종이 벽돌은 아마도 이런 사람들을 위해 준비된 물품일 것이다.

그들에게 책의 실용적 의미는 점차 상징적 의미로 대체되는 중이다.

진보주의

일찍부터 어떤 사람들은 책의 실용적인 기능이 약화되고 있다는 사실을 알았고, 더욱 강대한 정보 수단이 인쇄물을 대체할 것이라는 사실도 알고 있었다. 이집트 전 총리이자 대통령이었던 나세르는 바로 이런 사람들 가운데 하나다.

이집트가 영국의 식민 통치로부터 벗어나 독립했을 때 대통령은 다음과 같이 선포했다. "라디오가 모든 것을 바꿔놓았다." 그는 이집트가 서구 미디어의 기술적인 우세에 직면하고 있음을, 그리하여 불확정성의 신세계로 한 걸음 내디뎠음을 민감하게 느꼈던 것이다. "서구화는 더 이상 옥스퍼드대학교나 파리의 살롱에 의존하지 않는다. 오히려 글자를 알지 못하면서도 매우 재빠르게 반응하는 시골 군중을 선동하는 스피커에 의존한다. 이로 인해 서구화는 이미 거대한 추동력을 얻은 셈이다." 현대의 역사학자들 또한 이렇게 그 당시를 묘사한다.

얼마 전까지만 해도 이런 서구화는 일찍이 직접적인 군사 지배로 표현되었다. 예를 들어, 영국이 북아메리카와 오스트레일리아를 식민지화하고, 에스파냐가 남아메리카를 식민지화하고, 프랑스, 영국과 벨기에가 아프리카를 식민지화했던 것처럼, 또 영국, 프랑스, 네덜란드, 독일이 아시아에서 식민 영역을 개척했던 것처럼……. 여기에 일본 또한 '탈아입구脫亞入歐'(아시아에서 벗어나 유럽을 지향한다는 뜻으로, 일본 개화기 사상가 후쿠자와 유키치가 제시한 서구화의 모토다 – 옮긴이)를 주창하며 조선을 식민지화하고 중국 영토를 침략했다. 당시의 무역 전매와 자원 독점은 모두 총과 대포의 보호 아래 관리되었으며, 세계 곳곳에 치즈와 위스키를 열렬히 사랑하는 통치자들이 포진해 있었다. 그러나 이런 방식은 20세기에 이미 엄청난 자본이 들어가는 우둔한 행위임이 확인되었다. 1945년 집권한 영국의 애틀리 공화당 정부는 이렇게 인식했다. "갈수록 맹렬해지는 민족주의운동으로 인해, 영국의 인도 투자는 위축되고 있으며, 식민 통치를 유지하는 비용은 이미 소득을 초월하고 있다. 골치 아픈 인도 문제는 반드시 상처를 도려내고 생살을 째는 고통을 감수하며 이를 버리는 것 외에는 다른 선택의 여지가 없다." 애틀리 정부는 인도 독립 법안의 국회 통과를 추진했다.

수많은 공산주의자의 예측과는 상반되게, 또한 수많은 제국주의자의 예측과도 상반되게, 영국은 광범위한 식민지에서 철수한 뒤에도 전혀 쇠퇴하지 않았다. 되레 전대미문의 번영을 누렸다. 프랑스 등 기타 서구 열강의 상황 또한 대개 비슷했다. 대조적으로 지나치게 보수적이고 강경한 포르투갈은 식민지 포기를 거부했고, 결국 유럽의 빈민국으로 전락했다.

포르투갈의 상황은 식민주의가 4세기에 걸친 서구 열강의 아집이자 어리석음이었음을 증명하는 증거가 아닐까? 물론 사정은 그리 간단하지만은 않다. 식민지를 침략통치하거나 철수하는 문제는 모두 서구 열강의 경쟁적 선택이었다. 다만 이 4세기 동안 기술의 조건이 크게 변했고, 식민 통치자들은 철수하기 전에 벌써 총과 대포보다 훨씬 유효한 무기를 획득한 참이었다. 바로 나세르 대통령 앞에 놓인 라디오였다. 옛사람의 말에 성을 공격하는 데는 (사람) 마음 공격만 한 것이 없다고 했다. 총과 대포로 성을 공격하는 전략은 광범위하게 마음을 공격하는 데 비하면 부득이 하책이 될 수밖에 없다. 라디오에 이어서 영화, 텔레비전, 인터넷 등 각종 수단이 출현해 청각 효과에 다시 시각 효과를 더하게 되었다. 서구 강대국들은 이로써 더욱 부담 없이 어떤 지역, 어떤 사람들의 두 귀와 두 눈을 사로잡을 수 있었다. 수백 개의 프로그램이 온종일 신속하게 시청각적인 자극을 일으킨다. 어떤 군사 전선이나 정치적 경계 및 문화 전통의 장막도 넘어서는 이 새로운 무기는 세계의 구석에서 일어나는 심리적 저항까지도 파괴할 수 있다. 일반적으로 이런 파괴는 전복을 추구하지 않는다. 주전파의 냉전성 선전은 주화파 입장에서는 그다지 고명하지 못한 방법일 뿐 아니라 품격을 떨어뜨리는 듯 보인다. 이데올로기를 장악하려는 노골적인 시도는 사람들의 반감을 사기 때문이다. 미국은 한국전쟁에서 이미 좌절을 겪었고, 쿠바와 베트남에서도 실패를 거듭했다. 대다수 사람에게 직접적인 정치와 군사적 간섭은 유행이 지난 구린 수작으로 보였다. 설사 점령을 강행한다 할지라도 누가 갖은 고생을 견디며 전쟁의 도가니에 빠진 가난한 국가를 관리하려 들겠는가?

이런 정복은 사실 서구 문명에서 단 한 번 시행된 것으로 충분하다. 사람들은 모두 잘살고 싶어 한다. 매체를 통한 시청각적 자극은 바로 그처럼 기술적으로 우세하고 물질적으로 풍요한 생활을 전달한다. 이것이 서구, 서구, 서구다! 일찍이 사람들을 저 하늘로 쏘아 보냈던 붉은 소련 또한 서방의 한 부분으로 변화했다. 소련의 우주비행선이든 서구나 북미의 더욱 발전된 우주비행선이든, 자동차, 전화, 비행기, 높은 빌딩, 화장품, 패션, 레코드, 컴퓨터든, 그런 삶을 구성하는 모든 요건을 생산하는 핵심 기술은 모두 서구 국가가 점유하고 있다. 후진국, 다시 말해 과거의 식민 또는 반半식민 지역은 염가의 자원을 쏟아부음으로써 비로소 이 모든 것을 얻을 수 있다. 이런 과정 속에서 그들은 단순한 자원 제공자로 전락한다. 1983년의 세계무역 통계 자료는 다음과 같은 사실을 시사한다. 공업품에 비해 원자재 가격은 줄곧 하락세를 보여왔다. 후진 국가가 제공하는 일정한 자원과 맞바꿀 수 있는 공업품 양은 10년 동안 3분의 1 수준으로 떨어졌다.(스타브리아노스, 《글로벌 히스토리》) 몇 년 뒤, 유엔개발계획이 내놓은 〈1999년 인류 발전 보고〉는 이런 교환 불평등의 결과를 인정했다. 서구를 따라잡는 데 성공한 몇몇 국가를 제외하고 지구상의 약 4분의 3에 속하는 개발 후진 국가는 10년 전보다 더 가난해졌다. 전 지구 차원의 빈부 격차는 1960년에 30대1이었는데 1995년에는 74대1로 변화했다. 4분의 3에 속하는 개발 후진 국가가 서구와 경쟁하며 동일한 생산 구조와 동등한 기술 능력을 갖추기란 점점 불가능해지고 있다. 갈수록 더 서구에 의존적이 될 뿐 아니라 막중한 부채까지 끌어안게 되었다. 유엔 과학기술회의가 발표한 2002년 통계 자료를 보면 더 깜짝 놀라게 된다. 빈부 격차가 한층 더 심해져서 오늘날 전 세계 최고 부자 세 사람의 재산은 가장 가난한 40여 개 국가의 자산과 맞먹는다. 개발도상국은 매년 90억 달러에 이르는 자본을 투입해야 비로소 정상적으로 용수를 확보할 수 있는데, 미국 여성이 매년 미용에 사용하는 비용은 80억 달러에 육박하고, 서구와 북미 국가가 매년 반려동물에게 들이는 비용은 170억 달러가 넘는다.

이런 정보, 권력, 자본의 불평등 교환은 수혈 후 부작용을 일으키며, 당연하게도 서구의 일방적인 '진보'를 한층 돋보이게 할 수밖에 없다. 장애를 가진 쪽은 무능을 한탄하며 알아서 뒷수습을 할 수밖에 없다. 이제 와서 그들이 설사 과거의 총독들을 그리워한다고 해도, 또한 제국주의의 가죽 가방에 딸려가고 싶어 하더라도, 이제는 저쪽에서 깔아주는 레드 카펫을 흔쾌히 밟고 오리라는 보장이 없다.

이는 서구의 양식 있는 지식인 또한 분개해 마지않는 추세다. 후진 국가가 이런 교환 불평등을 거절하거나 벗어날 방법은 없는가? 물론 그럴 수 있다. 마차를 타고 자동차를 거부하며, 초가집에서 살면서 높은 빌딩을 거부하고, 나무 태운 물을 쓰며 비누를 거부한다면 말이다. 마치 중국인이 문화대혁명 시기에 그랬던 것처럼 굶주린 배를 졸라매는 것이다. 물론 서구의 상품과 기술을 거절하거나 서서히 자신의 힘으로 그런 상품 생산 능력을 갖출 때까지, 이런 기술이 서서히 자신들에게 흘러 들어올 때까지 기다릴 수도 있다. 그러나 앞으로 점점 더 이런 것들을 이루어내기 어려워질 것이다. 시청각 매체와 전자 기기가 보여주는 문명 및 소비의 표준은 대중 심리에 큰 압박을 주며 서구 상품을 추종하는 분위기를 만들어낸다. 권력을 장악한 수많은 관료는 더더욱 청빈을 고수하기 어려워진다. 그들은 결국 이런 교환을 향해 한 걸음 내디디며 빈민국 매판 자본의 새로운 귀족 집단으로 등장한다. 지식을 획득한 많은 엘리트 또한 황폐함을 견디지 못해 서구로 대거 탈출해 개인적 발전이 가능한 여지를 찾는다. 그리하여 또다시 서구와 조국의 기술적 차이를 크게 벌리고 이런 교환 불평등의 중요한 부분을 구성한다. 이런 상황에서 교환은 분명히 '자유'롭고 '평등'하다. 더 이상 제국의 총독과 군대에 의해 강제당하지 않는다. 그러나 이 교환에는 사실상 다른 선택의 여지가 없다. 서구의 시청각 매체가 일찍부터 대중 심리를 조작하고 압박한 선택의 결과다. 이런 이미지는 수많은 빈민국 정부와 국민 대중이 이런 교환을 기꺼이 받아들이며 심지어 조급해하며 달려들도록 만든다. 보이지 않는 손이 보이는 손을 대체하고, 문화 미디어가 식민주의의 대포와 군함을 대체했다. 그러나 이런 이미지 전환은 전 세계 시장경제 활동에 대한 서구의 확고부동한 통제력을 다시 한 번 강화할 따름이다. 심지어 전 시대의 패권에 비해 훨씬 더 밑천이 적을 뿐 아니라 성공률은 월등히 높아졌다. 일찍이 미국 대통령 닉슨은 이런 배경에서 미소를 띠며 중국식 격언을 떠올렸다 "싸우지 않고도 이긴다."

아마도 이것이 바로 20세기 서구 열강이 식민 지배를 철수하고 난 뒤에 더욱 강성해진 비결 가운데 하나이며, 그들이 이 한 세기에서 실패하거나 승리한 주요 원인일 것이다.

시청각 기술은 이제 세계 조직을 지탱하는 주요한 근간이 되었다. 중국인은 원래 "귀로 들은 것은 헛소문이라 생각하지만, 눈으로 본 것은 사실이라고 믿는다". 비교하건대, 책이나 신문은 영화나 텔레비전이 전개하는 '눈으로 보이는' 능력을 대적하지 못하며 심리적 자극에 한해 제한적인 효과만을 발휘한다. 나는 농촌에서 삽대를 할 때 타이완에서 기구를 이용해 날려 보낸 홍록 전단을 받아본 일이 있었다. 당시 인민공사의 민병은 온 산과 마을을 이 잡듯이 뒤졌다. 나는 또한 몰래 미국과 소련이 내보내는 중국어 방송을 들은 적이 있다. 외진 산간의 시골 마을에서는 이런 짓이 사실 그다지 위험하지 않았다. 그러나 솔직히 말해서, 그런 문자 선전물은 내 호기심을 자극하기는 했어도 그다지 깊은 인상을 남기지 못했다. 설령 내가 미국의 제도 또는 소련의 제도가 자랑하는 모든 말을 믿고자 했을지라도, 그 정보란 그저 문자였기 때문에 내 마음에 직격탄을 날리거나 암습하지 못했을 것이다. 그 정도 자극은 피부에 와닿기조차 어려웠으며, 절대 뼛속까지 파고들 수 없었다. 나는 더욱 오래전, 책과 신문도 없었을 때를 상상해본다. 상인, 선원, 교사가 전하는 말은 사회의 여론을 이끌기에는 한참이나 부족했다. 서로 다른 제도와 문명 사이에는 정보의 근거가 거의 결여되어 있었으며, 이로 인해서 더 이상 널리 전파되기도 어려웠다. 1793년, 중국 청 왕조의 건륭제는 영국과 더욱 긴밀한 외교 관계를 형성하기를 거절했다. "그쪽에는 우리가 필요로 하는 물건이 하나도 없소……. 우리는 그렇게 괴상하고 정교한 장난감들을 그리 중시하지 않으니까." 시청각 기술이라는 전제를 갖추지 못했기 때문에 황제는 비로소 그처럼 오만방자한 판단을 할 수 있었으리라.

또한 그 시대에는 지구상 대부분 지역의 주민에게 아직 '진보'라는 개념이 존재하지 않았다. "뒤떨어지면 얻어맞기 십상이다"라는 공공의 인식도 없었다. 기나긴 세계 역사를 통해 일찍이 '진보'의 문명이라는 것이 있었다면, 일반적으로 처참하고 뼈아픈 경험은 되레 "앞서나가면 얻어맞기 십상이다"라는 깨달음을 주곤 했다. '진보'했던 수메르, 이집트, 메소포타미아 문명은 기원전 3천 년부터 1천 년 사이에 이른바 유목 야만족의 파괴라 불리는 사건을 경험했다. 마찬가지로 '진보'했던 그리스, 로마, 인도, 중국의 사대 문명은 기원 3세기 이후 또한 이른바 유목 민족에게 짓밟히고 유린당했다. 중국의 장성 또한 북방 민족의 강력한 무쇠발굽을 당해낼 수 없었다. 조정은 똥을 싸고 오줌을 지리면서 남쪽으로 내빼거나 그 자리에서 뒤집어진 채 멸망당하곤 했다.

이런 '진보'는 대부분 농업 문명을 구현했다. 그래서 영어 단어 'culture'는 문화와 문명을 가리키는 동시에 경작과 재배, 배양 등을 의미하며 'agriculture(농업)'의 어원이 되기도 한다. 이는 농업이 차지했던 과거의 고귀한 신분을 암시한다. 이치는 아주 간단하다. 농경이 시작되면 정착 생활이 가능해진다. 거대한 성곽과 궁전도 지을 수 있고 기막힌 수리 시설도 구축할 수 있다. 성숙한 문자, 보기 좋고 먹기 좋은 요리, 번영하는 시장과 화폐 경제, 화려한 극장 공연 및 시가 문학, 그리고 기생하는 관료와 귀족들……. 이 모두가 유목 민족의 부락 생활로는 따라잡을 수 없는 아득한 경지다. 그러나 이런 '진보'는 아직 채 이야기되지 못한 '후진' 문명에 모범을 제시하거나 그들을 인도하거나 강력하게 매혹하거나 정복하는 작용을 일으키지 못했다. 외부 세계에 거의 알려지지도 않았다고 하는 편이 옳겠다. 방패와 장성 저편에는 모든 것이 텅 비어 있는 것만 같은 공백뿐이었다. 그저 약간의 곡식과 시중드는 여종을 확보할 수 있을 따름이었다. 충분한 시청각 정보의 전파 없이 세계는 하나의 세계가 아니라 몇 개, 몇십 개, 몇백 개로 격리된 사회일 따름이다. 어떤 세계, 예를 들어 일찍이 휘황한 문명을 자랑했던 마야는 저절로 멸망해 폐허로 남았으며, 후대의 고고학자들에게 발견되지 않았더라면 우리의 시야에 들어오지도 못했을 것이다.

당시 종족 간 충돌은 문화의 패권이 아니라 무력의 패권이었고, '진보'는 사회 상업의 우세나 정치적 우세를 일컫는 말이 아니었다. 다른 민족에 대한 숭배나 다른 나라에 대한 숭배는 더더욱 불가능했다. 싸움을 잘하고 잘 이기며 털 달린 동물들을 기르며 피를 마시는 몇몇 유목 민족에게 '진보'란 되레 문약하고 괴이하고 부패했을 뿐 아니라 개똥처럼 구린 것들의 대명사였다. 마치 중국 청 왕조 건륭제의 상상 속에서 영국이 그랬던 것처럼. 지금은 좋은 시절이다. 대규모 멀티미디어가 이 모든 것을 뒤바꿔놓았다. 모든 사람이 멀리서 사는 사람들의 삶을 바로 가까이에 있는 것처럼 보고 듣는다. 사람들과 세계는 서로 연결되어 있으며, 지구 끝에 있을지라도 마치 이웃과 같다. 이역의 문명은 더 이상 몇몇 외교 대신이나 극소수 무역상품과 외국에서 들여온 서적에만 의존하지 않으며, 시청각 기술을 통해 보통 사람들의 집 안방까지 스며들어 아침저녁으로 우리와 만나는 손님처럼 존재한다. 이들의 대거 방문으로 인한 떠들썩함은 우리에게 진정한 이웃이나 친지, 친구와 왕래할 짬을 주지 않는 지경에 이르렀다. 그들은 금발 머리칼과 푸른 눈을 반짝이며 해괴한 복장과

희로애락이 무상한 표정 그리고 때를 가리지 않고 날리는 입맞춤으로 종종 우리를 런던이나 파리, 모스크바로 데려가고, 곧이어 도쿄의 긴자와 뉴욕의 맨해튼, 퀸 스트리트, 월 스트리트, 5번가를 아주 친숙한 것으로 만들어준다. 매일같이 문 앞에서 청소를 하거나 수레를 끄는 동포에 대해서는 오히려 낯선 이질감을 느낀다. 이런 시기에 이르러서야 비로소 진정 하나로 어우러진 세계가 출현한다. 공통의 생활방식과 가치 체계는 거의 피할 수 없는 결과로 나타나며, 사람들은 서구와 북미에 원천과 중심을 두는 현대화의 진화 과정에 끌려들어간다.

스크린 속의 멋진 생활을 무시하거나 증오하게 만드는 것은 매우 힘들다. 나라의 상황과 걸맞지 않는다는 등의 말로 이 멋진 생활을 의심하게 만드는 것도 매우 힘들다. 정통 종교든 사이비 종교든 종교의 마력을 활용하지 않는다면, 본능과 상식은 사람들이 스크린으로 달려가 거기서 남몰래 미래의 삶을 상상하는 것을 막을 수 없다. 설사 반反서구를 부르짖는 민족주의자나 사회주의자라 할지라도 그들의 분노한 얼굴 아래는 대개 서구풍 넥타이와 가죽 구두, 전화와 손목시계가 있다. 그뿐만 아니라, 철학과 종교는 이로써 그들의 분노 속에 서구의 피가 은연중 흐르고 있음을 드러내 보인다. 그들은 현대화의 경쟁 가운데 언제나 더 강한 선수가 되기를 바라며, 더 약한 선수가 되기를 원치 않는다. 반서구적 방식으로 서구를 초월하고자 하는 것이다. 최종 목표는 충돌 대상과 그리 큰 차이를 내지 않는 것이다. 고집을 피우며 끝끝내 말을 듣지 않는 그들의 태도는 서구 문명이 줄곧 자리를 뒤바꾸며 유지해왔던 노력과 별다를 게 없다. 붉은 소련 또한 일찍이 같은 경험을 했다.

이런 의미에서 본다면 '진보'는 상대적이다. 만약 시청각 기술이 전 지구를 가장 효율적으로 비교하는 수단의 자리를 담당하지 못했다면, '진보주의'라는 것은 상상조차 할 수 없는 일이었으리라.

'진보주의'는 표준에 의한 통일과 직선적인 진화의 역사관을 반영하며, 모든 후진 국가가 서구 문명으로 융화하는 것을 의미한다. 특히 냉전이 종식된 이후의 융합을 가리킨다. 마찬가지로 이런 주의에 입각해 서구와 북미는 틀림없이 가장 돈이 많은 '서구와 북미'가 될 것이다. 그것은 부시의 '구미' 정치이지, 워싱턴의 '구미' 정치를 의미하지 않는다. 할리우드의 '구미' 예술이지, 덴마크와 포르투갈 민중의 '구미' 예술을 의미하지는 않는다. 이제 관리를 만난다고 땅바닥에 납작 엎드려 절할 필요는 없으며, 여자라고 해서 꼭 얼굴을 가리고 다녀야 하는 것은 아니고, 경찰에게 체포되더라도 묵비권을 행사할 수 있으며, 이 세상에 소가 끄는 달구지보다 훨씬 더 신통한 자동차나 비행기가 있다는 사실을 잘 알고 있다. 그들은 또한 사람마다 차를 몰고 다니며 집집마다 별장을 지니고 있는 행복함을 목도한다. 비록 그것이 불과 세계 인구의 5퍼센트를 차지하는 미국이 전 세계 34퍼센트의 자원을 점유하고 있다는 사실을 의미한다고 해도 말이다. 또한 유럽에서 이민하는 6,300만 인구가 미국으로 건너간다는 사실을 의미하더라도 말이다. 그 가운데 영어를 사용하는 인구는 3분의 1을 차지한다. 이처럼 자원과 인구의 밀집을 해소하는 특권적 지위와 역사적 기회는 사실 유례가 없다. 손에 든 리모컨을 누르기만 하면 스크린에 넘쳐나는 유혹은 정말이지 너무 많아서 어떤 것이 옳고 그른지 쉽게 판단할 수 없다. 그래서 가난한 나라의 국민에게 행복을 추구하는 일은, 흥분을 가라앉힐 수 없는 고통과 어려움의 과정이다. 그들의 배움은 타인의 창조보다 쉽기 때문에, 좀 더 빠른 지름길을 찾거나 염가의 버스를 탈 수도 있다. 그러나 무리하거나 설익은 현대화는 너무 많은 대가를 요구한다. 압박과 충돌은 점차 격렬해지고 도덕과 질서는 와해되며 이론은 분분해 현기증이 날 지경이다. 정치는 어지러워 자주 무력감을 느끼며 사회구조와 이익관계의 재건 과정에서는 종종 재수 없는 내전, 정변, 범죄, 실업, 파산, 재난 및 황폐화 등의 희생이 줄줄이 뒤따른다. 그래서 세계의 4분의 3에 이르는 후진 국가는 줄곧 이런 대가를 견디면서도 어떤 희망도 없이 갈수록 멀어져가는 스크린 속의 행복한 생활을 들여다본다.

이런 국가와 이런 상황 속에서, 사람들은 점차 다음과 같은 의문을 품게 된다.

시청각 매체가 우리에게 전하는 '진보'라는 것은 한갓된 소설 속의 부질없는 꿈은 아닌가?

촉각

한번은 묘한 경험을 했다. 사진 속 배경이 낯이 익은데, 사실 우리 집 거실이었지만, 아무래도 실제 거실보다 훨씬 더 윤이 나고 깔끔해 보였다. 벽에 있던 얼룩도 전혀 보이지 않았고, 문틀과 창문의 먼지도 씻은 듯이 종적을 감추었다. 친구들도 이런 경험을 한 적이 있다고 했다. 풍경은 아무래도 실제보다 사진 쪽이 훨씬 보기 좋다며. 나는 그제야 사진 속 상면이 사람을 속일 수 있다는 사실을 깨달았다. 사진은 '눈으로 보는 것만큼의 사실'이 될 수는 없는 것이다.

사진 속 장면이 무엇을 보여주는지 결정하는 것은 찍히는 대상만이 아니다. 감광기와 촬영자의 배경 선택, 조명, 접사 및 컴퓨터 처리 같은 조건이 존재하며, 광각 렌즈나 줌 렌즈를 사용하면 대상의 크기나 원근은 더더욱 가늠하기 어려워진다. 나는 앞서 〈회고〉라는 글에서 촉각이 결핍되는 경우 회고하는 사람의 감각은 착각을 일으킨다고 적었다. 그렇다면 한 장의 사진으로 사실을 판단할 때는 그 차이가 엄청나게 커지지 않겠는가? 설사 사진이 가장 성공적으로 가시 범위를 확장하게 된다 하더라도, 그것이 실제 사건에서는 어떤 이점을 지니는가? 내 외국 친구 몰리는 일찍이 내가 타이핑쉬에서 찍은 사진 한 장을 보고 매우 감탄하며 찬사를 보냈다. 몰리는 이렇게 말했다. 당신이 내려갔던 시골 마을은 정말 아름답네. 이런 곳에서 생활할 수 있었다니 사람들이 다 부러워하고 질투할 거야! 나는 그 말을 듣고 깜짝 놀랐다. 아무리 사진을 들여다보아도 몰리의 말은 영 가당치 않았다. 한참이 지나고 난 뒤 나는 문제가 사진 속 장면의 시각적 문제와는 완전히 동떨어져 있음을 깨달았다. 그러니까 이런 것이다. 몰리는 이 시골 마을에 대해 오로지 시각적 경험만 있고, 청각, 후각, 미각, 촉각 등의 다른 감각적 경험과는 완전히 유리되어 있다. 그저 사진 속 장면의 아름다운 경치만 볼 수 있을 따름이다. 눈과 코를 찌르는 쇠똥 썩는 냄새를 맡을 수도 없고, 이 사진의 배경에서 울려 퍼지는 자아비판의 아비규환과 머릿속을 뒤흔드는 스피커의 고음도 들을 수 없으며, 모기와 벌레의 괴롭힘이나 돌에 발을 베이는 아픔, 무거운 짐이 어깨를 짓누르는 괴로움, 사진 찍는 사람의 배 속에서 꾸르륵대는 굶주림도 몸이나 촉각으로 경험하지 못한 것이다. 만약 몰리가 이 모든 것을 느낄 수 있다면, 그래도 우리들 지식청년의 시대를 부러워하고 질투할 수 있을까?

수많은 관객이 재난 영화를 즐기지만, 직접 그런 재난을 겪고 싶어 하는 사람은 아무도 없다. 건달과 창녀의 특이한 삶에 대해 알고 싶어 한다 해도, 사람들은 그런 인물과 이웃하고자 하지 않는다. 매체 이미지와 실제 이미지는 완전히 다르다. 매체 이미지와 실제 이미지 사이에는 넓은 간극이 존재하며, 점점 더 크게 벌어지고 있음을 알 수 있다. 그 원인은 주로 신체와 현장 감각의 여부, 특히 촉각적 경험 유무에서 비롯된다. '몸으로 살피다' '몸으로 알아보다' '몸으로 이해하다' '몸으로 확인하다' 등의 중국어 어휘는 모두 '감각으로 아는 것感知'을 의미한다. 중국의 선인들은 '몸'이 아니면 살피거나 알아보거나 이해하거나 확인하는 일이 불가능하다고 여겼다. 이는 중국 문자 유산에 감각론과 실천론의 철학적 바탕이 깔려 있음을 시사한다. 선인들이 '몸'이라는 또 다른 눈을 늘 기억하고, 지식을 획득하는 최고이자 최후의 수단으로 여겼음을 보여주는 증거이기도 하다. 하이데거가 이른바 만물이 'Zuhandenheit(용재성)'로부터 'Vorhandenheit(존재성)'에 이르는 과정 속에 핵심 어근으로서 'hand(손)'가 존재한다고 말했던 것과 같은 맥락이다. 마음이 있어도 몸이 늘 따라주는 것은 아니다. 현대 기술 전문가들은 이를 좀처럼 인정하려 들지 않으며 온갖 머리를 다 짜내며 '몸'의 감각을 미디어의 대상으로 세웠다. 또 이를 통해 모든 감각을 동시에 전달하고자 했다. 예를 들어, 체험 영화는 이런 시도 가운데 하나다. 전문가들은 입체 안경을 발명했을 뿐 아니라, 관객을 진동하거나 요동하는 의자에 앉히고 안개를 뿜어내는 수도관 네트워크를 설치한다. 미래에는 아마도 자동 온도조절기나 방향 설치기 등의 각종 설비를 갖추어 관객이 직접 그 장소와 사건을 경험하게 만들 것이다. 그러나 그들이 어떻게 부지런을 떨든 과연 우리가 극장 안에서 정말로 얻어맞는 아픔을 느낄 수 있을까? 정말로 폭풍우에 휩쓸리는 느낌을 받을 수 있을까? 손에 축축한 진흙을 느끼고, 거칠거칠한 나무껍질과 미끌미끌하고 끈적끈적한 피를 느낄 수 있을까?

게다가 관객이 정말 머리가 깨지고 피를 뒤집어쓰며 진흙투성이가 되는 경험을 바라기는 하는 걸까?

유전자기술과 반도체칩으로도 촉각을 완벽하게 대체할 수는 없다.

생활의 감각적 실제는 여러 가지가 연동하거나 유기적으로 조합된 것으로 여러 감각이 제각기 여기저기서 느껴지는 것만으로는 같은 경험이 될 수 없다. 모든 감각은 기타 감각적 제약과 변화에 영향을 받는다. 수술실 침대 앞에서 간호사와 미소를 띠며 이야기를 나누는 것만으로도 환자의 주의력을 분산하고 수술할 때 받는 신체적 고통을 덜 수 있다. 우아하고 아름다운 음악은 관객의 마음과 정신을 도취시키고 영상이 제공하는 빼어난 금수강산의 매력을 배가할 수도 있다. 굶주린 나머지 심장을 쥐어뜯고 머리를 두드리며 헛소리를 지껄이는 사람은 아름다운 소리와 풍경에 아무런 감동도 느끼지 못한 채 마비되어 있을 것이다. 이런 감각적 전이 현상은 사실 예전부터 사람들이 익히 깨달았던 것이다. 선인들은 문자 수사 이론에서 '통감痛感'이라는 어휘로 이를 표현했다. 소리는 '낭랑하게 울려 퍼질' 수 있으며 이로부터 시각적인 밝음을 경험하게 된다. 색채 또한 '뜨겁고 소란스러울' 수 있으며 여기에는 촉각과 청각이 동반된다. 이런 문자 유산은 모든 감각 속에 또 다른 감각적 반응이 내재되어 있음을, 모든 감각은 신체의 촉각을 비롯한 또 다른 감각기관의 반응으로 전환될 수 있음을 증명한다.

그렇다면 우리는 어째서 미디어의 촉각 결핍에 대해 이토록 안절부절못할까? 어째서 촉각의 존재가 결핍되어 있는 한 장의 사진을 믿어 마지않을까? 어째서 타이핑쉬의 생활을 경험하지 못한 사람이 당시의 모든 것을 몸으로 살피고, 몸으로 알아보고, 몸으로 이해하고, 몸으로 확인할 수 있으리라 믿는 것일까? 설사 가장 선진적인 미디어 기술을 동원한다 하더라도 불가능한 그 일 말이다.

통각

통각은 감각 가운데 가장 상처가 크다고 할 수 있다. 집 밖에서 하는 육체적 노동이 감소하고, 의료 조건이 개선되며, 의식주 생활이 따뜻하고 배부르고 윤택해지는 가운데 우리들은 갈수록 통각에 민감해지고 있다. 뉴기니의 부락민 가운데는 태연히 자기 허벅지를 창으로 찌르고도 전혀 고통을 느끼지 못하는 듯 행동하는 사람들이 있다. 그들은 아픔을 대수롭지 않게 여긴다. 현대 도시의 화이트칼라는 뭔가에 손가락 하나만 찔려도 비명을 질러대며 천장까지 뛰어올라 마치 형장의 열사라도 되는 듯 자신의 용기를 과시할 것이다. 우리는 여기서 심리적인 요소의 차이를 생각하지 않을 수 없다. 그러나 뉴기니 부락민의 상처는 놀랍게도 빠른 시간 내에 아문다. 현대 도시의 화이트칼라와 비교하면 적어도 두세 배 이상 빨리 아무는 듯 보인다. 사실 무슨 심리적인 요소를 따지고 말 것도 없다. 명명백백하게도 그들은 거의 야수와도 같은 피부를 지녔다.

앞서 나는 시골에서 어려움을 참고 견디던 시절에 대해 쓰면서 모기와 벌레가 무는 괴로움, 뜨거운 태양과 찜통 같은 무더위, 돌에 발을 베이는 고통, 어깨가 주저앉도록 무거운 짐, 뱃속이 꾸르륵대는 굶주림과 현기증 따위를 말했다. 내가 이 모든 것을 지식청년 시대의 괴로움과 혁명이 우리에게 가져다준 어려움으로 간주하며 가슴이 놀라고 살이 부르르 떨린다고 말함으로써 이 말을 듣는 사람들조차 가슴이 놀라고 살이 부르르 떨리게 만들 때, 타이핑쉬의 수많은 산골 마을 사람은 당혹감을 느끼며 그렇지 않다고 생각할 수도 있다. 그들은 도시의 지식인이 따가운 땡볕 아래 온 산을 기어 다녔던 기억을 문화대혁명을 부정하는 확고부동한 증거로 내세운다는 말을 들으면 틀림없이 배부른 투정이라고 빈정거릴 것이다. 특히 당 간부, 교사, 의사, 배우 등을 지냈던 당신들은 그때 국가가 제공하는 급여를 받았는데, 먹을 것과 입을 것을 다 받으면서 시골에서 얼마간 살았다는 게 뭐 그리 억울한 일인가?

그들은 무슨 이유로 가슴이 놀라고 살이 부르르 떨리는 지식청년의 기억을 추궁하며 눈물과 콧물을 훔치는 것인가?

그들에게는 그들만의 어려움이 있다. 예를 들어, 밥을 배불리 먹지도 못했고 밥을 배불리 먹지 못할 때는 시를 쓰며 참아야 했다. 모든 인민이 시를 쓰는 것은 문화대혁명 당시의 유행 가운데 하나였다. 물론 그들에게도 아픔이 있고, 아픔을 느끼는 통각 세포가 있었다. 그저 민감한 정도와 민감한 부위가 달라서 다른 처지의 사람들과 완전히 일치하지 않았을 따름이다. 그들은 당시 지식청년이 농구하는 모습을 보고 대경실색했다. 한번 놀기 시작하면 쥐새끼가 뛰어다니듯 쉬지도 않고 세수한 것처럼 땀을 흘리니 참으로 힘들겠다고 여겼다. 하루에 쌀 세 근도 먹지 않고 어떻게 저렇게 해낼 수 있는가? 어떤 사람들은 이런 말까지 했다. 이 어린 학생들이 무슨 큰 잘못을 저질렀다고 정부는 이렇게 벌을 주는가?

이와 같은 깊은 동정으로 인해 당시 우리는 매일 인민공사가 조직한 농구 시합에 참가했다. 그 덕분에 우리는 20점씩 합계 점수를 더 받았으며 이틀간의 보상 휴가를 얻었다. 이 점은 아마 오늘날 수많은 청년의 부러움을 살 것이다.

상업 매체

미국 유학을 간 뒤 샤오옌의 미국열은 완전히 수그러들어 출국 전과 완전히 딴판이 되었다. 특히 미국의 몇몇 병원과 보험회사가 돈만 알고 사람은 모르는 데 격한 분노를 나타냈다. 샤오옌은 이렇게 말했다. 돈 있는 사람만 치료를 받고 돈 없는 사람은 치료도 못 받아. 여기 무슨 인권이 있겠어? 또 그녀는 몇 시간의 응급실 경험에 대해서도 말했다. 옷이란 옷은 다 벗고, 그 퍼런색 멸균 가운만 입고 있었어. 얇은 막 같은 것을 한 장 걸치고, 보온도 안 되는 응급실에서 몇 시간씩 멍청하게 앉아서 기다렸다고. 병이 없는 멀쩡한 사람도 동상에 걸려서 병이 날 거야. 거기 무슨 인권이 있겠어? 샤오옌은 죽을 만큼 경추가 아팠지만 사진을 찍을 권리조차 없었다. 보험회사가 허가해주지 않았기 때문이다. 게다가 어딘가 한 곳으로 진찰하러 가면, 또 20킬로미터나 떨어진 곳에 가서 채혈을 하고, 다시 20킬로미터나 떨어진 곳에 가서 MRI를 찍었다. 샤오옌은 통증을 견디는 한편 화가 치밀어 올라 미칠 지경이었다. 결국에는 아무런 약도 받지 못했고, 의사는 주스를 많이 마시고 비타민을 좀 더 먹으면 될 거라고 말했다. 그야말로 보험회사가 뒤에서 손을 쓴 게 아니야? 놀랄 노 자지, 사람 목숨으로 장난을 치고 목숨을 팔아 돈을 버는 게 아니고 뭐겠어? ……

샤오옌은 두 눈을 동그랗게 뜨고 의료개혁이 전혀 이루어질 수 없는 고달픈 현실에 직면했다. 큰소리를 뻥뻥 치며 담판을 짓겠다고 찾아갔지만, 보험회사의 발목조차 잡을 수 없었다. 보험회사는 단숨에 허물어버릴 수 없는 기세를 자랑하며 마천루 위에 우뚝 서 있었고, 그것을 본 그녀는 주눅이 들어 입에서 나오는 대로 신新 마오쩌둥 어록을 읊어대고 말았다. "전 세계 인민이여, 단결하라! 모든 악의 온상인 미국 보험회사와 그들의 앞잡이인 개 같은 의사들을 타도하자!" 그런 말들이었다. 샤오옌은 당시 타이핑쉬에 있던 맨발의 의사가 훨씬 더 인권을 존중했다고 생각했다. 비록 가진 것은 몇 뿌리의 약초와 은침 몇 자루뿐이었지만, 적어도 그녀를 여섯 시간 동안이나 동상에 걸릴 만큼 떨게 하지는 않았고, 그녀가 죽어가는 것을 멀뚱히 지켜만 보고 있지 않았다. 샤오옌은 자기 눈으로 얼마나 많은 가난한 사람이 미국의 병원 문 앞에서 거절당하는지 보았고, 귀로는 그들이 쿠바의 의료 제도를 부러워하며 텔레비전 앞에서 카스트로 대통령을 보고 큰 소리로 환호하는 것을 들었다.

샤오옌의 말을 듣고 중국에 남아 있던 친구들은 반신반의했다. 심지어 어떤 사람은 이렇게 말하기도 했다. 샤오옌이 미국에서 비참하게 지낸 거 아니야? '그린카드'를 못 얻어 절망한 나머지 쿠바로 넘어가 혁명에 동참하는 거 아닐까? 주미 대사관에서 비밀 보조를 받고 특수 임무라도 받은 게 아니겠어? 한참이 지난 뒤에야 사람들은 샤오옌의 불평이 대단한 것이 아니며 그녀와 같은 처지의 사람들이 꽤 많다는 사실을 깨달았다. 2001년 초, 미국 국회의 위탁을 받아 진행한 조사에서 약 4분의 3에 이르는 중국계 미국인이 그 땅에서 만족스러운 자기 정체성을 확보하지 못했음이 밝혀졌다. 스스로 누구보다 잘났다고 자부하는 사람이거나 파룬궁 신도로서 미국 시민권을 사기로 취득한 사람, 공산당에 전혀 호감을 갖고 있지 않은 사람조차 말이다. 그 비율은 유대계 미국인이 동일한 현상에 대해 보이는 비율이나 중국 국내의 뜨거운 미국열과 비교했을 때 더욱 선명한 대조를 이뤘다.(홍콩 피닉스 위성방송 보도) 우리는 그 모든 원인을 다 알아낼 방법이 없다. 예를 들어, 중국계와 유대계의 처지가 미국 내에서 얼마나 다른지, 중국계 이민자의 미국과 중국에서의 사회적 지위가 어떻게 다른지 등의 문제에 대해서 알지 못한다. 그러나 적어도 한 가지 사실은 확정할 수 있다. 이 크고 작은 샤오옌들이 진정으로 미국이라는 현장에 있는 참여자라는 사실 말이다. 여기서 미국은 그들이 직접 경험한 미국이다.

그들이 냄새 맡고, 맛보고, 소리로 듣고, 피부로 느끼며 온몸으로 관찰한 미국인 것이다. 태평양 이쪽에서 미디어에 등장하는 뉴욕의 이미지와는 전혀 다른.

이것은 샤오옌이 내일 당장 보따리를 싸서 배낭을 메고 집으로 돌아올 거라는 사실을 의미하지 않는다. 사실 샤오옌은 1989년 톈안먼 사건 이후 그린카드를 획득했을 뿐 아니라 영주권까지 얻었고 미국 국적을 가진 아일랜드인과 결혼까지 해봤다. 아마 장기적으로 미국에 머무를 계획으로 보인다. 샤오옌은 그저 미국에 대해 새로운 인식을 갖게 되었을 뿐이다. 그녀는 '그들 미국인'(국적이 바뀐 뒤에도 인칭과 관련한 습관은 바뀌지 않았다)의 열정을 좋아했다. 마음속에 다른 꿍꿍이가 없는 점이나 남 일에 참견하기 좋아하는 습성, 다소 유치한 감이 없지 않은 천진난만함과 아주 괴롭다고도 할 수 있는 잘난 척까지 말이다. 샤오옌은 '그들 미국인'의 출신이 비천하며 거칠고 야만적인 행동 탓에 언제나 유럽인의 비웃음을 산다는 점, 돈이 많아 제2차 세계대전과 냉전을 통해서 큰 힘을 행사했지만 걸핏하면 유럽인에게 놀림당하기 일쑤라는 점을 동정했다. 미국인은 언제나 그렇다니까! 일본인이나 중국인이나, 다른 나라 사람들이 모두 두각을 나타내고 싶어 하지만 그게 말처럼 그리 쉽겠냐고! 샤오옌은 '그들 미국인'이 보여주는 밤의 고요, 창밖에서 두리번대는 다람쥐, 정원으로 향하는 문밖에서 조용히 지나가는 어린 사슴, 텅 빈 거리와 굳게 닫힌 문이 늘어선 작은 마을에 미련을 품었다. 마치 세계가 완전히 사라진 듯한 그 정적을 사랑했다. 이렇게 말하고 보니 그녀는 이 모든 것을 완전히 뒤집어놓는 할리우드 영화를 가장 참을 수 없었던 셈이다. 미국의 밤 생활이 어디 그렇게 거리를 오가는 차량과 네온사인으로 휘황찬란하며 음주와 매춘으로 흥청망청하더란 말인가? 라스베이거스와 뉴욕 42번가 등의 일부 지역에서는 그럴지 모르겠지만, 적어도 그게 절대로 미국을 대표하지는 않는 것이다. 그것은 명백하게도 1970년대 이후의 타이완이나 홍콩, 1990년대 이후의 중국 대륙, 광저우와 상하이의 사치스럽고 호화로운 정경일 따름이다.

샤오옌은 할리우드를 받아들일 수 없었다. 그들이 미국을 아름답게 만들지 못할 뿐 아니라, 오히려 추하게 만들 뿐이라고 생각했다. 그녀는 미국인이 그리 민첩하지는 못하지만 대개는 참으로 근면하고 검소한 민족이라고 말했다. 향락과 여유를 누릴 줄 모르며 마작도 없고 발마사지숍도 없다. 그래서 밤의 청정함과 고요함이 있는 것이다. 샤오옌은 이웃이 언제나 너무 부지런해서 자기를 부끄럽게 만든다고 했다. 이웃은 주말마다 집에 칠을 하거나 잔디를 깎거나 도로의 벽돌을 정리했다. 거의 모든 집에 주옥같은 작업실이 있어서 손을 움직이며 노동해서 만들어지는 모든 풍부한 이야기를 기록했다. 동료 또한 너무 검소해서 자기를 부끄럽게 만든다고 했다. 동전이 있으면 절대 함부로 버리지 않고 지갑 속에 가지런히 넣어두었다. 다리를 건널 때나 차를 멈출 때 손가락 사이에 넣고 다시 어루만지며 신중하게 손을 내밀어 엄숙하게 집어넣었다. 절대로 샤오옌이 지폐를 아무 주머니에다 마구 쑤셔 넣을 때와 같지 않았다. 샤오옌은 미국인이 검소하지 않으면 안 된다는 사실을 알고 있었다. 경쟁에 짓눌리는 스트레스에 대해 말하지 않아도, 주택 융자금을 갚아야 하는 스트레스에 대해 말하지 않아도, 미국은 처음부터 인력이 많이 부족한 지역이었다. 에스파냐 사람이 물밀 듯 들어온 남미처럼 인구 밀도가 높은 곳이 아니었다. 그들의 이민 선배들은 너무도 광활하고 황량한 신대륙에 맞서기 위해 천만이 넘는 아프리카 흑인 노예를 수입했지만 여전히 일손이 모자람을 느꼈다. 그래서 모든 일을 자기가 처리하지 않으면 안 되도록 몸에 익은 것이다. 대통령이나 처장까지도 스스로 몸을 움직였으며, 모두 자기 목공소를 가지고 있었다. 영국의《명인록》은 명인의 각종 기호에 대해 적고 있지만, 미국의《명인록》은 거의 일에 대해서만 적고 있다. 19세기의 어떤 관찰가는 이렇게 평론했다. "미국인 이외에 누가 유축기를 발명하고,

믹서와 구두닦이 기계와 연마기, 사과 깎는 기계, 100가지 일을 처리할 수 있는 기계를 만들 수 있겠는가?" 그들은 자신의 부지런함을 연장하고 이식할 수 있는 기계를 만들었고, 또한 기계에 의해 더더욱 바쁘게 손발을 놀리도록 재촉당하고 있다. 그래서 거의 모든 국민이 워커홀릭이다.

일부 착취자를 포함해서 그들은 모두 나이트클럽이나 홍등가로 놀러 다닐 시간이 없다.

샤오옌이 이해할 수 없는 것은 중국의 시청자들이 어째서 이처럼 땀 흘리며 근검성실하게 일하는 미국을 볼 수 없는가 하는 점이다. 할리우드는 어째서 우리에게 가쁜 숨을 몰아쉬거나 피로에 지친 서구를 보여주지 않는가? 아마도 땀을 흘리는 게 너무도 평범한 일이라 재미가 없고 사람들에게 즐거움을 주지 못해서인지도 모르겠다. 상업적인 미디어는 자극이 없으면 이윤을 창출하지 못할 테니까. 영화 속 장면들은 '하늘에 계신 우리 아버지'가 아니라 사람의 손으로 만들어졌고, 현대사회에서는 특히나 투자자에 의해 지배되고 있기 때문이다. 투자자가 가장 잘 알고 있는 것은 영화와 텔레비전 따위의 영상매체는 '보기' 좋으라고 있는 것이지 '읽기' 좋으라고 있는 게 아니라는 사실이다. 주요 판매 대상인 대중은 학자나 학생이 아니다. 이것은 역사상 전례가 없었던 현상이다. 예를 들어, 한계가 없이 사람을 유혹하는 시장은 수많은 빈민국의 저학력, 반문맹 또는 문맹들까지도 그 안으로 끌어들이는데, 이때 문자의 단절과 지식의 한계는 전혀 문제가 되지 않는다. 이와 동시에 그 장면들은 되레 전대미문으로 시장 이익의 제한을 받으며 아주 신속하게 아카데미즘이 세속화하는 결과를 낳는다. 쉴 새 없이 뒤를 이어 소개되는 볼테르, 밀턴, 뉴턴, 하이젠베르크, 다윈, 아인슈타인, 셰익스피어, 칸트, 케인스 등은 순식간에 심오하고 딱딱해서 이해하기 어렵거나 시대에 뒤떨어지는 것으로 판명되어 상업적인 매체의 어리석음 앞에 자살을 시도할 수밖에 없다. 영리한 투자자는 반드시 시청자의 욕망과 탐욕에서 시청률을 획득해야 한다는 사실을 깨닫고 저속화, 오락화, 소비화 원칙에 걸맞은 장면을 사용해서 군중의 이해력과 흥미에 접근한다. 액션과 로맨스 영화는 일률적으로 초고속 소비의 재료가 될 뿐 아니라 가장 자주 보이는 선택의 귀결지가 되고 있다. 여객기 공중 폭파, 샌프란시스코의 재난성 지진, 냉혈한 소련 KGB의 신출귀몰함, 럭비 스타 심슨의 살인 사건, 연인과 동승한 다이애나 비의 교통사고, 전시 상황이 아닌데도 공중으로 발사되는 아프가니스탄의 총포……. 이런 '팔릴 거리'를 갖추면 폭발적인 인기를 얻는 것이다. 이 '영상 매체의 신세기'에 루쉰을 아는 미국인과 케인스를 아는 중국인을 찾기란 영원히 하늘에서 별 따기처럼 보인다.

매체 이미지는 먼 거리까지 옮겨질 수 있으며 복제되어 양이 늘어날 수도 있다. 그래서 '팔릴 거리'를 무한히 늘려가다 보면 결국 진짜배기 현실은 그 안에서 사라진다. 이런 상황에서 시청각적으로 '팔릴 거리'가 없는 세계는 편집 과정에서 폐기물로 간주되고 클로즈업된 화면 속에서 뒤로 물러나다가 어둠 속에 묻히고 만다.

그것은 민주적 정책 결정이나 전제주의적 정책 결정 어느 쪽에 있어서도 위정자들의 감각적 근거가 될 수 없다.

M시티

샤오옌은 M시티에서 열리는 학술대회에 참석했다. 어떤 학술기관이 주최한 회의였는데 아마 다소의 부주의함과 예산상의 한계 때문일 테지만 동시통역이 준비되지 않았다. 몇몇 세심한 발표자만이 사전에 산발적으로 번역문을 준비해서 막 뽑아낸 듯 뜨끈뜨끈한 인쇄물을 나눠주었다. 세계 각지에서 날아온 학자들은 순서에 따라 영어, 프랑스어, 에스파냐어로 발표했고, 어떤 이스라엘 청년 학자는 분명히 불어를 할 수 있는 것처럼 보임에도 불구하고 끝끝내 히브리어로 발표를 마쳤다. 문화와 언어의 다원성을 유지하려는 노력이었다고 했다. 이렇게 많은 언어를 동시에 알아듣는 사람은 없었지만, 모두 경청하는 자세를 유지하고자 들락날락하거나 쿨쿨 자는 사람을 놀란 눈으로 쳐다보며 자신의 '듣기'를 방해받지 않으려 했다.

회의는 이렇게 열렸고, 또 그렇게 진행되었다. 만약 발표 중의 키워드를 제외한 대강의 내용이나 현재 발표자가 진행하는 내용의 일부분만이라도 알아들을 수 있었다면 매우 귀중한 수확이었을 것이다. 재미있는 것은 주최 측이 동시통역을 준비할 돈은 없었으면서도 와인과 몇 가지 음료를 준비할 돈은 있어서 참석자들이 쉬는 시간에 한바탕 푸짐하게 먹고 마실 수 있도록 배려했다는 점이다. 주최 측은 번역물을 준비할 시간은 없었으면서도 되레 회의 후 칵테일을 늘어지게 준비해놓고 몇 시간씩 마실 수 있도록 배려했다. 게다가 머리칼이 온통 새하얀 유명인사가 회의 전에 나타나 하염없이 기나긴 개회사를 늘어놓았고, 존경하는 태도로 그에게 무슨 항공, 해운, 은행 및 교향악 등의 관계를 이야기해달라고 청하기도 했다. 아프리카인의 고난을 묻는 질문도 빠뜨리지 않았다. 저 사람이 무슨 은행가던가? 이 회의의 스폰서겠지? 그때 샤오옌은 회의 주최 측의 마음이 되어 몇 번이나 손목시계를 들여다보면서 초조해했다.

샤오옌은 이런 국제학회에 처음 참석한 것이 아니었으며, 서로 통하지 않는 말로 동문서답하며 주제가 사공 많은 배처럼 산으로 가는 일에는 마음의 준비가 되어 있었다. 그녀는 열정과 성실을 다해 귀를 쉬면서 웃는 얼굴로 사람들을 돌아보는 학술적 교류에도 이미 익숙해져 있었다. 샤오옌은 언제나 그랬듯이 또 한 번의 근육 트레이닝을 위해 학회에 참석했다. 그녀는 M시티를 좋아했다. 이 도시의 모든 숨구멍에서 넘쳐흐르는 낭만과 우아함을 좋아했고, 맑게 갠 햇살과 벽돌에 스며든 물기에서 풍기는 냄새를 좋아했다. 지하철로 스며드는 낮고 애절한 첼로 소리를 좋아했으며, 작은 카페의 오렌지 빛 따스함을 좋아했다. 그리고 우릉대는 기차가 높은 철교를 지나 신비한 방향, 저 저녁놀과 교회의 높은 첨탑 방향으로 사라지는 모습을 좋아했다. 그녀는 이 도시를 산책하는 게 14행의 시가 작품 속을 몽유하는 것과 같다고 말했다. 한 발짝 걸을 때마다 하프의 가는 줄이 떨리듯 별빛을 남기고 졸다가 깬 깊은 잠의 전설을 듣는다면서 말이다. 왕자와 지중해, 그 광장을 맴돌며 춤추는 에스파냐 소녀. 그처럼 사람의 가슴을 뜨겁게 달구는 소녀에 관한 꿈. 샤오옌은 혹시 자신이 벌써 그 소녀와 사랑에 빠진 것은 아닐까, 그녀를 너무 사랑하게 된 것 아닐까, 자기도 모르는 사이 그 사랑스러운 작은 미인을 따라가는 것은 아닐까 걱정했다. 그녀는 M시티가 없는 세상을 상상할 수 없었다. 그것은 너무 따분하고 안타까운 일이 될 터였다. 그러나 그녀는 이 도시가 지나치게 많은 학술을 지니고 있다는 점을 두려워했다. 정확하게 말하면 학자들의 만성적인 이론화가 학회에서 급성 발작을 일으킬까 두려워했다. M시티가 얼마나 많은 인재와 지식 네트워크를 보유하고 있는가! 얼마나 많은 대학과 학술 기구를 건립하였는가! 그러나 하늘은 빵을 굽듯 인류의 지혜를 마구 부풀려주지는 않았다. 그래서 M시티는 세계의 모든 도시와 마찬가지로 지혜의 외형만 한껏 뽐내고 있는 것이다. 그 도시는 온갖 문화 규정과 문화적 태도를 자아내며 이런 생산을 시끌벅적한 요란법석으로 자랑하는 중이었다. 수많은 학회가 이렇게 진행되었다. 교류에 열을 올리는 사람들을 한데 모아놓고, 각종 언어가 난무하는 일종의 문화 전시장을 마련하는 것이다. 사람들은 자기 신분을 소개하고 명함을 교환하며 손바닥에 불이 나도록 박수를 치거나 냉담한 얼굴로 깊은 생각에 잠기곤 한다. 별것 아닌 말에도 모두 외국어 주석문이 달리고, 녹음기를 든 기자가 인터뷰를 청하며, 은밀한 가르침과 즐거운 만찬이 뒤따른다. …… 교류의 모든 외형이 여기 다 갖추어져 있다. 설사 가장 별 볼 일 없는 작은 일이라 해도 더할 나위 없이 깍듯하게 진행하며 교류가 성황리에 마감되었음을 만방에 선포한다. 다만 이 자리에 앉은 수많은 교류 당사자들이 회의 주제와 관련한 정확한 내용을 거의 기록하지 못하고 아마도 가장 멍청한 말만 기억하게 되리라는 것이 다소 문제다.

수많은 최고의 엘리트가 이런 문화 전시장 속에서 태어났다. 학위논문은 그들의 신분 증명일 뿐 그들의 취향을 반영하지는 않는다. 방안에 가득한 책은 그들이 필요로 하는 배경일 뿐 그들의 감정적 충동과 상통하지 않는다. 그들은 문화를 이야기하길 즐긴다. 정확하게 말하자면 단지 문화적 지식에 관해 말하기를 즐기며, 보다 더 정확하게 말하자면 지식적 정보에 관해 말하기를 즐긴다. 그들은 지식인이라기보다는 차라리 '어떤 지식을 잘 아는 사람'에 더 가깝다. 그들이 넓은 견문을 가졌으며 아는 것이 많기는 하겠지만, 보고 듣는 것을 모두 다 잘 기억하는 건 아니다. 물론 그들은 적어도 말을 할 줄 안다. 표준적인 논쟁과 증명 기술을 숙련했으며, 온갖 잡다한 학파의 지식을 다 모아놓은 약방 같아서 누군가 어떤 학문적 분위기를 맛보고 싶다고 하면 곧 그것을 맛볼 수 있게 해준다. 그들의 지식은 때때로 심오한 나머지 그의 말을 알아들을 수 있는 사람이 전혀 없을 때도 있다. 때로는 아주 통속적이어서 전혀 그 방면에 문외한인 사람도 참여하고 즐길 수 있다. 예를 들어, 유명한 사람들의 일화, 최고의 학자들에 얽힌 숨은 이야기라든지, 시인의 연애에 관한 이야기, 유명 화가가 남긴 유작의 가치 등 헤아릴 수 없이 많다. 그들의 문화적 교류는 음악가의 자필 원고, 소설가의 모국어 낭송, 화가의 옛집에 피어난 희귀종 원예식물, 철학자가 소장한 유화의 종류, 과학자의 피아노 연주 등도 포함한다. 이런 일을 할 때 그들은 귀를 사용해야 할 곳에 눈을 사용하고(음악을 듣는 것이 아니라 자필 원고를 본다), 눈을 사용해야 할 곳에 귀를 사용하고(소설을 읽는 것이 아니라 모국어 낭송을 듣는다), 눈을 사용해야 할 곳에 코를 사용하고(그림을 보는 것이 아니라 그 집의 꽃냄새를 맡는다), 머리를 이용해야 할 곳에서는 절대로 머리를 쓰지 않는 일(철학자가 소장한 유화와 과학자의 피아노 연주)에 열중한다. 마치 샤오옌이 머리는 가지고 갈 필요도 없이 얼굴에 미소만 띠면 학회에서 행세할 수 있는 것처럼 말이다. 그곳은 회의장이 아니라 마치 사진관 같기도 하다.

그래서 그들은 더 떠들썩하고 더 바쁘게 움직이며 문화가 그들의 이해 수준에 가까워지게 노력하는 것이다. 때로는 그저 교류하는 것만으로 서로 '이해한다'.

그들은 뭐든지 말할 수 있는 지식의 레코드플레이어와 같다. 모든 문화에 애정을 쏟아부음으로써 무게를 잃고 가볍게 흩어지게 만들기 때문이다. 그들의 가장 깊은 속내에 자리한 격정은 사실 교제에 대한 욕구다. 학술대회는 물론, 전람회를 방문하든 오페라를 듣든 브런치를 즐기든 당구를 치든 환경보호 시위를 하든 해변에서 낚시를 하든 정치적인 집회에 참석하든……, 이 모든 것은 교제를 위해서이며 결국 그들은 오만 가지 핑계를 대며 흡족한 교제의 장을 찾아나선다. 그들은 교제의 천재들이다. 낯선 곳에 가서 낯선 사람들과 교류하는 이들의 기술은 무궁무진하다. 복장에서 태도에 이르기까지, 수사법에서 손놀림의 제스처에 이르기까지, 침묵의 시간에 대한 제어에서 마주 보는 거리에 대한 제어에 이르기까지, 교제의 기술은 무쇠가 도가니 속에서 녹아 완전히 순수해지는 노화순청의 경지로 나아가며, 어떤 사람에게든 놀랄 정도로 자연스럽고 편안한 태도를 연출한다. 샤오옌처럼 촌구석에서 튀어나온 시골 계집애는 처음부터 자신의 아둔하고 서툴며 어쩔 줄 모르는 태도 탓에 쥐구멍에라도 숨고 싶은 부끄러움을 느끼게 된다. 악수 기술조차 처음부터 다시 배워야 한다는 강박감을 느끼게 되는 것이다. 그들의 교제는 심지어 공공장소에서 시작해서 가정 안까지도 확산된다. '디어'라든가 '아이 러브 유', 또는 '스위트하트' '트레저' 등 매일 사용하는 상투어를 필수적으로 준비해두고 언제든 입 밖으로 나올 수 있도록 챙겨야 한다. 이런 말은 가까운 사람들 사이에서 따뜻함과 달콤함을 북돋워준다. 일찍이 수많은 하층민에게 닭살 돋는 괴로움을 선사했던 이런 말은 오늘날 문명의 규범으로 떠받들어지며 사람의 마음을 감동시키는 데 유효한 인상적인 교제 스킬이 되었다. 의심할 나위도 없이 그들은 교제를 통해 감정을 표현하는 방법을 배운다. 때로는 서로를 모방하며 감정을 대체한다. 마치 M시티가 창조한 휘황찬란한 문명처럼. 그러나 때로는 증여로써 자선을 모방하거나 대체할 수 있고, 정당으로써 정치를 모방하거나 대체할 수 있으며, 유파로써 예술을 모방하거나 대체할 수도 있다. 다시 말해, 외형으로써 내실을 모방하고 대체할 수 있는 것이다.

샤오옌은 일찍이 그녀의 스승 제임슨 선생이 했던 한마디를 떠올렸다. M시티는 거대한 시니피에(소쉬르의 기호 이론 가운데, 말에서 소리로 표시되는 의미를 이르는 말 – 옮긴이)의 집합이며 도처를 미끄러지는 거대한 은유의 물결이라고.

샤오옌은 서둘러 M시티와 작별 인사를 나누고 떠나려다 공항 대합실에서 중국 민간 항공 스튜어디스들과 맞닥뜨렸다. 갑자기 노란 피부에 검은 머리칼을 가진 한 무리의 사람들을 만나니 반가운 마음이 안에서부터 솟구쳤다. 이상한 건, 뭔가 조금 잘못됐다는 느낌이 드는 것이었다. 그러나 문제가 어디에 있는지는 알 수가 없었다. 한참이 지나서야 샤오옌은 문제가 그 아가씨들의 시선에 있었다는 것을 깨달았다. 하느님, 맙소사! 그들은 사나운 눈빛을 하고 있었어. 완전히 사나운 눈빛이었다고. 샤오옌은 그것을 묘사할 보다 더 정확한 어휘를 찾을 수 없었다. 드러난 종아리에서 흐르는 윤기는 사람들을 매혹하고, 갓 피어난 꽃처럼 붉게 그려진 입술은 앙증맞으며, 목에는 아직도 솜털이 보일 듯 말 듯 남아 봄과 이른 아침의 감각을 느끼게 해주는 그렇게나 어리고 어여쁜 아가씨들이! 가까이 다가가면 아직도 어머니에게서 옮겨 온 젖 냄새가 날 것 같은 그들의 눈빛에는 놀랍게도 낯설고 냉담하며 방어적이고 의심하고 거절하는 기색이 맴돌고 있었다. 심지어 금시라도 덤벼들 듯 사납기까지 했다……. 그것은 농산물 시장에서 아귀다툼하는 사람의 눈빛이었고, 버스 정류장에서 빈자리를 맡으려 새치기하는 사람의 눈빛이었으며, 건달과 강도라도 만난 듯한 눈빛이었다. 그러나 샤오옌은 절대 건달이나 강도가 아니었다.

그녀는 두 팔을 감싸 쥐고 온몸을 떨었다.

세 사람의 중국 스튜어디스가 공항 면세점에서 함께 립스틱을 들여다보고 있었다. 아마도 막 쇼핑을 마친 모양이었다. 샤오옌은 참지 못하고 그들에게 다가가 선물에 대한 몇 가지 제안을 하고 간단한 통역도 맡아주려고 했다. 그러나 왜인지는 몰라도 뭔가 적의에 찬 냉담한 시선을 받는 느낌이었다. 사실이 정확하게 그렇지는 않았더라도 말이다. 그녀는 결국 그들에게 가까이 가지 못했다. 그들에게 어떤 말을 들을까 봐 두려웠다. 더욱이 입을 벌리자마자 "이 바보 멍충이 같은 미친년아……" 따위의 욕설이 튀어나올까 무서웠다.

사실이 정확하게 그렇지는 않았더라도 말이다.

샤오옌은 자신이 아주 오랫동안 그녀들이 보여준 시선을 마주한 적이 없다는 사실을 깨달았다. 그래서 그런 눈빛이 그토록 낯설고 괴로웠던 것이다. 그녀는 심지어 자신이 이미 M시티에 너무나 동화된 것은 아닐까 의심했다. M시티의 여인들이 지닌 온화하고 부드러운 태도에 익숙해져서 이런 동포들을 대할 용기를 잃은 것은 아닌지…… 생각했다. 그녀는 전날 밤 다터우와 통화했던 내용을 곰곰이 되새겼다. 그때 상대방은 고향 말로 이렇게 말했다. "니미럴, 너 이 가시내야 도대체 언제 돌아오는 거냐? 자동차는 고장 났고, 이 어르신은 또 저 코쟁이 말을 못 알아듣는단 말이다……." 샤오옌은 수화기 너머에서 들려오는 거친 욕설에 깜짝 놀라 펄쩍 뛰었다. 물론 그녀는 다터우가 욕을 밥 먹듯 한다는 사실을 잘 알고 있었고, 그 거친 말투가 상대방에 대한 친밀함과 친근감의 표시라는 사실도 잘 알고 있었다. 그럼에도 불구하고 역시 깜짝 놀랐다. 한참 동안 아무 소리도 낼 수 없었고, 놀란 가슴을 진정하기 위해 안간힘을 썼다. 생각하고 또 생각하고, 생각하고 또 생각한 끝에야 비로소 상대방이 누군지 깨달았다.

그는 바로 그녀의 남편, 그녀와 법률적인 관계에 있는 사람, 그녀와 함께 늙어가고 있는 사람이었다. 그녀는 지금 뱉는 말마다 욕설뿐인 이 남자에게 돌아가고 있는 중이었다.

샤오옌은 자신에게 어떤 변화가 일어났다는 사실을 깨달았다. M시티는 어느새 살그머니 그녀의 육체를 점령하고 있었다. 샤오옌이 자기 자신과 이 도시의 거리를 얼마나 멀게 느끼든 전혀 상관없었다.

샤오옌은 화장실로 달려가 찬물로 얼굴을 씻었다.

교회

샤오옌이 미국에 막 도착했을 때는 아무리 둘러보아도 아는 사람이 하나 없었다. 그녀는 오로지 교회 사람들의 도움에 힘입어 생활을 이어나갔다. 그들은 낡은 매트리스, 낡은 탁자, 낡은 소파, 낡은 냉장고 등 모든 것을 무상으로 제공했다. 또 친절하게도 이런 물건을 그녀의 집 앞까지 날라다주었다. 그녀가 장을 보거나 은행에 계좌를 열 때도 언제나 '교우의 집host family' 사람들이 와서 차로 데려다주고 데려왔다. 모두 집 앞까지 찾아오는 살아 있는 레이펑(자기희생과 봉사정신으로 유명한 인민 영웅 – 옮긴이)이었고, 레이펑보다 더 레이펑 같아서 기독교에 대해 커다란 호감이 발동하기 시작했다.

하마터면 세례까지 받을 뻔했다. 교우의 집 부부가 언제나 그녀를 저녁 식사에 초대하고 전도용 테이프를 같이 보자고 한 뒤에 다 보지 못하면 그녀에게 들려서 보내기까지 했던 것이다. 다 보고 나서 마음속에 느낀 점을 털어놓지 않으면 아예 놓아주지 않았다. 그들은 마치 함락하지 않으면 안 될 보루를 공격하는 사람들처럼, 이 손님을 설득하지 않으면 안 되는 것처럼 혼신의 힘을 다했다. 아무래도 그들의 체면을 조금은 봐주어야 하지 않았겠는가?

샤오옌이 결국 입교하지 않았던 것은 완전히 우연한 사건 때문이었다. 하루는 텔레그래프 거리를 걷고 있는데, 멀리 이웃의 교회 건물 세 채가 눈에 들어왔다. 모두 첨탑이 높이 치솟아 있어서 마치 안테나가 솟아 있는 방송국처럼 보이기도 했다. 첨탑들은 저 하늘의 하나님과 교신하기 위한 안테나인 것만 같았다. 그녀는 이 모든 것이 우연히 나타난 비유라는 사실을 알고 있었다. 그러나 한번 그 생각이 떠오르자 어떻게 해도 수습되지 않았고 계속해서 머릿속을 어지럽혔다. 그녀는 첨탑을 지닌 교회가 방송국으로 변하는 상상을 멈출 수가 없었고, 목사님이 도청기를 낀 정보요원이 되는 상상을 멈출 수가 없었다. 비록 얼굴 가득 인자한 미소를 띠고 자애로운 목사 가운을 입고 있었지만, 고개를 돌리면 곧 어떤 밀실에 숨어 들어가 모든 기밀을 하나님께 보고하고 문제를 해결하는 보물 주머니를 받아들 것만 같았다. 사람들을 속이고 뒤에서 뭔가 꿍꿍이를 꾸미고 있는 듯 보였다. 그녀가 영화 속에서 보았던 방송국은 언제나 이런 이미지와 연결되었다.

샤오옌은 자신의 사생활을 정보요원에게 건네주고 싶지 않았다. 설사 그들이 정말로 하나님이 보낸 사도라고 해도, 그들이 세운 방송국이 수많은 사람의 신뢰를 얻고 있다고 해도 상관없었다. 그녀는 이 돌이킬 수 없는 상상에서 헤어날 길이 없었다. 그것이 자신을 변화시킨 하나의 비유라는 사실을 샤오옌은 잘 알고 있다.

도시

나는 일찍이 시골에서 도시로 돌아가는 것을 꿈꾸었고, 도시에서 매달 콩깍지 두 냥과 고기 반 근짜리 배급표를 받는 것을 꿈꾸었다. 그것은 도시 주민의 표지 가운데 하나였다. 도시에 그처럼 많은 사람이 있는데, 그처럼 많은 사람, 사람들로 도시가 이미 꽉 차 있는데, 어디 나까지 받아줄 만한 여유가 있었겠는가? 당시 내가 가장 좋아했던 일은 사람 구경이었다. 도시에 친척들을 만나러 돌아갈 때마다 일이 없을 때에는 거리를 쏘다니며 사람들을 보러 다녔다. 중산로에서 황싱로를 접어들어 담장을 따라 시계 방향으로 사람들의 물결을 헤치고 다니는 재미는 정말이지 다른 무엇과도 비교할 수 없었다. 나는 나와 마찬가지로 친척들을 만나러 도시에 온 루 도련님, 그러니까 같은 반 동창이었던 루핑과 길에서 마주치곤 했다. 그 또한 하는 일 없이 쏘다니면서 지칠 줄도 모르는 거리의 젊은이였다. 하지만 루 도련님은 담장을 따라 시계 반대 방향으로 돌곤 했다. 우리는 걷고 또 걷다가 우연히 한 번씩 마주쳤고, 어깨를 스치며 지나가다가 의미심장한 미소를 짓곤 했다. 하지만 서로 아무 말도 하지 않았다. 너무 흥분해서 말을 할 여유도 없었던 것이다.

나는 어색하고 서툰 시 몇 장과 역시 어색하고 서툰 산문 몇 편을 신문사에 발표하고 현 문화관으로 자리를 옮기며 루 도련님보다 2년 일찍 타이핑쉬를 떠났다. 루 도련님은 지나치게 일찍 결혼해서 아이를 낳았기 때문에 구인 조건에 맞지 않는 경우가 많아 어쩔 수 없이 시골에서 돼지를 먹여야 했다. 그는 거짓말을 하지 못하는 사람이었다. 일찍이 고혈압, 간염인 척하면서 병을 핑계로 도시로 돌아갈 기회가 있었지만, 다른 사람들이 몇 마디 묻자 곧 입만 벌리고 삐끔대면서 말을 조리 있게 하지 못해 결국 얼굴에 다 드러내고 말았다. 나중에 그는 굳은 결심을 하고 현 지청 협의회 주임을 찾아갔다. 상대방이 자료를 뒤적이며 그의 조건이 병가에 충분치 않다고 말하자 곧 손가락을 문틈에 끼워 넣고 문을 밀었다. 그러고는 꽈당 소리와 함께 떨어져 나간 손가락 반 토막을 손바닥 위에 올려놓고 보여주었다. "이건 병이 아닙니까?" 루 도련님은 떨어져나간 손가락을 치켜들고 상대방을 아연실색하게 만들었다. 상대는 벌벌 떨면서 펜을 찾아 얼른 서류에 사인을 해주었다.

사실 루 도련님은 도시 생활에 전혀 걸맞지 않은 사람이었다. 채소 기르는 것을 좋아했지만 도시에는 땅이 없었고, 아스팔트와 시멘트 바닥은 밭을 일구기에는 너무 단단했다. 닭치는 것을 좋아했지만, 닭 울음소리 때문에 이웃들의 미움을 받지 않을 수 없었다. 개 키우는 것을 좋아했지만, 개는 옆집 아이를 놀래기 일쑤였다. 토끼 기르는 것을 좋아했지만, 풀밭이 없었다. 결국 맨 마지막에는 비둘기 몇 마리를 거뒀는데, 비둘기 먹이가 갈수록 귀해져서 결국 포기하고 말았다. 그는 길가의 공장에서 일을 했고, 아내는 어떤 간장 가게에서 카운터를 맡아 보았다. 두 사람의 급여는 매우 적어서 집안 어르신들과 어린아이를 부양하는 부담이 날이 갈수록 커졌다. 아들내미 책가방도 사야지, 전기세와 수도세도 내야지, 손에 든 단돈 몇 푼까지 다 내놔야 할 판인데, 비둘기 먹이를 돌볼 여유가 어디 있었겠는가?

루 도련님은 시골 생활의 단순함을 그리워했다. 그곳의 시냇물은 돈을 낼 필요가 없었고, 오이 등 채소도 돈을 낼 필요가 없었고, 땔감과 곡식도 돈을 낼 필요가 없었다. 노동력은 더더욱 돈이 들지 않았다. 오늘은 내가 너를 도와서 집을 짓고, 다음 날은 네가 나를 도와서 나무를 베고, 크든 작든 많든 적든 그리 큰 차이가 아니었다. 누군가 흘린 땀 한 바가지나 온몸의 흙, 다리에 패인 상처에서 흐르는 피는 모두 그저 사람 사는 정일 따름이었다. 다만 그것을 마음에 기억했다가 기회가 왔을 때 갚아주면 그만이었다. 시골 어느 곳에 간들 누가 당신을 위해 방 한 칸 내어주지 않겠는가? 어느 집인들 차 한 잔, 밥 한 끼를 차려 내오지 않겠는가? 하지만 도시는 달랐다. 사람 사이의 정이라는 것을 믿을 수가 없었다. 아마도 그런 이유에서일 것이다. 당신이 흘리는 땀, 몸에 묻는 진흙, 패인 상처에 흐르는 피는 전혀 중요하지 않았다. 중요한 것은 종이 쪽지였다. 그리고 그 위에 쓰인 숫자였다.

숫자는 특수한 문자라서 모든 것을 얼음장처럼 냉정하게 계량하고 모든 것을 자기 자신으로 바꾼다. 숫자는 물질생활의 가장 유효한 증거이며, 생활의 복잡성을 제거하는 비밀번호다. 도시는 상품이 모이는 곳이고 상품은 모두 팔리는 것이니 그 무엇도 공짜로 누릴 수 없다. 특정한 의미로 말하자면, 도시는 구매력을 숭배하는 곳이며, 숫자를 숭배하는 곳이다.

여기에는 사실 무슨 노동자, 상인, 경찰, 의사, 공무원 등의 신분적 차이도 없고, 오로지 구매력 있는 소비자라는 공통된 신분만 존재한다. 기계, 전기, 유통, 음식, 운수, 금융, 환경 위생 등의 업종도 거의 차별이 없으며, 그저 구매력 있는 소비자라는 공통된 직업만이 존재한다. 그래서 남자가 수천 위안의 돈을 쓰면서 어렵사리 수입해 온 술 한 병을 마시는 까닭을 시골 사람은 사실 거의 이해하기 힘들다. 다만 구매력을 드러내는 행위일 뿐이기 때문이다. 어떤 아가씨가 레스토랑에서 동양식으로 무릎을 꿇고 시중을 드는 데 돈을 지불하는 것을 보고 시골 사람은 놀라겠지만 사실 놀랄 일도 아니다. 다만 구매력을 추구한 대가일 뿐이기 때문이다. 시골 사람은 도시 사람이 왜 이웃과 잘 지내지 못하며 심지어 서로 알고 지내지도 못하는지 아주 나중에서야 그 이유를 알게 될 것이다. 왜 도시 사람이 다른 집 대문을 두드릴 때 아무도 나와서 맞아주지 않는지, 왜 아무도 의자를 내주며 앉으라고 권하지 않는지, 그들은 아주 나중에서야 그 이유를 알게 된다. 사실 이유는 아주 단순했다. 이 일은 구매력을 지니는가? 그 사람이 구매력을 지니고 있는가?

한번은 동창끼리 모임을 했는데, 라오무가 맥주로 살진 배를 뒤룩거리며 거기 왔다. 몇 잔 더 마시고 문을 나설 때 차를 뒤로 빼다가 잘못해서 범퍼에 루 도련님의 아이 자자를 치었고 아이의 작은 발등뼈 하나가 골절상을 입었다.

라오무는 치료비를 물고 1만 위안을 위로금으로 주었다. 그는 그것으로 충분하다고 생각했고 주변 사람들도 모두 그렇게 생각했다. 어쨌거나 아이의 뼈는 원래처럼 도로 붙었고, 그리 심각한 후유증도 없었기 때문이다. 생각지도 않게 이 일로 루 도련님은 크게 불만을 품었다. 받은 돈이 적어서가 아니라 그 돈이 그에게는 의미가 없었기 때문이다. 무슨 말인가? 그가 엑스레이 사진을 라오무에게 건네주었을 때, 상대방은 그 사진을 흘끗 쳐다보고 금고를 열어 그에게 지폐 한 묶음을 꺼내놓더니 곧 거래처 사람과 일을 보러 갔던 것이다.

이게 도대체 무슨 일인가? 더 기가 막히고 화가 나는 것은 라오무의 부하인 그 두 놈이었다. 돈을 보더니 두 눈이 휘둥그레져서 다음과 같이 말했던 것이다. 이렇게나 많이 주시다니! 루 도련님, 정말이지 남는 장사네요! 보세요! 무 형님은 얼마나 통이 크신지! 우리 무 형님 같은 분을 만나지 못했다면 치료비 받아내기도 힘들었을 겁니다! 오늘 정말 운이 좋으신 거예요. 정말 복 받은 일입니다…….

마치 그가 아들을 미끼로 횡재라도 한 것처럼 굴었다.

루 도련님은 얼굴이 시커멓게 죽어가지고 말 한마디 하지 않았지만, 시간이 지날수록 점점 더 화가 났다. 돈이 뭔데? 내가 니 마누라랑 자고 나서 100위안을 주면, 그걸로 끝이냐? 내가 니 어머니랑 붙어먹고 200위안을 주면, 그것으로 끝이 나겠냐고? 내가 네 아들 놈 머리빡을 깨놓고 너한테 10만, 100만 위안을 주면, 그러면 그걸로 다 끝이냐는 말이다! 루 도련님은 나중에 내게 이렇게 말했다. 만약 시골에서 이런 일이 일어났으면 교통사고를 낸 놈은 이따위 1만 위안 가지고는 절대 배상할 수 없을 거야. 당황해서 어쩔 줄 몰라 하면서 부끄러워 얼굴도 못 들고 온몸을 벌벌 떨겠지. 손발에 불이 나도록 다친 사람 집을 드나들면서 빌고 물건을 보내고, 아마 밤에 횃불을 밝혀서라도 온 산을 뒤지며 약초를 캐러 다니겠지……. 그런 상황에서는, 그처럼 온정이 넘치는 상황에서라면 이 루 도련님도 화를 낼 수 없었을 거다. 큰일도 작아질 수 있는 거야. 잘 알겠지만, 그게 인정 아니냐? 인정은 텅 빈 껍데기 같은 게 아니다. 땀 냄새와 담배 냄새, 송진으로 만든 횃불의 일렁임과 밤을 가르는 젖은 목소리로 가득 차 있는 것이었다. 그 가난한 동네에서 사람들은 돈으로 뭔가를 갚기 힘들었지만, 소리와 색으로 가득한 뭔가를 보내 사건을 갈무리하고자 했을 것이다. 루 도련님은 그것이 훨씬 더 중요하다고 생각했다.

루 도련님은 라오무의 일이라면 돕지 않은 적이 없었다. 심지어 변비 때문에 고생하는 라오무 아버지 항문에 잘린 손가락을 밀어 넣고 돕기도 했다. 그때 라오무는 자기 코를 움켜쥐고 아버지에게 감히 가까이 다가가지도 못했다. 그런데 이 썩은 비곗덩어리 같은 놈이 어떻게 나한테, 이딴 돈다발을 던지면서 딴 놈이랑 이야기를 나누러 간단 말이야?

루 도련님은 도시에서 고독을 느꼈다. 도시는 갈수록 번창했고 아주 많은 곳이 친절하고 온화하게 변해갔다. 그는 어떤 돈 있는 사람들을 보았다. 어느 정도 돈이 있으면 이익을 위해서만 달려들지는 않았고, 돈을 보고도 눈을 감은 시늉을 했다. 입을 여닫거나 돈 얘기를 하면 오히려 품위가 없고 격조가 없으며 교양이 없는 '서울 촌놈' 취급을 받았다. 그들은 그런 사람들을 보며 고개를 절레절레 흔들고 한숨을 쉬거나 돌아선 채 비웃었다. 돈이란 얼마나 속된 것인가? 몸 밖의 물건이고 까놓고 말해서 빌어먹을 요물단지지. 어째서 잘 감춰놓지 못하고 입을 열어 내뱉는단 말인가? 그들은 고상하고 우아한 명사가 되었고, 밥을 먹을 때도 이것저것 따지는 게 많았으며, 옷을 살 때도 브랜드를 고심했다. 음악회에 갈 때는 좌석 배치도를 따졌다. 테니스나 골프 같은 외국 스포츠는 그들의 새로운 주말 유행이 되었다. 도시는 초기 발달 단계의 질풍노도를 넘어서 자기 몸에 묻은 더러운 먼지를 털어내고 새로운 모습으로 변신을 꾀하는 중이었다. 사람들은 어떤 시멘트 상자에서 일을 하다가 또 다른 시멘트 상자로 가서 잠을 잤다. 이쪽의 시멘트 상자에서 거래를 하고 다른 쪽 시멘트 상자에서 사랑을 나누었으며, 커다란 시멘트 상자 안 작은 칸막이 아래서 고혈압을 앓다가 다른 칸막이 아래서 유행가를 들었다. 그러나 이 시멘트의 전제 정치와 전면적인 압박은 이미 과거의 이야기가 되었다. 지금은 로마식, 바로크식, 르네상스식, 고전주의, 모더니즘의 건축 양식이 도시를 뒤덮고 있다. 시멘트, 벽돌, 철근, 기와 등의 시각적 폭력이 난무하는 가운데 화단과 푸른 풀밭이 그

위를 뒤덮고 있다. 도시는 이제 더 이상 시멘트의 본질을 드러내지 않는다. 도시는 이제 자신이 진정으로 '생태도시' '예술도시' '휴먼도시'라는 목표를 위해 매진하고 있음을 선언한다. 보험회사는 가수나 개그맨을 이미지 홍보대사로 초청해 자신들이 이전에 지니고 있던 각박한 인상을 지우고자 노력한다. 무역회사는 새로운 자동차 모델을 선보일 때마다 꽃다운 소녀들을 불러내서 차가운 자동차에 아리따운 배경을 더한다. 맥도널드의 패스트푸드는 언제나 아이들에게 즐거움을 주는 장난감을 제공함으로써 천진난만하고 순진무구한 인상을 강조한다. 딸랑딸랑 딩동댕 하는 음향 효과와 펄럭이는 만국기 및 하늘에 둥실 뜬 기구에서는 쇳가루 냄새가 전혀 나지 않는다. 맥도널드 이사장은 심지어 신문에서 이렇게 선포했다. "우리는 프랜차이즈 식품 체인이 아니라 어린이의 즐거움을 위한 왕국입니다. 1년 내내 어린이를 위한 축제가 있는 곳입니다!"

점점 더 많은 상품의 포장과 광고가 예술작품이 되어가고 있다. 광대무변하든 기괴망측하든, 이 놀라운 상품 박람회장은 젊은 인재의 재능을 활짝 꽃피울 예술의 무대가 되었다. 앞으로는 더 많은 회사의 사무실이 미국처럼 실내 공원화를 진행해 푸른 나무와 향기로운 꽃, 흐르는 샘과 작은 폭포가 출현한다고 들었다. 사원들이 이런 휴식공간에서 나들이를 하듯 출근하고 고양이나 강아지를 데리고 산책을 즐기며 심지어는 스케이트보드를 타고 상사에게 보고를 하러 가게 된다는 것이다.

도시는 이미 감성적인 태도를 만방에 떨치고 있으며 사랑과 인정의 온기를 펑펑 쏟아내는 중이다. 그러나 이 모든 것은 루 도련님과는 더 이상 아무런 관계도 없다. 그는 회사에서 정리해고를 당한 뒤 더 이상 방세를 내지 못해 교외로 옮겼고 다시 돼지를 먹이고 있기 때문이다.

마찬가지로 바로 이 순간 그는 도시 사람이 가장 경멸하는 '서울 촌놈'이 되어 입만 열면 돈 소리를 하며 돈 때문에 마누라와 욕하며 싸운다. 매일 저녁을 먹고 나서 만약 당신이 루 도련님과 이야기를 나눌 때 돈과 상관없는 이야기를 한다면 그의 미소는 허리 숙여 절을 하고 달아나버릴 것이며 그는 갑자기 몽롱한 눈을 하고 하품을 해댈 것이다. 뛰어난 학문적 성과나 길거리를 굴러다니는 하류 인생의 이야기는 그에게 모두 최고의 수면제가 될 것이다. 그는 곧 자신의 대나무 의자에 기댄 채 드르렁드르렁 천둥 치는 소리로 코를 골아댈 것이다. 때때로 그는 깜짝 놀라 자리에서 벌떡 일어나 외칠지도 모른다. "출근해야 되나?" 그러고 나서 창밖이 아직 어두운 것을 보면서 다시 쿨쿨 잠에 빠질 것이다.

짝퉁

집안일은 귀찮아하면서도 남의 일이라면 발 벗고 나서는 사람들이 있는데, 루 도련님이 바로 그렇다. 그는 다른 사람의 일이라면 백 배는 더 공을 들인다. 당신이 한 푼 정도 아낄 수 있다고 생각했다면, 그는 반드시 두 푼을 아껴서 일을 끝내줄 것이다. 당신이 하루는 걸릴 일이라고 생각했다면, 그는 반드시 한나절 만에 그 일을 마쳐줄 것이다. 당신의 어머니나 아버지, 친부모님보다 더 살뜰하게 보살펴줄 것이고, 일을 하는 동안 휘파람까지 불어가며 분위기를 북돋워줄 것이다. 세상의 온갖 새소리란 새소리를 다 흉내 내어 불어줄 수도 있다. 당신이 만약 그 소리가 듣기 좋다고 말한다면, 그는 더더욱 알뜰살뜰해져서 당신을 위해 해줄 일이 더 없을까 봐 걱정한 나머지 화장실까지 쫓아와 바지 지퍼라도 내려주려고 할 것이다.

루 도련님은 낯선 사람을 만나면 저도 모르게 입안이 마비될 때까지 베이징 말투를 흉내 내곤 했다. 엉터리없이 흉내 낸 베이징 토박이말은 사실 쓰촨이나 장시 사람들이 알아듣기 더 힘든데도 말이다. 그의 아내는 그가 이상한 베이징 토박이말을 할 때마다 틀림없이 또 다른 바보짓도 저질렀으리라 짐작한다. 집안일에는 전혀 관심을 두지 않고 좀 전에 말한 것까지 다 잊어버리고서 다른 사람들이 있는 곳으로 마음이 달아나버리는 것이다. 집안일 따위는 안중에 없어도 좋다, 가져와 봤자 아무짝에도 쓸데없는 무슨 모범 근로 상장 따위도 다 좋다. 하지만 정말 사람을 화나게 만드는 것은 이런 것이다. 적어도 자기 아들 정도는 잘 돌봐야 하는 게 아니겠는가? 그 이상한 말투 탓에 아이가 하루 종일 새된 소리를 해가며 무슨 말을 하든 정확하지 않게 내뱉어버리니 어쩌란 말인가? 아이가 입만 열면 쥐새끼라도 나타난 것처럼 사람들이 깜짝 놀라 펄쩍 뛴다. 적어도 근본 없는 이상한 말소리를 애가 듣고 배우게 해서는 안 되는 게 아닌가?

나는 앞서 〈참회〉라는 글에서 어떤 중학교 영어 선생님이 일찍이 루 도련님에게 공부할 재목이 못 된다고 말했던 일을 적었다. 그는 그 일을 기억하고 있었다. 그는 선생님의 말이 옳았다고 했다. 그는 예전에 배웠던 것을 모두 잊었기 때문에 아들에게 아무것도 가르쳐줄 수 없었다. 마누라는 남편을 탓하면서 아들의 가정 지도를 혼자 떠맡아야 했다. 그녀 자신도 중학교 졸업자라서 아들을 가르치기 위해서는 몰래 답안지를 뒤적이지 않을 수 없었다. 아들이 초등학교에서 중학교로 진학하면서, 그녀의 손에 들린 교재도 초등학교에서 중학교로 바뀌었다. 교재는 언제나 그녀의 호주머니 안에 있었다. 거리에서 동료들과 함께 작은 수레를 밀며 야채를 사라고 소리칠 때도, 기회가 될 때마다 몇 단락을 읽어 내려갔고, 안경을 쓴 유식자를 보면 곧 뒤를 돌보지 않고 달려가 문제 풀이를 묻곤 했다. 동료들의 비웃음을 샀지만, 아들에게 과외 지도를 할 수 있다면, 비웃음 따위가 무슨 대수랴? 삼각함수가 너무 어려워서 쉽게 이해되지 않는다는 점이 그녀의 유일한 걱정거리였다.

그녀는 아들이 아주 어렸을 적부터 글자를 익히게 했다. 짧은 단短은 영어로 쇼트short, '쇼터 로직'은 짧은 논리, 짧은 논리는 헤겔. 붉은 적赤은 영어로 레드red, '레드 앤드 블랙'은 빨강과 검정, 적과 흑은 스탕달. 소우牛는 옥스Ox, 옥스퍼드OxFord는 소여울, 옥스퍼드는 대학 ……. 아들이 흘리는 콧물마다 동서양의 찬란한 광휘가 어렸다. 나중에 그녀는 아들에게 피아노를 가르쳤고, 동양화와 서예, 영어, 모형 비행기, 축구, 컴퓨터 등을 가르쳤으며, 수학과 물리 과목 올림피아드 준비반에도 보냈다. 아들은 하루에도 네다섯 군데의 학원을 뛰어다니느라 오리처럼 꽥꽥대는 엄마에게 쫓겨 푸드덕댔다. 루 도련님 부부가 일찍이 공부할 기회를 놓쳤다면, 아들은 절대로 그런 실수를 하지 않게 해야 했다. 부모가 잃은 것까지 돌려받아야 했다. 그래서 아들만큼은 훌륭한 지식의 재목으로 잘 자라 위대한 지식의 인공위성을 쏘아 올릴 수 있어야 했다.

물론 많은 돈이 들었다. 올림피아드 준비반만 해도 하루 한 시간에 수강료를 큰 걸로 다섯 장이나 내야 했다. 그녀는 당시 지식청년들이 혁명을 준비하며 그랬던 것처럼 간단히 피 파는 일을 생각해냈다. 그녀에게 남아도는 것이 뜨겁고 붉은 피였다. 아들이 훌륭한 지식의 재목이 될 수 있다면, 그녀의 피는 황허와 창장을 합쳐놓은 듯 끝없이 샘솟을 것이다.

그녀는 결국 피 흘린 결실을 맺었다. 아들은 특목고에 입학했고 명문대 진학반에 들어갔다. 신동과도 같은 우수한 성적은 친구들 사이에서 입소문으로 파다했고, 그들은 어딜 가든지 부러움과 시샘을 한 몸에 받았다. 애꾸눈 라오무가 자기네 둘째 도령을 홍콩에서 내지로 돌려보내며 루핑 부부에게 대신 교육을 맡기기도 했다. 물론 이것은 나중의 일이다.

그때까지 루 도련님은 아들과 거의 말을 하지 않았다. 아주 오랜 시간이 흐른 뒤에야 그는 비로소 자신이 아들에게 꽤 많은 말을 했다는 사실을 깨달았다. 아들은 거의 그의 유일한 꿈이었다. 그는 꿈에서 다른 사람은 거의 보지 않았다. 꿈을 꾸면 언제나 아들과 함께 앉아서 닭과 개에 대해 이야기하고, 새와 토끼에 대해 이야기하고, 물고기를 키우고 채소를 기르는 일에 대해 이야기했다. 물론 아들이 가장 좋아하는 군함, 비행기, 레이저 미사일에 대해서도 이야기했고, 사과씨를 먹으면 머리에서 사과나무가 자라는 걸까, 또는 스님은 결혼도 하지 않고 아이도 낳지 않는데 동자승들은 어디서 오나 등등의 문제에 대해 이야기했다…….
그들은 정말이지 즐겁게 이야기를 나누었고, 서로 마주보며 하하, 큰 소리로 웃었다. 이상한 일은 꿈속에서 아들의 얼굴이 언제나 모호하고 잘 보이지 않는다는 거였다. 꿈속에서는 그저 신나게 웃는 아들의 작은 입만 보였고, 아들과 꼭 빼닮은 목소리가 바로 옆 귓가에서 들렸을 뿐이다. 그 소리는 텅 빈 대청마루에서 울리는 것처럼 하염없이 메아리쳤다. 그는 아들이 가면을 쓰고 있는 건 아닌지 의심했다. 아니면 기둥 뒤에서 뒷모습만 보이며 무슨 범죄자라도 되는 듯 자신의 본모습을 드러내고 싶지 않아 했던가. 그는 정말로 그런 아들을 둔 건가? 그의 아들은 도대체 어떤 모습을 하고 있는 걸까? 왜 꿈에서는 그 얼굴을 똑똑히 그리지 못하는가?

루 도련님은 그때의 일을 기억했다. 휴가를 받아서 시골로 그들 모자 두 사람을 만나러 갔다. 집 안에 들어섰는데, 아들이 보이지 않았다. 마누라는 자자가 마을 입구에서 놀고 있지 않더냐고 물었다. 그제야 그는 마을에 들어섰을 때 길가에서 분명 작은 그림자 몇 개를 본 기억이 났다. 그는 그들을 그냥 스쳐 지나왔고, 이제 그들을 찾으러 돌아가야 했다. 그는 마을 입구로 가서 어린애들을 찾아보았다. 모두 얼굴에 검은 진흙을 묻히고 시골 사투리를 쓰면서 콧물을 얼굴에 매달고 바보처럼 웃고 있었다. 그 얼굴로 검불이 묻은 고구마 조각을 입안으로 밀어 넣는 중이었다.

"뉘시유? 뭐 혀유?" 그들은 일제히 입을 모아 소리를 질렀다.

루 도련님은 눈물이 왈칵 쏟아졌다. 이 아이들 중에 그의 아들이 있는데, 그는 알아보지 못했던 것이다. 그의 아들 역시 그를 알아보지 못했다.

아마도 그때부터 그는 꿈속에서 아들의 얼굴을 잃었던 것 같다.

자자는 이제 '뉘시유' 따위의 말은 하지 않는다. 도시 사람처럼 말하며 심지어 시골 마을에서의 일은 아예 기억도 못 한다. 그러나 아버지는 영원히 잊을 수 없었다. 그때를 생각할 때마다 가슴이 바늘에 찔리는 것처럼 아팠다. 아파서 점심을 건너뛰기도 했고, 아파서 저녁을 못 먹기도 했다. 루 도련님은 그렇게 아파서 아낀 2위안을 아들에게 주었다.

그는 그 돈으로 아들에게 먹을 것과 입을 것과 쓸 것과 놀 것, 그리고 이 세상의 모든 좋은 것들을 사주었다. 아들은 이미 잊었지만 아버지는 잊을 수 없는, 또한 영원히 아들에게는 말할 수 없는 어린 시절의 기억을 보상하기 위해서. 다른 사람이 아디다스를 가지고 있으면 그의 아들도 반드시 가져야 했고, 다른 사람이 플레이보이, 지오다노, 피에르가르뎅, 이브생로랑을 가지고 있으면 그의 아들도 반드시 가져야 했다. 그런 명품을 살 수 없다면 짝퉁이라도 사야 했다. 특히 짝퉁을 살 때는 너무 값싸고 구려 보이는 물건은 살 수 없었다. 좀 더 솔직하게 톡 까놓고 말하자면, 그가 원했던 것은 사실 짝퉁이었다. 그래야 돈을 조금이라도 아낄 수 있었기 때문이다. 그가 충분히 사줄 수 있지만 아들이 누구 앞에서도 빠지지 않아 보이도록, 전혀 남에게 뒤처지지 않아 보이도록, 완전히 현대적인 생활을 누릴 수 있도록 말이다.

바꿔 말해서 이 사랑스러운 짝퉁 물건이 없다면 루 도련님처럼 주머니 사정이 빠듯한 아버지들은 아들 앞에서 부끄러워 죽을 지경이 되는 것이다. 아들이 온몸에 쉰내를 풍기며 또래 친구들의 웃음거리가 되는 것을 그저 퀭한 눈으로 멀뚱히 지켜보아야만 하는 것이다. 그런 아버지가, 아버지라고 할 수나 있겠는가?

루 도련님이 가장 반감을 느끼는 사실은, 텔레비전에서 나오는 '가짜'에 대한 뉴스였다. 가장 반감을 느끼는 인물은 텔레비전 화면 가득 격앙된 어조로 비분강개하는 '가짜' 노동자들이었다. 의심할 나위 없이, 있는 사람들은 고기를 다 건져 먹고도 없는 사람들에게 국물 한 바가지 안기지 않는 것이다. 이 빌어먹을, 니미럴 놈들아! 찔러도 피 한 방울 안 나올 인사들아! 평생 어디 엉덩짝 붙일 데도 없을 것이다! 그는 이웃집 텔레비전 앞으로 달려가 이를 바득바득 갈면서 화를 식힐 줄 몰랐다.

다행히 그는 자주 가는 몇몇 가판대를 돌아볼 뿐 그런 가게에 찾아가 깽판을 치며 뒤엎지는 않았다. 바람이 불 때마다 그저 또 한 번씩 활활

타올랐다가 수그러들 뿐이었다. 더욱 이상한 것은 텔레비전에서 어디 짝퉁 상품이 유명하다거나 어디서 짝퉁 물건을 도매로 판다거나 하는 방송이 나오면 머지않아 가판대마다 텔레비전에서 나왔던 바로 그 물건이 반드시 등장한다는 사실이었다. 마치 텔레비전의 경고가 그들의 취향을 이끌거나, 텔레비전의 고발이 바로 상품 구매 지침이라도 되는 듯, 한 번도 어김없이 계속해서 되풀이되었다. 가짜를 파는 사람들은 불요불굴의 의지로 끓는 물과 타는 불 속이라도 뛰어들며 가난한 사람들의 체면치레를 돕기 위해 사려 깊게 고민했다. 그들은 전체 사회의 복장 및 외형의 평준화를 전심전력으로 추구한다. 실질적인 평등이 불가능한 상황에서는 이런 평준화마저 의미가 있다. 그들은 복장 기술의 대중적 향유를 실현하기 위해 전심전력으로 노력한다. 진정한 대중적 향유가 불가능한 상황에서는 이런 대중화마저 의미가 있다. 이 평등화와 대중화의 시대에, 패션이라고 해서 이 점을 실현하지 못할 이유가 없다. 설사 아주 미약한 효과에 불과할지라도 말이다.

엄청난 자금을 광고에 퍼붓는 명품 브랜드와 상층 소비자들에게는 그들이 최대의 악덕이자 불구대천의 원수가 될 테지만, 루 도련님 같은 고객에게는 가장 살뜰하게 속내를 알아주며 그들을 감동시키는 존경스러운 생산자가 된다. 그들이 공공장소에서 다른 사람을 쫓아다니며 눈살을 찌푸리게 하거나 거의 머리끝까지 화나게 하거나 간에, 또는 사람들이 이미 진짜 브랜드를 입고 있거나 진짜 브랜드를 추구하지만 아직 사지 못했을 따름이라고 말하더라도, 아니면 그들 중 누군가가 상점에서 사람들에게 바가지를 씌우고 사기를 치더라도 말이다.

교외

C시는 사방으로 미친 듯이 팽창하는 중이다. 마치 철판 위에서 젠빙煎餠(중국식 크레페 – 옮긴이)이 퍼져나가듯 지평선을 따라 아득하게 끝도

없이 넓어지고 있다. 낯선 사람들의 물결은 사방에서 샘솟듯 쏟아지며 제각기 마음속의 현대 도시를 찾아 나선다. C시는 중국의 다른 도시처럼 세계 최대의 건축 부지로서 인류 역사상 전례 없는 대건축 현장의 면모를 갖추어나가는 중이다. 사람과 물건의 물결이 한데 이르다 보니 시내 쪽은 아무래도 한순간에 무너지지는 않을까 걱정될 정도다.

내가 보기에 도시 규모의 폭발은 적어도 다음 원인과 불가분의 관계에 있다.

첫째, 도시-농촌 간 차이가 비교적 크다. 장기적으로 인구 제한 정책을 실시해왔지만 사회복지는 아직 농촌까지 광범위하게 확대되지 않았다. 계획경제 시대에는 농산물 가격이 강압적으로 억제되어 있었고, 시장경제 시대에는 각종 생산요소가 도시로 신속하게 집중됨으로써 농촌 경제 발전이 더욱 둔화되고 있다. 인력과 토지 자원의 결핍이 이런 발전을 저해한다.

둘째, 유럽이나 아메리카의 도시-농촌 간 차이와는 달리 중국의 도시-농촌 간 차이는 특수한 문명적 차이를 포함한다. 중국의 도시는 유럽과 아메리카의 문화를 추종하며 모방하고 있기 때문에, 의식주와 생활방식 및 태도 등에서 모두 서구형 분위기를 갖추고 있다. 이는 시골의 전통적인 경관과 강렬한 대조를 이루며, 농촌 주민의 감각적 자극을 지속적으로 강화함으로써 끊임없이 그들을 유혹한다.

셋째, 1990년대 이래 시청각 매체가 중국 내에 급속도로 보급되었다. "마을마다 통하자"라는 텔레비전 보급 계획을 포함하는 이런 보급화는 시골 마을을 정보 차단 상황에서 해방하고 경제적 격차와 문화적 차별을 실감하게 만들었다. 그들은 매체를 통해 강렬한 자극을 받았고, 막대한 심리적 동요와 급속한 변화 요구를 느꼈다. 이는 동남아시아, 아프리카 등의 상황과는 다소 차이가 있다. 그들 지역의 도시-농촌 간 차이는 중국에 못지않지만, 아직 텔레비전 등 매체 보급이 보편화되지 않았기 때문에,

대부분의 농촌 주민은 도시에 대해 거의 알지 못하며, 특수한 경우가 아니라면 정든 고향을 떠날 동기와 목표를 갖고 있지 않다.

간단하게 말해서, 중국은 아직 유럽이나 아메리카의 부유한 나라처럼 도시와 농촌 사이의 격차를 줄여나가지 못할뿐더러, 동남아시아나 아프리카의 여러 가난한 나라처럼 대부분의 농촌 사람이 이런 현실을 알아차리지 못하고 방치되어 있는 상태도 아니다. 그래서 중국은 수천만의 텔레비전 브라운관이 시골 사람들의 마음을 뜨겁게 달구고 도시로 향하는 꿈을 이 농업 대국에서 폭발시키는 것을 막을 방법이 없다. 수많은 농촌 인구가 도시로 물밀 듯이 밀려 들어오는 소리를 듣고 있을 수밖에 없는 것이다. 격차는 이미 크게 벌어져 있고 밀려 들어오는 양은 점점 늘고 있으니 속도가 점점 더 빨라지지 않을 수 없다. 마치 낙차 큰 댐에 끊임없이 많은 물이 밀려드는 형상이다. 수억에 이르는 인구가 이런 물결을 이루고 있다.

오늘날 교외 지역은 내일 아침이면 시내로 변모하는 운명을 지녔다. 헤이스두도 이렇게 저도 모르는 사이 C시의 일부가 되었다. 예전에 논밭과 하천, 잡목림, 쇠똥과 작은 제지 공장 두 칸이 전부였던 이 지역은 순식간에 부동산 건설의 거센 물결에 실려 하늘 높은 줄 모르고 치솟았다가 철근 콘크리트의 숲속에 떨어졌다. 우리는 아직도 그 지역을 헤이스두라고 부른다. 마치 우리가 중학교 시절에 늘 찾아가 헤엄을 치던 그때처럼, 내가 중학교 시절 자주 찾아가 밭일을 거들던 그때처럼 말이다. 여기에는 아직도 학교, 병원, 문화센터와 우체국이 없다. 토지는 아직 시정부의 관리를 받지 못했고, 행정권은 여전히 농촌의 일부로 편입되어 있는 실정이다. 그러나 이 지역을 두고 도시가 아니라고 말하기도 어렵다. 벌써 신작로가 여기저기 뚫려 있고 3성급이니 4성급 호텔이 불쑥불쑥 들어섰다. 사실 그 호화로움이나 사치함은 유럽과 아메리카의 호텔이 오히려 따라오지 못할 정도다. 그러나 여기에는 3성급이나 4성급 호텔을 이용할 이용객이 아직 많이 부족하다. 손님들은 대부분 거친 말투로 목청 높여 떠들어대는데, 이는 그들이 논밭이나 공장에서 일할 때의 버릇을 고치지 못했기 때문이다. 그들은 아직 호텔의 격리된 공간과 방음 체계에 적응하지 못했다. 손님들의 어깨, 허벅다리 및 손발은 언제나 여기저기 부딪히고 치이거나 이리저리 흔들리며 많은 공간을 점령하곤 한다. 몸에 꼭 맞는 옷에 맞추어 행동하는 상류층 사람들의 부담을 아직 겪어보지 못했기 때문이다. 정해진 선에 맞춰 다려진 옷을 입으면 그들의 몸은 어딘지 뒤틀리는 듯 불편하기만 하다. 손님들은 대부분 여기저기 두리번거리며 때로는 지나치게 냉담한 반응을 보이거나 때로는 지나치게 들뜬 반응을 보인다. 심지어 호텔에 머물고 있는 여자 투숙객이나 호텔리어들의 얼굴을 뚫어지게 쳐다보면서 기분을 상하게 만들기 일쑤다.

시선, 목소리, 손짓, 태도 등은 일종의 무형적인 '공격'으로서 어떤 고상하고 우아한 사람들의 정서에 큰 상처를 남기고 그들이 한자리에 앉아 있을 수 없도록 만들기도 한다. 사실 여기 조금만 더 머문다면 그런 '공격'이 전혀 의도치 않은 결과라는 사실을 알게 될 것이다. 공격자들은 심지어 아예 이런 괴상망측한 곳에 오기를 원하지도 않았다. 우연히 이런 배경에 얼굴을 내밀었고, 우연히 서양 문물을 맛보는 신선한 경험을 했으니 그것으로 충분한 것이다. 서양식 호텔이 주는 가르침은 한 번으로 족하다. 카펫, 테이블보, 스탠드, 벽화, 경음악 속에서 미소를 지으며 시중을 드는 웨이터 같은 서양식 물건의 구속을 받으며 말도 제대로 할 수 없고, 발도 편하게 뻗을 수 없고, 옷도 마음대로 벗을 수 없다니, 이런 좆같은 날을 매일같이 어떻게 살아간단 말인가? 속에서 솟구치는 감정대로 말한다면, 그들은 벽에 나붙은 아기 예수와 다비드, 카이사르, 천사 등 눈을 어지럽히는 명화 나부랭이가 정말 싫었다. 차라리 값싼 술집으로 달려가 탁 트인 벌판에서 하늘을 보고 의자를 놓고서 팔다리를 편히 뻗고 있는 힘껏 목청을 높이며 속 시원히 떠들고 싶었다. 새장에서 벗어나 날아가는 산새나 어항에서 나와 깊은 물속으로 들어가는 물고기처럼 하하 소리 높여 웃는 편이 무슨 별자리를 단 호텔에서 받는 형벌보다 훨씬 더 좋았다. 나는 그 지역의 어떤 사장님 한 분을 안다. 그는 아주 우아하고 깨끗한 식당을 개업했다. 카펫에는 얼룩 하나 없었고, 식기는 반짝반짝 빛나서 얼굴이 다 비칠 정도였다. 그러나 아무리 가격을 낮추고 손해를 감수해도 장사가 잘되지 않았다. 그는 나중에서야 "깨끗하면 가난하고 더러워야 부자가 된다"라는 이치를 경험으로 깨달았다. 더럽고 어수선한 것이 고객에게 친근감을 준다. 그들은 파리가 날아다니는 곳에서야 비로소 마음을 놓고 안정을 찾는다. 사람들은 그렇게 파리가 날리는 곳에 있는 음식이 절대 '저기'처럼 비쌀 리 없다고 생각한다. 그 식당은 나중에 사람들의 발길이 끊이지 않을 정도로 인기를 끌었다. 고객들은 고함을 치고 소리를 지르며 웃고 떠들었고, 밖에서 지나가던 사람들까지 귀가 아파서 걸음을 멈출 지경이 됐다. 약간의 더러움과 바닥에 널린 담배꽁초 및 과쯔瓜子(호박씨나 해바라기씨를 껍질째 양념한 주전부리 – 옮긴이) 껍질과 식당의 빈자리를 맞바꾼 셈이다.

이 손님들의 머리는 이미 도시에 진입했지만, 코, 눈, 귀, 손과 발 등은 아직도 낡아빠진 옛 시골 마을에서 옮겨오지 못했다. 그들의 몸이 곧 '시골집'인 것이다. 그 집은 지금 전 세계에서 모인 모든 것을 도가니처럼 끌어안고 녹이고 있다. 이 신도시 주민들은 로큰롤과 닭 울고 개 짖는 소리가 합쳐진 밤을 보내며, 할리우드 영화와 마작을 동시에 즐긴다. 맥도널드, KFC, 코카콜라, 스타벅스 커피의 거대한 광고 아래, 양복이 시골길의 흙먼지를 덮고, 가죽 구두가 진흙탕을 밟는다. 사방에서 퀴퀴한 냄새를 풍기는 쓰레기 더미를 보면서도 아무도 청소하려 들지 않으며 그저 자연히 사라지기만 바란다. 한약 찌꺼기가 도로 한가운데 놓여 있는 것을 본 적도 있다. 지나가는 사람들이 그 찌꺼기를 많이 밟으면 환자가 더 빨리 낫는다는 말이 있단다. 죽은 쥐 몇 마리가 길가에 버려진 것을 본 적도 있다.

죽은 쥐가 지나가는 차에 깔려 납작해지고 피와 살이 튀어야 다른 쥐가 보고 놀라서 날뛰지 않는다는 것이다.

그들은 대개 소규모 장사로 생계를 잇는다. 그러나 가게는 많아도 대부분 장사가 잘 안 된다. 그들은 문밖에 있는 작은 텔레비전을 바라보며 중간중간 끊겨서 무슨 내용인지도 모를 프로그램에 더 관심이 있다. 사람들은 여기서 서로 물건을 사기도 하고, 서로 일을 도와주기도 한다. 예를 들어, 다른 사람의 가게나 아이를 돌봐주는 것이다. 이들은 상업적 비즈니스 방법이 아니라 이처럼 서로 아는 사람들끼리의 교류에 의지해 공동의 자본을 절약한다. 그들은 서로 다른 곳에서 왔고 세금도 얼마 내지 않는다. 그래서 사회 조직 건설은 내일의 일로 미룰 수밖에 없다. 그래도 믿는 구석이 없는 건 아니다. 고향 말씨로 떠드는 몇몇 군인 또는 경찰들이 때때로 차를 몰고 달려와서 고향 사투리 속에 묻혀 사람들의 존경을 받곤 한다. 무슨 '장시촌'이라거나 '이양촌'의 객원 주민이 되는 것이다. 심지어 그들은 지방 조직 폭력단의 외부 원조자가 되어 정보원 노릇을 하다가 더러는 총탄에 맞기도 했다.

그들이 전하는 소식은 각양각색이다. 어떤 여자가 자살을 했다거나, 어떤 노인이 복권에 당첨됐다거나, 어떤 사내가 갑자기 몸이 확 좋아졌다거나, 어느 집 사장님이 얼마 전에 강도를 당했다거나, 어떤 이양 사람이 한때는 씀씀이가 커서 식당에 들어가면 구두닦이를 불러 식당 안에 있는 모든 사람의 구두를 닦게 했지만 지금은 가난해져서 집 안에 불기운 하나 없고 밤에는 전등 하나 못 켜고 살고 있다거나, 어떤 웨양 사람은 작년에 도시로 올 때까지만 해도 가난한 나머지 반바지 하나만 달랑 걸치고 살았는데 올해는 손가락마다 금반지를 차고 나타나서는 비서니 운전사까지 이끌고 다니며 집에는 돈이 너무 많아 셀 수가 없고 저울로 무게를 단다거나……. 그들은 이런 소식을 밥 먹듯이 달고 다닌다. 신기하고 황당무계한 도시 전설, 놀랍고도 무시무시한 범죄 사안, 감격적인 인생의 전화위복과 관련한 소식이 여기서는 매일 아침 해가 뜨는 것처럼 당연시된다.

루씨네 아들도 여기서 강도를 당했다. 아마도 특별히 이해하기 어려운 사건은 아닐 것이다. 어머니는 방과 후에 퇴직한 대학 교수님 집에 가서 화학 과외를 받으라고 했다. 아들은 어떤 길모퉁이에서 얼굴을 모르는 세 소년에게 붙잡혔고, 상대방은 그에게 몸에 걸친 아디다스를 모두 벗으라고 했다.

그는 말을 듣지 않았다. 한바탕 입씨름이 벌어진 이후 누군가 그에게 칼을 한 차례 휘둘렀다.

포옹

루 도련님은 전화를 받고 나서 깜짝 놀라 얼굴이 하얗게 질렸다. 병원으로 달려갔을 때, 그는 형인 루안이 거기 와 있는 것을 보았다. 게다가 얼굴을 보자마자 그를 끌어안고 울면서 말했다. 큰일 났다, 큰일 났어. 너네 자자가 밖에서…… 사람을 죽였다…….

루 도련님은 그 말을 듣자마자 멍해졌다. 놀라서 하늘과 땅이 뒤집히는 가운데 감출 수 없는 화가 치솟아 소매를 떨치며 욕하기 시작했다. "뭘 좋은 일이 났다고 웁니까? 죄를 저지른 대로 벌을 받으면 되는 기지! 이 짐승 같은 놈이 총을 맞아 뒈져도 싸지! 정부가 안 잡아 죽이믄, 내 손으로 잡아 죽이고 말 테요!"

형은 병원으로 뛰어 들어가는 그를 말리며 문밖에 있는 작은 식당에서 기다리라고 했다. 공안국에서 사람이 나와서 애 엄마가 오기를 기다린다고 했다. 형이 말을 웅얼웅얼 얼버무리는 바람에 루 도련님은 아무래도 의심이 생겼다. 바로 그때 일진광풍이 불더니 와드득 우지끈하며 머리 위쪽 나뭇가지 하나가 부러지며 가로등 하나를 깨부쉈다. 루 도련님은 갑자기 온몸을 부르르 떨더니 미친 사람처럼 문을 향해 돌진했다. 그는 형의 팔을 뚝뚝 소리 나도록 비틀면서 쉰 목소리로 외쳤다. "내가 복수하고 말 테다! 복수하고 말 거야—"

형은 좀 전에 동생이 견디지 못할까 봐 사건의 진상을 다 알려주지 않았지만 그는 이미 모든 것을 간파한 참이었다.

루 도련님은 응급실로 뛰어들다가 흰 가운을 입은 두 사람과 부딪혀 사방으로 엎어지고 자빠지며 비명을 지르게 만들었다. 그런 뒤에 그는 학교장과 교사의 뒷모습이 저쪽으로 사라지는 것을 보고 길게 목청을 뽑아 고함을 질러댔다.

응급실 한구석에는 자자의 피 묻은 책가방과 운동화, 우비, 이어폰, 그가 좋아하는 축구 선수 사진 한 장이 내팽개쳐져 있었다. 아직도 거기에는 그의 체온이 남아 있을 것이다. 한쪽에는 버려진 탈지면과 더러워진 붕대가 한데 엉켜 있고, 한쪽에서는 더러운 종이상자와 비닐봉지가 차가운 시멘트 바닥에 나뒹굴고 있었다. 진료실은 아직 뒷정리조차 끝나지 않은 상태로 보였다. 얇은 비닐봉지 안쪽에는 자자가 매일 방과 후에 학교 부근에서 토끼를 먹이려고 따 온 아카시아 잎사귀가 붙어 있었다. 그렇게 하면 어머니의 일손을 조금이나마 덜 수 있기 때문이다. 아이는 지금 이런 것들, 자신의 소중한 보물이 사방에 너저분하게 널려 있는 것을 아랑곳하지 않았다. 아이의 얼굴은 깨끗하고 고요했다. 두 눈은 휘둥그레진 채 바보처럼 천장에 붙박여 있었다. 마치 이미 굳어버린 시선처럼 보였다.

아버지는 얼음처럼 차가운 아들의 손을 붙잡고 아들이 죽어서도 눈을 감지 못하는 원인을 헤아려보고자 했다. 그는 콧물을 훔치며 그 얼굴 앞으로 다가서서 말했다. "자자, 애비가 매일매일 네 토끼한테 먹이를 주마."

아이의 눈은 여전히 휘둥그레 떠 있었다.

"애비가 다시는 할머니한테…… 험한 소리…… 안 하마."

아이의 눈빛이 잠시 떨리는가 싶었으나, 여전히 천장에 붙박인 채였다.

"애비가 맹세하마. 내 오늘은 절대 니 에미 탓을 하지 않으마……. 내…… 맹세하마. 애비가 니 앞에서 맹세하마. 앞으로는 절대, 니 에미한테 내가…… 잘해주께."

자자는 그제야 서서히 눈을 감았다.

"아직 안 죽었어. 눈물을 흘리고 있다고! 아직 눈물을 흘리고 있어! 정말이야. 절대로, 절대로, 진짜야! 의사 선생님—"

아버지는 소리를 지르며 문밖으로 뛰쳐나갔다.

아버지는 아들이 아직 완전히 죽지 않았다는 것을 알았다. 적어도 그의 피부는 아직 살아 있었다. 피부가 아직 살아서 그의 손길을 기다리고 있었다. 그는 아들이 좀 전에 살며시 흘린 눈물을 알아보았다. 틀림없이 아버지의 포옹이 너무 고마웠기 때문일 것이다. 그가 거의 받은 적이 없지만 언제나 너무 받기를 바랐던 그 손길과 품이 너무 감사해서, 그가 막 세상에 왔을 때 가까이 있었던 그 넓고 따뜻한 가슴이 감사해서. 그는 아들이 오늘 이후로도 눈물을 흘릴 것을 알았다. 누구도 보지 못하는 곳에서 그는 그 포옹의 달콤함을 되새기고 또 되새길 것이다.

그때 아들은 아버지 손에 떨어졌다. 날이 곧 밝을 즈음이었는데, 갑자기 등불이 꺼졌고, 개가 사람의 가슴을 놀래며 짖었다. 산모는 침대에서 구르다가 고통을 견디지 못하고 까무러치고 까무러쳤다. 시골 산파는 이미 속수무책이었다. 다급해서 미칠 지경이 된 루 도련님이 소리를 지르고 이름을 부르고 울고 가슴을 치다가 결국 참지 못하고 몸을 던졌다. 그는 고함을 치며 아내를 윽박질렀다. "버텨! 버티라고! 힘을 줘! 더, 더, 힘을 주라고! 제발 부탁이니까……." 그는 결국 마누라를 일으켜 세웠고, 자기도 그 상황을 버텨냈다. 피투성이의 작은 생명 한 덩어리가 마침내 그의 가슴에 안겼다.

그는 아들을 안는 데 익숙하지 않았다. 마치 생명을 받는다는 공포와 출산의 피비린내가 그의 비위를 망쳐놓은 것 같았다. 아들이 세 살 되던 그해, 어머니는 시골 마을을 떠나야 했다. 도시의 구인 조건은 기혼자나 아이가 딸린 젊은이를 용인하지 않았다. 그래서 이 작은 생명은 자연히 증발해야만 했고, 적어도 작업장 사람들 눈에는 띄지 않아야 했다. 고민 끝에 아버지는 아들을 버리기로 결정했다. 일찍부터 염두에 뒀던 결정이었고, 언젠가는 실행하지 않으면 안 될 일이었다. 그는 자자의 작은 얼굴을 들여다보며 말할 수 없이 복잡한 심사가 되었다. 이 아이가 혹시…… 뭐라고 말을 할 수 있을까. 그는 뭐라고도 말할 수가 없었다. 그는 자신이 만악의 온상인 타이핑쉬를 상상하는 것을 억누를 수 없었다. 마누라가 평소 혼자서 그 집단 돼지 농장을 지키고 있는 모습을 상상하지 않을 수 없었다. 돼지 농장은 쓸쓸하게 산기슭에 서 있었다. 앞뒤로 작은 오솔길이 서로 다른 곳, 의심스럽기 짝이 없는 다른 마을을 향하고 있었다. 그 자신의 머릿속으로 향하는 그 길에서는 언제나 깊은 밤 발자국 소리가 났다. 대대의 서기와 민병대장, 초등학교 선생 등의 의심스러운 잡놈들이 내는 발자국 소리였다. 그는 아들의 얼굴에서 그 사내들의 어떤 한 점이라도 찾아내는 건 아닐까 의심했다. 다만 한 점이라도 찾아내기를 바랐고, 또 정말로 그 점을 찾아낼까 봐 두려웠다. 대대의 서기는 그를 볼 때마다 너무 공손하게 예의를 차렸다. 그건 너무 의심스러운 일이다! 민병대장은 언제나 너무 무례했다. 그것도 너무 의심스러운 일이었다! 초등학교 선생의 우산이 언제나 돼지 농장에 나타나곤 했다. 설명이 필요한 문제 아닌가? 더군다나 마누라는 아이를 밴 지 다섯 달이 넘어서야 비로소 그에게 말했다. 더더욱 변명하기 어려운 확고부동한 증거가 아닌가? 마누라는 나중에 이렇게 변명했다. 그가 너무 초조해할까 봐, 그녀를 버릴까 봐 너무 두려웠기 때문이라고. 그러나 그는 절대 그 말을 믿지 않았다.

그는 한밤중에 일어나서 어린 잡종 새끼를 안고 문을 나섰다. 그는 아이를 미리 약속해놓은 저우씨 성을 가진 사람의 집 앞에 내려놓고 왔다. 그는 아이의 울음소리가 그의 결심을 뒤흔들까 봐 두려웠다. 그는 정말 아이 울음소리를 들었다. 아주 먼 곳까지 뛰어갔지만 온 도시 안에서 앙앙대는 어린아이 울음소리가 울려왔다.

기억 속에서 아들은 결국 그 고요한 밤의 문소리 한 차례와 문을 열고 나온 나이 든 노부인이 짐짓 꾸며낸 감탄사 속에서 울음을 그쳤다. "어머나, 어느 집 아이가 여기서 잠을 자고 있을까?" …… 루 도련님은 아들을 데리고 돌아오게 될 줄은 몰랐다. 그러나 그는 아들을 데리고 돌아와야만 했다. 누가 뭐라든, 누가 뭐라든 그의 그 돼지 비린내 나는 품에 아들을 안고, 그 모질고 독한 애비 품에 아들을 안고. 3년이 지난 뒤, 마누라는 후베이의 비단 공장에서 C시로 옮겨 왔고 일가족 세 사람은 새로운 생활을 시작했다. 그들은 어떤 아이의 그림자가 골목 끝에서 나타났다가 사라지곤 하는 것을 알았다. 아이는 문 안쪽을 기웃거렸지만 누군가 문을 열고 나가면 연기처럼 사라지고 그림자조차 흔적이 없었다. 두 번 볼 필요도 없었다. 그들은 거리를 마구 뛰어다니는 그 작은 그림자가 자신들의 혈육이라는 사실을 알았다. 서로 아무 말 하지 않아도 심장을 가르는 통증을 같이 맛보았기 때문이다. 마누라는 눈물조차 다 말랐고, 루핑도 마침내 두 눈을 붉혔다. 그는 바로 이날 그때 저우씨네 집에서의 약속을 저버리고 말았다. 그는 문밖으로 뛰쳐나가 거리를 쏘다니는 그 작은 그림자를 쫓아갔다. 도대체 어떻게 해도 시골 돼지 농장의 세 갈래 오솔길과 그의 상상 속에서 들려오는 깊은 밤 발자국 소리를 떨칠 방법이 없었다. 그는 그 그림자처럼 가벼운 아들을, 아들을 다시 한 번 가슴에 꼭 끌어안았다.

"나는 물건을 훔치지 않았어! 물건을 훔치지 않았어!" 자자는 크게 소리를 질렀다.

"자자야! 나다, 나야!"

"난 자자가 아니야! 자자가 아니야!"

아버지는 사람들이 가득 찬 길거리에서 무릎을 꿇고 목 놓아 아프게 울면서 아들의 두 손을 잡았다. 마치 몇 년 뒤 그가 다시 수많은 조문객 앞에서 목을 놓아 울게 될 것처럼 그렇게 한 줌 흙을 움켜쥐었다.

아들은 이미 묘비 앞의 한 줌 흙이 되었다.

라오무는 홍콩에서 서둘러 찾아왔지만, 어떻게 루 도련님을 위로해야 할지 몰랐다. 그는 결국 친구가 예전에 품었던 질투와 의심에 생각이 미쳤다. "그렇게 너무 마음 아파하지 말게. 자네 혈육이 아니라고 생각하면 되는 거야. 다른 사람의 것이니 결국 다른 사람에게 돌아간 거라고. 그런 게 운명 아니겠나?" 라오무는 루 도련님이 탁자를 치면서 자리를 박차고 벌떡 일어나 두 눈이 시뻘겋게 되어서는 식칼을 들고 나와 휘둘러댈 줄은 미처 몰랐다. 그는 놀라서 문 뒤로 달아났고, 거의 루핑의 손에 들린 식칼에 맞아 죽을 뻔했다.

천국

그대들은 기억하라. 그 일이 일어났을 때, 누구도 그 일이 일어난 것을 부정할 수 없다. 그 일은 사람들을 뒤로 물러나게 할 수도 있고 앞으로 나아가게 할 수도 있다. 대지가 크게 흔들리거나, 산맥이 속절없이 부서지거나, 모든 것이 먼지로 돌아가며 그대들이 셋으로 나뉠 때, 행복한 사람, 행복한 사람은 어떤 사람인가? 복 없는 사람, 복 없는 사람은 어떤 사람인가? 가장 앞서 선을 행한 사람, 그는 가장 먼저 낙원에 들어갈 것이다. 이 사람들은 진실로 알라의 보우를 받은 이들이다. 그들은 장차 은혜로운 낙원에 있으리로다. 수많은 조상들과 적은 수의 어린아이들이 진주와 보석이 박힌 침상 위에서 서로 그 위에서 기대고 있으리라. 늙지도 죽지도 않는 어린 종들이 돌아

> 가며 시중들고 술잔과 술병을 받들고 그득하게 향기로운 술을 채우리니 그들은 그 향기로운 술로 인해 머리 아픈 일 없이도 아득하게 취하리라. 그들은 스스로 선택한 과실과 스스로 사랑하는 좋은 고기를 가질 것이요, 마치 조개껍질 속 진주처럼 빼어나게 어여쁜, 흰 살결과 아름다운 눈동자를 지닌 아내를 얻을 것이다. 그것은 그들이 행한 선한 일의 대가이니라. 그들은 낙원에서 어떤 저주와 거짓말도 듣지 않을 것이며 오로지 "그대들이여, 평안하라! 그대들이여, 평안하라!" 하고 외치는 축복의 말만 들을 것이다. 행복한 사람, 행복한 사람은 어떤 사람인가? 그들은 가시가 없는 대추나무와, 단단하고 빽빽한 바나나 나무와, 하염없이 펼쳐진 나무 그늘과, 넘실대며 흐르는 강물, 사시사철 끊이지 않고 언제든 따 먹을 수 있는 풍성한 과실을 지닐 것이다. 또한 그들의 침상은 높임받으리라. 나는 그녀들을 다시 태어나고 자라게 하며, 그녀들을 언제나 처녀로 만들며, 지아비를 사랑하며, 서로 오래 행복하게 살도록 할 것이라…….
>
> 그대가 그곳을 볼 때, 그대는 은혜로운 성대한 나라를 볼 것이다. 그들은 비단과 고운 무명으로 짠 푸른 장포를 입고 은팔찌 장식을 차고 있으리라. 장차 순수하고 맑은 음료를 그들에게 상으로 주리라. 그것은 당신들 자신의 보수이며, 그 노고의 대가이리라.

고인의 외할머니는 흰 모자를 쓴 회교도였다. 그녀는 이슬람교를 믿었고, 그래서 장례식장에서도 사람을 청해 경문을 읊었다. 위에 쓴 내용은 그 경문의 일부다.

종교는 장례식 때마다 찾아온다. 이처럼 삶과 죽음이 넘나드는 곳에서 한 줄기 훈향을 흩뿌리며 다가와서, 울음과도 같고 넋두리와도 같은 긴 소리를 토해내고 푸르고 눈부신 하늘을 맴돌다 사라지게 만든다. 그것은 갑자기 당신의 몸을 부르르 떨게 한 뒤에 사람과 하늘 사이,

아득한 저 너머로 사라지게 할 것이다. 역사적으로 모든 종교는 천국의 묘사와 관계가 있으며 이슬람교 또한 예외는 아니다. 어떤 종교든 천국에 대한 묘사는 아주 구체적이고 자세하다. 거의 우아하고 아름다운 시문에 가깝다. 이슬람교 또한 예외는 아니다. 생명 윤회의 교훈이 없는 교파들은 이 점에서 특히 돋보인다. 그들은 벽화와 조각 및 음악으로 사람들이 천국을 상상하도록 돕는다. 생명의 마지막에 이르는 찬란한 황금의 나라를 상상하도록 돕는 것이다.

사실 이 모든 것은 살아 있는 사람을 위한 위안이다. 우리는 고인을 시나 그림처럼 아름다운 풍경 속으로 보내는 것이 아니다. 꽃을 수놓은 비단을 깔아 그가 가는 앞길을 비춰주는 게 아니다. 죽음에 대한 차디찬 관념을 살펴보면 그것은 미지의 한 조각 어둠이다. 과학적 지식이 우리에게 말해주듯, 우리가 사랑하는 사람들의 몸뚱이는 개미에게 뜯어 먹힐 것이요, 지렁이와 벌레들에 의해 껍데기만 남을 것이요, 진흙 속에 녹아내리고 풀뿌리에 빨려들 것이다. 갖은 미생물의 활동에 의해 나무로 만든 관과 재를 담은 함까지 완전히 삭아서 결국은 한 줌 흙이 된다. 이목구비가 뻥 뚫린 뼛조각으로 바뀌고 나면 햇볕이 드는 곳에서는 절대로 자라지 않는 버섯이나 검은빛으로 윤기 나는 물을 머금은 대지로 영원히 돌아가는 것이다. 그런 물질의 영원불멸한 순환은 너무도 정확하지만, 언제나 사람들의 마음을 서늘하게 만들며 추운 곳이 아닐지라도 떨게 만들고 있지 않은가?

나는 천국을 믿지 않는다. 그러나 때때로 나 역시 아주 연약한 인간이라서, 그런 속임수라도 받아들이고 싶어진다.

문명

나는 또 여기에 왔다. 아무도 없는 고요한 산골짜기에 홀로 앉아 새 한 마리가 무소의 등 위로 내려앉아 두 눈을 부릅뜨고 사방을 둘러보는 모습, 시냇물이 떡갈나무 그늘 아래 소용돌이치며 무너진 둑의 잔해에 걸려 콸콸 소리 내어 우는 모습, 그리고 넓게 펼쳐진 강가에서 조약돌이 어지럽게 갈리며 찬란한 빛을 뿌리는 모습 따위를 보고 있었다.

산속의 빛은 풍부하고도 고와서 빛은 초록이지만 나이 든 나무는 검푸른 색이나 청록으로 빛나며, 새로 난 가지는 비췻빛이나 연두로 물들어 사이사이 겹쳐진 잎들은 전혀 한 가지 초록이 아니다. 더 자세히 보면 초록 가운데에도 노랑이 있고 파랑이 있고 잿빛도 있으며 검거나 투명한 빛이 또한 존재한다. 예를 들어, 녹나무의 어린 새순은 처음에는 검붉은 빛 또는 산화된 철과 같은 빛이었다가 반투명의 붉은빛이 된 뒤에 서서히 푸른빛을 띠며 쏴아 소리와 함께 녹색의 강 같은 나뭇잎의 물결 속으로 녹아들어간다.

시냇가에 난 작은 오솔길은 여기에도 누군가가 살고 있다는 증거다. 콸콸 흐르는 시냇물을 따라 올라가 축축한 나뭇잎 삭는 냄새 속으로 들어가본다. 물 한가운데 바윗돌을 밟고 반대편으로 뛰어내린 뒤, 다시 외나무다리를 건너 이편으로 돌아온다. 시냇물을 사이에 두고 되풀이해 오가다 보면 한참 만에야 비로소 대나무 숲을 빠져나온다. 당신은 아마도 눈앞이 환해짐을 느낄 것이다. 하늘과 땅이 탁 트이고 푸른 하늘에 흰 구름이 떠가는 그림 속에 놀랍게도 인가 두 채가 높은 비탈 위에 자리 잡고 밥 짓는 연기를 내고 있을 것이다.

당신은 어쩌면 저 멀리서 아스라이 개 짖는 소리를 들을 것이다.

당신은 여기가 사람들이 사는 세상과는 완전히 다르다는 사실을 알게 될 것이다. 여력이 있어서 대나무 막대를 집어 들고 계속해서 물을 따라 위쪽으로 올라갈 수 있다면, 새로운 밀림과 산골짜기로 당신을 인도해줄 작은 오솔길을 발견하게 될 것이다. 그 길은 새로운 놀라움으로 향해 있다. 산골짜기 바위와 종류를 알 수 없는 온갖 나무가 그 길을 삼켜버렸다고 당신이 느낄 때쯤에야 비로소, 거의 모든 것을 포기하려고 할 때에야 비로소 거기에 새로운 발견이 출현한다. 풀숲의 꿩 한 마리가 놀라 푸드덕 날아가면 커다란 빛 덩어리가 눈앞을 덮친다. 좀 전에 당신의 몸을 붙이듯 스친 커다란 바위 뒤쪽에 뭔가가 나타난다. 바로 거기서, 대나무 숲 뒤쪽의 처마 한쪽 끝이, 지평선 위로 햇볕을 받고 말라가는 빨래가, 잘 갈린 밭이랑과 흐드러지게 핀 꽃무더기가 눈에 들어온다.

당신이 거기 있는 어떤 문을 열고 들어가더라도 그곳은 당신 집이 될 것이다. 친구들도 이곳이 놀랄 만큼 아름답다고 생각할 것이다. 정말로 아름다워! 교통이 조금 불편하기는 하지만. 어떤 사람은 이마의 땀 한 줌을 훔치며 이렇게 말할 것이다. 그러나 '편하다'라는 것은 무엇인가? 자세히 생각해보자. 만약 이곳이 많이 불편하다면, 도시는 대체 어떤 점에서 편한가? 도시 사람들은 아주 편하게 군것질거리를 살 수 있다. 그러나 신선한 공기를 마시려면 오히려 여기만큼 편하지 않다. 차를 타고 몇 킬로미터, 또는 몇십 킬로미터나 떨어진 교외 공원까지 차를 타고 달려가야 한다. 도시 사람들은 아주 편하게 찻집이나 주점을 찾아갈 수 있다. 그러나 깨끗한 물을 마시려면 오히려 여기만큼 편하지 않다. 돈을 주고 미네랄워터를 몇 통씩 대놓고 마신다고 해도 필요할 때 제대로 물이 도착하지 않거나 물 상태를 신용하지 못하는 불편함을 감수해야 한다. 도시 사람들은 아주 편하게 영화를 보거나 쇼핑을 하러 다닐 수 있다. 그러나 동물이나 식물을 관찰하고 사귀려면 오히려 여기만큼 편하지 않다. 개 한 마리를 키우려면 꽁꽁 숨겨 다녀야 하고 주렁주렁 달린 부가세를 내거나 이웃의 눈치를 살펴야 한다. 도시 사람들은 아주 편하게 베이징, 상하이, 미국, 유럽 등지를 다닐 수 있다. 그러나 폭포를 보거나 소나무 숲을 날아다니는 온갖 새의 지저귐을 듣거나 밝은 달을 감상하려면 오히려 여기만큼 편하지 않다. 언제나 창밖의 배기가스와 매연, 심지어 황사 같은 흙먼지에 시달려야 한다. 때로는 그저 자기 방 안에 콕 틀어박힌 채 텔레비전에 나오는 관광 프로그램을 보면서 여행에 대한 갈망을 달래야 한다. 도시 사람들은 아주 편하게 사람들과 모일 장소 따위를 구할 수 있다. 그러나 사람의 마음을 얻는 일이나 인정이 담긴 교제를 바란다면 오히려 여기만큼 편하지 않다. 그들은 대개 여가라는 게 무엇인지, 이웃이 어떤 사람인지 모르고 산다. 친한 친구와 같은 도시에 살면서도 서로 만나기는 쉽지 않다. 집 안에 책이 가득 쌓여 있어도 펼쳐 볼 시간이 없다. 결국은 일본식 '과로사karoshi'로 죽음의 문턱에 이르기 십상이다……. 이런 식으로 비교해보면 이마의 땀을 한 줌이나 훔치며 도시에 사는 것이 불편하다고 말하는 사람은 왜 없는지 참으로 모를 일이다.

공업과 상품 경제의 출현 이전에, 이곳은 농토와 삼림, 수원에 가까운, 정말이지 살기에 가장 편리한 곳이었다. 땔감은 집 뒤쪽 산비탈에 얼마든지 널려 있었고, 식수는 대나무 통을 타고 집 안까지 바로 들어왔다. 집 짓는 재료는 문 앞의 진흙과 창밖으로 보이는 가마터에서 얼마든지 만들어낼 수 있었다. 가구를 만들 때는 길가에서 몇 년 묵은 커다란 나무를 베면 됐고, 지방과 단백질은 손만 뻗으면 닿을 수 있는 계단식 밭 근처에서 얼마든지 자랐다. 닭장 안이나 돼지나 양의 우리, 올가미나 함정, 벌통이나 망태기 또는 집 근처 산비탈 어디서든 구할 수 있었으니, 살아가는 데 이보다 더 편리한 곳을 상상할 수 있겠는가? 그러나 전기와 가스, 유리, 시멘트, 철강 등 신식 재료가 필요해지고, 공장과 시장에서 물건을 구할 필요가 생기자, 여기는 갑자기 이른바 산간 오지가 되었고 잘 닦인 고속도로에서 멀리 떨어졌다는 탄식이 하늘을 찌르게 되었다. 바야흐로 고속도로 숭배의 시대가 도래한 것이다. 지금은 고속도로와 기타 교통 간선의 결합에 따라 지도와 지리에 대한 관념이 철저히 바뀌어버린 시대다. 고속도로는 문명의 말초신경이자 촉수이며, 구명의 생명줄이다. 그것을 잡을 수 있어야만 현대화의 구원을 받으며, 공업기술 및 정보기술을 창조하고 향유하는 지름길로 나아갈 수 있다.

이것은 물론 사실이다. 그러나 고속도로의 한쪽 극단에서 도시는 나날이 희귀하고 귀중한 곳이 되어가며, 사람들은 자연에서 멀어질수록 더욱더 자연적인 것을 그리게 된다. 이 또한 사실이다. 생명체에게 가장 중요한 물질 조건이 공기와 햇빛, 그리고 물이라는 사실을 염두에 두고, 동시에 그들이 기술의 진보에 대해 지니는 동경을 고려한다면, 이 두 가지를 놓고 비교할 때, 우리는 과연 어디서 멈춰 서야 하는가?

문명, 지금은 문명에 대한 반성이 필요한 때다. 나는 이탈리아 폼페이에 가본 적이 있다. 고대 로마 문명의 석조 건물 아래서 문명의 웅장함과 심원함이 순식간에 폐허로 변해버렸다는 사실에 만감이 교차했다. 몇천 년 전에 폼페이는 커다란 광장과 사방으로 뻗은 도로, 공용 수도 시설과 배수 시설이 공존하는 합리적인 도시였다. 아름다운 누각과 정원, 목욕탕, 개선문 등의 건축을 보유해 지금과 비교해도 전혀 손색이 없을 정도였다. 폼페이는 또한 지나칠 정도로 많은 원형 극장과 운동장을 소유했고, 그들의 문화 체육 활동을 모두 기록했다. 어쩌면 현대의 도시보다 훨씬 나았다고도 할 수 있다. 폼페이에는 또한 높이 솟은 법원 건축물과 공민의 자유를 도모하기 위한 변론 무대가 마련되어 고대 유럽 문화 특유의 전통을 과시한다. 누구나 그 장소에 사람들이 모여 자신들의 권리를 주장하는 상황을 자연스럽게 상상하게 되는 것이다. 따뜻한 햇볕 아래 모여 잘 다듬어진 근육을 드러낸 채 누워 있을 사람은 눕고, 서 있을 사람은 서고, 먹고 싶은 사람은 먹고, 자고 싶은 사람은 자며, 스포츠 경기를 하는 나머지 시간에는 공예품을 제작하고, 사랑을 나누는 나머지 시간에는 유행가를 부르고, 상품을 교역하는 나머지 시간에는 철학과 정치를 논한다……. 호라티우스와 베르길리우스는 그 반라의 사람들 가운데 가장 평범한 얼굴로 언제나 곁에 앉은 대장장이나 기수들과 더불어 진리를 논하곤 했다. 거기 있던 사람들은 상인인 동시에 배우이거나 학자이며 정치가였다. 한 사람이 여러 가지 직업을 담당했고, 일생에 거쳐 여러 가지 직업을 경험했다. 아마도 오늘날의 사람들보다 훨씬 더 전인全人에 가까웠다고 할 것이다. 거기에는 물론 자동차나 비행기가 없었고, 인터넷이나 인공위성, DVD, 자기부상열차, 무선전화와 로봇도 없었다. 그러나 이런 기묘한 도구를 늘어놓는다고 해서, 맨발에 토가를 걸친 전방위적 인간들의 삶이 인성에 더욱 가까운 것이 아니라고 누가 말할 수 있는가? 오늘날의 인류에 비해 덜 문명적이라고 말할 수 있겠는가?

폼페이는 역사 속에 깊이 묻힌 화석이 되었다. 이는 인류의 문명이 줄곧 발전해오는 동안 얻은 것도 있지만 잃은 것도 있으며 완전히 탈바꿈해서 변화하기도 하고 뒷걸음쳐 되돌아가기도 했음을 증명한다. 아마도 우리는 시각적인 면에서 폼페이 사람들보다 더욱 문명화되었을 것이다.

예를 들어, 우리는 끔찍한 테러와 전투를 몰아내는 중이고, 잔인한 형구를 추방했으며, 심지어 이미 상당히 많은 국가에서 사형을 금지했다. 사형제가 있다 해도 약물 주사로 교수형이나 총살을 대체해 잠드는 것처럼 사망에 이르도록 해준다. 이는 형법상의 중요한 개선이며, 말할 것도 없이 문명인의 풍모를 잘 보여준다. 문제는 주사라는 것이 단지 피를 보는 공포를 줄여줄 뿐 교수형이나 총살이 지니는 실질적인 의미와 별 차이가 없다는 점이다. 사형을 취소하는 방법이라는 게 고작 공개적인 살인에 대한 면제일 뿐이며, 빈곤이나 질병, 생산 과정 중의 사고사나 환경 파괴 등의 수단으로 인한 무형적인 살인이나 나아가 더욱 대규모화한 살인을 제어하는 것이 아니라면, 오늘날 세계는 사형을 충분히 금지하지 못하고 있다고 말할 수 있다. 상대적으로 매일 평균 2만 명 이상의 아동이 죽어나가는 개발도상국은 전쟁의 도가니 속에서 각축을 벌이던 과거와 비교해서 무엇이 개선된 것인가?

이렇게 말할 수 있을 것이다. 우리는 청각적으로 폼페이 사람들에 비해 훨씬 문명화되었다. 신사들은 뭔가를 먹을 때 우적거리지 않으며, 숙녀들은 당연히 사람들 앞에서 방귀를 뀌지 않는다. 훌륭한 혁명 동지들은 아무 때나 탁자를 탕탕 치지 않으며, 도시 사람들의 떠드는 소리는 점점 낮아지는 추세다. 이처럼 몇몇 기호상의 문명화 외에도 무궁무진한 수사법의 발전은 눈부실 정도여서 언어 체계 면에서는 획기적인 온화함과 사랑스러움을 찾아볼 수 있다. '흑인'은 '유색인종'이 되었으며, '토인'은 '원주민'이 되었고, '실업자'는 '취업지망생' 또는 '대기지원자'가 되었다. '술고래'는 '알코올 문제가 있는 사람'이라 불리며, '바보'는 '학습장애가 있는 아이'라 불린다. '병신'은 '장애인'이라 불리며, '빈민굴'은 '도심inner city'이라 불리고, '감옥'은 '교정기구correctional facility'다……. 그러나 설사 귀에 거슬리는 이 모든 어휘를 없앨 수 있다손 치더라도, 언어적 습관의 평가절하를 피한다고 해서 비천한 자들이 고귀해질 수 있을까? 사람과 사람 사이의 폭력과 억압이 귀에 들리는 말소리 덕분에 폼페이의 경우보다 나아졌다고 할 수 있을까? 세계대전은 말할 것도 없고, 정치적인 광기나 경제 투기로 말미암은 수많은 병폐가 하룻밤 사이에 수천만 명을 실업이나 학업 포기, 의식주 결핍으로 내몰 수 있다. 비교하자면 고대 로마의 노예제가 이보다 어디가 더 나빴다는 것인가?

세계화의 분장 효과로 말미암아 문명은 효과적으로 시각, 청각, 후각, 미각, 촉각 등 다방면에서 나쁜 감각을 제거해나가고 있으며 나아가 문자 자료 중에서도 나쁜 문자들을 지워내고 있다. 이는 물론 인류의 고통을 덜어주는 작업임에 틀림없지만, 근본적인 도덕문제와 정치문제를 해결하는 데는 거의 아무런 도움을 주지 못한다. 반대로, 문명은 이런 문제를 더욱 은밀하고 비가시적으로 만들며 우리의 일상적인 감각에서 멀어지게 한다. 이런 각도에서 보건대, 문제는 더욱 해결하기 어렵고, 심지어 더욱 이해하기 어렵게 되어가는 중이다.

나는 주변에서 발생한 이런 사례를 알고 있다. 라오무는 홍콩 기업가의 신분으로 두 국영 기업을 매수했다. 한바탕의 허튼 손놀림 끝에, 자본 투자 계획서 한 장으로 회사의 권리를 산 것이다. 그런 뒤에

평가 자산의 수치를 낮추고 대출률을 줄이는 한편 융자액은 늘렸다. 투자 손실을 이유로 내세워 파산 신청 단계를 밟아가며 요령을 피운 라오무는 한 바가지나 되는 수익금을 챙겼다. 이것이 라오무가 가장 자랑삼아 말하는 횡재 가운데 하나였다. 두 기업은 모두 망했는데, 이는 그에게 피를 빨렸기 때문이다. 실업자가 된 노동자들이 분을 삭이지 못하고 사방으로 라오무를 찾아다니다가 결국 그의 빌라 앞에 대자보를 붙였다. 그들은 라오무의 독일산 벤츠 자동차를 훔쳐 달아나면서 그의 보디가드와 당사자를 때려서 머리에 상처를 입혔다. 이 일은 어떻게 처리되었을까? 문명사회의 문명인은 정상적인 법률 규정에 따라 일을 해결할 수밖에 없다. 라오무의 합병, 경영, 파산 수속은 모두 합법적이었다. 국내외의 수많은 세무사, 공증인, 변호사 및 정부기관의 인가를 받은 그 일에서 법원은 아무런 결함도 찾아내지 못했다. 그러나 실업자가 된 노동자들이 우발적으로 저지른 행동은 위법이었다. 대자보를 붙인 것도 위법이었고(경찰은 노동자를 동정해 대자보를 건물 안에 붙이기는 했지만 공공장소는 아니었으므로 추궁하지 않겠다고 했다), 자동차를 훔쳐서 달아난 것도 물론 위법이었으며(경찰은 노동자를 동정해 아는 사람의 차를 탄 것이고 공개적으로 알렸기 때문에 절도죄가 성립하지는 않는다고 했다), 사람을 때려서 상처 입힌 것은 더더욱 위법이었다(경찰은 여전히 노동자를 동정했지만, 여기서는 변명이나 정상참작의 여지가 없었다). 결과적으로, 노동자의 피를 빨아먹는 자본가 라오무는 비행기를 타고 홍콩으로 돌아갔고, 사람을 때려서 다치게 한 노동자 세 사람은 형사처분을 받았다.

나는 라오무가 문명의 수혜자라는 사실을 안다. 2천여 명의 노동자를 문명의 이기로 갈취하고 난 뒤에, 다시 자기 손에 묻은 피를 문명의 세제로 깨끗하게 씻어내는 데 성공했다.

피해자의 손에 되레 눈을 찌르는 핏자국이 난무했다.

이는 문명의 무혈이며, 비문명의 유혈이다.

예전에 나는 이런 문명을, 위대한 도시를 얼마나 동경했던가? 지식청년으로서 세상을 배우던 시기에, 나는 매일같이 손가락을 접어가며 가까워지는 방학을 기다렸고, 자동차를 잡지 못해 눈보라 치는 산길을 걸었다. 날이 밝을 때부터 날이 어두워질 때까지 걸어서 겨우 현성의 기차역에 도착했을 때, 기차는 이미 출발한 뒤였다. 나는 더 이상 기다릴 수 없어서 플랫폼을 한 바퀴 돌다가 석탄차를 점찍었다. 나는 움직이기 시작한 석탄차 속에서 이리저리 구르며 기침을 해댔다. 온몸은 새카맣게 변했고 옷깃 안쪽에 석탄 가루가 쌓여서 딱딱해진 나머지 고개를 돌리기도 힘들었다. 쾅 하는 소리와 함께 나는 재채기를 하며 어둠 속으로 떨어졌다. 빛이 내 뒤에서 순식간에 쪼그라들었고, 다시 쪼그라들더니 깜빡이는 흰 점 하나에 모였으며, 결국 완전히 사라져버렸다. 내 느낌에 열차는 평행으로 이동하는 게 아니라 아예 땅으로 곤두박질하는 것만 같았다. 나는 몸부림치며 버둥거렸지만 캄캄한 어둠 속에서는 버둥대는 내 손발도 보이지 않았다. 방향이 어딘지 헤아리는 일은 더더욱 말할 것도 없었다. 출구는 어디지? 오른쪽에 있을까, 왼쪽에 있을까? 위일까, 아래일까? 덜컹대는 기차 바퀴 소리가 갑자기 커지다가 폭발하는 듯했지만, 도대체 어디서 나는 소리인지 알 수 없었다. 그뿐만 아니라 어디서 날아온 건지 알 수 없는 쇳덩어리에 맞고 통증을 느꼈다. 쇳덩어리는 맹렬하게 내 머리를 가격했다. 나는 정신없이 흔들리는 머리 따위는 더 이상 안중에 없었다. 다만 이 석탄차가 왜 아직도 뒤집어져서 날 생매장하지 않는 건지 궁금할 뿐이었다. 왜 열차는 아직도 전복되지 않고, 나는 왜 아직 압사당해 육젓이 되지 않고, 아직도 이렇게 멀쩡하게 앉아 있을 수 있는 걸까. 나는 한참 만에야 그 이유를 깨달았다. 기차가 이미 아주, 아주 긴 터널로 들어섰다는 사실을…….

나는 그렇게 석탄 먼지를 뒤집어쓴 채 절박한 심정으로 문명사회에, 이 도시에 뛰어들었고, 더 큰 도시에, 더더욱 큰 도시에, 더 더더욱 큰 도시에 이르렀다. 그렇게 몇십 년이 지난 오늘, 나는 다시 홀로 이 산골짜기에 앉아, 푸른 산 깊은 곳에 앉아 골짜기에서 들려오는 산새의 지저귐 소리를 듣고 있다. 나는 전혀 후회하지 않는다. 게다가 나는 정신없이 바빴던 지난 몇 년간의 생활에 대해 감사한다. 그 생활은 내게 과연 문명이 무엇인지 알게 해주었다. 그것은 고대에도 없었고, 현대에도 존재하지 않는다. 도시에도 없으며, 시골에도 존재하지 않는다. 다만 각자의 마음속에 있을 따름이다. 불가의 스님들이 "선 자리에서 부처가 된다"라고 말하는 것처럼. 어디에 멈춰 서든, 그 자리에서 발을 구르며 여기가 지구의 중심이라고 말할 수 있다. 당신의 눈앞에 매달린 어떤 잎사귀의 이슬방울 안에서도 당신의 찬란한 행복을 바라볼 수 있다.

어린아이

루 도련님은 젓가락을 집어 들었다. 친구들이 흥에 겨워 거나해진 모습을 둘러보던 중 아들 녀석이 멀리서 그를 향해 눈을 부릅뜨고 있는 모습이 눈에 들어왔다. 그는 아들이 무슨 생각을 하고 있는지 알았기에 거친 음성으로 을러대며 말했다.

"먹어라, 어서 먹어. 그렇게 뻣뻣하게 굴지 말고. 이건 들비둘기야. 우리 집에서 키우는 비둘기와는 완전히 다른 놈이란다. 어쨌거나 네가 아는 그 비둘기가 아니야."

"그러면 지난번에 먹은 청개구리는요?"

아들 녀석은 여전히 신경을 바짝 곤두세운 채 경계를 풀지 않았다.

"먹는 개구리야! 그래, 그래. 식용 개구리."

"좀 전에는 공작도 먹는다고 했잖아요?"

"그것도 식용 공작이지!"

"그러면 아버지는 식용 사람도 먹겠네요?"

식탁 앞에 앉아 있던 사람들이 모두 폭소를 터뜨렸다. 루핑은 자자가 오늘 아주 딴죽 걸기로 작정했다는 생각이 들어 젓가락을 내던지며 말했다.

"빌어먹을 네놈이야말로 먹어치워 마땅한 종자다. 먹을 테면 먹고 먹지 않으려거든 어서 꺼져! 어린놈이 어디서 그리 잔말이 많으냐!"

아들 녀석은 눈시울을 붉히더니 입을 뿌루퉁하게 내밀고 고개를 돌린 채 한쪽 구석으로 가서 텔레비전을 보았다. 곁에 있던 아버지 친구들이 제아무리 어르고 달래도 손에 쥔 소 없는 찐빵만 꾸역꾸역 집어삼킬 뿐이었다.

그것이 내가 마지막으로 보았던 자자의 모습이다. 나는 이제 당시 그토록 많은 어른이 그 자리에 있었는데도 누구 하나 그의 질문에 답하지 못했다는 사실을 인정하려 한다. 또한 우리 가운데 누구도 그를 이해하지 못했다. 그것은 어른의 잔혹함이었다. 자자가 어떻게 '먹는(식용)' 것과 '먹지 않는' 것을 구별할 수 있었겠는가? 어린아이의 눈에서 살아 있는 것은 살아 있는 것일 뿐, 약하고 작은 생명은 모두 사랑하고 아껴야 할 가치가 있는 대상이다. 호랑이나 표범의 새끼, 늑대나 악어의 새끼, 곰의 새끼, 그 어떤 동물이라도 어리고 작은 것은 위험하지 않다고 여긴다. 저도 모르게 솟구치는 끈끈하고 뜨거운 정을 막을 수 없는 것이다.

이것이야말로 진정한 동정심일 것이다. 시선 속에 엉겨 붙은 그 감정의 응어리는 인도주의 이론의 체제 안에서 가장 깊이 있는 생리적 원천이다.

4부

언어와 이미지의 공존

진실

나는 당신의 뜻을 이해한다. 진실이란 모두 우리의 인식 속에서만 진실이며 어떤 문화 언어의 규정 속에서만 진실이다. 문제는 다음과 같은 것이다. 이런 규정은 어떻게 완성되고 변화하며 합법화되는 것인가? 얼마 전 미국의《네이처》잡지에 새로운 기술이 보고되었다. 얼굴에 나타나는 혈류와 체온 데이터를 바탕으로 그 사람이 거짓말을 하는지 매우 정확하게 판단할 수 있다는 것이다. 그렇다면 거짓말이라는 것은 무엇인가?

거짓말이 위반하는 '진실'이라는 것은 무엇인가? 누가, 또한 어떻게 이 '진실'을 규정할 수 있는가? 왜 이 '진실'을 위반하면 심각한 생리적 긴장이 수반되는 것일까? 진실을 말할 때는 규칙적이었던 심장 박동과 안정적인 혈류의 흐름 및 체온이 갑자기 변하는 이유는 무엇인가?

"나는 예전에 타이핑쉬에 가본 적이 있다." 이 말은 진실이다. "나는 타이핑쉬를 그리워한다." 이 말은 어쩌면 진실이고, 또는 거짓일 수도 있다. 전통적인 지식은 앞의 명제가 사실 판단에 해당한다고 여기며 객관적으로 검증할 수 있다고 본다. 뒤의 명제는 가치 판단으로, 사람에 따라 다르고 처한 조건에 따라서도 다르며, 객관적 표준이 주관적 선택에 따라 유동하기 쉽다고 본다. 이렇게 말하는 것은 그럼에도 불구하고 지나치게 낙관적이다. 앞의 사실 판단 또한 마찬가지로 이해와 묘사가 필요하며, 마찬가지로 주관적인 선입견과 문화적인 기호의 조작을 완전히 배제할 수 없기 때문이다. 무엇이 '나'인가? 하등 지능 생물에게도 '나'라는 개념이 존재할까? 인간은 어떤 문화 각성을 거쳐 비로소 '나'와 타자를 구분하게 되는가? 또한 '간다'는 것은 무엇인가? '간다'의 위치는 어떤 문화 좌표 속에서 변별되며 측량되는 것인가? 예를 들어, 초광속 운동의 세계나 프랙털 기하의 4.5차원 또는 2.7차원 공간 모형에서는 모든 것이 부정되지 않던가? 마지막으로 무엇이 '타이핑쉬'란 말인가? 그것은 여러 관점에서 말할 수 있다. 고산지대의 일부라고도 할 수 있고(지리학적 의의),

초나라 사람들의 후예가 형성한 촌락이라거나(인종학적 의의), 일련의 사건과 연관된 장소(역사적 의의)로도 설명할 수 있다. 우리가 행정명령을 지고무상의 것으로 받들어야 한다면, '타이핑쉬(의 집단농장)'는 왜 일찍이 그랬던 것처럼 황룽자이(청나라 말기)나 제십팔향(일본 침략 시기)이나 훙싱고급사(제휴 농장 시기)로 불리지 않는 것일까……? 그것은 아마도 내가 "나는 예전에 타이핑쉬에 가본 적이 있다"라는 사실을 말할 때, 이미 암암리에 수많은 정보와 규약을 배치해 더 이상 고려해볼 여지도 없이 그 사실을 인정하게 만들기 때문이다.

만약 이런 정보와 규약이 없다면, 나는 이렇게 말할 수 없을 것이다. 적어도 그렇게 말하지는 않았을 것이다. 내가 스스로 이 말을 한다면, 나는 거짓말 탐지기 앞에서도 낯빛이 변하지 않고 심장이 두방망이질치지 않을 것을 확신한다.

"나는 예전에 타이핑쉬에 가본 적이 있다"라는 말에 포함된 문화적 함의의 총체는 분명 시작부터 그러했던 것은 아니며 영원히 변하지 않는 것도 아니다. 이것은 $1 \neq 0$과 같이 단순한 사실이 아니며, 일단 상식적인 참조표를 떠나면 특정한 수학적 조건 아래서 마찬가지로 거짓말이 될 수 있다.

이것은 곧 당신이 한 말과 같다. 사실과 가치는 그처럼 확연하게 양분되는 게 아니라, 언제나 서로 안팎을 이룬다. 순수한 사실 판단도, 순수한 가치 판단도 존재하지 않는다. 모든 '진실'은 역사상 모종의 아주 복잡하고 격렬한 문화투쟁에서 비롯된다. 일련의 성공적인 기호 조작을 통해, 우리는 비로소 일상생활에서 아무런 망설임도 없이 무엇이 진실인지 판단하게 된다. 말을 할 때 얼굴이나 귀를 붉히지 않고, 나아가 무릇 진실이어야만 가치가 있으며 좋은 것이라고 믿어 의심치 않게 되는 것이다. 그러나 문화투쟁이라는 것이 하늘에서 팔랑대며 떨어져 내린 환영이며 진실성을 담보하지 못하는 기원이라면? 역사가 이처럼 몇 가지, 또는 몇십 가지 문화 기호의 제자리걸음 속에서 사라지는 것이라면? 역사의 깊은 곳에 단단하고 변함없는 어떤 것이 더 이상 존재하지 않는다면? 예를 들어, 우리가 한 모든 행동처럼 참과 거짓의 부단한 갈등 속에 놓여 있다면? 우리는 이런 설명을 접하며 존재 전체를 뒤흔드는 불안을 느낀다. 물론 나는 현실 생활 속의 수많은 '진실'이 기껏해야 기호 배치의 결과라는 사실을 믿는다. 예를 들어, 별장, 고급 승용차, 유행하는 패션, 보석 등이 가져온 고통이나 행복은 권력과 조직, 그와 연관된 이데올로기에 불과하며, 기껏해야 체면을 중시하는 문화적 유행의 체제에 대한 복종이다. 고통이나 행복은 진실이라기보다는 소비자의 자기기만이다. 생리적인 차원에서 논하건대, 한 사람이 언제나 텅 비어 있는 별장을 세 채나 가질 필요가 대체 어디 있단 말인가? 그러나 별장, 고급 승용차, 유행하는 패션, 보석 등이 기호가 된다는 사실이 기아로 죽어가는 아프리카 사람들의 식량 또한 기호가 된다는 의미는 아니다. 우리는 그렇게 장작처럼 뼈만 앙상하게 남은 흑인들에게 진실한 고통이 없다고 말할 수 없다. 그들이 단지 기호의 부족 탓에 졸도하고 죽어간다고 말할 수는 없는 것이다.

세상의 수많은 사물과 사건이 이미 고도로 기호화되었으며, 어떤 것은 단지 낮은 정도로만 기호화를 일으켰다. 어쩌면 기호성과 무관할 수 있느냐 하는 문제는, 우리가 처한 서로 다른 조건에서 살가 관찰하고 변별할 필요가 있다.

사람이 여기에 있다면 그 몸 또한 여기에 있다. 사람이 가장 기본적인 생리적 욕구에 직면했다면, 제아무리 방대한 기호 체계라도 결국 아무것도 할 수 없다는 것은 분명하다. 그뿐만이 아니다. 인간의 출현이란 결국 첩첩이 쌓인 기호의 퇴적에 의해 비로소 확립된다. 따라서 기호는 인체의 감각기관에 의존해 만유인력처럼 진실성의 자장을 획득한다. 진실이란 것이 문화적 기호에 뒤덮여 어둠 속에서 제대로 불을 밝힐 수 없다는 사실을 묵묵히 받아들인다 하더라도, 오늘날처럼 고도의 문화

기호가 대량으로 생산되는 환경적 조건 아래서는 그 실질을 밝힐 수 없음에 더더욱 암담해진다. 우리는 물론 인간의 심리적 요구에 관심을 기울일 수 있다. 때때로 '존엄'에 대한 요구는 사람들이 자기 목숨을 초개와 같이 버리도록 만들며, 적어도 생리적 욕구와 맞교환하도록 추동한다. 그러나 우리는 존엄에 대한 모든 감정을 모두 동질의 기호로 간주할 수 없다. 대부분의 사람에게 필요한 기본적인 생존 조건, 그리고 개인의 기괴한 허영으로부터 비롯된 의미 생성 기호의 기나긴 연쇄에서 그 의미는 각각 다르다. 여기서 우리는 경제적 개념을 빌려올 수도 있다. 바로 엥겔 지수다. 엥겔 지수는 빈곤 정도를 측정하는 표지로서 사람이 기본적인 생존을 유지하기 위해 사용하는 지출이 총수입과 어떤 비율로 존재하는지 알아보는 수치다. 예를 들어, 어떤 사람이 수입의 9할을 기본적인 생존을 위해 쓴다면, 지수는 0.9가 된다. 그리하여 '현대사회' 대부분은 엥겔 지수가 낮은 사회이며, 적어도 0.5 이하까지 내려가는 사회다. 이런 사회에서 물질적 곤란은 점차 해소되어 육체적 노동과 피로는 감소하며 더 이상 전체 감각 활동의 대부분을 점유하지 않는다. 굶주림, 추위, 질병, 상처의 고통 등 극한의 감각과 그것을 극복하려는 의지 따위는 점차 사람들의 지식 범위에서 사라진다. 생리적 욕구는 갈수록 더 많은 심리적 요구로 대체되며 물질적 경쟁은 문화적 경쟁에 자리를 내준다. 생존은 체면이나 문명, 개성, 취향으로 대체되어 계산된다. 그래서 소수가 고통받을 때 그 고통은 더욱 강렬하며, 다수가 고통받을 때 그 고통의 감각은 어느 정도 약해진다. 문화적 기호의 다중 개입은 수많은 '진실'을 혼란 상태로 몰아가며, 심지어 전혀 찾아볼 수 없게 한다. 상대적으로 말해서, 극도로 빈곤한 사회에서 물질적 소유는 훨씬 '실용'적이며 감정은 더욱 '실재'하는 것이 된다. 빈속을 채울 한 끼의 식량은 모든 진리의 근거이자 물질적이고 객관적이며 유일한 근거다. 사회 전반의 일반적인 정서와 형세로 보면, 사람의 목숨을 살릴 수 없는 어떤 문화 기호도 침묵 속에서 빛을 잃으며 비맞은 민둥산처럼 속절없이 무너지고 만다.

내 뜻이 분명히 전달되었는지 잘 모르겠다. 나는 문화 분석이 '진실'을 소멸하는 것은 물질적으로 풍요로운 사회에서 나타나는 현상이며, 현대 문명사회에서 나타나는 현상이라는 사실을 분명히 말하고 싶다. 고도로 발달한 유럽 국가에서는 지극히 자연스러운 현상이다. 이것은 우리가 오늘날 사회에 출현하는 수많은 '진실'에 대해 즉각적인 지각 반응을 필요로 한다는 사실을 의미한다. 동시에 우리는 판단 기준에 대한 약간의 전환과 풍부한 역사 인식을 필요로 한다. 엥겔 지수가 0.5 미만이라는 사실을 이해하기 전과 후에 진리라는 것은 서로 다른 의미이기 때문이다. 엥겔 지수가 0.5 이하로 떨어지기 전에 식량이 있다는 것은 좋은 것이며 식량이 있는 기쁨과 행복은 진실이었다. 이것은 생리적 욕구의 충족에 의해 지탱되기 때문에, 거의 보편주의적이고 절대주의적인 독단론을 형성한다. 그러나 이런 표준을 넘어서기 시작하면 별장 한 채 또는 여러 채의 별장은 언제나 좋은 것이 아니다. 생리적 욕구에 의해 지탱되는 것이 아니기 때문에 보편적이거나 절대적인 기준이 될 수도 없다. 이는 물론 아주 단순하고 대략적인 묘사에 불과하다. 한마디로 극단적인 사례일 뿐이다. 우리는 나중에 또 다른 문제에 대해서도 이야기를 나눌 것이다. 나는 당신이 우리가 직면한 상황을 이해하기 바란다. 물질적 재산의 분배라는 관점에서 생각해보자. 텔레비전에서는 아프리카의 대머리 독수리가 곧 굶어 죽게 될 어린아이를 호시탐탐 노리고 있는 장면과 함께 오늘날 미국인이 어떻게 첨단 과학을 이용해 효과적으로 다이어트에 성공할지 고민하는 모습을 보여준다. 21세기 또한 이처럼 복잡한 국면을 형성하고 있다. 어떤 지역과 계층은 이미 빈곤이 뼛속까지 파고들었으며 심지어 생리적 욕구의 극한에 이르렀다. 그래서 과거의 '진실'과 오늘날의 '진실'은 다르고, 여기의 '진실'은 저기의 '진실'과 다르다. 어떤 사람이 이 일에 대해 주장하는 '진실'과 저 일에 대해 주장하는 '진실' 또한 다르다.

문화는 이처럼 균질하지 않은 역사와 세계에서 만들어지고 발전하며 교류하고 충돌한다. 그리하여 우리의 기호 연구는 하나로 일관되지 못하고, 문화결정론으로 나아갈 수 없다. 우리가 예전에 경제결정론으로 나아갈 수 없었던 것과 마찬가지로.

만약 우리가 '진실' 혹은 모종의 보편주의 및 절대주의적 사상의 유산에 대해 공통의 이해를 달성하라고 요구받는다면, 우리는 조심스럽게 스스로의 한계를 돌아보아야 한다. 문화 분석이라는 외투를 빌려 새로운 보편주의와 절대주의에 빠지지 않는지 경계해야 하는 것이다. 내가 보기에, 이것은 오늘날 수많은 포스트모더니즘 기호학자들이 지닌 맹점 가운데 하나가 되어가고 있다. 기호학은 허무한 기호의 놀이가 되었다.

비밀

나는 출장 일정을 조정하고 하루 정도 짬을 내서 헝충쯔 뒤쪽의 커다란 고개를 타고 올라갔다. 우리가 그때 개간했던 5천 무의 차밭을 보려고 있는 힘껏 애를 썼던 것이다. 그곳에 도착해서 나는 조금쯤 실망하지 않을 수 없었다. 집은 몇 채 더 들었지만, 썰렁하니 사람 사는 기운은 전혀 없었다. 당시 온통 푸르게만 보이던 밭이랑의 차나무는 이미 잔가지만 남긴 채 벌레가 먹어가는 중이었다. 작은 개울 북쪽의 차밭은 이미 황무지가 되어 풀숲에 숨고 말았다. 우거진 수풀은 예전의 작은 초가집과 그리로 낸 작은 오솔길을 파묻어버린 지 오래였으며 들쥐 몇 마리만 오갈 따름이었다. 또 다른 차밭은 벽돌 공장의 채토지가 된 지 오래였다. 군데군데 파헤쳐지고 헐벗은 붉은 흙이 두 눈을 아프게 찔러왔다.

낯익은 사람은 아무도 찾아볼 수 없었다. 소 치던 노인 한 사람이 내게 말해주었다. 여기는 '청년들의 차밭'이 아니라 무슨 회사로 이름이 바뀐 지 오래고, 현재는 저우 뭐시기라 불리는 사장이 관리하며 향정부로부터 매년 400위안을 받고 있다고 했다.

나는 그런 숫자 따위는 믿지 않았다. 노인장은 정색을 하고 말했다. 400위안이야. 찻잎은 잘 팔리지도 않고, 이제는 차나무 숫자도 줄어버렸지. 모두 땅주인이 되고 싶어 혈안이 되어서 2천 무 정도는 뺏어가고 나머지는 흩어져서 황무지가 되고 말았다구. 게다가 농사를 접고 임야를 확대한다든가, 무슨 벽돌 공장을 짓는다든가, 길을 낸다고 하면서 망가진 부분도 적지 않아. 내년에 여기 늙은 차나무를 베어내고 나면 칠팔백 무 정도는 그럭저럭 괜찮을 게야.

노인은 내가 찻잎 판매상이라도 되는 줄 아는 모양이었다. 사장님은 오늘 산에서 내려가 친가에 제사를 드리러 갔다고 친절하게 일러주었다.

나는 어쩐지 견디기 힘들어져 아무 말도 할 수 없었다. 끝없이 펼쳐진 헐벗은 붉은 대지 위를 발길 닿는 대로 걸으며 때때로 흙더미를 걷어찼다. 마른 흙이 날아오르더니 쓸쓸한 소리를 내며 울었다. 붉은 대지 위를 걸으며, 나는 당시 이 황무지를 개간하겠다고 동분서주하던 일을 떠올렸다. 그때 이 땅 위에 세웠던 사람 인人 자 모양의 초가집과 매일 깊은 밤까지 울려 퍼지던 소리의 물결을 기억했다. 다음 날 풀을 베고 잡초를 뽑기 위해 우리는 밤마다 호미와 낫 따위를 숫돌에 갈곤 했다. 붉은 대지 위를 걸으며, 나는 당시 매일 밤 쟁기나 써레, 지게 따위를 여기에 옮겨다 두었던 일을 기억했다. 아침부터 수도 없이 많은 나무를 베어내고 부수며 마지막 한 도막까지 직접 몸을 써서 움직이지 않으면 안 되었기 때문이다. 붉은 대지 위를 걸으며, 나는 달을 보고 별을 헤아리며 폭약과 식량, 마른반찬, 심지어는 돼지 새끼까지 끌고 산으로 올라가던 일을 떠올렸다. 아직 지게를 제대로 질 줄 몰라 걸핏하면 굴러떨어지며 하는 일마다 수선을 떨던 시절이었다. 그러나 대장은 언제나 곧바로 일어나라고 우리를 재촉하곤 했다. 지금은 아무것도 마시지 마라, 달빛이 좋으니 길을 걸어라, 달이 지기 전에 치자쥐까지 가야 한다, 그러지 않으면 오늘 밤을 산에서 지내게 될 거다. 붉은 대지 위를 걸으며, 걸으며, 나는 그 달빛

찬란하던 겨울날을 기억했다. 그리고 그 빗발이 거세던 봄날도. 남자들은 여남은 개의 쇠기둥을 박아 넣었고, 모두 몇 개나 되는 쟁기와 써레 자루를 부러뜨려먹었다. 손에는 모두 쇠처럼 단단한 못이 박였다. 당시 우리는 이미 피곤이 뭔지도 잊은 상태였다. 손과 발이 이미 내 몸에 속하지 않은 상태였기 때문이다. 기둥을 붙들어 매느라 손바닥이 갈라지고 엄지와 검지 사이는 찢어져 붉은 피가 철철 흘렀지만 아프다는 느낌이 없었다. 혀와 입도 더 이상 내 몸에 속한 게 아니었다. 커다란 대접에 곡주를 가득 담아 꿀꺽꿀꺽 마셔도 보통 때 마시던 찬물인 양 아무 맛이 안 났다. 우리는 여전히 수많은 인체 기관을 소유하고 있었지만, 각각은 움직이고 있어도 전혀 신경으로 연결되어 있지 않은 느낌이었다. 그래서 졸면서도 길을 가고, 흙을 파내면서 산거머리한테 피를 빨리고, 밥을 다 먹고 나서야 돌부리에 채여 발톱이 날아간 사실을 깨달았다. 피는 저도 모르게 흐르고 저도 모르게 말라붙었다. 심지어 우리에게는 성별도 없었다. 너무 지친 나머지 나무토막처럼 뻣뻣해져서 모든 사람이 고자와 다름없었다. 큰 눈이 하염없이 쏟아져 내리던 그 밤에, 지붕 세 개가 눈보라에 날아갔다. 몇몇 가난한 농민은 집에 이불이 없어서 도롱이와 지푸라기로 겨우 몸을 가렸기 때문에 우리는 이불 네 채를 그들에게 빌려주고 짚단 속에 뛰어들어 추위를 피하며 잠이 들었다. 우리가 일어났을 때, 불씨는 언제 꺼졌는지 간 곳이 없었다. 샤오옌과 샤오칭이 자기들 이불을 우리에게 덮어주고 그 곁에 웅크려 몸을 붙이고 있었다. 우리는 이불 한쪽에서 샤오칭이 우리의 발을 주물러주고 있다는 사실을 깨달았다. 동상에 걸린 발을 녹여주려 했던 것이다. 또 다른 밤에 우리가 깨어났을 때는 샤오옌의 머리칼이 내 아래턱에 맞닿아 있었다. 심지어 샤오옌은 득득 이를 갈면서 분명하지 않은 말소리를 뇌까렸다.

"안아줘, 꽉 끌어안아줘. 한참 전에 잠들었는데, 어째서 몸은 따뜻해지지 않는 걸까……?"

나는 샤오옌의 몸을 꽉 끌어안았다. 사실 꽉 끌어안았는지 어쨌는지도 알 수 없는 사이에 나는 벌써 다시 잠이 들었다. 다시 잠에서 깨었을 때 그녀는 벌써 일어나 모닥불 앞에서 우리 모두의 옷을 말리며 진하디진한 생강탕을 끓이는 중이었다.

그녀들은 지금 모두 다른 사람의 아내가 되어 있다.

샤오옌은 나중에 미국에서 나를 만났을 때, 내 소설을 뒤적이며 이렇게 말했다.

"작가들이란 정말 골치 아프다니까. 뭐든지 다 글로 써버리니까 말이야. 미리 말해두겠는데, 그 일은 앞으로도 절대 쓸 생각 하지 마."

"무슨 일?"

"알면서 뭘 그래."

샤오옌은 나를 흘깃 쳐다보았다.

나는 샤오옌이 어떤 일을 말하는지 알았고, 물론 그녀의 요청에 따를 생각이다. 사실 나는 그녀가 말한 그 일에 대해 쓸 생각이 없었다. 내가 알고 있는 수많은 일은 말할 수 없는 것이다. 마치 눈사람이 햇볕을 받으면 변하는 것처럼 볼썽사나워진다.

나는 황폐해진 산촌 마을과 헐벗은 붉은 대지에 대해서도 그녀에게 말한 적이 없다. 또한 오랜만에 찾은 타이핑쉬에서 느낀 실망감에 대해서도 옛 친구들에게 말한 적이 없다. 나는 그들에게 그 사실을 알리고 싶지 않았다. 그때 300여 명의 사람들이 해를 넘기며 꼬박 겨울과 봄을 나도록 개간했던 황무지가 아무것도 아닌 것으로 변해버렸다는 사실을, 그때 우리가 흘린 피와 땀이 아무 소용이 없었다는 사실을, 어떻게 말할 수 있겠는가? 그때 우리가 입을 모아 소리친 "하늘과 땅을 뒤바꿔 이 강산을 새로 가꾸자"라는 외침에 대해 지금 무엇을, 어떻게 말할 수 있는가? "전 세계의 억압받는 노동자를 해방하라"던 구호에 대해 지금 무엇을, 어떻게 말할 수 있는가? 우리의 모든 것을 다 바쳐 해방한 것이 결국 단순한 상거래에 불과했을 뿐일까? 400위안의 보상금이 국가에 대한 공헌의 전부라는 사실을, 당신은 과연 입 밖으로 꺼낼 수 있겠는가? 차라리 라오무네 고급 레스토랑에 가서 하루 수입을 계산하거나, 그의 재채기 소리를 따라 피해를 볼 지역의 손해를 계산해보는 게 낫겠다. 라오무는 이 이야기를 들으면 웃다가 배꼽이 빠져 죽지 않을까?

나는 당연히 입을 다물 것이다.

들어라 전투의 호각 소리 높이 울릴 때
군복을 입고 무기를 들어라
공산 청년단원들아 모두 모여라
머나먼 장정 길 한마음으로 나라 위해 싸우리
사랑하는 어머니께 작별 인사를
어머니, 아들은 이제 갑니다
안녕, 어머니! 울지 마세요
우리 가는 앞날을 빌어주세요
우리 가는 앞날을 빌어주세요……

이 노래는 여전히 내 기억 속에 남아 있다. 노랫소리 속의 수많은 사람과 그들이 한 일 또한 내 기억 속에 있다. 세월이 흐를수록 이 일은 오늘날과 같은 시장경제의 가격 체제 아래 단 한 줌의 가치도 없는 일이 되어간다. 겨우 400위안인 것이다. 우리는 다른 계산법을 찾아낼 수 없으므로, 다만 이런 계산에 따를 뿐이다. 이것은 오늘날 수많은 사람이 인정하는 환율이니까. 이 사실은 내 기억을 부끄럽게 만들기 족하다. 기억이라는 것은 난감하고 우스운 것이 된다. 그래서 말없이 침묵하는 것이다. 그러나 기억 속의 그곳은 영원히 거기에 남는다. 무엇으로도, 어떤 힘으로도 박탈할 수 없다. 기억은 한 사람이 마음속에서 홀로 누릴 수 있는 비밀 동굴이기 때문이다. 오로지 그 주인의 지문으로만 통과할 수 있으며, 다른 사람들은 통행의 권리와 즐거움을 나누어 가질 수 없다. 기억은 한 사람이 비밀 동굴 속에 감춰둔 황금과 같아서 그가 죽고 난 뒤에는 아무도 아는 사람이 없게 된다.

나는 친구들이 마음속에 감춰둔 황금을 꺼내 부끄러움과 바꾸는 모습을 보고 싶지 않다.

소실

쯔위안 대대의 서기였던 쓰만이 나중에 현위원회 서기가 되었으며 나중에 부정과 관련된 범죄로 수감 중이라는 사실을 알게 된 것은 그 짧디짧은 방문 기간 중의 일이었다. 나는 어쩐지 애석한 마음이 들었다. 당시 그가 중요한 때에 나를 위해 손을 써줬던 일을 생각하니 부끄러운 생각도 들었다. 그는 일찍이 나를 도왔지만 지금 나는 그를 도울 방법이 없는 것이다.

그것은 '반동 조직' 사건으로 떠들썩해졌을 때의 일이었다. 그 일의 자세한 사정은 뒤에서 밝힐 것이다. 여기서는 우선 그 이후의 일을 말하도록 하자. 사건이 발생하고 소문이 퍼져나가자, 우리는 모두 낯빛이 변해 무릎을 덜덜 떨면서 입을 열 때마다 말을 더듬기 시작했다. 다촨만이 그런대로 냉정을 유지하면서 어두운 얼굴로 담배를 꼬나물고 모두들 제발 진정하라고 충고했다. 우리는 민병들에 의해 대대의 지부로 압송되어 심문을 받았다. 그 가운데서도 다촨은 가장 오랫동안 구류되어 있었는데, 무려 일주일 동안이나 붙잡혀 있었다. 듣기로는 쓰만 서기에게 두 차례나 따귀를 맞았고, 팔에는 오라진 흔적마다 핏자국이 남아서 며칠간 허리를 펴지도 못했다고 했다.

다촨은 우리 사이에서 독보적인 존재였으므로 반동 조직의 우두머리인 셈이었다. 심문 도중 어떤 꼬투리를 잡히기만 하면 모두 자신의 책임으로 돌렸으니 정말 용기 있는 사내대장부라 이를 만했다. 그 뒤로 다촨은 말을 많이 하지 않았고 이상할 정도로 온화해졌으며 여학생들을 더 이상 얕보지 않았으며 게슴츠레한 눈으로 바라보지도 않았다. 그는 샤오옌과 샤오칭을 불러서 마음에 담아둔 말을 한바탕 늘어놓았다. 앞으로 수를 놓거나 재봉하는 것을 배우도록 해. 어쨌거나 먹고는 살아야 하니까. 일할 때도 너무 애쓰지 마. 몰래 피를 팔러 다니는 일도 그만두도록 하고. 그가 자상한 연장자의 면모를 보이며 뒷일을 당부하는 모습을 보고 두 여학생은 목 놓아 울다가 두 눈이 새빨갛게 충혈됐다.

모두의 마음이 무거워질수록 다촨은 느긋해졌다. 그는 문밖의 푸른 산을 바라보며 기지개를 켜고는 말했다. 너희는 정말이지 큰일을 감당하지 못하는구나. 기껏해야 한 사람 머리가 떨어지기밖에 더 하겠어? 일찍 죽으나 늦게 죽으나 매한가지야! 다촨은 곡주 한 사발을 들이키고 현대 경극 〈홍등기〉 가운데 열사들의 노래 한 대목을 불렀다. "떠나기 전에 한 잔 술, 영웅다운 담대함으로 앞서가리라……."

노랫소리는 고요한 산골짜기에서 유난히 크고 우렁차게 울려 퍼졌다.

하루가 가고, 이틀이 가고, 여러 날이 흘렀다……. 다촨은 〈홍등기〉 노래를 부르다 지쳤고, 기지개 켜기도 시들해졌지만, 우리가 예상했던 압송 차량은 나타나지 않았다. 심지어 낯선 관청 인물들이 마을로 들어오는 일도 없었다. 다촨은 수염과 머리칼을 밀고 가장 좋은 옷을 골라 걸치고 푸른색 후이리표 운동화를 찾아 신었다. 체포될지라도 끝까지 의리를 지키겠다는 결심을 굳힌 채 일하러 나가지도 않았다. 그러나 기다리고 기다리다 지친 나머지 어찌할 바 모르던 그는 마침내 그날 더 이상 참지 못하고 호마 자루를 끌고 들판으로 나갔다. 아무래도 조금쯤 실망해 흥미를 잃은 기색이었다. 그래서 애꿎은 호미 자루에 화풀이를 해댔다. 호미 자루의 못이 너무 조이다 못해 떨어져나갔고, 그러기를 서너 번 하니 아예 박살이 났다.

마치 대사를 다 외고 분장까지 마친 배우가 기다리고 기다려도 무대에 등장하는 날이 한없이 뒤로 미뤄지는 바람에 제밀할 울화통 터지는 모습을 보는 듯했다. 이렇게 유야무야되는 것이 한편으로는 하늘과 땅에 감사를 드리도록 좋은 일이었지만, 지켜보는 우리조차 어쩐지 조금쯤 실망감이 드는 것도 부인할 수는 없었다. 마치 끔찍한 공포 영화를 반만 상영해주는 것처럼, 앞만 있고 뒤는 없는 모양이었다. 뒤를 더 기다리기도 마땅찮고, 그렇다고 기다리지 않을 수도 없었다.

우리도 애꿎은 호미 자루에 화풀이를 했다. 농기구 질이 형편없다고 분을 삭이지 못하는 모습을 보인 것은 순전히 다촨의 기분을 맞추기 위해서였다. 우리는 온 힘을 다해 우리 자신도 알 수 없는 부끄러움을 그런 식으로 해소했다. 우리는 거의 공안국으로 달려가 책임을 다하지 않는다고 따질 지경이었다. 다촨의 숭고한 영웅적 용기에 책임을 다하지 않는 이유가 뭔지 시비를 가려야 할 것 같았다. 결국 이 모양으로 용두사미를 만들 요량이라면, 우리도 진지하게 대응할 필요가 없지 않은가? 보긴 뭘 본다는 건가? 이거야말로 고의로 사람을 놀리는 게 아니고 뭔가?

나는 쓰만이 왜 그 사건을 덮었는지 모른다. 만약 그가 그때 일을 흐릿하게 처리하지 않고 소란을 피워 상부까지 사건의 전말이 보고되었다면, 다촨은 정말 감옥으로 압송되었거나 심지어 목이 달아났을지도 모른다고 생각한다. 설사 그 일이 그 정도로 끔찍해지지는 않았을지라도, 우리는 그가 혼자서 그 일을 감당하면서 외롭고 쓸쓸하게 모두를 대신해 지옥에 떨어지도록 암묵적으로 동의했을지 모른다. 그 일은 우리 모두를 겁쟁이로 만들고 영원한 오점을 남겼을 것이다. 나는 나 자신이 그처럼 용감하지 않았다는 사실을 인정해야만 할 것이다. 나는 그저 그를 위해 물을 길어 나르고, 그를 위해 운동화를 빨고, 백 배쯤 힘써서 그의 앞뒤에서 일을 도왔을 따름이다. 그러나 처음부터 끝까지 내가 정말로 했어야 하는 그 말만은 입 밖에 내지 않았다. 어쩌면 그가 가장 기대했던 것은 바로 그 위로의 말 한마디였을지 모르는데.

"소련으로 도망가자는 계획은 내가 제안한 거니까, 감옥에 가더라도 나는 너와 함께 가겠다……."

나는 망설였지만 결국 포기했다. 그래서 영원히 다시는 그 말을 할 기회를 갖지 못했다.

그 말을 끝끝내 하지 못했다는 사실을 떠올리자, 다시금 다찬에 대한 부끄러움과 감격스러움이 치받쳐 오른다. 내가 다시 이런 기분이 된 것은 오로지 내가 다시 타이핑쉬로 가서 당시의 오솔길을 걸었기 때문이다. 만약 그 오솔길이 아니었다면, 나는 또 얼마나 많은 이야기를 기억하지 못하고 잊었을까? 나는 어쩐지 마음이 선득하니 저도 모르게 깜짝 놀랐다. 잊어버린 줄도 몰랐다니, 이게 웬일이란 말인가? 알지 못했다는 것은 내가 이 일을 완전히 잊어서 기억 속에서 사라졌기 때문인가, 아니면 내가 이 일을 기억하고 싶지 않아서 때맞춰 잊어버린 것인가? 나는 얼마 전에 본 비디오를 떠올렸다. 표준어와 광둥어로 이중 녹음된 비디오였다. 내 비디오 플레이어가 그리 좋은 물건이 아니라서 그 가운데 한 가지 언어만 선택해서 들을 수가 없었다. 결국 동시에 두 가지 말이 들리는 바람에 나는 한마디도 제대로 알아들을 수 없었다. 나중에 나는 '오로지 하나'의 언어만 들으려고 주의를 집중했고, 놀랍게도 바로 그 순간 기적 같은 일이 일어났다. 인간의 귀에도 선택적 삭제 기능이 있었던 것이다. 광둥어는 점차 잦아들더니 마침내 완전히 소실되고 말았다. 그러나 내가 '이 비디오는 두 가지 언어로 이중 녹음된 것이다'라는 사실을 의식하자 곧 통제력이 느슨해지고 소실되었던 소리가 곧 왁자지껄하게 등장해 귓가를 어지럽혔다.

이는 내 귓가를 어지럽히는 어떤 객관적 소리도 존재하지 않으며, 내 귀 안에도 객관적 청각이란 게 존재하지 않는다는 사실을 분명하게 보여준다. 설사 내가 그때 무엇인가를 들었다 할지라도 내 의식이 그것을 들을 수 있도록 결정했다고 말하는 편이 더 정확하다. 어떤 명령어가 비디오 속의 특정한 소리를 받아들이기도 하고 거부하기도 하며 나타나게도 하고 사라지게도 하는 것이다.

아래의 그림을 보도록 하자.

그림 한가운데에는 다리가 긴 술잔 형태의 흰 도형이 놓여 있다. 조금만 각도를 달리해서 보면, 예를 들어 검은 부분에 주의력을 집중한다면, 다리가 긴 술잔은 어느새 소실되고 마주 보고 있는 두 사람의 옆얼굴이 떠오를 것이다. 심리학자들은 이런 변화를 '도형/바탕색 전도'라고 부른다. 사실 여기서 그림은 줄곧 아무런 변화도 일으키지 않았다. 변화가 있었다면, 변화는 우리가 관찰하는 방식의 변화일 따름이다. 그래서 눈앞에 보이던 것이 순간 숨어버리기도 하고, 원래는 무시되던 것이 핵심으로 떠오르기도 한다. 마치 좀 전에 내가 말했던 이중 녹음된 음성처럼 말이다.

우리의 기억 또한 그러하다. 우리는 우리 스스로 기억하는 지나간 일이 원래부터 거기에 있었다고 생각하지만, 사실 거기에는 그 밖에도 수많은 다른 옛일이 존재하며 소실되지 않고 다만 숨겨져 있을 따름이다. 기억이 찾아낼 수 있는 범위 밖의 어딘가에 묻혀서 끝없는 어둠 속에서 소실되어가는 일 말이다. 특정한 조건 아래서, 약간의 주의를 기울인다면, 그것들은 비로소 왁자지껄 소란을 떨며 등장할 것이다.

언어

아마 당신 말이 옳을 것이다. 구체적인 이미지 속에는 언어가 숨겨져 있다. 인간에게는 이미 언어라는 것이 존재하고, 언어 조직을 사용해 추상적인 사고를 진행하기 때문에, 언어의 망 밖에 사물과 사건의 이미지가 존재한다는 것은 불가능하다. 이전에 나는 줄곧 언어 밖의 상황에 주목했고, 구체적인 이미지가 어떻게 비언어적인 은밀한 정보를 형성하는지 묘사해왔다. 나는 물론 또 다른 한 가지를 필요로 한다. 언어와 이미지 양자 사이의 상호의존과 상호통제에 대한 고찰이다. 이 두 가지가 하나의 동태적 과정 속에 얼마나 밀접하게 연관되며 구분하기 어려운지 돌아보는 일이다. 바꾸어 말하면, 이 책의 머리말에서 언급한 이른바 '언어 따위가 일찍이 다다르지 못한 곳'은 사실 존재하지 않는다. 엄격하게 말해서 그것은 언어가 몰래 잠복해 있는 곳일 따름이다.

당신이 말했던 것처럼, 인간의 삶 속에서 구체적인 이미지는 모두 감각된 이미지다. 동심, 꿈, 시적 감수성, 알코올, 마약 등 인지를 어지럽히는 요소와 멀리 떨어진 상황, 한 사람이 자신의 인식을 고도로 맑게 유지하는 상황 아래서, 감각은 언제나 이성의 통제를 받는다. 이성적인 선택과 정리, 이해 및 창조를 포함하는 일련의 과정에서 언어는 필수불가결하다. 생각해보자. 민족주의에 관해 말한다면, 르와르강 남부의 방목민은 어느 날 자신들에게 천주교도 외에 다른 신분이 존재한다는 것을 깨달을 수 있다. 그들은 얼굴조차 낯선 파리의 은행가들과 자신들이 마찬가지로 하나의 '프랑스인'이라고 생각하게 된다. 빈부의 현격한 차이는 그들이 삼색 깃발 아래 같은 곳에 서서 마음을 굳히는 데 장애가 되지 않는다. 그들은 소리 높여 프랑스 국가 〈라 마르세예즈〉를 부르며 프러시아인과 잉글랜드인에 맞서 주먹을 휘두를 것이다. 그들의 삶은 이전과는 완전히 다른 것이 된다. 마찬가지로, 계급주의에 관해 말한다면, 라인강 강변의 자동차 수리공들은 어느 날 자신에게 독일 국민 외에 또 다른 신분이 존재한다는 사실을 깨달을 수 있다. 그들은 징강산 아래 사는 소작민과 마찬가지로 하나의 '프롤레타리아'다. 얼굴은 몰라도, 풍습이 달라도, 언어가 통하지 않더라도, 그들은 하나 되어 중국의 전장에서 선봉에 설 수 있다. 그들은 부유한 가문과 고급 주택을 공격해 재산을 몰수하고 노비들을 해방하며, 제국주의를 일거에 유럽 대륙에서 몰아낸 뒤 서로 얼싸안고 무산계급을 위한 축배를 들 것이다. 그들의 삶은 이전과는 완전히 다른 것이 된다. 여기서 만약 서로 연관된 이론의 언어적 전파가 없다면, 그들이 삶을 인식하는 데 도움을 주는 언어가 이 세상에 존재하지 않았더라면, 앞에서 말한 일은 완전히 불가사의한 기적이 된다.

이 과정에서 사람들은 비바람과 굶주림, 사랑과 투쟁, 우정과 복수, 기쁨과 그리움, 굴욕 등을 겪으며 행군한다. 사람들의 감각기관은 무수한 이미지와 소리를 포섭하고 망라해 거대한 저장소를 형성하며, 그것들을 이후에 사용할 언어 속에 침잠시킨다. 그러나 그들이 삶의 체험에서 획득한 이 모든 것, 그들이 이런 삶을 경험하는 대신 또 다른 삶의 경험을 하지 않도록 만든 것이 몇몇 이론가의 언어로부터 비롯되었음을 그 누가 부정할 수 있겠는가?

사회적인 삶이란 흡사 거대한 다중 녹음 비디오와 같아서 원음은 마치 실타래처럼 뒤엉킨 채 온갖 잡음을 낸다. 우리는 그 가운데서 '민족'이나 '계급'만 느낄 수도 있고, 마찬가지로 '민족'이나 '계급' 따위는 느끼지 못할 수도 있다. 그것은 종종 우리가 이미 배제 기능을 집행하고 있기 때문이며, 이미 모종의 언어행위에 의해 조작되어 다른 소리가 다시금 바깥으로 튀어나와 소란을 떨 때까지 정적 속에 밀어 넣고 억누르는 까닭이다. 당신이 말했던 현대적인 유파의 예술 또한 좋은 사례다. 괴상하고 이상한 데 주의를 기울이는 사람들, 어린아이나 원시 부족들, 마약 중독자, 몽상가, 정신병자 같은 사람들에게, 현대 유파의 예술가들이 보이는 과장, 변형, 왜곡 등은 아마도 완전히 정상적인 범주에 속하며, 더할 나위 없이 사리에 맞고, 마음에도 쏙 들 것이다. 그러나 현대적인 과학 체계에서 교육을 받아 문명화된 이성적인 성인들에게, 현대 유파의 예술은 어떻게 받아들여지는가? 어째서 그들 또한 두 눈을 반짝이고 손바닥을 비비며 앞다투어 그 올챙이 머리같이 보이는 사람들과 이불에 지린 오줌 자국 같은 풍경에 열광하는가? 아주 기나긴 시간 동안 현대 유파의 예술은 거의 '아카데미파의 예술'이었다. 추상파의 회화나 의식의 흐름 기법으로 만든 영화 등. 대중은 외면했지만 전문적인 학문의 영역에서는 외려 크게 각광을 받았던 것이다. 양자의 심미적 취향은 완전히 대조적으로, 일반적인 '고아함'과 '통속적'인 미학의 대립과도 크게 차이가 있어서 자연적으로 해소되기 어려웠다. 근본적으로 학계에서 생산되는 전문적인 이론과 비평은 현대 유파의 풍격이 받아들여지고 확산되는 과정에서 전제가 되었으며, 문화의 감각을 쇄신하는 마력을 지녔다고 말할 수 있다. 다시 말해, 현대 유파가 기이한 상상력으로 무한한 가능성을 선보이게 된 것은, 사람들이 입을 모아 말하듯 그렇게 탈언어적이고 반이성적인 문화의 반동으로 시작된 게 아니라, 오히려 그와 정반대로 언어가 앞에서 길을 연 뒤에 구체적 이미지가 그 뒤를 따랐기 때문이다. 언어가 앞서서 상세한 분석을 진행한 뒤에 비로소 구체적 이미지를 받아들이는 것이야말로 현대 유파가 사람들의 마음을 사로잡은 일반적인 과정이다. 게다가 그것은 완전히 이성적인 공방이 오가는 과정이었다. 어떤 유파의 영화도 의식의 흐름 기법을 강조하는 유형의 영화처럼 그렇게 많은 이론과 비평을 필요로 하지 않는다. 어떤 유파의 회화도 그 기괴한 상황을 설명하기 위해 추상파의 회화처럼 그렇게 많은 이론가와 비평가를 불러들인 적이 없다. 어떤 프랑스 시인이 내게 1960년대 이후의 문단에 대해 다음과 같이 놀라움을 표시한 적이 있다. "이제 더 이상 모더니즘 문학이란 존재하지 않아요. 존재하는 것은 오직 모더니즘 문학비평, 그리고 오로지 그 비평을 위해 쓰이는 극소수의 문학뿐이죠." 또 이런 말도 했다. "예전에는 비평가들이 작가의 피를 마셨지만, 오늘날에는 작가들이 비평가의 젖을 마시죠." 감각을 변화시켜 흐름을 정하는 사람에게 현대 유파의 예술은 언어가 부화시킨 예술임에 틀림없다. 언어와 관념이 애써 재촉하고 인정한 그들의 자식인 셈이다. 이것은 적어도 현대 유파에 관한 상황을 일정 부분 설명한다.

당신은 물론 수많은 아카데미 예술이 지독히도 관념적이라는 사실을 알 것이다. 오늘날 사람들은 아예 그것을 '관념 예술'이라 일컫기도 한다. 관념 예술은 도형 철학적 논리와 형상에 대한 사변의 결정체이기에, 일반적으로 수많은 언어의 도움 아래서만 생산되고 소비되는 것이 가능하다. 이런 예술은 언제나 언어가 치열하게 생성되는 학계에서나 생존하며, 다른 어떤 곳에서도 살아남을 수 없다. 이는 그것이 언어와 매우 깊은 연관을 지닌다는 사실을 보여준다. 심지어 관념 예술은 스스로가 반대하는 전통 예술보다도 더욱 이런 연관에 의존한다.

말의 뜻

미국의 금융 전문가 조지 소로스는 증시 총결산의 교훈을 전하며 이렇게 말했다. "안전이 제일이다." 그러나 매번 새로이 증시에 손을 뻗을 때도 이렇게 말하곤 했다. "안전이 제일이다."

이것은 동일한 의미의 말인가?

한 가지 의미를 전하는 것인가?

동일한 실천을 이끌어내고 있는가?

소로스의 짧은 한마디에는 수십 년 동안 겪어온 성공과 실패의 경험이 쌓여 있다. 그 말은 당시 수억 또는 수십억에 달하는 달러의 흐름이 그가 당시 앉아 있던 자리를 위태롭게 만들 수도 있는 상황을 포함한다. 걱정으로 밤을 지새우고 놀라서 펄쩍 뛰고 여기저기서 그가 쌓아온 모든 것이 무너지고 애간장이 녹아나고 모든 공이 수포로 돌아가는 그런 순간

말이다. 또한 그것은 그가 영원히 잊을 수 없을 은행의 채무 독촉, 주식시장 급락, 친구들의 외면과 절교, 재산 매각과 언론에 의한 수모 등 가슴 떨리던 모든 순간의 이미지를 담고 있다. 그 말 한마디에는 이루 다 헤아릴 수 없는 피땀과 재난의 흔적이 스며 있는 것이다. 다만 보통 사람들이 그 말의 이면을 헤아리지 못할 따름이다. 이제 막 증시에 투자자로 나서서 증권거래소의 주식시세표 아래서 서로 머리를 맞대고 정보를 나누는 풋내기 투자자들 또한 소로스의 이 말을 좌우명처럼 뇌까리지만, 그들의 말은 그저 책에서 따온 빈말이거나 친구들의 조언이거나 투자 비평가의 가르침에 불과하다. 그런 말은 그저 빈껍데기일 뿐, 그 자신의 직접 경험이 녹아 있지 않다. 설사 자잘한 경험을 덧붙인다 해도 몇 마디 후회와 탄식에 불과하니 소로스가 한 말의 깊이나 흔적과는 비교할 수 없다.

만약 이와 같이 동일한 이념적 기치 아래서, 소로스와 어떤 풋내기 투자자가 완전히 다른 선택을 한다 해도, 그것은 너무나 당연한 일이다.

말의 뜻에는 표층 의미가 있고 심층 의미도 있다. 심층 의미를 분명히 말할 수 없을 때, 말의 뜻이 내포하는 실제적인 경험의 숨은 이미지는 기나긴 그림자의 꼬리를 그 말 뒤에 드리운다. 이는 언제라도 가능한 감정적 체험의 기회 및 개인적인 연상과 이해의 공간을 제공한다. 심층 의미를 '분명히 말할 수 있다'면 동일성을 지닌 '숨겨진 이미지'가 존재할 텐데, 그것은 수많은 사람의 기본적인 조건에 가깝기 때문이다. 의식, 질병, 혼인과 양육, 가정 등의 분야에서는 서로 별다를 바 없는 경험을 지니는데, 이른바 "사람에게는 모두 이런 마음이 있고, 사람의 마음에는 모두 이런 이치가 있다"라는 말은 이 점을 강조한 것이다. 그러나 사회와 인생의 수많은 변화를 겪으면, 동일하게 '분명히 말할 수 있다'라고 여겨지는 말의 뜻도 모름지기 '숨겨진 이미지'에 따른 천차만별을 겪게 된다. 깊이 감추어졌거나 얕게 감추어진 차이라든가, 많이 감추어졌거나 적게 감추어진 차이라든가, 이것이나 저것과 같이 감추어진 내용의 차이도 존재한다. 마치 동일한 종류의 전도체라 해도 전지를 쓰는 것과 쓰지 않는 것, 교류를 쓰는 것과 직류를 쓰는 것, 전압이 높은 것과 전압이 낮은 것이 존재하며, 그 각각이 완전히 다른 것과 마찬가지다. 그저 그 상황에 직접 맞닥뜨릴 때라야 사람의 마음이 얼마나 놀라게 되는지 느낄 수 있다.

사람들 사이에 존재하는 수많은 격언이나 금언이 바로 이렇게 만들어진다. 뱃사람들은 배가 가라앉거나 뒤집히는 일에 공포를 느끼는 과거의 기억을 지니고 있기 때문에 '가라앉는다沈'거나 '뒤집힌다翻'는 말을 사용하길 극도로 꺼린다. 따라서 이 두 글자를 사용하거나 심지어 발음이 같은 글자 사용을 피하는 것이 뱃사람의 공통된 금기다. 예컨대 '먼지塵' '늘어놓다陳' '새벽晨' 등은 '가라앉는다'와 같은 발음 '천'이고, '차례番' '돛帆' '거푸집范' 등은 '뒤집힌다'와 같은 발음 '판'이다. 그 말을 입에 담는 것만으로도 고압 전류에 감전된 것처럼 모골이 송연해진다. 주식 거래를 하는 사람들은 주가 '폭락'이 너무 끔찍하다는 사실을 과거의 경험으로 알고 있어서 '엎어진다跌'라는 글자 사용을 극도로 꺼린다. 따라서 이 글자의 발음 '디에'와 같은 '아버지爹'라는 말조차 피하는 경향이 있다. 주식하는 사람들은 대부분 그 대신 발음이 '바'인 '아빠爸'라는 호칭을 쓴다. 어쨌거나 '엎어진다'의 '엎' 자만 들어도 낯빛이 변하고 혈압이 급상승해서 식은땀을 흘리는 것이다.

시간이 지나면 말이 숨기고 있는 이미지는 본능에 녹아들어 호흡과 혈액, 체온과 같은 생리 반응과 하나가 된다. 만약 정치적 누명을 쓴 사람이 있다면, 그는 '특별 사안' '입장' '비판' 같은 말에 대해 보통 사람들이 이해하기 어려울 정도의 본능적인 혐오감을 느끼게 된다. $E=mc^2$이라는 공식은 상대성이론을 연구했던 사람에게 보통 사람은 쉽게 이해할 수 없는 감정적 색채와 미적 감각을 부여한다. 그것은 언제나 빽빽한 문자들 속에서 기이한 빛을 발하며 심장을 박동케 하고 기쁨으로 미간을 빛나게 한다.

"어린아이의 말은 거리낌이 없다"라는 말은 이런 관점에서만 비로소 이해할 수 있다. 아이들의 삶에는 그다지 많은 이력이 없으므로 그 마음이 백지와 같다. 어떤 것에 전혀 놀란 적이 없거나 그다지 많이 놀란 적이 없기 때문에, 어떤 말이든 겁 없이 입 밖에 낼 수 있다. 어떤 소년이 함께 걷고 있던 소녀에게 말했다.

"너 스테이 프리 생리대 쓰냐?"

소녀는 얼굴이 온통 새빨개진 채 화를 냈다.

"대체 무슨 헛소리를 하는 거야?"

그 말은 소년을 어리둥절하게 만들었다.

'난 텔레비전에서 본 대로 말했을 뿐인데, 뭐가 잘못 된 거지? 내가 뭘 잘못 말했나?'

또 다른 어린아이는 자기가 결혼이 뭔지 안다고 주장했다.

"결혼은 아빠의 정자가 갑자기 엄마 배로 팔짝 옮겨 가는 거야."

그 자리에 있던 모든 어른이 그 아이의 말에 배꼽을 잡고 웃었으며, 아이의 부모는 손님들 앞에서 얼굴과 귀를 붉혔다. 게다가 아이 자신의 마음 또한 오랫동안 갑갑해졌다.

'난 책에서 본 대로 말했을 뿐인데, 뭐가 잘못된 거지? 왜 사람들이 저렇게 웃는 거야?'

아이들은 사실 잘못 말한 게 없다. 게다가 그런 말은 상당히 정확한 표현으로, 사전적인 규정에도 부합한다. 예기치 않은 부끄러움이나 폭소를 일으킨 까닭은 이런 말이 '분명히 말해진 바'에는 정확히 부합하지만 '숨겨진 이미지'를 전혀 이해하지 못해서다. 성에 대한 인식이나 경험이 있는 청자에게 그 말에는 또 다른 의미가 숨겨져 있으며, 일반적으로 그들 각자에게 특수한 개인적 경험을 떠올리게 만든다. 그래서 이해하기 힘든 부끄러움이나 폭소를 안겨주는 것이다. 이런 현상은 또 이렇게 말할 수도 있다. 실제 삶에서 사람들은 동일한 언어에 대해서도 제각기 서로 다른 의미를 부여한다. 사람들이 숨겨진 의미의 숨은 이미지를 구성한다고 말할 때, 어떤 의미는 한 사람에게서 취한 그대로 다른 사람에게 옮겨서 적용할 수 없으며, 발달된 컴퓨터 복제나 클론 기술에 의존한다 해도 한 사람에게서 다른 사람에게 옮겨질 수 없다. 그래서 사람들 사이의 언어적 교류는 '분명히 말해진 바'의 차원에서는 일치할 수 있을지라도, '숨겨진 이미지' 차원에서는 종종 개별적인 소통 참여자에게 종속된다.

의심할 나위 없이, 대부분의 언어는 실제로 일종의 은어다. 그 언어의 사용 범주 밖에 있는 사람들에게는 대략적인 뜻이 이해될지라도 숨겨진 깊은 뜻은 전달되지 않는다. 사회에서 자주 보이는 직업적 언어나 범죄와 관련된 은어 또한 구체적인 말뜻에 대한 암묵적 동의가 성립되어 있는 곳에서만 비로소 정확하고 충분하게 이해할 수 있다. 말에는 적어도 '광범위한 성어 현상'이라는 게 있어서 저마다 서로 다른 전고가 숨겨져 있다. 생활에서 일반적으로 사용되지만 사전에는 실려 있지 않은 전고의 경우, 이런 전고를 이해하지 못하는 사람들은 그저 그 말의 뜻을 반 정도밖에 이해하지 못한다. 현대 독일의 저명한 사상가 하버마스는 아마도 이 부분을 다소 간과한 것 같다. 그는 사분오열한 현대문화와 현대정치의 상황을 걱정하면서 이성적이고 민주적인 '공공의 영역'을 재건하고 '주체의 이성'을 '주체 간의 이성'으로 변화시키자(《의사소통행위이론》)고 호소했다. 이성을 더 이상 고립시키지 말고 다른 주체를 향해 개방적인 교류와 소통을 행하도록 이끌어야 한다는 주장이다. 이런 주장은 물론 소중한 가치에 대한 고려와 현실적이고 건설적인 의의를 나타낸다. 그러나 이런 목표를 구체적으로 조작하기 위해서 하버마스가 제안한 '대화'와 '신실한 표현' '정확한 표현' 같은 대화 원칙은 여전히 서재와 살롱이라는 지나치게 학구적인 분위기를 떨쳐내지 못한다. 이성적인 차원에서 '분명히 말해진 바'에 국한될 뿐, '숨겨진 이미지'의 심리와 감정이 실천적 경험의 중첩에 의지하고 있음을 간과한다. 이것은 물론 지나치게 어려운 과제이기는 하다. 나는 아래서 이런 과제의 어려움에 대해, 이 어려운 문제가 어떻게 현대사회에서 날마다 돌발하고 있는지 묘사하고자 한다. 이는 절대 '대화'를 반대하려는 시도가 아니다. 다만 대화자들이 대화의 어려움을 얕잡아 보는 일을 경계하고 실천이라는 견고한 기초를 획득하도록 방향을 제시하려는 것이다. 대화가 귀머거리들의 혼잣말에 그치지 않고, 이성에 대한 '원리주의'나 종교적인 '원리주의'처럼 순진한 기대에 그치지 않기를 바라기 때문이다. 그렇지 않다면, 존경하는 하버마스 선생께서는 필수 단어가 실려 있는 통용대사전을 겨드랑이에 끼고 업계의 온갖 은어와 속어를 이해한다고 여기며 대화를 시도하려 드는 셈이다. 마치 천진난만한 어린아이가 통용대사전의 의미에 기초해 숙녀분과 '생리대'를 주제로 대화를 시도하거나 어른들과 '정자'에 관해 이야기하려는 것과 마찬가지다. 그의 말은 틀리지 않다. 어쩌면 얼마간 이로움을 줄 수도 있다. 그러나 그가 얼마나 관용적인 사람이든, 언어라는 것은 공공성의 도구인 동시에 비공공성의 도구다. 그가 줄기차게 추구해온 '이성적인 민주'와 '이성적인 헌정'의 개념은 종종 설명할 수 없는 부끄러움과 폭소를 불러일으킨다.

이성에 연연하는 지식인은 언어 속에 존재하는 은밀한 암호와 '광범위한 성어 현상'을 관찰하지 않고, 언어의 동일한 형태 자체를 어의의 동일함으로 여기고 말하는 사람과 연관된 경험 및 실천적 행위와 동일하다고 간주하는 잘못을 범할 수 있다. 어떤 미국인이 말한 '골동품'이라는 단어를 수천 년의 유구한 역사적 전통을 지닌 나라에서 그 사람들이 말하는 '골동품'이라는 단어와 동일시하기도 할 것이다. 또한 어떤 중국인이 말하는 '민족'이라는 단어와 겨우 몇백만의 인구를 지닌 약소국가 사람들이 말하는 '민족'이 같은 감수성을 불러일으킨다고 치부할 수도 있을 것이다. 그뿐만 아니라 '애국주의'가 모든 국민을 걱정하고 그들을 아끼고 보호하는 것이지, 어떤 악인이 생각하듯 국민을 희생함으로써 소수의 특권자들이 권력을 찬탈하고 거액을 국외로 빼돌리게 만드는 것이 아님을 확신할 수도 있다. 동시에 '세계주의'가 전 세계 각 민족의 문화적 호혜 평등과 공동의 기술 향유를 의미하지, 그 악인이 생각하듯 약소국가가 문호를 개방해 소수의 부유한 권력 집단이 원하는 이득만 취하며 일말의 사회적 책임도 지지 않음을 의미하지 않는다고 여길 수도 있다. 이런 지식인이 믿는 이치도 사실로 통용될 수 있다. 공통의 인식은 이치를 설명하는 방식으로 도달될 수 있다. 그러나 그는 왜 인류가 몇천 년 동안이나 그토록 많은 이치를 지니고 있으면서도 여전히 가슴을 파고드는 가시처럼 아픈 수많은 비극을 겪고 있는지, 왜 그처럼 수많은 이치가 이미 매우 심도 있고 주도면밀하며 깔끔하고 완벽한 수준에 이르렀는데도 이 지구상에 그토록 많은 하릴없고 냉담한 얼굴과 맞닥뜨리게 되는지 이해할 수 없을 것이다. 몇몇 머리 좋은 강자들의 입장에서 말한다면, 받아들이지 못할 이치라는 게 어디 있겠는가? 의식적 형태로 유행하는 구호라면 무엇이든 받아들여 그들의 좌우명으로 삼고 폭리를 취할 기회로 삼을 수 있는 것이다. 마찬가지로, 몇몇 순진한 약자들의 입장에서 말한다면, 받아들일 수 있는 도리라는 게 얼마나 있겠는가? 명철한 지도자와 청렴한 관리들의 인자한 정치가 없다면 제아무리 뛰어난 정치적 규범이 존재하더라도 의식 형태로 유행하는 구호라는 것은 언제라도 사람들을 어려움에 빠뜨리고 새로운 착취의 구실이 되어 삶을 나락으로 떨어뜨릴 수 있는 것이다.

그런 상황에서 그들의 냉정함을, 이론에 무심한 그들을 비난할 수 있는가? 그들이 하버마스식 '대화'를 피하거나 거절하는 것을 비난할 수 있겠는가? 먹을 빵조차 없는 사람들에게 왜 맛있는 케이크는 먹지 않느냐고 묻는 것과 뭐가 다른가?

혜능

《육조단경》에 다음과 같은 기록이 있다. 선종의 육조 혜능은 입적하기 전에 제자들에게 이후 "글에 의지하지 말 것不立文字"을 당부했다.

또한 "이 종파는 본디 논쟁을 일삼지 않으니, 논쟁을 시작하면 종파의 도리를 잃게 된다"라고도 했는데, 역시 말로써 논리를 다투지 말라는 뜻이다. 《금강경》에는 부처께서 "설법하는 사람은 그 법을 완전히 설명할 수 없다"라고 끊임없이 탄식했다는 기록이 있다. 또는 "만약 누군가 이미 말해진 바의 설법을 되풀이한다면, 비록 그 말에 가까이 가더라도 내가 말한 바를 완전히 이해할 수는 없다"라고도 했다. 뜻을 언어로 완전히 전달하는 것은 근원적으로 불가능함을 나타내는 말이다. 이는 "진정한 웅변이란 말하지 않는 것이다"라는 도가적 전통과 부합하는 바가 있다.

혜능은 원래 물을 지고 나무를 하는 일꾼이었다. 사적에 '야인野人'이라 기록된바, 분명히 지식 계급이 될 자격을 갖추지 못한 사람이었다. 설사 그가 스스로 공부하고 익혀서 재목이 되었다 해도 문자에 대한 회의적인 태도가 빈민이라는 그의 출신과 아무런 관계가 없지는 않을 것이다. 같은 종파의 불문 제자들처럼 그 또한 '대화'를 믿지 않았다. 언어가 드러내는 의미를 줄곧 신임하지 않았던 주요 이유는 언어가 가시적으로 어떤 의미를 드러내든 애매모호하고 분명치 않은 숨겨진 이미지가 존재하며 그것을 완전히 파악하기는 불가능하다는 점에 있을 것이다. 이 숨겨진 이미지의 횡행 속에서는 분명하거나 불분명한 판단, 냉정하거나 열정적인 감정이 순식간에 자리를 뒤바꾸고 시시각각 변화를 일으키며 사전에 실린 규칙이나 공중의 약속으로부터 그 뜻을 멀리 떼어놓는다.

만약 서로 대화하는 사람들이 숨겨진 이미지의 횡행을 완전히 복제할 수 없다면, 숨겨진 이미지의 횡행이 의존하는 삶의 모든 이력을 복제할 수 없다면, 대화의 성패라는 것은 사실 별다른 의미가 없다. 설득하거나 설득하지 못하거나 사실 매한가지다. 혜능은 다소 극단적으로 말했지만, 일종의 편견에 대한 간파가 분명히 그 안에 존재한다. 이해는 오해의 다른 이름이다.

은어

여기서 말하는 은어는 모두 표준어와 관계있다. 다만 말하는 사람 각자의 특수한 감각적 경험을 포함하고 있어서 듣는 사람이 쉽게 이해할 수 없을 따름이다. 엄밀히 말하자면, 이런 표준어는 모두 삼가 가려야 하는 은어다.

관련된 사례는 너무 많지만, 여기서는 다만 몇 가지만 들어보자.

첫 번째 은어: 지주

타이핑쉬에는 나쁜 지주도 있었고, 좋은 지주도 있었다. 가장 좋은 사람으로는 충산 대대의 차오 할아버지를 꼽을 수 있다. 홍군이 설치고 다닐 때, 그의 아들 가운데 하나가 살해당했다. 나중에 국민당 군대가 돌아오자, 어떤 사람들은 그에게 복수를 하라고 종용했다.

"현정부에서 적잖은 무장공비를 가둬놓았고, 또 어르신은 현정부의 태수 어른과 교분이 있는데, 어째서 그분께 홍군을 죽여 아들의 복수를 하게 해달라고 하지 않습니까?"

차오 할아버지는 한숨을 내쉬며 말했다.

"내가 현정부의 태수와 교분이 두터운 것은 사실일세. 내가 오전에 죽이라고 부탁하면, 아마 오후까지도 미루지 않을 테지. 세 사람을 죽이라고 하면, 두 사람 반만 죽이지도 않을 것이네. 하지만 내가 몇 명을 죽인들 내 아들이 살아 돌아오겠는가?"

그는 복수하지 않았다. 나중에 공산당이 정권을 잡았을 때, 그에게 살길이 열린 것은 어쩌면 그 때문이다. "그가 지주의 한 사람으로 계급의 적인 것은 사실이지만, 작은 땅덩어리를 주고 노동자로 개조하도록 하자. 고구마와 옥수수를 심어 가꾸며 자기 손으로 일한 것을 거두게 하자." 몇 년 전 어느 날, 나는 산길에서 우연히 그를 만났다. 그는 늙어서 낙타처럼 허리가 굽었고, 한쪽 눈이 뿌옇게 흐려져 있는 것으로 보아

심각한 백내장을 앓고 있었다. 그는 나를 알아보지 못했고, 먹물 든 인사의 행색으로 보아, 향정부의 간부쯤으로 여긴 모양이었다.

"간부 나으리, 이 늙은이 좀 도와주시오."

그는 쭈글쭈글해진 종이 담배 한 개비를 건네주었다.

"정부가 아직도 지주들에게 표지를 줍니까? 아직 준다면, 나으리가 이 늙은이 사정 좀 봐주시구랴. 나한테 지주 표지 하나만 주시오. 지금 나는 정말 곤란하다오."

나는 내가 잘못 들은 게 아닌가 하고 의심했다. 그가 농담하는 거라고도 생각했다. 그러나 그는 농담을 하는 게 아니었다. 말하는 동안 그의 눈에서 눈물이 흘러내렸다.

"나는 정말 살길이 막막하오. 오늘은 붉은 쪽지가 날아오고, 다음 날은 흰 쪽지가 날아오는데, 모두 이 늙은이의 명을 재촉할 따름이외다. 내게는 조카만 다섯인 데다 외종질은 여덟이라오. 게다가 사촌, 오촌이 집집마다 있으니 내가 도대체 어찌 살겠소? 나는 어찌 이리도 팔자가 사나울꼬? 나 같은 반동분자가 더 나빠질 게 뭐 있겠소? 정부는 영명하고 위대하니, 다시 한 번 나를 지주로 규정해줄 수 있지 않소……."

나는 나중에서야 비로소 다음과 같은 사실을 알게 되었다. 그는 자신에게 친척이 많아서 결혼식에 부조금을 보낼 일도 너무 많은지라 더 이상 감당하기 어렵다고 하소연한 것이다. 생각 끝에 차라리 노동 개조 운동 때처럼 친척들이 그와 엮이기 싫어서 외면하고 이웃들도 감히 그와 가까이하지 않기를 바란 것이다. 혼자서 농사를 지어 먹고, 잘 때만이라도 편안하고 싶은 마음이었을 터였다. 그는 '지주'라는 개념이 예전에 이미 사라지고 없다는 사실을 알지 못했다. '지주'라는 말이 얼마나 긴 시간 동안 여러 사람의 마음을 놀랬는지도 알지 못했다. 향정부가 현재 극빈자들을 구제하기 위해 대출을 해주거나, 화학비료나 개량종자, 양식과 의복 따위를 제공하고 있다는 사실도, 영감님 혼자서 무슨 '지주'가 될 수는 없다는 사실도 더더욱 알 바가 없었다. 그는 이 모든 것을 전혀 알지 못했다.

그는 주룩주룩 눈물을 흘리며 운명의 불공평함을 탓했고, 그에게서 지주의 고깔모자를 가져가버린 일을 아쉬워했다. 심지어 과실로 인한 화재로 삼림 훼손을 일으켜 형사판결을 받은 죄인을 부러워하며 말했다. "저놈은 팔자도 좋지. 팔자가 아주 늘어졌구나. 무슨 반동적인 행동을 한 것도 아니고, 기껏해야 산에다 불 한 번 놓은 일로 감옥에 가다니! 무슨 붉은 쪽지니, 흰 쪽지니 하는 것도 볼 일이 없을 테지. 나는 어찌 저런 복도 없는가?"

두 번째 은어: 개회

내가 현 문화관의 일을 시작한 때는 문화대혁명 후기로서, 당시 동료들은 모두 '회의를 여는 것'을 매우 좋아했다. 개회를 알리는 환성 소리가 울리고 나면 모두들 회의실로 몰려들어 찻잔과 담배를 늘어놓고, 잔뜩 흥분해서는 손바닥을 비비며 회의가 열리기만 기다렸다. 먼저 눈을 감고 온몸의 기운을 모은 뒤, 찻물 몇 모금으로 위장을 살짝 적시고, 관장이 상부의 공문을 다 읽기만 기다린다. "좋습니다. 시간이 됐으니 모두 의견을 발표해주시기 바랍니다." 그러면 성 남쪽의 곰보니 성 북쪽의 절름발이니, 겨울의 두부니 여름의 김치니, 당나라 협객이니 명나라 요괴니, 하나에서 열 가지 온갖 잡동사니들이 '공문 토의'의 주제 정신으로 귀납될 수 있었다. 공문의 지시에 반대하는 말은 아무도 할 수 없었기 때문에, 심지어 옹호하거나 찬양하는 말이 지나친 경우도 상당히 있었다. 예를 들어, 누군가 이렇게 선포하는 식이다. "우리는 절대로 마오 주석의 혁명 노선 계승자가 될 수 없습니다." 사람들이 모두 그 말을 듣고 두 눈을 휘둥그레 뜨고 입을 벌리면, 그는 다시 손에 든 담뱃재를 툭툭 떨고 차 한 모금으로 목을 축이고 난 뒤, 주위를 둘러보며 득의만면하게 앞서의 포장을 풀어 보인다. "우리는 마오 주석의 혁명 노선을 죽도록 따르는 한 마리 개에 불과합니다! 이놈을 물어뜯으라면 절대 저놈을 물어뜯는 일이 없을 것이요, 고기를 먹지 말라고 하면 당연히 맨밥만 축낼 겁니다!"

이런 말은 물론 정치적 문제가 될 수 없었고, 다소 황당하고 웃기기는 해도 정도를 벗어나지는 않았으며, 그에 따라 사람들의 왁자한 웃음소리가 회장 안에 쟁쟁히 울려 퍼졌다. 어떤 사람들은 암묵적 동의의 시선을 주고받으며 말없이 진실한 속내를 드러내 보이기도 했다.

이런 정치 학습은 사실 한바탕 신선놀음이었다. 입술 근육을 단련하고, 말장난으로 반찬을 삼으며, 신기한 이야기로 커다란 부침개를 부쳐 먹고 각종 사회 뉴스를 주고받으며, 상품 거래 상황 및 가정사의 크고 작은 경험을 총괄하는 것이다. 일주일에 한두 번 겨우 회의를 열 수 있었기 때문에, 회의 참석자들은 하고픈 이야기를 채 다 나누지 못해 안타까워했다. 사람들은 모두 사상 정치 학습을 한층 더 심화해야 한다고 주장하면서 끝장을 내기 전에는 판을 거두지 않을 심산이었다. 사람들은 이렇게 말했다. 우리가 둔해서 깨닫지 못하니 좀 더 회의를 지속하지 않으면 어떻겠습니까? 지금 이 공문의 뜻이 심오하니 계속 토론하지 않으면 어떻게 체화할 수 있겠습니까? 일이 아무리 바빠도 주관 세계의 개조를 포기할 수는 없는 일 아닙니까? 이런 난리법석의 도가니에서 관장은 크게 마음을 놓는 한편 뭔가 옳지 않다 싶어서 입맛이 쓴 모양이었다. 의심스러운 바가 있기는 하지만 또한 쉽게 의혹을 풀 수는 없는지라 그저 애매모호한 태도로 얼버무리고 지나갈 뿐이었다.

몇 년이 지나지 않아, 나는 외국에서 홀로 쓸쓸하고 외로운 시간을 보내던 중에 기자 한 사람을 만났다. 그는 내게 중국을 생각했을 때 가장 그리운 게 뭔지 물었다. 나는 전혀 주저하지 않고 대답했다. "회의를 여는 것이죠." 기자는 멍하니 나를 바라보며 무슨 말인지 알아듣지 못하는 눈치였다. 내가 다시 그 말을 되풀이할 때도 여전히 놀라고 이상하다는 표정으로 고개를 절레절레 저을 뿐이었다. 이것은 이상한 일이 아니다.

그는 우리가 연 회의에는 참석한 적이 없으니까. 그가 인터뷰했다는 또 다른 중국인들도 우리가 열었던 그런 회의에 참석한 경험은 없을 테니까. 1970년대에 중국에서 몰래 빠져나와 국외로 망명한 어떤 사람이 일찍이 그 기자와 인터뷰했다. 중국에서 몰래 빠져나와 국외로 망명할 수밖에 없었던 이유를 묻자 인터뷰이는 패닉 상태에 빠진 채 단 한마디로 답했다. "거기서는 언제나 회의를 열고, 회의를 열고, 또 회의를 열죠!"

세 번째 은어: 아가씨

타이핑쉬의 수많은 농민이 도시로 일거리를 찾으러 나갔다. 예전 당 지부서기였던 쓰만의 딸 위샹도 아버지가 사형을 선고받고 2년 유예 처분을 받자 보건소에서 임시로 맡고 있던 일을 더 이상 유지하지 못하고 도시로 나가서 길을 찾게 되었다.

지식청년들이 그들의 버팀목이자 연락처였다. 애꾸눈 라오무 선생은 사업적으로 발이 무척 넓었기 때문에 꽤 많은 사람에게 일자리를 찾아주었는데, 위샹의 생김새가 나쁘지 않다고 생각했는지 룸살롱 아가씨로 취직시켜주었다. 농민들이 "화류계 밥을 먹는다"라고 말하는 그런 일이었다. 이 소식을 듣고 옛 친구들은 모두 라오무가 박덕한 짓을 했다고 생각했다. 그래도 예전 지도자의 혈육인데 불구덩이 속에 처넣다니. 당시 위샹의 아버지는 지식청년들을 꽤 잘 대해주었다. 그런데 어떻게 네가 그렇게 양심도 없는 짓을 하느냐?

타이핑쉬로 돌아갔을 때, 나는 양심도 없는 짓을 한 것이 우리네 도덕군자라는 사실을 깨닫고 눈앞이 빙빙 돌았다. 시골 친지들 사이에서는 도시 아이들이 주둥이만 잘 놀리는 게 아니라 정말이지 일도 잘한다고 칭찬이 자자했다. 특히나 그 애꾸눈이, 그 뚱보 라오무는 정말이지 인의도덕을 아는 사람으로, 쓰만네 위샹에게도 어찌나 좋은 일자리를 찾아줬는지, 어려운 일도 많이 하지 않고 큰돈을 벌게 해줬다는 것이다.

위샹은 2년 만에 새로 큰 집도 지었는데, 어찌나 번드르르한지 산골 마을에 들어서면 곧장 눈에 들어왔다. 그 어디 누구누구가 가서 길거리 청소를 하면서 한 달에 200위안 받게 해주고 그나마도 자기가 먹었다는 거랑 같겠어? 시골 사람이면 그렇게 싸게 써도 되는 줄 아는가?

사실 시골에서도 처음에는 룸살롱인지 뭔지 군말이 전혀 없었다. 위샹의 남편은 길을 고치다가 다리가 부러졌다. 그는 지팡이를 짚고 향정부 문 앞으로 달려가 고함을 치고 역정을 내며 말끝마다 이혼한다고 난리를 피웠다. 말인즉슨, 자기는 뒤에서 남에게 손가락질당하고 싶지 않고, 또 문 앞에 돼지우리가 있는 꼴도 볼 수 없으니, 소문이 시끌한 이 창녀 같은 년을 잡아다가 물고기 먹이로 주고 말겠다는 거였다. 그때까지만 해도 그는 전혀 예상치 못했을 것이다. 연말에 위샹이 도시에서 돌아왔는데, 그녀가 집 안으로 들어서자 온 데가 다 환해질 정도였다. 머리를 어깨까지 늘어뜨리고, 하이힐을 신고, 짧은 가죽 치마를 입고, 눈썹을 곱게 그려 눈 화장을 했는데 우아하기 짝이 없었다. 진짜 가죽 핸드백에 실크 스카프를 두르고 장갑을 꼈으며, 휴대전화가 없나, 호출기가 없나, 지갑을 열면 인민폐가 없나, 홍콩 달러가 없나. 정말이지 선녀가 강림하고, 귀비마마가 납신 모양이 아닐 수 없었다. 위샹의 눈부신 광채에 남편은 거의 눈을 뜨지도 못했고, 완전히 기가 눌려서 말 한마디 꺼내지 못했다. 여기 어디 아직도 위샹이 있는가? 위샹이 아니었다. 위샹과 닮지도 않았다. 그런 마당에 남편이 잔뜩 벼르고 있던 욕지거리가 감히 어디 나설 수나 있겠는가?

남편은 손발을 어찌 놀려야 할지도 모를 정도로 당황했다. 물을 끓이러 가야 할지 산으로 나무를 하러 가야 할지도 몰랐고, 심지어는 눈과 코를 어디에 두어야 할지, 어떤 표정을 지어야 할지도 알지 못했다. 그는 마누라가 도시에서 끌고 온 물건을 수습하려고 했지만, 모두 한 번도 본 적이 없어서 뭘 어떻게 해야 하는지 도무지 알 수가 없었다. 겁이 나서 감히 만져보지도 못했다. 위샹이 코를 움켜쥐며 집 안의 닭똥 냄새와 오리똥 냄새에 비위가 상한 듯 보일 때에야 그는 비로소 자기가 살아날 빛이 보이는 것을 깨달았다. 그는 얼른 닭과 오리를 마당에서 몰아내고 집 안을 청소했다.

며칠이 지나자 그는 서서히 마음을 놓게 되었다. 그의 아이들은 이미 부러움의 대상이 되었다. 깨끗하고 고운 운동복으로 차려입고, 서양식 여행용 슈즈를 신었으며, 동네 구멍가게에서 보따리 가득 간식도 잔뜩 샀다. 게다가 전자오락기도 가지고 있어서 온 동네 친구들이 호기심에 잔뜩 모여들기도 했다. 그 자신 또한 부러움을 한 몸에 받기 시작했다. 단단한 케이스에서 담배를 꺼내 물고, 윤기가 좌르르 흐르는 가죽 구두에 몸에 딱 맞는 양복을 입고, 마작 테이블에서도 50위안짜리 지폐를 눈 깜빡하지 않고 척척 내놓는 사람이 되었다. 마을 안 어디를 가든지 온갖 친절한 인사와 감탄하는 시선을 충분히 즐길 수 있었다. 몇몇 초대받지 않은 손님이 집 앞까지 찾아와 뵙기를 청하기도 했다. 집을 다시 지을 것처럼 보이자, 사람들이 기계로 뽑은 벽돌이니, 목재니 시멘트 따위를 몰고 왔다. 이런 상황에서 위샹의 남편은 느긋하게 양반다리를 하고 앉아서 전혀 서두르지도 않고 담배 연기를 뿜어낼 따름이었다.

"가격이 너무 비싸지 않아? 우리 집 돈은 뭐 어디서 주워 온 줄 아는가?"

"아니, 아니. 당연히 이 댁 사모님이 밖에서 땀 흘려 벌어온 건데 쉽지 않지요."

"이 사람도 집에서 돼지 치고 어른 모시고 애들 거두면서, 어디 쉽게 지냈간디?"

"그야 물론이지요. 사실 집안일이 훨씬 더 어렵지요."

"내일 다시 오게나."

"내일까지 뭘 기다리십니까. 어르신이 대장이신데, 말 한마디면 되잖습니까?"

"그래, 그래. 우리가 벌써 세 번이나 왔는데, 자네 말 한마디 좀 더 못 기다리겠나?"

남들이 거듭 부탁하자 남편의 기분은 한층 더 좋아졌다. 그는 자신도 이제 한 인물 하게 된 것을 알았다. 게다가 어떤 사람도 이러쿵저러쿵하지 않았다. 모두들 진심으로 그를 떠받들었으며, 그의 한마디가 떨어지기만을 진심으로 바랐다. 그의 말이 믿을 만한 게 아니라면, 또 누구의 말을 믿을 것인가?

위샹의 부덕婦德은 바로 여기서 빛을 발했다. 그녀는 돈 좀 벌었다고 해서 남자의 체면을 세워주지 않는 그런 여자가 아니었다. 이 점이 그녀에 대한 평판이 좋은 원인 가운데 하나였다. 사람들은 위샹이 큰돈을 벌었는데도 근검절약하는 정신을 잊지 않았다고 칭찬했다. 도시에서 생활할 때 그녀는 컵라면만 먹고 지내며, 한 푼이라도 모으는 대로 집으로 보낸다는 것이다. 집으로 돌아와서는 또 돼지를 먹이고 나무를 했다. 쥬자만의 여자처럼 돈 좀 벌었다고 마음이 변해서 다른 남자랑 달아나는 족속과는 아예 근본이 다른 것이다. 그들은 또한 위샹이 다른 사람을 돕는 일에 열심이라고 칭찬했다. 고향 사람들이 찾아가면 그들이 자기와 같은 일을 할 수 있도록 아낌없는 지원을 퍼부었다. 다른 사람을 위해 일하고, 모두에게 기회가 돌아가도록 애썼다. 아오베이리의 또 다른 여자처럼 뭐든 독식하려고, 말을 해도 두루뭉술하고 어디를 다니는지 도무지 알 수 없고 마을 사람들에게는 절대 진짜 전화번호도 가르쳐주지 않는, 남이 자기 밥그릇을 뺐을까 봐 쩔쩔매는 족속과는 아예 근본이 다른 것이다. 나는 이런 말을 들으면서 도덕적 표준이라는 것이 여전히 존재한다는 사실을 깨달았다. 다만 그 원칙은 한 단계 내려가서 보다 세부적인 문제에 집중하고 있었다. 예를 들어, 어떤 사람이 어떤 직업에 종사하느냐는 중요한 평가 대상이 아니었으며, 직업적인 경쟁에서 얼마나 문제를 공정하게 처리하느냐가 평가의 쟁점이었다. 도덕의 힘은 여전히 강력한 힘을 발휘했다. 일시적으로 뒤로 물러나기는 했지만, 예를 들어 사람이 어떻게 돈을 버느냐의 문제에 대해서는 더 이상 신경 쓰지 않았지만, 사람이 어떻게 돈을 쓰느냐의 문제에 대해서는 여전한 구속력을 자랑했다.

도덕은 명백하게도 여전히 존재하는 게 아니겠는가? 어떤 사람들은 룸살롱에서 분을 바르고 입술연지를 찍어댄다는 사실만 보고 세상의 도덕이 바닥에 떨어졌다면서 탄식하지만, 이는 하나만 알고 둘은 모르는 소리가 아닌가?

먹고사는 데 걱정이 없는 사람은 인의도덕을 강조한다. 하지만 그들이 뽀얗고 연한 손을 내밀면서 위샹과 같은 사람들을 속물스러운 악덕으로 치부하는 것은 더욱 중요한 사회문제를 간과하는 셈이다. 위샹은 속물스러울 수 있다. 심지어 사회의 악덕일 수도 있다. 그러나 남편의 중상 입은 다리를 생각하건대, 그 집 아이들이 학교 갈 형편도 못 되게 딱했던 일을 생각하건대, 그 집 노친네들이 중병을 앓으면서도 약 지을 돈이나 병원비가 없어 속 태웠던 일을 생각하건대, 그 집 사방에서 비바람이 쳐들어 흔들릴 때 부부가 속수무책 울어도 눈물 한 방울 안 날 지경이던 상황을 생각하건대, 그들이 지금 한껏 눈썹을 치켜세우며 벼락부자 티를 팍팍 낸다손 치더라도 무엇이 그리 대수인가? 위샹이 어떻게 속물이 되지 않으며 악덕에 물들지 않을 수 있겠는가? 만약 사회나 다른 사람이 제때 어려움을 해결해줄 수 없다면, 위샹이 이 눈앞의 현실, 매일 심지어 매시간 그녀에게 떨어지는 실제적이고 구체적인 부담을 한 보퉁이에 싸서 저 멀리 던져두었다가 몇 년이나 몇십 년이 지난 뒤에 다시 꺼내 시작할 수 있겠는가?

라오무는 그녀를 도울 수 있었지만 나는 그녀를 도울 수 없었다는 점이 아쉬울 따름이다. 더구나 나는 '아가씨'라는 말이 주는 낯선 의미에 대해 고민하면서 그 어휘의 경박함을 받아들일 수가 없었다.

나는 그 낯선 의미 앞에서 완전히 속수무책이었다.

나는 사람 마음속의 도덕적 표준이라는 것이 한 단계 내려갈 수 있다면, 한 단계 올라갈 수도 있다고 생각한다. 도덕의 힘이 뒤로 물러날 수 있는 것이라면, 앞으로 나아갈 수도 있다고 생각한다. 아마도 위샹이 어느 정도 돈을 벌고 난 뒤, 또는 타이핑쉬 사람들이 모두 충분히 부유해지고 난 뒤라면, 사회의 개선을 거쳐서든 개인의 투쟁이라는 수단을 통해서든, 사람을 숨 막히게 하는 가난이 사라지고 나면, 수많은 옛일이 새로운 생활환경과 배경 속에서 다시 이해될 것이다. 창고가 가득 차면 예의를 알게 된다고, 그때가 되면 사람들도 이 '화류계 밥'에 대해서 다시 한 번 잘못됐다는 생각을 하게 되지 않을까? 특히 어떤 여자가 늙어서 젊음을 팔아 버는 돈을 더 이상 벌지 못하게 되었을 때, 그녀의 도움을 받았던 사람들을 포함한 그녀 주위의 사람들이 갑자기 어떤 도덕적 잣대를 그녀에게 들이미는 것은 아닐까? 갑자기 낯빛을 바꾸고 냉정하게 질문하는 것은 아닐까? "그렇게 많은 사람이 모두 일을 해서 돈을 벌었는데, 어째서 당신은 그러지 않았는가? 그렇게 많은 사람이 가난을 감수하며 살았는데, 왜 당신은 그렇게 하지 못했는가? 어째서 당신은 돈을 좇느라 자기 체면을 돌보지 않았는가?"

그들은 물론 사실을 말한 것이다. 그러나 그 많은 사람이 이른바 사실은 이 여인을 아무 말도 못 하는 벙어리로 만들 것이다. 아마도 그녀에게는 자신의 상황이 달랐음을 분명하게 증명할 방법이 없을 것이다. 그래서 그녀는 심지어 과거의 모든 것을 잊었노라 말할 수도 있다. 혹은 나이가 들고 미모를 잃은 그녀 자신조차 그 더러운 돈을 증오할지 모른다. 그렇다 해도 전혀 이상한 일이 아니다.

나는 이 너무도 낯익은 의미 앞에서 또한 완전히 속수무책이었다.

나는 그날이 언제 올지, 위샹이 정말 그날이 다가오는 것을 느끼고 있는지 알지 못한다. 내가 그녀를 보았을 때, 그녀는 온몸에 향수 냄새를 풍기며, 비척거리는 걸음으로 산길을 걸어서 도시로 돌아가는 중이었다.

꽃무늬 양산을 받쳐 들고 여행 가방을 끄는 남편이 신이 나서 그녀의 십여 미터 앞에서 씽씽 걷고 있었다.

나는 인사를 했지만 마주보는 위샹의 시선에서 냉담한 빛을 발견했다. 그녀는 줄곧 내가 일자리를 소개해주지 않는다고 원망하고 있었던 것이다. 내가 룸살롱 같은 곳은 가지 말라고 말렸던 일도 마음속 깊이 잊지 않고 있었다.

"이틀 있으면 나도 돌아가니까 무슨 일 생기면 찾아와."

"오라버니가 그렇게 바쁘신데, 어찌 찾아가서 방해를 하겠어요?"

그녀는 차갑게 웃으며 내 눈길을 피했다. 또각, 또각, 또각 하이힐 발굽 소리가 귓가에 쟁쟁 울렸다.

나는 그녀의 뒷모습을 바라보며 또 할 말을 잃었다.

네 번째 은어: 배고픔

다른 대대에 타오씨 성을 가진 지식청년이 있었는데 별명이 하마였고 늘 우리를 찾아와서 놀았다. 키가 크고 살집도 있는 편이라 몸무게가 백 킬로그램에 육박했다. 다리 하나가 물통만큼 굵어서 마을의 어린애 둘이 붙어도 다 껴안지 못할 정도였다. 머리는 가마솥만 해서 돼지머리라면 잘라서 생강, 쪽파, 고추, 마늘을 넣고 볶아서 몇 집이 배불리 먹을 정도였다. 그가 웃을 때면 얼굴에 있는 모든 근육이 파도처럼 출렁댔기 때문에, 언젠가 어떤 나이 든 농군 한 분이 그 얼굴을 보고 감탄해서 이렇게 소리쳤다. "아이고 참 실하구나! 정말이지 씨를 할 놈이여—"

그래서 그는 '씨할 놈의 하마'라는 또 다른 별명을 얻었다.

그는 정말 잘 먹었다. 입을 쩍 벌리면 한 입에 두 근이나 되는 밥을 밀어 넣을 수 있었고, 고구마 다섯 개를 쑤셔 넣고도 눈 한 번 껌뻑이면 순식간에 사라졌다. 그러고도 방귀 한 번 안 뀌는 품이, 먹지 않은 사람이라고 해도 믿을 정도였다. 그래서 그는 다른 대대를 다니며 남는 음식을 챙기곤 했다. 어찌나 냄새를 잘 맡는지, 돼지기름 냄새를 맡고 숨겨놓은 국수가 어디 있는지 귀신같이 찾아냈으며, 입술에 묻은 음식 냄새만으로도 쥐 고기와 대추 냄새를 구별할 수 있었다. 이런 목적을 위해 그는 커다란 몸집에 걸맞지 않게 소박한 뜻을 품었다. 여기저기서 굽실굽실 타고난 종놈처럼 남을 위해 똥지게를 지고 대신 나뭇짐을 해 날랐으며, 언니야 오빠야 아저씨야 아줌마야, 어찌나 두꺼운 얼굴로 부끄러움도 안 타는지 누가 뺨을 때린다고 해도 전혀 개의치 않았다. 심지어 우리에게 자신의 평생 숙원이 저우언라이 총리의 지위를 계승하는 것이라고 당당히 선언했다. "내가 만약 총리가 되면, 전국에 있는 모든 식당에서 지식청년들이 사흘 동안 공짜로 먹고 마실 수 있도록 할 거야. 그렇게 하고 바로 사임하겠어!"

하루는 그가 또 멀리서 뭔가 냄새를 맡고 서산 기슭에 나뭇짐을 내버린 채 우리가 사는 목조 건물까지 단숨에 달려와서는 미친 듯 대문을 두드렸다. "문 열어! 문 열어……." 우리는 호미 세 자루로 문을 걸고 절대로 그가 들어오지 못하도록 막은 채 열심히 배를 채웠다. 우리는 마침 함정에 빠진 사슴 한 마리를 생강을 넣고 고아서 커다란 대접 두 개에 담아놓고 잔치를 벌이려던 참이었다. 죽 쒀서 개 줄 일은 없는 것이다. 우리들의 국수, 돼지기름, 쥐고기, 대추 등 보석보다 귀한 일용할 양식은 단 한 번도 그의 마수에서 벗어난 적이 없었다. 그래도 한 번쯤은 예외가 있을 수도 있지 않겠는가? 하물며 이 두 대접의 사슴고기 탕은 양이 이미 정해져 있으니 그의 사나운 젓가락질을 절대 당해낼 수 없을 터였다. 우리는 문밖에서 나는 절망의, 분노의, 애원의 목소리를 들었다. 그의 두 발이 문의 상판을 딛는 소리도 들었다. 아마도 아예 서까래 너머로 벌어진 틈 사이로 안쪽 상황을 훔쳐볼 요량인 모양이었다. 그가 지붕 위로 발을 딛고 비스듬히 올라가는 소리가 들렸다. 어쩌면 그대로 몸을 던져 성을 공격할 심산이었는지 모른다. 우리는 의기양양해서 껄껄 웃었다. 웃으며 큰 소리로 말했다. 우리는 자고 있어서 손님은 사절이야. 미안해.

바깥이 조용해졌고 그의 발자국 소리는 마침내 멀어졌다.

우리는 이 고기 냄새가 그에게 정말 심한 상처를 입혔으며 그로 인해 그의 미친 보복이 다가오리라는 사실을 꿈에도 몰랐다. 우리가 그릇과 젓가락을 채 다 씻기도 전에 무장한 민병대가 불쑥 쳐들어와서 어이, 저기, 소리를 지르며 상자와 궤짝을 뒤엎고 집 안팎을 완전히 쑥대밭으로 만들었다. 그들은 뭐라고 적혀 있는 종이를 발견하기만 하면 모두 압수했으며, 그 안에는 샤오옌이 목숨 걸고 돌려받으려 했던 공책도 한 권 있었다. 공책에는 우리가 매일 내부에서 토론했던 자료가 적혀 있었다. 그것은 당시 '그보다 더 반동일 수는 없는' 물건이었다.

이것이 앞에서 몇 번 언급했던 타이핑쉬 '반동 조직' 소동이었다. 그 소동으로 자칫하면 사람 머리 몇 개가 날아갈 뻔했다.

그는 어째서 이토록 악랄한 수를 썼던가? 겨우 사슴고기 몇 조각 때문에 친구들을 반동으로 고발한단 말인가? 그렇게 친구를 죽음의 문턱으로 몰아넣을 수 있단 말인가? 사건이 가라앉고 난 뒤에 나는 분통을 터뜨리며 그에게 물었다. 그러나 그는 두 눈을 껌뻑이며 알 수 없다는 표정을 지은 채 전혀 심각하게 받아들이지 않았으며 완전히 딴청이었다.

그는 그 뒤로도 우리를 찾아왔다. 손에 붕어 새끼 따위를 들고 와서 관계를 회복하려 했지만 결국 우리 등쌀에 밀려 돌아가고 말았다. 그는 다른 마을의 지식청년들에게도 찾아갔지만 대개 질책을 당하거나 비판을 받았다. 지식청년들을 모두 그가 등을 돌리면 사람도 못 알아보는 배신자라고 말했고, 그의 심사를 뒤틀리게 하지 않으면 적어도 그를 피해 숨기 바빴다. 그는 지식청년들 사이에서 완전히 고립되었고, 농민들 사이에서는 손가락질을 당하느라 어딜 가나 고개를 들 수 없었다. 그가 잘 좀 지내보려고 다른 사람 대신 물을 긷거나 나무를 해다 주려고 해도 늘상 아저씨 아주머니들의 완강한 거절에 부딪히기 일쑤였다. 마치 온몸이 병균 덩어리여서 어디에나 병균을 옮기고 다니는 것처럼 대했다. 그는 누군가를 해칠 생각이 전혀 없었노라고 변명했다. 그는 그때 화가 났을 뿐이고, 그래서 조금 놀래줄 생각이었다고, 밀고를 할 생각은 전혀 아니었으며, 아버지는 설계사이며 자신은 여덟 살 때까지도 젖을 먹었다고……. 그는 말을 하면 할수록 횡설수설했으며 결국 발가벗은 채로 아무도 없는 산골짜기로 가버렸다. 사람들이 그를 찾아서 데려왔을 때, 그는 윗도리, 아랫도리, 신발, 양말 할 것 없이 모두 어디다 벗어버렸는지도 모르는 채 새카만 기름을 덕지덕지 바른 거대한 살덩어리를 드러내고 있었다. 이 살덩어리는 온 데를 휩쓸고 다니면서 푸른 파도가 넘실대는 호수에 뛰어들어 싸움을 걸었다. 내 손에 장팔사모를 들었으니 둥둥 북소리를 울리라면서 말이다. 또 자신이 무슨 대원수이며 수정궁에서 살면서 월궁항아를 아내로 삼았고, 옥황상제가 자기를 초청해 악마들을 소탕하라는 명령을 내렸으며, 곧 그의 십만 천병 군대가 올 것이라는…… 황당무계한 미친 소리를 떠벌렸다.

그는 사람들에게 붙들려 도시로 돌아갔고 정신병원에 들어갔다. 나중에는 병세가 좋아져서 국영 공장의 운전사가 되었다. 우리가 시골을 떠난 뒤에 그는 커다란 화물차를 끌고 거기에 왔었다고 한다. 그는 사람들을 만나면 곧 담배를 꺼내주었는데, 모두 비싸기 짝이 없는 중화中華표 담배였다. 그는 그런 것을 몇 갑이나 뜯어서 돌리며 인사치레를 했다. 또 언제든 자기 공장으로 놀러 오면 먹고 자는 것을 전부 나 '씨할 놈의 하마'가 책임지겠다고 큰소리쳤다. 아예 어음까지 써주면서 자기 말을 증명하려고 했다. 그는 마치 서커스 단원처럼 차를 몰고 온 산을 내달리며 골짜기를 만나면 내려가고 봉우리를 만나면 올라가며 도로가 없는 곳까지도 탱크를 몰 듯 흙먼지를 날리며 쏘다녔다. 그뿐만 아니라 옥수수밭에도 뛰어들고, 유채밭에도 뛰어들고, 대나무 숲에도 뛰어든 뒤 회오리바람처럼 밭두둑을 따라 나는 듯 폭주하더니 마침내 날카로운 외마디 비명과 함께 조용히 양지바른 분지 위에 멈춰 섰다. 커다란 화물차는 정신을 집중하고 한동안 원기를 충전했다. 놀랍게도 차체에는 작은 생채기 하나 생기지 않았다. 운전사는 눈을 들어 사방을 둘러보며 모든 사람이 그에게 손가락을 치켜세우며 대단하다고 감탄하는 소리를 감상했다.

말리는 사람이 없었더라면 그는 큰소리를 치며 강변까지 달려 내려갔을 것이다. 비행기가 어떻게 나는지 상상할 수 있겠는가? 그렇다. 바로 그런 모습일 것이다.

그는 여전히 참 잘 먹었다. 아직도 하루에 다섯 끼를 먹는다고 한다. 물론 지금은 충분히 그 정도 먹을 능력이 되는 편이었다. 매일 열 끼를 먹는다 해도 문제가 없었다. 그래서 지금 나는 당시 사슴고기를 못 먹은 그가 받았을 상처를 사람들이 과소평가한 게 아닌가 생각한다. 몸무게가 백 킬로그램이나 나가는 사람이, 혼자 몸으로 두 사람 몫을 감당해야 하는 사람이, 우리와 마찬가지로 밥 한 종지만 먹고 느꼈을 배고픔을 어떻게 다른 사람과 비교할 수 있을 것인가? 우리에게 거절당한 뒤 문밖에 서 있는 동안 뼈에 사무친 원한과 하늘로 치솟을 듯한 분노를 어찌 참을 수 있었겠는가? 그렇다. 우리는 모두 '배고픔'에 대해 말했지만, 배부른 사람은 배고픈 사람의 마음을 알 수 없다. 작은 밥통을 가진 사람은 큰 밥통을 가진 사람의 마음을 알 수 없는 것이다. 나는 지금 여러 사람을 생각한다. 식탁 한가득 산해진미를 차려놓았는데도 양초를 씹듯이 깨작거리며 아침부터 밤까지 다이어트를 한다고 말하는 사람들은 그가 당시 느낀 배고픔에 대해 더더욱 이해할 수 없을 것이다. 간과 폐가 찢어지고 문드러지는 듯한 고통과 빠져나갈 길 없이 막막한 심정을, 화가 나서 완전히 이성을 잃은 나머지 그런 짓, 즉 밀고를 저지른 심정을 절대로 이해할 수 없을 것이다. 아마도 그럴 것이다. 밀고가 뭐? 그게 뭐 어때서? 밀고가 대체 뭐라고? 배가 고파 이성을 잃고 죽어가는 마당에 밀고 따위가 무슨 대수인가 말이다.

아마도 그 자신도 이제 배불리 먹고 마시게 되었으니 당시의 자신을 이해할 수 없을 것이다. 자신이 어떻게 머리가 이상해져서 대대 서기에게 쫓겨나게 되었는지 이해하기 어려울 것이다.

다섯 번째 은어: 혁명

아주 오랫동안 시위 대열에는 참석하지 않았다. 미국에 있을 때 한 번 휩쓸릴 뻔했는데, 아마도 혁명에 너무 맛이 들린 탓이 아닐까. 인터넷의 시위 주동자는 몇십 개나 되는 미국의 환경보호단체, 여성단체, 좌익단체였고, 언제나 그렇듯이 그 안에 무슨 화인華人 조합 따위는 없었다. 이 땅의 화인들은 아마도 어디 식당에서 부처님, 신령님을 모시고 절을 하고 난 뒤에 마작판을 벌이느라 천하 대사까지 관여할 시간이 없을 것이다. 그들은 몰래 재산을 모을 줄 아는 쥐새끼 같았다. 샤오옌은 아주 몸이 달아서 이렇게 말했다. 이 시위는 미국의 〈도쿄의정서〉 조인 거부와 군비 확산을 통해 글로벌 패자가 되려는 정치적 움직임에 항의하는 아주 큰일인데, 중국 사람들은 어째서 수수방관만 하는 거지?

일단 시위에 참가하기로 결정하자 나는 온몸이 근질근질해져서 성심성의껏 계획을 짰다. 일요일 오전에 미국 인민과 함께 어깨를 나란히 하고 전투에 나서기로 했다. 샤오옌은 팻말에 붙일 표어를 생각해냈는데, 생각하는 것마다 앞의 것보다 훨씬 훌륭해서 결정하기가 어려웠다. 예를 들어, '우리는 복리welfare를 원하지, 전쟁warfare을 원하지 않는다'는 압운이 훌륭할 뿐 아니라 문자적 유사성도 있어서 구호로서 효과가 탁월하다고 할 수 있었다. 나는 영국 총리가 이미 바뀐 것을 아쉬워했다. 그러지 않았더라면, '메이저Major는 다수major를 대표하지 않는다' 같은 표어를 써도 좋았을 텐데.

샤오옌의 남편인 다터우는 정오까지 쿨쿨 자다가 겨우 일어나서 눈두덩을 비비더니 일요일에는 개를 산책시켜야 해서 같이 못 가

미안하다고 말했다. 다터우는 우리가 흥분해서 말하는 것을 보고 몇몇 시답잖은 의견을 냈다. 종이 가면을 몇 개 만들어서 시위대 중 몇 사람을 미친 소로 만든 다음 자동차 앞에 죽은 것처럼 드러눕게 하거나 길거리에서 날뛰게 하면 사람들의 시선을 끌지 않겠어? 확성기로 소 울음소리도 내면 시청각 효과가 아주 끝내줄 텐데. 녹음할 필요도 없고 그저 소 울음소리 비슷하게 흉내만 내도 기가 막힐 거라고 멋대로 추측했다.

광우병 또한 상업자본주의가 일으킨 골치 아픈 문제 가운데 하나이며, 당연히 혁명적인 의제 가운데 하나였다. 다터우의 주장도 아주 동문서답은 아니었던 셈이다.

이렇게 해서 우리는 위대한 일요일이 오기만 기다렸다. 쿨쿨 자고 있는 다터우의 머리통을 밀어놓고 팻말을 걸고 문을 나섰다. 샤오옌은 어떤 헤어숍에 전화를 걸어 예약을 하며 말했다. 머리를 하고 가야겠어. 어쨌든 시간이 아직 이르니까 말이야. 빌어먹을 문제는 샤오옌이 그 헤어숍 위치를 정확히 알지 못한다는 거였다. 차를 몰고 거리를 몇 바퀴나 돌았지만 찾을 수가 없었다. 일요일 오전 거리는 한산했고 가게는 거의 문을 굳게 걸어 잠근 터라 어디 물어볼 수도 없었다. 결국 우리는 수색 범위를 점점 넓혀서 이탈리아 거리의 한 모퉁이에서 겨우 목표를 발견했다. 벌써 원래 예약 시간을 30분이나 넘긴 뒤였다.

나는 부근의 쇼핑몰을 몇 바퀴 돌고 별로 맛있을 것 같지 않은 과일이 진열된 쇼케이스를 둘러보고 나서 한숨을 몇 차례 내쉬고 나서야 헤어숍으로 샤오옌을 마중하러 갔다. 샤오옌은 남자처럼 짧은 헤어컷을 하고 머릿기름이라도 바른 것처럼 은은한 향을 풍기고 있었다. 새로 단장한 머리칼은 윤기가 자르르 흘러서 거의 반짝일 지경이었으며 향긋한 것이 마치 찜통에서 막 꺼낸 만두 같았다.

샤오옌은 헤어 디자이너와 헤어지기 아쉽다는 듯 웃으며 이야기를 나누었다. 나는 시간이 모자랄 거라고 말했다. 찜통에서 막 꺼낸 만두는 아직 시간은 충분하다고 말했고, 잘 밟으면 시간 안에 닿을 수 있을 거라고 했다. 결과적으로 일어난 사건은 샤오옌이 상황을 완전히 잘못 파악하고 있었음을 증명했다. 시위가 있었기 때문에 몇몇 지역은 이미 경찰이 봉쇄한 상태였다. 우리는 계속해서 주변을 맴돌았지만 막힌 차량 사이에 끼어서 전혀 옴짝달싹 못하는 상태가 되고 말았다. 아마도 같은 원인이었을 것이다. 우리가 미리 점찍어둔 주차장은 이미 만차였고, 다른 주차장 쪽으로는 가까이 갈 방법이 없었다. 거리에도 차를 세울 공간이 몇 개 있었지만, 시간 단위로 요금을 부과하기 때문에 주차비가 기함할 만큼 높았다. 막 꺼낸 만두는 근처에 또 다른 주차장이 있다는 사실이 떠올랐다고 말하면서 부릉부릉 액셀을 밟았다. 자동차는 장거리 주행을 위해 덜컹대며 어렵사리 속도를 올렸다. 샤오옌은 자기를 욕하기 시작했다. "Stupid! 정말 어쩔 수 없다니까! Stupid!" 샤오옌은 여전히 덜렁대는 버릇을 고치지 못한 상태였고, 마음이 바쁠수록 일을 더 망치는 버릇도 여전했다. 좀 전에는 커브를 돌아야 하는 곳을 그냥 지나쳤고, 앞쪽에는 유턴할 공간이 없을뿐더러 주차금지 표지판이 늘어서 있었으며, 게다가 그 앞은 모두 일방통행 도로였다. 눈앞에서 우리 차는 목적지를 뒤로한 채 내달리는 중이었다. 쌩하는 소리와 함께 도로 하나를 지나고, 또 쌩하는 소리와 함께 도로 하나를 지나고 또 지나갈수록 눈에 익지 않은 풍경이 거듭될 뿐이었다. 이러다 지구 반대편까지 달려가는 건 아닐까 걱정되기까지 했다. 정말이지, 하늘도 땅도 무심하시지!

꼬박 한 시간을 그렇게 달린 뒤, 몇 차례 신호 위반과 차선 위반까지 하면서 코너를 돌고, 금지된 클랙슨을 울리며 달린 뒤에, 하늘과 땅 사이에 어스름이 깔려 어둑해졌을 때에야 비로소 어떤 주차장에 비집고 들어갈 수 있었다.

우리는 햇빛 속을 걸었다. 서둘러 가든 느긋하게 가든 혁명을 따라잡기는 이미 늦은 시간이었다. 마치 '아Q'가 혁명을 따라잡지 못하고 절망했던 것처럼 우리도 그렇게 절망했다. 멀리로 시위하는 무리를 둘러싸고 둥그렇게 모여 있는 사람들이 보였다. 사람들 머리가 바글바글 모여 있는 거기서 마지막 한 차례 시위 팻말이 오르내리는 중이었다. 그러고 나서는 아무것도 없었다. 둘러서서 구경하던 사람들까지 모두 흩어졌다. 땅바닥에 겨우 종이 몇 장과 빈 깡통이 나뒹굴 뿐이었다. 구호 소리는 거리를 따라 저쪽으로 점점 더 멀어졌고, 마침내 로스앤젤레스의 고요 속으로 사라졌다.

나는 분풀이할 곳을 찾지 못해 표어가 쓰인 팻말을 쓰레기통에 있는 힘껏 내동댕이쳤다. 니미럴, 뭐 이런 일이 다 있어? 오늘은 배불리 먹고 일은 하나도 안 한 채 차를 타고 도시 순례만 한 거야? 나는 바이샤오옌이 왜 전혀 실망한 기색도 보이지 않고, 멀쩡하게 떠들고 심지어 웃기까지 하는지, 왜 아무 일도 일어나지 않은 듯 나한테 자기 헤어스타일에 대해 묻는 건지 알 수 없었다. "말해봐. 내 새로운 헤어스타일 어때? 괜찮아?" 나는 그냥 그렇다고 말했다. 샤오옌은 아주 기분이 나빠져서 입술을 퉁퉁 내밀었다. "너랑 얘기하는 내가 그렇지. 정말 김빠져!"

샤오옌은 근처 프랑스 상점에 가서 전등갓을 산다고 하면서 그 가게 물건이 정말 보통 물건과는 다르다고 했다. 샤오옌은 시커멓게 죽어가는 내 얼굴을 틀림없이 보았을 것이다. 내가 길가 돌계단에 주저앉는 것을 틀림없이 보았을 것이다.

"왜 그래?"

"아무것도 아냐. 가서 보고 싶으면 너나 가서 봐."

"그럼, 우리 영화 보러 갈까?"

"난 안 가."

"왜 화를 내고 그래? 시간에 늦었던 것뿐이잖아?"

"내가 말했지. 아무것도 아니라고."

"좀 크게 생각해라. 그 시위가 우리 사이를 망칠 수는 없어."

"어휴, 정말. 도대체 꼭 오늘 머리를 하러 가야 했던 거야?"

"그럼, 예약했는데 취소하니? 미국에서 예약을 취소하는 게 얼마나 큰일인지 알기나 해?"

"그 머리를 꼭 해야 하는 거야?"

"난 내일 제니 결혼식에 참석해야 해."

제니는 그녀의 흑인 학생이었다.

"머리를 하려고 했으면 좀 빨리 하든지."

"내가 어떻게 오늘따라 그렇게 차가 막힐 줄 알았겠어? 또 주차장에 자리가 없는 건 어떻고?"

"그래 네 말이 맞다. 네 말이 다 맞아. 좋아. 가서 그놈의 전등갓을 보자. 가서 네 머리도 보고. 네가 하는 어떤 일이 안 중요하겠냐? 어떤 일이 시위에 참여하는 것보다 덜 중요하겠어? 사실 너는 미국에서 잘 먹고 잘 사는데 무슨 시위가 필요하겠냐? 넌 벌써 수전 옌이 됐잖아? 그냥 한번 놀아보자는 거 아니었어? 그냥 한번 놀고 싶어서 바보 같은 나를 끌어들인 거 아니냐고! 다터우 말이 맞았지. 먹물 든 것들은 도덕적인 이념만 좋아하지, 정신적인 다이어트를 해야 한다고 하드만! 진즉에 내가 다터우랑 같이 개 산책이나 갔어야 하는 건데!"

"말이 좀 지나친 거 아니야?"

"내가 이런 놈이라는 거 이제 알았냐? 할 말 다했으니까, 그럼 난 간다."

샤오옌은 눈물이 그렁그렁해서는 이를 악물고 앞으로 달려갔다.

샤오옌은 램프 기름에 대한 생각을 접었다. 샤오옌은 쉽게 분을 참는 성격도 아니었다. 몇 발짝 가기도 전에 돌아와서 눈물이 그렁그렁한 눈으로 나한테 덤비며 소리를 질러댔다.

"좋아, 나는 정신적인 다이어트를 한다고 치자. 그럼, 너는? 넌 뭔데? 넌 네가 누구라고 생각해? 네가 무슨 대단한 영웅이라도 되는 줄 착각하지

마. 네가 무슨 시민의 대표라도 되는 줄 착각하지 말란 말이야. 너희들, 이 겁쟁이 수평아리들아! 그 가슴속에 뭐가 들었는지 누가 한번 봐줬으면 좋겠지? 그게 바로 그 시위였던 거잖아? 영웅이 된 것 같은 기분을 다시 느끼고 싶었던 거잖아? 그래, 그런 천재일우의 기회를 내가 어떻게 너희들한테 빼앗겠니? 역사의 무대에서 어떻게 너희들을 빼놓겠니……?"

"오늘은 줄 세우기 하는 날도 아니었잖아? 무슨 훈장을 주는 자리도 아니었고!"

"그럼, 그저께 일은 뭔데? 그저께는 라오K의 글을 보고 왜 그렇게 화를 냈는데? 네가 주장하는 내용을 무시했기 때문이잖아? 네가 그 관점을 먼저 제시했는데, 다른 사람이 가로채서 그런 거잖아? 지난번에 넌 라오K 전화번호를 분명히 알면서도 패티한테 안 가르쳐줬지. 그건 뭐였는데? 너랑 라오K가 암암리에 힘겨루기 하고 있는 거 아냐? 어떤 것이 진실이든 네가 말하는 것과 라오K가 말하는 것은 완전히 다른 거지. 똑같은 의견이어도 네가 말하면 옳고, 다른 사람이 말하면 그른 거고! 감추면 모를 줄 아니? 너희들은 진실과 진리를 사랑하는 게 아니라 너희들 자신을 사랑할 뿐이야. 다른 사람들이 뭘 모를 줄 아니? 그래, 너희들은 전등갓 따위에는 관심도 없지. 헤어스타일에도 관심이 없지. 더 고상하고 더욱더 고상하지. 하지만 너희들이 움직여서 얻고자 하는 그건, 세상에 이름을 날리고 사람들이 그 이름을 높이 봐줬으면 하는 거지. 너희들은 혁명의 주식을 가진 주주들인 거야. 대주주냐 소주주냐의 차이일 뿐이지. 누가 대주주고 누가 소주주인지는 아마 자기 자신이 가장 잘 알고 있을걸. 안 그래……?"

맘이 급해지자 샤오옌은 영어로 퍼부어대기 시작했다. 아마도 중국어로는 감정의 속도를 따라잡을 수 없다고 생각한 모양이었다. 나중에 또 뭐라고 몇 마디 더 했지만, 내가 알아들을 수 있었던 건 도무지 몇 마디 되지 않았다. 몇몇 사람이 길을 가다가 멈춰 서서 놀란 눈으로 우리를 보고 있었다. 경찰 한 사람이 팔에 완장을 두른 채 다가오는 중이었다. 샤오옌은 마침내 거기가 길거리 한가운데라는 사실을 인식하고, 갑자기 입을 다물고 울음을 멈춘 뒤 눈물을 닦으며 사람들 사이를 비집고 걸어갔다.

나도 씩씩 가쁜 숨을 몰아쉬며 걸어갔다. 나는 샤오옌이 만든 샌드위치를 먹을 수 없었다. 우리의 점심은 그녀의 자동차 안에 있었기 때문이다. 나는 샤오옌의 자동차에도 탈 수 없었다. 결국 나는 거리로 달려가 운을 시험했고 한참 만에야 가까스로 화물차를 얻어 탈 수 있었다. 운전대를 잡은 흑인 친구는 열성적으로 나와 대화를 시도했다. 그가 아는 유일한 중국어는 '마오쩌둥!'이었다. "마오쩌둥! 마오쩌둥!" 그런 뒤 그는 내게 마리화나를 원하냐고 물었다. "스모크?"

나는 내 숙소로 돌아왔다.

그 뒤로 며칠 동안 나는 샤오옌의 전화를 받지 않았다. 자동응답기에서 그녀의 목소리를 듣고도, 그들 부부가 나를 바비큐 파티에 초대하고 전시회를 보러 가자고 청하는 말을 듣고서도 대답하지 않았다. 나는 그 도시를 떠나는 날까지 그녀와 연락하지 않았다. 공항에 도착해서야 나는 비로소 길게 목을 빼고 있는 샤오옌의 얼굴을 발견할 수 있었다. 다터우는 극장 배경을 그리러 외지로 출장을 갔다고 했다. 샤오옌은 손목시계형 혈압계와 레시틴 두 병을 가져와서 내 여행 가방에 찔러 넣었다. 내가 줄곧 어머니에게 사다드리려고 했지만 찾지 못했던 브랜드 제품이었다. 나는 샤오옌이 어디서 그걸 찾았는지, 어떻게 내가 아직 그걸 사지 못한지 알았는지 알 수 없었다. 내 여행 가방 안이 뒤죽박죽인 것을 보더니, 샤오옌은 가방을 한쪽으로 내려놓고 짐을 뒤적여 다시 정리하기 시작했다. 여행 가방은 금세 홀쭉해졌고, 그녀가 들고 온 종이 봉지 안의 물건까지 깨끗하게 들어갔다.

샤오옌이 이 모든 것을 다 해낼 때까지 나는 말 한마디 없이 서 있었다.

샤오옌은 서울에 도착하고 나서 어떻게 차를 잡고 숙소를 찾아가며 어떻게 그녀의 친구들에게 연락해서 도움을 청해야 하는지, 마치 어머니가 아이를 여행 보낼 때 그러듯 일일이 챙겼다.

"나한테 전화 줘."

나는 결국 샤오옌을 향해 화해의 손을 내밀었다.

샤오옌은 내 손바닥을 찰싹 때렸다.

"너같이 독한 놈한테는 안 한다."

샤오옌은 고개를 돌리더니 뒤도 돌아보지 않고 가버렸다.

이것이 바로 요절한 나의, 미국에서의 혁명이다. 이 경험 때문에 나와 수전 옌은 아주 오랫동안 '혁명'이라는 두 글자를 입에 올리지 않았다. 마치 아직 아물지 않은 한 줄기 상처처럼 그것은 살살 피해야 할 금기가 되었다.

여섯 번째 은어: 잘못

나는 앞에서 루 도련님이 일찍이 아들을 저우씨 성의 어떤 사람에게 주어 대를 잇게 하려다가 몇 년 뒤 다시 데려오면서 약속을 깼다고 말했다. 이 저우씨네는 애를 부질없이 몇 년이나 키웠는데도 아무 보상도 바라지 않았으니 참 마음씨 좋은 사람들이라고 하겠다.

저우씨네 가장은 자쥐라는 이름을 지니고 있었으며, 마찬가지로 내 동창 가운데 한 사람이었다. 요 몇 년간 자쥐는 형편이 그다지 좋지 않았다. 작업장에서 해직을 당한 뒤 복직을 기다리는 중이었기 때문이다.

그러나 자쥐는 골수 당원이었기 때문에, 당에서 회의만 한다고 하면 언제든 달려갔다. 회의를 좋아했고, 회의에 참석하는 권리를 매우 소중하게 여겼으며, 기쁜 마음으로 신이 나서 회의장으로 달려가곤 했다. 커다란 보온 컵에 간장처럼 새카맣게 우러난 진한 차를 가득 채워서 받쳐 들고 아는 사람을 만날 때마다 담배를 권했다. 누구든 처음 온 사람이면 공장 잡역부까지 그의 환대를 받았다. 자쥐는 지도자가 무슨 정신을 전달한다고 훈시할 때면 전혀 정신을 차리지 못하다가 토론 시간만 되면 갑자기 두 눈을 번쩍 뜨고 첫 번째로 발언하기 위해 기를 썼다. 게다가 첫 번째로 발언을 할 때 반드시 헛기침을 세 번 하고 난 뒤 상단전인 미간 사이에 기를 모으고 언제나 그런 것처럼 원숭이가 사람으로 진화한 데서부터 시작해 유물론적 변증법의 이론 체계에 따라 생산력과 생산관계의 대립적 통일을 이야기했다. 개혁개방의 부정적인 측면과 부정의 부정에 대해 정반합의 논리를 전개해 레닌과 스탈린 같은 지도적인 인물의 공과를 평가하고, 이어서 최근의 다소 황당한 관점에 대해 비판과 반박을 늘어놓은 뒤, 그런 엉터리 관점이 전 인민의 사상을 어지럽히고 있다는 말로 끝을 맺었다. 자뤄가 하는 말은 언제나 굉장히 낯선 느낌을 주기 때문에 도대체 어떤 매체에서 배웠는지 알 수가 없었다.

한번은 자뤄가 자신의 논리적 근거를 언급한 적이 있다. 그는 그것이 〈농춘바이예신시農村百業信息〉라고 말했다.

자뤄가 발언하는 시간은 엄청나게 길었고, 주제 또한 엄청나게 크고 엄청나게 요원해서 지도자와 동료들은 언제나 조금 조급해했다. 한번은 그가 화장실에 가자 지도자 동지가 무척 기뻐하며 자뤄가 없는 틈에 할 말이 있으면 빨리 하라고 사람들을 종용했다. 더불어 지금이 아니면 아예 기회조차 없을 거라고 경고하기도 했다.

사람들은 모두 그의 입에서 시간을 빼앗아 챙겨야만 했다.

자뤄의 이론 체계는 지역위원회 선전부에서 일한 3년 동안의 경력으로 단련된 것이었다. 그때 그는 혁명 가정 출신으로 시골에 내려간 뒤 반년을 채우기도 전에 다시 도시로 돌아왔고, 기관에서 이론 간부가 되었으며 온종일 다른 사람들에게 마르크스 레닌주의를 설교했다. 그뿐만 아니라, 지도자가 신임하는 문장가로서 간부들이나 피울 수 있는 매우 비싼 담배를 피울 수 있었기 때문에 동창들 가운데 가장 출세한 인물이라고 할 수 있었다. 많은 사람이 그에게 도움을 청했다. 예를 들어, 병을 핑계로 시골에서 도시로 돌아오는 수속이라거나 약간의 돈과 양식을 빌리는 일 등은 모두 그에게 부탁하면 해결됐다. 자쥐는 일을 부탁받으면 반드시 들어주었고 거절하는 법이 없었다. 언제나 배시시 눈웃음을 치면서 친구 아니가, 하고 말했다. 이런 일쯤이야, 다 자잘한 것들인데, 뭐. 자랑거리도 아니지. 루 도련님이 나중에 아들을 양자로 보냈다가 다시 찾아갈 수 있었던 것은 오로지 이런 넉넉한 인심 덕분이었다.

그러나 그의 마누라는 화가 나서 온 집 안을 다 때려 부수며 반발했다. 몇 년 동안이나 공짜로 먹이고 입히고 길러줬더니, 누구를 식당이나 여관인 줄 아나. 세상에 어디 이런 불공평한 일이 있단 말인가? 당신 머릿속에는 똥만 가득 찼을 거야. 내가 오늘 당신 눈을 뽑아서 멀게 하지 않으면 사람이 아니다!

마누라 멍위에가 감히 자쥐를 욕할 수 있었던 것 또한 개혁개방의 성과였다. 그전에 그녀의 아버지는 반혁명분자였고 셋이나 되는 동생이 모두 학생이었는데 그 가운데 하나가 죄를 지어 강제노동에 처해지는 바람에 온 집안이 자쥐의 신세를 지지 않을 수 없었다. 당정 간부였던 그의 신분으로 인해 멍위에 일가는 거리에서나 이웃에게 욕먹는 일을 면할 수 있었다. 이런 이유가 아니었다면 어떻게 멍위에처럼 꽃다운 아가씨가 쇠똥 같은 자쥐의 짝이 되었겠는가? 멍위에가 이 말을 했을 때는 그녀의 친정 사정이 이미 좋아진 뒤였다. 멍위에의 아버지는 반혁명분자 꼬리표를 떼어냈고, 동생은 강제노동에서 돌아왔으며, 그녀 자신은 초대소 일자리를 찾았다. 그와 비교해서 자쥐는 점점 더 내리막길을 걸었다. 취업 대기 신세가 된 것은 말할 것도 없고, 겨우 마흔 줄에 들어선 사람이 언제나 검정 털실 모자를 쓰고 다녔다. 남들은 반팔 남방을 입고 다니는 날씨에도 스웨터로 온몸을 꽁꽁 둘러싸고 하루 종일 긴 소매를 걷어붙이지도 않은 채 시시때때로 기침을 해댔다. 기침을 할 때마다 큰 입을 벌려 고인 침을 소리도 없이 내뱉는 모습을 보면 그의 생명이 위태롭다는 사실을 누구나 알 수 있었다. 어쨌거나 자뤄는 전혀 멍위에 남편처럼 보이지 않았으며, 아버지라고 하는 편이 더 미더울 정도였다. 두 부부가 결혼해서 20년 동안 아이 하나 없었는데, 그 원인이 무엇인지는 자뤄가 한여름에도 벗지 않는 커다란 스웨터와 모자가 설명해주었다.

그래도 자뤄는 참 끈질기게 버티는 편이었다. 한여름에 솜저고리를 입고서도 참 부지런했다. 취업 대기 신세가 되어서도 작업장을 찾아가 소란을 떨지 않고 당원으로서 자력갱생해야 한다는 말을 곧잘 되뇌었다. 한동안 자뤄는 벽돌만 한 이동전화를 들고 마당 한가운데 서서 광둥이나 상하이와 연락하며 '쉬 사장'이니 '왕 사장'을 찾으며 얼른 물건을 보내라고 재촉했다. 그는 그 쉬 사장이나 왕 사장더러 진하이안 같은 고급 음식점에서 자신을 기다리라고 말해놓고 얼굴을 보기 전에는 자리를 뜨지 않겠다는 둥, 취해서 쓰러지기 전까지는 놓아주지 않겠다는 둥, 하늘을 찌를 듯 위풍당당한 기세를 뽐냈다. 그의 집 문 앞에는 산사열매 즙이나 목각상, 전동 다이어트기 같은 물건이 산처럼 쌓여 있었고 쓰다 버린 편지봉투도 잔뜩 쌓여 있곤 했다. 그러나 이런저런 물건이 쌓여 있다가 들려나가고 들려와서 쌓이는 동안에도 자뤄는 그리 대단한 재산을 모으지 못했으며 심지어는 머리에 눌러쓴 모자 하나 새것으로 갈지 못했다. 다른 사람들이 물어보면 자세한 말은 하지 않고 그저 사업이 잘 안 풀려서 그렇다, 잘 안 풀려서 그렇다고만 했다.

어떤 때는 이렇게 말하기도 했다. 지금 뭘 좀 해보고 있는데, 다음 달이면 다 될 거야.

한번은 동료가 작은 잡화상에서 차를 마시며 가게 주인과 뭔가 이야기를 나누고 있는 자뤄를 보고 가까이 가서 엿듣다가 깜짝 놀라 나자빠진 일도 있었다. 자뤄는 입을 열자마자 4억 달러를 입에 올리며 성정부와 함께 이웃의 공원 및 교외 부지 전체를 책임지고 있노라고 했고, 일본 기업도 공동으로 참여하며, 홍콩에도 하나 더 지을 예정이라고 말했다.

이 일을 함께 안 해보시렵니까? 할 수만 있으면 참 좋을 겁니다. 서류 인가가 나서 증명서만 받으면 바로 계약할 겁니다. 다음 주에 사인하지요. 시간은 돈이고, 효율은 곧 생명이니까요.

자뤄는 듣는 사람들의 마음을 한껏 부풀리며 이 도시의 비전을 충만한 이상으로 가득 채웠다. 다만 이야기가 끝난 뒤에 낮은 소리로 주인에게 돈 몇 푼을 융통하려 드는 게 문제였다. 십 위안, 십 위안만 빌려주시오. 택시를 타고 집에 가야 하니까 말입니다.

십 위안이 없으면, 팔 위안도 됩니다.

자뤄는 멍위에 이 여편네가 아침부터 지갑을 싹쓸이해 갔노라고 말했다.

자뤄는 밖에 나가면 언제나 멍위에 욕을 하기에 바빴다. 문맹인 데다 국가 대사에 관해서는 아는 것이 하나도 없고, 얼마나 많은 일을 망쳐놓았는지 모른다고. 사실 집으로 돌아가면, 자뤄는 학문으로 보나 무예로 보나 멍위에의 적수가 되지 못했다. 늘 그녀에게 맞아서 머리칼은 산발이 되고 털실 모자는 바닥에 나뒹굴기 일쑤였다. 결국은 다급하게 모자를 집어 들고 친구네 집으로 내빼고야 말았다. 이런 일이 자주 있다 보니 멍위에가 남의 집 담장 위에서 새로운 꽃을 피운다 해도 그리 놀라운 일은 아니었다. 그 일은 이웃이 먼저 알았다. 당시에는 초대소 지도자가 아직 이런 일을 간섭하곤 했었다. 그는 멍위에를 불러서 엄중히 문책하고 알아서 문제를 수습하라고 당부했다. 이거 말이지, 사람들이 말이 많아서 말이지, 그게 가장 무서운 일이지. 이거 말이지, 사람들 입에 오르내려서야 좋을 게 없어. 지도자가 이상하게 여긴 점은 그들이 멍위에에게 모든 것을 자백하라고 요구하지도 않았고, 또 저지른 모든 잘못을 세세히 털어놓으라고 한 것도 아닌데 멍위에가 지나치게 흥분해서 수습하기 어려운 지경으로 모든 걸 폭로했다는 사실이었다. 멍위에는 자기가 큰 잘못을 저질렀으며, 정말로 남들 볼 낯이 없다면서, 그 사내가 놀랍게도 인면수심의 호색한이었다고 떠들었다. 그가 어떻게 자기를 만지고 물어뜯고 바지를 벗겼으며 어떻게 자기 몸과 다리를 내리눌렀는지, 어떻게 해서 자기가 며칠 동안이나 근육통과 몸살에 시달렸는지……. 멍위에는 하나도 남김없이 털어놓으며 그림으로 그리듯 세세히 묘사했다. 지도자는 그 말을 듣다가 그만 얼굴이 붉어지고 귀까지 빨개져서 마침내 비명을 질러댔다. 그만 말하지. 그만하라고!

멍위에는 깜짝 놀라서 두 눈을 똥그랗게 뜨고 그를 바라보았다. "제 잘못을 조사하려던 게 아닌가요? 제가 이렇게까지 말씀드리는 것은 지도자 동지께서 제가 이미 잘못을 인정하고 그것을 바로잡으려 한다는 사실을 믿고 도와주시길 바라서입니다. 앞으로는 훌륭한 혁명 동지가 되도록 노력하겠습니다. 아까 제가 어디까지 했던가요?"

멍위에는 침통한 얼굴로 다시금 반바지에 대해 말을 이어가려 했다.

지도자 동지와 비서관은 깜짝 놀라서 걸음아 나 살려라, 줄행랑을 쳤다.

멍위에는 이렇듯 자신의 잘못에 엄격했지만, 어쩐지 기묘한 흥분을 느끼기도 했다. 생각해보자. 자신이 잘못을 저지르자 그토록 많은 사람의 관심이 한 몸에 쏟아졌다. 사람들이 찾아와 문밖을 기웃거리고, 또 사회적 신분이 있는 사람들은 자기 앞에서 숨거나 말을 더듬으며 달아날 구멍을 찾느라 정신이 없었다. 세상에 어떤 여자가 자기보다 더 두각을 나타냈는가? 멍위에는 문득 자신이 주목받을 만한 가치가 있는 사람이라고 생각하기 시작했다. 옷 한 벌을 입을 때도 보다 세심하게 신경을 썼고, 얼굴에 분과 연지도 보다 두껍고 진하게 발랐다. 뺨은 발그레하고 눈동자는 반짝이는 것이 예전과는 다르게 생기가 돌았다. 멍위에는 멈춰 서서 이야기하기를 바라는 사람들을 만나면 남녀를 막론하고 침통한 표정을 지으며 자기반성을 시작했고 곧 반바지 이야기를 꺼냈다. 한번은 멍위에가 초대소에 새로 입점한 상점의 판매원을 붙잡고 늘어졌다. 상대방이 정신이 없을 정도로 미주알고주알했기 때문에, 이야기가 완전히 전도되어 이상한 데로 빠지고 말았다. 그녀는 상대방이 자신을 끌고 침대로 가려고 하자 따귀를 날렸다. 상대방은 어리둥절한 채 그녀가 울면서 문밖으로 뛰쳐나가 고함치는 소리를 들었다. "치한 잡아요—"

초대소 매장의 판매원은 그제야 멍위에가 자신을 꼬인 게 아니라는 사실을 깨닫고 때늦은 후회를 했다.

이상한 일은 잘못이 멍위에 자신의 바닥나지 않는 레퍼토리가 됐을 뿐 아니라 남편 자뤄의 단골 화제가 되었다는 점이다. 자뤄는 나중에 특별히 하는 일 없이 하루 종일 집 근처를 서성대기 시작했고, 지나가는 남자, 특히 지도자급 지위에 있는 남자들을 보면 곧 책임감을 느끼듯 달려가 충고하곤 했다. "조심하시오. 조심해야 해요. 모두 저 여우 같은 년을 조심해야 합니다. 저 여자와 이야기할 때는 절대로 문을 닫으면 안 됩니다. 자전거를 탈 때는 절대 저 여자를 태워주면 안 돼요. 그거 아시오? 저 여자는 손을 함부로 놀려요……." 말을 들은 사람이 농담이라고 여기고 웃기라도 하면, 자뤄는 깜짝 놀라서 두 눈을 똥그랗게 뜨고 정색했다. "왜 웃소? 당신은 저 여자가 저지른 잘못을 모르시오? 여기 사는 사람들은 다 알아요."

그 말을 들은 사람이 관심을 보이는 것 같으면, 아마도 자뤄는 멍위에가 저지른 잘못의 모든 과정을 하나도 빠짐없이 자세하게 들려줄 것이다. 물론 그 이야기를 하면서 이를 박박 갈 것이다. 그것은 남편으로서 당연한 분노의 권리였다. 자뤄는 또한 이야기할 때마다 아내의 잘못을 점점 더 크게 부풀렸다. 예를 들어, 그녀가 정조를 잃은 것이 그녀의 꾐에 의한 것이었다거나, 자의 반 타의 반이었던 것을 전적으로 그녀가 붙들고 늘어졌다는 식으로 말한다거나, 심지어 그녀가 오는 사람 안 막는다는 식으로 표현하거나, 한 번 있었던 일을 세 번, 네 번, 심지어 다섯 번까지 있었던 일로 말하기도 했다. 결국 자뤄는 온 세상 사람들에게 자기 마누라가 돼먹지 못한 인간이라는 사실을 공표하고 다닌 것이다. 그의 이야기 속에서 멍위에는 세상에 다시없는 탕녀이자 천하제일의 걸레짝이 되었다. 마치 전 중국 사회가 자기 마누라의 배꼽 아래에 주목하고 증오하기를, 그녀의 반바지를 경계하고 방어하기를 바라 마지않는 사람 같았다. 이는 곧 자뤼가 지닌 대의멸친과 멸사봉공의 의무이자, 혁명 간부로서 반드시 완수해야 하는 사명이었다. 그는 같은 건물에 사는 어린아이들을 교육하는 일에도 헌신했다. 아이들의 머리를 쓰다듬으며 심신의 건강을 강조했으며, 미성년 보호법을 가르쳤고, 절대로 멍위에 아줌마를 아는 척하지 말라고 충고했고, 그녀를 따라가서 영화를 보거나 목욕을 해서는 안 된다고 말했다. 말하자면, 예쁜 여자를 보면 독사라 여기고 조심하라는 내용이 교육의 요지였다.

자뤼와 멍위에의 입씨름과 격투는 당연히 피할 수 없는 결과였다. 심지어 그들이 사는 건물의 정기 공연이나 다름없었다. 그날 저녁에 텔레비전 프로그램 가운데 재미있는 게 없다면, 그날 밤에 비가 오지 않거나 천둥 번개가 치지 않으면, 아홉시가 조금 넘어 텔레비전의 황금 시간대가 지나간 뒤에 건물 안이 고요해지는 시간을 기다리면 된다. 어디선가 멀리서 무슨 소리가 들려오기 시작하면 사건이 벌어진 것이다. 먼저 퍽 하는 소리에 건물이 쩌렁쩌렁 울리면 틀림없이 화분이 하나 아래로 떨어진 것이다. 아니면 부엌에서 냄비가 떨어졌을 수도 있다. 어쨌거나 공연은 이런 소리와 함께 화려한 막을 올린다. 극장의 첫 번째 예비종과 두 번째 예비종 사이에는 약간의 시간 간격이 존재하는데, 한소끔 더 있다가 곧 건물을 울리는 거대한 소리가 아까와 마찬가지로 웅장하게 울려 퍼진다. 대개는 물병이나 의자가 하늘에서 몸을 던져 아낌없이 부서지는 소리다. 이때 분위기는 이미 어느 정도 조성이 되며, 감정도 점차 고조되기 시작한다. 전주가 흐르고 무대 배경도 들어서면, 남자와 여자의 목소리가 파트별로 등장한다. 그들이 서로를 욕하는 소리는 지축을 뒤흔들지만,

새로운 내용이라고는 전혀 없다. 아마도 여전히 그녀의 '잘못'이 주제일 것이다. 차마 들을 수 없는 각종 세부 사항이 부연되고 조상님과 사돈의 팔촌까지 가세하면 익히 잘 알고 있는 줄거리도 다양한 변주를 통해 다채로운 공연으로 변모한다. 욕하는 소리는 우울하게 늘어지는 얼황二黃(경극에서 주로 사용되는 곡조로서 중후하고 침통한 느낌이라 심각하고 진지한 장면에 자주 쓰인다 – 옮긴이) 가락에 어우러지고, 저주하는 소리는 달리는 수레처럼 몰아치는 시피西皮(힘 있고 경쾌한 느낌이며 가볍고 즐거운 장면에 자주 등장한다 – 옮긴이) 가락을 타고 일렁인다. 음탕한 돼지, 발정 난 개 같은 욕설은 얼황의 곡조를 재촉하고, 게으른 마소 따위의 저주는 시피의 곡조로 돌아온다. 말소리는 갑자기 높아져서 하늘로 사라지는가 하면, 갑자기 낮아져서 순식간에 땅 밑으로 스며든다. 온갖 더러운 욕설이 사전에서 튀어나오고, 땅바닥으로 쏟아져 이리저리 튀다가 벽에도 가서 붙고 기왓장에도 가서 붙고 창틀과 유리창에도 가서 붙는다.

이웃들은 이 색정남녀의 요란한 다툼을 처음에는 호기심으로 지켜보지만, 얼마 지나지 않아 지루함을 느껴 참을 수 없게 된다. 화해를 권하고자 하는 믿음도 남아 있지 않기 때문에 귀로 들으면서도 듣지 않는 체한다. 자신도 뭘 어떻게 해야 좋을지 모르기 때문이다. 어떤 사람은 그래도 동정심을 느끼며 이렇게 말한다. 저 집 부부는 침대에서 일을 제대로 못 치르니 입으로 하는 재미에 맛을 들인 게야. 그게 인지상정이지.

속사정이 정말로 어떤지는 알 턱이 없다. 다만 사람들은 다음과 같이 짐작할 따름이다. 자뤄가 싸울 때마다 이혼이라는 말을 입에 달고 있지만 정말로 행동으로 옮긴 적이 없는 걸 보면, 정기적인 싸움을 즐기고 있거나 적어도 입씨름으로 주고받는 성적 자극을 즐기고 있는 것이다. 멍위에는 한바탕 싸우고 나면 속이 확 풀리는지 생기가 반짝 돌면서 눈빛부터 날아갈 듯 산뜻해진다. 다음 날 아침에 문을 열고 나설 때 콧노래를 흥얼대거나 탄력 있는 걸음걸이로 통통 튀는데, 온몸에 기운이 넘치는 모양으로 마치 밤새 뭔가 기분 좋은 일이라도 있었던 사람 같아서 보는 사람마다 놀라지 않을 수 없다.

미치광이

미치광이의 유형도 제각각이다. 그 가운데 두 가지 형태가 내게 깊은 인상을 남겼다.

하나는 '이성 붕괴'의 형태라 불릴 만한 것으로 언어 통제 능력을 잃는 것이다. 황제와 양말이 악수하거나, 쥐새끼와 벼락이 함께 노래하거나, 자동차가 감자한테 잡아먹힌다거나 유도탄이 길에 쫓긴다거나…… 하는 것이 이들이 자주 보는 심리적 환상이다. 보통 사람이 보기에는 순수하게 사유 혼란, 기억 착란, 허튼소리에 속한다. 심리적인 의미가 제대로 표현되지 못해 점차 초조해지고 나아가 감정적으로 폭발했다고 볼 수 있다.

또 다른 유형은 '감각 상실'의 형태라 이를 만하다. 언어와 이미지의 연관이 끊어짐으로써 현실적인 상황 및 변화를 뒤섞고 분별하지 못하는 상태가 되는 것이다. 보아도 보지 못하고, 들어도 듣지 못하고, 굶주렸는데도 배고픔을 느끼지 못하며, 몸이 얼어도 차가움을 느끼지 못한다. 그들의 논리는 아마도 매우 주도면밀할 것이며, 지식은 보통을 훨씬 넘어서는 수준이다. 그러나 그 논리와 지식은 모두 책에서 배웠으며, 편집적인 증세로 말미암아 정확한 쓰임을 얻지 못한다. 이른바 '죽은 논리' '책상물림' '세상 물정 모르는 고린샌님'이라 불리며, 논리를 강변하고 주장하는 데만 뛰어난 '책벌레'이기 쉽다. 엄밀하게 말해서 한 가지에 집착하는 증세 또한 일종의 '미침'이다. 우리가 일상적으로 사용하는 "너도 참 병이다"라는 말은 '너도 미치광이다'라는 의미를 띠고 있다.

이성의 붕괴와 감각 상실은 동시에 한 사람의 몸에 나타날 수도 있지만, 일반적으로는 서로 다른 상황에서 한쪽에 치중해서 표현된다.

거의 책을 읽지 않는 사람과 너무 책을 많이 읽은 사람, 이 두 가지

극단적 상황은 모두 정신병이 발생하기 쉬운 환경이다. 반대로 중간 상태의 일상생활을 즐기는 사람들은 비교적 안전하다는 사실을 우리는 어렵지 않게 짐작할 수 있다. 얼마 전 베이징시의 어떤 조사 결과에 따르면, 50퍼센트 안팎의 대학생들이 정신적인 장애를 가졌으며, 그 가운데 문제가 심각한 사람도 10퍼센트를 넘는다고 한다. 나는 텔레비전에서 이 놀라운 조사 결과를 들었다. 마찬가지로 텔레비전 보도에서 나는 천재들의 온상인 미국 MIT의 정신적 질환 발병률도 이에 못지않다는 사실을 깨달았다. 미국 사람들은 일찍부터 이런 일에 익숙해져서 이상하게 여기지 않을 따름이다. 학교나 연구소 서재에 파묻혀 보내는 일생이란, 바깥세상의 일에 귀를 막고 오로지 성현의 책을 읽으며, 하는 말은 많지만 구체화된 이미지는 적고, 허튼소리는 많지만 실제적인 이미지는 적은 법이다. 이 허튼소리와 실제적인 이미지의 균형점은 쉽게 보장되지 않는다. 정신 건강의 측면에서 말하자면, 조심하지 않으면 멍해지고, 또 계속해서 조심하지 않으면 곧 미쳐버린다. 다만 대부분의 전문가는 이런 '멍해짐'이 '미침'의 전 단계 현상이거나 기초 현상, 또는 심지어 원래 이것이 일종의 고학력 '미침'의 형식이라는 사실을 인정하지 않는다.

전문가들은 언어의 공동화에서 병인을 찾는 노력은 더더욱 하지 않는다. 러시아의 정신병 전문가 하지크 나즐로는 예외적인 인물이다. 1992년 〈프라우다〉 보도에 따르면, 그는 일찍이 '조소치료' '연극치료' '화장치료' '음악치료' 등 예술적 수단을 이용해 환자의 심리적 스트레스를 덜고 또렷한 의식을 회복하게 함으로써 놀라운 성과를 올렸다. 그가 선보인 심리 치료 요법의 특징은 사실 이미지로 언어를 보완하고, 이미지로 언어를 구하는 이른바 '비언어 심리치료nonverbal psychotheraphy'라고 할 수 있다. 조소, 연극, 화장, 음악 등 구체적인 이미지로 감각을 되돌리고, 정상적인 감각을 회복시킴으로써 심리적 위기를 극복하고, 내면 언어의 편집증적 혼란을 이완하거나 해소하는 것이다. 감각 상실 유형의 정신병, 고학력

지능형 정신병 치료를 위한 이 요법은 다소 엉뚱한 방법으로 간주된다. 〈프라우다〉는 당시 러시아 의료계가 이런 성과를 거부했으며, 그런 까닭에 4천여 명의 환자와 가족이 자발적으로 모스크바에서 시위를 주도함으로써 그에게 감사와 지지를 표시했다고 전했다. 시위 참가자 가운데 한 사람은 그의 병이 조소를 만드는 과정에서 호전되기 시작했다고 말했다. 그는 결국 어떤 조소 작품 앞에서 자신도 알 수 없는 이유로 경악한 뒤 목 놓아 울고 말았는데 그것이 호전의 신호였다.

사람의 대뇌는 일종의 자료 창고와 같아서 줄곧 '언어'와 어떤 '이미지'가 하나로 뒤섞여 있다. 양자는 상호 대조, 색인, 압축 및 주석 등의 방법으로 상보적인 지능 생태를 형성한다. 우리가 어떤 이미지를 획득하면 그것은 언어와 연관되어 대뇌 어딘가에 자리를 잡는다. 우리가 어떤 언어를 획득하면 구체적인 이미지를 통해서 잠재의식 속에 각인된다. 설사 고도로 추상화된 사유라 할지라도 구체적인 이미지의 간접적인 지원은 여전히 불가결하며, 사유의 수사적 수단이 되거나 실천적 목표가 된다. 생활 속에 실재하는 이미지는 어떤 추상적인 이성도 결과적으로 실질적인 경험의 일종으로 전화한다. 이른바 정상인은 일정한 질서에 따라 언어와 이미지의 평형과 연상을 조정할 수 있다. 이른바 지혜로운 사람은 '만 권의 책을 읽음'으로써 언어를 풍부하게 획득하고, 또한 '만 리 길을 다님'으로써 구체적 이미지를 풍부하게 획득해 좌우의 풍요로운 자원을 원활하게 연계하고 활용할 수 있다. 이런 사람은 현실 세계, 특히 인문 세계에 대한 정보를 매우 효율적으로 활용할 수 있다. 이런 능력을 확보하는 것은 물론 쉽지 않은 일이다. 이 세계의 지식 분배가 균형을 잃어감에 따라, 어떤 사람들은 거의 진학할 기회조차 얻지 못하며, 또 다른 사람들은 십몇 년, 몇십 년, 심지어 반평생을 학교에서 보낸다. 언어 없는 이미지와 이미지 없는 언어가 대량으로 증가하는 가운데, 정보를 관리하는 대뇌의 스트레스도 크게 증가하고 있다. 컴퓨터와 비교한다면 데이터가 잔뜩 넘쳐나는데도 정리 시스템이 확보되지 않는 상황이라고 할 수 있다. 내용은 혼란스럽고, 조건 없이 데이터가 증가하거나 누락되고, 임의로 접합된다. 한 사람의 이성이 붕괴할 때의 현상도 비슷하지 않을까? 시스템만 있고 데이터는 전혀 없는 상황도 상상해볼 수 있다. 디렉터리가 전부 비어 있는 데다 디렉터리 사이의 차별이 전혀 없어서 아무런 의미도, 검사하거나 교정할 방법도 없다. 이것은 인간이 감각을 상실해 허튼소리를 해대는 것과 비슷하지 않을까?

컴퓨터 사용자 입장에서 말하자면, 이것은 모두 컴퓨터의 병이며, 컴퓨터가 미친 것이다.

의학화

결벽증이 있는 사람들은 스스로 매우 과학적이라고 생각한다. 무시무시한 세균이 존재하지 않는 곳은 없기 때문에, 생활 속에서 위험과 위협에 대처하지 않으면 안 되는 것이다. 솜털마다 숨어 있고, 숨결마다 살아 있는, 보이지 않는 악마들은 시시때때로 사람의 구강, 피부, 내장, 뼈와 머리칼에 엄습한다. 그들은 언제나 조마조마 마음을 졸이며 어느 하루도 가시방석에 앉은 것 같은 삶을 살지 않는 날이 없다. 때때로 온몸의 여기저기서 가려움을 느끼고, 좀 전에 막 감은 머리칼이나 손에서도 가려움을 느끼며, 블라우스나 셔츠, 치마나 바지를 갈아입기만 해도 가려움을 느낀다. 물론 만악의 근원인 세균이 거기서 꿈틀대며 기어오르고 물어뜯고 둥지를 틀고 서로 싸우거나 새끼를 친다. 라오무의 아내인 아펑은 이런 과학 숭배에 미친 세균 마니아다.

아펑 때문에 집안의 모든 생활이 엄청나게 복잡해졌다. 식사할 때는 국자와 집게를 사용해서 음식을 나누고, 아이들은 흙장난을 해서는 안 되며, 채소를 씻을 때는 실리콘 장갑을 껴야 한다. 이런 건 다 좋다. 그 말에도 일리가 있으니까. 하지만 잠옷으로 갈아입지 않으면 침대에 눕지도 못한다든지, 화장실에 갈 때는 반드시 항균 마스크를 써야 한다는 게 도대체 말이 되는가? 국수 한 그릇을 만들어도 아평의 규칙에 따라야 한다. 오이 하나도 열 번은 씻어야 하고, 토마토 역시 열 번은 씻어야 한다. 비누, 세제, 알코올, 무슨 항균 소독제 따위를 전혀 아끼지 않고 펑펑 써대는데, 이게 도대체 말이 되는가?

아평은 과학적인 생활을 추구했고, 과학을 위해서 점차 여위어가기 시작했다. 이처럼 아평이 추구한 과학은 사실 근거가 충분하다고 하기는 어려웠다. 정확하게 말하자면 세균에 의한 학대의 결과였다. 한 마리 파리를 잡기 위해서라면 아평은 청대의 청화백자 꽃병을 깨도 아까워하지 않았다. 또한 밖에서는 더욱 엄격한 규칙과 금기를 적용했다. 예를 들어, 사람들마다 개인 전화를 휴대해야 한다고 믿었고 개인 변기도 지참해야 한다고 생각했다. 특히 아평의 침대에는 아무도 손을 댈 수 없었다. 아들은 그 약점을 잘 알고 있었기 때문에 돈이 필요할 때마다 아주 간단한 방법으로 어머니를 위협했다. 잠옷을 갈아입지 않고 어머니 침대에 가까이 간다. 그러면 어머니는 놀라서 낯빛이 하얗게 질린 채 곧 항복하고 마는 것이다. 아평은 집안의 가산을 모두 탕진하는 일이 있어도 자신의 속옷 접촉 구역에서 절대 청결을 유지해야 했다. 밖에서 남편의 스캔들이 들려오면, 그때부터 그는 그녀 곁에 가까이 갈 수도 없었다. 그녀에게는 떨칠 수 없는 공포가 존재했다. 아평이 자기 남편의 사람됨을 믿지 못해서가 아니라, 남편의 몸이 여전히 깨끗하다는 사실을 보장할 수 없기 때문이었다. 아평은 남편이 속옷을 모두 갈아입게 한 뒤 다른 사람들에게 그가 앉았던 소파를 알코올로 모두 박박 닦게 했다. 알코올이라는 녀석이 꽤나 독해서 진짜 가죽 소파를 얼룩덜룩하게 만드는 한이 있어도. 2만 홍콩 달러나 되는 새 가죽 소파는 그렇게 작살이 났고 알코올을 견디지 못한 채 결국 쓰레기차에 실려 갔다. 아평은 남편에게도 알코올로 몸을 씻으라고 요구했다. 화가 난 라오무는 돼지 간처럼 얼굴이 시뻘겋게 변하더니 담배꽁초를 내던지고 현관문을 나서서 하룻밤 내내 돌아오지 않았다.

그들의 관계는 나중까지 완전히 회복되지 않아서 실제로는 거의 별거 상태였는데, 라오무가 그 알코올 냄새를 참을 수 없어서는 아니었는지 나로서는 알 도리가 없다.

샤오옌이 미국에서 유학할 때의 일이다. 홍콩에서 열리는 학회에 참석하러 오는 길에 샤오옌은 아평을 만나러 갔다가 구두를 갈아 신으라느니 세수를 하라느니 하는 성화에 못 이겨 결국 자리에 제대로 앉지도 못하고 그 집에서 나왔다. 아평은 샤오옌 앞에서 엉엉 소리 내어 울면서 자기네 세대는 희망이 없다, 전혀 희망이 없다고 말했다. 그때 우리가 타이핑쉬에 있을 때만 해도 함께 시를 썼는데, 지금 나는 너하고는 비교도 안 되게 뒤떨어져 있다, 너는 국제학술 뭐라는 데 참석하러 왔는데, 아아…… 내 시인의 꿈은 오직 네가 나 대신 실현해줘야겠구나……. 샤오옌은 코끝이 찡해지도록 감동을 받았다. 물론 상대방이 시가와 같은 문학과 학술을 전반적으로 혼동하고 있다고 생각하기는 했지만, 국제학술대회에서도 마찬가지로 두루뭉술한 멍청이들이 잔뜩 있으니 그리 대단한 문제는 아니었다. 그러나 샤오옌은 이 모든 것에 대해 말할 기회를 얻지 못했다.

아평은 눈물을 닦아내더니 말끝마다 샤오옌의 경사를 한바탕 축하해줘야 한다면서 법석을 떨었다. 호텔에 가서 프랑스 요리를 먹자느니, 친구들을 모두 불러 파티를 하자느니 하더니, 밖으로 나가기도 전에 샤오옌의 옷을 갈아입히고 목걸이를 바꿔서 걸어주고 속눈썹을 집어주는 등 그녀를 몸 둘 바 모르게 만들었다.

밥을 먹고 나서 아평은 뭔가 중요한 일을 생각해낸 것처럼 샤오옌에게 미국에서 약을 좀 구해달라고 부탁했다. 약품 목록에는 온갖 노화방지제, 건망증 치료제 따위가 적혀 있었고 샤오옌이 듣도 보도 못한 병명도 잔뜩 적혀 있었다. 무슨 사고 비약, 무슨 만성피로, 게다가 갱년기

우울증까지…….

"이런 병도 있는 거야?"

"왜 없겠어? 여기 이 책들을 봐."

샤오옌은 그제야 티 테이블 위에 한 상자나 되는 건강 잡지와 의학 서적이 쌓여 있다는 사실에 주목했다.

"둬둬가 성적이 안 좋은 것도 병이야?"

"아동 주의력 결핍이라고 못 들어봤니?"

"라오무가 집에 돌아오지 않는 것도…… 병이라고?"

"옆집 미시즈 친이 그러더라고!"

샤오옌은 두 눈을 동그랗게 떴다.

샤오옌은 인문학 전공이었기 때문에, 의약품에 대해서는 잘 알지 못했으며, 오늘날 의학이 이렇게 많은 분야를 장악하고 있다는 사실도 알지 못했다. 의학은 거의 인문학의 모든 분야를 섭렵하고 있었다. 인문학을 공부한다는 게 도대체 무슨 의미가 있는가? 만약 의학계가 앞으로 먹기만 하면 성실해지는 약, 먹기만 하면 용감해지는 약, 먹기만 하면 열렬한 사랑에 빠지거나 철저하게 준법적인 양심을 가지거나 인간 권리를 확고히 주장하게 되거나 대기환경을 걱정하게 만드는 약을 발명한다면, 문화 비평이나 사회 개조 따위의 작업은 더 이상 필요 없어지는 게 아니겠는가? 샤오옌은 아평의 진지한 태도를 보고 농담을 할 수 없어서 그저 혀를 굳히고 입을 다문 뒤, 그녀가 내미는 약품 목록을 받아 가방에 쑤셔 넣었다.

비의학화

또 다른 사람들은 모든 병을 병으로 여기지 않으며, 건강 문제가 심리 상태나 생활방식 및 사회제도에서 비롯되었다고 믿는다. 그 극단은 모종의 신비주의로서, 병도 인간이 만들어낸 죄악이기 때문에 덕을 행하고 선을 쌓으면 자연히 낫는다고 주장한다. 아평의 병이 위독해졌을 때, 그녀는 이런 강호의 고인을 만났다.

아평은 그의 주장을 상당히 신뢰했고 과학에서 신비주의로 급전환해 갑자기 집 안에 향불이 끊이지 않게 되었다. 그녀가 죽은 뒤 책상 서랍에서 발견된 편지에는 이런 말까지 쓰여 있었다. "나는 내가 암에 걸린 게 아니라는 사실을 안다. 모든 것은 내가 벗어날 수 없는 재앙이다." 이 편지는 앞뒤에 이어지는 말이 없어서 고인의 유물로 취급되었다. 그뿐만 아니라, 아평의 서랍 속에는 십여 통에 이르는 장문의 편지가 더 있었는데, 도대체 누구에게 쓴 건지 알 수 없어서 역시 마찬가지로 유물함에 담아두었다.

잠재의식

프로이트와 데카르트의 차이에 대해서는 내가 여기서 피곤하게 말할 필요도 없을 것이다. 나는 되레 그들이 언어에 대해 보인 공통의 집착에 대해 관심이 있다.

프로이트는 언제나 구체적인 이미지를 중시했던 사람, 일종의 비이성주의자로 간주된다. 사실 여기에는 꽤 많은 오해가 존재한다. 정신질환과 꿈은 분명 그가 가장 좋아하는 관찰 대상이었다. 꿈속에서 황제의 머리 위에 얹는 뾰족한 종이 모자를 본다면 그는 그 꿈을 '황제'라는 지위에 대한 갈망으로 분석할 것이다. 꿈속에 아주 이상한 형태의 탁자가 나타난다면 그는 그 꿈을 '특수한 부자 관계'로 분석할 것이다. 꿈속에서 등불이 점차 높아지는 것을 본다면 그는 그 꿈을 '스스로 생각하는' 품격……이라고 분석할 것이다. 《꿈의 해석》과 《정신분석학 입문》은 꿈을 해석하는 데 모범이 되는 저작으로 일컬어지며 수많은 추종자를 낳았을 뿐 아니라 프로이트의 이론을 일반화하는 데 큰 역할을 담당했다. 심연은 '고독'을 암시하며, 산봉우리는 '어려움'을 암시한다. 날아오르는 용은 '감정'을, 추락은 '죄책감'을, 나체는 '체면을 잃는 일' 또는 '독립에 대한 희망', 유리는 '걱정', 터널은 '연약함' 또는 '자의식 결핍'을 암시한다. (1999년 10월 3일 독일 〈알게마이네 차이퉁〉) 나중에는 불룩하거나 뾰족한 모든 물체가 '남성 생식기'를, 우묵한 모든 물체는 '여성 생식기'를 암시한다고 간주되었으며, 곧 현대적인 꿈의 해석에 대한 공통적인 인식으로서 몇몇 현대소설에도 다시 출현한다.

이런 꿈의 해석은 구체적인 이미지를 특별 취급하는 게 아니라 그와는 정반대로 구체적인 이미지와 말에 대한 기계적 번역이라는 사실을 보여준다. 상징의 다의성, 상징이 인식에서 점유하는 특별한 의의와 지위를 상당 정도 평가절하하고, 이미지를 언어가 규정하는 고정 영역으로 끌어들여 폄하하는 것이다. 만약 데카르트가 "나는 생각한다, 고로 나는 존재한다"라는 명제를 세움으로써 일찍이 감정과 구체적 이미지를 지식의 성전에서 몰아냈다면, 프로이트와 그의 추종자들은 이 상황을 완전히 되돌렸다고 할 수 있다. 안타까운 사실은 그것이 여전히 언어의 신하이자 이성으로 포장된 원료로서 간주되고 있으며 삭제되고 버려지기를 기다리는 존재로 다루어진다는 점이다. 이미지를 명확하게 드러내든 아니면 애매한 것으로 남겨두든, 이성의 독보적인 존재에 대한 그들의 인식은 여전하다. 미국 철학자 에리히 프롬이 말한 바와 같이, 프로이트는 "합리주의에 치명적인 타격을 주었"으며 동시에 "이성주의의 가장 위대한 대표자 가운데 하나"다. 이 말은 프로이트와 데카르트가 기본적으로 암묵적 동의 관계에 있었다는 사실을 명확하게 보여준다.(《프로이트와 그의 시학》)

프로이트는 오스트리아와 독일의 파시스트 전쟁을 지지했으며, 그의 인류 이성에 대한 맹목적 순종과 경솔한 믿음은 전혀 관계없다고 할 수 없다. 프로이트가 데카르트와 다른 점은 다음과 같다. 데카르트주의는 수학자의 철학으로서 "정신은 일종의 이지"(《성찰》)라는 명제를 따르며 인간의 이지가 세상을 구원한다고 믿는다. 당연하게도 수학 공식은 선의 실현이다. 반면, 프로이트주의는 정신병리학자의 철학으로서 본능과 욕망, '잠재의식'이 더욱 중요한 생명의 본질이라 믿는다. 정신병원에서의 이성은 물론 악의 이성이다. "인간의 본성이 선하다는 믿음은 그저 착각일 따름이다."(《정신분석학 입문》) 프로이트는 일찍이 이처럼 놀라운 발견을 했다. "사람은 사람에 대해 야수와 같다. 자기 삶의 모든 부분과 역사상의 모든 증거를 확인할 때, 누구에게 그것을 아니라고 말할 용기가 있을까?"(《문화에서의 불안》) 프로이트는 큰소리로 이렇게 외쳤다. 그는 현대 과학에서 성악설의 기치를 높이 세운 인물 가운데 하나다. 비록 그가 전통적인 도덕에 대해 때때로 불안을 떨치지 못하고 양다리를 걸치는 태도를 보이기는 하지만, 한기 끼치도록 서늘한 그 정신분석학에 대해 말하건대, 그것은 본질적으로 나치의 무쇠 군화 발굽 소리와 전 세계 파시스트 침략 전쟁의 형성에 대해 부정합적 호응을 일으키고 있다. 전쟁에 대한 학술적 인가 또는 학술적 사면인 셈이다.

1914년부터 1939년까지, 유럽의 경제적 재난, 제1차 세계대전, 제2차 세계대전, 나치주의와 스탈린주의의 출현은 유럽인이 쌓아올린 찬란한 이성의 금자탑을 뒤흔들고 무너뜨렸다. 세계대전 발발이 데카르트의 선한 이성을 공격하고 이성주의의 아름다운 꿈을 격파했다면, 대전의 종식은 프로이트의 악한 이성을 패퇴하고 비이성주의의 미몽을 산산조각 냈다. 비록 '비이성주의'의 명명이 전혀 걸맞지 않았고, 엄격하게 말하자면 그 역시 이성주의의 새로운 변형에 불과했지만 말이다. 프로이트는 '사람이 사람에 대해 야수와 같은' 전쟁, 자연스럽고 정당하기 짝이 없는 전쟁, 완전히 생명의 본질을 체현하는 것과 같은 전쟁이 어째서 결국 모든 자연과 인간의 문명을 파괴하고도 그들의 마음을 얻지 못하는지 해석할 수 없었다. 아마도 해석할 방법이 없었을 것이다. 전쟁을 종식시킨 것이 오직 악의 본성인가, 아니면 또 다른 강력한 힘인가? 그가 묘사한 '잠재의식'이라는 심리적 비밀 금고 안에 사람은 악의 본성 외에 또 무엇을 지니고 있는가?

전쟁의 종식으로 인해 필요한 성찰을 얻지 못했지만, 프로이트의 영향력은 갈수록 커졌으니, 이는 참으로 이상한 일이 아닐 수 없다. 그는 점차 이성이 차갑게 식어가고 요구는 부단히 팽창하고 있는 시대에 은밀한 정신적 교부 가운데 한 사람이 되었다. 이는 거의 또 다른 이상한 일로 간주될 수 있다. 프로이트는 선이라는 것이 일종의 정신적 위장이라고 말했다. 만약 프로이트가 상류사회의 신사 숙녀들을 분석 대상으로 상정했다면, 정부기관이나 학술 연구소 및 학교, 종교사원, 칵테일 바와 같은 온갖 고상한 장소를 분석했다면, 그런 주장은 물론 일리가 있다고 할 수 있다. 심지어 누구도 부인할 수 있는 놀라운 진리가 될 것이다. 그러나 만약 프로이트가 적나라한 약육강식의 세계를 분석 대상으로 삼았다면, 말한 대로 행동하고 생각나는 대로 질러버리는 건달과 강도를 분석 대상으로 상정했다면, 사람들이나 여론이 떠드는 것처럼 진짜 건달이나 강도가 아니라 그들을 따라 배우려는 사람들을 분석 대상으로 삼았다면, 그래도 악이 일종의 본능이며 욕망은 외재적인 의식 형태가 아니라고 주장할 수 있을까?

본능은 프로이트의 펜 아래서 누명을 쓴 것이나 마찬가지다. 대부분의 짐승은 욕망을 지니고 있지만, 그들에게는 탐욕이라는 것이 없다. 배를 불리고 등을 따습게 하는 것 외에 보석이나 금괴, 모피 코트를 원치 않는다. 발정기가 아니면 욕정을 품지 않으며, 무슨 비아그라나 성 보조기구 및 X등급 포르노 영화 따위를 필요로 하지도 않는다. 게다가 짐승에게는 새끼를 돌보는 본능이 있고 무리를 지으려는 욕망도 있다. 자기 보존 본능 외에 이타적인 면도 지니고 있는 것이다. 나는 어떤 개를 본 적이 있다. 우메이쯔네 집의 어미 개였는데 토끼를 한 마리 물어다 놓고 저는 차마 먹지 못했다. 아마도 온 산을 다 뒤지며 3킬로미터 이상 뛰어다니다 잡았을 텐데, 그 녀석은 그걸 제 새끼를 키우고 있는 다른 집 문 앞에다 가져다주곤 했다. 사람들은 그 수고로움에 언제나 감동하곤 했다. 당신은 인간이 이 개

한 마리의 생리적인 수준에도 미치지 못하기를 바라는가? 수많은 사람이 이익을 위해 혈육도 돌아보지 않을 때, 금수만도 못할 때, 그런 악행은 도대체 '본능' '욕망' '잠재의식'에 기인하는가 아니면 어떤 의식 형태의 압박에 따른 것인가? 사람들이 전혀 필요치 않고, 게다가 실질적인 이익을 주는 것도 아닌 탐욕을 추구하다가 골육상잔에 이르는 것은, 도대체 자연적인 본성인가, 아니면 문화의 조류에 의한 반복적인 세뇌인가?

의식은 프로이트의 펜 아래서 요절했다. 의식은 언제나 문화의 팻말을 걸고 나타났다. 더 많은 경우 문화의 암시적인 형식으로 나타났으며, 언제나 당당한 정부의 공개적인 선전으로 구현되었던 것은 아니다. 많은 경우 여론의 유행에 따를 필요도 없다. 예를 들어, 넋두리를 늘어놓지 않는 사람의 말이 지닌 뉘앙스나 굳이 교육을 받지 않아도 알 수 있는 소리와 색을 통해서, 이론 체계를 전혀 형성하지 않는 정경의 암시나 복선, 나아가 어떤 은어를 통한 싱거운 농담, '멋지다'거나 '개성적이다'라고 하는 이미지 표현, '초탈'이나 '전문화'가 암시하는 악행에 대한 수수방관에 의해 드러난다. 한마디로 말해서, 의식은 대개 '언어 외적 의미'로 표현된다. 그리고 이 언어 외적 의미는 결국 풍부한 이미지를 통해 구현되며, 상징적 기호에 속하는 것으로 언어적 기호의 주도에 따르지 않는다. 이것들은 "침묵의 논술"이 되며(알튀세르가 말했다), 언어를 초월하는 의미의 시연으로서, 강력한 여론적 분위기를 형성하기에 충분하다. 그 기세는 막을 자가 없으며 사람들을 압도하기 때문에, "빈껍데기"(왕샤오밍이 말했다)와도 같은 정부의 구호보다 훨씬 더 분명한 세뇌 작용을 일으킨다. 이는 애매모호하고 신비한 '잠재의식'이 아니라, 절대로 굴하지 않는 의식의 소치다.

이 오스트리아의 의사 선생은 '선'과 '악'의 이원구조를 '의식'과 '잠재의식'의 이원구조로 도식화해 선을 위장으로 악을 본능으로 등치하는 새로운 형이상학적 모델을 창조했다. 이는 이데올로기가 전개하는 서로 다른 방식, 인간과 인생의 복잡성을 완전히 무시하는 행위이다. 거기엔 라오무의 인생이 포함된다.

라오무라는 인간은 줄곧 나에게 당혹감을 주었다.

첫째, 라오무는 말끝마다 스스로 '건달'이니 '나쁜 놈'이니 하면서 이런 호칭을 명예로 삼았다. 그의 말에 따르면, 자신은 일찍부터 이 세계를 꿰뚫어 보았다. 남을 뛰어넘는 안목을 바탕으로, 설사 죽어서 9층 지옥에 떨어지는 한이 있어도, 한평생 철두철미하게 나쁜 놈으로 살 결심을 했다고 한다. 여기서 라오무의 악은 프로이트가 말했듯, 꿈에서나 암시적으로 나타나는 '잠재의식'이 아니라 밝은 대낮에 사람들 앞에서 공개적으로 떠벌리는 일종의 선언이었다. 여기 무슨 '잠재'가 있는가?

둘째, 언제부터인지 모르지만 나는 라오무가 먼저 전화를 걸어오는 것은 그가 술에 취했을 때뿐이라는 사실을 깨달았다. 특히 라오무가 전화 속에서 별나게 자상하고 친절하게 굴거나, 별로 특별한 용건도 없이 실실 쪼개면서 더우냐 추우냐 안부를 묻거나, 심지어 기운이 뻗쳐서 갑자기 문학과 하이킹에 관심을 보일 때는 더 의심할 여지가 없었다. 수화기를 통해 들려오는 목소리에서는 전혀 술기운이 느껴지지 않았지만, 눈을 감으면 곧 팔랑팔랑 소맷자락을 나부끼는 라오무의 모습이 눈에 선했다. 전화기를 집어 들고 여기저기 부딪치며 온 세상 사람들에게 사랑을 전하기 위해 분투하는 것이다. 그러나 술이 좀 깨면 곧바로 이야기 내용은 보통 때와 다름없이 돌아왔다. 만약 그럴 때 내가 먼저 전화하면 그는 우선 목소리를 확인하고 목소리를 8할쯤 낮춰서 '응'이라고 대답한다. 가뜩이나 마뜩잖은 목소리로 냉담하기 짝이 없게, 어제는 하이킹을 가겠다고 약속했지만 오늘은 그 약속을 저기 태평양 한가운데 내다 버린다. 설사 내가 기쁜 소식을 전하더라도, 예를 들어, 라오무가 보유한 주식의 주가가 대폭 상승했다고 전하더라도 그는 먼저 경계하는 태도로 이 전화에 무슨 음모라도 있는 건 아닌지 고민하고 그에 대처해 내 뒤통수를 갈길 궁리를 하는 것이다. "그럼, 또 보자"라는 마지막 인사는 마치 만 톤이나 되는 거대한 바윗돌에 눌리기라도 한 것처럼 딱딱하고 전혀 온기가 느껴지지 않는다.

이 사실을 발견하고 나서 나는 사람들은 제각각 참으로 다르다는 사실에 주목하게 되었다. '취중진담'이나 '각성 후 원형'의 양상도 정말이지 달랐다. 만약 어떤 사람이 취했을 때 악해진다면, 라오무 같은 인간은 취하고 나면 더없이 친절해진다. 어쩌면 얼렁뚱땅 친절해지는 것일 수도 있다. 라오무는 일찍이 빌어먹을 니미 XX 정말 자기 뺨을 갈기고 싶다고 말한 적이 있었다. 그날 라오무는 길에서 다른 사람에게 길을 가르쳐주고, 차를 불러서 그 사람이 가는 곳까지 태워달라고 말했기 때문이었다. 그 일이 있고 나서 라오무는 자기가 뇌막염이라도 걸린 게 아닌지 의심했다. 병원에 가서 진찰이라도 받아봐야 하는 거 아닐까? 또 한번은 그가 수해를 입은 타이핑쉬 학교를 위해 2만 위안을 기부하고 나서 하마터면 레이펑 같은 영웅이 될 뻔했다며 뼈아픈 후회를 하기도 했다. 라오무는 화가 나서 아는 사람들에게 달려가 욕을 퍼부어댔다. "이 빌어먹을 개자식들아! 내일은 또 누가 이 어르신한테 함정을 팔 거냐! 누가 술을 따를 거야? 아주 이 어르신 껍데기를 다 벗겨 먹어라!"

라오무는 프로이트를 숭배했다. 흥미로운 사실은 라오무가 프로이트주의에 대한 첨예한 반증이 되었다는 점이다. 라오무의 '잠재의식'은 영원히 '의식'적인 악을 따라가지 못한다. 라오무라는 인간은 정신이 혼란해지고 비이성적이 될 때라야 비로소 정신이 맑고 이성적일 때 스스로 가장 증오하고 통한스럽게 여길 만큼 선한 사람이 되는 것이다.

위선

어떤 일은 말할 수 있지만 실제로 할 수는 없다. 예를 들어, 농담은 아무리 지나쳐도 무방하지만, 정말로 그 말대로 하는 것은 곤란하다.

어떤 일은 실제로 할 수 있지만 말할 수는 없다. 예를 들어, 선행 같은 것이 그렇다. 선행은 그 일을 행한 자신이 말할 성격의 것이 아니다. 심지어 그 일을 선행이라고 기억하거나 생각하지도 말아야 한다. 그렇게 생각하는 순간, 일의 성격이 변하고 말기 때문이다. 마치 숨겨놨던 보물이 햇빛을 받는 순간 풍화되어 사그라지는 것처럼, 다시는 원래 모습으로 되돌아갈 수 없다. 비바람을 맞으며 어쩌고저쩌고, 구슬땀을 흘리며 어쩌고저쩌고, 정의감에 불타서 어쩌고저쩌고, 용기를 내서 어쩌고저쩌고……. 이런 것은 모두 절대로 말할 수 없는 금기다. 잊지 마라. 마음속에 남아 있다면 어서 빨리 지워버려라. 말을 하게 되면 타산적이 되며 곧 거래가 시작된다. 감사, 칭찬, 표창, 또는 세상을 구했다는 찬미, 천국 같은 영화……. 그래도 그것이 선인가?

선의 말할 수 없음은 그에 대한 보장이 어려운 데 기인한다. 당시 라오무가 시골에서 댐 수리를 할 때, 한쪽 눈을 날려먹은 일은 정말이지 위대한 행적이 아닐 수 없다. 그러나 영웅이 되고자 하는 충동 때문에 손발을 잘못 놀려 가당치 않은 실수를 한 것 또한 그 사건의 부분적인 진실이다. 시간의 흐름에 따라, 앞뒤 사건의 선후 관계에 따라, 그것이 반드시 선한 결과를 낳았다고는 할 수 없는 변수가 작용하기도 한. 라오무는 폭발의 순간에 함께 일하던 인부 한 사람을 밀어냈다. 한 생명을 구한 것이다. 그러나 그 사람이 나중에 사회에 해를 끼치는 나쁜 사람이 될지, 사회를 구하는 착한 사람이 될지 누가 알겠는가? 이 문제는 조금 잔혹하다. 우리가 아이에게 아낌없이 투자하며 지원한다 하더라도 아이가 철이 들고 나서 뜻만 크고 능력은 따르지 않는 사람이 될지, 가난에 넌더리 내며 부자가 되기 위해 자기 인생을 부정하게 될지 누가 알겠는가? 또한 아이의 부모는 과연 아이가 철들고 난 뒤 스스로 더 궂은일을 찾아 힘든 길을 찾아가는 것을 원하는가? 우리가 몇몇 실업자에게 자선을 베푼다고 하자. 우리가 그를 배고픔과 가난에서 건지는 동시에 그의 자존을 해치지 않을 수 있으리라 누가 보장하는가? 혹시 그의 나태함을 더욱 부추기는 건 아닐까? 구걸하는 인생에서 안락함을 느끼고 마땅히 잡아야 하는 취업 기회를 버리도록 하는 건 아닐까. …… 이처럼 우리가 깊이 생각하기를 두려워하며, 부분적인 사실로 전례를 삼기 두려워하는 문제는 결국 선을 너무 고차원적으로 만들어버리고 만다. 하려거든 해라. 하지만 뭘 근거로 자신이 한 일이 선인지 악인지 판단할 수 있는가?

선의 관점에서 본다면 '말한다'는 것은 매우 중요한 사건이며, 이 행위의 품격은 종종 두 가지로 분명히 나뉜다. 더 이상 생각하고 말 것도 없는 자연적인 경험이라도 일단 말로 이야기하고 나면 수사학과 서사 구조의 영향을 받으며 사람들의 이목을 끄는 방식으로 변화되기 마련이다. 거기에는 정신을 조작할 수 있는 힘이 있다. 이야말로 선이라는 것이 행하고도 말할 수 없는 가장 큰 이유이며, 위선이라는 것이 행해지고 난 뒤 더욱 끊임없이 수식되고 가감되는 원인이다. 그리하여 도덕적 행위에 대한 자화자찬은 언제나 사람들의 의심을 사고 만다.

라오무는 이미 이 방면에 경험이 있어서 절대 바보 같은 짓을 하지 않았다. 무슨 도덕적 행위에 대한 자화자찬도 없었다. 라오무의 애꾸눈은 더 이상 무슨 댐 수리를 위해 희생한 게 아니라 돈을 벌고 난 뒤 이문을 나누다가 시비가 붙어서 찔린 것으로 바뀌었다. 혹은 감옥에 갔을 때 감방 두목한테 맞아서 그렇게 되었다고 아는 사람도 있었다. 이야기를 하는 그때그때 상황에 따라 달랐다. 라오무는 자신의 이력에 부끄러움을 느끼고 있었다. 또한 악한으로 위장하는 것이 사람들에게 더 깊은 믿음을 준다는 사실도 알았다. 덤으로 다른 사람들에게 경외감을 불러일으켜 곤란한 일을 당하는 경우 든든한 방어막이 되어주기도 했다.

이것이 곧 자기 비방의 좋은 점이다. 위선자가 너무 많을 때, 어떤 위선적 행위가 광범위하게 퍼져 있을 때, 자신이 나쁜 사람이고 못된 짓을 일삼으며 비겁하다고 말하는 것은 오히려 여론의 인정을 받고 심지어

갈채를 이끌어내기도 한다. 스스로 건달이라 자처하는 것은 적어도 주변 사람들에게 거짓이라는 의심을 사지 않고, 되레 평가절상될 여지를 남기니 실로 인생의 두둑한 밑천이 아닐 수 없다. 재미있는 점은 라오무가 건달임을 자처하고 난 뒤에 그를 아니꼽게 보던 사람들, 예를 들어 그를 괴롭히던 관료나 그를 무시하던 문화인은 여전히 그를 '별수 없는 건달 녀석' '구린내 나는 건달 녀석' '망할 건달 녀석'이라고 부르면서도 나름 미더워하는 기색을 띠더라는 사실이다.

건달의 명예에 대한 라오무의 논리에 따르면, 이 휘황한 영예는 도처에서 표창을 받아야 마땅하지 않은가? 만약 아직 건달 자격에 미달이라면 기준을 조금 낮춰도 무방하다. 만약 충분히 건달 자격이 있다면, 모름지기 기쁘고 감사하게 그의 동지들과 만나야 할 것이다. 그들은 무리를 지어 우세를 점하며 까닭 없이 화를 낼 수도 있다. 라오무의 논리에 따르자면, 그가 왜 '자비' '충실' '선량' '숭고' 따위의 '악한 어휘'를 사람들의 머리 위에 쏟아부으면 안 되는가? 왜 그 사람들이 이런 악명을 등에 짊어지고 옴쭉달싹 못하게 할 수 없겠는가?

만약 그 사람들이 건달처럼 구는데 건달 같지 않더라도, 잘못된 깃발을 꽂고 바른 일을 하는 셈이니 기껏해야 빗나간 건달이 될 뿐 더 크게 꾸짖을 수는 없다.

이러한 해명은, 그가 나쁜 짓을 배우는 데 완전히 몰두하지는 못했다는 사실, 기본적으로는 그저 생존을 위한 전략으로 채택한 임기응변에 불과하다는 점을 알려줄 뿐이다. 바꿔 말하면, 라오무는 이때에도 여전히 마음속으로 무엇인가에 미련을 가지고, 그것을 숭배하며 존경했다. 다만 전혀 말하지 않았을 따름이다. 라오무가 사용하는 말 가운데 '자비' '충실' '선량' '숭고' 등의 어휘는 이미 사라진 지 오래였다. '건달'의 성난 꾸짖음에 대해 어떤 반증을 할 때에만 비로소 그 존재는 인정받았다. 라오무와 위선자들의 다른 점이 바로 여기 있었다. 라오무는 수많은 좋은 말을 상실했지만, 그 말들의 진짜 반대말은 찾지 못했다. 그저 말을 뒤죽박죽 섞어 쓰게 됐을 뿐이다.

사실 위선의 긍정적인 측면은 종종 무시되는 경향이 있다. 위선은 선의 조악한 형태 또는 모방 형태로서 힘이 부족하고 마음만 있는 사람에게 쓸 수도 있고, 선이 실제적인 행위에서 진실의 힘을 발휘할 수 없음을 증명할 때도 쓸 수 있다. 적어도 심리적인 측면에서는 진실일 수 있다. 선이 말해질 수 없는 것처럼, 말해지는 순간 곧 위선이 되는 것처럼, 사실 위선이라는 것 또한 신중하게 말해져야만 한다. 말을 하면 선은 곧 그 자리에서 사라지고, 동시에 악의 합법성 또한 반은 사라진다. 이 어지러운 언어의 그물망은 그래서 선과 악을 언제나 한데 엮어서 갈라놓지 못하게 만들곤 한다.

언어, 이미지, 의미

이코놀로지iconology는 일찍이 '성상학' 또는 '도상학'으로 번역되었고, 요즘에는 다시 '이미지 형태학'으로 옮겨지고 있다. 이는 '의식 형태학'과 쌍을 이루는 개념으로 상징 기호의 '이미지' 기능 및 정치사회적 효과를 선명하게 드러낸다. 또한 현대의 의식 형태가 언어뿐 아니라 이미지로도 표현되고 있음을 가리킨다.

이 새로운 번역은 문화 관찰을 언어에서 훨씬 더 넓은 영역으로 이끌어간다. 대중적인 전자매체 이미지가 날마다 문자 인쇄물을 대체하고 강력한 미디어가 되어가는 오늘날, 의식 있는 지식인들은 이런 추세를 매우 합당한 것으로 받아들이고 있다. 이 개념의 새로운 이해와 광범위한 운용은 유럽에서 아메리카에 이르는 일련의 사조에 따른 결과다. 프랑스의 구조주의와 기호학, 독일의 현상학과 프랑크푸르트학파, 영국에서 미국에 이르는 대중문화 연구 등은 적어도 몇 가지 중요한 사건을 제시했다. 비록 방법과 목표 측면에서 완전히 일치하지 않고, 깊이와 성취 측면에서도 서로 차이가 있지만, 이런 사조는 모두 개념의 문화 전경화를 형성했으며, 유럽적인 로고스 중심주의 전통에서 일종의 반역을 꾀하고 있다. 결정적인 승리는 아직 요원해 보일지라도. 문자의 통치는 우리에게 너무 오래된 일이어서, 이성에 대한 반성 또한 문자의 부연을 피할 수 없었다. 니체는 문자를 "상류 계층의 발명품"이라고 비판했으며, 소쉬르는 문자가 "사악하고 전제적인 것"이라고 저주했다. 그러나 이제 문자 이외의 모든 것이 다시금 사람들의 관심을 끌고 있다. 수화와 깃발 등의 상징 언어(소쉬르), 장난감과 술(롤랑 바르트), 음악(아도르노), 회화와 신체(푸코), 텔레비전(레이먼드 윌리엄스), 광고와 소비(보드리야르), 촬영(벤야민), 건축(데리다) 등은 모두 서로 다른 이유로 학자들의 주목을 받았으며 분석 대상이 되었다. 수많은 사상의 입자가 모여서 거대한 조직을 이루고 커다란 물결로 합해 유럽 문명이 언어에 대한 숭배를 기초로 16세기부터 구축해온 이성의 제국에 부딪치고 있다.

'언어'와 '이미지'의 관련은 불가피하다. 이 새로운 사조의 연맹에서 중요한 인물 가운데 한 사람인 프랑스 학자 푸코는 줄곧 '비언어'와 '언어 담론 이외'의 사물에 주목했다. 1977년 7월, 어떤 심리학자가 인터뷰차 방문했을 때, 푸코는 아주 간명하게 이 점을 설명했다. "한마디로 말해서 모든 비언어 담론의 사회적 영역은 모두 일종의 제도입니다."(《감시와 처벌》) 이어서 그는 군사학교와 일반학교 건축을 이용하여 감옥의 기능을 설명하고 이런 말하지 않는 제도, 즉 보이지 않는 권력의 존재를 증명한다. 여기서 푸코는 스승인 알튀세르에게 받은 영향을 드러낸다. 알튀세르는 일찍이 모든 문자의 공백 중에 존재하는 언외의 의미에 대해 극력 설파한 바 있다. 알튀세르는 마르크스의 《자본론》을 분석하는 과정에서 '침묵의 논술' 및 그 사회의식 형태 아래 숨어 있는 원인을 찾아내곤 했다. 푸코에게서는 라캉의 흔적도 찾아볼 수 있는데, 라캉은 언어학과 정신분석학의 결합을 시도했으며, 말로 표현되지 않는 것들을 '초자아'의

억제에 의해 침윤된 잠재의식이라고 규정했다. 이는 프로이트에서 인용한 개념이다. 자연스럽게도, 푸코는 글을 쓸 때 원형 감옥과 그 탑 위의 감시기구에 대한 은유를 즐겼다. 이는 나중에 더 많은 사람에 의해 '초자아'의 비유로 간주되었으며, 인간의 내면 심리까지 장악하는 지고무상한 감시기관을 의미하게 되었다. 세계는 이와 같이 무형의 커다란 감옥 속에 있으며 권력은 인류의 문화를 이용해 이 감옥을 내면화하고 비언어화한다.

우리는 푸코가 여기서 말 밖의 것을 '제도'와 '권력' 등 언어를 금지하는 존재, 인류가 억압당하고 은폐당한 의식의 금역으로 규정하고 있음을 어렵지 않게 확인할 수 있다. 여기까지의 추론은 타당하다. 일단 이런 억압과 은폐가 해소되고 나면, 이런 금역에도 빛이 들고 나면, 사람들은 그것에 대해 말할 수 있게 될 것이다. 푸코와 그의 동맹자들은 이런 정치적 투쟁을 하고 있었다. 이는 물론 비교적 낙관적인 언어적 태도를 시사한다. 사람들은 심지어 이렇게 말할 수도 있다. 푸코가 비록 로고스주의에 대한 맹렬한 반격을 개시했지만, 여전히 언어에 대해 기본적인 신뢰와 기대를 지니고 있었으며 결국 최종 공격 대상은 '제도'와 '권력'이지 언어 자체가 아니라고 말이다.

이와는 별개로, 언어 자체가 표현의 한계를 지니지 않는가 하는 문제 또한 여전히 논쟁적이다. 나는 세계 각 민족 문화의 전통 속에 이와 관련한 사상적 유산이 있는지 알지 못한다. 예를 들어, 인도인이나 아랍인, 인디언들이 이 문제에 대해 어떤 연구 결과를 쌓아왔는지 모른다. 다만 중국의 입장에서 말하자면 수많은 학자가 푸코와는 다른 방향에서 연구를 전개하면서 줄곧 언어라는 도구 자체의 결함에 대해 탄식해왔다. 이런 견해는 제도나 권력과는 거의 아무 상관이 없는 듯 보인다.

일찍이 기원전 300년경 장자는 이렇게 말했다. "말할 수 있는 것은 사물의 대강일 따름이다. 뜻이 이르는 것은 사물의 정밀한 부분이다. 말로 다하지 못하는 것과 뜻이 이르지 못하는 부분에 대해서는 정밀한지 아닌지, 그 대강조차 알지 못한다."(《장자》〈추수〉편) 장자가 지적한 "말로 다하지 못하"고 심지어 "뜻이 이르지 못하는 부분"은 거의 초超제도 및 초超권력의 보편적 현상이며, 사람들이 영원히 도모하거나 인식할 수 없는 피안이다. 장자는 또 〈천도〉라는 글에서 이런 이야기를 한다. 수레바퀴를 만드는 장인이 국왕이 책을 읽는 것을 보고 폐하께서는 무슨 책을 읽으시냐고 물었다. 국왕이 그 말을 듣고 성현의 글을 읽노라고 대답하는 것을 듣고, 수레바퀴 장인은 그것이 모두 찌꺼기임에 틀림없다고 국왕을 놀린다. 국왕은 크게 화를 내며 장인을 참수하려 했으나 결국 그의 말에 마음이 움직인다. 장인은 이렇게 말한다. 수레바퀴를 만드는 일은 쉽지 않다. 축이 작으면 미끄러져서 단단하지 않고, 축이 크면 빽빽해서 맞지 않는다. 작지도 크지도 않게 만들어야 딱 좋다. 모두 마음에 따라 손이 움직여줘야 그렇게 될 수 있는 것이니 말로는 이를 수 없는 경지다. 아버지가 전해줄 수도 없고 아들이 받아 배울 수도 없다. 생각해보건대, 성현의 글이라는 것도 말로 전할 수 없는 정수가 가장 귀한 것일 텐데 그들은 모두 죽고 없으니 남은 글은 찌꺼기가 아니고 뭐겠는가?

이는 중국 사상사에서 언어를 대상으로 한 최초의 논리적 회의이자 비언어주의라고 하겠다.

500여 년이 지난 뒤에, 한위漢魏 시기의 왕필과 같은 학자들은 또한 중국 역사상 최초로 언어言, 이미지象, 의미意 사이의 관계에 대해 대규모 논쟁을 펼쳤다. 왕필은 이렇게 말했다.

> 대저 이미지라는 것은 의미에서 나오며, 언어라는 것은 이미지를 분명히 하는 것입니다. 의미를 다하는 데는 이미지만 한 것이 없고, 이미지를 다하는 데는 언어만 한 것이 없습니다. 언어는 이미지에서 생겨나기 때문에, 이미지를 찾고자 언어를 보는 것입니다. 의미는 이

미지를 다하는 것이기 때문에, 이미지로써 그것을 전한다고 할 수 있습니다. 그래서 언어라는 것은 이미지를 밝히는 것이요, 이미지를 얻으면 언어를 잊는다고 합니다. 이미지는 의미를 위해 존재하는 것이요, 의미를 얻으면 이미지를 잊는다고 합니다. 올가미는 토끼를 잡기 위해 놓는 것이므로, 토끼를 잡으면 올가미는 잊어버립니다. 통발은 물고기를 잡기 위해 놓는 것이므로, 물고기를 잡으면 통발은 잊어버립니다. 그러므로 언어라는 것은 이미지의 올가미요, 이미지는 의미의 통발입니다. 이런 까닭에 언어가 있다는 것은 이미지를 얻지 못했다는 뜻이요, 이미지가 있다는 것은 의미를 얻지 못했다는 뜻입니다. 이미지는 의미에서 생겨나므로 이미지가 존재하지요. 그러니까 존재하는 것이 모두 이미지인 것은 아닙니다. 언어는 이미지에서 생겨나므로 언어가 존재하지요. 그러니까 존재하는 것이 모두 언어인 것은 아닙니다. 그러므로 이미지를 잊은 사람은 의미를 얻은 사람이요, 언어를 잊은 사람은 이미지를 얻은 사람입니다. 의미를 얻는 것은 이미지를 잊는 데 있고, 이미지를 얻는 것은 언어를 잊는 데 있습니다.(《주역약례》〈명상〉)

왕필은 괘상卦象에서 출발해 그 원리를 물상物像과 사상事象으로 연결해낸다. 그는 '이미지'를 '언어'보다 더욱 기본적이고 원천적이며 믿을 만한 기호로 간주한다. 말하자면, '이미지'는 일급 기호이고 '언어'는 이급 기호다. 그래서 언어는 이미지를 모두 표현하기에 부족하고, 이미지는 의미를 모두 전달하기에 부족하다. 이런 대체 과정에 따라 정보는 손실을 피할 수 없게 된다.

이와 같이 "언어가 의미를 다할 수 없다"라는 주장과는 상반되게, 동시대의 구양건은 "언어는 의미를 다할 수 있다"라는 주장을 펼쳤다.

형체라는 것은 이름이 없으면 그저 둥글고 네모질 따름이요, 빛깔이라는 것은 이름이 없으면 그저 어둡고 밝은 정도의 얼룩일 따름입니다. 그러므로 사물에 이름이 없으면 그것을 널리 펼 방법이 없고, 이치를 언어로 전하지 못하면 일을 할 수 없습니다. 그래서 예부터 지금까지 이름을 바로잡기 위해 애쓰며, 성현께서 언어를 버리지 않으신 것입니다. 그것이 무슨 연유이겠습니까? 성실하게 마음에서 이치를 구한다고 해도 언어로 펴지 않으면 안 되고, 사물이 바로 저기 있다고 해도 이름을 지어 구별하지 않으면 안 됩니다. 언어가 의미를 펼 수 없다면 가까이 다가갈 방법이 없고, 이름이 사물을 가려 짓지 못하면 그것을 감별할 방법이 없습니다. 물건을 감별하고 이름을 가려 짓는 것은 언어가 감정과 의미를 펼 수 있기 때문입니다. 원래부터 그래야 할 이유가 있고, 본디부터 그리될 까닭이 있으니, 아무렇게나 저절로 이름이 붙는 게 아닙니다. 이치에 따라 정해진 바가 있기 마련이지요. 그 실상을 구분하고자 하면 먼저 그 이름을 달리해야 합니다. 그 뜻을 밝히고자 하면 먼저 그 이름을 분명히 해야 합니다. 이름은 사물에 따라 바뀌며, 언어는 이치에 따라 변합니다. 소리에도 붙이는 이름이 있고, 형태에도 붙이는 이름이 있습니다. 그래야 서로 다른 것이 하나가 되지 않습니다. 둘이 나뉘려면 반드시 이름이 있어야 합니다. 저는 그리 생각합니다.(《전진문》 권 109)

구양건은 언어라는 것이 단순히 일종의 기호라는 사실을 인정한다. 그러나 기호와 사물이 정확한 대응 관계를 이룰 수 있다고 믿으며, 사물이 언어를 통해서만 사람에게 인식될 수 있다고 여긴다. 이런 관점은 거의 초기의 비트겐슈타인에 비견된다. 우리가 사물을 말할 수 없다면 우리는 그 사물을 인식할 수 없으며, 우리가 사물을 인식할 수 있으려면 그것을 언어로 말할 수 있어야 한다. 사물은 언어 밖에 떨어져 있을 수 없다.

《논리철학논고》) 구양건은 여기서 '이미지'를 배제했다. 당연히 '이미지'와 사물 간의 차이도 약화하고 있다. 마치 '언어'와 사물 간의 차이를 약화하고, 로고스중심주의의 전형적인 태도를 보이고 있는 것과 마찬가지로 말이다. 구양건은 언어의 객관적 효율성을 의심하지 않으며, 언어의 의미 불변성도 의심하지 않는다. 그 의미는 거의 모든 감각 경험의 책임자처럼 넘치지도 않으며 다 뽑혀서 텅 비지도 않는 것으로 간주된다.

왕필과 구양건은 모두 절대적인 진리를 추구했기 때문에, 그들의 관점은 비록 대립하고 있지만, 그 논리상의 결점과 치명적인 약점은 양쪽 다 마찬가지로 해결할 방법이 없다. 예를 들어, 왕필은 세상에 '의미'를 다할 수 있는 방법이 없다고 했는데, 그 '의미'를 다할 수 없고 그 존재를 실증할 수도 없다면, 어디서 그런 걸 가져다 보여줄 수 있을 것인가? 구양건은 '의미'를 다할 수 있다고 가정하고, 새로운 '언어'의 창조를 제한해야 한다고 주장했다. 함부로 새로운 '언어'를 만들면 기존 '언어'가 모두 '의미'를 다할 수 있다는 논리가 유지될 수 없기 때문이다. 그러나 오늘 새로운 지식을 배웠다고 하면 어떻게 그 이름을 어제는 몰랐을 수 있는가? 어제의 언어로 다하지 못한 의미가 있다면, 오늘 또는 앞으로는 새로운 지식을 배울 수 없는 것인가?

그들의 견해가 얼마나 다르게 보이든, 푸코와 같은 유럽 학자들과 비교한다면 역시 일가붙이로 보인다. 그들은 공통적으로 '제도'와 '권력'의 언어에 대한 개입을 무시한다. 이는 중국 고대 사상가들이 상대적으로 순진하고 아둔하게 보이는 이유이다. 아마도 이렇게 볼 수 있을 것이다. 푸코의 언어에 대한 정리는 한마음으로 어떤 사물이 언설로부터 배제되는 사실에 집중하고 있으며, 권력과 제도가 이런 언어의 금역을 설정하고 있다고 결론짓는다. 이는 의미를 사회 개조에 위치시키는 언어정치학이라 할 수 있겠다. 그러나 중국 고대의 학자들은 '천인합일天人合一' 사상에 근거하고 '진성궁리盡性窮理'의 궁극적 목표를 지닌 채 언어에 대한 정리를 진행했다. 이들은 한마음으로 사물이 모두 언어로 표현될 수 있는지 없는지, 언어로서 자신의 인식을 구성할 수 있는지에 초점을 둔다. 아마도 이는 의미를 인지적 반성에 위치시키는 언어철학이라 할 것이다. 그 포부는 참으로 원대해 사람들의 감탄과 놀라움을 자아낸다. 기나긴 인류 인식론의 역사에서 그들은 지식을 정리하는 두 가지 큰 흐름을 주도했다. 이미지 형태학을 살필 때는 이 귀중한 두 갈래의 가르침을 잊지 말아야 한다.

담배 파이프

일찍이 벨기에의 현대 화가인 마그리트도 언어, 이미지, 의미 사이의 관계를 사고했다. 그의 유명한 작품 〈담배 파이프〉는 사람들에게 반복적으로 언급된다. 커다란 담배 파이프가 그려져 있는데, 그 아래는 "이것은 파이프가 아니다"라고 쓰여 있다. 내가 보기에 마그리트는 다음과 같은 두 가지 일을 해냈다. (1) 담배 파이프 그림≠담배 파이프. 사물과 이미지는 하나가 아니며, 사물의 이미지와 매체의 이미지도 하나가 아니라는 점을 관객에게 경고하는 데 성공했다. (2) 마그리트는 언어와 구체적인 사물 이미지 사이의 선택적 관계를 성공적으로 해체했다. 틀림없이 담배 파이프처럼 보이는 것을 "이것은 파이프가 아니다"라고 선언함으로써 이미지와 언어는 분리되었고, 담배 파이프의 이미지는 새로운 명명 가능성을 얻었다.

언어, 이미지, 의미, 이 세 가지 사이의 관계는 재조직화할 수 있는 자유 공간을 획득했다.

이에 대한 비판도 만만치 않다. 〈담배 파이프〉에서 (1)항의 의의는 비교적 주목을 받았지만, (2)항의 의의는 종종 분명히 이야기되지 않았다. 얼마 전 출간된 시각에 대한 새로운 연구서 《관조의 실천》(M. 스트러큰과 L. 카트라이트)에는 이에 대한 내용이 실려 있다. 사물 이미지와 문자 명명 사이에는 사실 절대적인 이유라는 것이 존재하지 않으며 대부분 임시적인 약속에 불과하다. 이 관계는 세상의 발전에 따라 종종 엉터리없는 오류를 범하기도 한다. 왜 '감옥'이라는 말은 사람을 가두는 지금의 형상을 띠게 되었는가? 왜 전체 사회는 무형의 '감옥'이라는 말로 불리지 않는가? 왜 '귀부인'이라는 말은 사회적 지위가 있는 결혼한 부인이라는 지금의 형상을 띠게 되었는가? 왜 어떤 귀부인은 고급 콜걸과 혼동되지 않는가? 왜 '제왕'이라는 말은 반드시 지고무상의 황제라는 형상을 띠게 되었는가? 왜 제왕은 권력과 재산의 진정한 노예로 불리지 않는가? 왜 제왕은 '노예'라는 호칭으로 황궁에 걸려 있는 초상을 가리키지 않는가? …… 그렇다면 담배 파이프 하나를 두고 어떤 화가가 "이것은 파이프가 아니다"라고 말하는 것은 우화적인 진리에 다름 아닐 것이다.

작은 담배 파이프는 여기서 사람들의 신경 체계를 교란하고 괴롭힌다.

허사

화가 마그리트는 〈담배 파이프〉를 그린 뒤에 이렇게 말했다. "현실 세계에서 어떤 단어는 하나의 사물을 대체할 수 있다. 하나의 명제 속에서 하나의 형상은 하나의 단어를 대체할 수 있다." 이는 중국 한위 시대의 왕필 등 학자가 제시한 의견에 가깝다. 그러나 그들은 조금 부주의한 측면이 없지 않은데, 바로 허사의 존재를 잊은 것이다.

허사는 줄곧 이미지가 없었다. '그래서'는 대체 어떤 물건인가? '다만'은 어떤 모양인가? '특히'는 질량과 무게를 지니고 있는가? '비단'은 어떻게 사람의 감각을 자극하는가? …… 이런 허사들은 사물을 가리키지 않고 사물들 사이의 관계를 가리킨다. 보다 정확하게 말하자면, 사물들 사이의 관계에 대한 사람들의 묘사를 가리킨다. 의미는 논리의 망을 이용해 어지럽게 널려 있는 사물을 엮어 통일된 하나의 세계를 그림으로 편직해내는 것이다.

불은 물을 끓인다. 사람들은 '왜냐하면' '불이 타올라서' '그래서' '물이 끓는다'라고 하는 인과관계를 진술한다. 비록 이런 진술이 물의 순도나 대기의 압력, 지구중력 등 더 많은 상관 조건을 축약하고 있으며, 하나의 원인이 곧바로 하나의 결과로 이어지는 단순한 연쇄반응을 형성하지 않는다 하더라도, 어쨌든 과학적 인식의 기초라 이를 만하다. 만약 이런 허사가 존재하지 않는다면, 우리는 그저 서로 상관도 없는 불, 주전자, 물, 그리고 갑자기 주전자에서 피어오르는 수증기만 보게 될 것이며 '물이 끓는다'라고 하는 현상을 묘사할 수 없을 것이다. 이로써 보건대, 허사는 이미지가 없어서 처음에는 종잡을 수 없는 기호 체계 같지만, 인간의 논리적 사유 과정에 불가결한 도구로서 고도의 추상화 단계를 담당한다. 아이들이 언어를 배울 때, 가장 어려워하는 것이 바로 허사다. 또한 가장 잘 틀리는 것이 허사다. "왜냐하면 엄마가 집에 와서, 그래서 강아지가 똥을 쌌어요." 이것은 아이가 어머니와 강아지의 관계를 이해하지 못했다는 언어 상황을 제시하는 한편, 허사의 위치가 잘못되었을 때 자주 나타나는 오류 상황을 시사한다.

이런 의미에서, 언어가 사람을 동물과 구별한다고 말하는 것만으로는 충분하지 않다. 허사가 사람을 동물과 구별한다고 말하는 편이 비교적 타당하다. 허사는 사람들만의 전매특허이며 사람과 동물 사이의 분리를 형성하는 중요한 최후 요소다. 인간은 여기서 동물과 작별을 나눈다. 개, 돼지, 말, 소, 비둘기, 판다 등 동물도 사람의 말을 '알아들을' 수 있도록 훈련할 수 있다. 일부 실사와 조건반사를 연결함으로써 주인이 '양말' 또는 얌전하게 '나가'라고 하는 명령을 내릴 때 지시에 따르도록 훈련하는 것이다. 그러나 제아무리 뛰어난 조련사라고 해도 동물에게 '그래서' '다만' '특히' '비단' 등이 무슨 뜻인지 가르칠 수는 없다. 그들에게 '비단'을 물어오게 하거나 '게다가'에게 덤벼들게 할 수는 없기 때문이다. 동물들은 사람들처럼 허사 체계에 의지해 논리적으로 사유하도록 진화하지 않았다. 인간들은 아주 오랫동안 이런 과정을 거쳐서 과학, 철학, 정치, 윤리 등 학문을 발전시켜왔고, 현대 문명에서 가장 심오한 각종 지식의 포문을 열었다.

허사뿐 아니라 일부 실사 또한 이미지가 없다. 적어도 일상적인 이미지는 없다. 인식이 감각할 수 있는 것보다 더욱 미시적이거나 더욱 거시적인 영역으로 나아가면, 각종 사물의 관계를 포괄하고 연결하기 위해서 사람들은 수사, 부사, 명사, 동사 등과 같은 더 많은 '허'사를 원하게 된다. '눈앞에 보이는 것'만으로는 가르침이 부족하다. 일상적인 감각은 다시금 의심과 보존을 거치거나 처음부터 완전히 새로운 선택을 진행해야 한다. 고래는 생김새가 물고기같이 생겼지만 물고기는 아니다. 박쥐는 새처럼 생겼지만 새가 아니다. 제련 과정에서 금속은 형태가 변하지 않고도 성질이 바뀔 수 있다. 품질 개량을 한 시멘트는 겉으로 보기에는 같아도 기능이 새로워졌을 수 있다. 다시 말해, 음수와 허수는 이미지를 지녔는가? 양성자, 아원자, 유전자 번호 등은 어떤 이미지를 지녔는가? 누가 '생산 관계'나 '경제성장점'을 그려낼 수 있는가? 누가 '어소'나 '음가' '사상'을 냄새 맡고, '문화의 심층 구조'를 맛볼 수 있는가? …… 이런 지식의 비非일상화는 인류의 사유를 원시 상태 및 아동 상태와 작별하게 한다. 이성주의자들이 감각이 아니라 논리를 인식의 고급한 상태로 간주하고 새로운 정신의 제왕으로 받드는 데는 그만한 이유가 있다. 이성이 감성 위에 존재한다는 현대적인 통념은 이런 기초 위에 세워졌다. 푸코는 프랑스를 관찰하며 16세기는 이런 과정의 시작점이었으며 현대인을 고대인과 작별하게 한 임계점이었다고 밝힌 바 있다. 16세기 이후 언어학, 박물학, 경제학의 세 가지 학문이 탄생했는데, 이를 통해 언어는 환골탈태식 추상화의 길로 나아가게 되었다. 수많은 어휘는 이미 원래의 '사물을 보게 하는' 기능을 상실했다. 예를 들어, 생물학 분류는 더 이상 식물과 동물의 '외형적 특징'을 근거로 삼지 않으며, 해부학은 대상을 원래의

'유기조직'으로 되돌릴 수 없다.(《말과 사물》)

오늘날 통계에 따르면 매년 천 개 가까이 되는 새로운 과학기술 어휘가 영어 속에 출현한다. 이는 어휘고를 폭발적으로 증가하게 만드는데 이 가운데 대다수가 실사이지만 모두가 공유할 수 있는 이상적이고 구체적인 이미지를 가지고 있지 않다.

만약 이때도 이미지가 있다고 말하려면 셀 수 없이 쏟아지는 이미지를 추상적인 사유의 대규모 개입을 통해 일목요연하게 정리하지 않으면 안 된다. 먼저 이미지를 개조해야 하는 것이다. 미술에서 투시법이 출현한 데는 이탈리아 화가인 레오나르도 다빈치의 공이 크다. 그는 화가일 뿐만 아니라 뛰어난 기하학자였으며, 해부학자이자 설계사였다. 〈모나리자〉나 〈최후의 만찬〉과 같은 뛰어난 걸작은 기하학과 해부학의 정확한 제어에 힘입어 인류의 시각을 새롭게 조직했으며 공간에 대한 감각을 변화시키고 구체적인 이미지에 논리의 혼을 부여했다. 이는 이후 수세기에 걸친 현실주의 심미관을 확정하는 이성적 기초였다. 이어서 이미지의 주관적 개조가 가능해졌다. 상대성이론, 양자론, 비유클리드기하학, 엔트로피 등 현대 과학 사상은 사람들이 전통적으로 지니고 있던 관념을 크게 전복시켰다. 화학, 핵물리학, 생물학 등의 기술 산업은 사람들의 일상생활 풍경을 완전히 바꿔놓았다. 자연nature은 이제 더 이상 본질nature이 아니었다. '자연'은 이제 오래되고 낡아빠진 유물이자 원시적인 미신이 되었다. 현대주의 미학의 역사는 처음부터 비자연, 초자연, 심지어 반자연의 역사였다. 우리는 다음과 같은 추세를 어렵지 않게 알아볼 수 있다. 현대주의 회화는 종종 사람을 놀라게 하는 괴상한 형태를 등장시키고, 현대주의 음악은 종종 알아들을 수 없는 이상한 리듬을 연주하며, 심지어 현대주의 역사와 이론조차 때로는 대담한 허구를 조성하도록 고무되었다. 모든 사회와 정치, 윤리의 사변 또한 초현실적인 고공비행을 시작했고, 사람들의 경험 감각 밖으로 우리를 이끌고 가는 중이다. 오늘날 진실은 오직 한 권의 텍스트일 따름이고, 내러티브와 레토릭일 따름이다. 그렇게들 말한다. 세상에서 일어나는 수많은 일에 대한 이해는 더 이상 육안이나 피부의 촉각에 의한 사실 판단을 요구하지 않는다. 파리의 퐁피두문화센터 앞에 서면 현대인들이 만들어낸 미학적 자신감을 느낄 수 있을 것이다. 또한 자연 상태의 돌파에 대한 격렬하고 광적인 태도 또한 확인할 수 있을 것이다. 퐁피두센터는 현대주의 건축의 은유다. 그것은 전혀 문화 기구처럼 보이지 않으며, 오히려 바보 같기 짝이 없는 대형 화학공장처럼 보인다. 크고 작은 형태로 이리저리 뻗어 있는 수도관과 배기관은 원래 감추어져야 하지만, 여기서는 그 흉물스러운 본체를 그대로 드러내놓고 있다. 벽과 창문은 원래 밖으로 드러나야 하지만, 여기서는 모두 배관 네트워크에 가려 잘 보이지 않는다. 마치 건물 전체가 옷을 밖에 내다 건 옷장처럼 보인다. 마치 갑오징어가 내장과 식도를 다 드러내놓고 빨판을 뒤집고 있는 것 같다. 전통적인 '안'과 '밖'의 관념은 여기서 완전히 위치를 바꾼다. 만약 '자연'에 도전한다는 시선을 인정하지 않는다면, 그와 같은 '본질' 탐색에 대한 시선이 없다면, 도대체 어떻게 이런 건물에 문화센터라는 이름을 붙일 수 있겠는가?

현대주의는 심적 자유를 추구한다. 이는 기호의 사면이자 기호의 해방이며, 사람들을 낯선 기호의 세계로 끌어들이는 중이다. 바로 이때, 무엇이 '허'이고 무엇이 '실'인지는 아무래도 분명히 말하기가 쉽지 않다.

잔인

문화대혁명 기간의 시골에서는 중요한 행사일 전이나 매우 바빠지는 농번기 전에, 계급투쟁의 적을 비판하는 대회가 열리곤 했다. 타이완 쪽에서 커다란 기구가 날아와서 반공 선전물과 사탕이나 과자 따위를 잔뜩 떨어뜨리면 민병들은 밤낮으로 보초를 섰고 투쟁 분위기는 점차 긴장 국면에 들어섰다. 그러나 우리 생산대 대장인 한인데는 전혀 투쟁적이지 않았다. 비록 탁자를 치면서 눈을 부릅뜨기는 했지만, 뭐라 별다른 말을 할 줄 몰랐다. 투쟁 대상이 노인이고, 그 사람이 온 얼굴에 식은땀을 흘리며 벌벌 떨고 있으면, 그는 의자를 내주며 상대방을 앉게 했다. "이 썩을 영감탱이! 앉으라면 앉지. 길케 높다랗게 서서 누굴 놀래라 기래?" 그는 눈을 흘기며 을러댔다.

그 의자는 내게 깊은 인상을 심어주었다. 나는 늙은 대장뿐 아니라 타이핑쉬 사람들 대부분이 그렇듯 마음이 약하다는 사실을 깨달았다. 나는 웨구이싸오를 알고 지냈는데, 그녀는 티끌 한 점 없는 진짜 빈농이었다. 그러나 그녀는 이런 투쟁 대회 때마다 집 안에 숨어서 꼼짝도 하지 않았고, 멀리서 구호 소리가 들리면 문간에 서서 슬픈 듯이 탄식하다 눈가를 붉히곤 했다. 누군지 맞는 사람이 불쌍하다, 불쌍해. 그녀가 방으로 달려가 눈물을 닦는 모습이 내 가슴에 선연하게 남아 있다. 내가 아는 우메이쯔도 티끌 한 점 없는 진짜 빈농이었는데, 그는 줄곧 같은 마을에 사는 어떤 지주를 '다섯째 숙부五叔'라고 불렀다. 계급투쟁이 한참일 때도 그 호칭을 바꾸지 않았으며, 공경의 예를 다하며 저녁에 문안을 드리러 가는 일도 멈추지 않았다. 길에서 그를 보면 급히 앞으로 달려가 짐을 받아들었고, 뭐든 도와줄 일이 있으면 달라면서 그를 집까지 배웅하곤 했다. 나는 그 모습을 보면서 참 이상하다는 생각을 했다. 그들은 지도자 동지의 찬양을 받는 '혁명의 선봉'이었지만, 어떤 혁명의 사나운 기세 같은 게 거의 없었다.

이와는 반대로, 학생 출신의 청년 간부들을 포함해서 어떤 박탈 경험도 몸소 겪은 적이 없는 어떤 사람들이야말로 계급투쟁의 장에서 가장 매서운 수단을 발휘했다. 지식청년들은 외지에서 온 사람들이고, 어떤 마음의 부담도 지니고 있지 않았기 때문에, 이런 대회에서 가장 맹활약할 수 있었다. 쑹산 대대의 어떤 지식청년은 그 기억을 회고하며 이렇게 말했다.

> 지식청년들은 문서의 뜻을 정확하게 읽고 이해할 수 있었고, 구호도 또렷하고 순서 바르게 외칠 줄 알았다. 그들이 투쟁비판대회에서 하는 발언은 시골 사람들의 안목을 탁 틔워주었다. 농촌 생활을 한 시간은 그리 길지 않았지만, 그들은 매우 빠른 속도로 유행하는 이론을 받아들이고 있었고, 스스로 농촌 계급투쟁의 복잡성과 잔혹성, 너를 죽이지 않으면 내가 죽는다는 비정함에 대해서는 농민들보다 훨씬 잘 안다고 자부했다. 그들은 경전을 인용해서 지주 부농들이 목숨이 붙어 있는 한 계급투쟁은 끝나지 않을 것임을 설명했다. 참깨밭에서 수박을 뽑아내듯이 화근은 미리 뽑아내야 한다고 외쳤다. 그들은 모든 일에서 농민들의 주의를 환기하며 경계를 늦추지 않았다. 만약 계급투쟁에 적극적으로 나서지 않는다면, 당신네들은 앞으로 두 배는 더 고생하고, 두 배로 더 벌을 받고, 심지어 머리통이 땅바닥에 굴러떨어질지 모르오! 그들은 분노와 원한에 들끓는 시선으로, 마치 금강역사처럼 화난 얼굴로, 강개하고 격앙된 어조로, 농민에게 혁명의 개념과 혁명의 논리를 설파했고, 혁명적 어조와 표정, 혁명적 태도와 의지의 모범이 되었다.(청야린, 《그들은 함께 걸었네》)

그는 더 잔혹한 장면을 묘사하지는 않았다. 어떤 지식청년들은 지주들의 앞가슴을 발로 뻥뻥 차대기도 했고, 가죽 허리띠로 국민당 경장의 얼굴을 때려 피투성이로 만들어놓기도 했다. 별명이 '씨할 놈의 하마'였던 타오씨도 계급의 적 때리기 자원자였다. 출신 성분이 찬란하기는 했지만, 도시에서 그는 미처 홍위병이 되지 못했다. 그저 홍위병들이 몰려다니며 다른 사람의 집을 뒤집어놓고 사람을 때리는 것만 봤고, 자신에게 그런 기회가 없음을 아쉬워하던 중이었다. 그러다 시골에 내려와서 대단한 민병이 되고 보니 사람을 치고 패고 차는 일에 인이 박였다.

씨할 놈의 하마는 노인의 앞가슴을 발로 뻥뻥 차댔지만 놀

때처럼 그렇게 날뛰지는 않았다(사실 전혀 재미가 없었다). 투쟁할 때의 분노도 없었고(상대방이 전혀 반격을 하지 않았고 가해자를 때리는 일도 없었으므로), 마음속에 음침한 한 줄기 잔인함이 감춰져 있었을 뿐이었다. 그 근거는 책에서 나왔고, 적에 대한 정의에서 비롯되었다. 잔인함이란 마음을 무쇠처럼 굳혀야 하는, 일종의 초감각적이고 무감각한 의지였다. 그래서 실제로 계급 현실을 체험한 사람들은 외려 딱히 잔인하지만은 않았다. 그들은 빈부 차별이나 이익 충돌을 경험했고, 불만이나 원한도 품어보았지만 구체적으로 대립하는 계급이란 모두 아침저녁으로 얼굴을 맞대는 사람들이었다. 구체적으로 아침저녁 얼굴을 맞대는 사람들은 멀쩡하게 살아 있는 피와 살로 된 몸을 가졌다. 먹고 입는 것이나, 즐거워하고 슬퍼하는 얼굴이나, 나이 들고 어린 용모 같은 것은 다만 언어의 기호 따위가 아니었다. 외지인들이 이 증오스러운 기호들을 뻥뻥 발로 차고 있을 때, 그들 자신은 아마도 함께 얻어맞는 듯한 전율을 느꼈을 것이다. 아마도 자기 자신한테 의자를 내미는 것 같은 마음이었을 것이다.

농민은 잔인하지 않다고만 말할 수 있는 것은 아니다. 타이핑쉬 부근의 D현과 Y현에서는 1967년 가을을 전후해서 대도살 사건이 일어났다. 우메이쯔의 말에 따르면, 당시 각 현의 당 정부기관 사람들이 다 흩어져 이른바 '빈하중농 최고 법정貧下中農最高法庭'이라는 자발적 기구를 세웠다. 집마다 계급의 적을 죽여 없애고 시체를 하천에 버렸기 때문에 시체가 수문 앞까지 흘러 내려와서 산처럼 쌓여 있었다. 시체들은 허옇게 뜬 데다 커다란 기구처럼 부풀어 아이들이 던진 돌에 맞으면 펑 소리를 내며 터졌다. 사람들은 그 소리에 깜짝 놀라면서도 신기해했다. 우메이쯔도 일찍이 생산대의 명령으로 거기 가서 시체를 묻거나 태웠다. 엎드린 남자 시체와 하늘을 보고 있는 여자 시체를 발견했는데, 퉁퉁 불어 있었고 몸에는 실오라기 하나 걸쳐 있지 않았다. 얼굴도 부풀어서 제대로 알아볼 수 없었다. 누군가 장난을 좋아하는 사람이 대나무 막대로 건드리자

젖가슴 한쪽이 떨어져서 굴러갔다. 또 건드리자 다른 쪽 젖가슴이 데굴데굴 물속으로 떨어지면서 썩은 냄새가 사방으로 퍼지는 바람에 주위에 있던 사람들이 모두 토할 뻔했다. 우메이쯔는 구리로 된 담배 파이프에 눈길이 멎었다. 남자 시체의 허리춤에 매달려 있었다. 그는 악취를 참으면서 강으로 내려가서 그것을 들고 올라왔다. 생각지 못했던 것은 대나무 막대에 냄새가 배서 아무리 씻어도 시체 썩은 냄새가 사라지지 않았다는 것이다. 결국 그 막대는 시체와 함께 태울 수밖에 없었다. 태우는 것으로도 문제는 해결되지 않았다. 온 집 안에 있던 물건에서 다 시체 냄새가 났기 때문에 좀 전에 끓인 죽과 죽 그릇까지도 내버려야 했다.

우메이쯔는 단숨에 40여 구의 시체를 태웠다고 했다. 그 위에 기름을 붓기 전에 가스를 빼내려고 일일이 배를 갈라야 했다는 말도 했다. 폭발해서 시체가 온 천지에 튀는 것을 막기 위해서였다. 어린 계집아이의 시체도 있었는데, 아마도 여남은 살쯤 되어 보였다. 정말이지 안쓰러운 마음이 들어서 우메이쯔는 아이를 묻어주었고 다른 시체도 그렇게 한 셈 쳤다.

나중에 육군 제47군 일부가 중앙정부의 명령을 받고 이 마을에 주둔하게 됐다. 그들은 비행기에서 뿌린 〈긴급 통보〉 전단을 가지고 있었다. 이른바 '호박 따기 운동(살인 숙청)'이었다. 어떤 작은 호박 하나가 벽돌 가마에 들어가서 산 채로 태워진 일이 있었는데, 군인들이 가마의 불을 껐을 때도 가늘게 숨을 쉬며 울음소리를 냈기 때문에 목숨을 구했다고 들었다.

무시무시한 이 대살육은 나중에 몇몇 작가, 기자 및 학자들의 화제가 되었다. 그들은 문화대혁명 기간의 야만적인 발작을 규탄하며, 중국 농민혁명의 우매함과 잔인함에 대해 탄식했다. 사실 우메이쯔의 이야기를 자세히 들어보거나 사건 당사자와 지식청년들의 말을 듣고 나서 다시 관련 기관의 조사 자료를 보면 더욱 중요한 진상을 알 수 있었을 것이다. 나는 D현을 방문했을 때 또 다른 상황을 전해 들었다. 예를 들어, D현에서의 살인은 주로 현성의 양대 반동 조직에 의해 행해졌다. 그들은 서로 심각하게 대립하는 가운데 상대편에게 계급투쟁의 적으로 몰릴까 봐 살인을 함으로써 혁명을 과시하기 시작했고 결국 무고한 사람들까지 파벌 다툼의 희생양이 되었다. 그러나 양대 조직 구성원들은 단 한 사람도 농민이 아니었으며, 계급투쟁 이론에 밝은 교사와 기관 간부들이었다. 대살육의 구체적인 이유를 거슬러 올라가보면, S인민공사의 몇몇 간부가 밤에 술을 마시고 집으로 돌아가는 길에 우연히 지주분자를 만났는데, 시비가 붙어서 그를 잘못 죽이게 되었고 보복이 두려워 그 집안 식구를 모조리 죽인 것이었다. 그들은 범죄를 은폐하기 위해 계급의 적이 장차 폭동을 일으킬 거라는 헛소문을 퍼뜨리고 공포 분위기를 조성해 '호박 따기'를 강행하도록 농민들을 몰아세웠다. 그러나 몇몇 공사 간부들 또한 보통의 농민은 아니었으며, 대부분은 학습반, 훈련반, 당 간부학교의 지방 지식인들이었다. 말하자면 현대 문명으로 진입하기 위해 애쓰던 일군의 사람들이었다. 흉악한 사건에 참여한 대부분의 농민은 공포 분위기 속에 주눅이 들거나 강제된 사람들이었으며, 그 가운데는 여남은 살의 유명한 '살인마녀'도 있었다. 소문에 따르면 그녀는 칼 한 자루로 열세 명을 찔러 죽였다고 한다. 사실 그녀가 그렇게 했던 건 집단농장에 몇백 근의 양식을 빚졌고, 냄비 하나를 깨뜨린 값을 배상해야 했기 때문이었다. 소녀는 어쩔 수가 없었던 것이다.

계급 해방과 관련해 더 중요한 사실이 있다. 계급에 관한 극단적인 해석은 원래 언어기호의 복잡한 조작과 반복적 주입에서 비롯된 것이다. 그 역시 몇몇 지적 엘리트의 소산인 셈이다. 만약 정말로 깊이 들어가서 생각해본다면, 우리는 이론이 지닌 피의 흔적, 언어가 지닌 피의 흔적을 피할 수 없다. 살인자들은 어떻게 언어가 만들어낸 일종의 환술 속에서 정상적인 감정을 마비시키고 사람의 머리를 기호 제거하듯 날려버릴 수 있었는가? 어떻게 그런 일이 마치 있지도 않았던 것처럼 진행되었을까? 이것은 이른바 '야만적인 발작'인가? 물론 아니다. 동물들 사이에서는 영원히 이런 대살육이 벌어지지 않을 것이다. 그들에게는 영원히 대량의 시체를 물에 흘려보내 수문을 막는 날이 오지 않을 것이다. 그들은 배가 부르기만 하면 돼지든 개든 소든 양이든 가리지 않는다. 그러나 설사 이리나 늑대나 호랑이나 표범이라고 해도 대부분은 저와 같은 종족을 공격하지 않는다. 이것이 '무지몽매'의 결과인가? 물론 그것도 아니다. 원시인들 사이에서도 이와 같은 대살육은 없었다. 인류학자들은 아프리카, 남태평양 군도의 현대 원시 잔존 부족을 조사하고 나서, 심각한 생존 위기 상황을 제외하고는 함부로 전쟁을 일으키지 않는다는 사실을 증명해냈다. 토지나 양식 쟁탈과 관련한 상호 살해는 물론 있지만 대규모의 조직적인 집단 소멸 폭력 행위는 들어본 적이 없다. 반대로 지식과 논리에 밝은 문명인들 사이에서야 비로소 전면적인 폭력이 등장한다. 종교적이거나 민족적이거나 계급적인 문명의 갖은 이론을 이유로 들고, 집단과 집단이 자기 동족을 생명과 별개의 존재로 간주함으로써 전쟁이 발발한다. 십자군이 이교도 지역과 인도 등지를 분할 통치하며 벌였던 살육이나, 나치 독일이 저질렀던 유대인 및 기타 이민족에 대한 학살, 소련의 반동 대숙청과 중국의 문화대혁명이 의도했던 계급 청소의 대도살……. 이런 유명한 대학살 과정에서 죽은 사람은 1만 명에서 100만 명에 이르며, 민간사회의 세속적인 폭력이 남긴 살해 기록과는 비교되지 않는다.

피살자들이 모두 삭제된 기호에 불과할 때, 살인은 비로소 마음이 필요 없는 일이 된다. 어떤 도덕적 죄의식도 불러일으키지 않는 것이다.

우리가 계급 이론 창조로부터 얻은 것은 종교와 민족, 문명의 갖은 이론 창조에서 얻은 것과 마찬가지다. 만약 이런 창조가 없었더라면, 지금 이 지구상에는 오직 황량함과 야만, 암흑만 존재할 것이다. 그러나 우리가 어떤 이유로 이 언어 체계의 번식을 다만 세계의 구원으로 이해해야 하는 것인가? 바로 이런 번식 과정에서 작은 악덕은 감소하고 큰 악덕은 오히려 점차 가까워졌다. 사회의 각종 진보적 성과와 그 영향에 따라서 말이다. 장타이옌은《구분진화론》에서 이렇게 지적한 바 있다. "옛날에는 선악이 작은 것이었는데, 지금은 선악이 크게 되었다." 정말이지 명철한 통찰이 아닐 수 없다.

이 모든 것은 사람의 이야기이지 동물의 이야기가 아니다. 문명인의 이야기이지 원시인의 이야기가 아니다. 대살육은 야성의 발작이라고 말하느니 차라리 인성의 발작이라고 말하는 편이 옳다. 인성의 발작이라고 말하기보다는 차라리 이성의 발작이라고 말하는 편이 옳다. 이성의 지나친 편집과 제어력 상실에 따른 것이다. 안타까운 사실은 역사를 회고할 때, 나를 포함한 수많은 문화인이 영화, 소설, 보고문학, 회고록이나 정책 문서 등을 통해 이 역사적 사실을 전도하곤 한다는 점이다. 1978년 이후 중국의 대다수 '상흔문학傷痕文學'은 대살육 과정의 인성 현상을 아무런 근거도 없이 야성의 발작으로 치부해왔고, 문명의 죄악을 아무런 근거도 없이 본능과 욕망, 잠재의식 등의 생리적인 자연선택으로 탈바꿈시켰다. 이렇게 하는 것은 물론 품이 덜 드는 일이다. 손뼉을 치고 돌아서면 만사형통이다. 우리는 일련의 작품을 통해 비극 청산을 진행해왔으며, 동시에 수많은 비극을 곡해해왔다. 이는 사실상 다음번 비극으로 가는 입구가 될 수도 있다. 우리는 비극적 사건이 지나간 뒤에 다른 사람들을 질책하기 바쁘다. 마치 자기 자신은 아무런 잘못도 없는 피해자인 양, 이를 악물고 온 얼굴에 비통한 표정을 띤 채 진리의 수호자인 양 군다. 나이 든 저학력 영감님들과 그 무리들이야말로 이 대비극의 사회적 기초라고 말한다. 레드 카펫을 밟고 성공의 축배를 들면서 우리는 드디어 아름다운 봄이 왔다고 선포한다. 그때 우리는 사람들이 문명으로 야만을 반대하고, 지식으로 무지몽매에 반대하고, 현대로 전통을 반대하고, 고학력으로 저학력을 반대한다고 말한다. 그러면 영원히 고난과 작별할 때가 오는 것처럼. 아무도 이런 결론에 이의를 제기하지 않는다. 우리를 어둠으로 몰아넣었다고 일컬어지는 야만적이고 몽매한 사람들조차 여전히 미디어가 전하는 똑똑한 진리를 믿고 있는 상황에서는 더욱 그렇다.

그들은 사실 알지 못한다. 문명은 보존되지 않으며 그저 창조될 뿐임을, 지식은 계승되는 게 아니라 재생될 뿐이라는 사실을. 다시 없이 우수한 이성의 유산일지라도, 특히 인문 이성의 유산은, 몇 장의 현대 고학력 문서로 보장되지 않는다. 오히려 대다수 실천자들이 있는 곳에서 새로운 생명을 얻을 따름이다.

나는 1960년대를 시골에서 보내고 돌아온 뒤에야 대학 캠퍼스에 들어갔다. 그때부터 수많은 대학 친구들이 생겼고, 수많은 교외 활동에 참가하며, 견고한 사회적 자부심을 누릴 수 있었다. 솔직히 말하자면, 나는 편안하지 않았다. 열성적인 몇몇 사람이 대학 친구들의 인명록이나 주소록을 만들 때, 그 위에 관직이나 학위 등을 요란하게 써넣는 것을 보면서, 휴대전화 번호 등 사회적 지위를 표시하는 수많은 기호를 보면서, 나는 마음이 편치 않았다. 이런 표지를 가지고 있지 않은 친구들의 이름은 쓸쓸하고 초라해 보일 뿐 아니라 인생 자체가 텅 비어 있는 것처럼 보였다. 얼마나 궁핍하고 형편이 어려우면 이런 전화조차 없는가. 무슨 호출기 번호나 구내전화 번호가 적혀 있으면 사람들의 웃음거리가 되기 십상이었다. 모임은 종종 어떤 회장을 빌려서 이루어졌고, 주빈석에는 언제나 성공한 사람, 관리가 된 사람, 돈을 번 사람, 이름이 난 사람, 모교에 기부하거나 연관된 단체 활동에 찬조한 사람, 앞으로 모교와 단체에 큰일을 해줄 사람이 앉았다. 어쨌거나 할 일 없는 사람들이 아니고 의기양양하고 위풍당당한 사람들. 이는 또한 이런 위치에 그들이 속하지 않으면 안 된다는 사실을 입증하는 듯 보였다. 학교 친구들과의 모임은 이제 평등한 교우 관계를 말살했다. 모임 장소에서의 배치가 지위를 결정했다. 가장 낮은 등급은 물론 교훈을 가장 충실하게 따른 친구들이었다. 예를 들어,

교학 단위에서 겨우 일자리를 찾은 사범대생, 여전히 공장에서 바쁘게 뛰고 있는 공학생, 농촌에서 밭을 갈면서 땀을 흘리는 농과생. 그들은 이런 장소에 나타나면 암담한 얼굴로 어디에 몸을 둬야 할지 몰라서 헤매는 기색이 역력했다. 그들은 자기 자신을 아주 잘 알기 때문에 만약 자리가 없으면 가장 뒷자리나 중앙에서 가장 먼 자리를 찾아가서 앉았다. 가능한 한 사람들의 시선에서 사라지고 싶어 했던 것이다.

학교 친구들은 여전히 열정적이었다. 특히 이른바 성공한 친구들은 더욱 열정적이었다. 모임이 있을 때마다 열심히 뒷돈을 대고 보통 때 가까이할 수 없었던 사람들과 이야기하며, 크고 작은 계급의 구별을 하지 않고 무람없이 굴었다.

어떤 철학 교수가 단상에 올라서 독일에 관해 이야기했다. 교수는 발언 기회가 있을 때마다 항상 강조하듯이 "내가 독일에 있을 때"로 말을 시작했다. 비록 독일에 다녀온 시간은 아주 짧은 한 번이었고, 그가 말하는 것처럼 초빙을 받은 게 아니었으며, 단순히 중소 여행사를 따라간 패키지여행에 불과했지만(이는 내가 독일에 있을 때 알게 된 작은 비밀이었다). 교수는 어떤 중국 명사와 나눈 대담이 아주 좋았다고 강조했다. 그러나 도대체 무슨 말을 했는지, 구체적인 내용은 이야기하지 않았다. 좋다는 것이 대담의 내용인지, 아니면 그 자신의 독일어 실력인지도 알 수 없었다. 그러나 속사정이 어찌 되었든 독일 방문은 그가 '서양철학을 하는' 사람이라는 점을 돋보이게 하는 좋은 방편이었다. 마치 어떤 학자들이 자신은 칸트를 한다고 하거나, 니체를 한다고 하거나, 푸코를 한다고 하거나, 무슨 주의를 한다고 말하는 것처럼, 그는 서양철학을 하는 사람이었던 것이다. 게다가 그는 학계의 무슨 위원회도 했다. 뭘 하든지 하는 것이 목적이었다. 서양인처럼 구는 것이 목적이니 서양인처럼 굴지 않으면 안 되는 것이다. 마지막에 교수는 몇 권의 책을 만지작대더니 비교적 중요한 학교 친구들에게 사인을 해서 증정했고 그 안에 명함도 몇 장 끼워 넣었다. 그다지 중요하지 않은 다른 친구들에게는 미안하다는 표시만 했다. "아이구, 이런, 정말 미안허이. 내가 오늘 자네가 온다는 생각은 못 했어. 자네 줄 책은 집에다 두고 못 가져왔는데, 정말 미안하게 됐네."

교수는 사람들의 아첨을 들으며 더더욱 때를 만나지 못한 억울함을 토로했다. 특히 지식을 중시하지 않는 사회와 세태를 통탄했다. 이 사회는 정말이지 지식을 중시할 줄 모르는 사회야. 전혀 중시하지 않는단 말이지. 다들 정말 상상할 수도 없을 거야. 나 같은 사람은 정말……. 에혀, 내가 말을, 말을 말아야지. 그냥 독일 얘기나 좀 더 하지.

학교 친구들은 교수가 고개를 저으며 탄식하는 모습을 보았다. 그가 도대체 어떤 피해를 입었는지 알 수 없었기 때문에 그에게 이야기를 계속하라고 했다. 그는 머리칼을 흐트러뜨린 뒤 한참을 있다가 어쩔 수 없다는 듯 분을 삭이지 못하며 사건의 전말을 설명했다. 어제 그가 길을 가는데 어떤 학교의 행정 간부가 자기를 알아보지 못하더라는 것이다. 심지어 자기를 전기 수리공으로 여기고 화장실 전기를 고치라고 명령했다. 사실 교수는 원래 피부색이 좀 검은 편이었고, 며칠 전에 집을 수리했기 때문에 옷을 차려입지 못한 상태였다. 그저 그뿐이었다. "아무리 그래도 그 사람이 날 어떻게 전기 수리공으로 볼 수 있는 거지? 어떻게 전기 수리공으로 보는 거야?" 교수는 너무 화가 난 나머지 눈에서 번쩍번쩍 빛을 발했다. "그 인간은 본디 배운 것도 아는 것도 없는 거야! 기껏해야 정부의 녹을 좀 먹었다는 것밖에 더 있어? 문화대혁명에서 극좌파였다는 것밖에 또 뭐가 있냐고! 나를 전기 수리공 취급해? 왜 화장실 청소부 취급은 안 하고?"

몇몇 친구들은 이 문제에 확실히 심각하게 반응했다.

"생각해봐. 이것이 바로 중국에서 철학이 갖는 지위라고. 중국 지식인들의 지위란 말이지! 어젯밤에 나는 잠도 안 오더라. 아무리 생각해도 모르겠는 거야. 어떻게 그렇게 오래 근무한 나를 보고 전기 수리공 취급을 할 수 있는 거지? 도대체 어떻게 이렇게 말도 안 되는 일이 있는 거냐고! 정말이지 놀랄 노 자야, 놀랄 노 자."

나는 정말이지 놀랄 노 자라고 생각하고 말았다. 다른 사람도 아니고 바로 그에게 그렇게 놀랐다. 나는 전기 수리공이 그리 나쁘다고 생각지 않는다. 내가 전기 수리공이라면 먹고사는 데 문제는 없을 테고, 그러니까 그게 그리 재수 없는 일일 필요도 없다. 철학자라는 사람의 머리에서 나온 생각이 저토록 저열할 수 있는가? 나는 재빨리 결정을 내렸다. 좀 전에 그가 내게 주면서 부탁한 원고를 나는 절대로 잡지에 실어주지 않을 것이다. 나는 편집부 사람들에게도 말해둘 참이었다. 이 인사가 얼마나 많은 원고를 보내고 얼마나 대단한 명함을 내밀든 앞으로는 관련된 문서나 자료는 모두 다 치워버리라고, 단 하나도 남겨두지 말라고. 상황은 분명했다. 보름 정도 독일 여행을 하며 느낀 것을 몇천 번이나 되풀이하는 사람이 무슨 철학을 한다고? 교수는 전기 수리공이 되기를 원치 않았고, 그 억울함으로 밤을 지새웠다고 했다. 이 점만으로도 그의 철학이라는 게 얼마나 구린지 알 수 있지 않은가? 그의 철학이 다른 사람의 생활 경험에 근거를 두지 않고, 전기 수리공, 목공 노동자, 미장이, 농사꾼, 목장 인부 등 다른 사람의 생활 경험에서 얻어진 감정을 수용하지 못한다면, 그가 쏟아내는 수많은 철학 개념과 이론은 모두 사회 대다수 사람들과는 전혀 관계가 없는 공중누각이 아니겠는가? 누가 그의 개념이 입에 발린 소리가 아니라는 것을 증명하며, 어떤 사람이 그가 사람들 사이에서 일으키는 갈등과 스트레스를 이해해주겠는가?

그의 철학이 이미 이렇듯 적막해졌는데, 잔인함으로부터는 또 얼마나 멀리 있는 것일까?

나는 더 이상 들을 마음이 나지 않았다. 또 다른 성공한 사람들이 그에게 보내는 동정과 성원도 듣고 싶지 않았다. 나는 몸을 돌려 텔레비전 뉴스를 보았다. 좋아, 좋아. 잘 맞혔다! 어떤 사람이 텔레비전 수상기를 향해 환호성을 울렸다. 현대화된 공중 타격이 스크린에서 진행 중이었다. 흑백 위성 아이콘이 모호하게 깜빡였다. 흰 십자가 형태의 모형이 획 지나가더니 빌딩과 교량 사이에 자리를 잡았다. 그러더니 소리도 없는 연기가 갑자기 거기서 터져 나왔다. 하나, 하나, 정확하게 조준되어 날아갔다. 마치 전자오락기처럼 보였다. 나는 전쟁터에 있는 사람들을 보지 못했다. 그 사람들이 어떤 피부색을 가졌는지, 나이는 몇 살인지, 어떻게 생겼는지, 어떻게 그들의 몸이 산산이 부서져 여기저기 튀면서 날아내리는지 알지 못했다. 예를 들어, 예전에는 적의 가슴팍을 무섭게 발로 찼었다. 참혹한 비명을 지르는 사람의 모습이 거기 있었다. 그러나 지금은 그들이 있는 곳이 근경으로 잡히지도 않는다. 우리는 그저 위성이 있는 아득한 성층권 밖에서 그들을 굽어볼 뿐이다. 뭉게뭉게 피어오르는 연기는 장미꽃처럼 평화롭고 아름다웠다. 그곳에는 사람이 없었을까? 그곳은 사람이 살지 않는 무인 구역이었을까? 아니면 거기에는 벌써부터 철학자 및 고등교육을 받은, 걱정 많은 사람이 사라지고 없었을까? 그래서 아주 멀리 줌 렌즈가 닿는 곳까지 물러나 희뿌연 회색빛 배경으로만 남았던 걸까?

전쟁은 두 손에 먼지 하나 묻히지 않는 깔끔한 놀이가 되었다. 이것이 정말 전쟁의 정당한 이유와 관련 있는지, 전쟁이 가리키는 테러리즘이나 또는 레지스탕스 열사들과 관련 있는지, 아니면 전쟁의 형식 정화, 즉 사람의 피를 보지 않고 심지어 그 흔적도 알지 못하는 이런 전투가 살육자의 심정을 조금이나마 가볍게 해주고, 그것을 구경하는 사람들의 마음을 조금이나 가볍게 해줄 수 있는지, 나는 모른다. 전쟁과 전쟁 장면은 적어도 여기서 알록달록한 과일, 과쯔, 사탕 같은 것들 앞으로 지나간다. 엘리트들이 좋아하는 연합 회의의 한 부분이 되어 있다. 우리는 과쯔 껍질이나 과일 껍질을 내뱉으며 한가롭게 잡담을 나누고 있다. 그러다가 지치면 한 번씩, 때때로 스크린에 눈길을 주는 것이다.

극단의 시대

옛사람들이 말했다. "살아가는 데 있어 글자를 아는 것은 시름겨운 날들의 시작이다." '글자를 아는 것'은 이성의 기초다. 《맹자》는 이렇게 해석하고 있다. "군자는 먼 근심이 많고, 소인은 가까운 근심이 많다." 맹자가 보기에 앞날의 먼 근심을 품는 것은 이성적인 인격의 당연한 정의義이며, 우수한 인물의 중요한 심리적 특징이었다. 그들은 글로써 근심을 얻으며 글로써 근심을 전한다. 언어로써 세계의 앞날을 예측하고 계획을 진행하며, 눈앞의 이익을 뛰어넘어 미래의 이익을 보존하고, 개인의 이익을 뛰어넘어 집단의 이익을 도모한다.

큰 이익을 꾀하는 것은 정의이며 도덕이다. 이런 의미에서 말하자면, 언어는 도덕의 기술적 전제다. 이는 유럽 이성주의자들의 관점과도 상통하는 바가 있다. 예를 들어, 프랑스 사상가 콩트는 언어와 종교, 이 두 가지만이 도덕의 건설을 담보할 수 있다고 주장했다.(《실증철학강의》) 역사상 걸출한 인물들은 모두 남다른 면모를 지니고 있었다. 위엄이 있어 비굴하지 않고, 부귀하되 음란하지 않으며, 빈천하더라도 쉽게 흔들리지 않는다. 밖으로 떠돌 때도 주군을 위해 근심하며, 높다란 저택에서 편안히 지낼 때도 백성을 위해 근심한다. …… 이런 일은 보통 사람은 해낼 수 없으며, 언어와 언어가 조성한 신념에 기대야만 가능하다. 때와 장소에 맞게 개인의 육체적 욕망을 자제하며, 개인의 생리적 본능을 다스림으로써, 보다 높은 정신적 경계로 나아간다. 우리는 언어가 조직한 이성이 현실에 대한 진통제이자 이상을 위한 흥분제라고 말할 수도 있을 것이다. 언어는 이런 이성의 도구이자 틀이라고 할 수 있다. 언어는 과거와 현재, 중국과 외국의 성자와 열사들을 만들어냈으며, 괴로움을 즐거움으로 삼고 죽음을 안식으로 삼는 초인적인 품격을 가능하게 만들었다.

이성주의자들은 아마 이런 사실을 무시할 것이다. 언어는 틀림없이 추상적인 기호이며, 단순화된 표현을 담당할 수밖에 없다. 언어는 태생부터 나름의 병폐를 감추고 있다. 설사 하나의 잔을 설명하더라도, "입을 열면 곧 틀리고 마는"(선종禪宗의 말) 궁색한 상황에 내몰린다. "잔은 일종의 도구다"라고 말하지만 모든 도구가 잔은 아니다. "도구는 물질적이다"라고 말하지만 모든 물질이 도구는 아니다. "물질이란 속성을 지닌다"라고 말하지만 속성이 물질을 대변하지는 않는다. …… 무수한 이유를 들어 설명해나간다 하더라도, 사유와 언어의 머나먼 여행은 단계마다 단순화가 중첩되고 누적되며, 단계마다 손실과 누락을 감수해 결국 대폭 편집된 논리 속에 갇히고 만다. 이런 역사적 비극이 모든 시대에 존재했음은 어렵지 않게 상상할 수 있다. 이는 언어가 일으키는 잦은 사고에 불과하다. 진짜 사건과는 한참이나 거리가 있다. '종교' '민족' '계급' '문명' 같은 어휘는 이런 사건 사고를 통해 진리에서 허튼소리로 변화한 나머지 결국 극단적인 사고의 병폐를 일으키고 만다. 영국 역사가 에릭 홉스봄은 20세기 100년간의 역사적 사건을 돌아보면서 저술한 책을《극단의 시대》라고 명명하며, 이 시대의 주요한 특징을 정확하게 총괄해냈다. 홉스봄은 "극단이란 교조의 별명이자 공익을 해치는 언어의 광란이다"라고는 말하지 않았다. 그러나 가장 극단적인 시대가 인간의 이성 속에서 언어가 가장 풍부하게 집적되고, 인류의 교육이 대규모로 팽창한 시대였다는 사실, 이는 전혀 홀시할 수 없는 절묘한 조합이 아닐 수 없다.

언어의 운용은 효율성과 안전성을 요구한다. 삶의 실천 사이에서 어떤 시간적 거리도 용납하지 않으며, 언제든 공적으로 실천되는 평가, 교정, 보충, 보완, 보양 및 활성화 등의 영향을 받을 수밖에 없다. 대규모의 다방위적이고 구체적인 이미지 감각에 의지하지 않을 수 없는 것이다. 인문 이성의 영역에서는 특히 이러하다. 안타까운 것은 오늘날까지 대부분의 교육 기구가 잘 알면서도 행동으로 옮기지 못하는 근본적인 병폐를 제거하지 못하고 있다는 사실이다. 아마 안목의 한계이거나 직업적 이윤의 필요 때문일 것이다. 경험이 많은 교사들도 있기는 하다. 하지만 많은 경우

경제학 교수는 노동자가 된 경험도 상인이 되어본 경험도 없고, 신문방송학 교수는 인터뷰나 편집 경험이 없으며, 윤리학 교수라고 도덕적인 행위에서 타의 모범이 되는 것은 아니며 되레 아부를 하거나 거짓말에 능한 부도덕한 사람일 수도 있다는 게 우리의 현실이다. 이는 자연과학적 결론이 반드시 대량 시험에 의해 산출되지는 않았다는 사실, 또는 대량으로 실패한 경험에 근거하지는 않았다는 사실과 상통한다. 언어의 범람은 두 손에 땀을 쥐게 한다.

설사 교본에 따라 진지하게 지식 전달에 애쓴다고 해도, 지식이란 본디 특정한 실천 경험의 산물이므로, 실천적 경험으로 학생들과 부딪치지 않으면 실제적 활용이 불가능하다. 아무리 많이 배워도 쓸 수 없다면 종이로 만든 군대와 다를 바 없으니 그 능력은 반도막짜리에 불과하며 엄밀한 의미로는 지식이라고 할 수도 없다. 그래서 이른바 학습이란 자신의 지식을 다시 활성화하는 과정이다. 모든 지식이 생장하는 전 과정을 처음부터 끝까지 되풀이하는 것으로, 관례에 따라 바로 행하거나 마음대로 실천할 여지를 잘라내서는 안 된다. 게다가 독서량을 늘릴수록 실천의 배합률도 올리는 편이 타당하다. 다시 한 번 지식을 활성화하면서 부담의 정도를 높이는 것이다. 마찬가지로 아쉬운 것은 오늘날 수많은 교육 기구에서 '실천'의 의미가 상당히 모호해졌다는 점이다. 마치 아랫사람들의 노동이거나 학자들의 과외활동, 공익성 봉사를 의미하는 것처럼 보인다. 많은 사람이 그저 도덕적 의무감에 따라 일하며 전문가적 요구나 필요에 따라 하지는 않는 듯하다. 언제부터인지는 모르겠지만, 교사 자격은 오직 학력과 연관되며 전문적인 분야의 업무 능력이나 경력과는 상관없는 일이 되었다. 논문 색인은 관련 문헌으로 가득 차 있지만 삶에서의 실천 여부나 실제적 배경은 전혀 소개되지 않는다. 교육은 날로 스펙에 의존하고, 스펙은 취업 기회를 보장한다. 고소득 상층 사회 금자탑으로 직행하는 티켓이기 때문에, 이와 관련 없는 활동은 당연히 갈수록 무시되고 억제된다.

지식이 폭발하는 시대는 이미 왔지만, 그건 오직 책 속의 지식적 폭발만 의미할 따름이다. 갈수록 시간은 부족해지고 효율은 떨어졌다. 교육 기간은 점차 늘어났고, 취업의 시기는 10여 세에서 30세, 40세, 심지어 50세까지 늦춰졌다. 어떤 사람들은 코흘리개 유치원 시절부터 포스트 닥터까지 반평생, 심지어 평생 거의 대부분의 시간을 책 속에 묻혀 산다. 학교 밖을 나설 기회조차 없다. 거기에 교수까지 된다면 아예 평생 학교 문을 나설 일조차 없어진다. 설사 휴가 기간에 여행을 다닌다고 해도 텅 빈 탁상공론의 언어를 생활의 살아 있는 체험으로 바꾸기는 아득히 요원한 일이다.

마오쩌둥의 "교육은 혁명이어야 한다"라는 주장이나 "인문학자는 반드시 사회를 작업장으로 삼아야 한다"거나 "노동자, 농민, 군인에게 배우자"라는 슬로건(마오쩌둥, 1964~1968년의 관련 담화 및 비평)은 이미 사람들의 기억에서 흐릿해지고 있다. 중국 지식인들과 청년 학생들이 농촌과 공장, 기층 지역과 변경으로 갔던 옛일은 이미 사람들이 앞다투어 잊으려 하는 하룻밤의 악몽이 되었다. 설사 어떤 외국에서는 아직 그 여운이 남아 있다 하더라도. 그들 또는 서구 선진 국가에서 고소득 신분으로 가는 직행열차에 올라탈 방법이 없다. 사실 교육 개조의 이상은 마오쩌둥으로부터 시작한 게 아니다. "만 권의 책을 읽고, 만 리의 길을 간다"거나 "앎은 실천의 시작이요, 실천은 앎의 이룸이다"라는 주장(왕양명)은 중국 선인들의 오래된 교훈이었다. 타오싱즈 선생은 "생활이 곧 교육이다" "인민에게 가자" "가르치고 배우고 일하는 것은 하나" "빈곤과 학문은 좋은 친구" 같은 주장을 내세웠으며(《생활이 곧 교육》 《평민교육개론》) 최소한 마오쩌둥의 선구자였다. 그러나 마오쩌둥은 국가 최고 권력을 발동해 교육혁명을 일으켰으며, 세계 지식사상 유례가 없는 풍운의 한 장을 열었다. 동시에 불행히도 지도자와 인민이 함께 신격화에 사로잡힘으로써 혁명은 강박적이 되어갔고 단순해졌으며 무고한 사람을 해치는 지경으로 나아갔다. 대가가 지나치게 컸을 뿐 아니라 다방면에 걸친 피해를 수습하기 어려운 상황이어서, 이와 관련한 어떤 토론도 모두 과격하고 예민해지기 일쑤였다. 여기서 문제는, 진정한 문제의식과 말도 안 되는 의견이 복잡하게 뒤섞인 역사적 상황에서 우리가 아무런 대책도 없이 손을 놓고 있었다는 점이다. 여기서 문제는 또한 문화대혁명 중의 극단적인 정책이 이렇게 속절없이 막을 내렸다는 데 있다. 언어의 충격과 이론의 소멸이 아니라, 가장 근본적으로, 주류 지식 집단이 국정 현실에 대해 느끼는 감정이나 기층 인민 대부분이 편하고 쉽게 이해하는 방식으로 결말지어진 것이다. 지식청년들의 '상산하향上山下鄉' 운동은 그 가운데 일부분에 불과하다. 바꿔 말해서 마오쩌둥식 교육혁명이 만약 어떤 성과를 거두었다고 한다면, 그중 최고의 성과는 인문 이성을 다시금 근본에 뿌리박도록, 지식계의 허약증과 환시증을 타파한 것이다. 지식인들이 문화대혁명의 재난 속에서 가장 먼저 손가락질당하고 인권을 유린당한 뒤 버려졌다는 혁명의 더러운 껍질을 걷어낼 필요가 있는 것이다.

어떤 사람이 자기 손으로 자기의 다른 손과 싸워 이기며 실패 가운데서 승리를 얻었다면, 이는 아마도 정부 당국이 예상하지 못한 괴상한 결과였을 것이다.

인민과 실천은 극단적인 사고를 말살하는 데 좋은 약이다. 중국 당대의 역사에서 미국식 또는 소련식 체제의 신화, 부유한 사람과 가난한 사람의 계급적 신화는 지식 집단의 땀과 상처 및 햇볕에 그을린 얼굴에 의해 와해되었다. 그들의 마음속에 쉽게 지워지지 않는 생활의 각인을 남김으로써 가능한 일이었다. 이것이 교육혁명의 진정한 성과다. 이런 생명의 밑바탕은 반'좌' 또는 반'우'의 사상 충돌 속에서 다시금 반짝이며 드러났고, 역사에 깊은 영향을 끼쳤다. 1970년대 후반의 반발과 항의는 그 정점이었다. 나와 다촨은 그때 베이징으로 돌아왔다. 우리는 전화 연락을 통해, 거듭된 상대방의 신분 확인을 통해, 손에 든 잡지 한 권을 암호 삼아,

베이징사범대학교 앞 버스 정류장으로 마중 나온 낯선 사람과 만났다. 그 사람의 이름은 쉬샤오였는데, 나중에 베이징에서 활약하는 편집장이자 에세이 작가가 되었다. 쉬샤오는 우리를 데리고 더 많은 열정적인 낯선 사람들을 만나러 갔다. 베이징사범대학의 어떤 교실 안에서, 둥쓰의 장쯔중루에 있는 누군가의 집에서, 베이징 영화 제작창의 초대소에서, 수많은 민간단체 집회가 몰래 열렸고 시가 작품과 논문 복사본이 몰래 나눠졌다. 나는 그때 당시의 많은 사람과 사건에 대해 쓰고 싶지는 않다. 그저 당시 우리가 교류하던 분위기, 손뼉만 치면 모이고, 한 사람이 말하면 모두 호응하고, 심장과 영혼이 예리하게 살아 있던 시절을 말하고 싶을 뿐이다.

친구들 가운데는 노동자도 있었고, 교사와 화가, 공농병 대학생과 무직자도 있었다. 물론 그들 대부분이 지식청년이거나 57간부학교의 임원 경력을 지니고 있었다. 그러나 직업과 전공의 차이는 소통과 교류에 근본적인 장애가 되지 않았고, 이해타산의 차이에 의한 단절과 간극은 존재하지 않았다. 친구들 가운데는 마르크스주의자도 있었고 자유주의자도 있었다. 트로츠키파와 유미주의자, 불교도도 있었고, 무슨 주의, 무슨 종교 신앙도 다 있었으며, 무슨 주의나 신앙도 다 모르는 사람까지 있었다. 관념의 차이는 거의 말할 것이 못 됐다. 관념의 표지를 걷어내면 같은 경험이 존재했다. 모두 빈곤과 전제의 압박을 타도해야 한다는 욕구를 지니고 있었다. 관념은 단지 그 반항의 서로 다른 형식에 불과했다.

몇 년이 지나서 내가 내 주장을 다른 사람들과 소통할 수 없다는 사실을 깨달았을 때, 말이 점차 제자리에서 맴돌며 실타래처럼 엉키기 시작했을 때, 나는 당시를 돌이켜 생각했다. 당시 거의 전 국민이 지니고 있던 모종의 암묵적 동의 같은 것이 가슴 저리게 그리웠다. 나는 당시 우리 사이에는 어떤 분쟁이나 이견이 없었다고 말하려는 게 아니다. 어떤 극렬한, 심지어 고집스러운 논쟁도 없었다고 말하려는 게 아니다. 그러나 사람들

눈에 언어적 불일치라는 것은 그다지 중요한 문제가 아니었다. 당시 진정한 관념은 모두 사람들의 얼굴에 쓰여 있었다. 북풍의 찬 비바람을 맞고 시달렸던 얼굴, 그 얼굴이 아무 이유 없는 신뢰를 주었다. 관념은 그들의 눈동자 속에 쓰여 있었다. 산베이의 황토 고원에서 뜨거운 햇볕에 이글이글 타버린 눈동자, 그 눈동자가 아무 이유 없는 신뢰를 주었다. 관념은 그들의 손바닥에도 쓰여 있었다. 석탄에 파묻혀 거칠어진 커다란 손, 그 손은 말없이 자기소개를 했다. 관념은 그들의 옷차림에도 쓰여 있었다. 꼬질꼬질하고 더러운 공장 작업복 바지, 작업장에서 묻은 기름 찌꺼기는 이 사람을 경계하지 않아도 좋다고 하는 신분 증명이나 다름없었다. 관념은 반드시 이론을 통해서 표현되는 것은 아니다. 그것은 민간의 속어나 은어, 비어에서도 표현될 수 있다. 옆 사람을 돌아보고 눈을 마주친 뒤 서로 웃어주는 것만으로도 수없이 많은 말의 피곤함을 대신할 수 있었다. 밥을 할 때 흥얼거리는 지식청년의 노래 한 도막으로, 좁아터진 단칸방에 57간부학교에서 도시까지 끌고 온 커다란 나무상자를 두는 것만으로, 벽에다 신문에서 오려낸 저우언라이의 초상을 붙여두는 것만으로도(1976년 당시 초상의 주인이 톈안먼 사건 때 어떤 태도를 보였는지는 말하지 않아도 뻔하다). 이 모든 것이 그때 사람들이 쉽게 찾아내곤 했던 화제였다. 심지어 아무런 화제가 없어도 한껏 기분이 달아올라 마음이 맞았던 것은 바로 그런 이유에서였다. 어쨌거나, 서로 엇비슷한 생활 경험은 얼굴이나 눈동자, 손바닥, 옷차림 따위로 아주 쉽게 대화할 수 있게 해주었다. 일종의 감각적 교류가 언어적 투쟁에도 불구하고 이 모든 균열을 쉽게 녹여 붙였다. 겉보기에는 단절되어 있을지라도 속으로는 통하는 바가 있었다.

그때는 한마디만 해도 서로 쉽게 불이 붙었다. 한마디만 하면 곧 따뜻해졌다.

어떤 사람들은 그렇게 생각하지 않는다. 문화대혁명의 종식이 서구 사조의 유입으로 이어졌고, 그로 인해 비로소 중국인의 이성이 회복되고 재건되었으며, 황폐해진 교육과 연기된 학업의 고통에서 벗어날 수 있었다고 말한다. 학교가 줄곧 제 역할을 할 수 있었더라면 비극은 좀 더 빨리 종식될 수 있었다고, 심지어 발생하지 않았을 수도 있다고, 그렇게 말하는 사람도 있다. 꼭 그렇다고는 할 수 없지만, 나 역시 그런 생각을 해본 적이 있다. 그러나 이런 관점은 문화대혁명이 그 시대의 유일한 재난이 아니었음을 홀시하고 있다. 발칸반도, 중동, 남아프리카, 동남아시아, 아프리카, 남아메리카, 한때 서구 식민문화의 우등생이었거나 모범생이었던 나라, 세속적이거나 종교적인 서구식 교육을 멈춘 적이 없던 나라, 다수의 정치적 엘리트가 유럽이나 미국에서 유학하기도 했던 나라는 지금 세계에서 가장 피를 많이 흘리는 Y형 지대에 속한다. 이슬람 원리주의도 처음에는 일부 서구 국가(예를 들어, 영국)와 친 서구국가(예를 들어, 사우디아라비아)를 온상으로 삼았다. 이는 절대 이상한 일이 아니다. 서구 사조가 설사 가장 위대한 이성적 재산이라 할지라도, 언어 복제품이 계속해서 수입된다면, 그 극단적인 영향이 교육을 망쳐놓고 말 것이다.

얼마 전에 나는 작가 거페이와 함께 출국한 바 있다. 거페이는 칭화대학교 교수로 우수 학생들만 전담하는 주임 교수이기도 하다. 그는 자기 학생들이 모두 굉장히 똑똑하다고 말했다. 막 본과에 진학했을 뿐인데도 영어는 모두 수준 이상이고, 프랑스어와 에스파냐어 등 외국어도 잘한다고 했다. 중문과 수업인데도 굳이 영어로 한 묶음이나 되는 과제를 제출하는 학생이 있어서, 중문과 교수가 사전을 뒤지고 전화를 걸어가며 도움을 청하느라 온몸이 땀에 젖고 간담을 졸이며 고생을 해서 일주일 만에 겨우 과제를 돌려줄 수 있었다고 한다. 외국 문학 수업을 맡았다고 마음을 놓을 수도 없다고 했다. 어떤 학생들은 수업을 듣다 자리에서 벌떡 일어나《잃어버린 시간을 찾아서》 프랑스어 원서를 주르륵 한 페이지나 읜 다음 선생님의 작품 분석과는 전혀 다른 해석을 내놓곤 한다는 것이다. 자네는 도대체 이 아이들이 무슨 교육을 받았는지 아마 상상하기도 어려울 거야. 나이도 어린 학생들이 도대체 어떻게 그런 지식을 소화하고 있는 건지. 거페이는 또 다른 놀라운 이야기도 들려주었다. 개강했을 때 그는 같은 반 학생들에게 반대표를 뽑으라면서 능력에 따라 결정하겠다고 했다. 자기소개를 하던 두 학생이 서로 피아노 연주에 자신 있다면서 쇼팽과 리스트를 들먹였다. 대단하지 않나? 그런데 세 번째 놈이 단상 앞으로 나와서 그러더란 말이야. "피아노 이야기는 하지 말지. 여기 누가 못 치는 사람이 있겠어? 어떻게 그게 경선 조건이 되냐?"

다들 박수를 치며 웃고 난리더라고 했다.

이 오만한 아이들은 현대 교육이 배출한 가장 뛰어난 인재들임에 틀림없다. 엄마 젖을 먹을 때부터 서구 현대 문명의 전방위적인 양육과 교육에 의해 오늘날의 걸출한 인물로 성장했다. 그러나 모종의 관점이 거 선생에게 의혹을 불러일으켰다. 서양 학문을 숭상하며 곧바로 중국학을 폐지하지 못해 안달이다가도, '타이완 독립' 소리만 들으면 내일이라도 당장 전쟁을 벌일 듯이 굴고, 또 환경문제 이야기를 하면 오염 기업에 테러라도 할 것 같단 말이야. 문화대혁명을 욕할 때는 부모도 선배도 모두 다 바보라고 비난한다고. 거의 모든 이슈에 같은 정도로 목청을 높이기 때문에 꼭 정신의 화약고 같단 말이지. 어떤 학생은 그에게 이런 말을 했다고 한다. "선생님, 문화대혁명이 정말 그렇게 끔찍했나요? 모두 작가라는 사람들이 돈을 벌려고 지어낸 거짓말이죠? 전 마오쩌둥을 존경해요. 마오쩌둥이 사람들을 숙청했다고 하지만, 어떤 정치가가 숙청 작업을 벌이지 않나요? 숙청을 하지 않고서 어떻게 정치를 하겠어요?" 이 학생은 사회의 부조리한 현상과 맞닥뜨리면 더더욱 비분강개하며 선언하곤 했다. "내가 보기에는 문화대혁명을 다시 해야 해. 그래서 한심한 것들을 다 쓸어버리고, 외양간으로 보내서 재교육해야 한다니까!" 문화대혁명에 대한 그런 동경은 도대체 어디서 왔는지 연유를 알 수 없다.

그들에게 문화대혁명은 물론 너무 먼 일이며, 완전히 지나간 역사일 따름이다. 이 소년들에게 마오쩌둥은 조조, 증국번, 한무제, 진시황과 마찬가지로 역사적 인물일 따름이다. 역사는 재미가 있거나 또는 없는 문자, 봐도 좋고 안 봐도 좋은 문자에 불과하다. 역사는 현실 생활과는 아무런 관계도 없는데, 왜 의심하고 연구하면 안 되는가? 교육혁명의 노력, 즉 인민에게 관심을 두고 실천을 중시하는 노력을 청산하려니, 순식간에 인민에게서 관심을 돌리고 실천을 가볍게 여기는 새로운 사상이 등장했다. 모든 것이 입 밖에 나오는 대로 흘러가도 전혀 이상할 것이 없다. 프랑스라고 하는 자유민주주의의 본향에서도 위대한 학자들이 아우슈비츠를 그린 소설을 보고 쿨하지, 끝내주지, 완전히 프랑스적이지, 하고 말한다니까. 미국 같은 경제 대국에서도 위대한 학자들이 공자에 대해 이야기하며 그런 사람이 어디 있어, 쿨하지, 끝내주지, 완전히 미국적이지, 하고 말한다니까. 중국 문화대혁명의 역사도 포스트 모더니즘적으로 해체 가능한 것이 아니야? 왜 안 되겠어?

자세히 생각해보자. 나는 이 우수한 학생들의 관점을 진지하게 받아들이지 않는다. 그들에겐 중국에 대해서든 외국에 대해서든 스스로 겪은 진실한 체험이 결핍되어 있다. 즉흥적인 태도로 책에서 얻은 경험을 말하고 있을 따름이다. 그러나 책에서 책으로의 지식 여행은, 옳든 그르든 모두 그리 중요하지 않다. 어느 날 그들은 갑자기 새로운 여행을 하게 될 것이다. 새로운 문자의 환각에 빠지며, 하나의 극단에서 또 다른 극단으로 가는 것도 그리 어려운 일이 아닐 것이다.

나는 거페이에게 같은 경험이 있노라고 말했다. 2년 전, 외국 친구 두 사람이 내게 부활절을 함께 지내자고 청해서 함께 성곽이 보이는 지중해 해안으로 놀러 간 적이 있다. 바닷가에서 아시아인은 거의 찾아볼 수 없었다. 빨강과 파랑의 알록달록한 옷을 입은 여행객 가운데에는 언제나 어린아이들이 있어서 말똥말똥한 눈을 하고 내게 묻곤 했다. 일본 스님이세요? 중국 무술을 할 줄 아세요? …… 그곳 풍경은 정말이지 아름다웠다. 바닷물이 밀려왔다 밀려가고, 좀 전까지 아스라이 찰싹대는 소리가 들렸는데, 눈을 돌리니 순식간에 얼음처럼 차가운 바닷물이 허벅지까지 차올랐다. 우리가 그곳을 떠났을 때는 팻말에 적힌 개방 시간을 10분쯤 넘기고 있었다. 나는 친구들이 내게 보여준 멋진 풍경에 감사했고, 그들이 중국에 대해 지니고 있는 뜨거운 열정에 감사했다. 스트러우는 중국의 1960년대 중반 혁명위원회에 대한 논문을 쓰고 있으며, 중국 항저우, 칭다오, 구이린, 청더 등 여행지를 여러 차례 방문한 경험도 있었다. 그는 '지식청년' '노삽老揷' '삼결합三結合' '사류분자四類分子'와 같은 신조어(노삽: 삽대에 함께 참여했던 동지들을 부르는 호칭, 삼결합: 인민해방군 · 혁명 간부 · 혁명 대중의 연대를 강화하자는 취지의 슬로건, 사류분자: 지주 · 부농 · 반혁명 · 불량 등 개조 대상으로 간주되었던 네 부류의 사람들 – 옮긴이)도 유창하게 구사했다. "오늘은 우리 모두 지식청년이 되어 상산하향하는 거야. 빈민과 중농에게 가서 그들과 결합하는 거지! 마오쩌둥의 5.7 노선을 따라 전진하자!" 그는 자동차에 시동을 걸면서 이렇게 선언했다.

성곽을 떠난 뒤 우리는 큰 도로를 따라 달렸다. 해안 저쪽으로 오르내리는 것은 외진 시골 마을이었다. "닭이다! 들어봐, 닭이 울고 있어!" 스트러우는 미친 듯 기뻐하며 버려진 농가의 창고를 향해 달려갔다. 거기서 한참을 두리번대며 닭이 숨어 있는 곳을 찾았다. "쇠똥이다!" 몰리도 위대한 발견을 했다. "난 쇠똥 냄새를 맡았어! 끝내주는데!"

그들은 수확기를 발견하고는 또 뛰어올라가서 한참을 만지작거렸다. 아쉬운 점은 너무 개량된 수확기라서 충분한 느낌이 나지 않았다는 사실이다. 그들은 또 쟁기를 발견했고, 똥통 하나와 짚신도 찾아냈다. 푸른 하늘과 푸른 초원에 잘 어울리는 복장이었다. 그 모든 것이 그들이 상상하는 중국에 대한 그리움을 만족시켰다. 오늘의 상산하향 운동은 그럭저럭 꼴을 갖춘 듯했다. 나 같은 중국 사람에게 고향에 온 듯한 착각까지 불러일으켰으니까.

우리들은 '삽대'하는 하루를 보내며 빵을 뜯어서 닭을 먹이고, 광천수로 물보라를 튀기며 마른풀 더미에 누워서 닭 울음소리를 들었다. 저쪽으로 멀리 푸른 하늘이 보였고, 바닷가에서 실오라기 하나 걸치지 않고 휴일 일광욕을 즐기는 사람들도 보였다. 그들은 내가 중국 촌놈이라는 사실을 알고 있었기 때문에 다소 경박한 시선으로 그쪽을 쳐다봐도 개의치 않았다. 촛불을 켠 바닷가 시골 마을의 작은 식당에서 우리는 미국에서 왔다고 하는 아칭싸오를 꼭 닮은 주부를 만났다. 미국의 빈하중농貧下中農 아줌마! 맞죠? 스트러우는 그녀의 미국식 발음을 흉내 냈고, 집 뒤로 달려가 미국식 후촨쿠이와 댜오더이를 잡아온다고 법석을 떨었다.(아칭싸오는 모범극 〈사가빈〉에 나오는 지혜롭고 정의로운 여성으로 중국공산당 항일 투쟁가를 대표한다. 후촨쿠이와 댜오더이는 모두 같은 극에 등장하는 악역이다 - 옮긴이) 우리는 입을 가리고 한참이나 웃었다. 그때 창밖에는 달이 한창이어서 은빛 달무리로 이 바닷가와 저 너머 먼 곳의 산맥을 비추고 있었다. 빛은 산맥의 빛깔을 한참 부드럽게 만들어주었고 갑자기 산이 더 멀어지는 듯한 감각을 선사했다. 우리는 지식청년들과는 전혀 다르게 술판을 잔뜩 벌이고 배부르게 먹고 마시며, 지식청년들처럼 촛불 아래서 이탈리아 노래와 러시아 노래를 불렀고 중국 노래도 불렀다. 그들은 〈반동에도 이유가 있다〉와 〈우리는 큰길로 간다〉도 부를 줄 알았고, 〈베이징의 진산 위에서〉도 부를 줄 알았다. 그들은 마오쩌둥과 문화대혁명의 숭배자들이었고, 당시 혁명위원회가 추진한 '삼결합' 제도가 노동자와 농민을 진정한 역사의 주인공으로 만들었으며, 자본주의의 세계화를 타파하는 중요한 일대 창조였다고 믿어 의심치 않았다.

나는 대화에 어려움을 느꼈다. 그들이 어떻게 노동 인민이 문화대혁명 기간에 국가의 주인이 되었다고 확신하는지 알 수 없었고, 그들이 나중에 중국은 모름지기 여남은 개의 국가로 해체되는 대분열을 거쳐야 한다고 주장하면서, 어떻게 문화대혁명에 대한 열정을 함께 지니고 있는지 알 수 없었다. 나는 뭐라고 말해야 좋을지 알 수 없었다. 우리는 오늘 '삽대'를 했다. 닭을 먹였고, 쇠똥 냄새를 맡았고, 미국식 아칭싸오도 만났다. 도구와 배경은 모두 완전히 갖추어져 있었다. 우리가 이런 무대 공간을 걷고 있으면 문화대혁명에 대해 알 수 있을까? 우리는 또 항저우, 칭다오, 구이린, 청더 등 여행지에서 '삽대'할 수도 있을 것이다. 중국에 대한 각종 논문과 논문과 논문 사이에서 '삽대'할 수도 있을 것이다. 그래서 지중해 연안에서 이렇게 공산주의 전사로서 아름다운 하룻밤을 보낼 수 있을 것인가? 나는 자본주의의 괴물이 된 중국을 타파하려는 그들의 의지를 알고 있었지만, 그들의 호의를 의심하지는 않았다. 그러나 나는 한 장의 종이 위에 쓰인 잘못을 마냥 따라갈 수는 없었다. 어떤 종이에 쓰인 잘못과 잘못도 믿을 수 없었다.

독일 맥주는 참 상쾌했다. 너무 상쾌해서 나는 흥이 깨졌다. 두 친구는 매우 열정적이었고, 너무 열정적이어서 나는 슬펐다. 나는 정말이지 그들과 함께 여기서 상산하향을 부르짖고 싶지 않았다. 이 유럽의 작은 주점에서 과거의 세월을 연기하며 아무 말도 할 수 없는 이런 순간을 원하지 않았다.

지중해의 달빛은 참 아름다웠다. 일본 작가 가와바타 야스나리는 이렇게 말했었다. 동양의 아름다움은 그저 아름다움이 아니라, 슬픔이고, 아픔이고, 애틋함이라고.

스트러우와 몰리는 내가 왜 흥분하지 않는지 모를 것이다. 그들은 내가 왜 갑자기 속이 뒤틀린다고 말하는지, 왜 숙소 문밖에서 벽을 붙잡고 웩웩 토하는지, 독일 맥주와 이 모든 지중해의 아름다움을 더러운 오물로 토해내는지, 그들은 모른다. 그들은 내가 감기에 걸린 거라고, 삽대에는 어울리지 않는 발랄한 목소리로 말했다.

지도

나는 눈앞에 푸른 물결을 마주하고 있다. 너무 가까워서 손을 뻗으면 닿을 것만 같고, 바닥의 돌이나 푸른 이끼까지 또렷하게 보일 정도로 맑다. 순간, 나는 내가 만 미터 상공의 창문 앞에 앉아 있다는 사실을 의식했다. 부드러운 비행기 엔진 소리를 들으며 넓게 펼쳐진 남태평양을 바라보고 있는 것이다. 베란다에 내놓은 세숫대야에 담긴 물을 보고 있는 게 아니다. 오스트레일리아에서 인도네시아에 이르는 이 바다는 왜 이렇게 맑고 얕은지, 어째서 이렇게 해저의 협곡과 평원마저 햇빛 아래 찬란히 비치는지, 문득 궁금해진다. 바다는 너무 투명해서 모든 것을 하나도 남김없이 비쳐 보인다. 대륙의 뿌리까지 오르내리는 모든 그림이 한 폭의 바다 안에 숨어 있다.

나는 거의 해저 골짜기에서 풍겨오는 신선한 바다 내음을 맡은 것만 같았다.

나는 한 장의 살아 있는 지도 위로 시선을 옮겼다. 이 지도에서, 바다는 파랗고 모래사장은 노랗다. 논밭은 파랗고 벼랑은 무쇠 같은 잿빛이다. 그 위로 타는 듯한 빨강이 얼기설기 그물 무늬를 그리고 있다. 이 모든 빛깔이 내게 풍요로움과 사실적인 입체감을 선사한다. 상대적으로 나는 종이 위에 그려진 지도를 싫어하는 편이다. 특히 행정 구역을 표시한 지도를 싫어한다. 그런 지도는 대개 온갖 색깔로 보정되기 일쑤다. 예를 들어, 후난 지역은 귤색, 후베이 지역은 회색으로 칠한다. 중국은 분홍색, 베트남은 연보라색으로 칠한다. 대개 그런 식이다. 우리 어머니는 후베이성에서 태어났고, 나도 그 지역에 가본 적이 있다. 가서 보니 그곳은 전혀 회색이 아니었다. 사람들은 생강차를 달여 마시고, 비가 오면 도롱이를 쓴 채 밭을 갔다. 강에 작은 배를 띄워놓고 그물을 치며, 장이 서는 마스 거리에 한가롭게 나앉아 졸기도 했다. 후난 지역과 전혀 아무런 차이가 없었다. 나는 베트남에도 가 보았다. 가서 보니 그곳은 전혀 연보라색이 아니었다. 사람들은 자전거를 타고 사탕수수를 팔러 다니며 목화나무 아래서 포커를 쳤다. 상점 안에는 코카콜라도 있고, 홍콩 무협 영화 DVD도 있었다. 학생들은 목말을 타고 놀며 열사기념비 앞에 화환을 바쳤다. 광고판에 적힌 낯선 발음기호만 아니면, 여기가 광둥이나 광시 어디라 해도 미심쩍지 않았을 것이다. 나는 놀라기도 했고 약간은 실망하기도 했다. 정확하게 말하자면, 그런 행정 지도가 내 감각을 오랫동안 속여왔던 것이다. 대체 무슨 이유로 완전히 똑같은 삶을 그렇게도 다른 색깔로 조각냈던 것일까? 왜 회색이나 연보라색으로 중학생의 상상력을 어지럽혔을까?

나는 나라, 성, 구, 현 따위의 구역 한계가 어느 때 생겨났는지 모른다. 왜 고원, 평원, 강변, 산맥, 해안, 분지 등의 이름으로 우리의 생활 구역을 나누지 않는지 알지 못한다. 예를 들어, 나는 왜 윈난에서 후베이까지를 윈구이고원의 샹강 유역에서 장한평원까지라고 부를 수 없는지 모르겠다. 왜 차라리 북위 22도의 아열대에서 북위 32도의 온대라고 부르지 않는 것인가?

물론 행정 관리자들의 말에 따르면, 행정 지도가 훨씬 더 중요하다. 세수, 치안, 우편, 조폐, 사회복지, 인사 발령 등의 중요한 일과 관련되며, 관리 범위나 권한과 연관되기 때문이다. 국가 체제의 완비와 강화에 따라, 생활은 자연 상태에서 사회 상태로 발전하며, 사람들은 지도 제작자들에게 행정 지도를 더욱 당연하게 요구하게 된다.

이렇게 보건대, 지도는 인류가 바라보는 가장 조잡하고 모호한 거울로서 문명의 얼굴을 비춘다고 할 수 있다.《당서》〈지리지〉에는 "무릇 수로 하나의 건설이나 방죽 하나의 건축일지라도 기록하지 않은 것이 없다"라는 말이 있다. 이는 물론 농업 시대의 지도다. 그때 지도 편찬자는 대부분 배를 타는 것으로 걸음을 대신했기 때문에 하천을 상세히 기록하지 않을 수 없었다. 가장 관심 있는 분야가 수자원과 관개 시설이었기 때문에, 수로와 방죽, 연못이나 저수지 정보는 하나도 빼놓을 수 없었고, 경작지와 산림의 표기를 정확하게 하기 위해 애썼다. 마찬가지로 공업 시대의 지도 편찬자들, 양복을 입고 구두를 신은 새로운 사람들은 기계의 도움으로 길을 오가기 때문에 배가 다니는 수로 대신 기차와 자동차가 다니는 철도와 고속도로를 그려 넣는다. 가장 관심 있는 분야는 광물과 제철이기 때문에 광산 지역과 제작 공장 위치를 지도 안에 별처럼 가득 펼쳐놓는다. 또한 해안을 따라 무역하는 항구도 반드시 눈에 띄게 그려야 한다. 수로와 방죽, 연못이나 저수지는 아예 삭제되기도 하고, 필요에 따라 점점 지도에서 사라진다. 19세기 외국 상인들이 대량으로 생산한 지도에는 이런 상황이 반영되어 있었다. 또 우리는 서구 식민지 시대의 지도 편찬자가 무엇을 중시했을지 상상해볼 수도 있다. 단발 권총을 차고 와인을 마시는 장군들이 우르르 쾅쾅 소리가 나는 대포와 함께 새로운 영토를 밟을 때, 그들은 그 땅의 농업에 대해 이해하지 못할뿐더러 그 땅의 광업에 대해서도 알지 못했을 것이다. 또한 그것을 검토하고 측량할 시간도 없었으며, 강의 흐름을 파악하고 산세를 살피며 민족 구성과 관리 방안을 고민할 필요도 없었다. 그래서 새로운 영토는 축전 행사와 담판 과정 가운데서 탄생했고, 점령자의 거위 깃털 펜과 삼각자는 한 끼 밥을 먹을 시간 동안 세계를 새롭게 재편하기도 했다. 사실 아주 단순한 일이었다. 아메리카와 아프리카의 수많은 국가 경계선이 모두 그들이 남긴 걸작이다. 빳빳하게 그려진 직선은 위도와 경도를 따라 그려졌다. 그 선들은 여러 가지를 고려할 수 없던 당시의 급박한 상황과 유럽 장군들의 단순하고 명쾌한 기풍이 어떠했는지 절절히 느끼게 해준다.

문명은 계속해서 변화, 발전한다. 오늘날 어떤 사람들에게는 농업적이거나 공업적이거나 나아가 군사적인 지도는 전혀 중요하지 않다. 소비의 시대가 도래해 관광 지도와 쇼핑 지도가 그들이 자주 사용하는 지침이 되었기 때문이다. 이런 지도에는 기차역과 공항, 호텔, 쇼핑센터, 관광 명소가 표시되어 있으며, 부록으로 보통 고가의 쇼핑 매장 광고,

보석과 액세서리, 골동품, 자연 풍경과 패션, 골프, 별장, 미식, 심지어는 섹스 산업에 대한 소개가 실려 있다. 이런 장소는 선명한 컬러로 지도상에 표시되며, 이미지와 컬러 모두 눈에 띄어 지도상에서 두드러진다. 이런 표식은 심지어 어떤 거리와 도시의 반을 가리기도 하고 각종 사회기구를 무색하게 하며 당당한 정부기관보다 앞서 위용을 과시한다. 누구든 이 지도가 누구를 위해 준비되었으며, 이 사람들을 위해 무엇을 준비하고 있는지 알 수 있다. 누구든 이 지도를 보면 이 세상에 이미 크고 심원한 변화가 일어나고 있다는 사실을 인식할 수 있다. 수많은 국가와 지역에서, 농업과 공업은 더 이상 경제활동의 중심이 아니다. 가장 왕성하게 성장하는 신흥 산업은 자연 물질의 보편적인 특징을 벗어나 모든 원자재를 아주 미미한 것으로 변화시킨다. 돈을 버는 일은 이제 한 사람의 개인이나 한 대의 컴퓨터에 달렸다. 사무실이야말로 자본을 생산하는 가장 거대한 조폐 공장이다. 사람들이 아직도 지나간 시대의 지도를 필요로 하는가? 이처럼 가벼운 지식형 경제가 신속하게 사회의 자산을 늘려가는 시대에, 또한 쇼핑과 관광이 이익을 획득하는 주요한 소비 방식이 된 시대에, 사람들은 좀 더 참신한 지도를 요구하지 않을까?

고속도로와 여객기의 출현은 시간과 공간이 맺고 있던 기본적인 관계를 완전히 바꾸어놓았다. 시간은 공간적 거리보다 훨씬 더 중요한 의미를 지닌다. 이것은 새로운 지도를 요구한다. 옛 지도는 척도와 실제 거리를 비교 측정의 기준으로 삼았다. 마차와 돛단배를 사용하던 시대의 산물이기 때문에, 활자와 삼차원의 세계로 묘사할 수 있다. 그러나 오늘날 수많은 여행자들에게는 별다른 의미가 없다. 거리는 속도로 대체되었다. 교통수단에 따라 상하이에서 자오현의 어촌까지 가는 게 상하이에서 홍콩까지 가는 것보다 더 느릴 수 있다. 베이징에서 로스앤젤레스까지는 베이징에서 다싱안령의 삼림에 속하는 몇몇 작은 시골 마을에 가는 것보다 빠를 수 있다. 시간이라는 요소가 개입하면서 금전으로 시간을 교환하는 일이 가능해졌다. 고속도로와 여객기 노선 확대에 따라 사차원적 지리학이 출현하기 시작했다. 이 새로운 지리학에서 경제 핵심 지역 간에는 더욱 밀접하고 친근한 관계를 형성하며, 핵심 지역과 주변 지역 사이의 거리는 도리어 점점 더 아득해진다. 이런 거리 개념을 '시간성 공간'이라 지칭해도 좋을 것이다. 어떤 홍콩 갑부는 거리에서 손을 흔들어 택시를 잡듯 '보잉기'를 타고 뉴욕, 런던, 프랑크푸르트, 상하이, 베이징, 타이베이, 도쿄, 싱가포르 등지를 시계추처럼 왔다 갔다 하기를 마치 동네 안에서 마실 다니듯 한다. 그가 만약 이런 현대화된 교통 네트워크를 벗어나고 싶다면, 중국 내륙의 어촌이나 산촌을 찾아가서 산에 가로막히고 길도 없이 막막한 평원 한가운데 서 있으면 된다. 그는 아마 두 눈이 휘둥그레질 것이다. 아, 사람 살려. 저렇게 먼 곳을 대체 어떻게 간단 말인가?

나는 그를 위해 다음과 같은 새로운 지도를 작성해보았다.

가장 가까운 범위: 상하이, 베이징, 광저우, 도쿄, 싱가포르 등 주요 도시. 여객기로 한나절이면 갈 수 있는 곳. 보통 때 자주 들르는 주점, 상가, 헬스클럽, 카페 등이 있는 곳.

다음으로 가까운 범위: 뉴욕, 런던, 프랑크푸르트, 파리 등 주요 도시. 여객기로 한나절 이상 하루 이내로 도달할 수 있는 곳. 황산, 루산, 샹그릴라, 장자제, 둔황, 시칠리아섬, 베르사유궁전, 나이아가라 폭포 등 여행지. 비행기로 직행할 수 없거나 노선이 그리 많지 않은 곳. 그러나 고속도로나 고급 승용차로 도착 가능한 장소. 순더나 닝보 등 교외의 생산 기지도 여기에 속함.

비교적 먼 범위: 국경 내외의 고속도로와 철도 시설이 완비되지 않은 어촌, 임업 지역, 산촌, 목장 등. 고속도로 지역 외 빈민가 등은 설사 수백 미터 안에 있더라도 자동차 진입로가 확보되지 않아 접근이 어렵다.

가장 먼 범위: 남극, 북극, 히말라야, 우주 공간, 등산이 필요한 소규모 광산 지역, 며칠 또는 몇십 일 동안의 등반을 요구하는 지질 조사

지역이나 고산 지대 등. 마찬가지로 상상할 수 없이 멀어 여행이나 관광을 포기한 목적지.

결국 실제적인 생활공간은 다음과 같이 구성된다.

- — 가장 가까운 범위: 상하이, 베이징, 광저우, 도쿄, 싱가포르 등 주요 도시. 여객기로 한나절이면 갈 수 있는 곳. 보통 때 자주 들르는 주점, 상가, 헬스클럽, 카페 등이 있는 곳.
- — 다음으로 가까운 범위: 뉴욕, 런던, 프랑크푸르트, 파리 등 주요 도시. 여객기로 한나절 이상 하루 이내로 도달할 수 있는 곳. 황산, 루산, 샹그릴라, 장자제, 둔황, 시칠리아섬, 베르사유궁전, 나이아가라 폭포 등 여행지. 비행기로 직행할 수 없거나 노선이 그리 많지 않은 곳. 그러나 고속도로나 고급 승용차로 도착 가능한 장소. 순더나 닝보 등 교외의 생산 기지도 여기에 속함.
- — 비교적 먼 범위 국경: 내외의 고속도로와 철도 시설이 완비되지 않은 어촌, 임업 지역, 산촌, 목장 등. 고속도로 지역 외 빈민가 등은 설사 수백 미터 안에 있더라도 자동차

진입로가 확보되지 않아 접근이 어렵다.

- — 가장 먼 범위: 남극, 북극, 히말라야, 우주 공간, 등산이 필요한 소규모 광산 지역, 며칠 또는 몇십 일 동안의 등반을 요구하는 지질 조사 지역이나 고산 지대 등. 마찬가지로 상상할 수 없이 멀어 여행이나 관광을 포기한 목적지.

'시간성 공간'이라는 새로운 척도를 활용해 서로 다른 신분에 있는 사람들을 위한 서로 다른 형태의 지도를 만들 수도 있다. 여기서 '보잉기'를 늘 탈 수 있는 사람과 '보잉기'를 탈 수 없는 사람의 지도는 완전히 다를 것이다.

보이지 않는 지도의 다양화는 생활방식의 다양화 및 공간 변형을 의미하며, 각종 생활방식이 상대적으로 봉쇄되거나 격리되어간다는 사실을 암시한다. 고효율 교통수단이 생겨나기 전에 사람들은 빈부의 차이 없이 대개 하나의 지도로 통합되곤 했다. 다시 말해, 하나의 생활공간에 속해 있었다. 밖으로 나서면 가마를 타거나 짐을 지거나 모두 같은 속도와 노선으로 공통의 생활 형태를 눈으로 가까이 접할 수밖에 없었다. 시각, 청각, 후각, 미각 및 촉각은 그들 자신의 사회적 지위를 완전히 봉쇄하기 어렵게 만들었다. 이백이 "붉은 대문 안은 술과 안주 냄새, 길가에는 얼어 죽은 백골들"이라고 한 것이나, 백거이가 "베 짜는 놈은 누구며 입는 사람은 누군가, 월나라 시냇가의 가난한 처녀와 한나라 궁궐의 후궁일세"라고 한 것, 시내암이 이른바 "농부의 마음이 어찌 들끓든지, 왕족 도련님이 부채질을 해대누나"라고 읊은 것은 구체적인 이미지로서 이 대조적인 상황을 묘사한다. 러시아 작가인 톨스토이도 저택의 붉은 대문을 나서면 어렵지 않게 굶주림에 허덕이는 농민을 목격할 수 있었다. 인도 작가인 타고르도 저택의 붉은 대문을 나서면 어렵지 않게 비렁뱅이의 신음을 들을 수 있었다. 중국 작가 루쉰은 집안이 기울었기 때문에 더더욱 보모, 일꾼, 농가 아이들, 인력거꾼, 가난한 훈장 등 하층 계급 사람들과

한 덩어리가 되어 글줄마다 행간에 무거운 감상을 드러내곤 했다. 이처럼 빈민과 부자가 서로 뒤섞인 일상생활의 정경은 시시때때로 사람들의 감정을 뒤흔들었다. 이는 일부 귀족의 내면을 불안하게 만드는 정보의 원천이자 지식인들의 인도주의와 공공에 대한 관심을 지당한 것으로 여기게 만든 감각적 기초였다. 그 시대 엘리트들에게는 바다를 건널 능력이 없었다. 그러나 다행히도 주변 사람들의 삶을 지켜볼 기회가 훨씬 더 많았고 진실을 감당할 기회도 훨씬 더 많았다.

그들은 문을 나서면 곧 '내가 중생 안에 있다'라는 감각 속으로 빠져 들어갔다. 적어도 이런 감각 속에서는 '중생이 내 안에 있다'라고 하는 넓은 포부를 가지기 어렵다.

그들이 오늘날의 세계에 살고 있다고 생각해보자. 그들은 여전히 귀족이거나 준귀족이고, 상업적인 판권의 세율과 증권 수입을 누리며, 고문 또는 위원 등의 신분으로 보수를 받을 것이다. 그러면 그들은 설사 뉴욕의 롱아일랜드나 로스앤젤레스의 베벌리힐스와 롱비치, 시애틀의 레이크 워싱턴, 일본의 도쿄만, 시드니의 로즈베이, 홍콩의 리펄스베이, 상하이의 쯔위안紫園(상하이의 유명한 고급 휴양지. 상하이에서 보기 드물게 산과 강이 어우러진 자연을 배경으로 삼고 있다. 부자들의 별장이 많은 곳 - 옮긴이)에 들어가지 못하더라도, 적어도 다른 어딘가 도시 외곽의 한적한 주택지에는 자리 잡을 수 있을 것이다. 그들의 집 앞에는 노상 우체통이 존재하지 않으며 집배원이 직접 우편물을 집 앞까지 날라다줄 것이다. 그들의 집 앞에는 작은 오솔길이 있어서 주민들이 한가로운 시간과 아늑한 공간을 즐길 수 있을 것이다. 그들의 집 앞 창문 밖에는 어떤 잡상인과 관련된 차량도 서지 않을 것이며 보안 기기가 하루 스물네 시간의 안녕을 보장할 것이다. 그들은 알록달록 갖은 빛깔의 화단을 가졌을 테고 울창한 고목이 서 있는 숲과 맑고 투명한 바다가 보이는 해안을 누릴 것이다. 멀리서 불어오는 신선한 공기와 붉은 노을을 즐기며 산으로 난 작은 오솔길을 산책할 수도 있다. 그러면서 사회봉사에 대한 어떤 의무나 책임도 느끼지 않을 수 있다. 그들은 더 이상 가난한 사람의 이웃이 아니다. 그들이 원하지 않아서 그렇게 된 것은 물론 아니다. 현대 주택 건설 시스템이 이런 현상을 용인하지 않을 따름이다. 지난날의 상황과는 완전히 다르다. 현대사회에서 토지는 이미 상품화되어 주도면밀한 계획에 따라 택지를 개발한다. 거대 자본이 투입되고 지가는 상승하며 환경이 개선되고 우아해질수록 상승폭은 높아진다. 평당 만 위안에서 몇만 위안까지 올라가니 일반 구매자가 어떻게 감히 넘보겠는가? 어떻게 감히 들어갈 수 있겠는가? 이런 한적한 주택지 주변의 학교, 병원, 상점, 클럽 등 서비스 시설 또한 지가의 영향을 받는다. 또는 소비 대상을 겨냥해 일종의 통일된 고가 연맹을 결성하고 공동으로 입주 문턱을 올린다. 그래서 보통 사람들은 보안 요원들이 굳이 쫓아내지 않아도 일찌감치 이 부자들이 창문을 열어젖힐 때 멀리 달아나고 만다.

등급 차이가 지역 차별로 이어지기 때문에 어떤 사람이 길게 자기소개를 할 필요도 없이 어디에 사는지만 말해도 옆 사람들이 모두 그 사람의 사회적 지위를 알게 된다. 이는 현대사회의 보편적인 현상으로, 농업 문명, 공업 문명 이후의 새로운 사회가 요구하는 공간 재분배를 구현한다. 이처럼 중층적인 등급 구조의 정점에 있는 부자들도 자신의 주거 지역을 벗어날 수 있다. 그러나 그들이 만약 옛사람들과 마찬가지로 길을 걷거나 자전거를 타려고 한다면 굉장히 많은 골치 아픈 문제에 직면할 것이다. 고속도로 네트워크가 원래 있던 수많은 인도를 토막 내놓았기 때문에, 걷기 위해서는 구름사다리를 타고 올라가는 불편을 감수해야 한다. 로스앤젤레스의 수많은 주민들은 오래전부터 다닐 만한 길이 없어졌다는 사실에 분노를 금치 못하고 있다. 미국의 여러 지방을 가보았지만, 자전거 애호가들은 몇 차례의 시위를 통해서야 겨우 공공 도로변에 손바닥만 한 자전거 전용 도로를 얻을 수 있었다. 이 도로는 자전거 한 대가 겨우 지나갈 수 있을 정도의 폭이기 때문에, 자동차들이 바로 옆을 쌩쌩 스쳐 지나가는 동안 무서워서 벌벌 떨 수밖에 없다. 이런 상황에서 막강한 영향력을 지닌 부자들은 사실 밖으로 나가서 돌아다닐 자유를 누리지 못한다. 대문은 이미 입을 쩍 벌린 채 자동차 출납을 담당하는 역할만 수행할 따름이다. 그들은 비밀 금고를 손에 들고 진짜 가죽을 걸친 현대 문명의 포로에 다름 아니다. 브랜드 자동차에 삼켜지고, 고속도로로 이송되고, 차가운 비행기 안에서 손바닥만 한 창문이나 내다보며, 딱딱한 얼굴을 한 호텔과 레스토랑에서 피곤한 하루를 마감한다. 이 과정에서 그들은 길에서 어떤 가난한 사람들도 볼 수 없다(고속도로에서는 자전거, 오토바이, 트랙터 통행을 금지하며, 소달구지나 손수레, 짐꾼 등의 통행은 더더욱 불허하기 때문이다). 비행기에서도 가난한 사람들을 전혀 볼 수 없다(창밖은 오직 푸른 하늘과 흰 구름뿐이며, 티켓 비용은 가난한 사람을 아예 전면적으로 배제한다. 예를 들어, 낡은 시외버스 정거장이나 사람과 화물이 뒤섞여 있는 부둣가에 가면 더럽고 꼬질꼬질한 광주리나 편물 바구니를 든 사람들이 일하고 있다). 몇 성급 호텔이나 레스토랑에서도 그들은 자신들과 비슷한 신분의 관리, 상인 또는 사회 명사나 각종 이름 있고 얼굴이 알려진 사람들과 만날 따름이다. 이는 소비 방식 측면에서 일종의 거울 효과를 불러일으킨다. 사방을 둘러보아도 자신이 누리는 좋은 날이 오로지 자신의 뛰어난 소질에 대한 보상이라고 생각하며, 가난한 사람이나 가난한 지역과는 전혀 상관도 없다고 느끼게 된다. 최선의 상황에서 그들이 설사 가난한 사람을 동정하고 안타깝게 여기는 문화적 관성을 지녔다 하더라도, '붉은 대문'과 '붉은 대문'을 초월해 변화시킬 수 있는 대안을 지니지 못했기 때문에, 그들의 동정심은 어디서 그 대상을 구해야 할지 모르고 헤맨다. 완전히 목표를 상실한 것은 아니라 해도, 대부분은 사라지고 없는 셈이나 마찬가지다.

부유한 사람들도 물론 가난한 사람들을 볼 수 있다. 예를 들어, 서비스를 제공받을 때. 그때 가난한 사람들은 업무용 제복을 입고 서비스 규정에 맞춰 근면 성실하게 행동한다. 예를 들어, 범죄의 위험에 직면했을 때. 그때 가난한 사람들은 내 집에 침입하는 절도범이거나, 조직 폭력배, 또는 번화한 상가 지역에 출몰하는 테러리스트나 폭탄을 가진 흉악범들이다. 같은 과정을 다른 방향에서 비추어보면, 가난한 사람들의 눈에 부자들은 주로 자신들이 제공하는 서비스를 향유하는 사람들, 비단옷에 기름진 음식을 먹는 운명의 총아들이다. 범죄자에게 반격할 때 그들은 강대한 국가 기구, 경찰, 법원, 감옥, TNT나 B-52 또는 F16과 같은 화기로 표현되며, 자신과 같은 평범한 인간을 사정없이 무정하게 짓밟는 냉혈한들이다. 부유한 사람이든 가난한 사람이든 상대방이 실제로 어떻게 살아가는지에 관한 상세하고 풍부한 정보를 습득할 방법이 없음을 알 수 있다. 그들에게는 서로를 이해하고 서로에게 공감할 여지가 주어지지 않는다. 격리된 생활공간 속에서 피동적 범주가 정해지고 나면 빈부 쌍방은 서로에 대해 맹목적인 무지 상태가 될 수밖에 없다. 이는 현대사회에 만연한 몰이해 가운데 가장 두드러진 한 가지 현상이다. 민족과 민족 사이, 종교와 종교 사이, 직업과 직업 사이, 당파와 당파 사이의 단절은 상당히 심각하다. 또한 민족과 민족 사이, 종교와 종교 사이, 직업과 직업 사이, 당파와 당파 사이의 단절은 매우 복잡하게 교차하기도 한다. 정상적인 일상의 교류가 없는 상황에서, 서로 다른 생활 감각의 집적은 이상적인 계급 간 협조와 협력을 불가능하게 할 뿐 아니라, 계급투쟁의 형세를 더더욱 악화하기 마련이다.

더욱 자유롭고 관대한 세상, 어떤 종족적 단절도 존재하지 않는 시대에, 일종의 새로운 집단 간 단절이 출현한다. 정보 교류와 문화 개방이 더없이 충분한 시대, 이제까지 본 적 없는 기묘한 쇄국의 시대에, 일종의 생활 간 단절이 형성되고 있다.

어떤 권력 기구도 이 모든 것을 계획하지 않았다. 어떤 군대도 바리케이드나 철조망을 치지 않았다. 이 모든 것은 저절로 생겨났다. 자유의 산물로서 서서히 진행되고 있다. 금전과 기술이 그 보이지 않는 손이다.

이런 중층적 단절과 봉쇄는 세계 금기의 역사에서 보이지 않도록 분화된 금기를 설정함으로써, 의식 형태와 함께 이미지의 형태iconology를 규정한다. 이는 일종의 언어 생산 과정일 뿐 아니라, 구체적 이미지 해제와 감각의 몰수 과정이다. 또는 두 가지 과정의 상호 연동이라고 할 것이다.

우리는 아마도 미디어에 의존할 수 있을 것이다. 서적, 신문, 텔레비전, 전화, 영화, 인터넷 등이 감각의 높은 장벽을 초월해주기를 바랄 수도 있다. 사실 양식 있는 몇몇 매체는 꾸준히 이런 노력을 지속해왔다. 상호 단절된 집단끼리 정기적으로 교류를 시도하는 것이다. 실제적인 이미지와 접할 기회가 없다면, 매체의 힘을 빌려보는 것도 괜찮다. 물론 우위를 점한 집단이 더 많은 감시와 관찰 권한을 지니므로, 마땅히 더 많은 이해의 책임도 지닌다고 할 것이다. 또한 이런 단절의 금기를 누그러뜨릴 행동의 책임도 그들에게 있다. 설사 직업적인 행동가가 될 수 없고, 내가 앞서 〈세월〉에서 얘기했던 아메이처럼 될 수도 없다 하더라도. 그들은 다음과 같은 사실을 알아야 한다. 중국의 수많은 지역이 빈곤 한계를 확정할 때, 텔레비전 수상기를 가지고 있는 것은 탈빈곤의 표지였다. 빈곤 한계 이하의 사람들에게는 미디어라는 것이 이미 접근하기 어려운 대상이다. 수많은 광고주가 미디어를 선택할 때 구매력 있는 소비자를 중시하지 수혜 대상의 수를 고려하지 않는다. 이는 대중매체가 자동으로 주류 매체가 되는 게 아니라는 사실을 의미한다. 고소비 집단은 이미 특수한 미디어의 선택을 받고 있다. 미디어에 대한 그들의 지지는 일당십 심지어 일당백이다. 〈뉴욕타임스〉는 미국을 통치하기 위한 사람들이 읽기를 바라는 신문이며, 〈월스트리트저널〉은 이미 미국을 통치하고 있는 사람들이 읽는 신문이다. 미국에는 일찍부터 대중이 필요치 않고 오직 주류에 봉사하는 신문들이 존재했으며, 이들 신문은 업계의 성공 경험을 입증하는 모범 사례가 되었다. 미디어는 광고주들의 넉넉한 자본에 힘입어 성장하고 강화되었으며 이른바 주류 매체로서 바람을 부리고 비를 불러오는 위력을 발휘하게 되었다. 정보를 선별할 때 자신을 먹이고 기른 양육자의 이익을 도외시할 수 없으며, 특수한 독자의 취향과 경험 및 지식 상황을 고려하지 않을 수 없다. 독자는 주류 매체의 주요 토픽, 이슈 선별, 제작 기법에서 독자의 반응을 눈여겨보고 있는 광고주의 존재를 은연중 느끼게 된다. 그들 독자는 광고가 포위하고 추구하는 대상이다. 그들 중 대부분은 일하는 고소득 기계이며 거대한 기구가 특별히 선호하는 문화 수준을 지니고 있다. 그들은 톱니와 나사못 같은 전문직 화이트칼라들이며 말할 때는 반응이 좀 늦고 영양 과다로 약간 살이 찐 듯한 모습이다. 기술직에 종사하는 사람들은 인문학적 관심이 적은 반면 주로 활발한 외부 활동성을 지니며 나이 먹은 어린애처럼 구는 경향이 있다. 아리따운 아내가 있고 자가용을 소유하며 새로운 상품에 열광한다. 퇴근 후에는 헬스클럽에서 샤워를 하고 온라인 게임을 하거나 패션 잡지를 뒤적인다. 반드시 사회적인 활동을 해야 한다면 가죽 소파에 누워 한쪽 눈으로 텔레비전 뉴스를 시청한다. 그들의 사회적 태도가 주류 매체의 유행어를 실천하는 것처럼 보인다 해도 전혀 놀라운 일이 아니다.

유행하는 여론은 언제나 사람들에게 이렇게 말한다. 중산계급의 여피족들은 바로 이렇게 행동한다. 자신과의 싸움에서 성공한 사람들은 모름지기 이렇게 행동해야 한다.

그들 대부분은 정의감이 부족하지 않다. 주류 매체가 마침 그들의 정의감을 고취하는 중이라면 말이다. 그들 대부분은 편견에 따라 말하는 대로 행동을 바꾼다. 주류 매체가 어떤 편견을 조성하는 중이라면 말이다. 문제는 그들의 태도가 정확한지 여부에 달려 있지 않고, 매체가 권력과 금전의 영향을 심하게 받을 가능성이 있다는 데 달려 있지 않으며, 그들이 주류 매체가 가리키는 대로 방향을 돌린다는 데 있다. 그들의 대뇌는 점차 신문과 텔레비전의 관리를 받아 갈수록 시청각적 전제에 물들며 점차 복종하는 의식 및 이미지 형태를 지니게 된다. 이런 상황에서 나는 인식

활동의 공공적 관심이라는 것이 그들의 가죽 소파에서 자동으로 생장 가능한 것은 아닌지 의심하지 않을 수 없다.

그들은 절대 이런 매체 속에서 내 가난한 친구들을 볼 수 없을 것이다. 내 가난한 친구들은 매체를 통해 더 많은 다양한 인간 및 인생과 소통할 방법이 없다. 그들은 신문 발행의 범주 밖에 살았고, 텔레비전 송출 신호에서 벗어나 있었다. 작은 집에서 텔레비전이란 아이의 공부에 방해만 되기 때문이다. 또는 생활 구제비용을 타는 데 장애가 되거나. 전기료를 내지 못했기 때문일 수도 있다……. 나는 그들이 이 정보 폭발의 시대에 암흑 동굴 속에서 어떻게 생존하고 있는지 상상할 방법이 없다. 나는 생존 공간의 분할과 정보 분배의 이익 및 효율 추구 경향이 많은 사람을 점점 더 먼 곳으로 보내고 있다는 사실을 안다. 우리는 살아가는 대부분의 시간 동안 그들이 누군지 모르며 어디에 있는지도 모른다. 며칠 전 나는 어떤 친구를 만나러 갔다가 참담한 실패를 맛보았다. 언제 그렇게 되었는지 그곳의 옛집이 모두 철거되고 널따랗게 트인 고가도로 건설 부지가 되었으며 크레인, 미장기계, 낯선 노동자들의 얼굴만 가득했다. 나는 친구가 일찌감치 이사 갔는지 어떤지 알 수 없었고 연락할 방법도 없었다. 나는 친구에게 전화가 없으며 전자우편도 가지고 있지 않다는 사실만 알고 있었다. 갑자기 이 일이 아주 심각한 사태라는 점을 깨달았다. 만약 친구가 먼저 내게 전화를 하지 않는다면, 나는 영원히 그가 어디로 갔는지 알지 못할 수도 있다. 영원히 그와 이 도시의 망망한 인파 속에서 헤어질 수도 있는 것이다.

나는 친구가 먼저 내게 연락을 해오지는 않으리라는 점을 거의 확신했다. 우리와 연락할 필요도 없었다. 내 인상 속에서 친구는 다른 이에게 거의 손을 벌리지 않는 사람이었다.

나는 지도가 또 변하고 있는 것을 보았다. 거대하게 솟아오르는 고가 하나가 친숙한 얼굴을 또 지워버렸다. 우르릉 소리를 내며 사람들 사이에 오가는 익숙한 왕래를 끊어버리는 것이다. 저 커다란 시멘트 건축물 앞에서 내 기억은 서서히 모호해졌고 결국 하나의 개념만이 거기 남았다. 그것은 나와 관계가 있는 어떤 별명, 말하자면 '루 도련님' 같은 것이었다.

그는 예전에 여기 살았다.

마작

마작은 친구들이 모였을 때 하는 주요한 놀이 종목 가운데 하나다. 명절이 되면 친구들은 하나둘씩 전화를 해서 한자리에 모인다. 오랫동안 보지 못했잖아. 누구누구가 귀국했다더라. 누구누구도 귀국했대. 다들 한번 모여야지. 안 오면 벌금 문다. 나는 물론 몇 가지 잡무를 뒤로한 채 우정을 위해 달려가겠다고 약속했다. 하지만 나는 전혀 예상치 못했다. 문을 열자마자 차르르 차르르 마작패 부딪치는 소리가 마치 발차기를 하듯 내 얼굴로 날아들었다. 나는 놀라서 두 발짝이나 뒤로 물러섰다. 몇 개의 마작 테이블에서 사람들이 눈빛을 빛내며 테이블을 뚫어져라 쳐다보고 있었다. 나를 돌아보는 사람은 없었다. 나는 다소 망연해져서 혼자 뒤로 물러나 산더미처럼 쌓여 있는 신발 사이에서 슬리퍼를 찾기 시작했다. 한참 만에야 어렵사리 슬리퍼 한 쌍을 찾아냈는데 분홍색 여자용이었다. 아무래도 좀 마음에 걸리기는 했지만 할 수 없이 발에 걸쳤다. 대부분 집 안에서 실내화를 신는 것이 관례였기 때문이다.

결국 누군가 나를 돌아봐주기는 했다. 내게 전화를 했던 저우자뤄는 자리에서 일어나지도 않고 목만 길게 늘여서 두리번대며 말했다. "앉아, 앉아. 차는 거기 있어. 담배는 알아서 피우고. 거기 티 테이블에 보이지?"

나름 주인의 도리를 다한 셈이다.

또 어떤 사람이 나의 쓸쓸함을 알아챘는지 이렇게 말했다. "어서 와, 어서 와. 놀 줄 모르면 '줘냐오啄鳥'라도 해. 잘 배워보라고. 좋은 선생님들이 많으니까 말이야!" 줘냐오라는 것이 구경하다가 맘대로 내기 돈을 거는 방식이라는 것을 나는 나중에서야 알았다.

나는 줘냐오를 했다. 그럭저럭 운수가 나쁘지 않아서 몇 푼 벌기도 했지만 아무래도 그다지 큰 재미가 생기지 않아서 결국 베란다에서 이야기를 나누고 있는 세 여자들 사이에 끼어들었다. 그 여자들은 마작을 할 줄 몰랐기 때문에 서로 손톱을 매만지고 눈썹 손질을 해주고 있었다. 나는 거기서 견식을 적잖이 넓혔지만 아무래도 산부인과에 잘못 들어간 것 같은 기분을 떨칠 수 없었다.

모임에서의 시간은 그렇게 흘러갔다. 모든 모임이 그렇게 흘러갔다. 또각또각 마작패 부딪치는 소리가 나고, 갑자기 고함이 여기저기 들리고, 패가 맞아서 환호성을 울리는 사람과 패를 잃은 사람의 탄식과 원망의 투정이 뒤섞이고, 한편에서는 마작 전략에 대한 열띤 토론이 벌어지고. 모두가 지쳐서 손을 들고 나가떨어질 때까지, 다시금 현관 앞의 신발 더미 속에서 자신의 신발을 찾을 때까지, 그러다가 서로 부딪고 밀치면서 엉덩이를 부딪히고 머리를 받을 때까지 말이다. 모두들 그렇게 부대끼면서도 즐거워했고 만족스러워했다. 모임이라는 게 다 그런 거 아니겠는가?

그렇다. 또 뭘 어쩌겠는가? 만약 마작 테이블이 없다면 어떻게 모임을 치러야 할지 난감할 것이다. 할 말은 벌써 다 했고, 할 수 없는 말은 하면 안 되는 것이다. 마작은 바로 이 시간적 공백을 정확하게 메워준다. 도시로 돌아온 이후 20여 년의 시간 동안 함께 삽대했던 친구들은 서로 다른 삶을 살게 되었다. 설사 같은 노동자라고 해도 어떤 작업장은 번창했고 어떤 작업장은 사양일로였다. 같은 교사라 해도 어떤 사람은 승진했고 다른 사람은 해고되었다. 같은 어머니라고 해도 어떤 아들은 출국해서 유학 중이었고 어떤 아들은 범죄를 저지르고 감옥에 있었다. 그런데도 공통의 화제를 찾을 수 있겠는가? 사회나 개인에 대한 걱정은 서로에게 적당하지 않았다. 그렇다면 어떤 이야기든 서로 관점과 감정을 아우를 수 있는 방법이 있는가? 싸우고 싶지 않다면, 아는 사람들 사이에서 체면을 상하고 싶지 않다면, 친구들끼리 등을 돌리고 싶지 않다면 쓸데없는 말은 안 하는 게 좋았다. 마작이라는 게임이 말할 것 없는 사이에 오가는 대화이며, 서로의 생존이 점차 단절되고 분산되고 원자화된 이후의 교류라는 사실을 인정하지 않을 수 없는 것이다. 그것은 소란스러운 침묵이었고 모여 있는 동안의 소원함이었으며 물론 한가로운 노동이었다. 마작은 새로운 공동의 접착제로 우리를 형식적으로나마 여전히 화기애애한 동아리로 만들어주었다.

나는 마작을 증오했고 또한 마작을 존중했다. 마작은 내가 아는 사람들의 얼굴을 들여다보지 못하게 만들었다. 그런 기회는 많지 않았고 갈수록 줄어들었다. 사람의 목숨은 유한하다. 언젠가는 결국 마지막 날이 온다. 이제 곧 백골이 될 사람이 마작패를 만지고 있다. 이제 곧 썩은 흙이 될 사람이 마작패를 내고 있다. 이제 곧 화석이 될 사람이 담배에 불을 붙이고, 텔레비전 스크린 속에서 이제 곧 푸른 연기로 변할 사람들이 여행 프로그램을 소개하며 소리 높여 웃는 중이다. …… 이 사람들은 모두 각기 다르게 살아가지만, 몇 년이 지나면 똑같이 죽음의 문턱에 이를 것이다. 어떤 사람들은 이렇게 말했다. 지금은 서로 모여 있지만, 몇 년이 지나면 죽음의 문턱 저편에서 서로를 잊고 말 거야.

삶이란 가장 무도회 같은 것이다. 우리는 무도회에서 서로가 서로에게 낯선 존재다. 삶은 한 조각 돛단배와 같다. 우리는 배 위에서 운명을 같이하며 서로의 생명을 구하며 한배를 타고 나아간다. 삶은 한 조각 돛단배 위에서 벌어지는 가장 무도회 같은 것이다. 우리는 친밀하고 낯선 얼굴 속에서 순식간에 얼음이 우르르 무너지는 소리를 듣는다. 종착역이 가까워지고 있다.

한번은 '지식청년 레스토랑'을 건축한다고 해서 우다슝이 인테리어 고문 신분으로 거기서 며칠 동안이나 바쁘게 뛰어다녔다. 우다슝은 인부들에게 짚신, 삿갓, 도롱이와 붉은 완장을 여기저기 걸어두라고 지시했고, 문 앞에는 물레방아와 써레를 놓고, 커다란 명함꽂이도 갖다놓게 했다. 살림살이가 나쁘지 않은 사람들의 명함을 받아서 거기 꽂아두고 지식청년의 명성과 위엄을 과시하려는 생각이었다. 개업 당일 레스토랑에서는 관례대로 몇십 개의 마작 테이블이 늘어섰다. 자뤄는 어떤 테이블에서 라오무에게 무참히 깨지고 말았다. 뭐라고 해도 다른 건 안 해. 싼췌이三缺一(마작의 한 방식 – 옮긴이)야. 사람들의 시선이 막 도착한 다촨에게 쏠렸다. 다촨은 라오무와 줄곧 사이가 좋지 않았기 때문에 손을 바지 주머니에 넣은 채 서서 자리에 앉으려 하지 않았다. 그러나 주변 사람들이 계속해서 어르고 달래자 별수 없어 마지못해 자리에 앉기는 했다. 그들이 몇 년 만에야 겨우 한자리에 앉았기 때문에 우리는 속으로 신기해하기도 했고 기뻐하기도 했다.

언제였을까? 갑자기 지진이 일어난 것처럼 다촨이 무섭게 일어서더니 테이블에 있던 마작패를 모두 쓸어다 라오무에게 떠안겼다. 마작패가 사방으로 튀고 사람들은 놀라서 펄쩍 뛰었다. 알고 보니 다촨이 좀 전에 패 하나를 집어 들려고 했을 때, 라오무가 대수롭지 않게 한마디 던졌던 것이다. 나중에 사람들의 기억을 더듬어보니 그 말은 이랬다. "꽃이 떨어지면 뿌리로 돌아가는 법이지, 집 잡히고 마누라 팔아먹는 것도 마작판의 상도라." 말하는 사람은 무심코 뱉었지만, 듣는 사람은 그게 아니었다. 다촨은 최근 형편이 궁색해져서 집을 잡힌 참이었으니 상대방의 말에 전혀 모자람이 없었다. 결국 그는 참지 못하고 반박하는 말을 던졌다.

"마누라가 있다고 다 팔아먹을 수 있는 건 아니지. 뭐라도 떨어지면 바르르 떠는 결벽증 환자라면 말이야!"

"무슨 뜻이냐?" 라오무의 안색이 대번에 바뀌었다.

"누가 무슨 뜻인지 생각하는 대로지, 뭐."

"지는 게 무서우면 패를 집지 말든지."

"나야 지는 게 무섭지. 온 집 안에 가짜 그림만 가득하고, 주식하다 거덜 난 놈인데, 어떻게 지는 게 안 무섭겠냐?"

라오무는 말뜻을 알아듣고 손에 들었던 마작패를 내동댕이친 다음 술기운에 넘쳐서 쳇, 하고 한마디 내뱉은 다음 그대로 일어나서 나가버렸다. 마작패 하나가 그대로 다촨의 얼굴에 가서 맞았다. 그대로 있을 다촨이 아니었다. 그는 탁자를 아예 뒤집어버렸다. 이 난리통에서 그들은 있는 욕 없는 욕 다 하며 소리를 질렀다. 주변 사람들이 뭐라고 욕하는지 채 알아듣지도 못하고 정신도 못 차린 상황에서 과일 쟁반이 다촨의 얼굴로 날아가서 빨갛고 노란 과즙이 온 데 다 튀었다. 빈 맥주병이 그대로 라오무의 마빡을 내리쳤고 벽에 가서 부딪히더니 와장창 소리와 함께 산산조각 났다. 라오무의 이마에서 새빨간 피가 줄줄 솟아났다. 사람을 아주 패 죽이네. 사람을 아주 패 죽여! 다들 미쳤어? 방 안은 난장판이 되고 사방에서 비명이 터져 나왔다. 누가 누구를 때리는지 맞는지 부딪히는지 모르는 가운데 사람들은 이리저리 얽혀서 포효하는 두 마리 사자를 가까스로 떼어놓았다. 그들을 각자 떨어진 의자에 앉히고 가쁜 숨을 몰아쉬었다. 어떤 사람은 허리를 주무르며 깨진 술병과 떨어진 마작패, 흩어진 수박 조각을 주워 담기 시작했다.

우다슝은 문 안쪽으로 비집고 들어오는 구경꾼들을 몰아내고 대문을 단단히 걸어 잠근 뒤 화난 목소리로 말했다.

"다촨, 내가 말하지 않았나? 만나서 한번 웃고 화해하라고 말이야. 양심적으로 말해서 오늘은 라오무가 뭘 어떻게 한 것도 아니야. 자네한테 선입견이 있었던 것도 아니고. 다 지난 일이잖아. 며칠 전에 술 마시면서도 라오무는 옛날에 자네 둘이 멧돼지 잡던 일이랑 한밤중에 같이 헤엄치던 일을 얘기하더라. 듣는 사람도 코끝이 다 찡해지더라……."

라오무는 손으로 이마의 수건을 움켜쥐며 우다슝을 향해 소리쳤다.

"저놈이 아까 나더러 속이 시커멓다고 하더라고. 내가 지한테

약이라도 탔어? 내가 손찌검이라도 했냐고? 내가 수없이 많은 사람한테 해를 끼쳤다고 해도 지한테는 해 끼칠 생각이 없었다고. 먼젓번에 왕곰보가 와서 무슨 교장 선생님을 찾을 때도 저 인사를 추천했건만. 컴퓨터도 다룰 줄 알고, 재능도 많고, 우리 같은 떨거지랑은 비교도 안 된다고 말이야……."

그는 갑자기 목이 메여 꺽꺽대더니 말을 잇지 못했다.

다촨은 이 말을 듣고 난 뒤로 목소리가 이상해지기 시작했다. 그는 마찬가지로 우다슝에게 대들며 이렇게 변명했다.

"내가 뭘 어쨌다고? 내가 저놈한테 뭘 미안하게 생각해야 되는데? 그때 백철통 두드려 팔았을 때, 내가 저놈 돈을 떼먹었냐, 저놈이 내 돈을 떼먹었냐? 그때 반혁명 사건 때도 내가 저놈이 저지른 일 감싸줬던 거 몰라? 내가 떠벌렸으면 어떻게 됐을 것 같아? 사건 조사 전담반이 내 말을 믿어서 저놈이 풀려난 거야. 내가 그때 얼마나 기뻤는데. 정말, 얼마나, 기뻐서……. 그러니까 저놈이 내 친구라고, 저놈을 구해서……."

다촨은 입술을 꽉 깨물더니 고개를 돌렸다.

라오무의 눈에서는 눈물이 흘러내렸다.

"내 살다 살다 저놈처럼 무정한 새끼는 본 적이 없어. 저놈은 한번 고개를 돌리면 아는 척도 안 하고. 그때 도시로 돌아왔을 때, 나는 그래도 지가 나를 배웅해줄 줄 알았지. 할 말이 얼마나 많았는데. 비는 오는데 차는 다 지나가고, 그래도 나는 역에서 내내 기다렸다고. 날이 어두워질 때까지 기다렸어. 싸움은 싸움이고, 그래도 지가 왔어야 하는 거 아냐? 루 도련님도 왔는데, 지가……. 난 날이 어두워질 때까지 기다렸다고……."

라오무는 콧물을 훔쳤다.

"내가 혼자 빗속에 서 있었는데……. 엉엉……. 내가 무슨 사람대접을 받았다고? 나는 마소만도 못한 바보 새끼였다!"

흐느끼던 소리는 어느새 방성대곡하는 통곡으로 변했다.

"그만해. 그만해." 다숭은 라오무를 품에 안고 어루만졌다.

형세는 아무래도 다촨에게 좀 더 불리했다. 그의 얼굴이 시뻘겋게 달아올랐다. "좋아. 그래, 난 무정한 놈이다. 나는 한번 고개를 돌리면 아는 척도 안 하는 놈이고, 그래, 내가 널 배웅도 안 했다. 하지만 네놈이 폐렴에 걸려서 사십몇 도인가 열이 들끓어 고생할 때 내가 네놈을 업고 산길을 십여 리나 뛰어간 건 아냐? 누가 자동차 운전사랑 싸워가면서 현성까지 널 끌고 갔는데? 누가 식당을 찾아다니며 네놈을 위해 빌어먹을……." 그는 흥분한 나머지 갑자기 고개를 외로 꼬고 침을 뱉듯 말을 뱉었다. "……국수 한 그릇을 구걸했냐고?"

"그래, 너인 거 기억한다. 내가 너한테 보답을 하마. 아이고, 조상님아! 내가 이 은혜를 꼭 기억하고, 마소가 돼서 이 빚을 꼭 갚으마! 아이고, 조상님! 내가 네 앞에 무릎을 꿇고 절이라도 하마. 내가 네 손자다."

라오무는 다숭을 밀어젖히고 무릎걸음으로 다촨한테 기어가서 꽝, 꽝, 꽝 바닥에 머리를 박으며 절을 해서 다시 한 번 사람들을 까무러치게 만들었다. "내가 그리고 너네 누님한테도 절을 하마." 그는 또 엉덩이를 삐죽 하늘로 쳐들고 꽝꽝 소리를 냈다. 이마에서 번진 피가 땅바닥을 온통 물들였다. "아이고, 조상님아! 베이징에 있을 때, 너네 누님이 나한테 준 식량 배급표로, 그래, 내가 기차표를 샀다……."

"내가 그리고 너네 어머님께도 절을 하마. 내가 그 어르신 장사 지낼 때도 못 갔다. 어머님께 내가 죄송하다. 그분이 내 옷도 지어주시고, 스웨터도 떠주시고, 기름등잔도 닦아주시고 그랬는데……. 내가 네 어머님 장사 지낼 때는 꼭 가려고 했는데, 그렇게 못 했다……. 내가 머리를 조아리고 절을 해야 하는데, 그렇게 못 했다……. 엉엉…… 엉엉……."

라오무는 바닥에 꿇어 엎드린 채 울어서 눈물범벅이 되었다. 몇몇 여자들도 눈물 콧물 다 빼면서 우는 소리를 냈고, 다촨까지 갑자기 얼굴을 묻었다. 소리를 내지는 않았지만 등허리가 격렬하게 떨고 있는 걸로 보아

도대체 어떤 설움을 기억해냈는지 모를 일이었다.

누구도 일이 이렇게 되리라고는 생각하지 못했다.

들어라 전투의 호각 소리 높이 울릴 때
군복을 입고 무기를 들어라
공산 청년단원들아 모두 모여라
머나먼 장정 길 한마음으로 나라 위해 싸우리
사랑하는 어머니께 작별 인사를……

다환은 눈물을 훔치고 문을 열어젖히더니 성큼성큼 밖으로 걸어 나갔다. 문이 열리자, 대청에 가득 고였던 노랫소리가 밖으로 썰물처럼 쓸려나갔다. 둥근 등불이 팔락팔락 온 세상에 오색 빛을 흩뿌리며 날아내렸다. 나팔과 마라카스, 드럼의 비트 소리가 사람의 신경을 뒤흔드는 가운데, 옛 노래는 유행가가 되었다. 쌍쌍이 춤을 추는 남녀가 거기서 빠른 4분의 4박자로 연주하는 홍색 가요에 맞춰 빙글빙글 돌았다. 레스토랑 사장님의 찬조에 힘입어 이 봄날의 지식청년 집회는 한껏 고조된 분위기로 무르익는 중이었다. 아무도 우리가 있는 방은 신경 쓰지 않았다.

샤오칭이 소리를 질렀다. "울기는 왜 우는 거야? 정말이지! 다들 놀러 온 거 아니냐고! 도대체 무슨 한이 그리 많아? 됐어, 됐어. 이제 그만 놀자. 마작 테이블은 어디 갔어? 마작……."

말이 끝나기도 전에 샤오칭 또한 얼굴을 가리고 다시 한 번 목 놓아 울기 시작했다.

침묵자

타이핑쉬에 살게 된 뒤 몇몇 친척과 친구들이 휴가를 맞아 놀러 왔다. 어떤 친척은 워낙 움직이기를 좋아하는 사람이었는데, 아침에 일어나자마자 문밖으로 나섰다. 아침밥을 먹을 때도 집으로 오지 않았고, 점심을 먹을 때도 집으로 오지 않더니, 이마 가득 구슬땀을 뻘뻘 흘리며 돌아와서는 이 산은 참 좋다, 좋다고 말했다. 좀 전에 혼자서 등산을 하고 온 참이었다. 나는 친척에게 배는 고프지 않느냐고 물었다. 그는 전혀 배가 고프지 않으며 산속에 있는 어떤 농가에서 아주 맛있는 밥을 얻어먹고 왔다고 했다. 나무로 훈제한 고기랑 생선이랑 달걀과 채소까지 모두 다 신선하고 입맛에 꼭 맞았다고 자랑이었다. 그는 10위안을 냈지만 상대방은 한 푼도 받지 않으며 이것도 인연인데 무슨 돈을 받느냐고 극구 사양했다고 한다.

나는 좀 이상한 생각이 들었다. 그가 묘사하는 상황으로 보아, 그가 간 곳은 전혀 사람이 살지 않는 골짜기였다. 원래는 두 집이 살았지만 지금은 산 아래 도로변으로 이사 가고 없었다. 어디 인가가 있었던 걸까?

친척은 정말로 있다고, 배부르게 먹었다면서, 거짓말이 아니라고 강조했다.

나는 호기심이 생겨서 친척에게 다시 물었고, 그는 그 집에 대해 자세히 설명해주었다. 돼지가 몇 마리에 오리 떼가 있었고, 토끼랑 비둘기도 키웠고, 어쨌거나 가축이 꽤 많았다고 했다. 부인은 꽤 배운 사람 같았으며 행동거지가 전혀 시골 사람 같지 않았다고 했다. 예를 들어, 밭의 흙에 대해 말할 때도 산성이니 알칼리성이니, 돌에 대해 말할 때도 퇴적암이니 화강암이니 나눠서 설명할 줄 알았다. 맨발의 의사 노릇을 하면서 돼지 농장을 관리했는데, 집단농장이 해체되면서 집으로 돌아왔다더라. 근데 그 여자분 발이 굉장히 큰 편이더라고.

나는 거기까지 듣고 나자 식은땀이 다 났으며, 절대로 그럴 리 없다고 생각했다. 친척의 말에 따르면 그 집 사람들은 루 도련님 부부임에 틀림없었다. 바로 내가 아는 그 친구였다. 그러나 그들은 몇 년 전에 도시로 돌아갔으니 여기 있을 리 없었다. 나는 몇 년 전 친구의 아들이 불행하게도 요절한 사건을 알고 있었고, 루 도련님이 나중에 자동차 타이어를 하는 자기 가게를 낸 것도 알고 있었다. 그리고 그들의 집이 철거되어 그곳에 고속 고가도로가 건설된 것도……. 그들이 이 산골짜기에 있을 리 없었다. 있었다면, 내가 이렇게 가까운 데 살면서 몰랐을 리 없는 것이다.

친척도 어안이 벙벙해서 말했다. "자네가 잘못 기억하는 건가, 내가 잘못 본 건가?"

휴가를 다 보낸 친척은 과일과 채소를 싣고 아내와 아이들을 데리고 도시로 돌아갔다. 나는 그가 말해준 길을 따라서 그가 갔었다는 산골짜기를 찾아갔다. 나는 그의 말이 틀리기를 바랐고, 한편으로는 그의 말이 맞기를 바랐다. 루 도련님이 정말로 내 눈앞에 나타나기를 바랐고, 얼마 전에 몰래 시골로 내려왔다고 말해주기를 바랐다. 나는 그가 예전처럼 커다란 나무 아래서 고개를 돌리거나 논에서 고개를 들고 나한테 "또 소를 찾으러 온 거야?"라고 물어주기를 바랐다. 내 희망의 시간은 영원히 그 순간에 머물러 있었다. 진흙이 묻은 그의 검은 얼굴, 쇠똥을 밟고 있는 그의 맨발, 나를 보며 찬란하게 웃는 그의 미소, 그 모든 것이 정지 화면처럼 거기 있었다. 나는 나중에 내가 이 모든 것이 환각이라는 사실을 알기를 희망했다. 마지막에 그가 어디로 갔는지 알 수 없게 된 사실까지도, 그가 누구에게도 침묵하며 아무 소식도 전하지 않는 사실까지도. 그의 유일한 음성은 목욕탕에 들어갈 때 들려오곤 했던 한두 마디의 노랫소리뿐이었다. "얼음이 깔린 볼가강" 또는 "푸르디푸른 하늘 흰 구름 날며"로 시작하던 그 노래. 그러나 그는 목욕탕에서 나오는 순간 꿀 먹은 벙어리가 되었다. 지금 나는 목욕탕에서만 나오면 벙어리가 되던 그 사람이 다시 입을 열어 말을 걸어오기를 기대한다.

나는 그와 그의 아내를 찾지 못했다. 고요가 고막을 짓눌렀다. 산골짜기는 적막해서 인적이라고는 하나도 없었다. 그저 백로 한 떼가 푸르른 수풀 속에서 한 줄기 빛처럼 스쳐 지났을 뿐이다.

아마도 내 친척이 환각을 보았거나 길을 잘못 말해준 모양이다.

시골

개 한 마리가 추위에 몸을 부르르 떠는 것을 보고 따뜻한 솜을 깔아주었다. 녀석은 따뜻한 솜 무더기에 몸을 묻으며 한참 동안 나를 바라보았다. 말을 하지 못하는 대신 이런 방식으로 감사를 표하는 것이다.

새 한 마리가 다쳐서 고양이한테 먹히려는 것을 보고 구해내서 상처에 약을 발라주고 먹이를 먹인 뒤 숲속으로 날려 보냈다. 새는 나뭇가지 끝에 앉아 나를 돌아보았다. 마찬가지로 말을 하지 못하는 대신 이런 방식으로 구원받은 은혜를 기억하는 것이다.

어쨌거나 지능이 낮은 동물들이니 아마도 곧 이 모든 일을 잊고 말 수도 있다. 다시 만나게 되면 눈에 낯설고 경계하는 빛이 서리며 전혀 마음을 놓지 못하고 이리저리 두리번대다가 먹이를 쫓아 사라지고 말 것이다. 녀석들은 내 어깨 위의 쟁기나 나뭇단도 눈여겨보지 않을 것이다. 수많은 동화 속에서 그렇듯 내게 금은보화를 물어다주지 않을 것이며, 내가 죽을 고비를 맞았을 때 어디선가 감로수를 물어와 날 살릴 수도 없을 것이다.

심지어 다시는 고개를 돌려 나를 보는 일도 없을 것이다.

그러나 녀석들이 오랫동안 나를 응시하고 있을 때, 마음으로 내가 한 일을 알아주는 것처럼 보일 때는 저도 모르게 내 얼굴을 기억해줬으면 싶은 생각이 든다. 한낱 동물이 할 수 있는 그 이상의 능력을 기대하게 된다.

그 순간은 아주 빨리 지나가버린다. 그러나 그것은 아주 중요한 순간이다. 세계는 다시는 원래의 세계일 수 없고, 다시는 이 순간이 없는 세계일 수 없다. 감사와 신뢰의 시선은 사라졌지만, 감사와 신뢰가 이 커다란 산속에 그득 고인다. 첩첩 쌓인 산이 모두 따뜻하고 친절하다. 어느 날 당신이 그 산속을 걸어갈 때, 큰 산은 당신에게 나무 그늘 한 자리를 내어줄 것이다. 당신이 수풀로 뒤덮인 구덩이를 헛디뎠을 때, 큰 산은 당신에게 단단한 반석과 붙잡을 나뭇가지를 내어줄 것이다. 어쨌거나 산은 당신이 저 아래로 미끄러져 떨어지는 위험을 피하게 막아준다. 바로 그 순간, 당신은 그 개와 새의 체온을 느낄 수 있을 것이다. 반석 위에서, 나뭇가지에서.

눈물을 흘리며 고개를 들어 저 첩첩 쌓인 산을 바라본다. 시선은 말방울 소리를 따라 산 저편으로 사라진다. 오르내리는 산등성이 저편으로 무수한 잠자리가 저녁놀 깊은 곳으로 날아간다. 역광 탓에 시야에 들어오는 것은 천 가닥 만 가닥 갈라진 황금빛이다. 문득 고요한 하늘이 찬란하게 빛난다.

부록 1: 인물 설명

이 글에는 보일 듯 말 듯한 몇몇 인물이 등장한다. 서사를 위한 증거가 필요해서, 또 작가가 순식간에 구태의연한 창작 습관을 버리지 못한 까닭에, 쓰다 보니 어느 결에 그렇게 고삐 없이 날뛰는 말이 되었다. 물론 인물을 등장시키는 데는 장점이 있다. 예를 들어, 작가가 사고하는 구체적인 대상과 정경을 표시할 수 있다면, 사고의 한계를 설정할 수 있다. 작가는 서로 다른 생활 경험이 서로 다른 설명을 요구한다는 사실을 인정한다. 세상에는 절대 수용 내지 절대 통용되는 진리가 존재하지 않는다. 필자 또한 '장님 코끼리 만지기'식 결과를 면치 못할 것이다. 그래서 어떤 설명은 아무래도 억지처럼 보인다. 이런 인물에 대한 설명은 독자들이 익히 잘 알고 있는 누군가 다른 사람에게 반드시 적용할 수 있는 것이 아니다. 필자는 그 사람들을 전혀 모른다.

부연 설명이 필요한 부분은 이런 인물이 허구와 가상의 경계를 오간다는 사실이다. 만약 그 원형이 있는지 묻는다면, 원형은 사실 오직 하나, 작가 자신이라고 대답할 따름이다. 책 속에 등장하는 인물은 모두 작가의 분신이며, 그들 사이의 갈등은 분신들 사이의 도토리 키 재기라고 할 수 있다. 모든 이야기를 전부 겪은 것은 아니지만, 적어도 일부는 작가의 경험 속에 존재한다. 아니면 작가가 경험할 뻔했던 사건이다. 더구나 이 책에 등장하는 이야기는 모두 작가의 관찰에서 얻은 것이므로 작가의 이해, 기억 및 상상에 제한을 받을 것이다. 그것은 작가에게 새겨진 낙인과도 같은 흔적이기에 다른 사람이 책임질 수 없다. 다른 사람에게는 이런 사건에 대해 이러쿵저러쿵 말할 의무도 없고 법정 증인으로서 그것을 증명할 합법적 신분도 없다.

이처럼 이 책은 이미 법정에 제출된 일종의 증거품으로서, 또다시 누구에게 근거를 대며 해명할 이유가 없다.

만약 이 책의 어떤 부분을 이론으로 간주한다면, 일반적으로 통용되는 학술 원칙에 따라, 반드시 비교적 상세한 문헌 색인을 포함하며 책의 말미에 부록으로 제시해야 할 것이다. 당연히 그래야 하는 것이다. 작가의 이론적 태도가 성실하고 엄숙한지 여부, 지식 체계가 분명하고 그 학술적 원천이 심후한지 여부는 문헌 색인에 의해 독자들의 검토를 받게 될 것이다. 내 친구 샤오옌은 이론을 전공했는데, 종종 책을 볼 때 먼저 앞뒤 몇 쪽을 읽어보고 나서 읽을지 말지를 결정했다. 샤오옌은 일찍이 촌락 제도에 관한 새 책 한 권을 침대 밑에 던져 넣으면서 색인을 보니 저자가 최근 10년간 촌락 제도의 연구가 어떻게 진행되어왔는지 이해하지 못했다는 걸 알겠다고 말한 적이 있다. 이런 사람이 감히 책을 쓴다고?

내 의문은 또 다른 관점에서 비롯된다. 만약 학술에 이런 문헌 색인만 필요하다면, 작가와 독자가 이런 색인만으로 만족할 수 있다면, 지식은 책 자체로부터 생산된다고 할 수 있다. 말하자면, 책에서 책으로의 합법적인 여행이며, 수백 권의 책이 낳은 한 권은 다시 수백 권의 책 속으로 들어가 한 권을 낳는 슬픈 과정을 되풀이하는 것이다. 문헌의 자기 번식은 내가 보기에 지식의 역행적 퇴화이자 만성적 자기 죽음인 것 같다.

지식은 실천의 총화이며, 나아가 실천의 또 다른 표현이다. 그리하여 앎과 행동은 둘이 아니라 하나가 된다. 농사일에 종사하지 않으면 농사에 관해 알지 못하고, 상업에 종사하지 않으면 상업에 관해 알지 못하며, 도의를 행하지 않은 고담준론은 도의를 아는 것이라 할 수 없다. 지식은 오직 실천하는 사람에게 속하며 풍성하고 번거로우며 복잡한 인민의 실천 속에서 끊임없이 의미를 갱신한다. 이것이 개념 속에 남몰래 흘러 용솟음치는 진실한 감각을 포함하는, 유일하게 믿을 만한 의미다. 이런 의미에서 볼 때, 문헌 색인은 반드시 필요하지만, 영원히 부족할 수밖에 없다. 과학적 기술과 지식이 수많은 실험 가운데 가장 훌륭한 사례만 증거로 삼듯, 인문 지식은 아마도 작가가 스스로 겪은 더욱 절실한 경험을 필요로 할 것이다. 언급한 내용의 원론적이고 유효한 정보량을 확보해야 하고, 이 책이 세계에 대한 작가의 진실한 체험이라는 사실을 확보하고, 그것이 다른 사람들의 대뇌나 다른 사람들의 대뇌 속에 있는 또 다른 대뇌에서 온 게 아니라 그 자신의 것임을 확보해야 한다. 작가의 경험은 정확할 수도 있고, 부정확할 수도 있지만, 그건 중요한 문제가 아니다. 그러나 최소한 종이 위에 쓰인 한갓된 말은 아니어야 한다.

그래서 나는 이 책 뒤에 이런 색인을 첨부하고자 한다. 독자에게 이 상품의 산지 및 원료 공급처, 기본적인 서지 정보를 제시하는 것이라 여길 수도 있겠다. 비록 많은 사람이 어깨를 으쓱하며 전혀 그렇지 않다고 생각하더라도 말이다.

> 작가는 1966년에서 1968년까지 홍위병으로서 문화대혁명에 참여했고, 아버지가 소속된 작업장과 본인이 소속된 중학교에서 그 운동을 경험하고 목격했다. 지식인들과 청년 학생들의 여러 가지 표현을 목격하고, 나이 많은 학생들을 따라 교내외의 몇몇 사건에도 참여했으며, 전국적으로 발기한 무장투쟁에서 총상을 입기도 했다. 책 속에 드러난 문화대혁명에 관한 단상은 모두 이런 경험에서 나왔다.
>
> 작가는 1968년에서 1974년까지 지식청년으로 시골에 내려가 삽대 활동에 참여해 각종 농업 활동에 종사했고, 농민 야학을 조직해 관료 감독권 현상에 대한 투쟁을 전개했으며, 지식청년들 사이에서 서로 다른 집단적 경험을 공유했다. 예를 들어, 당시 어떤 이단적인 색채를 띤 청년들과 그들의 이상주의 실험에도 참여한 바 있다. 책 속에 쓴 농민과 지식청년에 대한 관찰과 인식은 모두 여기에 근거한다.
>
> 작가는 1974년 이후 다시 도시 생활을 시작했으며, 1982년 대학을 졸업한 이후 문화 업무에 종사해 작가, 비평가, 기자, 교사, 이론가로

서 활동했다. 작가는 이런 경력을 통해 지식계의 1970년대 말부터 시작된 사상해방 및 각종 사회적 이슈 및 사건을 경험했고, '인문정신' 논쟁 및 '신자유주의' 논쟁을 포함하는 1990년대의 격렬한 사상 분화 과정 또한 경험했다. 책 속에서 진술한 냉전 종식 이후 현실 변화에 대한 감상, 그리고 이성 중심주의에 대한 반성은 대개 여기에 근거한다.

작가는 대학 시절 재야학술단체에 속한 적이 있으며, 대규모 학생운동에도 참여한 바 있다. 다시 사회생활을 시작한 뒤에는 문화 관련 상업 활동에 종사해 상업계에 투신한 지식청년들과 교류했으며 기관 두 곳에서 관리직을 담당했다. 일찍이 '생활 속에 깊이 뛰어드는 작가'라는 명분을 내세워 모 임업국과 시 지도 기관에서 단기간 겸직을 수행한 바 있고, 나중에 시골로 돌아와 단계적인 정착을 시도하는 과정에서 중국 현대화 건설의 복잡한 상황에 실제 개입함으로써 약간의 깨달음을 얻었다. 책 속에 쓴 중국 전통과 현실에 대한 관점이나 급격한 사회 변화 시기를 보낸 친구들의 처지에 대한 소감은 이런 경력과 무관하지 않다.

작가는 몇 차례 국외 방문 경험과 견문의 소치로 서구 선진국 문명의 성과에 대한 감탄과 동시에 우려를 지니고 있지만, 파편적인 감상을 나름대로 적어본 데 불과하므로 허튼소리로 간주해도 좋다. 전반적인 이해나 심도 있는 이해는 결여하고 있다 하겠다. 이 책에 그 감상을 적은 이유는 한 사람의 중국인이 느끼는 사소한 감상이 최소한 중국과 서구 문화가 충돌하고 교류한 시기의 전체 역사 가운데 사소한 자료로 남을 수 있기를 바라서다.

이상의 색인이 만약 독자가 이 책을 읽는 관점에 도움이 되지 않거나, 독자와 작가가 함께 구체적인 이미지의 어지러운 기호 영역 및 우리가 느낄 수 있는 일상의 삶, 즉 우리의 삶을 마주하는 데 도움이 되지 않더라도, 최소한 독자가 필자의 잘못된 경험적 한계를 이해하는 데는 도움이 될 것이다. 나는 더 광범하고 견실한 실천에 입각한 비평을 기대한다. 그러나 책벌레들이나 먹물자루들의 비평이나 인간미를 느낄 수 없는 비평은 돌아보지 않을 것이다. 설사 그들이 기함할 만큼 놀라운 문헌 색인을 첨부할 수 있다 해도.

부록 3: 주요 외국 인명

간디, 모한다스 카람찬드	Gandhi, Mohandas Karamchand
게바라, 체	Guevara, Ché
그람시, 안토니오	Gramsci, Antonio
뉴턴, 아이작	Newton, Isaac
니체, 프리드리히 빌헬름	Nietzsche, Friedrich Wilhelm
다빈치, 레오나르도	Leonardo da Vinci
다윈, 찰스 로버트	Darwin, Charles Robert
데리다, 자크	Derrida, Jacques
데모크리토스	Democritus
데카르트, 르네	Descartes, René
뒤마, 알렉상드르	Dumas, Alexandre
라캉, 자크	Lacan, Jaques
룩셈부르크, 로자	Luxemburg, Rosa
마그리트, 르네	Magritte, René
마르쿠제, 허버트	Marcuse,Herbert
마르크스, 카를	Marx, Karl
모리스, 데즈먼드	Morris, Desmond
밀턴, 존	Milton, John
바르트, 롤랑	Barthes, Roland
베르길리우스	Virgil
베버, 막스	Weber, Max

타고르, 라빈드라나트	Tagore, Rabīndranāth
텐, 히폴리트 아돌프	Taine, Hippolyte Adolphe
톨스토이, 레프 니콜라예비치	Tolstoy, Lev Nikolayevich
퍼셀, 폴	Fussell, Paul
페소아, 페르난도	Pessoa, Fernando
푸르트벵글러, 빌헬름	Furtwängler, Wilhelm
푸코, 미셸	Foucault, Michel
프랭클린, 벤저민	Franklin, Benjamin
프레이저, 서 제임스 조지	Frazer, Sir James George
프로이트, 지크문트	Freud, Sigmund
프롬, 에리히	Fromm, Erich
플라톤	Platon
플레하노프, 게오르기 발렌티노비치	Plekhanov, Georgii Valentinovich
하버마스, 위르겐	Habermas, Jürgen
하이데거, 마르틴	Heidegger, Martin
하이젠베르크, 베르너 카를	Heisenberg, Werner Karl
헤라클레이토스	Heraclitus
호라티우스	Horace
홉스봄, 에릭	Hobsbawm, Eric

옮긴이의 말

시시콜콜하고 자질구레한,
그 모든 번잡함이 삶을 만든다

지독하게도 뜨거운 여름이었다. 시청 앞에는 매일같이 사람들이 모여들어 국민의 건강 따위는 아랑곳하지 않는 정부시책에 반대하는 시위를 벌였다. 웰빙을 추구하는 세대적인 흐름에 부응한 젊은이들, 정부의 강압적인 태도에 반발하는 시민들, 아이들의 미래를 걱정하는 학부모들과 유모차에 아이를 태운 엄마들까지……. 바깥세상과 고립되지 않았다는 사실을 증명이라도 하듯 켜둔 텔레비전에서 흘러나오는 뉴스는 온통 속을 시끄럽게 만드는 이야기뿐이었다. 동으로나 서로나, 아래위로 다닥다닥 붙어 있어서 한겨울에도 난방이 따로 필요 없을 만큼 열효율이 좋다는 점이 가장 고마운, 비좁은 아파트 한구석에서 온종일 컴퓨터 모니터를 마주한 채 낯선 언어를 쉽게 읽히는 우리말로 옮기는 작업은 정말이지 쉽지 않았다. 수천수만의 땀구멍을 비집고 올라와 줄줄 흐르지도 않고 스멀대는 땀방울들은 따끔따끔한 염기를 뿜어내며 얼핏 보기에는 그리 대단치 않아 보이는 '노동'을 가뜩이나 지지부진하게 만들었다. 더구나 어느 정도 공감하면서도 완전히 동의할 수는 없는 저자의 '견해'들을 끊임없이 반박하고 부연하고 이해하려 애쓰는 작업은 그야말로 온 신경으로 벌이는 '박투'가 아닐 수 없었다. 이제 막 결혼이라는 '종신대사'를 치르고 한 집안을 책임지는 '어른'으로서의 삶을 시작해 어찌할 바 모르는 나날을 보내고 있던 나는 "언어로써 언어에 도전하고, 언어로써 언어가 은폐하고 있는 삶의 참모습을 드러내야만" 하는 저자의 '위대한 작업'에 선불리

동의하고 겁 없이 동참하기로 해 버린 스스로의 발등을 찧고 또 짓찧는 중이었다. 2008년, 참 오래전의 일이다.

그동안 책을 옮기자고 제안했던 출판사는 문을 닫았고, 참 힘들고 쉽지 않게 옮겨놓은 원고는 그렇게 길을 잃었다. 재출간 기회가 없었던 것은 아니었지만, 그 또한 곧 허무한 일이 되고 말았다. 그런 까닭에, 원고는 아주 오랫동안 잊힌 채 해묵었다. 베이징에서 만난 지인으로부터 우연히 《암시》의 한국 출간이 불발된 것에 대한 작가의 아쉬움에 대해 듣게 될 때까지. 때마침 진지한 문학이라는 것이 대학에서조차 발 딛기 어려운 현실에서 굳이 엄숙하게 인문과 문학을 책으로 만들어보겠다는 의지를 가진 출판인을 만난 것은 어쩌면 인연이라고 생각했다. 더도 덜도 없이 꼭 세 판이라니까 한 번만 더 해보자는 마음이 된 건 그 때문이었을 것이다.

십여 년의 시간이 흘렀다. 시간의 힘이란 참 놀라운 것이다. 도무지 납득할 수 없었고, 이해는 하더라도 선뜻 동의하기 어려웠고, 그래서 미워하지 않으려 애쓰다 자연스레 거리 두기가 되었던 저자의 다비론多非論적 태도가 순순히 수긍될 만큼. 기나긴 시간의 강을 건너 다시 돌아본 《암시》는 그 뜨겁고 고단했던 여름날 마주하던 그 글이 아닌가 싶을 만큼, 아련하게 그리운 맛이 났다. 이제 매사에 까탈을 떠는 듯 보였던 저자의 책잡음이, 나이를 먹고도 무뎌지지 않는 예민함과 신랄함이, 그 안에 속하면서도 그 '자신' 또는 사안 '자체'와 거리를 유지하는 관찰자의 고집이, 더 이상 밉거나 싫지 않고, 오히려 조금 경외롭게 느껴진다.

시시콜콜하다. "나는 줄곧 이 삶 속에 흩어진 사소하고 구체적인 이미지를 해석하고자 애썼다. 엉킨 실타래처럼 어지러운 존재를 설명하고, 사전 속 낱말처럼 정의내리고 싶은 것이다"라는 작가의 말처럼, 이 책을 읽는 첫 번째 감상은 아마도 그런 것일지 모른다. 그러나 무지근하게 그 시시콜콜함에 대한 짜증을 다스리면서 읽어나가다 보면, 시시콜콜한 문장들이 쏟아내는 자질구레한 삶의 풍경 사이로 작가의 섬세하고도 예민한 감각들이 꼿꼿하게 솟아오른다. 배경, 고향, 색, 눈동자, 얼굴, 관상, 비웃음, 증거…… 등으로 이어지는 이미지에 대한 연상이 말의 너머에서, 말보다 더 강력하게 우리의 감각을 파고드는 비언어적인 인상들에 대한 섬세한 감수성을 전달해준다면, 공간으로부터 시간에 이르는 일상의 구체적 이미지들은 우리 삶을 둘러싸고 있는 공고한 비언어적 인상들과 이미지의 교차에 의해 비로소 특정한 형태를 갖추게 되는 일상을 이해할 수 있게 만들어준다. 사회의 구체적 이미지를 다루는 세 번째 장에서는 일상의 감각과 늘 거리를 유지하고자 하는 객관적인 연구자로서의 태도와 그런 태도를 유지하기 위한 개인의 안간힘을 느끼게 된다. 언어와 이미지의 공존에서는 우리 삶의 중요한 국면들이 결국은 씨줄과 날줄처럼 엮인 언어와 이미지의 공존에 의해 형성되는 것임을 깨닫지 않을 수 없다.

내가 살아보지 않은 삶을 살아온 누군가를 속속들이 이해하는 것은 쉬운 일이 아니다. 심지어 살과 살을 맞대며 살고 있는 가족 사이에서도 살얼음이 낀 것 같은 마음의 서걱거림을 느끼는 것이 현실이 아닌가. 《암시》는 내게 그런 경험의 문자적 가능성을 보여주었다. 나는 한사오궁과 같은 삶을 살지 않았고, 그와 함께 상산하방의 고난을 겪지도 않았으며, 1980년대 중국에서 베이징의 봄을 몸소 살아내지도 않았다. 그런데 그의 글을 읽고 옮겨 쓴 지 십여 년의 시간이 지난 뒤, 나는 마치 그와 함께 삽대를 했던 벗과도 같은 미운 정을 느끼게 되었다. 사랑한다. 미워한다. 사랑하지만 미워한다. 마치 가족의 그것과도 같은 '애증'이 느껴지는 것이다.

이 시시콜콜한 지도는 어쩌면 마땅한 쓰임이 없을지도 모르겠다. 사람들의 삶을 온전히 반영하는 지도란 결국 우리가 사는 세계 전체를 반영하는 세계와 완전히 같은 규모의 초상일 테니 말이다. 우리는 그 지도를 보기 위해서 안으로 걸어 들어가서 지도 안의 모든 것을 우리의 오감으로 느끼고 경험하지 않으면 안 된다. 우리의 몸과 마음을 다해 그렇게 하더라도, 어쩌면 평생이라는 시간을 다해 이 시시콜콜한 지도 보기에 열중하더라도, 우리의 지도 보기는 끝나지 않을 것이다. 우리가 우리에게 주어진 세계를 다 살아내지 못하는 것이나 다름없이 말이다. 어쩌면 이처럼 시시콜콜한 지도를 들여다보느니, 우리가 사는 세상을 그냥, 살아가는 편이 더 나을는지 모르겠다. 그러나 이 글을 읽는 누군가는 직접 몸을 움직여 시시콜콜한 세계를 직접 겪어내는 데 어려움을 겪을 수도 있지 않을까. 어쩌면 세상 안에서 움직이고 걷는 데 너무 지쳐서, 거리를 두고 이 세계를 바라볼 여지가 없을 수도 있을 거다. 십여 년 전만 해도 쓸모없음으로 느껴지던 일종의 "문화 스타일의 파괴"에 대한 작가의 의지적 관철이 고마워지는 것은 이 지점에서다. 어쩌면 작가 자신이 이처럼 미미하고 소소한 실천밖에 할 수 없는 연배에 이른 것일지 모르겠다. 몸을 움직일 수 없는 누군가에게 세계의 초상과도 같은 시시콜콜한 지도는 또 다른 경험의 장이 될지 모른다. 그 사람들에게는 그래도 이 시시콜콜한 지도가 나름의 쓰임을 가지는 게 아닐까, 그렇게 생각한다.

가볼 수 없는 곳을
가본 것처럼
읽을 수 있게
꼼꼼한 지도를 그려준 작가에게
감사드리며

옮긴이 씀

암시

초판 1쇄 발행 2019년 6월 11일

지은이 한사오궁

옮긴이 문현선

펴낸이 정홍재

디자인 책과이음 디자인랩

펴낸곳 책과이음

출판등록 2018년 1월 11일 제395-2018-000010호

주소 (10881) 경기도 고양시 덕양구 용현로 10, 501-203

대표전화 0505-099-0411 **팩스** 0505-099-0826

이메일 bookconnector@naver.com

ISBN 979-11-965618-7-1 03820

책값은 뒤표지에 있습니다.

잘못 만들어진 책은 구입하신 서점에서 교환해드립니다.

이 도서의 국립중앙도서관 출판예정도서목록(CIP)은 서지정보유통지원시스템 홈페이지 (http://seoji.nl.go.kr)와 국가자료공동목록시스템(http://www.nl.go.kr/kolisnet)에서 이용하실 수 있습니다.(CIP제어번호: CIP2019020870)